G000153955

Colette

Lettres
à sa fille

(1916-1953)

*Réunies, présentées et annotées
par Anne de Jouvenel*

Gallimard

Colette naît en 1873 à Saint-Sauveur-en-Puisaye, dans l'Yonne. Marquée par ce terroir, elle en gardera toujours un goût, un sens de la nature, des fruits, des fleurs, des bêtes, qui imprègne chaque phrase de son œuvre. Venue à Paris, elle épouse, en 1893, Willy, écrivain boulevardier, célèbre par son esprit, et son travail de nègre. Sans tarder Colette prend à son tour la plume pour écrire la fameuse série des *Claudine*, récits mâtinés d'aventures qui ressemblent à celles de la jeune romancière lancée dans le monde, et qui font scandale. Séparée de son premier mari en 1906, Colette débute une carrière sur les scènes de music-hall, mais surtout elle écrit sous son propre nom : *La retraite sentimentale, L'ingénue libertine, Les vrilles de la vigne, La vagabonde. L'envers du music-hall*. Remariée avec Henri de Jouvenel, Colette devient journaliste, tout en poursuivant son œuvre. Parmi les titres les plus célèbres de cette époque : *Chéri, Le blé en herbe, La naissance du jour*. Sa fille, prénommée Colette, plus connu sous le surnom de Bel-Gazou, naît dans cette période faste pour la romancière. À bientôt quarante ans, la Grande Colette appréhende une maternité tardive qui aura tôt fait de prendre la forme d'un amour sincère mais distant. En 1935, après son troisième mariage avec Maurice Goudeket, Colette s'achemine peu à peu vers cette figure de « grande dame des lettres » qui sera la sienne. Immobilisée par une arthrite de la hanche, elle continue à écrire dans son appartement du Palais-Royal : *L'étoile Vesper, Le fanal bleu*. En 1945, elle entre à l'Académie Goncourt. Elle s'éteint à Paris en 1954.

Vingt ans après la mort de Bel-Gazou, la publication de cette correspondance entre la mère et la fille approche, par touches éphémères, une relation méconnue de la grande romancière.

PRÉFACE

Une correspondance inédite

Vingt ans après la mort de ma tante, Colette de Jouvenel, unique enfant de Colette et de mon grand-père Henry de Jouvenel, l'heure me paraît venue de publier la correspondance qu'elle échangea avec sa mère. Elle me la laissa avec mission de le faire « le plus tard possible ». En quelque sorte elle s'en libé-rait. Il me fallut cependant une grande détermina-tion. Les lettres ont pour moi un caractère si intime que j'en étais retenue. Colette elle-même ne s'écrit-elle pas à l'occasion de la vente d'une de ses lettres à Robert de Montesquiou-Fezensac : « Une lettre est un objet sacré qu'aucune vente ne doit profaner : c'est un scandale intolérable que de disperser aux quatre vents des pensées, des impressions, connues seulement de deux personnes. » Pendant longtemps aussi j'ai reculé devant l'énorme travail de chronolo-gie — Colette ne datait presque jamais ses lettres —, j'ouvrais les classeurs et les refermais comme un chi-rurgien au-dessus d'un cas désespéré. Si je me suis laissé convaincre d'ordonner les quelque six cent cin-quante pièces de ce puzzle, c'est pour montrer un aspect de Colette inconnu et faire revivre la « Petite

Colette » qui repose à côté de sa mère, au cimetière du Père-Lachaise, à Paris.

C'est une évidence, Colette est une célébrité. De son vivant elle ne s'appartenait déjà plus. En 1932, lorsqu'elle subit des critiques à l'ouverture de son institut de beauté, elle s'insurgea en écrivant dans *Vogue* : « Tous ceux-là, et d'autres, et tant d'autres, je suis donc à eux, je leur ai donc lentement consenti, ligne par ligne, année par année, le droit d'intervenir dans ma vie ? »

Gardienne de cette correspondance importante, j'ai souhaité publier ces lettres avec un parti pris de simplicité et un minimum de notes. Établir leur chronologie n'était pas simple ; l'identification des personnes citées parfois impossible. Ainsi je n'ai pu retrouver « tante Colette », une Colette de plus... Ce ne peut être sa cousine, son aînée de douze ans ! Peut-être une amie de ses parents, si proche qu'on l'appelle « tante » ? Je me suis lancée dans l'aventure, munie de noms, d'adresses, de solutions qui sont souvent devenues des problèmes !

À cette occasion, je demande justice pour l'héritier, souvent traité d'abusif, d'empêcheur de tourner en rond, alors qu'il s'oblige à être à la disposition de ceux qui veulent tout connaître sur une personne de leur choix et tout voir — photos, documents, lettres intimes —, sans souci d'offusquer une juste pudeur familiale et qu'ils laissent au milieu d'un chaos, troublé par des questions restées sans réponse, immergé dans les arcanes de destinées achevées... Et sa vie à lui ? Elle ne compte pas plus que le battement d'ailes du papillon...

Une mère hors du commun

Colette fut parfois accusée d'avoir été une mauvaise mère — bien que les Éditions du Trianon aient annoncé, en 1927, un *Supplément au Traité de l'Éducation des filles*, de Fénelon, par Colette, resté à l'état de projet. Ce n'est pas si simple, toutes les femmes savent que les relations entre mère et fille sont délicates, parfois difficiles. À cette époque l'éducation des enfants était différente de celle préconisée aujourd'hui par les différents courants de psychologie. Les enfants n'avaient aucun droit, sauf celui de se taire et d'obéir, ce qui ne mettait pas en cause l'affection de leurs parents. C'est une affaire de génération. Le respect, l'autorité des parents ne se discutaient pas. Faire honneur à sa famille, voilà tout ce qui leur était demandé. Petite Colette le fera avec sa discrétion et son humour habituels, elle défendra fièrement son père comme sa mère, sa vie durant. Ses amis savent combien elle était dévouée à leurs mémoires mais aussi drôle et généreuse, pleine de vie.

Colette éducatrice, tendre et sévère, trop tardive maman... Elle confie dans *L'Étoile Vesper* : « L'enfant tardif — j'avais quarante ans — Je me souviens d'avoir accueilli la certitude de sa présence avec une méfiance réfléchie, en la taisant. C'est de moi-même que je me méfiais. Il n'était pas question d'appréhension physique — je craignais ma maturité, ma possible inaptitude à aimer, à comprendre, à m'imprégner. L'amour — je le croyais, m'avait déjà fait beaucoup de tort, en m'accaparant depuis vingt ans à son service exclusif. »

Au-delà de la magie du verbe, ces lettres qui couvrent deux guerres — s'échelonnant de 1916 à 1953 — dévoilent un nouvel aspect de son « cœur innombrable ». À l'esprit requis par une activité vertigineuse, les spectacles, le dur labeur d'écriture, les voyages, les conférences, les amis, s'ajoutent avec le temps les souffrances physiques et le mal de l'absence.

Rares durant l'enfance de la Petite Colette, les lettres de Colette montrent cependant l'affection et l'attention d'une mère inimitable, occupée de ses amours et accablée du constant souci de gagner sa vie. C'est beaucoup plus tard qu'un véritable échange commence entre les deux Colette, notamment pendant la guerre. Leurs liens se resserrent au fil des ans. Avec le temps, on apprend aussi à mieux s'aimer.

La toute dernière lettre de Colette à sa fille fut offerte par celle-ci à Marthe Lamy, son médecin. Le Musée Richard Anacréon à Granville en détient une copie. Colette est soucieuse : « Un tel silence, Chérie, aurais-tu un gros ennui ?... Pourvu que tu n'aies pas un cancer... » Colette était-elle visionnaire ? Sentimentale, certainement, car son ultime agenda contenait, pliée en quatre, dans le rabat de la reliure, une lettre de sa fille, envoyée de Casablanca : « Ma mère chérie, Des quelques lettres que j'attends de France c'est toujours la tienne que j'attends avec le plus d'impatience — et comme je suis bien récompensée !... Quand je n'ai pas de lettre de toi, j'ai toujours un *Paris-Presse* ou quelque journal qui publie une photographie de toi. Tu savais déjà que tu avais une fille privilégiée — Mais tu vois à quel point. — Mille choses affectueuses à ton compagnon, et aussi à ta suite. Ma mère chérie tu sais combien je t'aime, et je t'embrasse comme il convient à tant d'amour. Colette. »

Juste retour des choses, ces appels de la fin évoquent ceux que sa grand-mère Sido adressait à la Grande Colette : « Je ne te vois pas assez souvent pour ce qu'il me reste à vivre... » Le 6 juillet 1912, Sido écrit encore : « Pas de lettre ! Où es-tu ? N'es-tu pas malade au moins ? » Sido mourut peu après. À son tour Colette devenue vieille appelle sa propre fille sans relâche : « Où es-tu ? Que fais-tu ? Donne-moi de tes nouvelles ! » Voilà le portrait inconnu d'une Colette maternelle qui n'a pas échappé à l'« insoutenable légèreté de l'être ».

Fusion, confusion !

Mais quelle monstrueuse idée Colette a-t-elle eue de prénommer sa fille de son propre nom de famille ? Peut-on admettre qu'elle ait manqué d'imagination ? Elle que tous les amoureux de la littérature célèbrent pour son génie des mots, sa façon inégalée de décrire nature, bêtes et gens ? A-t-elle inconsciemment refusé cette petite fille qu'elle décrit ainsi à Marguerite Moreno : « Trait pour trait la figure de Sidi [1], une sorte d'Éros, élégant, robuste et édenté [...], le corps singulièrement beau et robuste. » La très féminine Colette admire chez sa fille la force masculine, elle lui écrit souvent « mon chéri ». Ne lui conseille-t-elle pas un métier d'homme ? « Ah, mon chéri sois ingénieur agronome plutôt que femme de lettres va ! » Peut-être a-t-elle simplement péché par narcissisme ? On peut tout supposer mais la réalité est là :

1. Surnom donné par Colette à Henry de Jouvenel.

elle crée la confusion. Très vite on nomme sa fille « petite Colette », pour la distinguer d'elle, la « Grande », l'unique...

Fusion, confusion ! En prénommant sa fille de son patronyme, devenu son pseudonyme, Colette écrase la petite. Passe encore qu'elle signe tous ses écrits d'un simple « Colette » mais signe-t-on une lettre à son enfant comme on le fait à un inconnu ? C'est pourtant ainsi qu'elle achève les quelque quatre cents lettres à sa propre fille. Une fois seulement on lit « ta maman ». On peut compter sur les doigts d'une main : « ta maman, Colette » ou « ta maman qui t'aime, Colette de Jouvenel », jamais un simple « maman » !... En 1926, de la Treille Muscate, elle termine par : « Ta maître maçonne, menuisière, laveuse, terrassière, etc., etc., etc., et même maman. » Ce « maman-là » joue-t-il le tout dernier rôle ?

Colette vole l'identité de sa fille dès le berceau. L'état civil ne connaît en effet qu'une seule Colette de Jouvenel : la fille d'Henry de Jouvenel et de Sidonie-Gabrielle Colette, son épouse.

Mais ce n'est pas tout ! Le bébé, puis la petite fille, recueille en plus le surnom de « Bel-Gazou » (« beau langage », en provençal) que son grand-père, le capitaine Colette, avait donné à Gabrielle, sa propre fille. Colette signe encore à trente-huit ans ses lettres à Robert d'Humières, « Bel-Gazou », deux ans avant d'enfanter. Voici donc l'enfant effacée sous la confusion de ce double masque. N'avait-elle pas droit à un prénom, à un surnom bien à elle ? Colette de Jouvenel abandonna ce sobriquet très vite et m'avouera, plus tard, qu'elle détestait qu'on la désigne ainsi. Cependant, la littérature en a décidé autrement — justement pour la distinguer de sa mère —, et bien souvent elle s'est entendu dire : « Mais alors, Bel-

Gazou, c'est vous ? » Invariablement elle répondait : « C'était, madame, c'était... »

Cette Petite Colette, qu'allait-elle devenir ? Dotée d'une éclatante vitalité, douée pour tout, elle ne pouvait même pas « se faire un prénom » ! Comment être reconnue, se différencier de sa trop célèbre maman ?

Écrire ? Impossible, quoiqu'elle en eût l'indéniable talent, en dépit d'un véritable complexe à l'égard de sa mère qui, parfois, lui fait la leçon : « D'abord et avant toutes choses, tu es une grande dinde. Quinze ans c'est un âge plein de sottises, décidément. Tu m'as l'air, avec ton "malaise d'écrire", d'un type qui se décarcasserait à chercher l'équilibre sur un pied... Pourquoi penses-tu que tu m'écris quand tu m'écris ? N'y pense pas. Qu'est-ce que ça fait qu'une lettre soit "stupide" ?... Comment ! sous prétexte que tu crains de ne pas briller, tu me laisses un mois sans signe de vie, sans signe affectueux ? C'est morbide, voyons !... »

Cependant, Petite Colette écrira beaucoup et bien. Les contes et rêveries automobiles qui émaillent ses premières lettres le prouvent déjà, plus tard les « papiers » pour le journal de la Résistance, *Fraternité*, dont elle fut corédacteur en chef et auteur d'un grand reportage sur l'été allemand en 1945. « Avez-vous lu l'article ?... de ma fille dans *Fraternité* ? écrit Colette à Charles Saglio, Voyez-moi le ton de cette Jouvenelle ! » Cette « Jouvenelle » a dans les veines du sang journalistique. Elle met tout en œuvre pour créer une revue mensuelle intitulée *Qualité*, destinée à la zone libre ; mais Vichy censure les auteurs... Elle donne aussi des articles à *Femmes françaises*, à *La Marseillaise*, à *Noir et Blanc*... En 1945, lorsqu'elle endosse l'uniforme et part pour Berchtesgaden d'où elle rapporte une série de photos et d'articles, Colette écrit à Germaine Patat : « Est-ce que ce n'est pas tout son père, je suis sûre que cela vous fera rire. » Ce commentaire, en forme de raillerie, est éloquent, n'est-ce pas lui briser les ailes ? la convaincre qu'elle ne pouvait rien faire de sérieux, la pousser vers le dilettantisme ? Quelque dix ans après, sa fille devenue décoratrice donne des « papiers » à *Harper's Bazaar*, à *Vogue*. Elle écrit aussi pour elle-même des poèmes et des lettres désopilantes à ses amis, à son avocat : « De cet homme [1] dont l'âme est plus noire que le cul d'une poêle, il émane quand même quelque chose de bleu : la couleur des papiers qu'il m'adresse. » Et Léon Delanoé reçoit ce mot qui contient encore sa difficulté d'être : « J'aurais bien du mal à parler de mes bêtes après qui vous savez... » laissant aussi apparaître son humour : « Zibeline fut le premier nom de ce siamois loucheux. Je le fis castrer, il engraissa si bien que son nom devint Zeppelin... » Il serait fastidieux de citer d'autres passages de ses propos pleins d'esprit. Ses correspondants en gardent le souvenir ému.

Faire du cinéma ? Elle fut l'assistante de Solange Bussi pour *La Vagabonde* (1931), de Marc Allégret pour le *Lac aux dames* (1934), de Max Ophuls pour *Divine* (1936). Être décoratrice ? Lorsqu'elle l'annonce à sa mère celle-ci lui répond le 24 août 1937 : « Être décoratrice en vérité, ce n'est pas que le goût te manque. » Dessiner ? Peindre ? Elle conçut tout un service de table, en 1954, pour l'armateur Onassis et laissa des gouaches ravissantes... à ses amis. Antiquaire ? Elle ouvrira successivement plusieurs magasins à Paris, rue de Verneuil, puis rue Bonaparte, enfin à Beaumont-du-Gâtinais, par passion des objets insolites ; mais elle n'aimait pas « faire la marchande ».

1. Son beau-père, Maurice Goudeket.

Que pouvait faire la fille unique de la Grande Colette et d'Henry de Jouvenel, ces personnages écrasants du monde littéraire et politique, si son prénom ne la différenciait pas ? Colette, elle-même, en était consciente, confiant ses soucis à Germaine Patat : « Quelle fichue situation d'être la fille de deux quelqu'un. Elle a un sacré besoin de s'appeler Durand, ma fille. »

Replaçons les faits dans le contexte de l'époque. Dans les années d'enfance, la « Petite » vit à Castel-Novel en Corrèze, écrit beaucoup et réclame passionnément sa mère dont les lettres sont rares : « Aujourd'hui j'ai eu six ans ce matin on m'a donné un bouquet de fleurs pour ma fête. Ce matin j'aurais voulu t'embrasser plus fort que d'habitude. »

Miss Draper, « Nursie dear », veille sur sa fille jusqu'à ses huit ans, c'est bien ainsi mais sa mère lui manque et elle est particulièrement sensible aux fêtes qui se succèdent sans la présence de ses parents : « Pour ma fête, j'espère que au lieu de m'envoyer une lettre, tu m'enverras peut-être bien une jolie carte où il y aura marqué dessus bonne fête... » En 1922 : « Demain c'est le jour de Pâques, quand est-ce que tu vas revenir ? »

À neuf ans, elle est « bouclée » à Saint-Germain-en-Laye, elle implore : « Voudrais-tu venir me voir dimanche s'il te plaît, j'ai tellement envie de te voir. Je t'en supplie viens me voir ! Bel Gazou te veux [*sic*] à tout prix », et, en 1923 : « Je t'ai attendu [*sic*] très longtemps et finalement lorsque j'ai vu que tu ne venais pas... je me suis dit que tu avais sûrement la grippe... » Ce sera au tour d'« Aunty Manette », et de

17

« marraine » de recevoir régulièrement la Petite et de lui apporter l'affection dont elle a si grand besoin. Colette leur fait entièrement confiance.

Habituée à être éloignée de ses parents, envoyée à droite et à gauche, éduquée avec de bonnes paroles, Petite Colette se rappelle : « À partir du jour où ma mère m'a dit : "j'ai bien envie de te considérer comme une grande personne, il n'y a pas de raison pour que je ne te parle pas comme à une grande personne", à partir de ce jour-là il y a eu entre nous une sorte de contrat. Je devais avoir dans les 9 ou 10 ans. Pour respecter ma part du contrat, je faisais semblant de tout comprendre. »

En grandissant, l'enfant aux parents lointains souffre de solitude et sans doute aussi de partager l'affection maternelle avec les jeunes amies de sa mère que Colette appelait ses « filles », Germaine Patat, par exemple, qui lui succéda dans le cœur d'Henry et servit de modèle à *La Seconde*.

Sa nature enjouée en fait une pensionnaire turbulente. Colette prend alors en main l'éducation de sa fille qui donne du fil à retordre à ses professeurs : « Non, tu ne t'es pas fait priver de sortie, tu t'es fait mettre à la porte... Où t'acceptera-t-on après ces deux expulsions ? » et s'adresse à Germaine Patat pour la prier d'intervenir auprès d'Henry : « Qu'allons-nous en faire ? je ne peux juger que de son désordre qui est inconcevable. » Plus tard, elle écrit : « Mais qu'ai-je à faire d'une enfant qui est "gentille" avec moi, un point c'est tout ? Quel luxe inutile. »

En 1926, Petite Colette est envoyée en Angleterre et à son retour suit les cours du Collège féminin, rue du Four. Elle y apprend la sténo et... fume en cachette, ce qui lui vaut cette mémorable et lucide mise en garde : « Ma chérie, ne sois pas triste. Si j'ai eu un choc pénible à découvrir que tu fumais en cachette, c'est surtout parce que je sais la force d'une habitude... c'est elle qui vous rend lâche et menteur... » Ces années-là quelques lettres se répondent. La Petite avoue : « Je suis toujours extrêmement mal à l'aise quand je ne suis pas, envers toi, comme je devrais l'être. »

Elles passent enfin des vacances seules toutes les deux à Saint-Tropez et Colette admire : « Je me repose avec Colette II [...] Elle a des chemises de garçon et des seins de jeune négresse... elle nage sous l'eau comme un petit requin et elle conduit n'importe quelle voiture... » Certes, Colette confie toujours « Bel-Gazou » à droite et à gauche et lui intime aussi des ordres sans appel. En 1925, lorsque sa fille lui annonce qu'elle « entre dans un chemin de vertu », elle laisse apparaître ses doutes sans l'encourager : « Ma vertueuse fille (?) je vais rentrer dès que je pourrai. Sais-tu ce que je te conseille : de te baigner, de te laver les cheveux, de soigner tes ongles de pieds... » En 1928 : « Pense aussi, ô très grande personne que tu es maintenant, à dire à ton père, que dorénavant, il ne se préoccupe pas de tes billets de voyage, déplacements quelconques... »

Les enfants comme les plantes ont sans cesse besoin d'eau. Il faut leur en donner à volonté. Qu'ils croissent en beauté, en savoir, qu'ils prennent leur vie entre leurs mains, devrait être la seule récompense. Néanmoins on s'en contente rarement, guettant en retour des attentions, de la tendresse. Bientôt Colette se plaindra de n'avoir pas assez de nouvelles de sa fille devenue secrète et indépendante. Petite Colette, en effet, prend son envol avec la fougue qui la caractérise. Elle se lie, se délie, se marie, se démarie, n'aura jamais d'enfants, mais de belles amours, un château — Curemonte, en Corrèze —, une maison, deux, trois, quatre, cinq maisons, et des chats, des chiens ramassés sur les chemins.

L'année terrible pour Petite Colette est, sans doute, 1935. En effet, sa mère épouse en avril son troisième mari, Maurice Goudeket ; elle-même épouse en août le docteur Dausse dont elle se séparera trois mois plus tard ; et son père, remarié cinq ans auparavant avec Germaine Dreyfus, meurt brutalement le 5 octobre sur un banc des Champs-Élysées. Colette écrit à sa fille : « Oublie-toi un peu si tu peux, reste auprès de la plus grande douleur, celle de Mme de Jouvenel. » Et sa douleur à elle, Petite Colette n'y avait-elle pas droit ? Dès cette époque, belle-mère, beau-père aidant, la Petite s'éloigne davantage. Elle ne donne guère de nouvelles. Colette, en 1937, se plaint : « Non, chérie, tu n'as pas battu ton record. Il y a deux ou trois ans j'ai attendu *neuf* semaines une lettre de toi. Dieu merci tu n'améliores pas tes performances... »

En 1941, la parution de *Julie de Carneilhan* blesse gravement Colette de Jouvenel. On prétend que son père est le modèle d'Espivant, un homme séduisant, sénateur, député, mais malhonnête et sans scrupule. Vengeance de Colette ? Elle s'en défend : « Non, Espivant n'est pas Jouvenel », mais la rumeur est tenace.

La distance se fait aussi géographique. Pendant la guerre, Petite Colette séjourne à Curemonte dans un château en ruine et une halle transformée en logis, où elle accueille des réfugiés de toutes sortes ; mais elle se soucie cependant de sa mère et la convainc de la rejoindre. Colette et Goudeket se rendent donc à Curemonte en juin 1940. Colette décrit son séjour dans *Journal à rebours*, sous des têtes de chapitres évocatrices : « Danger », « Ruines », « Fièvre »... Elle rejoint Paris avec soulagement. Des cartes interzones servent alors de lien entre la mère et la fille. Colette reçoit régulièrement des colis de Corrèze : « Six œufs en omelette sur douze. On les brouillera pour le dîner [...] ail, châtaignes, pull-over ! tout ça m'arrive par des chemins divers [...]. Ton colis vient d'arriver, merci chérie. Les courges vertes et blanches ressemblent à des serpents. On a coupé le maïs trop tard, je ne te le dis que pour que tu le saches. Je vais me coller un de ces plats d'aubergines frites ! J'en rêve. Une de mes voisines du Palais m'a cédé une de ces bouteilles d'huile faite avec de la moelle de bœuf pure, qui est une grande merveille. Si elle pouvait m'en avoir d'autres... » En 1944, Colette annonce à Marguerite Moreno : « J'ai ma fille. Un peu fatiguée de l'énorme travail qu'elle a fait là-bas. Elle est fondatrice et Présidente du Comité Social et Sanitaire. Tout a subi l'activité soudaine de cette petite bougresse. Elle a trouvé charbon, farine, sucre pour sa région, pressuré les préfets, démoli des chiottes infectes, nourri des nourrissons, trouvé de la laine, des produits pharmaceutiques, chauffé des hôpitaux immondes... Que te dire ? C'est très beau. On lui offre d'étendre son action sur quatre départements... Je la laisse se débrouiller. » Il est vrai que Colette n'est pas vraiment tournée vers les autres. Quelle que soit l'admiration pour l'œuvre de cet immense écrivain, force est de constater son égocentrisme, son ingratitude ! N'a-t-elle pas délaissé sa mère Sido, dont l'image et l'enseignement ont nourri l'œuvre ? Et abandonné complètement Missy ?

Effet de l'âge ? Colette a soixante-dix ans. C'est désormais la crainte de manquer — de vivres comme de charbon — qui emplit ses lettres. Pourtant son entourage la comble. Il faut attendre 1945 pour lire : « Je te voudrais un peu de repos maintenant, chérie. On dit qu'un moment vient toujours de regretter d'avoir eu des enfants très tard. Je vois bien que c'est vrai, moi qui "assiste" de si loin à toi. Je t'embrasse tendrement chérie, et si peu qu'il y paraisse, je suis profondément tienne. » Et de réclamer de plus en plus : « Chérie-avare-de-lettres, je voudrais bien un mot de toi... » toujours suivi de la sempiternelle et agaçante formule finale : « Maurice est ton ami. »

1950. Petite Colette devenue antiquaire, exigeante sur la qualité, fastueuse sans le sou, profondément secrète et solitaire, vit sa vie et finit par trouver la sérénité dans le Gâtinais. L'adresse ne s'invente pas : « Impasse de l'Écritoire » ! Elle y aménage un dernier magasin, souvent fermé, puisqu'elle passe la moitié du temps à Paris, ayant loué à son beau-père, qui l'en a dépossédée par un testament scélérat, l'ancien appartement de sa mère, au Palais-Royal. Depuis la mort de ce dernier, en 1977, c'est elle qui, avec un soin méticuleux, veille sur l'œuvre que « traitent à la légère seules les personnes qui ne l'ont pas lue ».

Colette de Jouvenel assume désormais pieusement sa filiation, se consacrant à la mémoire de sa mère avec courage et pour la plus grande gloire de celle-ci. Ayant comme abdiqué son propre moi, elle accepte de n'être plus qu'une contraction de la Grande Colette et de son père Henry. Mais les contractions font mal et celles qui ne servent pas à enfanter vous minent... Colette de Jouvenel est morte d'un cancer en septembre 1981. Elle avait soixante-huit ans.

On lui demandait souvent quelle sorte de mère était Colette, elle répondait : « Si je devais dire que Colette était une mère maternelle, au sens où on entend cela ordinairement, ce ne serait pas exact. Une mère *maternelle* est censée vivre penchée sur son enfant. L'enfant étant le centre de tout, et parfois peut-être jusqu'à l'excès. Non, ma mère n'était pas cela. Mais elle était beaucoup plus, même s'il m'arrivait, en tant qu'enfant, de trouver désagréable — ou même triste — de ne pas être le nombril de *son univers*. Je crois qu'elle a désiré que je sois une parfaite merveille, à tous points de vue, et d'emblée. Je l'ai bien déçue. Les enfants sont rarement des parfaites merveilles. Ils peuvent même être parfaitement désastreux. Il me semble que plus je désirais être une enfant exceptionnelle, et plus je passais à côté [...]. Vous savez, une femme, qui a toujours été d'une exigence et d'une sévérité exceptionnelle envers soi-même, comment n'eût-elle pas montré de sévérité envers un morceau d'elle-même ? »

Et en réponse à la question : Que vous a-t-elle appris ? « Elle m'a appris à ne pas apprécier, à ne pas déprécier non plus, selon la morale courante, et ses lieux communs, selon la condition sociale, la richesse et autres étiquettes, mais selon quelque chose de très fort qu'elle portait en elle, que Sido portait en elle. On peut appeler ça une éthique rigoureuse. Faite de générosité, d'enthousiasme, de compréhension, de curiosité pour tout ce qui est humain et animal, et végétal et minéral. D'intolérance aussi pour ce qui est médiocre. En fait, pour tout ce qui est mystérieux et, de quelque manière, éternel, et donc sans réponse. »

Admirative, elle ajoutait : « Elle percevait et décrivait ce qui est insaisissable — ou indéfinissable — pour d'autres. Elle aimait l'aisance, elle se défiait du faste qui est étalage, exhibition. Et si son style est fastueux, c'est qu'il est un prodige de précision adjoint au don naturel du poète. »

Puis, après un silence : « Non, on ne pose pas de questions à une mère qui travaille. Je me retenais. Et c'était le plus dur... Ce que je ne devinais pas, c'est que la plupart des réponses à toutes mes questions informulées, elle était occupée à les écrire. Non pour mon seul profit, pour le profit de beaucoup de gens. [...] Elle qui chaque jour enfantait, pouvait-on demander qu'elle mît au monde, chaque matin des jumeaux : son travail et son enfant ? »

Un jour qu'on lui demandait : « Qu'est-ce que cela représente d'avoir une mère si célèbre ? » elle reconnut simplement : « Il faut toute une vie pour s'en remettre. »

Je la revois disant cela puis, changeant aussitôt d'attitude, elle regarda son petit teckel noir, « La Flûte », et sourit. Il guettait, pour bondir sur ses genoux, le signe de la main charnue aux doigts courts qui se tendait vers lui. L'entretien était clos ; l'exquise politesse de ma tante et sa patience de façade masquaient pour toujours sa profonde solitude.

ANNE DE JOUVENEL

NOTE ÉDITORIALE

Les particularités typographiques des lettres ainsi que l'orthographe de la Petite Colette pendant ses jeunes années ont été scrupuleusement respectées.

Les principaux noms de personnes ainsi que certaines adresses sont répertoriés dans un Glossaire page 627.

1916

[Carte postale du lac de Côme (Italie) : Cernobbio e Villa d'Esta veduti da Pizzo.]

14 septembre 1916[1]

Ma chérie, chérie,
Je voudrais bien que tu sois avec nous, mais c'est trop loin. Il y a une belle eau bleue comme tu la vois sur cette carte, des fleurs, et des bateaux. Je te demande d'être une bonne et gentille fille bien portante et je t'embrasse de tout mon cœur.

Maman

1. En septembre-octobre 1916, Colette séjourne au Grand Hôtel Villa d'Este à Cernobbio sur le lac de Côme. Le 23 mai précédent, l'Italie est entrée en guerre contre l'Autriche-Hongrie et son mari, Henry de Jouvenel, qui combattait à Verdun, a été muté dans une unité française envoyée sur le front italien.

[*Carte postale : Cernobbio, Italie.*]

23 septembre 1916

Ma chérie, es-tu bien sage ? Apprends-tu à t'habiller toute seule ? Manges-tu la bouche fermée ? J'ai rêvé cette nuit que tu faisais beaucoup de bruit avec ta bouche en mangeant, et j'étais désolée.

Papa ne revient pas, et je ne l'ai vu que cinq jours. Je t'embrasse autant que je t'aime, dis bonjour bien gentiment de ma part à Miss Draper[1].

Colette

[*Album de cartes postales reliées. Lac de Como : souvenir de la Villa d'Este.*]

29 septembre 1916

Chérie, dis à Miss Draper que j'ai écrit hier à Madame Rougine et que j'espère un bon arrangement. Dis-lui aussi que je pourrai lui envoyer de l'argent la semaine prochaine. Papa t'embrasse tendrement et il veut retrouver en France une belle et bonne petite fille avec de jolies manières qu'il pourra inviter à déjeuner avec lui, et qui saura lui porter sa tasse de café et les allumettes pour sa cigarette. Je t'embrasse sur ta petite tête ronde, chérie dis mon bon souvenir à Miss Draper.

Colette de Jouvenel

1. La petite Colette, née en 1913, est élevée par Miss Draper, sa nurse, à Castel-Novel, propriété de son père en Limousin.

1917

[*Carte postale représentant les angelots de « La Madonna di S. Sisto » de Raffaello Sanzio.*]

Ma chérie, que je suis contente d'avoir ta photographie. Tu as de bonnes petites joues rondes, et un air si malicieux. Je te trouve très bien. Dis à Miss Draper que je lui écris. Je t'embrasse autant que je t'aime et papa[1] aussi

Colette de Jouvenel

[*Carte postale. Rome, Caretto di Vino.*]

27 septembre 1917

Ma chérie, j'espère que tu vas bien et Miss Draper aussi. Voilà le portrait des petites voitures qui appor-

---

1. Henry de Jouvenel est délégué de la France à la Commission de la Triple-Entente à Rome. Colette l'accompagne et travaille à la rédaction des *Heures longues*. Voir les chroniques intitulées « Le lac de Côme », « Bel-Gazou et la guerre » et « Bel-Gazou et la vie chère », *Œuvres*, Bibliothèque de la Pléiade, t. II.

tent tous les jours le vin à Rome. Elles sont gentilles et les mules ont des sonnettes au collier et des pompons de laine rouge et bleue partout. Je t'embrasse de tout mon cœur.

[*Carte postale. Rome : paysage.*]

28 septembre 1917

Je sais qu'il fait bien froid en France, chérie, tu n'es pas enrhumée ? Ici il pleut tellement qu'on ne peut pas sortir et j'ai dû rester à la chambre pour un mal de gorge. Gamelle[1] est très sage et te donne la patte pour te dire bonjour.
Mille tendresses.

Colette

[*Carte « Joyeuses Pâques ».*]

Ma chérie, c'est un vrai regret que de ne pas passer le jour de Pâques[2] avec toi. Mais tu sais bien que ni papa ni moi ne faisons comme nous voulons... A bientôt, je t'embrasse de tout mon cœur

1. La chienne.
2. Pâques : le 8 avril. Colette rentre à Paris en mai.

1918

Dimanche

Chère Mama
Je regrette que tu ne viennes pas dans trois ou quatre jours. Je suis bien contente que Papa soit venu en permission pour te tenir compagnie. Je suis bien sage Maman chérie[1].

Colette de Jouvenel
Bel-Gazou

Chère Maman
Jais etait tres vilène avec Miss mais je regrète mais je vais etre sage je vais etre gentille. Je t'écrid une lettre pour te raconté que jais etiat très vilène avec Miss. Chère Maman je tème de tout mon cere.

Colette de Jouvenel. Varetz Corrèze

1. Après avoir été, de juillet à novembre 1917, chef de cabinet d'Anatole de Monzie, sous-secrétaire d'État aux Transports maritimes et à la Marine marchande, Henry de Jouvenel a rejoint le front. Cette lettre date probablement de la première semaine d'août, où il était en permission à Paris.

1919

Lundi 27 [janvier 1919]

Chère Maman il n'a de la neige. Je vais jouer avec la neige. Chère Maman je vais être très contente de te voir descendre des nuages[1] et moi je serais contente de monter en areoplane. Chère Maman et pt Papa, embrasse de tout son cœre.

Colette de Jouvenel Varetz Corrèze

Dimanche 27 avril [1919]

Chère Maman,
j'aime la carte où il y a toi, Gamelle et moi sur les escalliers et encor Papa et moi sur le péron. J'aime presque toutes les carte mon camarade n'ai pas content de alés a l'école et moi je suis contente comment tout j'aime mieux alés à l'école que resté au château.et esque tout va bien à Paris et toi je voudrais

1. Grand reporter au *Matin*, Colette devait participer au premier voyage à Londres de l'aérobus *Caudron* interrompu par le gouvernement anglais. L'avion dut revenir à Villacoublay.

savoire si tu aimé mieux alés a l'école quans tu étais petite fille que resté chez toi j'embrasse Papa et toi de tout mon cœur

Colette de Jouvenel Varetz Corrèze

Dimanche 1 juin[1]

Chère Maman je vais être sage et te faire plaisir je vais m'aplique m'appliquer en class, par-ce-que ce-la me fait pas plaisir quant tu n'es avec moi j'ai pleuré quand j'ai lit ta lettre et tu ma pas envoier un bésé. J'ai reçu Gouttenègre deux leçon par cemène, après la class les mercredi et le samdi. Miss est contente que tu a du sucre pour elle, les fraises et les çerises son mures. Miss demande çi tu peu envoier du sucre bientôt. Je t'embrass et Papa de tout mon cœur mille bésé pour toi et Papa

Colette de Jouvenel
Varetz Corrèze

[Reproduction d'une lettre présentée lors de l'Exposition Colette à la Bibliothèque nationale en 1973. Catalogue, n° 426.]

Dimanche 15 juin 1919

Chère Mama j'ai dit un mansonge à Miss mais je ne vais plus lui dire de mansonge je vais lui faire

---

1. Lettre publiée dans l'album de La Pléiade accompagnée d'une photo de Colette : « Premier vol de Colette sur l'aérobus *Caudron*, 26 janvier 1919 ». Voir note 1, p. 30.

plaisire jesper que tu viendra bientôt me voir et tu va voire que j'ai grandie beaucoup et tu va me voire avec mes bras nu même mes pied quan les oiseaux chante ses des jour gai et je serai contente quand tu viendra me voire.

J'ai etait a Brive jeudi je suis monter dans un areoplane sa torner vite j'ai était au cloun. Ses très jolie ses encore plus que jolie ses superbe et il fait un temps superbe Mille bésé pour toi et Papa

Je t'embrass de tout mon cœur

Colette de Jouvenel
Varetz Corrèze

Samedi 21 juin [1919]

Chère Maman,

J'ai eu une bonne note en classe parce que je n'ai pas bouger de la matinée. J'ais eu 4-4-5-5-5-4-. Le cahier est mieux tenu que les autres. Miss m'a mis une petite robe blanche et elle me va extraordinairement bien. Je marche nus pieds pour me rendre les pieds durs. Quand les oiseaux chantent ce sont des jours gais il fait un temps superbe et très chaud partout il y a des fleurs magnifiques.

Mille baiser pour chère Papa et toi
Je t'embrasse de tout mon cœur

Colette de Jouvenel
Varetz Corrèze

32

Samedi 28 juin 1919

Chère Maman

je n'ai pas eu de classe aujourd'hui parce qu'il y avait congé en l'honneur de la signature du trété de paix[1].

Paris doit être bien beau je voudrais être avec toi pour le voir. Il fait un temps superbe mais un peu frais. J'ai mengé du gâteau de cerises il était délicieux. Je n'aime pas beaucoup les petits pois en ragoût mais je les aime crus mais sa donne la colique. Quand je ne mange pas les petits pois en ragoût Miss ne me donne pas de dessert. Je mange bien la viande blanche de poulet et le pigeon.

Mille baisers pour chere Papa et toi qui es une chérie je t'embrasse de tout mon cœur.

Colette de Jouvenel
Varetz Corrèze

Jeudi 3 juillet [1919]

Chère Maman

Je suis contente daller au bord de la mer avec toi[2]. Le temps est mauvais il pleut le foin se mouille. Dans la prairie le foin de. Miss est rentré. J'aime bien le confit d'oie avec du pain et du beurre et après mon lait. C'est délicieux. Aujourd'hui j'ai eu six ans ce matin on m'a donné un bouquet de fleurs pour ma

---

1. Le traité de paix a été signé au château de Versailles le samedi 28 juin.
2. Colette séjourne à Rozven, en Bretagne, où elle commence la rédaction de *Chéri*. La fête nationale américaine, Independance Day, est célébrée le 4 juillet.

fête. Ce matin j'aurais voulu t'embrasser plus fort que d'habitude je suis contente d'avoir congé demain, c'est la fête amériqaine. Je t'embrasse de tout mon cœur ainsi que Papa chéri.

Colette de Jouvenel
Varetz Corrèze

11 décembre 1919

Chère petite maman
Oh ! quelle joie dans quinze jours c'est noël... Que de choses j'ai a demander au père noël : mais tout cela depend, le grand'papa Noël ne m'a peut-être pas trouvé assez sage mais ce dont j'ai le plus envie c'est une boite a compas et deux sacs de billes l'un avec des billes en verre et l'autre avec des billes en pierres. Et pour le père janvier[1] c'est une serviette en cuir noir et une trousse d'écolière garnie. C'est tous ce que je désire cette année.

Mais figure-toi ce n'est pas tout maman ; ... Marraine[2] a attrapée un gros rhume et elle ne peut pas sortir, haa ! mon dieu que c'est ennuyeux. Maintenant Marraine ne peut pas venir me cherché il faut qu'elle y envoie Marie et moi je n'aime pas ça comme si c'était Marraine qui est a venir me chercher. Mais heureusement Marraine va mieux et a dit que peut-être elle viendrai me chercher demain

J'espère que tu es en bonne santé et papa aussi. Ta petite Colette qui t'embrasse bien fort et ne t'oublie jamais, jamais, jamais

Colette de Jouvenel

1. Le père Janvier (ou bonhomme Janvier) : personnage folklorique analogue au Père Noël.
2. Sans doute Germaine Patat.

1920

Dimanche 25 janvier 1920

Chère Maman, je suis enrhumée, je touce un peu je ne suis pas aller en classe avant hier matin, j'était en classe l'après-midi. Hier matin c'était Clémentine qui n'était pas en classe le matin Clémentine est venu l'après-midi pour jouer aux bille à la récréation et elle tricher beaucoup cette nuit j'ai rêvés que j'avais une boîte de couteaux de cuillères et de fourchettes et que la boît était verte et qu'il y avait ecrit sur la boîtes étrennes pour les petits enfants sage, gentil, obéissant. La nuit dernière j'ai rêvés que j'avais grinpé sur un pommier et que je suis que j'ai criet Vive la France. J'espère que mon chère Papa est toujours en bonne santée Monsieur Gouttenègre vas un peu mieux. Je regrette beaucoup de ne pas te voire mais j'espère de te voir bientôt...

Je t'embrasse de tout mon cœur.

Colette de Jouvenel
Varetz Corrèze

Dimanche 8 fevrier 1920

Chère Maman, avant hier il y avait deux petites filles qui ne savait pas répondre a Madame Fargeas, Madame Fargas lui demandais que est que c'est l'été, elles a demandé l'autre et elle ne savait pas répondre Madame Fargas a dit on vat acheté un Phonographe moi j'ai dit que tu vas m'acheté un. Madame Fargasa dit qu'il falait lesdisc pour répété le printemps, l'été, l'automne, l'hiver son des saisons. Et Madame Fargeas a demandé à l'autre combien y-a-t-il de saison. Elle a dit 4 Madame Fargeas a dit <u>sayer rentrée</u>[1] toudemène. Hier Madame Fargeas a dit que j'ai étant bien et bien gentille. J'avais mon ouvrage et j'ai fait des multiplications sur mon ardoise. J'ai fait voir les multiplications Madame Fargeas « assiez vous sur les bancs et regardez les autres faire l'ouvrage » et quand j'ai resté qu'elleque momens sur le bancs et Madame Fargeas a dit au qu'elle gentille petite Colette nous avons. Alors Clémentine vouler me faire parlé mais j'ai fait la sourde je fesait comme si j'avais trops but ; j'envoies milles baisers à Papa et a toi

Colette de Jouvenel
Varetz Corrèze

Dimanche 29 février (1920)

Chère maman. Je te remercie beaucoup du joli manteau que tu m'as envoyé les manches sont un

1. Ce qui est souligné a été entouré de la main de Colette avec ce commentaire : « Je pense que ces mots cabalistiques signifient "ça est rentré". »

peu trops longues. Je suis très contente d'avoir gagnée une meilleure place Aunty Manette[1] m'a dit dans sa lettre que tu lui a dit que j'étais la 17em et hier soir Madame Fargeas m'a dit devinez votre place moi j'ai je suis la 14em elle a dit nom moi j'ai dit la 11em elle a dit nons j'ai dit la 8em et s'etait sa. Aunty Manette m'a dit que si j'avance de dix place qu'elle m'envoyra une bixyclette et je suis bien contente d'avoir avancer de 9 places Madame Fargeas a dit que ma petite ami Clémentine est très paresseuse j'embrasse papa et toi de tout mon cœur

Colette de Jouvenel
Varetz Corrèze

Dimanche 23 mai 1920

Chère Maman,
C'est aujourd'hui la fête de Varetz[2] il fait beau temps peutaitre que j'irai cet après-midi je m'empresse de la voire je suis bien contente de savoir que j'irai bientôt a rozven au moment où je retrouverai mes petites bégnoires des rochers et tous les matins j'irai prendres un bon bain de mer dont le jour la vague m'avais renversés je retrouverers mon camarade Henri Toczes

Chère maman je l'envoie mille baisers

Ta petite Colette qui t'aime beaucoup

---

1. Manette Collet, une amie de Colette qui s'est beaucoup occupée de sa fille.
2. Commune de Corrèze où se trouve le château de Castel-Novel, propriété d'Henry de Jouvenel.

Dimanche 26 décembre 1920

Chère Maman

Se soir les garçons, les filles vont montés pour l'arbre de noël, et vont montés a deux heures et partir a six heures édemi. Nous allons joués aussi guignol. Je te souhaite un heureux noèl et une bonne et heureuse année. Nous regrettons tous, dix mille fois que tu ne soit pas au château. Père noël m'a apporter une malle et une poupée et toute sa toilette, une boite de facteur de ville ou il y a écrit dessus en lettres dorées, le petit Facteur, un libre anglais, un sabot en chocolat, Pourquoi avai-je ten de jouets ? Parce que j'avais mis un sabot dans chaque chambre.

Je t'embrasse de tout mon cœur.

Ta petite Colette qui t'aime beaucoup, beaucoup [1]

---

1. Au dos, la petite a écrit en capitales : VIVE NOËL.

1921

Dimanche, 20 février 1921

Ma Chère Maman,
Hier Melle Billard[1] a Marraine et lui a dit que tu
lui avait montrer la lettre que je t'avais écris et elle
a dit que tu en était assez contente, de savoir que
Mlle Billard te vois tous les jours.
J'espère que Mlle Billard, Papa, maman et le patit.
patit sont en bonne santé.
Ces jours ci il fait beaucoup, beau temps.
Je travaille toujours bien a l'ecole.
Embrasse papa mille fois pour moi et je t'embrasse
mille fois aussi.
                                    Colette de Jouvenel....

Dimanche, 27 fevrier 1921

Ma chère Maman
Avant, le 6 mars était ma fête, mais cette année elle
n'est pas marqué mais comme c'est un dimanche ma

1. Secrétaire d'Henry de Jouvenel.

fête contera encore et j'inviterai les 4 petites filles du temple, Ninie Reyt, dédée et Denise Fargeas.

Pour ma fête j'espère que au lieu de m'envoyer une lettre tu m'enverras petêtre bien une jolie carte où il y aura écrit dessus bonne fête.

Ces jours ci il a fait beau temps sof hier car il a plut.

Embrasse papa mille fois pour mois et je t'embrasse mille fois aussi.

La petite Colette qui n'oubliera jamais ses parents.

Colette de Jouvenel
Castel Novel

[*Sur un papier rose décoré d'une frise représentant la bergère et ses moutons, la petite Colette a recopié la chanson :*]

[1921]

> Il pleut il pleut bergère...
> Rentre tes blancs moutons ;
> Allons à ma chaumière
> Bergère vite, allons.
>
> J'entends sous le feuillage
> L'eau qui tombe à grand bruit
> Voici, voici l'orage
> Voilà l'éclair qui luit.
>
> Entends-tu le tonnère
> Il gronde en approchant
> Prends un abri bergère
> A ma droite en marchant

Et tiens voici venir
Ma mère et ma sœur âne
Qui vont l'étable ouvrir.

Bonsoir, bonsoir ma mère
Bonsoir âne, bonsoir
J'amène ma bergère
Près de vous pour ce soir.

Va te sécher ma mie
Auprès de nos tisons
Sœur fais-lui compagnie
Entrez petits moutons.

Lundi 21 avril [1921]

Chère Maman j'ai commencais de marchait pier nue et je suis bien contente parce que je peu courir plus vite et toi si tu me voier je pense que tu serais bien contente et Miss ve pas que ans va du côté des écuri et Miss va m'emmenie au jourdui au cineuma et je voudré bien savoire quans tu viendrais et viendra aussi. ier s'éter le jour de Paque[1].
Je t'embrass de tou mon cœur

Colette de Jouvenel Varetz Corrèze

[*Au dos :*]

Mardi 22 avril
Chère Maman j'ai été ier au (*sic*)

1. Colette séjournera à Castel-Novel de fin avril au 12 mai.

[Début juillet 1921]

Rozven par St Coulomb
St Malo
(Ille-et-Vilaine)

Dis donc, mon chéri et ma trésorque, Mme de Comminges[1] ne répond pas à Renaud[2]. Comme il a une crise de tendresse pour sa mère, ça l'ennuie, cet enfant. Tu ne pourrais pas savoir si elle est à Paris, et ce qui l'empêche d'accepter Cancale ou autre chose ? Je lui offrirais bien « la chambre de Zou[3] », car Germaine B.[4], remise avec Audebert ne pourra pas coucher ici puisqu'elle veut rester avec Audebert. Ils doivent partir de Paris dimanche, en auto et venir « me voir » à Rozven, et « camper dans la région ». Mais, tu comprends si Mme de C. avait moins de dignité, et qu'elle prenne les choses comme je les prends (je reconnais qu'elle y aurait plus de mérite que moi) elle n'aurait qu'à venir sans chichi, je lui ficherai la paix et je serai très gentille, et Hélène[5] la ferait rire et Léo Marchand[6] fournirait la courtoisie vieille-France, et Bertrand[7] coucherait dans la bibliothèque. Ça lui donnerait toujours une vingtaine de jours tranquilles et salins. Mais comment arranger une chose aussi... mahométanement simple ? Elle pourrait ne pas donner son adresse, et faire suivre son courrier

1. Iza de Comminges, mère de Renaud de Jouvenel.
2. Renaud de Jouvenel.
3. Zou, fiancée de Robert de Jouvenel.
4. Germaine Beaumont.
5. Hélène Picard.
6. Léopold Marchand.
7. Bertrand de Jouvenel.

par son concierge. « Enfin ceci-cela » comme[1]
[*incomplète*]

[Automne 1921]

Chère Maman,
Cette semaine mon travail en classe a été meilleur.
Pour ma composition sur le cahier mensuel j'ai eu
la note 12/20 et la maîtresse a dit que mon écriture
était la mieux écrite et la mieux soignée de toutes.
J'espère Chère Maman que cette nouvelle te fera
plaisir.
Je fais tout mon possible pour apprendre à marcher à bicyclette, je ne sais pas encore. Je m'empresse
de te dire que j'ai gagné l'image que je t'avais annoncé
le lendemain je l'ai gagné à l'école.
Quel dommage que tu ne sois pas au château. Tu
serais ravie d'entendre chanter le rossignol. Il fait un
temps superbe. J'ai été puni deux fois en classe
aujourd'hui mardi. Je te remercie pour les savonnè-
tes. Je reçu une lettre d'Aunty Manette qui m'a promis une robe et un manteau. Je vais écrire et la
remercier jeudi. Je t'envoi mille baisers à toi, papa
et Bertrand
Colette de Jouvenel Varetz Corrèze

1. Petite Colette passe ses vacances à Rozven, avec ses demi-
frères aînés, Bertrand et Renaud. Colette y accueillait aussi plusieurs amis chers. Dans *L'Étoile Vesper*, elle évoque « notre petite
colonie que la canicule poussait vers la côte bretonne » et qui, outre
Hélène Picard, « groupait Francis Carco et sa première femme, les
Léopold Marchand, Germaine Beaumont, deux ou trois enfants
d'Henry de Jouvenel, de lits divers... ». Pendant cet été 1921, Colette
commença avec Léopold Marchand l'adaptation théâtrale de *La
Vagabonde*, qui sera créée en février 1923.

23 octobre 1921

Ma chère maman

Hier quand je suis arrivé de classe ; Marraine m'avait dit que tu m'avais envoyé une lettre, elle me l'a donné et je l'ais lu avec tant de plaisir que j'en sautais de joie : je ne suis pas bien contente que tu parte pour le maroc [1], mais je suis bien contente que tu puisse te reposer. Et puis Marraine voudrait savoir si Renaud est parti pour le collège.

Pour moi je ne me trouve pas mal ici, mais je t'assure que jaimerai 50 fois mieux être avec toi ! Je travail toujours bien en classe ce qui prouve que j'ai eu 9 biens sans compter celui que j'ai eu hier cela fait dix.

J'espère que ton mal a passer, et que tu te portera bien après sa : [sic]

Tu embrassera papa bien fort pour moi et je t'embrasse : très, très, très fort : ta petite Colette qui t'aime beaucoup beaucoup

Colette de Jouvenel [2]

1. Colette a prévu d'aller au Maroc. Y est-elle allée cette année-là ? On l'ignore. En revanche, on sait qu'elle y séjournera beaucoup plus tard, en avril-mai 1926, avec Maurice Goudeket, à l'invitation du pacha de Marrakech.

2. Colette avait séjourné à Castel-Novel du 10 septembre au 2 octobre. À la mi-septembre, elle confiait à Marguerite Moreno être « complètement éblouie par sa fille. Elle est comme un modèle d'enfant. Son corps contenterait les plus difficiles, elle a le derrière dur, le bras charnu, et quand elle se lève sur la pointe de ses pieds nus, deux beaux muscles en forme de cœur sortent de ses mollets, comme à ceux des matelots quand ils grimpent dans le cordage. Pour la figure, tu y mets les sourcils de Sidi, les yeux de Sidi plus verts, le nez fendu de Sidi, la bouche de Colette, et tu as ma foi un ensemble bien acceptable et bien mobile, et bien diabolique ».

1922

69, Boulevard Suchet
Auteuil 06-27

Ma chère Maman
Je te dis « au revoir » et je t'embrasse mille fois le
plus tendrement du monde ; tu diras s'il te plaît « au
revoir » au papa[1] pour moi.
Ce qui me tarde le plus c'est d'arriver à Agay[2] et

1. Colette écrit à Germaine Patat, le 9 janvier 1922 : « Sidi à
Cannes fait un métier de chien entre Agay et Cannes. » Sidi, c'est-
à-dire Henry de Jouvenel, participait en effet à la Conférence de
Cannes du 5 au 12 janvier 1922 où Aristide Briand et Lloyd George
étudiaient une déclaration de politique commune et un plan de
restructuration européenne, traitant des réparations de guerre, de
la sécurité et de l'entente franco-britannique (article du *Matin*,
8 février 1922).
2. Du 28 décembre 1921 au 4 janvier 1922, Colette séjourna à
Castel-Novel avec sa fille, qu'elle ramena à Paris et inscrivit au
lycée Molière. Mais la mésentente qui commençait entre ses
parents la rendait malade et elle fut envoyée « en exil » à Agay dans
l'Esterel pour se rétablir : « Exil qui devait permettre à mon père
et à ma mère de régler leurs différends loin de mes sensibles oreilles. Qui devait contribuer à mon rétablissement et me rendre à
Paris au bout de six mois ou un an, mais privée de mémoire. J'avais
neuf ans. Et la conviction que je ne comptais pas, que j'étais une
erreur, et que je ne pouvais bien faire... » (Notes personnelles de
Petite Colette.)

de voir la mer, les orangers et les mandariniers. M. Barteloo a téléphoner et a dit que nous partions ce soir a 8 heures 25, et je suis enchantée du bonnheur que j'aurai a voir la mer. Je t'embrasse encore dix-mille fois et papa aussi ; et si tu vois Docteur Trognon tu l'embrasseras aussi bien fort.

Ta petite Colette qui t'aime et pense toujours, toujours à sa petite Maman Chérie.

Colette de Jouvenel

[*Sur un papier crème décoré d'une frise représentant une farandole de petits Bretons, la Petite Colette a écrit dessous : « Pour te rappeler Rozven. »*]

18 fevrier 1922

Chère petite Maman

Dans cette villa [1] tout le monde me gatte : Madame Berne m'a fait faire une robe de taffeta rose, bordée de soie bleue ; dans cette robe j'ai l'air de l'impératrice Josèphine ; Madame Berne m'a fait faire aussi un gentil petit costume de révolutionaire qui est tout déguenillé ; Micheline sera déguisée en petite suédoise et petite Jacqueline : en petit amour, le tout

---

1. À Agay, au pied de l'Esterel, où Bunau-Varilla, qui aimait beaucoup la Petite Colette, l'avait invitée pendant que son père était dans la région. Il la recevait aussi à Orsay, comme en témoigne une lettre de Colette à Léopold Marchand : « Ma fille a été enlevée par Varilla qui l'a emmenée à Orsay et refuse de la rendre. Elle règne sur le château de Launay, fait les menus des repas, prend part aux décisions politiques, décrète que l'on se couche ou que l'on aille au cinéma... Ah ! la la, qu'est-ce que je vais en faire ? avec quelques bonnes gifles... Tu connais ma méchanceté nouère » (in *Lettres de la vagabonde*, datée mi-septembre 1922).

petit bébé en petit lapin blanc rongeant des carottes en soie orange.

J'espère que petit papa va bien, qu'il est en bonne santé ; dis lui s'il te plait que je lui écrirai tantôt. J'ai reçu tes chaussettes et je les trouve bien jolies, je te remercie beaucoup. J'espère que tu n'as pas trop de travail et que tu n'es pas trop fatiguée.

Il fait un temps superbe, je voudrais bien t'avoir avec moi tu pourrais au moins te reposer. Marraine va toujours bien et t'envoie ses amitiés.

Tu embrasseras papa bien fort pour moi, et je t'embrasse bien fort aussi.

Ta petite Belgazou chérie qui ne t'oublies pas.

Si je ne t'écris pas je ne t'oublies pas

Colette de Jouvenel

[*Sur un papier crème décoré d'une frise représentant un chat en train d'écrire une lettre avec une plume à encre. La lettre a été corrigée par quelqu'un de son entourage.*]

4 mars 1922

Ma petite Maman Chérie

Malgré mes distractions je pense à ta fête[1] et : « Je te souhaite une heureuse fête. »

J'ai oublié de te dire que j'ai une demoiselle qui n'est pas plus sévère que la feuille de papier sur laquelle je t'écris et qui me fait sauter de joie en me disant qu'elle a un « numéro » de petite nièce et que quand nous irons à la plage nos deux « numéros » se

1. La Sainte-Colette est le 6 mars.

rencontrerons (ces deux numéros sont la petite Charlotte et moi)

Avec cette Demoiselle je commence mes premières
leçons de Piano.

J'espère que tu es en bonne santé et petit papa
chéri aussi.

Je t'embrasse bien fort et papa aussi

Ta petite fille chérie qui t'adore

Colette de Jouvenel

Ma petite Maman Chérie

J'ai pensé te faire plaisir en t'envoyant mon compte.
J'espère que tu m'excusera pour avoir tardé a te
l'envoyer car il était pour ta fête.

Et encore j'ai oublié de te dire que tante Colette[1]
m'a emmené l'autre jour a l'exposition des chiens
avec Michelle et Jacqueline et il y a un chien de police
qui a mis en sang la moitié de la figure d'un Monsieur, et a mordu le poignet d'un petit garçon. Cette
après-midi nous sommes aller sur la montagne et
même jusqu'au haut. Et après le goûter nous sommes
aller a la plage.

J'espère que tu vas bien, que tu n'as pas trop de
travail, et papa aussi.

M. Varilla m'a dit que papa viendrait bientôt je suis
bien contente ; seulement j'aurai bien voulu que tu
vienne avec lui mais j'ai bien peur que tu ne puisses pas

Je t'embrasse de tout mon cœur et papa aussi.

Ta petite Bel gazou chérie qui t'adore

<u>Bel gazou</u>.

1. Non identifiée. Voir préface.

Zébizette et Zébizonn et
(les deux diables)

Ces deux Jumeaux sont insupportables ils font pleurer leur mère et battent leur père. Enfin l'on ne sait quoi faire de ces deux diables en personne ; croyez moi, je vais vous montrer comme ils sont polis avec leurs parents ; vous direz bien que j'ai mal à la tête : pas du tout ce que je vais vous dire sur Zébizette et Zébizonnet est vrais il y a seulement 4 mois que cela vient de se passer... La politesse des 2 enfants avec leurs parents
!!!! (le dialogue »

Zébizette. Autoritaire
Je veux du pain maman, le pain frais, la ! et tout de suite, car je veux sortir avec mon frère.

La maman, d'un ton sévère
Ah !... tu sais Zébizette je t'apprendrai a être un peu plus polie avec tes parents et j't ferai voir comment on dresse les petits mal élevés

Zébizonnet, arrive tout essoufflé
Ah. Je t'ai entendu tu sais, maman ; et je te dis l'entière véritée ; c'est que ma sœur a raison.

Le papa arrive, véxé
Et moi aussi je vous ai entendu M. Zébizonnet et c'est moi qui vous dit l'entière véritée c'est de laisser vos parents tranquilles, de les respecter et de ne pas être aussi impoli avec eux, de ne pas dire « Non » quand il s'agit de dire « Oui » Vous m'entendez que cela vous serve de leçon et mettez le en pratique.

Après les paroles sévères mais justes de leur père ; Zébizette et Zébizonnet montent dans leur chambre et boudent chacun dans leur coin. Mais cela ne dure pas longtemps ; Zébizonnet donne a sa sœur l'idée d'aller demander pardon a leur papa et a leur maman, Zebizette acxepte et trouve l'idée excellente. Et ils partent joyeux demander pardon a leur papa et a leur maman ; les parents leurs pardonnent ; a condition qu'ils soient sages tout le courant de la journée ; les enfans le promettent et vont joué avec le gravier qui est dans la cour ; ils font des montagnes, des maisons, toutes sortes de choses. Soudain un grondement de tonnère formidable se fit entendre ; les enfants ont peur mais les parents les rassurent. Et ils rentrent tous dans la maison de peur de se faire mouiller par la pluie ; qui d'ailleurs commence a tomber a verse : et les voilas dans la maison qui sont en train de regarder un livre d'images ; mais cela ne peut pas durer longtemps après dix minutes de tranquilitée Zébizonnet aida sa sœur a dechirer les images en mille morceaux. Zébizette prétend que c'est pour faire comme leur oncle qui est ministre des Finances et qui déchire les papiers et les listes qui ne valent plus rien ; et les deux diables en personne, au lieu de faire exactement comme leur oncle vont jeter les morceaux au fumier pour que leur papa et leur maman ne les voient pas ; Zébizonnet et sa sœur passent par la grand'porte qui est celle par ou les maitres de la maison passent (car il y avait des maîtres dans cette maison mais qui étaient absents, et les parents de Zébizette et son frère étaient les domestiques) et ils reviennent avec un petit air innocent ; mais les parents qui étaient cachés derrière un petit lorier dans la cour avaient vu cette petite scène, et la maman interroge les enfants sur ce qu'ils on fait.

La maman

Dites donc les enfants est ce que vous avez rangé le livre bien soigneusement dans la bibliothèque qui est dans l'embrasure de la fenêtre.

Les deux enfants ensemble.

Oh ! Oui maman, on a rangé le livre, et, nous venons de jouer au loup dans le jardin.

Le papa, a sa femme

Ah ! bien il me semble que nous devrions aller voir si le livre et bien rangé ne trouve-tu pas mon idée délicieuse ?

La maman

Oh ! si tu as des idées merveilleuses. (se tournant vers les enfants) Venez mes enfants vous avez sans aucun doute le monstre du mensonge dans le ventre, croyez donc que nous sommes au monde pour avoir des enfants comme vous ? ne croyez pas cela allez, mon petit doigt sait tout ce que vous faites et il me le dit : tout a la minute il vient de me dire que vous avez déchiré le livre ; et alors vous croyez que je vais laisser passer cela comme une fourmi passe dans l'herbe. Ah ! mais non. Faut pas croire ça : vous allez être privés dessert pendant 15 jours et vous allez aller a cachot noir a partir de 1 moins le quart j'usqu'a 4 heures et demi. La... et pa de réplique surtout.

Les deux jumeaux ensemble

Oh maman...

Le papa, leur tirant l'oreille.

Suffit... Allez... Oust... je vous ai dit « Pas de réplique

Colette de Jouvenel

[Mars 1922]

69, boulevard Suchet
Auteuil 06-27

Ma grande fille chérie,
J'ai trouvé ta lettre, et tes deux contes, en rentrant
hier de Fontainebleau [1]. Tu ne peux pas savoir comme
je suis contente de te sentir dans un beau pays et dans
un bon air — J'ai toujours l'air fâchée contre toi
quand tu es malade, mon pauvre chou. Il ne faut pas
croire que je t'aime moins dans ces moments-là. Mais
je me tourmente quand tu perds ta bonne mine, et
cela me rend triste et un peu méchante. Quand tu es
malade, c'est comme si tu m'avais fait quelque chose
de mal. Tu comprends, mon chéri ?
Je crois que tu vas voir arriver trois petits enfants
qui viennent de perdre leur mère. Peut-être ne s'en
rendent-ils pas bien compte, ces pauvres bébés. Tu
seras la plus grande, parmi tout ce petit monde. Je
compte sur toi pour te montrer aussi la plus raisonnable, et pour leur faire voir comment on obéit vite,
et comment on diminue de toutes manières, la peine
qu'un enfant peut donner à sa gouvernante, car je
pense que Miss Draper aura pas mal d'ouvrage.
Je vais beaucoup mieux, l'air de la forêt et le repos
m'ont remontée. La forêt est magnifique à Fontainebleau, pleine de beaux rochers, de bruyères et de
mousses aussi vertes que l'émeraude. As-tu envoyé
tes devoirs au lycée ? Joins-y un mot bien respec-

1. Colette qui devait interpréter le rôle de Léa pour la 100ᵉ de
Chéri, le 26 février, était-elle allée se reposer à l'Hôtel de France et
d'Angleterre à Fontainebleau ? La Petite Colette paraît toujours
être à Agay sous la protection de M. Bunau-Varilla et de
Mme Berne-Bellecour.

tueux, et prie qu'on t'en envoie d'autres à ton adresse. N'oublie pas mon chéri. Je t'embrasse de tout mon cœur, et papa aussi. Charge-toi de faire toutes mes amitiés, et mes remerciements à Madame Berne-Bellecour ; c'est à elle et à Monsieur Varilla que tu devras le retour de tes belles couleurs. N'oublie pas d'envoyer un mot très gentil à toutes celles qui t'ont comblée de gâteries, Aunty Manette, et Mademoiselle Patat, et Amity Claire. Je te rembrasse encore, chérie, et n'oublie pas surtout de dire à Miss Draper que je lui serre affectueusement les mains et que je lui garde toute ma reconnaissance amicale.

Ta maman qui t'aime
Colette de Jouvenel

[*En-tête : dessins de Bel-Gazou Joyeuses Pâques, poussins sortant de leurs coquilles, fleur.*]

[1922]

Chère Maman adorée,

J'espère que tu vas mieux, du moins n'empêche que tu toussais joliment lorsque je t'ai téléphoné lundi. J'aurais besoin de papier à lettre et des timbres, car je n'ai pas la moindre obole pour me payer un timbre. Jacqueline est obligée de m'en prêter ce qui fait que je lui en dois. Nous avons toutes les deux des mines splendides, (effet de quelques jours)

La nuit nous dormons comme des loirs, le jour nous jouons comme des petits cochons et nous mangeons comme des bœufs, ce sont là des comparaisons peu flatteuses mais cela prouve que nous nous portons bien.

Je te souhaite d'heureuses Pâques[1] et les vœux les plus sincères et les plus tendres de bonne santé de ta petite Bel gazou !!!!!!!!!

Je t'embrasse de tout mon cœur et mille fois en te souhaitant une santé « épatante » comme on dit.

Bel gazou à toi[2] toute seule[2]

Quelle est la signature que tu me conseille, renvois moi les signatures et marque d'une croix celle que tu préfères.

Belgazou, C. de Jouvenel, Colette de Jouvenel[3]

Ecris-moi s'il te plaît...

[Accompagnée d'un feuillet plié contenant des fleurs séchées de lilas.]

Samedi 15 avril

Chère Maman il fait un temps superbe moi j'ai un autre petit jardin ai je vai le finir quans j'aurai fini ma lette pour le refaire parce que il était mal fait ai suilat de mon petit ami est très bien fait. Demain sais le jour de paque. Quans es que tu vas revenir On a vacon jusqu'au 28 avril ta petit Colette qui t'aime beaucoup. Je t'embrasse de tout mon cœur.

Colette de Jouvenel Varetz Corrèze

Il faut ouvrir ce paquet après avoir lu la lettre S.V.P.

1. Pâques, 16 avril 1922.
2. Souligné trois fois.
3. Cinq modèles de signature au choix.

[1922]

Castel-Novel
Varetz
Corrèze

Mardi matin

Chère Maman adorée,
J'ai reçu ta lettre ce matin elle m'a fait grand plaisir.
Moi pour Pâques je n'ai rien à t'offrir, mais par contre j'ai toute ma tendresse et je suis archimilliardaire en baisers et en tendresses (plus qu'en autre chose.) Je soigne toujours bien Jacquot, aussi a-t-elle des joues superbes et un appétit féroce (moi encore plus). J'ai été voir Madame Frey et elle est partie hier. J'ai hâte de te voir car quoique je m'amuse bien, tu me manques.
J'espère que ta toux va se guérir avec le beau temps.
Je te remercie infiniement de l'œuf de Pâques sans l'être.
On dit que les lilas a 3-5-6-7-8-feuilles portent bonheur en voici dans un petit paquet, une bonne provision.
Je t'embrasse de tout mon cœur.

Ta Bel gazou adorée
C de Jouvenel

[Août 1922]

Chère petite Mamouchette
J'ai reçu ta lettre qui m'a fait grand plaisir je suis bien heureuse que mes lettres ne t'ennuient pas.

Est-ce cette écriture-là que tu voulais dire ? sinon je ferai la petite ronde comme ceci : « maman ».

Voyons maman j'y pense ! Tu n'as toujours pas fait ton cadeau de 1ʳᵉ Communion a Jacquot[1], nous parlions de pochettes et cela m'est venu subitement à l'idée ; j'en ai vu de très jolies à St Malo[2]. Tu serais gentille aussi de nous envoyer a Jacquot et a moi le plus tôt possible car nous n'avons rien à lire et il n'y en pas a Beg-meil ni a Fouesnant et Quimper c'est fort loin, alors quand tu iras à St Malo tu voudras bien nous acheter les livres suivants : Sur pieds. L'homme a l'oreille cassée. Le talisman. Autour d'un secret. Le forban noir. Le secret de la trahison. Le chien de Serloc Kolmès. Le rubis de Laperouse. L'enfant Perdu. Disparu. Voilà ! Si tu voulais m'envoyer tout cela le plus tôt possible je serais bien volontiers folle de joie !

Je t'embrasse, maman sur l'extrême pointe... du nez et Pof ! Pof ! sur les deux joues et merci pour l'embrassade sur mon cou !

Coh-lete !

Bel gazou[3]

---

1. Jacqueline Abric. Petite Colette séjournait chez les Abric, dans le sud du Finistère.
2. En juillet à Rozven, près de Saint-Malo, Colette écrivait à Germaine Beaumont : « Ma fille me succède brillamment dans le rôle du tonnerre de Dieu. » Et encore : « Ma fille est abominable. Elle s'échappe, rentre trempée, et m'explique des choses avec la fausse loyauté du regard qui nous charme chez les enfants. »
3. Suit un croquis d'une tête de monsieur chapeauté et moustachu.

[Août 1922]

Rozven
par St-Coulomb
St-Malo
Ille-et-Vilaine

Ma grande chérie, est-ce que tu nages bien ? Est-ce que la grande marée vous a apporté des merveilles ? Ici, nous avons pêché de très belles crevettes, mais il y a surtout un jour où M. Marchand, parti tout seul, a rapporté des homards, des crevettes, de grosses araignées, des beaux crabes qu'on appelle « demoiselles », et Henri[1] a pêché un congre ! C'était magnifique ! Remercie mille fois madame Briault de sa gentille lettre, et fais-lui, ainsi qu'à M. Abric, mes amitiés — Je te renvoie une lettre que le facteur apporte pour toi — Tu as vu que ton père va à Genève[2] ? Tous nous t'embrassons tendrement, mais moi plus que tous, ma chérie — Embrasse bien Jacqueline pour moi —

                                    Colette de Jouvenel

1. Henri Barde, journaliste, mari de Germaine Beaumont.
2. En septembre, Henry de Jouvenel va diriger la délégation française à la Commission du désarmement à Genève, où siège la Société des Nations.

[Septembre 1922]

69, Boulevard Suchet
Auteuil 06-27

Ma grande chérie
L'adresse de ton père est :
Délégation française de la S.D.N.
Hôtel des Bergues Genève Suisse
Tu as été gentille de me téléphoner, mais nous nous entendions bien mal ! J'ai un travail quotidien assez lourd, toujours[1]. Et demain je n'ai pas d'auto, et les trains de dimanche sont une fatigue pour moi qui ai besoin de dimanches calmes. J'espère que tu..... [coupure].. ccidents inconvenants à l'heure des repas ?
La chatte de Léo a eu <u>sept</u> petits chats, tous noirs, tous pareils. On ne lui en a laissé qu'un, au hasard.
Dis à Aunty Manette, et à Madame Jeanne[2], combien je leur suis reconnaissante de tout ce qu'elles font pour toi, et embrasse-les de ma part ; donne mon souvenir à Jacqueline. Toi, ma grande chérie, je t'embrasse de tout mon cœur comme je t'aime

Ta maman

Envoie une gentille carte à Mlle Patat 26 avenue Marceau Paris. <u>Vite</u> !

1. Colette est rentrée à Paris le 28 août.
2. Jeanne, la cousine de Manette Collet.

[*Carte postale de Fontainebleau représentant un tableau : le retour de l'île d'Elbe.*]

[Septembre 1922]

Chère maman
As-tu reçu mes deux branches en coquillage ? je les ai faites toute seule. Personne ne m'a aidée. Hier j'ai fait une belle promenade à cheval j'ai escaladé le rocher d'Avon à cheval[1], c'était très amusant. A propos de la rentrée elle est malheureusement dans 5 jours c'est le 1er octobre. Je suis forcée de rentrer le 1er car je change de classe. Je t'embrasse de tout mon cœur

C. de Jouvenel

Aunty manette t'embrasse de tout son cœur

[*Carte postale : La porte de Samois à Moret.*]

[Septembre 1922]

Il fait beau aujourd'hui et j'irai encore faire une promenade à cheval dans les jolis sousbois ensoleilés.
Je t'embrasse de tout mon cœur

Bel gazou

1. Colette écrit à Renaud de Jouvenel : « Quant à mon heureuse fille, qui n'a pas fini ses vacances elle commence (à Fontainebleau chez Mme Collet) ses leçons d'équitation ! Le 4 octobre, elle entre au lycée de Saint-Germain, fini de rire ! » (*Revue de Paris*, décembre 1966, p. 9).

[Octobre 1922.]

Chère petite Maman,
J'espère que tu es en bonne santé papa aussi, Bertrand et tout le monde.

Pour les sorties générales la rentrée[1] aura lieu le <u>lundi matin</u> (St Lazare 7 h 15) à partir de dimanche prochain le parloir aura lieu de 1h à 4 h et la promenade de 4h à 7h.

Est-ce que tu veux bien m'envoyer l'argent pour le trimestre et de l'argent pour les tiquets de chocolat, les billets de trains, etc...

Je m'efforce d'être bien sage et d'être plus ordonnée.

Je m'amuse bien avec mes petites amies.

Je t'embrasse de tout mon cœur, ta petite Colette qui t'embrasse bien fort

C. de Jouvenel
Bel Gazou

Le 19 octobre 1922

Chère petite Maman,
Je te remercie infiniment de la lettre que tu m'as envoyée l'autre jour et je te remercie aussi des protège-cahiers que tu m'as envoyés tu ne t'es pas trompé ils sont tous comme il le fallait. Maintenant

1. Depuis le 4 octobre, Petite Colette est pensionnaire au lycée de Saint-Germain-en-Laye, où elle restera jusqu'en juillet 1925. « Je ne peux plus la surveiller ici, et on ne la faisait pas assez travailler au lycée Molière. Tout le monde a sa "boîte" ici-bas, mon pauvre chou ! » Lettre de Colette à Renaud de Jouvenel (*Revue de Paris*, décembre 1966, p. 10).

j'aurai à te demander de m'envoyer un livre pour lire à l'étude le soir lorsque j'ai fini mes devoirs ou bien au salon de récréation, c'est-à-dire un livre qui puisse durer longtemps pour que je ne t'en demande pas trente-six l'un après l'autre. Et puis j'aurais besoin pour compléter la demande d'une boîte de papier à lettres et un carnet de timbres s'il te plaît. J'espère que tu es en bonne santé et que tu n'as pas trop de travail. J'espère te revoir bientôt et pouvoir faire venir Jacqueline au lycée.

Embrasse papa pour moi et toi je t'embrasse tendrement et ta petite lycéenne tâchera de bien travailler pour pouvoir sortir souvent et te voir le plus possible.

Ta petite Colette
c'est-à-dire ta petite pensionnaire
qui t'aime et que tu aimes bien.
Colette

[Fin 1922]

Ma chérie,
j'ai eu ta lettre en revenant de Versailles, ce qui explique mon retard à t'envoyer ce que tu réclames. C'est parti aujourd'hui : Apporte-moi une bonne mine sur tes joues, et de <u>très</u> bonnes notes sur ton cahier ! Je fais répéter ma pièce [1] de 1 h 1/2 jusqu'à 6 h. passées, et j'en sors morte, si j'ose m'exprimer ainsi.

Je t'embrasse de tout mon cœur, ma chérie, ainsi que papa et Bertrand, et je t'aime

Colette

1. *La Vagabonde*.

[*Deux cartes postales représentant un dortoir du lycée de jeunes filles de Saint-Germain-en-Laye.*]

[1922]

1re

Chère Maman.

Je t'envoie cette petite carte pour te montrer mon lit et le dortoir où je suis. Mon lit est celui qui est tout au bout marqué d'une croix. La rangée qu'il y a au milieu est maintenant suprimée.

2^e

J'espère que tu vas bien papa aussi et tout le monde, que Jacqueline n'est plus malade.

Je t'embrasse de tout mon cœur mille fois.

Colette de Jouvenel
Bel gazou

[1922]

(23 novembre)

Chère petite maman

J'espère que tu es en bonne santé, j'ai quelque chose à t'apprendre et tu en seras contente je suis la première en composition de rédaction, la 3e en écriture, la 5e en arithmétique.

Est-ce que tu voudras bien demander à Jacqueline par téléphone si elle veut venir me voir le dimanche si tu n'as pas le temps.

J'ai trouvé une petite qui est la meilleure compagne du Lycée elle s'appelle Yvonne Rousso et sa sœur s'appelle Jacqueline ; et elle m'a dit que son papa connaissait le mien, et alors nous étions très contentes.

Je t'embrasse bien fort et de tout mon cœur. Ta petite pensionnaire qui t'aime tendrement.

C. de Jouvenel

30 novembre 1922

Chère Maman.

Tu vas être très mécontente de moi je n'ai pas ma sortie de faveur c'est-à-dire la petite sortie de dimanche le 3 décembre c'est la petite sortie parce que je n'ai pas la moyenne suffisante en conduite. Heureusement que mon travail est meilleur que ma conduite.

Mais maintenant je vais tâcher d'être sage et de faire plaisir à toutes mes maîtresses. Aussi j'avais oublié à la sortie de te demander un peigne fin à deux côtés, j'espère que tu es en bonne santé et papa aussi.

Le mal de ventre que j'ai eu ne me fait plus souffrir et je ne tousse presque plus.

Je t'embrasse de tout mon cœur.

Ta petite fille qui ne te fera plus jamais de peine.

C. de Jouvenel

[1922]

20 décembre

Chère Maman

Est-ce que tu veux bien m'excuser d'avoir griffonné auprès du téléphone et de n'avoir pas fait attention à ta lettre. Je te promets de ne plus jamais recommencer. Je ne ferai pas d'invitation pour le 24.

Enfin j'espère que tu me pardonnes et que tu ne m'en veux pas, ta petite Colette ne touchera plus à ce qui ne la regarde pas.

Je t'embrasse bien fort. Ta petite Colette qui t'aime tendrement

C. de Jouvenel

1923

[1923]

Ma grande chérie,

Je t'envoie cette carte de Tante Claire[1], il faut que tu lui écrives pour la remercier de ce second bijou, beaucoup trop beau pour une enfant, et que tu ne méritais guère. C'est un objet d'art, et très beau. <u>Ecris vite</u>

Autre chose. Il vient d'arriver pour toi une boîte de chocolats, je t'envoie l'adresse qui était sur le paquet, c'est tout ce que j'y trouve, et c'est un nom que je ne connais pas. Si tu connais cette dame, écris-lui [*sur un morceau de papier kraft joint : envoi de Mme Bougeure, 92 rue de Rennes Paris*]... la remercier.

Je t'envoie dix francs pour tes goûters. <u>Remets-les à l'économat</u> et demande en même temps combien je dois envoyer pour ton trimestre, j'ai emporté la note au « Matin » et je crains de l'avoir jetée par distraction, <u>N'oublie pas, chérie !</u>

---

1. Il s'agit de Claire Boas, la première femme d'Henry de Jouvenel et la mère de Bertrand.

Je voudrais être sûre que tu te corriges de ta manie de manger et sucer, mais...

Je t'embrasse de tout mon cœur comme je t'aime

Colette de Jouvenel

Please Madame ask Pauline[1] where she put the sandles (white) and so send them at once, also white chaussettes 4 pairs because I want one pair every day and sometimes two pairs.

Please excuse me

Miss Draper

Le 4 janvier [1923]

Ma chère petite Maman

J'ai donné les 10 francs à Madame l'Econome. Et l'on t'enverra une nouvelle note trimestrielle.

Je ne connais pas non plus cette Dame et alors je suis embarrassée pour lui écrire.

J'espère que tu es en bonne santé et que papa va revenir bientôt.

Est-ce que tu voudrais bien m'envoyer les pantoufles que j'ai laissées à la maison.

J'espère que tu vas venir me voir Dimanche.

Je vais écrire à tante Claire pour la remercier.

Est-ce que tu veux bien m'envoyer une boîte de savon Kennot et le bonnet de douche le plus tôt possible s'il te plaît maman ?

Si tu vois Madame Picard tu lui souhaiteras une Bonne Année. Je t'embrasse de tout mon cœur ;

ta petite Colette qui t'aime tendrement.

C. de Jouvenel

1. Pauline Tissandier, entrée au service de Colette en 1914, à l'âge de treize ans. Elle restera auprès d'elle jusqu'en 1954.

[1923]

Le 13 janvier

Ma petite maman.

J'espère que tu es en bonne santé. Je t'en supplie écris-moi une lettre s'il te plaît, maman, ne fût-ce que pour me donner des nouvelles de ta santé. Mes deux premières notes ont été deux 20 et le reste sont des 16-17-15-14-etc... Je fais toujours un peu le diable avec Jacqueline et Yvonne.

Il y a au lycée une maîtresse qui a la très grande amabilité de faire à Jacqueline, Yvonne et moi de charmants mouvements de grâce elle voudrait faire connaissance avec toi mais tu ne viens jamais me voir. J'ai une envie folle de t'embrasser à mon aise et de me promener avec toi sur la terrasse de St Germain.

Je t'en supplie viens me voir jeudi s'il te plaît, maman chérie, adorée ou bien je deviens catarrheuse. Hum ! Hum ! Hum ! Je ne sais seulement pas ce que cela veut dire !

Je t'embrasse de tout mon cœur mille, dix mille, cent mille fois.

P.-S. Est-ce que tu voudrais bien m'envoyer une boîte de papier à lettres, s'il te plaît, maman

Colette qui t'adore   Bel gazou qui t'adore.

[*Et au dos :*]

Est-ce que tu voudrais bien m'envoyer une photographie de toi et de papa.
Et au tour d'Yvonne et de Jacquo.

Chère Madame.

J'ai comme Bel-gazou une envie folle de vous revoir.

Je vous embrasse de tout mon cœur.

Vovonne.

Chère Madame.

J'ai comme Yvonne et Bel gazou une envie pressante de vous revoir.

Jacqueline Rousso

[*Carte postale : Strasbourg. La cathédrale.*]

[1923]

Strasbourg 28. 2.

Ma chérie, je suis dans une bien belle ville, où tous sont charmants pour moi. Quel dommage qu'il pleuve... Je t'embrasse et t'aime de tout mon cœur.

Ta maman.
Colette

[1923]

Tu ne m'as pas écrit, chérie. Ce n'est pas gentil. Je suis revenue très fatiguée, j'ai repris mon travail de Paris tout de suite. Ta petite lettre m'eût fait l'effet d'une fleur fraîche. Je suis peinée de ne pas l'avoir. Je t'embrasse bien tendrement

Colette de Jouvenel

Ma chérie,

Je n'ai aucun plaisir à apprendre que tu as mérité d'être privée de sortie dimanche. Je n'aurais aucun plaisir à t'écrire une lettre qui serait simplement une lettre de blâme et de gronderie. Mais je voudrais te faire comprendre certaines choses que j'espérais te voir comprendre de toi-même.

Tu n'aimes aucun effort. Les choses que tu fais assez bien, c'est que tu les fais sans peine.

Tu aimes ce qui est facile. Bavarder, rire et faire rire en classe, ce sont des choses faciles. Ce ne sont pas des crimes. Mais ce sont des choses banales. Une élève dissipée est une élève qui ressemble à cent, à mille autres élèves. Tu ne te singularises pas en ayant de mauvaises notes en conduite. Au contraire, tu deviens ce que j'ai toujours dédaigné : quelqu'un d'<u>ordinaire</u>. Ton esprit lui-même, ton intelligence d'enfant risque, en ne cherchant pas à échapper à cette voie vulgaire, de devenir l'intelligence moyenne d'un enfant <u>quelconque</u>.

Nous ne t'avons pas mise au monde pour cela. Ton père et moi nous sommes en droit d'exiger que notre fille, — au lieu de la première petite fille venue, distraite, musarde, — soit <u>quelqu'un</u>. Que tu te bornes à être celle dont on me dit : « C'est une bonne petite fille au fond, un peu diable, un peu dissipée », cela, je ne l'admets pas. D'où tiendrais-tu cette absence de caractère, cette similitude avec cent, mille petites filles d'ici et d'ailleurs ? J'attends que quelque chose de ton père et de ta mère apparaisse en toi. Et je trouve que j'attends bien longtemps. Fais en sorte que cette attente ne soit pas plus longtemps déçue. Des promesses enfantines, tu m'en as fait souvent. Assez de promesses, je veux des preuves.

Je t'embrasse tendrement, ma chérie, et je t'aime de tout mon cœur, mais cesse, sous certains rapports, d'être plus bébé, — et plus bébête, — que ton âge[1]

Colette de Jouvenel

11 mars 1923.

Ma chère petite Maman.

La lettre que tu m'as écrite m'a fait beaucoup de peine ; aussi je ne ronge presque plus mes ongles ; et d'ailleurs on m'a dit à l'internat que si cela continuait j'aurai de l'aloès aux doigts.

C'est aussi la première et la dernière fois que je me ferai priver de sortie ; je ne recommencerai plus à me dissiper en promenade à me faire marquer un zéro, et à ne pas avoir la moyenne.

Il y a longtemps que je ne t'ai pas vue et la dernière sortie tu n'étais pas à la maison et papa non plus.

J'espère que tu es en bonne santé papa aussi, grand'mère et tout le monde enfin, et que Bertrand ne jaunit pas.

Est-ce que tu voudrais bien m'envoyer une boîte de papier à lettres je n'en ai plus et je suis obligée d'en demander aux élèves sans cela je ne peux pas

---

1. « Ce que j'ai su très tôt c'est que je n'avais pas droit, comme les autres petites filles, aux accès de tendresse, à jeter tout d'un coup mes bras autour de quelqu'un, à proférer ces sottises exquises que sont les mots tendres qui viennent par bouffées, et sans motif raisonnable aucun. Chez nous étaient bannis le gnan-gnan et les diminutifs (« Bel-Gazou » ne me dura pas longtemps et je l'entendais surtout des personnes étrangères)... » (Notes personnelles de Petite Colette.)

t'écrire, et un carnet de timbres avec s'il te plaît maman. Je t'embrasse de tout mon cœur et mille fois sur chaque joue.

Ta petite Colette qui ne te fera plus de peine.

C. de Jouvenel
Bel gazou

22 mars 1923

Chère petite Maman,

Je t'écris avec joie les heures de la sortie des vacances de Pâques.

Pour la sortie de Pâques :

La <u>sortie</u> est fixée au samedi 24 mars.

Arrivée gare St Lazare 15 heures (3 heures) et la rentrée des vacances au dimanche soir 8 avril.

Train 17 heures.

<u>Il n'y aura pas de catéchisme</u>.

J'espère que tu es en bonne santé et papa aussi et tout le monde.

A St Germain il fait un peu froid aujourd'hui ; j'ai quelques bonnes notes à l'externat.

Embrasse Pati-Pati[1] pour moi et dis bonjour à Mégotte.

J'ai reçu ta lettre qui m'a fait bien plaisir ; je penserai à apporter tout ce qui est nécessaire, j'ai pensé à prendre le chapeau et je l'ai au lycée.

J'espère te retrouver à Castel-Novel. Je penserai à faire l'emploi du temps pour Castel-Novel.

Je vais te dire à peu près ce que ça sera pour que tu puisses juger et me dire si ça pourra aller :

1. Pati, la chienne brabançonne.

Le matin : lever à sept heures moins le quart, faire sa toilette très vite à l'eau froide pour être bien réveillée, à moins qu'on ne soit enrhumées, aller faire une promenade avant le déjeuner pour ouvrir l'appétit au potager, au verger ou à la ferme, enfin n'importe où. Déjeuner bien, ensuite travailler ou lire un bon petit moment et ensuite jouer avant le déjeuner de midi pour bien manger, après déjeuner se reposer un peu, aller jouer et voir Madame Rey et ses enfants jusqu'à quatre heures. Bien goûter, et aller à la ferme boire du bon lait frais et chaud. Après goûter travailler ou lire un peu, sortir après avoir travaillé, rentrer faire sa toilette avant dîner (dîner très bonne heure). Faire sa toilette avant de se coucher. (Coucher de très, très bonne heure) pour bien se reposer et ainsi de suite tous les jours, et j'espère que tu voudras bien que ce soit comme cela.

Je t'embrasse de tout mon cœur sur les deux joues, sur le front et dans le cou et papa aussi et tout le monde.

Ton petit Belgazou chéri

[*Sur un papier ocre, une frise représente des poussins et un escargot.*]

[30 mars 1923]

Vendredi Saint

Ma petite maman adorée.

Nous sommes arrivées à bon port et il fait un temps tout à fait radieux. Les lilas sont déjà fleuris, l'aubépine de même enfin ce petit coin retiré est splendide. Aussitôt arrivées nous sommes allées nous coucher. Nous nous amusons énormément je suis chargée de rembourrer (?) Jacqueline jusqu'à ce qu'elle n'en puisse plus du tout : [*suit un dessin d'une tête de petite fille, avec un cercle de pointillés simulant son corps et entouré de « paf ! paf ! paf ! »*]

Enfin, ne t'inquiète de rien nous avons tout ce qu'il nous faut et nous nous portons à merveille !

Nous avons toutes les deux une mine splendide et de bonnes joues qui font envie.

Je t'embrasse de tout mon cœur et mille fois sur chaque joue.

Baisers de Jacquot

Colette de Jouvenel[1]

[*Et au dos avec un dessin de fleur et une étoile :*]

Ton monstre chargé de tous les péchés
Bel Gazou

[1923]

Ma chère petite maman.

J'espère que tu es en bonne santé, ainsi que Bertrand, papa et tout le monde.

Je voudrais bien que tu viennes me voir un de ces jours au lycée, un dimanche ou un jeudi et alors je te ferai faire la connaissance de Madame Rousso.

Nous irions sur la terrasse, nous nous amuserions très bien.

Il me tarde d'être auprès de toi pour te dire une chose secrète, je ne peux pas l'écrire par lettre...

Il y avait longtemps que je savais cela. Mais j'ai

---

1. Signé trois fois.

hésité à te le dire, mais j'ai réfléchi et je me suis dit que je ne devais rien te cacher.

Je t'embrasse de tout mon cœur dix milliers de fois sur chaque joue.

(J'ai battu le record de « l'embrassade »)

Bel gazou qui t'_adore_[1]
C. de Jouvenel

[*Sur papier rose, dans un cartouche trois canards :*
« *Jacqueline va t'écrire un petit mot.* »]

[1923]

Chère Maman

J'espère que tu es en bonne santé ainsi que Bertrand. Voudrais-tu m'envoyer sans faute du papier à lettres.

Viens me voir dimanche je t'en supplie avec Paty-Paty vers 11 H pour qu'on puisse aller déjeuner en ville au pavillon Henri IV. Et si cela se pouvait avec Monsieur et Madame Rousso, après déjeuner nous irions nous promener sur la terrasse. Les parents se promèneraient et parleraient et les enfants courraient ce serait un bon vrai dimanche[2].

---

1. « Adore » souligné trois fois.
2. « C'est au lycée de Saint-Germain que je commençai à voir que je n'appartenais pas aux miens. Au bout de quelques mois, je commençai à rêver de pouvoir être à d'autres. À des parents comme ceux dont mes compagnes étaient dotées. S'ils devaient venir le jeudi ou le samedi, ils venaient, ceux des autres. Lorsqu'elles avaient besoin ou seulement envie de vêtements, stylos, tabliers, savons, linge, trousse de toilette, elles les recevaient. Le mien d'équipement ne me rendait pas fière, et je n'échappai pas à la période sotte où il m'importa de l'être. J'eusse pu choisir d'être fière de mes résultats scolaires. Non, exister le plus mal et le plus

Je t'embrasse de tout mon cœur et mille fois sur chaque joue.

Bel gazou pour la vie.

P.-S. Il fait une chaleur folle j'ai trop chaud.

[Sur papier rose, dans un cartouche trois canards, la lettre de Jacqueline Rousso.]

[1923]

Chère Madame

J'espère que vous êtes en bonne santé. Colette et moi nous faisons des parties interminables et nous nous amusons follement.

Je rêve comme Colette que nous sortions ensemble toutes les deux nous serions vraiment heureuses.

Je vous embrasse bien fort.

Jacqueline Rousso[1]

---

bêtement du monde, cela seul se mit à compter. Si j'avais voulu, j'aurais pu ? Je n'avais nulle envie de vouloir. Pourquoi ? Parce que je pourrais vouloir si tout changeait. Tout : compter pour quelqu'un. Mais je ne comptais plus. De bons résultats ne compteraient pas non plus. Les mauvais, qui, eux, comptaient, faisaient que je comptais encore moins. Et sans doute, lorsque je demandais à être juive, était-ce une manière polie de suggérer qu'on me donnât à une de ces familles juives où l'on trouvait tant de chaleur... » (Notes personnelles de Petite Colette.)

1. L'écriture est étrangement semblable à celle de la Petite Colette !

[La carte-lettre suivante est adressée à « Madame de Jouvenel, 69 boulevard Suchet, Auteuil, Paris XVIᵉ », avec mention « C. de Jouvenel à sa mère » datée 1.6.1923. Tampon du lycée de jeunes filles. Saint-Germain. Académie de Paris. Petits dessins de personnages avec commentaires : « ah oui, quelle chaleur ».]

Juin 1923

Ma chère petite maman,

J'espère que tu es en bonne santé.

Je n'ai plus d'argent à l'économat, est-ce que tu voudrais bien m'en envoyer, s'il te plaît.

Il y aura une loterie le jour de la kermesse et nous prenons les billets pour les parents s'ils veulent venir. J'espère que tu voudras bien venir.

Je t'embrasse de tout mon cœur et bien tendrement.

Ta petite Colette qui t'aime

C. de Jouvenel

[1923]

Lundi 18 juin 1923

Ma Chère Maman.

J'espère que tu voudras bien me pardonner d'être privée de sortie. Est-ce que tu voudrais bien m'envoyer beaucoup d'objets pour vendre aux comptoirs de la kermesse avant jeudi, des objets comme des jouets, du parfum, des choses anciennes etc...

Toutes les élèves l'ont porté ce matin moi je n'ai pas pu je ne suis pas sortie.

J'ai commencé ma semaine avec un 20 en classe en grammaire.

Je sais bien mes leçons pour demain 19, j'ai déjà tout fini il est 5 h 1/2.

Je t'embrasse de tout mon cœur, ta petite Bel gazou qui t'aime tendrement.

J'espère que tu vas bien. J'espère que papa est en bonne santé.

C de Jouvenel
Bel gazou

[*Lettre de Colette adressée à sa fille, à l'en-tête du 69 boulevard Suchet. Passée en vente publique le 15 mai 2001.*]

[Juin 1923]

Je ne saurais, ma petite fille, admettre que tu me traites légèrement, je te l'ai déjà dit. Ta moyenne de retenues, pour les sorties de quinzaines, commence à dépasser ma patience. Et quel est le regret que tu m'en témoignes ? « J'espère que tu m'as pardonnée d'être privée de sortie. » Tout de suite après cette phrase qui ne donne aucune explication et ne témoigne d'aucun repentir, tu passes à ton agrément personnel « Voudrais-tu m'envoyer et beaucoup d'objets comme jouets, parfum, choses anciennes etc. » Pourquoi donc ? Pourquoi devrais-je avoir toujours la peine et toi le plaisir ? Un trait de ton caractère est de ne pas connaître longtemps le regret, et d'être parfaitement contente de toi, ce qui implique aussi l'insouciance des autres. Je crains bien qu'à cause de cela tu te fasses peu d'amis solides, dans le présent et l'avenir.

Tes parents et tes éducateurs peuvent quelque chose pour ton instruction, ta santé et ton bien-être ; ils ne peuvent rien sur ton cœur, si ton cœur est trop petit, insouciant et ingrat. Je te parle sans colère et avec mélancolie. C'est pour toi que je crains, et non pour moi. Tu nous prives ici de ce déjeuner familial, la seule heure où puissent se rassembler des parents qui travaillent trop, et une enfant qui ne travaille pas assez. Ces jours de retenue, il est probable que tu les passes gaîment. Nous, il nous manque une petite figure d'enfant, son sourire, et sa passagère gentillesse. Je t'embrasse, ma chérie, et je voudrais t'écrire que je t'embrasse d'un cœur content, mais je ne le puis.

[*Lettre incomplète. Avec une enveloppe adressée au lycée de Saint-Germain-en-Laye. Cachet de la poste : 22.6.1923. En tête : 9, rue de Beaujolais. Louvre 68-56.*]

22 juin 1923

Ma chérie, je suis enchantée de la grande conversation que je viens d'avoir avec Mme Allegré — Cette femme supérieure et pleine de bon sens a beaucoup (malgré toi) de sympathie pour toi, c'est à cette sympathie que je me suis adressée pour requérir sa fermeté — La fermeté est nécessaire avec toi, mon chéri. Je n'en veux pour preuve que l'affection que tu me portes, à moi qui suis certainement celle qui te gâte le moins. Je ne crois pas que tu m'en aies jamais voulu de ne « t'avoir pas ratée », comme tu dis ; — au contraire. Est-ce que je me trompe ?

Tu nous offres l'occasion de redresser plusieurs choses dans ton éducation. Trop de sorties : on les remplacera par du mouvement, sois tranquille. Il se peut aussi que ton jour de sortie, par quinzaine, soit un autre jour que le dimanche : je ne t'en verrai que mieux. On pourra aussi raccourcir certains cours qui ne sont pas, pour toi, d'une utilité primordiale, cela aussi fournira des remplacements en faveur de l'exercice, ou en faveur d'une littérature française ou étrangère — Madame Allegré apporte à tout un esprit merveilleusement clair, et nous nous sommes entendues au mieux. Il faut que, bridée... [*incomplète*]

[Juin 1923]

Ma chère Petite Maman.

J'espère que tu es en bonne santé et papa aussi.

Je suis reçue à tous mes examens je passe dans l'autre classe.

Je suis reçue la 2e avec 89 à l'écrit et 64 à l'oral et au total 153. Yvonne Rousso malheureusement est la 8e reçue à cause du calcul mais elle passe tout de même.

Est-ce que tu voudrais bien m'envoyer ma malle s'il te plaît.

La sortie est vendredi, les prix sont aussi vendredi à 9 heures, ce sont des feuilles que l'on donne.

Ici il fait une chaleur que l'on ne peut pas supporter, on ne sait pas où se mettre.

Je t'embrasse de tout mon cœur.

Ta petite Bel gazou chérie
Bel gazou

Est-ce que tu voudras bien venir me chercher à partir de 10 heures s'il te plaît.

[Début novembre 1923]

Chère Maman,

Je t'ai attendue pendant très longtemps et finalement lorsque j'ai vu que tu ne venais pas vers les 6 heures je me suis dit que tu avais sûrement la grippe. Si tu peux t'échapper ce sera pour le mieux car je suis empressée de t'embrasser. Maintenant le matin il fait très froid il y a du brouillard et on est obligées de se couvrir beaucoup d'ailleurs moi j'ai un joli petit rhume et je ne sais pas où je l'ai attrapé.

J'espère que Bertrand quoique ayant eu la grippe n'a pas perdu sa bonne mine.

J'ai reçu ta lettre et tes timbres et je te remercie beaucoup.

Moi aussi comme je t'aime, je suis bien sûre que je ne trouverai pas une autre maman comme toi.

Je t'embrasse bien fort papa aussi et si tu vois Jacqueline au bois embrasse-la bien pour moi.

Ta petite Colette qui t'aime beaucoup
Colette de Jouvenel

Le 18 novembre 1923

Ma chère petite maman

J'espère que tu es en bonne santé. J'ai eu dernièrement un 20 en récitation tout simplement parce que j'ai récité lentement parce que j'avais bien accentué les mots, j'étais folle de joie. J'ai aussi un 17 en grammaire parce que j'ai su donner une bonne définition, enfin demain on rendra le résultat des compositions de Rédaction, je suis folle de joie que Bertrand soit reçu à son examen j'ai été le dire à tout le monde tellement j'étais fière. A la sortie je vais le faire enrager en lui demandant s'il sait sa table de **Pythagore car** <u>moi</u> je la sais.

Je t'embrasse de tout mon cœur, ta petite Colette qui t'aime et qui t'adore.

C. de Jouvenel
Bel gazou

P.-S. Est-ce que tu voudrais bien m'envoyer une boîte de papier à lettres s'il te plaît.

C. de Jouvenel
Bel gazou

1924

Le dimanche soir

Chère petite Maman,

J'espère que tu te portes bien. Quant à moi je suis « mal fichue » pour dire le mot !

Je tousse et cela me fait mal un peu au-dessus de l'estomac, ainsi quand je regarde de côté et que je regarde en l'air j'ai mal un peu au-dessous des paupières, non pas que cela me fasse mal un peu mais beaucoup. Il y a en ce moment une épidémie forte de grippe et 32 élèves sont à l'heure actuelle, au lit et beaucoup d'autres ressentent ce que j'ai et vont avoir la grippe. Je n'y échapperai sûrement pas à cette maudite grippe ! Il n'y a plus de places libres à l'infirmerie à tel point que l'on est obligé de mettre les élèves malades dans des chambres indépendantes de l'infirmerie. Dans tout cela je te demande pardon de ne te parler dans cette lettre que de moi et de maladies. Mais je juge qu'il est préférable en ce cas de te prévenir !

Je t'embrasse tendrement et de tout mon cœur,

mais j'espère qu'en t'embrassant tu n'attraperas pas cette grosse grippe.

Belgazou

[*Dessin de Petite Colette se représentant à l'infirmerie.*]

Le 19 janvier

Chère Maman,
Hier soir je t'ai écrit que je n'étais pas encore couchée et comme par un fait exprès après souper j'étais à l'infirmerie. Il y a des élèves qui sont malades et qu'on ne sait où caser.
Viens me voir si cela ne t'ennuie pas. Apporte-moi des livres s'il te plaît maman chérie.
Le docteur a ordonné une potion de l'huile gommenolée et des gargarismes.
Je m'ennuie beaucoup et je ne sais que faire, je me tourne les pouces patiemment en attendant d'autres distractions. En un mot j'ai la grippe.
Je t'embrasse de tout mon cœur tendrement.

Ta pauvre petite grippée qui t'adore.
Colette

Le 8 février [1924]

Chère petite Maman
Je regrette bien de ne t'avoir pas répondu à la première mais j'espère bien que tu m'excuseras. Tu es si gentille ! que je pourrai jamais croire que tu refuserais.

La lettre que tu m'as communiquée n'est sans doute pas pour moi quand j'ai commencé à la lire j'ai vu qu'il y avait « Mon cher **Collègue** » je ne suis pas allée plus loin de peur de connaître des choses qui ne me regardent nullement ; j'ai appelé Marraine et je lui ai dit « certainement cette lettre n'est pas pour moi ; je vais la renvoyer à maman car peut-être (mais je ne le sais pas) des choses qui pressent ». Marraine a trouvé que j'avais raison ; elle m'a dit aussi qu'elle allait t'écrire.

Et puis d'ailleurs quand je t'entends parler de ces fameux « dentistes » que je mets entre parenthèses parce que je n'aime pas les affaires de dentiste, et non plus celles du travail mais il faut bien aussi que je comprenne que sans travail on n'a pas de plaisir.

Ma petite maman chérie je voudrais te demander du moment que j'y songe : j'aurais besoin s'il te plaît d'une ou deux paires de sandales parce que je n'aime pas beaucoup les souliers au bord de la mer parce que cela me fait songer à Paris et comme je n'aime pas Paris cela me dégoûte tout à fait des chaussures ; mais aussi je n'ai pas longtemps gardé les bas j'ai mis des chaussettes.

Ma chère Maman je t'embrasse Mille fois et de tout mon cœur et papa aussi.

Colette de Jouvenel

Le 11 février [1924]

Ma chère petite Maman, J'espère que tu es en bonne santé depuis que tu es revenue de Gstaad[1]. La

---

1. Colette séjourna à Gstaad du 16 au 31 janvier, avec son beau-fils Bertrand ; elle écrit à Hélène Picard : « Ski, patinage, luge, je suis comme une folle. »

lettre que tu m'as envoyée m'a fait beaucoup de peine, mais j'en reconnais la justesse.

Cependant ce n'est ni Jacqueline ni Yvonne qui me dissipent je t'assure maman, je ne te mens pas.

Maintenant j'ai fait des progrès en sagesse, d'ailleurs hier matin j'ai eu 2 bonnes notes au dortoir.

Lorsque je t'aurai encore mieux prouvé que je deviens une grande fille en sagesse ; est-ce que tu voudras bien écrire pour mes cours particuliers de gymnastique s'il te plaît, maman.

Il y a au lycée une grande élève qui s'occupe beaucoup de moi, qui me dit d'être sage, qui me donne de bons conseils. Elle s'appelle Denise Picard.

Ta petite Bel gazou regrettera toujours de t'avoir fait de la peine et d'avoir été si vilaine !

Je suis 2ᵉ en vocabulaire avec 15. Je ne crois pas que ce fût une mauvaise place. (Je ne peux pas être toujours 1ʳᵉ.)

Ta petite Bel gazou t'embrasse bien tendrement et espère te prouver mieux encore qu'elle devient une bonne petite fille.

Je t'embrasse bien
tendrement
et mille fois sur chaque joue.

Bel gazou qui t'adore !!!!!!!!!!!!

Colette de Jouvenel

Bel gazou

Le 12 février 1924

Chère petite maman,
J'espère que tu es complètement remise de ta maladie.

Quant à moi lala quelle organisation ! Ce jambon est bon mais cela fait 4 matins de suite qu'on ne me le donne pas c'est dégoûtant ! L'autre jour le lycée s'est révolté parce qu'on crevait littéralement de faim on nous a donné une viande infecte ! elle était pourrie je ne sais si c'était du bœuf ou de l'éléphant mais elle était <u>pourrie</u>[1]. Et ce qu'il y a de mieux c'est qu'on nous a redonné cette viande en hachis avec des pommes de terre.

Les maîtresses se sont plaintes parce qu'elles avaient faim et qu'elles mangeaient mal !

A midi je n'ai mangé que du pain et du beurre et comme dessert : 4 amandes sèches, 2 figues sèches et 4 raisins secs pas <u>1 miette</u>[1] de plus !

Madame Briault est venue me voir avec Jacqueline, on a été au pavillon Henri IV et je me suis rattrapée ! J'ai mangé 1 sandwich 5 gâteaux 1 tasse de chocolat et des fruits.

Je t'écris une lettre bien exaltée mais véritable et je n'exagère en rien, je te raconte tout de point en point.

Je t'en supplie écris une lettre pour dire qu'on organise un peu mieux le lycée (lala ! quel lycée, quelle horreur !).

Je t'embrasse de tout mon cœur tendrement je t'adore et ratatadore.

Ta fille qui crève catégoriquement de faim

Colette
Bel gazou

1. Souligné cinq fois.

P.-S. Maman chérie, j'oubliais de te demander le déguisement pour mardi gras! voilà: pourrais-tu m'acheter un vrai costume de garçon avec la vraie chemise de garçon qu'on rabat par-dessus le col de la veste la veste qui va avec le pantalon, c'est-à-dire pas les costumes de garçons que j'ai à la maison mais des vrais qu'on achète dans les magasins j'espère que tu me comprends avec une petite pochette de soie dans la petite poche qui est en haut de la veste, une paire de bas blancs et des souliers vernis, j'espère que cela ne t'ennuiera pas de me procurer cette demande fantaisiste ou alors tu pourrais le faire acheter par Bertrand qui s'y connaît ou alors comme déguisement un costume de boy-scout avec le grand chapeau ou bien un costume de cow-boy avec le foulard rouge. J'espère maman que tu voudras bien choisir entre ces 3 déguisements et me l'envoyer car je ne sortirai pas avant l'mardi gras. Je te rembrasse à la folie.

Le 11 mars [1924]

Chère maman,

J'espère que tu vas bien ainsi que Bertrand[1].

Quant à moi je vais bien. A Royan je pesais 44kg 900 et ici je pèse 42Kg 800 j'ai maigri! Cependant je suis loin d'être pitoyable à voir au contraire! [...] en supplie, viens me voir!...

Madame Jeanne Galzic a dit qu'il fallait que tu viennes me voir!

1. Colette est repartie à la montagne, en Suisse, aux Avants près de Montreux, avec son beau-fils Bertrand, du 12 février au 15 mars.

<u>Est-ce que tu pourrais demander à l'économe qu'elle ne me force pas à manger le soir, surtout que quand j'ai faim je mange de moi-même, je suis assez gourmande !</u>

J'ai un besoin pressant de chaussures car les miennes sont en loques : les unes sont trop petites, les autres sont abîmées celle qui a des semelles crêpe eh bien la semelle se détache entièrement, mes vieux vernis ne sont plus mettables car la boucle est partie et... perdue !

Je t'embrasse de tout mon cœur. Ta petite fille (qui sans que tu veuilles le croire pourtant) ! t'adore !

Colette

Le 20 mars [1924]

Ma chère Maman,

J'espère que tu es en bonne santé et Bertrand aussi.

Voudrais-tu venir me voir dimanche s'il te plaît, j'ai tellement envie de te voir. Je t'en supplie viens me voir ! Bel gazou te veut à tout prix.

Est-ce que tu voudrais en même temps m'apporter des sandales et des chaussures d'été ; car celles que j'ai maintenant sont un peu lourdes il commence à faire chaud et puis une paire de petites chaussures pour le cours de danse et pour le soir au salon, s'il te plaît maman ! Voudras-tu ? Voudrais-tu aussi m'apporter beaucoup de photos de toi et de Bertrand, s'il te plaît maman. Dis à ce petit grand frère qu'il m'écrive et que cela n'est pas la peine qu'il ait passé son droit pour être paresseux au point de ne pas écrire à sa digne sœur.

Dire que MOI qui me donne <u>tant</u> de peine à demander de ses nouvelles et il ne m'écrit même pas !

Ah ! le garnement !!

Je vais lui apprendre à être plus respectueux avec sa sœur.

Je t'embrasse de tout mon cœur et mille fois.

Bel gazou qui t'adore !!!
C de Jouvenel
Colette de Jouvenel
Bel gazou

[1924]

Ma chère petite Maman,

J'espère que tu es en bonne santé ainsi que Bertrand.

J'ai une bonne nouvelle à t'apprendre. Je ne suis pas privée de sortie, au contraire j'ai 15 $^{1/3}$ en moyenne et il suffit simplement d'avoir 12 pour pouvoir sortir. Je suis bien contente car Madame la Directrice s'est aperçue, ainsi que mes maîtresses, que j'étais plus sage.

Il y a 1 siècle que tu ne m'as pas écrit. Oui ! un siècle, 4 mois, 3 jours, 2 heures, 5 minutes, 8 secondes, et 3 tierces. Ah ! mais !

Ce grrrrand flemmard de Bertrand qui ne m'a pas écrit je vais le faire asseoir sur la chaise de fer rougi, je ferai ressusciter le kaiser[1] pour qu'il vienne faire un duel avec lui, je lui ferai avoir le choléra, la gale, la peste, la jaunisse, la scarlatine, la dyphtérie ! Ah ! mais, ça n'ira pas tout seul ! Voici mes notes elles sont assez bonnes.

1. Guillaume II.

Conduite : 20. Très bien. Hé ! Hé !
Français : 17. Bien Hi ! Hi !
Calcul : 17. Bien Ah ! Ah !
Application : 20. Très bien Oh ! Oh !

Je t'embrasse de tout mon cœur ta petite Bel gazou qui t'adore !

P.-S. Je ne t'ai pas écrit dimanche car je croyais que tu allais venir me voir. Voudrais-tu m'envoyer des chaussures pour l'été et des petits vernis pour la danse et le salon s'il te plaît, maman !

Colette de Jouvenel
Bel Gazou

[Printemps 1924]

Chère petite Maman,
J'espère que tu es en bonne santé.
Moi j'ai de l'embarras gastric [*sic*].
Si tu voulais bien venir me chercher[1] dans ta petite Renaud [*sic*] j'ai de quoi bien me couvrir.
Tu vas être contente : figure-toi que je fais partie d'une Ligue de bonté, alors je suis très sage je fais de bonnes actions quand je le peux. Voici pourquoi je te demande de venir me chercher : 1e parce qu'il n'y a pas d'autre sortie avant la Kermesse et qu'il me faudrait une des jolies robes car la Kermesse est la plus grande fête de l'année et il faut aussi que je rapporte des choses pour donner pour la Kermesse et comme ligueur il faut que je donne des choses pour les pauvres petits enfants des régions dévastées

---

1. Au lycée de Saint-Germain-en-Laye.

et les écoles où l'on recueille les enfants abandonnés. Et encore Madame la Directrice et Mademoiselle L'infirmière ont dit qu'il fallait que j'aille chez un oculiste parce que j'ai mal aux yeux j'ai la carte de cet oculiste.

Je t'embrasse de tout mon cœur et mille fois en espérant que tu voudras bien venir me chercher ou m'envoyer chercher.

Ta petite Bel gazou pour la vie.

[Dessins représentant des fleurs signé « Bel gazou ».]

[1924]

Ma petite Maman adorée,

Ma chère Maman tu sais ne t'inquiète pas je n'ai rien puisque maintenant je n'ai plus de fièvre, plus rien, mais comme je ne suis pas sortie et qu'il faut que je voie un oculiste et que j'achète des choses pour donner pour les comptoirs de la Kermesse enfin bien des choses et surtout que j'aie besoin de te voir ! Alors si tu voulais m'envoyer chercher par le train j'irai en voiture jusqu'à la gare, et de la gare à Paris dans le train et du train, houp, dans un taxi et du taxi à la maison Houp ! dans les bras de maman.

Et si tu ne peux pas ta fille aura toujours si mal aux yeux restera sans rien donner pour la Kermesse ni pour sa chère Ligue de Bonté, elle aura une robe vilaine à la Kermesse du 1er Juin et voilà !

En tout cas ce qui est certain c'est que je souhaite que tu sois en bonne santé je m'ennuie un peu à l'Infirmerie mais à la maison j'aurai beau ne rien faire je ne m'ennuierai jamais car je sais que je suis chez toi et cette pensée me réjouit. Je t'embrasse de tout mon cœur (et 1.000000 fois).

Ton petit poussin qui t'adore pour toute la vie. Amen.

La fin au prochain numéro.

P.-S. Il faut que tu m'envoies d'urgence et au plus tard samedi matin ou fais-la-moi porter une autorisation à Madame la Directrice comme quoi tu m'autorises à ce qu'on fasse les frais d'une tunique spéciale pour la kermesse car nous chantons quelque chose de très important et qu'il faut que nous le préparions de bonne heure et que nous prenions des mesures etc. alors il faudra que tu dises dans cette autorisation :

« J'autorise ma fille à porter une tunique faite par le lycée et payée par moi-même pour la kermesse. »

Je te demande infiniment pardon de ma déplorable écriture mais je n'ai plus du tout de temps.

Je te rembrasse.

Ta fille qui t'adore
Bel gazou

[1924]

<u>VIENS SANS FAUTE DIMANCHE</u>

Chère maman adorée.
Ta santé est-elle bonne ?

Ecoute, il va falloir que tu apportes à la kermesse qui est dimanche tes billets de tombola sans <u>faute</u>, car on ne reconnaîtrait plus quand on appellerait les lots et tu demanderas à Pauline qu'elle te donne les miens qui sont dans une enveloppe.

Il ne faut pas que tu oublies sinon nous n'aurions pas de lots.

Ecoute, ma petite maman dorée et adorée, si tu voulais avoir l'obligeance de m'envoyer pour la kermesse la robe verte, il faut bien que je la mette car elle va devenir trop courte elle m'irait juste bien pour la kermesse je t'en supplie, maman si tu ne peux pas l'envoyer de peur qu'elle n'arrive trop tard apporte-la avec toi dimanche avec les petits vernis que j'ai à la maison, car ceux que j'ai ici, c'est-à-dire, les vieux vieux, je ne peux pas en enfiler le quart. Je t'en conjure maman penses-y !

Bel-Gazou sera toute heureuse !

Si tu voulais venir à 11H dimanche quel plaisir <u>immense</u> tu ferais à ta petite fille.

Tu feras connaissance avec Madame et Monsieur Rousso qui sont si gentils pour moi. Chaque fois qu'ils viennent voir leurs enfants ils me font sortir ou m'appellent au parloir ayant ton autorisation.

Ce sont des personnes comme toi qui aiment que leurs enfants soient au grand air, habitués au chaud, au froid, à tout !

Je fais partie d'une ligue de bonté bienfaisante et je suis très sage.

Je t'ai mis l'adresse du docteur auquel tu devais me conduire pour qu'il me conduise à l'oculiste de l'étage au-dessus.

Je t'embrasse de tout mon cœur ta petite fille admiratrice.

Côh-lete — Bel-Gazou

[*Petits dessins représentant une fleur, un petit person-nage à bicyclette avec indications suivantes : « Ber-trand, poum, poum, ça y est », et la feuille du calen-drier 5 juin 1924.*]

Le 5 juin 1924

Chère petite Maman

J'espère que tu es en bonne santé ainsi que tout le monde à la maison.

C'est samedi les congés de la Pentecôte nous n'avons que trois jours et demi.

Tu ne m'écris jamais depuis quelque temps si ce n'est que tu es venue me voir à la Kermesse, je n'ai pas de tes nouvelles.

Je te remercie infiniment du papier à lettres que tu m'as envoyé. Vois-tu ? J'y fais honneur !

Je viens d'avoir un « compère-loriot » à l'œil gauche.

La Pentecôte est samedi à l'heure habituelle et la rentrée au lycée est le Mardi à 11H, c'est-à-dire qu'à 11H je devrais être à la gare St Lazare. Mais si tu préfères me faire ramener par Pauline le soir à 5H15 je ne demande pas mieux, moi !

Maintenant depuis quelque temps il y a des moments où je m'ennuie très particulièrement. Je ne sais pas comment cela se fait !

Je t'embrasse de tout mon cœur, ta petite fille qui t'adore de tout son petit cœur.

Bel gazou pour la vie
Côh-lete de Jouvenel

[Été 1924]

Le Matin
2,4,6, Bd Poissonnière
11,3,5 & 7 Faub. Poissonnière
Paris 5ᵉ arrᵗ
Rédaction

Petite Maman à moi toute seule,
J'espère que ces voyages et ce travail ne te fatiguent pas de trop. Tu ne t'es pas trompée en disant que je m'amuse bien, c'est vrai. Tu pourras me rappeler à toi à la fin de la semaine prochaine, vendredi. Ici le temps est assez beau nous faisons des tas d'excursions très jolies avant-hier nous avons été visiter de fond en comble la chapelle de St Fiacre et celle de Ste Barbe. A cette dernière j'ai sonné une énorme et Kolossale cloche qui, si on la sonnait, donnait des jours d'indulgence. Je te les envoie. Je t'envoie aussi des photos faites avec mon appareil. Jacquot a le même mais avec une lentille ! Royan[1] c'est bien tentant les bals d'enfants, l'équitation. La bonté de Madame Collet mais je vais te demander de bien vouloir me garder auprès de toi pendant septembre car comme je ne te verrai que tous les quinze jours à partir de la rentrée alors j'aime mieux te voir tous les jours pendant les vacances même si tu travaillais jour et nuit et bien rien que d'être auprès de toi j'en serai contente. Ici on se baigne peu, bien qu'il fasse assez beau. Je n'oublierai pas de faire mes remerciements, car elle est si bonne pour moi !... Embrasse pour moi toutes les personnes qu'il m'est permis d'embrasser a Rozven. Mais toi c'est d'une autre

1. Petite Colette est chez Manette Collet.

façon que je t'embrasse, ce n'est pas amicalement mais de tout mon cœur et le plus tendrement que possible !

Coh.lete. Bel gazou

[Début septembre 1924]

Hôtel Poulard
Mont-St-Michel
Manche

Chérie, écris-moi !

Je suis venue voir la marée[1], mais cela vaut seulement d'être vu une fois, car l'eau qui entoure le Mont a ramassé sur trente kilomètres de sables, habituellement découverts, tout ce qui est sale, et l'eau arrive au pied du Mont bourbeuse, dégoûtante, chargée de détritus, personne ne peut s'y baigner.

Ecris-moi, toi dont je me prive pour que tu ne sentes pas, avant l'âge, la mélancolie de la solitude et du travail. Je t'aime et t'embrasse de tout mon cœur, mon trésor chéri. Embrasse celles qui sont si gentilles pour toi.

Colette de Jouvenel

1. Colette est partie seule au Mont-Saint-Michel où elle a retrouvé Bertrand : « Je veux voir la mer accourir autour de cet étrange bazar conique », écrit-elle alors à Marguerite Moreno.

[Septembre 1924][1]

Chère petite Maman,
J'espère que tu es en bonne santé et que tu as fait un bon voyage.

Ma lettre ne me précédera que de quelques heures, je serai heureuse de te retrouver et j'espère que tu attendras à lundi pour m'expédier au Lycée, parce que je voudrais avoir le temps de te voir ! T'sais m'man je te vois à peine un mois dans l'année ! T'sais, m'man je suis très heureuse de mon séjour à Royan où mes nourrices ont été si bonnes pour moi !...... Aunty Manette a la rage de me gâter elle veut que j'aille déjeuner avec elle samedi pour m'emmener ensuite m'acheter des fournitures de classes dont j'ai bien besoin, du reste, mais je n'aurai pas dû le dire à Aunty Manette car elle veut tout de suite me l'acheter.

Mais !... t'sais, je n'oublierai pas de la remercier autant qu'il me sera possible.

Je t'embrasse de tout mon cœur et à bientôt Girrriguche ! Tralalalalalalala !

Bel gazou de ton cœur[2]

[*Lettre agrémentée de divers dessins de Bel-Gazou.*]

Le 29 septembre 1924

Chère petite Maman,
J'espère que tu t'amuses bien enfin c'est-à-dire j'espère que tu ne travailles pas trop !

1. Petite Colette est à Royan : « Ma fille est comblée par Manette », écrit alors Colette à Marguerite Moreno.
2. Avec dessins de deux fumeurs de pipe et de cigarette.

Je vais avoir à travailler dur le 10 octobre car il aurait fallu pincer le commencement des études parce que après pour se rattraper c'est ma foi difficile ! mais cela ne fait rien car du moment que je suis en vacances et je suis auprès d'Aunty Manette alors je m'amuse fort bien.

Quand rentres-tu à Paris ?...

Ici j'ai [plein] d'amis et d'amies et je m'amuse fort bien avec eux.

J'ai joué au billard... Japonais tranquillise-toi ! et j'y ai gagné deux coquetiers et une soucoupe (le tout est japonais) que je te donnerai en rentrant ! Eh Eh !

Hier j'ai fait une magnifique promenade à bicyclette. J'ai été aux Matères c'est un joli petit endroit qui consiste en : un hôtel et 4 ou 5 maisons, le tout enfoui dans une <u>forêt</u> de bois de pins.

Voici le plan d'une route très courte pour aller de Rozven à St Malo par laquelle je suis passée en partant la dernière fois de Rozven : [*Le plan est dessiné avec multiples détails.*]

Je t'embrasse de tout mon cœur et aussi tendrement qu'il m'est possible.

Je t'expliquerai le plan plus clairement.

Aunty Manette demande une photo de toi. Envoiela-lui ça lui fera bien plaisir.

<u>Pel quassou</u>

Aunty Manette attend après depuis [*portée de musique avec la note* si] longtemps.

Je n'ai pas pris beaucoup de bains car il a fait un « cycle-ône » [qui] a nettoyé le ciel et a débarbouillé le temps et depuis il fait beau et chaud.

Nous rentrerons peut-être avant le 10 à cause des affaires d'Aunty Manette. Alors je te préviendrai.

Je t'embrasse encore

Bel gazou

[*Dessin de deux soldats : un « Français », un « Boche ».*]

Le 30 octobre 1924

Jeudi, jour de pluie,

Chère petite Maman,
Nous recommençons à jouer à la guerre cette année c'est plus acharné et plus féroce que jamais en ce moment je suis prisonnière mais j'espère ne pas rester longtemps ainsi.

Voici notre mot de passe qui est en même temps un jeu de mots : Le camp du lys ou : en jeu de mots : Le camp d'Ulysse et Ulysse est le vrai mot de passe et on dessine ceci dans notre main droite [*dessin d'un lys*] ! n'est-ce pas que c'est bien ? alors les ennemis ne devineront jamais !!! jamais !!!............ Ah ! Mais... !?

J'espère te voir demain, quand tu iras à Monte-carle pour jouer « Chéri[1] ». Reste « z'y » le moins longtemps possible car moi pendant ce temps je m'ennuierai.

Au revoir à demain je t'embrasse de tout mon cœur !

Bel gazou de ton cœur

[*Carte-lettre adressée à « Madame C. de Jouvenel, 69 boulevard Suchet, Auteuil, Paris 16ᵉ ». Au dos tampon de : La Directrice : lycée de jeunes filles Saint-Germain-en-Laye. Avec un petit dessin de soldat.*]

1. *Chéri* sera donné au théâtre de Monte-Carlo les 7, 9 et 12 décembre.

Le 6 novembre 1924

Chère Maman,

Je t'écris en cinq sec car je n'ai pas le temps de
t'écrire une longue lettre. J'espère que tu vas bien
ainsi que le fiancé[1], et le futur mari de Mademoiselle
de Riqulès la juive.

Je crois que tu veux absolument que je n'aie pas
de chocolat. Je n'ai pas un sou vaillant à l'économat
je n'ai ni billets pour le train ni tickets de chocolat.
Juge de ma misère ! Je t'embrasse bien tendrement
ainsi que Bertrand. Mais je garde pour toi ce que j'ai
de plus tendre !

Colette de Jouvenel
Bel gazou

[Décembre 1924]

69, boulevard Suchet
Auteuil 06.27

Ma chérie, je suis très touchée de savoir que tes
notes sont bonnes. Mais je me demande maintenant
combien de jours de sortie tu vas avoir par an. Quand
je m'éloigne de Paris, moi, c'est pour un travail que
l'on me demande, des conférences, par exemple. Toi,
quand tu demeures au collège au lieu de sortir, c'est
qu'un jeu déplacé t'y emprisonne. Autant de jours en

---

1. Bertrand de Jouvenel, qui devait épouser Mlle de Ricqlès, ne
se rendit pas au dîner de fiançailles, Colette l'ayant retenu auprès
d'elle.

moins pour nous voir un peu, pour que je constate ton état de santé, tes changements physiques et moraux. Ce n'est pas bien de ta part, mon chéri. Si, comme je l'espère, tu viens dimanche à Paris, il faut <u>absolument</u> que tu apportes ici <u>les souliers</u>[1] que je t'avais défendu d'emporter, et les bas neufs qui devaient également rester ici. Je t'avertis qu'il faut songer à apporter avec toi la trousse de toilette avec <u>tout ce qu'il faut pour ta toilette.</u> Tu viens n'importe comment, sans souci des soins de propreté ni de coquetterie, en te disant : « Bah ! il y a tout chez maman ! » Non, mon chéri, il n'y aura pas tout chez maman. Si tu viens sans rien apporter, en étourneau, tu reprendras le chemin de St. Germain. Tu as un sac à main et une trousse de toilette, l'un et l'autre doivent voyager avec toi <u>chaque fois</u> et remplis des objets et du linge nécessaires. C'est la dernière fois que je te le recommande. Il est grand temps que tu apprennes à voyager. Je t'embrasse bien tendrement, et je te prie de venir munie de <u>tout ce qu'il faut</u>

Ta maman qui t'aime
Colette

---

1. D'après une lettre de Colette à Marguerite Moreno du 24 décembre 1924 : « Ma fille... qui n'a pas de souliers. »

1925

Le 1er février 1925

Chère Maman,
Est-ce qu'aujourd'hui tu vas mieux la sous-directrice m'a permis de t'écrire tous les jours parce que je lui ai dit que tu étais malade.

Je vais t'envoyer le bulletin où sont les notes du mois passé.

Je n'écris pas bien car j'ai les doigts gelés. Je m'amuse bien nous jouons à la balle je la lance assez loin mais en lançant comme tu aimes qu'on la lance c'est-à-dire par-dessus la tête. Hi !

J'espère que tu seras bientôt rétablie, je suis maintenant plus sage. Du reste j'aurais bien tort d'être dissipée, je veux te faire plaisir. Je t'embrasse de tout mon cœur. Ta petite fille qui ne souhaite qu'une chose, c'est de te voir rétablie le plus tôt possible.

Bel gazou qui t'adore

[*Avec un dessin d'un personnage casqué.*]

Le 2 février 1925

Chère petite Maman,
Je voudrais bien ne pas m'inquiéter mais ce n'est pas facile avec de la fièvre des quintes de toux, bronchite double, et cætera. Je te remercie infiniment d'avoir écrit à l'économat pour le petit suisse et le jambon, je sens que je vais engraisser tout de suite. Nous avons un nouveau professeur d'anglais parce que l'autre était tout le temps malade. Le nouveau professeur est très gentil et il a une meilleure façon d'apprendre que l'autre.
Hi ! Hi ! Ha ! Ho ! Hu ! Elle me fait l'effet d'un chapeau planté sur une canne.
Good morning, ma dear aôh ! choking I go to the dancing in my smoking !
Je t'embrasse de tout mon cœur et tendrement en espérant que ta guérison sera rapide !
Good-bye !

Ta fille qui t'adore
Bel gazou

Le 5 février 1925

Chère petite Maman,
J'espère que tu vas mieux, c'est toujours ce que je souhaite depuis que tu es tombée malade[1].

---

1. Colette n'est plus souffrante, elle joue *Chéri* au théâtre Daunou, du 5 février au 13 mars, puis du 16 mars au 2 avril, au théâtre de la Renaissance.

Je n'ai pas pu t'écrire ces jours derniers car nous avions beaucoup de travail. Seulement, la lettre que je t'envoie avec celle-ci est écrite d'hier et je n'ai pas pu te l'envoyer.

A bientôt ! c'est-à-dire après-demain car c'est la sortie, vive la sortie !

J'essaie de te rapporter des notes convenables et qui soient meilleures que la dernière fois.

Je te quitte en t'embrassant de tout mon cœur

Ta fille qui t'adore
Bel gazou

[*Dessin et silhouette découpée. Lycée de Saint-Germain-en-Laye. Accompagné de dessins de fleurs et de perspectives avec commentaire : « 4ᵉ sujet de notre composition de dessin », et, sous un papier transparent : « les 1ʳᵉˢ violettes ».*]

Le 26 mars 1925

Chère petite Maman,

J'espère que tu vas bien ainsi que Bertrand.

Quant à moi je prends régulièrement mon jambon qui est très bon. (Je fais des vers !)

Nous avons une nouvelle maîtresse qui n'est pas d'une grande gentillesse et comme on lui a dit d'être sévère avec les élèves, elle abuse de cette autorité et nous met des 0 de conduite à tort et à travers. Triste sort que celui des élèves du lycée de St Germain en laye !

Il n'y a rien d'autre de nouveau pour le moment.

Je t'en supplie si tu pouvais venir me voir un jeudi car tu ne peux pas le dimanche (étant donné que tu joues) venir me voir j'en ai bien envie.

Je te quitte en t'embrassant tendrement et mille fois.

Ta petite fille pour la vie

Bel gazou

(Je rentre pour toujours dans un chemin de vertu !)
J'ai 17,6 de moyenne en travail à l'externat !

[*Carte postale : Villefranche. Cap-Ferrat. La rade et l'Escadre.*]

[Première quinzaine d'avril 1925]

Chérie, j'ai reçu ta lettre avant de partir et il était temps, je ne pensais aucun bien de toi ! J'arrive et je suis fatiguée. Un train très mauvais, qui m'a secouée, terriblement. N'oublie pas qu'il faut, à ta prochaine sortie, apporter du linge et tout ce qui te sera utile pour Castel-Novel, des bas de laine, des chaussures, ton imperméable avec le chapeau (mais je crois que tu as laissé le chapeau bd Suchet). Enfin occupe-toi bien de ton bagage.

Je serai après-demain à Cannes [1], et le jour suivant à Marseille. Je t'embrasse bien tendrement, ma chérie

Colette de Jouvenel

1. Elle retrouve à Cannes Marguerite Moreno et Maurice Goudeket, avec lequel elle rentrera à Paris en voiture après « mille kilomètres de vagabondage ».

Le 2 avril 1925

Chère petite Maman,

J'espère que tu vas bien et que tu as des nouvelles satisfaisantes de Bertrand. Quant à moi je me porte très bien mais il y a une épidémie de rougeole, j'ai... j'ai PEUR DE L'AVOIR !

Il est temps que nous ayons des vacances car on est toutes énervées et les maîtresses se font un plaisir de nous mettre des mauvaises notes à tort et à travers. Nous sommes toutes très exitées et avons une envie folle de gesticuler.

Les vacances de Pâques sont le 4 avril, 1925, 20ᵉ siècle après Jésus-Christ à 3h comme d'habitude.

Je vais en ce moment avec Rosette d'Ardenne de Tizac qui est la fille d'Andrée Violis[1] elle est très gentille et je l'aime beaucoup elle est très bien élevée, c'est un amour.

Elle n'est pas juive elle [est] catholique tant mieux elle est très très intelligente. Je crois que nous allons bien ensemble nous sommes deux bons diables !

C'est la sœur de Claude et de Simone Therry[2].

Enfin c'est pour te dire en un mot que je l'aime beaucoup, beaucoup.

J'espère que tu voudras bien excuser mon écriture négligée mais je suis très pressée.

J'apporterai du linge et les choses nécessaires pour les vacances de Pâques ne t'inquiète pas je suis devenue ordonnée.

« J'entre dans une période de vertu. »

Je t'embrasse tendrement mille fois effusément, confusément.

Ta fille chérie qui t'adore
Bel gazou

1. Andrée Viollis, écrivain.
2. Les enfants de Gustave Téry, premier mari d'Andrée Viollis.

[Avril 1925]

69, Boulevard Suchet
Auteuil 41-38

Ma vertueuse (?) fille, je vais rentrer dès que je pourrai. Sais-tu ce que je te conseille ? De te baigner, de te laver les cheveux, de soigner tes ongles de pieds, enfin de faire tout ce que tu n'auras pas le temps de faire demain matin, car l'auto et Melle Patat[1] seront ici, l'une dans l'autre, à neuf heures exactement ; il ne faut pas que tu fasses attendre même une minute. Tu prendras ton bain demain à Mondésir et tu ne feras qu'une toilette de détail demain à 8 heures.

A tout à l'heure, mon chéri que j'embrasse

Colette

Mai 1925

Chère petite maman,
J'espère que tu vas bien ainsi que Bertrand.
Je ne t'ai pas écrit car je ne pouvais pas demander pardon je le répète 100 fois et cela ne va pas ensuite et je ne pouvais pas te parler de sujets divers lorsque j'ai été privée de sortie.
Mais je vais te dire pourquoi cela m'est arrivé ; j'étais arrivée en retard à la répétition de midi moins 1/4 — c'est-à-dire que nous répétons les chansons

---

1. Petite Colette, qui a eu douze ans en juillet, passe ses vacances chez Germaine Patat, dans sa propriété de Mondésir à Saint-Jean-de-Bray, dans le Loiret. « Je vous l'ai remise cette petite que vous aimez, avec le sentiment de l'avoir déposée dans un lieu sûr », écrivait alors Colette à Germaine Patat.

pour la Kermesse à midi moins 1/4. Donc le professeur de dessin avait à me parler je ne suis donc pas venue à midi moins 1/4 — Et l'on m'a privée de sortie. Eh bien je crois vraiment que je ne l'ai pas mérité et je ne crois pas que tu penses que ce soit mérité.

De même ce matin : comme je prends du jambon je ne peux pas manger aussi vite que les autres et comme je prends (le temps) de bien mâcher je suis en retard pour sortir de table : eh bien à cause de ce retard on me met à une table seule aux autres repas de toute la journée. J'espère que tu voudras bien réclamer pour ces deux choses-là.

Si j'avais mérité ces deux punitions je ne trouverais rien à dire, mais là j'ai raison. J'espère que tu voudras bien me comprendre et ne pas trop me gronder car la punition a été suffisante et même superflue.

Je t'embrasse de tout mon cœur tendrement. Ta petite fille qui t'adore et dont la période de vertu a été accrochée

Bel gazou

[*Lycée de Saint-Germain. En tête dessin d'une fleur et d'une araignée portant un œuf, avec cette légende :* « *J'ai pris une araignée qui tenait un œuf énorme entre ses pattes et je lui ai donné beaucoup d'insectes elle les a presque tous tués. Et j'ai relâché l'araignée.* »]

Le 28 mai 1925

Chère maman.

J'espère que tu vas bien (c'est drôle, je ne peux pas changer cette phrase).

Nous avons fait la composition d'orthographe et

Mademoiselle Vayssière m'a dit que je n'avais pas fait de fautes à ma dictée. C'est samedi la sortie de la pentecôte.

Nous commençons à faire de la géométrie, et cela m'intéresse beaucoup (π, R^2. D.) cela donne des airs de savants lorsqu'on prononce ces mots ! Je fais une liseuse pour la kermesse je l'apporterai à la sortie et je pense que tu me donneras des conseils et je suis sûre qu'avec ces conseils, elle sera jolie. C'est dire que je couds ! Colette coud ! Décidément, je deviens plus raisonnable, et je crois même que c'est vrai !

La kermesse est le 14 juin, je pense que Jacqueline pourra venir. J'espère que tu voudras bien acheter des lots pour notre comptoir de façon qu'il soit le plus beau.

Le professeur de dessin dit qu'elle est contente de moi et elle a dit à Madame la Directrice que j'étais la meilleure élève de sa classe.

Nous avons fait aussi la composition de Rédaction ; voici le sujet : Dépeignez en vous inspirant de La Bruyère le portrait d'une personne qui aurait un défaut très marqué et citez les inconvénients.

J'ai choisi le portrait du collectionneur de timbres.

Je te quitte en t'embrassant de tout mon cœur et à bientôt.

Ta petite fille qui t'adore
Bel gazou

P.-S. Il fait un temps superbe !

[*Dessin d'en-tête : une fleur marquée en dessous :* « *Lotus* ».]

Le 3 juin 1925

Chère maman,

J'espère que tu vas bien et que tu es bien revenue de voyage.

Je t'écris aujourd'hui pour te dire que je sors samedi 6 juin 1925. 20ᵉ siècle de l'ère chrétienne après Jésus-Christ.

La Kermesse est le 14 juin. Et il <u>faudra</u> que tu viennes !

Les examens vont bientôt commencer.

Papa m'a parlé le 1ᵉʳ d'aller en Angleterre au mois d'octobre prochain et il m'a dit de te demander si tu y consentirais, je serais avec Miss Rutter.

Et puis aussi il a été question de me mettre au lycée Victor-Duruy qui est le meilleur lycée depuis quelque temps. Le <u>quart</u> des élèves qui sont ici cette année, quittent St Germain pour aller au lycée Victor-Duruy. Car St Germain perd <u>énormément</u> de la bonne réputation !

Et sans que j'aie rien dit, Mademoiselle Patat l'a dit aussi. Mademoiselle Millerand y est. C'est « épatant » au point de vue du travail et de l'éducation.

Papa demande aussi si tu consentirais à ce qu'on m'y mette l'an prochain.

Je serai très heureuse d'aller en Angleterre et à Duruy. Car à Duruy, je pourrai te voir souvent (c'est ce que je souhaite depuis longtemps).

Je te quitte en t'embrassant de tout mon cœur et tendrement.

Ta fille qui est si désireuse de te voir souvent.
Bel gazou
Colette de Jouvenel

[*Joint un autre feuillet avec un dessin aquarellé représentant Nijinski dansant. Au dos de la lettre, deux dessins représentant Bel-Gazou jouant au « Football » et
au « Tennis ». En tête de lettre, un dessin : « Moi après
un match de boxe. »*]

[Le 25 juin 1925]

Chère Maman,

J'espère que tu vas bien, excuse-moi de ne pas
t'avoir écrit plus tôt mais nous [sommes] en pleins
examens, ainsi demain je passe un examen en Bota-
nique et Zoologie hier c'était l'orthographe (ce que
j'ai bien su !) avant-hier le calcul (Mademoiselle
Vayssière m'a dit que j'avais très bien fait mon examen de calcul).

Je dois des dettes au lycée : 5f, 3 sous que Madame
la Sous-Directrice me réclame à hauts cris ! je n'ai
plus le rond !... Pôvre moi !

Et on nous propose de nous emmener aux arts
décoratifs seulement si je n'ai pas d'argent je ne pourrai pas y aller et c'est Jeudi 31 Juin. Et puis comme
c'est l'après-midi tu pourrais y aller et on se verrait
ce serait chic !

Et puis je voulais aussi dire que la plupart des
élèves s'en vont dès que les examens sont finis.
J'espère que tu voudras bien m'emmener dès que les
examens seront finis je te l'écrirai.

Je t'embrasse de tout mon cœur et tendrement
1000000000000 fois

Bel gazou

[*Dessin de Bel-Gazou en boxeur : « Le "pôvre" type il eng a pris unée pilé. Té mon bon ! »*]

[Fin juin 1925]

Chère Maman,

Joie, veine, chance ! Les examens sont finis et je crois et je suis presque sûre d'être reçue à tous ! Hi ! J'ai aussi deux bonnes nouvelles à t'annoncer je suis 1re en rédaction avec 13 et 1re en lecture expliquée avec 17. Et on va nous rendre demain les compositions de Zoologie je pense avoir une bonne place car je la savais très bien. Je suis 6e en gymnastique avec 16 —

Comme les examens sont finis je pourrais peut-être partir en vacances avant le 3 juillet. Mercredi ou jeudi et ce serait bien surtout que je souhaite te voir le plus tôt possible. Alors envoie une lettre ou plutôt une dépêche pour que je puisse prévenir le lycée et prendre mes affaires pour faire ma malle et tu me diras à quelle heure il faudra que je me tienne prête. Je voudrais bien que ce soit toi qui viennes me chercher, comme l'an passé tu pourrais en même temps régler les comptes avec Madame la Sous-Directrice à qui je dois ces fameux 5 f 3 sous ! et puis aussi parler à Madame la Directrice que je ne reverrai pas l'année prochaine puisque je vais en Angleterre et du reste Madame la Directrice ne revient pas.

Je te quitte en t'embrassant de tout mon cœur et souhaitant de te voir le plus tôt possible.

Ta (petite) Grande fille qui t'embrasse mille fois tendrement et qui t'adore [1].

Bel gazou

1. « Adore » souligné vingt-quatre fois.

P.-S. Madame la Sous-Directrice ayant demandé les élèves qui s'en allaient aussitôt après les examens finis je me suis fait inscrire. Je suis 2e en orthographe. J'ai hâte de recevoir la dépêche qui m'annoncera la date du départ. Je te réembrasse.

Juillet 1925

69, Boulevard Suchet
Auteuil 41-38

Chérie, j'ai été contente d'entendre ta voix ! Sois belle et bien portante, et aimable à tous, mon chéri. Montre à Mademoiselle Patat ton bulletin qui est ma foi honorable, ô monstre « chargé de tous les péchés ! ».

Je t'embrasse, je t'aime, il fait chaud, je viens de faire un article pour <u>Vogue</u>[1], et ma tournée[2] marche si mal que je suis tout près de m'en réjouir...

Colette

---

1. Colette collabora à *Vogue*, mensuellement, de décembre 1924 à décembre 1925.
2. Colette joua le rôle de Léa dans *Chéri*, au cours d'une tournée de villes d'eaux qui la mena de Toulouse à Luchon, *via*, notamment, Foix, Royat, Châtelguyon, Vichy, le Mont-Dore, La Bourboule et Cauterets.

Juillet 1925

69, Boulevard Suchet
Auteuil 41.38

Ma grande chérie, il me semble que jusqu'à présent c'est toi qui fais la tournée ? La tournée des châteaux de la Loire vaut mieux que la mienne. Figure-toi que je n'ai pas encore de premier rôle homme pour jouer ma pièce. Demain j'en essaie un encore, mais après celui-là je commence à croire qu'il faudra tout abandonner [1] ... Chut ! Ce n'est encore qu'un espoir. Dis-le à Mademoiselle Patat si elle est là-bas. Dis-lui surtout combien je lui suis reconnaissante de t'épargner un séjour à Paris, qui est sec et poussiéreux. Demain je téléphonerai à ses magasins, où Mme Souchard m'avait dit qu'elle viendrait prochainement.

Chérie, voici une lettre pour toi. Ecris à Jacquot. As-tu son adresse ?

Je t'embrasse, mon chéri, de toute ma tendresse. Fais-toi légère et gentille, et prévenante pour tous ceux qui t'accueillent si bien et d'un cœur si affectueux

Ta maman
Colette

1. Ce fut Harry Krimer qui tint le rôle de Chéri au cours de la tournée.

Octobre 1925

Cambridge House
58 St John's Road
Clifton
Bristol

   Chère maman,
J'espère que tu es en bonne santé, moi je le suis.
Je commence à m'apprivoiser je dirais même que je me trouve... bien[1].
Figure-toi que je fais de l'algèbre, oui de l'A-L-G-E-brrrre, moi, qui sais à peine l'anglais, eh bien c'est la matière que je préfère ici, avec le dessin, je fais aussi de la géométrie ce qui m'amuse aussi.
Je te suppose maintenant à Paris et c'est là que je t'écris[2]. Pourrais-tu m'envoyer des journaux de France « L'excelsior du dimanche », « Mon Ciné ; Cinémagazine ; Ciné-Miroir ; Cinéa-Ciné ; Ciné-Revue ; et puis le Système D et le Pêle-Mêle ; le Miroir des Sports, et 1 bouquin comme Arsène Lupin ou Rouletabille ou autre, je pense que tu trouveras tout cela (si tu veux bien m'en envoyer) à la gare d'Auteuil, un matin en allant au bois. Je pense que tu me vois, de là où tu es, déployer tout cela avec une satisfaction et une joie non cachée ; pense donc : sentir cette odeur de journal qui vient de France, savoir un peu ce qui s'y passe. Dieu ! que je voudrais être à ce moment ! (Si il existera !)
Je fais collection de papier d'argent. En Angleterre il est très joli j'en ai déjà 60 morceaux et il y a 3 jours que j'ai commencé !

   1. Petite Colette passa six mois dans une école anglaise tenue par les sœurs Rutter, à Clifton, quartier de Bristol.
   2. Pendant la première quinzaine d'octobre, Colette joua dans *Chéri* à Bruxelles.

Tu diras bonjour de ma part à Pauline et à tout le monde et N'OUBLIE SURTOUT PAS D'EMBRASSER LE PATY [1] ! Et si tu as l'occasion de voir Jacqueline ou de lui téléphoner embrasse-la de ma part (même par théléphone) et dis à Madame Abric et à Mlle Martha et à M. Abric que je les embrasse et les remercie encore de toutes les bontés qu'ils ont eues pour moi. Et garde pour toi les plus nombreux et les plus tendres baisers de

> Bel gazou
> Colette

[*Ici trois croquis, du triste au souriant, avec légendes :* « *Moi aux 1ers jours* » ; « *Jacquot si elle était ici* » ; « *Moi maintenant* ».]

Automne 1925

Cambridge House School
58 St John's Road
Clifton
Bristol
England

Chère Maman,
J'espère que tu es en bonne santé. J'ai reçu ta lettre qui m'a fait beaucoup de plaisir, mais ce qui m'a fait le moins de plaisir dans ta lettre c'est d'apprendre que tu avais une bronchite. J'espère que ça va mieux. Maintenant je m'amuse bien. Aujourd'hui je vais aller au jardin zoologique de Bristol, il est très joli, j'y ai déjà été l'autre jour mais ça m'amuse autant

---

1. La chienne Pati.

aujourd'hui il y a là-bas un singe tout petit petit petit petit parmi les perroquets il est tordant j'adore les singes les Teddy bears et tout, ce que j'aime moins ce sont les oiseaux, c'est si bête ! (que je dis).

Hier après-midi, j'ai été au cinéma et j'ai vu un très joli film « The Sea Hawk » et comme film comique, « Felix ». Je crains que tu ne connaisses l'illustre Felix la joie de l'Angleterre entière. Qui ne connaît pas « Felix » en Angleterre ? ... = X. Je suis sûre que tu supposes que Felix est un artiste quelconque ? Non, mais non, c'est Felix le <u>chat</u> en dessins animés mais animés d'une telle façon ! si drôle il faut que tu viennes en Angleterre à Noël seulement 4 jours pour voir Felix [1]... et ta fille. C'est très joli l'Angleterre,. superbe ! Je suis contente à l'idée que je vais recevoir bientôt les journaux. Chic, alors il faut que je te dise au revoir parce que je dois m'habiller pour aller au zoo.

Je t'embrasse de tout mon cœur tendrement.

Ta fille qui t'aime,
Bel gazou

[1925]

Chère Maman,
J'espère que tu vas bien ainsi que tout le monde à la maison. Je te remercie beaucoup des journaux que tu m'as envoyés je ne les ai pas finis, heureusement. Hier après-midi j'ai été à une party très amusante chez une des élèves nous étions 30 enfants et on s'est

---

1. Il s'agit de la célèbre série de dessins animés américains de Otto Messemer et Pat Sullivan, *Félix le Chat*.

beaucoup amusés avant le dîner on avait quelque chose d'amusant à faire : il y avait un grand baquet d'eau où nageaient des pommes et où il y avait au fond des six pence, des bracelets d'argent des colliers il s'agissait d'attraper quelque chose soit au fond, soit à la surface. Le plus difficile c'étaient les six pence à attraper c'est petit comme ça (un rond) déjà c'est difficile à attraper sur table avec la main, tu t'imagines ce que c'est avec la bouche dans de l'eau et chaude encore ! La première fois j'attrape un collier (ce qui n'était pas très difficile), la 2ᵉ fois il ne restait plus qu'un six pence : veine je l'attrape, voici comment j'ai fait : je vise le six pence au fond de l'eau, vlan ! je fonce dessus voilà-t'il pas que le six pence n'était pas au même endroit je ne ressors pas la tête de l'eau je tâte avec ma langue le fond du baquet enfin le voilà pas moyen de l'attraper j'y mets les dents enfin je l'ai maintenant ces six pence sont miens, Prrr ! Please, will you send me some white socks please mummy ! Miss Mabel said I want some for the sunday's.

Je m'amuse beaucoup et fais de grands progrès en anglais That's good. To day I have doing toats for tea they was very nice I am a good kitchner ! And a good English girl.

With love, and lots of <u>kisse's</u> from your loving : Colette

Girlie[1] Colette

---

1. « Jeune fille », en anglais.

[*Dessin de Petite Colette en « citrouille » parlant à un « concombre anglais ». Suit un croquis de Bel-Gazou : « Grande joueuse de hockey ».*]

[1925]

Cambridge House School

Chère maman,
J'espère que tu vas bien ainsi que tout le monde à la maison.

Ici il y a eu des feux d'artifice partant de chaque maison, j'ai été invitée chez une élève et chacun a eu son tour pour allumer les feux d'artifice c'était très amusant. A la fin il y avait de grands ballons genre montgolfière auxquels on attachait un petit mot à destination de celui qui trouverait le ballon avec sur l'enveloppe : « At all the world and his wife » ou « au monde entier et à sa femme ». Le premier est allé loin, loin on a pu le suivre des yeux grâce à la lumière du tampon d'ouate imbibé de paraffine enflammée qui gonflait le ballon d'air chaud à mesure qu'il s'en allait. Enfin tu peux dire que je m'amuse bien tout le monde est très gentil pour moi et je connais un bon nombre des parents des élèves. Je fais d'assez rapides progrès en anglais, la semaine dernière j'étais 2ᵉ de la classe et tout le reste après moi, ce jour-là j'étais contente par exemple. [*Croquis d'une Bel Gazou dansant de joie.*]

J'espère recevoir une lettre de toi bientôt, avec des nouvelles de tout le monde.

Je t'embrasse bien tendrement de tout mon cœur 1000 fois

Bel gazou

[1925]

Montre à tes nouvelles amies, ma chérie, ce vieux papier sur lequel les enfants de chez toi écrivaient au jour de l'an. Je n'ai pas un moment pour t'écrire une vraie lettre aujourd'hui, mais ce sera pour demain sans doute. Ah ! mon chéri, sois ingénieur agronome plutôt que femme de lettres, va !

J'ai remis à Melle Patat ta lettre, et nous avons parlé de toi. Mon chou, je suis si contente que tu te trouves bien là-bas ! Un gym-frock ? Et de quelle coupe et couleur ? Crois-tu que j'aie le don de seconde vue ?

Mille tendresses et baisers, mon trésor

Colette

[*Sur une carte de vœux en anglais représentant deux hiboux sur une branche au clair de lune, Bel-Gazou a ajouté :*]

[1925]

Your big girl for Christmas
and Happy New Year
Bel gazou

POUR MAMAN ! C'EST TOUT CE QUE J'AI DE PLUS <u>CHER</u> [1]
AU MONDE !

BEL GAZOU

1. Souligné trois fois.

1926

[Printemps 1926]

Cambridge House
58 St John's Rd
Clifton
Bristol

Cher papa[1],

J'espère que tu vas bien et que tout va mieux ;

J'espère que tu vas bientôt revenir de cette terrible Syrie[2].

Avec la livre que tu m'as envoyée, j'ai acheté une « hockey stick ». Il me reste encore 5 shillings.

Nous avons un hockey match contre une autre école et je joue. Nous en avons déjà gagné un il y a 15 jours et cette fois c'est contre la même école mais nous prenons notre revanche [*sic*] quoique nous ayons déjà gagné.

Je suis toujours très contente de recevoir de tes lettres, même quand elles sont très courtes parce que je sais que tu n'as pas le temps.

---

1. Étant donné la rareté des lettres de Petite Colette à son père, il était intéressant de faire connaître celle-ci.

2. Henry de Jouvenel a été nommé haut-commissaire en Syrie le 8 novembre 1925. Il y restera jusqu'en mai 1926.

Pour les vacances de Pâques, Melle Patat a arrangé que j'aille en France, et j'en suis très contente. J'irai voir Grand-mère aussi souvent que [je] le pourrai.

Je te remercie d'avoir écrit à M. Boillot. Je suis sortie avec lui 2 fois.

Je t'aime et je t'embrasse de tout mon cœur tendrement.

Ta fille qui t'aime.
C. de Jouvenel

l'Intransigeant
100, rue Réaumur
Directeur : Léon Bailby

20 juillet 1926

Chère Grande Colette,

Voulez-vous être assez bonne pour demander à votre grande fille — comment elle utiliserait ses vacances si elle était absolument libre de sa personne, si elle ne dépendait de personne ?

La réponse est pour l'Intran.

[Ici le papier a été déchiré et Colette a entouré ce paragraphe et ajouté :]

Réponds si tu veux, chérie, mais pas sottement, au nom du ciel. Je suis la personne la plus ennuyée du monde : mes meubles n'arrivent pas, on me met à la porte de la Bergerie [1] après-demain, dimanche, et il

---

1. Colette et Maurice Goudeket séjournent à la Bergerie, propriété d'Armand Citroën, à Beauvallon-Guerrevieille, près de Sainte-Maxime, du 19 au 29 juillet.

n'y a pas un coin à louer en attendant de pouvoir mettre des meubles dans une maison d'ailleurs pas finie[1]. Je suis très curieuse de savoir ce que je peux faire. Positivement ça m'intéresse. Je vais passer à Ste Maxime pour toi. As-tu bien chaud ? Ici c'est une magnifique et fraîche chaleur. Je t'aime et t'embrasse de tout mon cœur, chérie. Si tu réponds à l'enquête, adresse ta réponse à Mme Blanche Vogt, à l'<u>Intransigeant</u>

Colette

Août 1926

Ma fille chérie, non, je ne passe pas te chercher, comme ton télégramme, un peu catégorique, m'y invite. Patiente, chérie. Si tu avais vu au milieu de quoi je vivais ces jours derniers !... Dans ce pays où tout le monde construit, on s'arrache les ouvriers. Et si j'avais habité ce petit appartement que je te laisse à Ste Maxime, rien n'aurait marché, pour moi, à St. Tropez. Il y a 18 kilomètres d'ici à Ste Maxime, songes-y. Je compte sur toi pour que l'appartement du « Bon-Repos » (à 100 mètres du Gd. Hôtel) serve à toi et aux bons amis qui ont bien voulu se charger de toi. Il est payé pour un mois, et gentil, tu peux voir. Si vous étiez (toi surtout !) plus raisonnables, vous l'habiteriez seules la nuit du moins. Jacquot[2] et toi. Tires-en parti, toi, au mieux, avec les conseils de Mme Abric. Agis en grande fille raisonnable et n'use pas <u>mal</u> d'une indépendance que je suis forcée de te

---

1. « La maison d'ailleurs pas finie » est la Treille Muscate, achetée début juillet.
2. Jacqueline Abric.

laisser pendant quelques jours. Je n'ai pas Pauline pour tout service, tu sais ? Elle fait comme moi, elle trime dur. Nous aurons aussi une femme du pays pour faire la cuisine. Mais jusqu'à l'an prochain, sache que la Treille Muscate est très petite, trop petite. La saison prochaine, si Dieu me prête vie, il y aura un garage avec deux chambres au-dessus, pour Pauline et une cuisinière. Cette année, j'ai épuisé tout ce que j'avais de disponible. Je viens te voir demain. Les peintres ont voulu travailler en même temps que les premiers emménageurs, ç'a été du joli !

Je te demande d'aller voir tout de suite, à une minute de l'hôtel, mon appartement Bon-Repos. Explique à Mme Abric que si elle le veut, elle peut économiser une ou deux chambres au Gd. Hôtel. Prends-y, bien entendu, tes repas. Enfin, allège-moi, ces jours-ci, du souci d'organiser ta petite vie ici, où je tâche de faire des prodiges, — des prodiges bien modestes.

Je t'embrasse, mon chéri, de tout mon cœur. Ne m'oublie pas auprès de nos amis, à qui je suis bien reconnaissante. Je serai fière de te montrer un « commencement » de maison, et de la leur montrer aussi. En foi de quoi je puis signer,

ta maître-maçonne
menuisière,
laveuse,
terrassière, etc etc etc
et même maman,
Colette

[Rentrée scolaire 1926]

17 avenue de Paris[1]

Chère Maman,

J'espère que tu es en bonne santé. Moi je vais bien,
il fait très beau et très bon.

Hier soir il y a eu la fête d'un pavillon, le rouge.
On joue des petites pièces, des comédies, puis on
danse, et on mange des gâteaux.

Il doit y avoir ici, dans cet internat une petite fête,
et l'on me fait jouer une comédie, pas très intelligente, intitulée « Miss Peakle », c'est une miss
anglaise qui arrive dans une auberge en France et
qui ne parle presque pas français et il y a un tas de
confusions, je suis cette « Miss Peakle ».

Je pense sortir samedi, si tu le veux bien, mais il
n'y a pas d'accompagnement, parce que c'est un jour
de sortie de faveur, alors il faudrait, si ça ne te
dérange pas, que tu viennes me chercher ou que tu
envoies quelqu'un, Pauline par exemple, munie d'un
billet conçu comme ceci (les parents ou les correspondants des élèves (qui sont conduites à la gare des
Invalides) devront remettre à chaque sortie, une
autorisation écrite à la personne qui accompagne les
élèves)

Melle X. . . . . sortira chez

1. Le 1ᵉʳ octobre 1926, Petite Colette est entrée, en 4ᵉ, au lycée
Victor-Duruy à Versailles (17 av. de Paris). « Ma fille est bouclée à
Versailles mais je lui connais de mauvaises dispositions d'esprit...
Ça se pourrait bien que ça barderait, écrit alors Colette à Marguerite Moreno. [...] La magnifique petite bougresse aime la campagne, la natation, les autos de luxe, les phonographes, la danse...
Une enfant d'aujourd'hui, quoi. Et je suis mal placée pour sévir,
c'est à moi que cette enfant réserve sa plus sincère, sa plus discrète
tendresse et sa meilleure humeur. »

125

M. . . . . (nom et adresse) et sera demandée
(à la gare des Invalides) le. . . . . . par (nom et qualité). . . . . .

Signature des parents ou des correspondants.

J'ai mis ce qui concernait la gare des Invalides,
entre parenthèses, parce que cette fois-ci ce ne sera
pas mon cas.

Nous avons eu les résultats de la composition de
Récitation. La 1re a eu 16 et j'ai 14.

Je te quitte, car voici la cloche du déjeuner. Je
t'embrasse de tout mon cœur tendrement.

Ta fille qui t'aime et qui espère bien te voir samedi.

[Octobre 1926]

Ma chérie, j'ai eu une bronchite depuis vendredi
dernier. Hier soir j'ai dîné dehors parce que des Américains veulent acheter les droits cinématographiques[1] de « Chéri ». (Mais je suis en procès déjà pour
les mêmes droits, hélas !) Aujourd'hui, comme je
tousse encore, je change d'air et je vais chez les
Carco[2] aux environs de Paris à Brunoy. Je ne te verrai
donc pas, — du moins avant une semaine, car cette
semaine j'espère aller te « porter quelques dou-
ceurs » à Versailles, quelque chose comme un petit
fromage dur, un petit jambonneau, enfin de ces choses délicates que nous aimons bien, toi et moi.
J'aurais voulu causer avec toi, comme il nous arrive
trop rarement, comme l'autre soir. Ta lettre me fait
plaisir, mais, grand serin, il s'agissait du <u>ton</u> de ta

1. *Chéri* ne sera adapté au cinéma qu'en 1950.
2. L'écrivain Francis Carco et sa femme.

réponse à Versailles et non du texte. Et puis, ne fais pas comme tous les amis de ton père qui l'appellent « de Jouvenel » sans le prénom. Une particule (puisque particule tu as) s'énonce avec le nom entier : « Colette de Jouvenel, Henry de Jouvenel, le baron de Jouvenel » mais on dit « Jouvenel » tout court, ou on a l'air d'un pédezouille. Ton père, quand il signe sans son prénom, ou tes frères, signent « Jouvenel ». Conforme-toi à un usage qui est d'usage et de bon ton, pour n'avoir pas l'air d'avoir acheté ta particule aux Trois-Quartiers la semaine dernière. Au reste, consulte ton père là-dessus.

Je t'embrasse, après cette lettre « particulière ». Oh !!! Et je t'aime de tout mon cœur

Colette

[Automne 1926]

Ma Chérie, tu t'es fait consigner. Pourquoi ne me l'avais-tu pas dit, puisque tu savais, depuis deux semaines, que tu portais sur ta tête, si j'ose écrire, une consigne en retard ? Dans l'espoir de te voir, j'avais moi-même remis un court et indispensable voyage à Rozven (j'y dois prendre des meubles, nécessaires à la petite propriété de St Tropez[1]). Et tu n'as pas profité du beau dimanche. Tout cela n'est pas grave, sauf que tes consignes et autres châtiments relèvent d'un état d'esprit : le tien. Tu es portée à traiter légèrement tes maîtresses, et aussi tes condisciples. Tu sens, en toi, un jeune démon, qui du haut de ses treize ans, juge, apprécie, estime ou

1. La maison de Rozven sera vendue le 4 mars 1927.

condamne. Tu pèches, mon chou, par assurance. C'est agréable, — c'est dangereux. Cela mène à des échecs, toujours mérités. J'aurais pu facilement tomber dans ce péché de complaisance à soi, moi qui fus élevée dans un village comme Varetz, entourée de petites paysannes lentes à apprendre, lentes à comprendre. Une sorte de scrupule m'a préservée de me croire supérieure, de penser en « merle blanc ». C'est à ce scrupule que je dois de m'être fait un nom dans la littérature, chérie. Tu inclines volontiers vers le « bien assez bon comme ça », et je suis encore, à mon âge, tourmentée par le « jamais assez bon comme ça ». Prends garde, mon chou. A mépriser trop facilement les choses difficiles, tu rateras les concours faciles. Ne te fie pas à toi, — du moins à ce point-là. Et ne cède pas si souvent, à ton âge, à ce que je nomme l'impertinence juvénile.

Tu sais bien que je déteste te gronder, on peut si bien s'expliquer, nous deux, sans employer les grands airs et les grands mots. Pense seulement que j'ai raison, mais penses-y en temps utile.

J'ai vu ce matin M. Bachet et je voudrais bien que tu communiques sans retard avec ton père qui va sans doute vouloir t'emmener avec lui à Castel-Novel. Dépêche-toi d'écrire ou de téléphoner rue de Condé[1]. Je t'embrasse, ma chérie, de tout mon cœur. Mais ne perds pas ton temps ! Les consignes, les punitions, les réprimandes, les bouderies, les rancunes, tout ça c'est du temps gâché. La vie est si courte... De tout mon cœur je suis

Ta maman et ton amie
Colette

1. 14 rue de Condé, l'hôtel particulier où habite Henry de Jouvenel.

[Novembre 1926]

Chérie, comme je range mes papiers avant de déménager[1], je rencontre ceux-ci, que j'avais déjà mis de côté pour toi, c'est-à-dire pour que tu les remettes à ton père. Ce sont les lettres d'enfant, de lui et de Robert[2]. Il y a aussi deux lettres d'Edith[3] qu'il tiendra sans doute à conserver, ou bien il te les donnera. Elles sont charmantes, et si affectueuses.

A demain, non pas à demain, c'est samedi que je t'écris. Je ne déménagerai que mercredi, sans doute. Je t'embrasse, ma trésaure

Colette

[Novembre 1926]

Palace Hôtel
Bruxelles[4]

Chérie, on travaille comme des nègres. La troupe du Th. Du Parc est bonne, et Léo Marchand met en scène avec moi, on s'ingénie à m'alléger le travail, je n'ai donc pas à me plaindre, sinon du froid aigre et pluvieux qui balaie cette ville large et aérée. Veux-tu

1. En novembre 1926, Colette quitte le boulevard Suchet où elle résidait depuis 1916, et s'installe au Palais-Royal, 9 rue de Beaujolais, dans un entresol sous-loué à une amie, Alba Crosbie : une de « ces tanières blotties sous les arcades, écrasées entre l'étage noble et la boutique », qu'elle va surnommer son « tunnel », son « drain », son « manchon » ou son « tiroir ».
2. Robert de Jouvenel, frère d'Henry.
3. Édith, leur demi-sœur.
4. Du 3 au 9 novembre, Colette joue *La Vagabonde* au théâtre du Parc, à Bruxelles.

des pains d'amande ? Il me semble bien que tu les aimes.

Hier soir je suis allée parler à la Radio. C'est une chose bien étrange que ce tout petit bloc noir, métallique, en forme de pendule démodée [*petit croquis*], sans pavillons, sans appendices, qui écoute et recueille tout ce qu'on dit. Le diable, ce n'est peut-être pas autre chose que cela ?

Ma chambre est un jardin. A Bruxelles on est plein d'attentions pour moi, le directeur de l'hôtel lui-même renouvelle mes roses quand elles se fanent, et des inconnus m'ont envoyé des chrysanthèmes si gros qu'en les regardant on regrette qu'ils ne soient pas comestibles. Toi qui aimes les choux...

Mon chéri, écris-moi. Tu me feras un grand plaisir. Je t'aime et t'embrasse de tout mon cœur

Colette

[Novembre 1926]

69, Boulevard Suchet
Auteuil 41-38

Ma chérie, as-tu passé un bon week-end ? Je le souhaite. Ici, c'est une débâcle abominable : dès mon retour de Bruxelles les emballages ont commencé. Cette journée-ci (mardi) et hier lundi, ça a été particulièrement sinistre : les emballeurs ont apporté ici les grands paniers et leur contenu de vieille paille moisie qui sent la litière mal tenue, le pipi de chat et le camembert : la maison est intenable. Demain, c'est la suite. Pourquoi Coty ne lance-t-il pas un parfum nouveau : "Déménageur", parfum troublant... et tenace. » Mon chéri, je t'embrasse, et bien tendre-

130

ment. Est-il vrai que ta grand-mère t'a acheté un manteau ? A bientôt, chérie, pense un peu à

Colette

[Novembre 1926]

Mardi,

Non, tu ne t'es pas fait priver de sortie, — tu t'es fait mettre à la porte. Je voulais savoir si tu te déciderais à m'écrire la vérité : tu ne l'as pas fait. Même si ton père réussit, à force d'instances, à obtenir que tu restes au lycée, il n'en demeure pas moins vrai qu'en quelques mois, tu t'es fait mettre à la porte des deux meilleurs lycées de France, ceux qui sont le mieux réputés, ceux qui sont le plus près de Paris. C'est à contrecœur, et non sans humiliation, que ton père intercède auprès de Mme Allégret : où t'accepterait-on après ces deux expulsions ? A l'étranger, et encore les institutions étrangères se renseignent très soigneusement. Imagines-tu naïvement que tu obtiendras qu'on te garde à Paris, où entre deux cinémas, deux music-halls, quelques kiosques à journaux illustrés et des phonographes, tu traînerais la moins enviable des existences ? Détrompe-toi, ma pauvre enfant. Cela n'est ni possible, ni honorable. Je ne t'adresse pas d'invectives, la « scène », pour moi, a toujours été du temps perdu. Les basses plaisanteries de poudre à éternuer, de plumeaux pendus dans le dos, etc. etc., tout ce fratellinisme[1] démodé et provincial m'ennuie, je n'ai pas de goût pour les comi-

1. Allusion aux trois frères Fratellini, clowns d'origine italienne qui se produisaient au cirque Medrano.

ques sans esprit, et je ne t'en parlerai pas davantage. Une chose m'intéresse davantage, parce qu'elle constitue, à mon sens, un trait de caractère : tu avais annoncé, en <u>août</u> dernier, que tu te ferais mettre à la porte du lycée où l'on te mettrait à la rentrée : tu as tenu parole. Ceci m'intéresse. Ceci me renseigne. Tu es donc capable, — quoique tu dises le contraire — d'une suite dans les idées, d'une <u>volonté</u> longue. C'est bon à savoir.

A propos de poil à gratter, poudre à éternuer et autres produits en honneur dans les noces de domestiques, je te signalerai ceci : dans un collège ou une caserne, je ne me souviens pas au juste, la poudre à éternuer a occasionné une mort assez rapide, par suite d'éternuements qu'on n'a pu arrêter et qui ont causé une suite trop répétée d'ébranlements du cerveau. C'est malheureusement une histoire vraie. Je t'embrasse, mon pauvre **chéri, mais** je n'ai pas envie de rire !

Colette

[Fin novembre 1926]

Ma chérie, j'attendais ta lettre avec une certaine impatience. Elle arrive, courte mais assez significative dans sa brièveté : il n'y est question que de sorties. Et tu ajoutes : « <u>J'espère</u> que le travail va aller à peu près. » Tu me feras le plaisir de biffer ce mot-là dans ton esprit et de le remplacer par : « je veux ». Quand on s'est fait mettre à la porte d'un lycée après y avoir gâché deux trimestres, il vaut mieux témoigner d'un peu moins de désinvolture et d'indifférence. Tu montres, <u>du haut de tes treize ans</u>, un mépris caractérisé pour les élèves de ton âge, et tu préfères les filles plus âgées : tu as un moyen de les rejoindre, passe dans des classes supérieures, — mais tu n'en prends pas le chemin, jusqu'à présent du moins.

Il faut, entre autres erreurs déplaisantes, changer en toi la « mauvaise grâce » que tu manifestes à l'espèce professeur ou maître d'études (je parle exprès ton langage).

L'autre jour, lorsqu'une maîtresse d'études (je crois) à cheveux blancs t'a demandé ton nom, en croyant t'avoir déjà rencontrée, tu lui as répondu à deux reprises, et tout court « Jouvenel [1] » sur un ton de voix, et avec une figure qui, si j'avais été, moi, professeur, ou surveillante, t'aurait valu une maîtresse gifle. Je n'ai rien dit, pour ne pas rougir de ma fille dès le premier jour. Car je n'ai pas, moi, mérité que tu sois paresseuse, et insolente. Je suis bien décidée à ce que tu ne le sois plus. Tes sorties, toutes tes sorties, dépendront de ton travail. Dimanche prochain, je suis en Suisse [2], pour 4 conférences, et ça ne m'amuse fichtre pas, pour une assez faible somme d'argent, de faire quatre villes en quatre jours en cette saison. En outre, je ne possède pas d'auto cet hiver, et Goudeket vend la sienne parce qu'elle lui coûte trop cher. Tu vois qu'il y a des raisons impérieuses, tant suisses que françaises, pour que je n'aille pas te chercher dimanche. Après trois mois de vacances, j'aimerais bien que tu ne réclamasses pas, d'urgence et avant tout, deux jours de sortie contre cinq jours de classe.

Si je t'écris aussi rudement, c'est que je n'ignore pas que tu es entrée à Duruy non pour travailler, mais

1. Voir la lettre d'octobre 1926, p. 126.
2. Neuchâtel, La Chaux-de-Fonds, Berne, Montreux... du 29 novembre au 4 décembre.

pour « voir un peu ». Eh bien, nous allons voir. J'ai déjà vu, moi : ta figure fermée que je connais, au lycée. Ouvre-la, je te prie, et ton esprit aussi, vois autre chose que le ciné, le music-hall, le phonographe et les autos de luxe. Tu es très gentille avec moi, mon chéri, et je le reconnais avec plaisir, mais qu'ai-je à faire d'une enfant qui est « gentille » avec moi, un point, c'est tout ? Quel luxe inutile...

Je suis la seule à t'écrire sur ce ton, je le sais. C'est mon droit, c'est mon devoir. Et j'aimerais recevoir, à une lettre comme celle-ci, une réponse. Les autres lettres de cette sorte, tu les laisses tomber dans le vide. C'est plus commode, mais... Réponds-moi, défends-toi au besoin, explique-toi. Je n'ai jamais esquivé une explication, et j'aimerais te voir te dresser devant moi comme un petit miroir de moi-même... Je t'embrasse très fort, mon chéri, et tu sais bien que je t'aime de même

Colette

Décembre 1926

9, rue de Beaujolais [1]
Louvre 68-56

Ma chérie, je pars, demain matin à 7 heures. Je sèmerai ma route de cartes postales pour toi. Tu n'as pas trouvé un moment pour me téléphoner, dimanche, de chez ton père, ou pour venir m'embrasser ?

1. Colette a quitté le boulevard Suchet et emménagé rue de Beaujolais, à l'entresol : « Un loyer modeste, un plafond que je touchais de la main — 2 m 22 — une étendue toute en longueur dont je pouvais distribuer à mon gré les 14 m 70 [...] je m'engouffrai dans le tunnel », in *Trois... Six... Neuf...*

Tu ne m'as pas dit ce qui te ferait plaisir, en fait d'étrennes. Songes-y, mon grand chou chéri ; écris-moi tout de suite un mot qui puisse me joindre à Nice[1], où je joue le 21, 22, 23, au <u>Nouveau Casino</u>. En hâte, et bien fatiguée, je t'embrasse, ma chérie, de tout mon cœur comme je t'aime

Colette

[*Carte postale.*]

Nice 20.12.26

Nice-Cimiez. Les Arènes. Ruines romaines.

Chérie, j'ai reçu ta lettre, je suis contente. Je te fais expédier rue de Condé un gros panier de fruits. J'espère qu'il t'arrivera à temps pour en offrir à tes amies, à Renaud, à tout le monde. Il fait ce matin un temps tout en or ! Je pars pour Toulon.

Mille tendresses, chérie

[*Carte de vœux « Message of the bluebird ».*]

[Décembre 1926]

C'est trop tôt, chérie, pour t'envoyer une carte de christmas, mais il n'est jamais trop tôt pour te dire que tu es ma chérie. Il n'y a point de « particularité »

---

1. Deuxième quinzaine de décembre : tournée de représentations de *La Vagabonde*, sur la Côte d'Azur.

à Monte-Carlo, mais je te rapporte un petit mah-jong portatif et je t'embrasse de tout mon cœur.

With every good wish
For a happy Christmas and
A bright New Year
From your mama, dear, dear, dear Bel-Gazou

Colette de Jouvenel

Je t'envoie deux cartes « en blanc », tu les enverras à qui tu voudras. Pense à Renaud[1], qui demande une lettre de toi. Il est aux Chantiers de Laruns, Basses-Pyrénées.

---

1. Renaud de Jouvenel, fils d'Iza de Comminges, demi-frère de Petite Colette, a une enfance ballottée. Il est retiré du lycée Lakanal à Paris, « un temple, une pépinière d'homosexuels », pour être mis à l'École libre de l'Immaculée Conception de Pau. Les chantiers de Laruns se trouvent à une cinquantaine de kilomètres au sud de Pau. Il sera envoyé sur des chantiers de travaux publics dès l'âge de seize ans : « Nous habitions des baraquements en bois, recouverts de ruberoïd, où les serviettes gelaient, de même que l'eau des brocs, si bien qu'elles étaient rigides, au matin et qu'il fallait casser la glace des brocs, pour se laver, le moins possible » (*La Revue de Paris*, décembre 1966).

1927

Janvier 1927

9, rue de Beaujolais
Louvre 68-56

Ma Chérie, ta lettre m'apprend ce matin que tu ne sors pas. C'est donc l'autre dimanche que tu verras en matinée, avec Jacquot et Renaud, « la Vagabonde[1] ». Mme Abric a vu la première et m'a fait des compliments.

Tu avoues toi-même qu'il y a quelques raisons de vous empêcher de sortir si tôt après les vacances. A la vérité, la sortie de huitaine — en dehors du plaisir que j'ai à te voir — ne vaut rien du tout. Elle supprime, par mois, quatre samedis, et le lundi qui suit n'est jamais bon, pour des jeunes filles qui se sont généralement fatiguées bien plus que reposées dans leur famille. La sortie de quinzaine est à coup sûr meilleure, surtout pour des élèves dans ton genre, qui travaillent vraiment sans passion et perdent ainsi à peu près huit jours par mois. C'est mon opinion

1. Du 5 au 23 janvier 1927, la pièce est reprise au théâtre de l'Avenue ; elle avait été créée le 20 février 1923.

très nette. Là-dessus je t'embrasse aussi tendrement que je t'aime, chérie

Colette

[Fin février 1927]

9, rue de Beaujolais
Louvre 68-56

Chérie, je suis appelée à <u>St. Malo</u> pour des questions touchant Rozven[1] et la vente de Rozven. J'espère que je vais vendre cette charmante propriété que je regretterai ; à mesure que le temps passe, elle se désagrège faute d'être habitée, et entretenue avec soin, et je paie inutilement des réparations. Je pars vendredi soir, je compte revenir lundi ou mardi, et je te préviens de mon absence, au cas où tu aurais mérité de sortir. Si tu sors, tâche d'aller rue de Condé mais dans ce cas préviens <u>tout de suite</u> et non au dernier moment, ce qui pourrait gêner ton père.

Pense un peu à tout ce que je t'ai dit, mon chéri. Je t'aime et t'embrasse de tout mon cœur

Colette

Juin 1927

17 avenue de Paris

Chère maman,
J'espère que tu vas bien. Moi je me porte très bien, mais ma dent gâtée s'en va peu à peu en petits mor-

1. La maison de Rozven sera vendue le 4 mars.

inquiétée, puis on m'a dit commotion cérébrale, puis contusion ce qui devient moins grave heureusement.

Je suis admise à passer en 3e sans examen de passage. J'en suis bien heureuse.

Madame Copien craint en ce moment que j'aie la varicelle, car j'ai beaucoup de boutons sur la figure, mais je n'ai pas l'impression que ce sont des boutons de varicelle et je me sens assez bien quoique j'aie un rhume — qui n'a rien à faire avec mes boutons — alors je suis enfermée dans une chambre car Mme Copien croit que je suis contagieuse, mais ne t'inquiète pas, je sens que je n'ai rien.

Je viens de dîner, j'ai vu le docteur, et j'ai dû interrompre la lettre. Il a dit que j'avais la rubéole, mais ce n'est pas grave et j'irai demain à Paris, conduite par une surveillante. S'il y avait eu une voiture, j'aurais pu venir te voir, mais je ne peux décemment demander à la maîtresse cette permission qu'elle ne m'accorderait sûrement pas.

C'était bien gentil de ta part de m'écrire tout de suite après ton accident, de façon à ce que je ne m'inquiète pas, ta lettre m'a fait beaucoup de plaisir, comme toutes celles que je reçois de toi.

On m'a apporté mon uniforme, Lundi, il est plutôt raté comme forme, mais pour l'uniforme ça va.

Les élèves vont demain en excursion à Compiègne, mais je reste, à cause du dentiste qui fera probablement l'aurification.

Il faut que je me couche, et c'est pourquoi je te quitte en t'embrassant tendrement de tout mon cœur et en espérant que tu seras complètement remise samedi.

Ta fille qui t'aime
Colette

1927

Dimanche 26 juin
17 avenue de Paris
Versailles

Chère maman,

Es-tu complètement guérie ? Je l'espère.

J'ai été jeudi chez le dentiste, il m'a mis l'or, et j'étais au supplice de sentir que j'étais à 2 pas de toi, à un moment, et que je ne pouvais seulement pas venir te dire bonjour.

Je ne suis pas sortie parce qu'il y avait la fête du lycée hier et aujourd'hui après-midi, et qu'il fallait que les Françaises y soient, sans cela tu penses bien que j'aurais mille fois mieux aimé être à Paris près de toi qu'à la fête du lycée, si réussie soit-elle.

Il ne faut pas que j'oublie de te dire que le dentiste m'a demandé un rendez-vous pour jeudi 30, je l'ai pris car j'ai pensé que chez papa, il y aurait une voiture, le rendez-vous est à 3 h, je tâcherai d'aller te voir en sortant. Je vais donc écrire tout de suite à Renaud.

Il pleut à torrents, la malheureuse fête du lycée de cette après-midi a été noyée.

Ma rubéole (que je n'ai jamais eue) va beaucoup mieux et mon rhume aussi.

Je pense sortir samedi prochain 2 juillet, et te voir.

La sortie des grandes vacances sera le 13, jusqu'ici j'ignore l'heure à laquelle elle aura lieu, je te l'écrirai bientôt.

Jusque-là, je me demande quel travail nous allons faire, maintenant, que les examens qui étaient à passer sont passés. Je n'en ai pas passé, j'ai dû te l'écrire, car j'ai été admise en 3e sans.

Il faut que je te quitte car la cloche du déjeuner sonne et je ne dois pas être en retard !

Je t'embrasse tendrement, de tout mon cœur.

En espérant de te voir bientôt

Ta fille qui t'aime,
Colette

P.-S. Pourrais-tu me faire envoyer pour <u>Mardi</u>, au plus tard, mercredi la robe de taffetas, et des bas allant avec, s'il te plaît ? Il y a la fête d'un Pavillon, c'est le soir, et tu sais les robes que j'ai !

Je t'embrasse tendrement

Colette

Juin 1927

9, rue de Beaujolais
Louvre 68-56

Ma très grande et très chère fille, tu m'as fait plaisir en m'écrivant et en te souciant de ma santé. J'ai eu l'ennui de savoir que tu es venue, pendant que j'étais absente pour deux ou trois heures. J'étais allée voir quelque chose qui t'aurait bien amusée et intéressée. Dans l'Oakland des Léo Marchand (car ma petite voiture sort seulement de la réparation aujourd'hui) nous sommes allées voir Rosengaard (Rosengaard c'est Peugeot) à Meulan, et il nous a montré et fait essayer ses bateaux à moteur, qui font house-boat comme on veut. Le plus petit est un amour ! Une sorte de pont abrité par une tente, un petit salon chambre à coucher avec des lits genre sleeping-wagon, une penderie, des placards, une <u>petite cuisine</u>, un w.-c., un cabinet de toilette, le bateau fait son électricité, enfin le rêve, et cela se conduit si facilement ! Je l'ai conduit, toi-même tu aurais pu le conduire. Est-il besoin de te dire que j'en avais une envie folle ? C'est un joujou trop cher pour cette année, cinquante mille et l'entretien... Comme tous les véhicules d'eau, ça brûle beaucoup d'essence. — [*Annotation en marge*] : ça marche avec un moteur d'auto 12 c.v. — Mais que c'est charmant ! Ensuite, nous sommes allés [nous] promener, à sept ou huit, sur la scène [*sic*] dans le grand bateau à moteur de Rosengaard, à deux moteurs de 150 chevaux... Mon chéri, ça c'est assez enivrant ! On fend l'eau à 80 à l'heure, et derrière deux énormes moustaches d'eau rejetées par l'étrave. Pour commencer, je vais toujours m'informer de ce que coûte une ancienne péniche que nous aménagerons avec de la cretonne et des coussins, et qui nous fera un salon au pont de la Tournelle, de l'autre côté de notre Louvre, je suis sûre que tu adoreras cela. On pourra y prendre le soleil, lire, travailler SANS TELEPHONE et je te donnerai la facilité d'y recevoir tes amies et amis, qui se trouveraient un peu serrés rue de Beaujolais. Qu'en dis-tu ? Tu dis « Houi, maman ! ».

Mon chéri, je pars, samedi soir, pour St. Tropez. Car si je n'y vais pas <u>tout de suite,</u> ton « studio » et le garage qui y est attenant ne seront pas prêts pour te loger. L'architecte, M. Le Boret, part ce soir, il faut donc que j'y aille pendant qu'il y a encore des places dans un train. M. Willy et Melle Patat, nos providences, prennent soin de toi au mois de juillet. En août tu es à St. Tropez. En septembre à Castel-Novel. Voilà l'ordre et la marche.

Maintenant, ce que je vise, c'est d'aller te voir et t'embrasser samedi à Versailles... Je vais te racheter un peu de linge en maille rose ou blanche, n'est-ce pas ? J'ai peur que tu en manques.

Je t'embrasse, je t'aime de tout mon cœur, je te trouve bien gentille de n'avoir pas eu une vraie rubéole !

Colette

Il y a aussi chez Peugeot la Bicyclette d'eau... Je ne te dis que ça ! (sans moteur).

[Juillet 1927]

Jeudi

Ma chérie, j'ai retardé le moment de t'écrire, d'abord parce que tu devais m'écrire la première, ensuite parce que je t'aurais écrit durement, — sincèrement. Tes prix... sont quelconques. Ce sont tes notes de fin d'année qui m'intéressent, — et qui me découragent. « Vanité, caractère faible, pas de volonté, négligence, passable, assez bien, élève amateur, etc etc » J'aime mieux <u>n'importe quoi</u> que cela. En lisant ces mentions, qui veux-tu que je reconnaisse en toi ? Ni moi, ni ton père. Je relis ces notes, et je me dis : « Où est, là-dedans, ma fille et celle d'Henry de Jouvenel ? Je ne la trouve nulle part. » Il me semble, devant ces notes-là, que je t'ai un peu perdue, et je te cherche en vain. C'est une impression d'humiliation que je digère mal. Que deviendras-tu ? Que feras-tu ? Rien ne s'éclaire dans ton avenir, pourtant si proche, de jeune fille qui <u>doit</u> travailler de son métier. Mais quel métier ? Tu as la chance incroyable de trouver, chez Mlle Patat, une solution à tout, une situation future qui peut être belle et honorable, mais... Mais <u>toi</u>, dirigeant quelque chose et quelqu'un ? Toi, prenant des responsabilités ? Toi, debout au lever du jour, toi à ton poste à l'heure dite, toi donnant l'exemple de la ponctualité, de la fermeté à des collègues ou à des subordonnés ? Je tremble en y pensant. Je tremble pour toi[1].

Je voudrais que, (si cela ne la fatigue pas) tu demandes à Mlle Patat de te parler de ses débuts, de ses années de lutte, de ces années où elle n'était qu'une jeune fille délicate, sans fortune, et où elle travaillait comme on se bat. Demande-le-lui <u>de ma part</u>, chérie. Je suis sûre qu'elle ne t'en a guère parlé, car <u>elle</u>, elle n'a pas de vanité. N'oublie pas de le lui demander, ce sera le commencement, pour toi, d'un apprentissage. Et je suis sûre, — du moins j'espère, pour toi, que tu l'écouteras comme l'histoire d'une conquête, la conquête de la fortune, la conquête d'une grande situation commerciale par une jeune fille blonde, beaucoup moins robuste que toi, et toute seule en face de tout. <u>N'oublie pas</u> ! Car je te connais assez pour savoir que le fait de replier une lettre grondeuse et de la mettre dans ta poche ou dans un tiroir supprime assez complètement ton devoir et ton souci.

Parlons maintenant de la petite maison qui contient (qui contiendra) ta chambre, le garage de la voiture, et deux petites chambres pour Pauline et pour Louise : quoi que je fasse et que je dise, elle sera un peu en retard, le moins en retard qu'il se pourra. Coucher dans la vigne, c'est très joli, mais pas absolument pratique. Patientons donc, si ta présence là-bas n'incommode personne. Il me semble bien que

1. Le 3 juillet, Colette écrivait à Germaine Patat que sa fille « en toute chose agit comme si un peuple de serviteurs devait s'occuper de ce qu'elle laisse traîner derrière elle ».

vers le 10 août je pourrai te camper, et l'installation viendra ensuite, nous la ferons ensemble. Je réponds à une charmante lettre que m'a écrite Germaine. Et je suis contente que tu voies, avec ton père, des pays, un fleuve, des visages, des maisons. Germaine me dit que tu vas aller à la Baule ! Du beau sable, de la chaleur, de la mer. J'attends, avec impatience, de savoir ce qu'aura trouvé ton père comme école professionnelle[1].

Tu ne te lèves « pas trop tard » ? A 8 h.1/2, oui. Et comptant le temps que tu mets à ta toilette, c'est, en cette saison, les deux ou trois, ou quatre plus belles heures de la journée qui sont perdues. Sois sûre qu'elles ne m'échappent pas, à moi ! Je retourne un moment voir croître tes murs. Il n'est pas encore trace du toit, ni de l'escalier. Mais on travaille[2] vraiment. Ma chérie, je t'embrasse tendrement. Je te remercie de m'avoir envoyé cette petite photographie. Embrasse et remercie Mlle Patat, avec beaucoup de tendresse pour moi, n'oublie pas mon ami Mr Willy[3]

Colette

La Treille Muscate
Route des Cannebiers
Saint-Tropez Var

Est-il encore temps de t'écrire à St. Jean de Braye, chérie ? J'en doute. Quand même je me risque, quand ce ne serait que pour te montrer mon papier officiel.

---

1. Ce sera le Collège féminin, dirigé par Mme Pichon, 13 rue du Four, à Paris. Elle y suivra notamment des cours de couture et de secrétariat.
2. Colette veillait à l'aménagement de la maison.
3. Willy Rubins, ami de Germaine Patat.

Impossible d'avoir ta petite maison finie. Tant pis, on s'arrangera. Les nuits où le mistral ne m'en empêche pas, je couche sur la terrasse : tu coucheras sur la terrasse. L'été, dans ce pays, le confort matériel devient une pâle tentative humaine, on découvre qu'il est une invention inutile. C'est très curieux à expérimenter longuement. Viens. Mais comment viens-tu ? Tu ne m'en parles pas. Enfin, je m'en remets encore une fois aux amis, surtout à l'amie qui te témoigne une si touchante sollicitude. Vite, ma chérie, un mot même télégraphique. Je t'embrasse de tout mon cœur, et j'envoie mon plus affectueux souvenir à ton hôtesse [1]

Colette

Septembre 1927

La Treille Muscate
Route des Cannebiers
Saint-Tropez Var

Je ne t'aurais pas écrit, ma chérie, si tu ne m'avais pas écrit. Car j'ai attendu en vain le télégramme qui devait m'assurer de ta bonne arrivée, et que tu m'avais promis. Tu es distraite. Cette lettre, que je reçois enfin après six jours, est presque une lettre de reproches, je dis « presque » parce que je ne tiens jamais, quoi que tu sembles en penser, à « aggraver ton cas » si j'ose employer un terme judiciaire. Tu mets, à te défendre, une certaine candeur. A lire ta lettre, tu regretterais le lycée comme une patrie lointaine. Mon enfant, si tu aimes rester dans les lycées,

---

1. Germaine Patat.

148

pourquoi n'y travailles-tu pas, et pourquoi te mets-tu dans le cas qu'on t'en flanque à la porte ? Tu aimes la littérature ? Travaille la littérature. Tes notes de fin d'année, j'en ai honte. Toi pas. J'écris à Mademoiselle Patat parce que j'ai une très grande confiance dans son jugement, et dans son affection, et aussi parce que je ne puis communiquer directement par lettres avec ton père. Que je t'écrive à toi ce que je lui écris ? Relis mes lettres, ma fille, je suis fatiguée de t'écrire ce que je pense. Et quand j'ai le plaisir de passer trois semaines de vacances avec toi, je tiens à ce que ce soit des semaines de vacances, sans récriminations, sans dépense de force de conviction, sans figure embêtée de ta part.

Laisse donc de côté cette mesquine histoire de « mauvaise langue ». Une chose compte, une preuve seule est à invoquer : tu ne travailles pas. Que de temps, que d'argent perdus ! As-tu jamais eu la curiosité de savoir ce que coûte une année de lycée ? Non. Ça t'est égal. Demande-le à ton père.

Tu n'as « que quatorze ans » ? Travaille comme on doit travailler à quatorze ans, personne ne t'en demande plus.

Quand tu es là, je t'observe, je réfléchis, je déduis. Mais je ne mets ni mon devoir, ni mon plaisir à t'empoisonner, ni à m'empoisonner un temps d'été qui me donne le loisir, et la joie, de t'avoir près de moi.

Ces grands mots de « catastrophe », de « désespoir de la famille » n'ont pas leur place ici. J'emploie rarement les grands mots.

Fais comme moi.

Je m'entretiens de toi avec les personnes qui peuvent penser à toi, décider ce que tu peux faire immédiatement, — c'est-à-dire l'année scolaire prochaine. Si le « conseil de famille » n'est pas plus oral, je le regrette, mais je n'y puis rien. Je ne peux vraiment pas agiter ton avenir avec toi seule, car, — comme tu me le fais remarquer — tu n'as que 14 ans. Et quand même je te dirais, encore une fois et encore une fois « Mon chéri, tu ne travailles pas, tu n'as surtout pas assez envie de travailler, tu manques de spontanéité dans l'activité, et même d'activité tout court », je ne crois pas que j'en obtiendrais un résultat appréciable. Dans toutes les familles on pense aux enfants, on s'inquiète d'eux, on parle d'eux. C'est ce que je fais, — de loin et par écrit, — c'est moins commode.

Tu raisonnes, dans ta lettre, comme si c'était la première fois que, inquiète, assez souvent déçue, je me demande, et je demande ce qu'il est bon de faire pour toi. Si tu gardes mes lettres, tu peux remonter à celles où je me plains justement que les tiennes ne répondent jamais à celles où je t'infligeais quelque remontrance, motivée, détaillée.

Je ne vais pas jusqu'à croire que tu n'apprends rien au lycée. C'est très difficile de ne rien apprendre dans un lycée. Les mauvaises notes ont une signification : elles représentent l'opinion qu'on a de toi. Reconnais que, laissant voir à la plupart de tes maîtres l'opinion que tu as d'eux, comme tu le fais, ils te doivent bien ça. Fusses-tu soutenue et illusionnée par une popularité d'élèves, tu te maintiendras difficilement dans un lycée qui ne souhaite pas te garder. En douze mois, Saint-Germain te remercie et Versailles te traite en indésirable : nous avons longuement, il me semble, cherché à sortir de là, mais par où ?

Que j'aie eu raison ou tort de t'observer en silence, ici, je ne me repens pas de l'avoir fait. Car, mon chéri, je t'aime tendrement. Et je ne me suis pas résignée à t'assombrir. J'aimais nos promenades, nos bains, nos petits travaux, et même notre silence. Je pars dimanche soir, écris-moi à Paris. Je t'embrasse comme je t'aime

Colette

Septembre 1927

La Treille Muscate
Route des Cannebiers
Saint-Tropez Var

Bonjour, chérie. Qu'il fait beau ! Que de rossignols, et de mésanges ! Il est 7 h 1/2, je suis là toute seule avec Louise et quelques chats, et le vieux Pati, car Pauline et deux chats sont partis. Je vais les imiter, mais en petite voiture. Les orangers sont blancs de fleurs. Ces pétales auront-ils encore un peu de parfum ? Je t'embrasse avec une grande tendresse, chérie

Colette

Automne 1927

Collège féminin
Lundi soir

Chère Maman,
Je n'étais pas plus tôt sortie du cours qu'on est venu m'apporter le petit paquet que tu as déposé pour moi. Merci cent mille fois, Maman, je te remercie beaucoup, beaucoup beaucoup. Que cette trousse est jolie ! c'est une pure merveille. Si avec ça je ne dépasse pas Mr Poiret ou Mr Lucien Lelong [1].

1. Deux célèbres couturiers de l'époque.

La cloche de dîner sonne et je ne pourrai pas continuer après car j'ai beaucoup de travail pour Demain. Dieu que la lumière est mauvaise, si je ne demande pas une nouvelle ampoule, j'aurai les yeux dans un état épouvantable. Au fait, j'ai besoin de lunettes !

Comme je suis ennuyeuse ! Toujours besoin de quelque chose.

Je vais demander à mon père de venir voir MON Collège ainsi que Madame Pichard ou Melle Bunlet, qui aimeraient qu'il vînt.

Je vais enfin pour l'anglais, suivre les cours du baccalauréat, l'anglais que je suis maintenant est vraiment un peu facile.

La lumière est vraiment mauvaise, et malheureusement il n'y a pas de prise de courant dans la chambre, car j'aurais pu apporter ma petite lampe que j'ai, rue de Condé et qui ne vaut pas grand-chose. Je crois que pour la Toussaint nous avons 2 ou 3 jours.

La seconde cloche sonne, et il faut que je te quitte, en te remerciant encore mille fois de la jolie trousse de couture et je veux bien être presque pendue si je n'apprends pas à très bien coudre, et avec un dé !

Je t'embrasse de tout mon cœur.

Ta future couturière — quelle économie [1] !

Colette

---

1. « "Une fille doit avoir un métier." C'est vers 14 ans que je commençai d'entendre, prononcée par mes parents — chacun de son côté... cette phrase... Un beau jour le décret tomba : "La couture est un excellent métier de femme." Le tissu, les robes, créer un modèle, etc... En vérité mon père avait pour maîtresse Germaine P. qui avait une double maison de couture au 11 du Faubourg Saint Honoré : "4e étage Maison Germaine Patat, Haute-Couture — 5e étage, Pati-Pata, un avant-goût du prêt-à-porter"... Étonnante Germaine. Elle avait travaillé dur, et sans santé. Mais elle avait aussi la manière de séduire les hommes, ceux qui permettent à une femme résolue d'avoir, à force de travail, sa maison en ayant commencé comme petite-main... Je commençai donc à l'atelier, celui de Mme Léa... (Notes personnelles de Petite Colette.)

9, rue de Beaujolais
Louvre 68-56

Fille chérie, je viens d'apprendre que tu as à Paris un père depuis ce matin, et qui verrait sa fille avec plaisir. Dans ces conditions, je me laisse tenter par des amis qui veulent, orgueilleux, me montrer ce que c'est qu'une Buick neuve. Chérie, à bientôt, Chérie, je t'embrasse.

Colette

Comme je suis gentille en jurée !

Automne 1927

9, rue de Beaujolais
Louvre 68-56

Chérie, je pars pour Ostende et Bruxelles. Les gens qui m'y invitent en « corps constitué » (et qui sont des journaliste, écrivains, mécènes, étudiantes, etc etc et Amis-des-Lettres) m'ont donné trop de preuves de leur sympathie (ils écrivent ce mot-là : admiration, mais je me sers de mon orthographe la plus usuelle) pour que je refuse d'y aller. J'y vais donc. Mademoiselle Patat te l'a sans doute dit, et quand je suis rentrée ce soir à 8 heures, Pauline m'a dit que tu avais téléphoné. J'hésite d'autant moins à partir que ton père est maintenant de retour, et que la maison de la rue de Condé va t'accueillir.

L'impression qu'a rapportée notre amie Germaine de TON collège est excellente [1]. Je l'ai vue aujourd'hui,

---

1. Le Collège féminin, 13 rue du Four. Après l'avoir visité à son tour, Colette écrira quelques mois plus tard à Germaine Patat :

et vraiment la manière dont elle me parle de ton avenir, — art et commerce, et travail plein d'intérêt, gros de profits matériels — me touche au plus sensible de moi. Chérie, si tu le veux, il me semble bien que tu le veux à présent, quelle <u>liberté</u> pour toi ! Je t'embrasse de tout mon cœur, je reviens mercredi, je t'enverrai un mot de là-bas.

Colette

Je serai comme toujours au Palace Hôtel, à Bruxelles. Mais je n'aurai pas le temps de recevoir un courrier, je crois ?

Kensington Hôtel La Croix [1] (Var)

Mardi 7h.

Bonjour chérie ! Je viens d'arriver. Il pleut à torrents. Les fleurs de la région et les légumes ont gelé cette semaine. Je me prépare à les imiter. Tout va bien comme tu vois.

J'ai déposé les bêtes chez nous en passant, et je leur ai fait allumer un poêle. Rien ne peut exprimer le froid intérieur d'une maison du Midi qui n'a pas le chauffage central (nous l'aurons !) et que sa gar-

---

« Charmante maison, charmante directrice jeune et riante (c'est la sœur de Mlle Bunlet de l'Opéra)... Chambres d'élèves plaisantes... Je causerai prochainement avec Mme Pichon. Vu les salles de dactylo etc... Pas de sorties fixées... Les élèves restent au collège constamment en principe, sortent sur demande des parents. Le dimanche elles peuvent aller à Bouffémont — les internes de la rue du Four peuvent y aller le dimanche... »
1. Du 19 décembre 1927 au 12 janvier 1928, il fait trop froid à la Treille Muscate, Colette séjourne à l'hôtel, à la Croix-Valmer, près de Saint-Tropez.

dienne néglige d'ouvrir. Mais j'ai pris plaisir quand même à voir des fleurs nouvellement nées, une belle rose blanche en forme d'œuf, des œillets, des narcisses et des jonquilles qui sentent si bon !

Chérie, ne prends pas froid, ni à la campagne ni à Paris, et repose-toi bien pendant tes vacances, ce n'est plus maintenant que je te harcèlerai pour que tu te lèves tôt. Dors longtemps et reprends ta belle mine, et nourris-toi bien. Mme Moreno m'a rappelé l'histoire de la jeune fille que j'avais oubliée ; la dernière en date est la nièce de M. Rocher, le Directeur de la Comédie Caumartin. Une jeune fille de 16 ans, un peu ronde, à qui sa mère disait sottement : « Quelle grosse fille ! Mon Dieu, quel gros poupon de fille j'ai là ! » La petite a pris la mouche, a cessé secrètement de manger, et ayant maigri d'inanition en très peu de temps, a pincé la grippe. La grippe, sur cet organisme diminué de toutes parts, s'est transformée en phtisie galopante, tu sais, cette tuberculose qui évolue en quelques semaines, et... c'est fini. Fais bien attention, mon chou chéri. L'hiver est la saison où il faut maintenir son poids quand il est bon, l'augmenter quand il n'est pas suffisant. Regarde quelle défense magnifique réalise Germaine, pour avoir pris quelques kilos !

Naturellement le garçon d'étage a bouché l'eau de Vittel avec un bouchon à vin, c'est une des fatalités les plus pénibles de l'existence.

Ma chérie, écris-moi un peu. Je t'embrasse autant que je t'aime

Colette

La première est ce soir.

[22 décembre 1927]

Mondésir [1]
Vendredi

Chère Maman,

Je voudrais avant tout te souhaiter d'une façon convenable et moins banale que je n'ai l'habitude de le faire un bon et joyeux Noël et une très heureuse année, avec une très bonne santé et tout ce que tu désires avoir et faire ; mais comment m'y prendre ?

Cependant je crois que tu ne feras pas très attention (je l'espère !) à la façon dont ce sera dit parce que tu sais, tu connais le sentiment —

J'ai trouvé en arrivant ta lettre à laquelle était jointe celle de M. Boillot.

Certes, je lui écrirai, et j'ai bien honte de ne pas l'avoir fait plus tôt. Mais Mon Dieu ? Maman si tu savais le nombre de lettres qu'il faut que j'écrive ! C'est, sûrement un très bon exercice mais le temps ? le jour il n'y a pas moyen ici et le soir, il faudrait que je me couche tôt pour me lever de bonne heure le lendemain, mais ce soir, tant pis, il est logique que pour Noël j'écrive beaucoup !

J'irai probablement après-demain soir à la messe de Minuit, je crois que je n'y ai jamais été de ma vie ! Ce sera très joli, à l'église du village.

Maman, voudrais-tu excuser cette horrible écriture ? il est déjà 11 heures !

Il fait vilain, comme partout, mais pas froid, pas assez froid ! As-tu au moins un temps à peu près convenable là-bas ! je l'espère bien.

1. Propriété de Germaine Patat, à Saint-Jean-de-Bray, dans le Loiret.

156

Mademoiselle Patat a très bonne mine.

Papa, très mauvaise — Il a du sucre ! tu prédis tout ! Mais je crois que Mademoiselle Patat va le soigner.

Je n'ai encore rien acheté de mes étrennes ! Je crois que Mademoiselle Patat va m'apporter demain une montre ! — car je suis partie en avance ce soir avec Mr Willy.

Je crois avoir trouvé un appartement qui ne serait pas trop mal, voici :

5 pièces, pas trop grandes, fort habitables pour 1 personne seule. Le droit de bail. 12000 par an — c'est une reprise — (72000) mais les meubles sont vendables — salle de bains — bien.

C'est la mère d'élèves du Collège qui a pris cela, mais elle veut déménager. Je lui avais cherché des appartements, qui lui avaient du reste, beaucoup plu. Elle est une de tes admiratrices et lorsque je lui ai dit que je cherchais un appartement, elle m'a dit qu'elle se ferait un plaisir de te donner le sien.

90, avenue Niel, l'appartement ne donne pas immédiatement sur la rue, mais dans une belle cour, donc pas de bruit — (je ne l'ai pas vu)

Il faudrait donc que tu écrivisses à :

Madame Kouyoumadjian

90 av. Niel etc.

C'est la mère de l'élève-peintre. Je te quitte maman en t'envoyant encore mes meilleurs vœux.

Ta fille qui t'embrasse de tout son cœur.

Colette

[*En biais dans le coin gauche : « Je vais aller déjeuner à la Treille ce matin. »*]

[Décembre 1927]

Kensington Hôtel
La Croix, Var

Non, ma chérie, je n'habiterai pas sur une cour. Le bruit de la rue ne m'effraie pas, au contraire. Mais la figure de la dame d'en face, celle de sa femme de chambre qui secoue le chiffon à poussière, la conversation de la concierge, celle du petit chien, du valet de chambre, isolées, renforcées par le silence relatif d'une cour... non. Une belle cour, quand ce n'est pas un jardin, c'est toujours un peu un puits. Et 72 000 frs de reprise ? Comme tu y vas, mon chéri ! Je n'ai ni la possibilité, ni l'envie de les payer. Attendons. Tu m'as l'air de te faire une petite situation d'amateur dans le courtage des appartements ? Bravo. Je suis contente d'avoir ta lettre, et j'espère que tu retrouves tes belles couleurs grâce à l'air libre, à l'entourage tendre et amical. Je suis ennuyée de ce que tu m'apprends de la santé de ton père. Il était, — ascendance et tempérament — promis au diabète, mais il a un fond résistant et il est aussi destiné à guérir. C'est une affaire de soins judicieux et de volonté, tu vois qu'il ne manquera ni de l'une ni des autres. Il va devoir surveiller son <u>poids</u> avec attention.

Rien de nouveau pour moi. Je travaille[1]. C'est quelquefois amer de devoir détruire, comme il m'est

1. Colette travaille à *La Naissance du jour* (qui paraîtra en mars 1928). « Je travaille avec une rigueur qui, si elle ne me donne pas de résultats abondants, me conserve une sorte d'estime pour moi-même », écrira-t-elle, le 5 janvier, à Marguerite Moreno.

arrivé hier, le travail de quatre jours. Mais si je l'ai détruit, c'est qu'il méritait de l'être. Mon chéri. S'il ne fallait dans mon métier, qu'inventer, et aller de l'avant, ce serait facile. C'est, si j'ose comparer, le « rassortiment » qui est difficile, c'est-à-dire de pouvoir contrôler, impitoyablement, si le travail d'un jour est dans la ligne, la couleur, la tenue des pages de la veille. Le talent n'est peut-être pas autre chose que cela

Alternatives de pluie et de soleil. Mais que de mimosas ! Un horticulteur, blotti tout à côté dans un pli de colline tout glougloutant d'eau vive, me vend, pas cher, les premières anémones qui ont eu le nez plissé par le froid de la dernière quinzaine, et des petits œillets rouges, et des roses, et des branches d'oranger parées de leurs oranges. Les fleurs et le feu de bois... tu vois que je suis pas à plaindre. Et ma pension me coûte 75 fr. par jour.

Hier matin je suis allée à Cavalaire à pied, cinq ou six kilomètres. Cavalaire tout fermé, livré au sable et aux belles vagues sous ses grands pins, c'est magnifique. Et une bonne averse sur le dos pour finir. Heureusement la petite voiture est venue me chercher !

Je t'embrasse, ma chérie. Ecris-moi encore, tu me feras beaucoup de plaisir. Embrasse notre amie Germaine. Je n'ai plus à te recommander, comme autrefois « fais-toi légère, sois prévenante » puisque je sais que tu l'es et qu'on te trouve charmante. Il me semble que les jours ne sont pas loin où je serai bien fière de toi...

Colette

1928

Janvier 1928
Vendredi 6

13, rue du Four

Chère maman,

Comment vas-tu ? Ne te fatigue pas trop, surtout !

Je suis rentrée hier au collège, tu vois qu'il y a eu prolongation.

Je vais te dire ce que j'ai acheté avec l'argent que tu m'as donné : des chaussures, des gants, un paletot de laine très bien, deux livres : en Syrie, de Kessel, (originale) et la journée des madrigaux (1856, originale) dans une petite librairie où l'on ne trouve pour ainsi dire, que des premières éditions et des éditions de luxe, à côté de la maison de la rue de Condé. (Il me reste encore de l'argent, ne pense pas que j'ai tout dépensé !) Il y a, du reste, des éditions de luxe, et des originales de bouquins de toi, qui sont des splendeurs, et qui se vendent ma foi, fort cher !

Je vais demander à suivre les cours de littérature et de rédaction du Baccalauréat, on verra ce qui va en sortir !

Il fait vilain, mais pas froid. Le diabète de ma

grand-mère est fini ! Elle a maintenant si peu de sucre que si l'on eût pas été au courant de sa maladie, l'analyse dernière ne l'eût pas laissé supposer.

Papa, n'en a presque plus, paraît-il, et grâce aux bons soins de Mademoiselle Patat, et je t'assure qu'il n'est pas facile à soigner !

Je dirai donc que tu ne peux pas prendre l'appartement de l'avenue Niel.

J'ai vu Bertrand qui n'a pas <u>trop</u> mauvaise mine, mais c'est sa femme ! Ils viennent de partir à la campagne.

Pauline m'a envoyé un mot très gentil auquel elle avait joint une enveloppe sur laquelle il y avait « Ces des fleurs du jardin », c'était extrêmement gentil. Effectivement l'enveloppe en contenait et de terriblement odorantes ! il y avait un narcisse qui sentait meilleur et plus fort que tous ceux des fleuristes de Paris réunis !

As-tu bien reçu ma dépêche ? Je ne l'ai pas envoyée assez tôt pour qu'elle t'arrive le 1er janvier, sûrement, car là-bas tout ce qui est courrier met très longtemps à parvenir.

Quand comptes-tu rentrer à Paris ? bientôt j'espère. Et comment se comporte « la Naissance du Jour » ?

Je voudrais surtout que son auteur ne se fatiguât pas trop ! et je lui souhaite du beau temps (pourvu que Louise ne chante pas trop, et qu'elle cesse d'appeler sa ménagerie par tout St Tropez !).

Je t'embrasse maman, de tout mon cœur et voudrais te voir bientôt ;

Ta fille qui t'aime
Colette

[Fin janvier 1928]

9, rue de Beaujolais
Louvre 68-56

Chérie chérissime, je pars pour St. Moritz[1]. C'est une invitation qui me tombe miraculeusement ! Mme Crosbie devait partir avec une amie qui est malade, elle m'offre, avec sa coutumière gentillesse, huit ou dix jours magnifiques (je paie mon voyage naturellement) que le change suisse ne me permettrait pas. Tu penses si je vais finir de travailler là-bas ! Ecris-moi au Carlton, St. Moritz, Engadine, Suisse. Je t'embrasse et je t'aime de tout mon cœur

Colette

[*Carte postale.*]

[Janvier 1928]

St-Moritz-Dorf

Chérie je te voudrais avec moi dans la neige, bien qu'il n'y ait en ce moment qu'une trentaine de centimètres de neige. Le son des clochettes est charmant. Que de voitures sans roues ! Je ne reste que quelques jours. Je t'embrasse autant que je t'aime, chérie.

1. Fin janvier, Colette passe quelques jours à Saint-Moritz avec Alba Crosbie, cette amie qui lui loue la rue de Beaujolais.

[Janvier 1928]

13, rue du Four

Chère maman,
J'ai reçu hier matin ta lettre qui m'eût fait bien du
plaisir si elle ne m'avait pas appris ton départ, mais
heureusement tu reviens dans 8 ou 10 jours.

Ce hier matin précisément je me suis découvert
une bosse à la rencontre du cou et de l'épaule, à
droite, je me suis immédiatement inquiétée d'une
manière stupide sur ma petite personne ; à cet
endroit une bosse comme ça ! (voir plus haut repro-
duction grandeur naturelle de la bosse en question).
Ça ne pouvait pas être un muscle — pensai-je, je ne
sens rien, peut-être alors la lèpre ? la peste ? un cancer ? — une glande ?

Je t'ai donc téléphoné. C'est curieux le besoin que
les enfants ont d'affoler les parents !

Mais personne n'a répondu, j'ai eu recours à ma
grand'mère qui s'est inquiétée pour moi autant que
pour son cœur et m'a envoyée l'après-midi chez le Dr
Trognon. C'était simplement de l'emphysème sous-
cutané causé par un effort que j'ai dû faire pour respirer.

Ce matin la bosse avait disparu, et à midi j'ai pris
un cachet, je continuerai cela pendant 15 jours, arrêt
8 jours, reprise, et cela pendant 2 mois — d'extrait
thyroïdal que le Dr m'avait ordonné hier, mais pas à
propos de la bosse !

J'espère que ce séjour dans la neige te fera beaucoup de bien, qu'il te reposera surtout.

Renaud est envoyé à Mérens, petit patelin perdu près d'Ax-les-Thermes, il est en exil. Il était parti ce matin, je pense, ou ce sera ce soir. Papa, grâce à ma grand'mère, est fort mécontent de Renaud, et voilà sa punition ! — Renaud m'a promis de revenir complètement neurasthénique, c'est déjà un résultat ! —

Je t'embrasse de tout mon cœur, j'attends ton retour avec impatience malgré ma joie de te savoir en repos

Ta fille qui t'aime
Colette

[*Carte postale.*]

[Janvier 1928]

Pferde-Rennen

Chérie, ta lettre portait ensemble le mal et le remède. Te souviens-tu que le Dr Moreau, sans t'avoir jamais soignée, te prescrivait la même « spécialité » ? Une amie de Mme Crosbie, qui a une fille de 14 ans, a vu sa fille se transformer physiquement, (en bien) par le même traitement. Soigne-toi bien, chérie. Assez de bosses ! De là à t'appeler gentiment « coursier du désert », il n'y a que l'espace... d'une médiocre plaisanterie. Je t'embrasse autant que je t'aime. Il neige toutes les nuits, et on a de jolis « 20 et 22 » sous zéro, à l'ombre.

Colette

[*Carte postale.*]

[Janvier 1928]

St-Moritz. Cresta run.

C'est 50 pouces de neige, et non 30 centimètres, chérie ! Et 20 degrés sous zéro la nuit, 16 le jour. Mais un soleil insoutenable et pas un souffle. Je suis très sage pour ménager mon cœur qui n'est pas absolument un cœur de grande altitude, mais qui tend à s'acclimater, ma foi. Je rentre le 20.

Tendrement à toi.

Colette

26 janvier 1928

Pour ce nouvel anniversaire
Nous voudrions, — rare bonheur —
Trouver un mot sorti du cœur
Simple, mais vrai, doux et sincère...
    <u>Capitaine Colette</u>[1]

C'est aujourd'hui 28 ton anniversaire n'est-ce pas, maman ? Je te souhaite un très heureux anniversaire, en somme c'est aujourd'hui le 1er janvier, si je ne me trompe.

J'aurais voulu t'écrire une lettre sensationnelle pour ce jour, mais il suffit que je veuille pour immé-

1. Capitaine Colette : père de Colette, grand-père de la Petite Colette.

diatement pondre une banalité qui ne traduit pas mes sentiments.

J'espère que tu vas bien, que tu te reposes.

J'ai trouvé ce soir, (26), en rentrant ta carte qui m'a fait, bien sûr, très plaisir : car je suis sortie, acheter un chapeau qui remplacera le grand bleu-marine-teint — et qui a déteint sous une averse ; et des chaussures solides, pour ne pas condamner celles que j'ai à être mises tous les jours.

J'ai aussi été voir Mademoiselle Patat qui me charge pour toi de bien des choses. Elle a bonne mine et — j'ai honte d'avoir accepté — elle va encore me faire faire une robe, jolie oh mais jolie, comme celle qu'elle portait : casaquin de jersey bleu-marine et jupe de même couleur avec des dessins blancs, Mademoiselle a dit que si tu l'avais vue tu en aurais tout de suite voulu « une comme ça ». Elle va aussi m'emmener dimanche 29 à St Jean de Braye prendre un peu d'air. Et dire après cela que je ne suis pas gâtée par tout le monde !

Mon père a à peu près bonne mine. Il est toujours sans sucre.

Renaud est parti hier soir pour son petit patelin.

J'ai dîné avec Mme Souchard et Grand'mère.

C'est curieux, il doit y avoir une épidémie d'emphysème sous-cutané, car Mme Abric, à qui j'ai téléphoné aujourd'hui a une bosse dans le dos (elle s'est aussi tordu la cheville) ainsi que Jacqueline !

Ce matin à 11 heures, j'ai eu la visite de Paulette, ta cuisinière-couturière qui venait m'essayer un manteau de splendide étoffe, malheureusement j'avais un cours et je lui ai demandé rendez-vous pour jeudi prochain, chez toi, si tu le veux bien, et si tu es rentrée, de façon que tu puisses donner ton avis sur la forme.

Je dois te quitter si je ne veux pas que tu me grondes car il est 11 heures moins le quart — du soir —

Encore avec tous mes vœux, je t'embrasse de tout mon cœur.

Ta fille qui t'aime
Colette

[*Carte postale représentant une marmotte.*]

St-Moritz 31.1.28

Tu sais que la région en est pleine, de ces charmantes marmottes ? Je n'en ai pas vu, mais la neige est marquée de mille petites pattes. Chérie, je ne serai peut-être pas là avant dimanche soir. Je dépends des places libres.

Tendresses.

C.

[Fin janvier 1928]

Ma chérie, j'ai une angine depuis hier soir. De très belles plaques blanches sur fond rouge vif ; je me soigne par le moyen, éminemment patriotique, du bleu de méthylène, ainsi j'ai le dedans de la gorge tricolore, — ce qui m'est une consolation médiocre, d'ailleurs. Mais il ne faut pas que tu viennes, puisque mon mal de gorge est contagieux. Ce serait une coupable sottise que de te retarder et de t'immobiliser par un malaise. Tu peux me téléphoner, je n'ai presque rien à la voix. Je t'ai rapporté de St Moritz ce petit bibelot essentiellement féminin, qui sans doute te plaira. C'est du très

bon métal, et en Suisse et en Allemagne, le « touriste »
ne s'en va pas sans sa trousse, ni la famille quand elle
se déplace pour l'été. Alba m'a donné des bonbons
suisses nommés « rocks », ils sont radieusement mauvais ; je ne les mange pas, mais je les regarde, car ils
sont conçus dans un esprit presse-papiers auquel je
ne reste pas insensible.

La Citroën est vendue, ou je me trompe fort. Si
l'acheteur paie comptant, elle sera partie demain
matin à 9 heures. Dans le cas où tu verrais M. Bachet,
tu lui diras que je l'ai vendue 16000 Fr. Sur-le-champ,
j'écris à Citroën pour avoir la suivante (berline 4 places) et je lui fais comprendre que, s'il augmente ma
bonification de pourcentage à chaque Citroën nouvelle, dans quinze ou 20 ans, non seulement j'aurai
ma voiture pour rien, mais encore il me redevra quatorze francs. Comment pourrait-il rester froid devant
un tel avenir ?

Comme on me défend de parler, j'ai une grande
envie de te raconter mille histoires. Je vais les ren-
foncer à grands coups de pied. (Tu me savais souple,
mais pas à ce point-là !) Je te regrette, chérie, et
j'obéis au Dr. Moreau. Arrange ta journée de manière
à ne pas t'ennuyer et à ne pas attraper* froid. Je
t'embrasse de tout mon cœur, mon amour de fille

Colette

* je ne sais jamais s'il faut deux p

Dimanche 5 - F - 28

Mummy Dear,

Il faut mettre cette angine à la porte. Quel vilain
parasite ! Je t'assure que ce patriotisme de Bleu,

Blanc, Rouge ne te va pas. Peu de soldats pendant les guerres cachaient leur drapeau dans leur gorge, j'en suis sûre.

Surtout soigne-toi bien, ne te lève pas demain matin en disant : « C'est fini, j'en ai assez d'être au lit, cette angine partira bien comme elle est venue. » Reste couchée et au chaud tant qu'elle n'aura pas déguerpi en comprenant qu'elle est ennuyeuse. Ne te fatigue pas à finir ton roman, attends d'être guérie. Le public « seul » souffrira de ce retard.

Ma grand-mère est malade, je crois que c'est sérieux (1) si j'en juge d'après sa voix au téléphone. Je vais aller la voir cette après-midi.

Papa est, je crois, à la campagne, Bertrand à Breuil, (A. M.) Renaud à Mérens : quelle famille dispersée.

Je te remercie infiniment de ta lettre et de la splendide trousse « pour dames ». Mais n'empêche que c'est toi que j'aurais préféré voir. — et en bonne santé — J'espère que Pauline te force à être sage au lit et à n'en pas bouger. Il faut aussi qu'elle enlève la fiche du téléphone pour que tu ne sois pas obligée de parler (où l'on voit les rôles renversés : la fille donnant des « conseils » à sa mère — quelle audace ! mais ne crois-tu pas que ça m'ira très bien d'être grand'mère ?).

Je t'envoie ici une lettre de M. Boillot, à qui j'écris souvent ! Je lui ai annoncé : « La Naissance du Jour », et lui ai dit qu'il était bien probable qu'il en reçoive un. (2)

C'est vrai qu'il a une belle écriture, mais il y a des mots pour lesquels je suis assez « serein » ? serin ? pour ne pas pouvoir les lire.

Je vais très bien à part un léger mal de gorge. Je me connais, (3) il sera parti demain.

Le pauvre Renaud[1] m'écrit qu'il gèle, il demande des gants fourrés à Grand-mère qui lui en envoyait de misérables petits, en laine — si je ne m'étais pas disputée avec elle pour qu'il en ait d'autres, j'ai gagné ma cause auprès de papa qui a joint à l'envoi des gants à lui et avec lesquels il a fait la guerre —

Si j'étais venue aujourd'hui tu aurais vu la jolie robe : casaquin de très beau jersey bleu-marine et jupe de crêpe de chine, même ton avec de petites croix blanches dessus !

Je viendrais bien tout de même si je n'avais pas peur de te fatiguer !

Ainsi la Citroën va être vendue. Regarde comme il y a des choses curieuses : cette nuit j'ai rêvé cela, sans dormir complètement, et j'imaginais ceci : J'avais gagné des millions, tu n'en savais rien. Tu commandais une voiture chez Citroën, je m'entendais avec lui pour qu'il te fasse attendre un certain temps avant la « livraison » et pour qu'il te dise, à chaque demande de ta part : « Aujourd'hui, Madame, nous montons le moteur, aujourd'hui c'est la carrosserie, aujourd'hui, l'intérieur, aujourd'hui la pein-

1. Renaud, cette fois, a été envoyé sur les chantiers de travaux publics à Mérens près d'Ax-les-Thermes (Ariège). Colette lui écrit : « Mon cher Kid,... Ta lettre me donne à penser que tu n'es pas dans un état moral excellent. J'y lis une phrase où il y a le mot "desperado" (et non *désesperado*, mon vieux)... Etre un "râté" à vingt ans... permets-moi de sourire. Tu as vingt ans, tu es à la veille d'une majorité effective, tu n'as pas de maladie grave, tu te trouves en face d'une proportion d'antagonisme plutôt tonique, veux-tu changer avec moi ? Quand tu avais seize ans, tu avais encore un long frein à ronger, mais maintenant... Quand tu reviendras, fais-moi visite ? Oui, ma fille est une charmante créature. Et j'ai perdu la force de lui affirmer le contraire. Je lui avoue lâchement qu'elle est absolument charmante, qu'elle a raison, qu'elle est intelligente, — elle m'a eue. Nous avons passé jeudis et dimanches ensemble. Elle me raconte qu'elle te donne de très bons conseils. Comment peux-tu, si c'est vrai, lui résister ? Je t'embrasse, mon très grand "petit-Kid", et je suis toujours ta vieille amie » (*La Revue de Paris*, 1966).

ture, etc... ! » et pendant ce temps-là j'allais chez Chrysler (quel snobisme) et je commandais une voiture splendide (cabriolet, bien entendu) mais qui avait un nombre de petites perfections inouïes. A l'intérieur, dessins de Picasso (snobisme bis) et blocs avec l'adresse du chauffeur, du garage, etc... etc...

Extérieur : lignes bleues et argent, le reste : noir. On pouvait aussi enlever le feutre (?) (4) de l'intérieur et le cuir de l'extérieur ; restait une cage de Triplex-mica épais, enfin une sorte de merveilleuse-invention-impossible-incassable et le jour où Citroën t'avait annoncé la livraison de ta voiture, tu descends et tu trouves à la place : la Chrysler !

— J'étais très fière de mon invention et je brodais dessus mille autres petites inventions.

Enfin j'ai très mal dormi.

A bientôt, j'espère, maman, guéris-toi <u>vite</u> et <u>Bien</u>.

Je t'embrasse de tout mon cœur

Tendrement

Colette

1. cette fois-ci ! on pourrait dire : enfin !
2. livre[1]
3. et lui aussi — le mal de gorge —
4. est-ce que l'on met du feutre ? C'est du drap je crois.

1. *La Naissance du jour* paraît en feuilleton dans *La Revue de Paris* du 15 janvier au 1er mars, avant d'être publié ce mois-là chez Flammarion.

[*Monogrammé C J.*]

Lundi 12/3/28

Voâla le papié et voâla la fautografy de Meussieu Goodket. Celle que tu mavé demendai.

Je ' vaguemen limprecion qu'en aprenan le stenau-grafy[1] j'oubly l'aurtograf.

Comment vas-tu maman ?

Il est midi et j'ai déjà sommeil. J'ai mal dormi, parce que la femme de chambre a jugé inutile de défaire mon lit avant de le refaire.

(pourquoi cirerais-je vos chaussures, puisqu'elles seront aussi sales deux heures après ?)

Je t'envoie aussi deux photos toutes récentes, prises au mardi gras. C'est bizarre, elles ne sont pas mauvaises.

Pourquoi est-ce que mon réveil marque 5h ? il est 1h 1/2. Et il dit qu'il marche !

Aucun Faidyvaire n'est venu me mordre le nez, aucune Boase, aucune Baraûne, j'aurais dû bien daurmir.

J'attends avec impatience la parution de l'Âne (essence du jour).

Mr Pichon voudrait que tu fisses un article, sur je-ne-sais-quoi, dans lequel tu parlerais de ton livre, et qu'il voudrait faire paraître dans la Revue du Collège (qu'il tirera à 12.000 exemplaires, il est fier) avé une fotography de toi.

---

1. Dans une lettre exposée à la B.N. en 1973 (nᵒ 458) Colette félicite sa fille d'avoir réussi un examen de sténographie. Elle est en train d'écrire *La Naissance du jour* : « Je commence à sortir d'un cauchemar de travail, une partie trop difficile et qui m'ôtait le sommeil. Encore peut-être deux jours pénibles, et je travaillerai d'un cœur moins lourd. C'est un espoir, non une certitude. »

J'ai toujours dit que je t'en parlerais. J'ai aussi dit que « nous nous excusions de n'être pas venues à cette fête de Bouffémont[1], parce que tu avais pris des rendez-vous pressés. Dieu, je trouve ces fêtes bien ennuyeuses, mais je t'entends déjà dire « Vérité, que de mensonges ma fille commet en ton nom ! »

Ah ! si c'est pas malheûreû.

Mais l'heure de la sténographie s'avance à grrrands pas, avé des gens terrifiants et des corrrnes !

Je t'embrasse maman, de tout mon cœur, tendrement.

Ta fille (frêle et délicate)
Colette

Le 14 mars 1928

Chérie,

Voici des pyjamas, voici des bas de laine, essaie ce soir les pyjamas. S'ils vont bien, garde-les. Sinon, téléphone-moi demain matin, car j'en ai pris quatre en tout, et il y en a deux (également enivrants) ici.

Voici de bons bas, comme les miens.

Et puis voici mon cœur... ou, pour dire vrai, la plus grande partie de mon cœur, ma fille chérie si gentille.

1. Le château de Bouffémont (Seine-et-Oise) situé dans un parc de 30 ha a été aménagé sur le modèle des grands collèges anglo-saxons en établissement d'enseignement élitiste et moderne ; il acquit rapidement une renommée internationale justifiée par ses excellents résultats. Il fut fondé par Henri Pichon et son épouse en 1924 et reçut le nom de Collège féminin. Réquisitionné par la Wehrmacht, il souffrit de dégradations pendant l'Occupation et l'ampleur des dégâts ne permit pas sa réouverture. La Petite Colette est entrée dans l'antenne parisienne de ce collège, 13 rue du Four, à Paris, mais elle va régulièrement à Bouffémont.

Je t'embrasse, et je suis contente d'avoir les petites photos

Colette

[Mars 1928]

9, rue de Beaujolais
Louvre 68-56

Chérie, voici ce qu'envoie pour toi Mr Edouard Champion — C'est un bien joli cadeau — Moi-même je ne possède pas d'« Amis d'Edouard [1] ». Garde-les bien. Te voilà en passe d'avoir déjà un joli noyau de bibliothèque — Ne tourne pas à la manie et tout sera bien —

Demain notre jeudi est bien compromis, c'est la dernière réunion avant le Prix de la Renaissance, et je préside le jury. Voilà une après-midi fermée à tout autre plaisir, si j'ose appeler plaisir ces moments d'aigreur et de chichis qu'on nomme réunion d'un jury. Je préside et ne puis me dispenser de présider — Mais téléphone-moi ou ce soir ou demain matin que je voie tout de même...

Hier, j'ai signé trois cent soixante volumes, service de presse [2]. Vendredi j'en ai signé autant. C'est une occupation qui vous donne, comme nulle autre, la certitude que l'on perd son temps — Chérie, je t'embrasse de tout mon cœur et je t'aime

Colette

J'ai signé un volume pour Mme Pichon, naturellement

1. C'est en mars 1928 que paraît un *Renée Vivien* par Colette, dans une petite collection intitulée « Les Amis d'Édouard ».
2. Parution de *La Naissance du jour*, chez Flammarion.

[*Carte postale.*]

[Avril 1928]

St-Tropez[1]. La Citadelle.

Chérie, tu sais que je m'inquiète ? Cela ne te ressemble pas de ne pas m'écrire. J'ai enfin Lebout, l'architecte. Il était en panne, sur la route, venant de Paris. J'avais un besoin urgent de lui : fallait-il faire sauter le toit de la maison, le réparer, ou le refaire ? Je me résous à le refaire. La maison est de plus en plus inhabitable. Je pars dimanche soir ou lundi, mais par la route. Aurai-je une lettre de toi avant ? Je ne comprends rien à ton silence, chérie. Mille tendresses.

                                                    Colette

[23 avril 1928]

La Treille Muscate
Route des Cannebiers
Saint-Tropez Var

Chérie très chérie, je pars demain[2]. Guy ayant mission d'être prudent, j'arriverai, je pense le 27 au soir. Car je ne pars pour Avignon qu'après déjeuner. Je

1. Colette est à la Treille Muscate du 6 au 25 avril (cf. lettre à Germaine Beaumont du 19 avril : « [...] bien que la maison soit à peu près inhabitable...). Dans une lettre du 21 avril à Marguerite Moreno, Colette confie : « Je pars le 24 au matin avec Guy, pour arriver, je pense, le 26 bien sagement. »
2. Lettre probablement écrite le 23 car Colette annonçait son départ pour le 24 avril...

suis contente d'avoir ta lettre de Paris, aujourd'hui, et de vous imaginer toi et ton frère « inventant » le premier parc à faisans à l'aide de silex éclatés, de fibres d'écorce, de peaux de babaorum et de soie d'araignée.

Je voulais avancer beaucoup mon nouveau roman... les corps de métier en ont décidé autrement, et moi-même je détruis la deuxième moitié de ce que j'avais fait. Quelle gymnastique contre le découragement, que d'écrire ! C'est aussi, — du moins pour moi — une incomparable école d'humilité. Te voilà avec deux frères exceptionnels : l'un est le-plus-jeune-candidat-à-la-députation[1], le second trouve que c'est-bien-curieux-la-vie. Tâche de faire bonne figure entre les deux, ô ma fille !

Notre corne de bois a toutes mes attentions. Je l'élague à la serpe, pour enlever le bois mort. Et je débite, après, le bois mort pour les feux. Ce faisant, je pense qu'un jour tu m'as parlé d'un projet : apprendre à relier. C'est toujours un bon délassement qu'un ouvrage manuel, surtout un ouvrage manuel <u>dont le rythme n'est pas précipité</u>. Chérie, je t'embrasse de tout mon cœur comme je t'aime et j'ai la joie de te dire à bientôt

Colette

[Avril] 1928

Enfin ! J'ai ta lettre. Elle est drôle et gentille. Mais tu vas me faire le plaisir d'inonder Castel-Novel, la

---

1. Bertrand de Jouvenel était candidat aux élections du 22 et 29 avril 1928 ; peu après il publiera *L'Économie dirigée*, *Le Programme de la Nouvelle Génération*.

prochaine fois, de poudre-à-tonnerre. Je dépêche ce mot avant d'aller au village[1]. Tu me raconteras le parc à faisans. Mais je ne rentre que le 28, pour présider[2]. J'ai 82 pages de mon prochain livre[3]. Ce soir, j'en déchire 40 environ, et je recommence. Les Danaïdes devaient être des femmes de lettres dans mon genre. Chérie, je t'envoie, de ce pas, du nougat à ton collège. Et je t'embrasse, bien contente d'avoir enfin de tes nouvelles ! Toutes mes tendresses, mon trésor

Colette

[*Monogrammé C J*]

Le 28 avril 1928

13, rue du Four[4]

Chère maman,

J'avais reçu 2 lettres de toi dans lesquelles tu me disais n'avoir aucune nouvelle de moi. Je me demandais ce qu'étaient devenus mon télégramme et ma lettre. Enfin ce matin tu me dis avoir reçu ma lettre. Mais je suis heureuse : voici 3 jours de suite que je reçois des lettres de toi.

Je ne savais pas, moi avant de rentrer à Paris que tu étais dans le Midi depuis le 6 ! J'ai téléphoné dès

1. Colette est toujours à la Treille Muscate.
2. Colette siégera dans de nombreux jurys. Il doit s'agir de celui de la revue *La Renaissance, politique, littéraire et artistique* qu'elle présidera à partir d'octobre 1921. En 1928, elle obtient un prix supplémentaire pour les poèmes d'Hélène Picard, *Pour un mauvais garçon*. Mais, en 1929, elle lui écrit : « Mardi c'est le prix-cauchemar de *La Renaissance*... » Elle le quittera en mars 1931.
3. *La Seconde*, qui paraîtra chez Ferenczi en mars 1929.
4. Collège féminin.

mon arrivée à la maison, chez toi, et je n'ai trouvé que Louise qui m'apprit ton départ.

Je te remercie 1000 fois de m'envoyer du nougat, il est si bon !

Ah ! le parc à faisans qui retarde notre départ d'1 jour, et que nous n'avons pas pu terminer entièrement à cause de la pluie (on dit que nous ne finissons rien de ce que nous commençons), je te le raconte :

Il restait à la ferme des piquets et du grillage — restes de la construction des parquets à poules —, il y avait au château 2 marteaux et 1 paire de tenailles et des clous. Nous avions 2 faisans, envoi de Mr Willy, qui occupaient tout un parquet à poules sans jamais sortir de la cabane parce que lesdits parquets n'ont pas de toit et que lesdits faisans s'envoleraient.

Entre 4 arbres nous avons tendu le grillage soutenu par des piquets (rouillés, bien entendu), puis nous avons installé une porte sans charnières, qui fait tourner le piquet non cimenté à la base qui le soutient, chaque fois qu'on l'ouvre ; pour soutenir le toit de grillage, nous avons tendu en diagonale, d'un arbre à l'autre et encore d'un arbre à l'autre du fil de fer, mais la pluie nous a empêchés de placer ledit toit et de construire un abri pour les faisans. Le jardinier-valet-de-chambre-maître-d'hôtel est chargé de faire cela. Pour empêcher les futurs habitants de notre parc de passer <u>sous</u> le grillage, nous avons installé quelque chose de très compliqué avec des piquets de fer couchés horizontalement <u>dans</u> la terre, avec du fil de fer des piquets de bois et 1 000 autres choses encore.

Nous perfectionnerons cela la prochaine fois que nous irons là-bas où tout est dans une misère quasi complète.

Mais il y a au château[1] des salles de bains magnifiques en assez grand nombre, et il y a des transformations dans beaucoup de pièces — dans toutes presque — dont je t'ai déjà parlé, et tout cela n'est, bien entendu, pas gratuit, ni payé.

Hier, jeudi, Renaud et moi nous avons été voir « l'Equipage », un film d'après le roman de Kessel — Bien.

Et au dîner, Renaud (nous avions des huîtres ! je ne sais pas ce qu'il y a avec ma grand-mère) était plongé dans un abattement inexplicable et les seules paroles qu'il a prononcées étaient « Ah ! mon petit chou, c'est bien curieux la vie[2] ! » etc... cela oblige tout le monde au silence, bien sûr, et Grand-mère dit que voilà 2 soirs qu'il est comme ça. Dieu sait ce qui lui est arrivé !

Enfin, s'il a <u>découvert</u> que c'était bien curieux la vie —

Je regrette bien que tu ne rentres que le 28, dans 8 jours[3], mais j'espère te voir aussitôt rentrée, le 29, Dimanche.

Je t'embrasse de tout mon cœur maman, porte-toi bien, ne te fatigue pas.

Ta fille qui t'aime
Colette

---

1. Château de Castel-Novel, propriété d'Henry de Jouvenel, en Corrèze.
2. Petite Colette a passé les vacances de Pâques à Castel-Novel avec son demi-frère Renaud, le fils d'Isabelle de Comminges, qui a été reconnu par Henry de Jouvenel le 30 mars 1928, cela l'a sans doute perturbé et permet de comprendre ces réflexions sur la vie.
3. Petite Colette a bien daté sa lettre du 28 avril 1928 : son impatience à voir sa mère explique peut-être la confusion des dates.

[5 juin 1928[1]]

On m'a dit que tu fumais j'espérais que ce n'était pas vrai.

Ta chambre sent le mégot.

C'est bien dommage. Je te plains, ma chérie, de ne pas savoir résister à un esprit d'imitation.

Colette

[*Au dos d'une autre écriture :*]

4 juin

Ouïe, que je suis ennuyée c'est bien fait.

[1928]

Chère Maman,

Je ne te cacherai pas que je suis bien ennuyée. Surtout de risquer de perdre ta confiance pour avoir <u>dissimulé</u>. Je suis sans excuse quoique ma grand-mère, et les Drs Trognon[2] et Cépède[3] m'y autorisassent, car je n'ai pas manqué de demander à ces deux derniers si cela ne pouvait pas me faire de mal.

1. D'après une lettre datée du 5 juin, adressée à Germaine Patat : « Je suis montée aujourd'hui à la chambre de ma fille qui ne sent pas autre chose que le mégot [...] imprégnés de tabac. Trois boîtes de cigarettes entamées, toutes de tabac d'Orient cher et opiacé... N'empêche que cette petite histoire révèle un manque de surveillance dans le collège Pichon. » « Colette fumait avec tant de tranquillité que nous avons cru qu'elle en avait la permission », aurait répondu une surveillante à Colette qui demandait : « Ma fille fume n'est-ce pas ? »
2. Docteur Trognon, médecin de Colette.
3. Casimir Cépède, biologiste.

Mais tu es mon meilleur docteur, et j'aurais dû me le rappeler.

J'ai terriblement <u>honte</u>[1] <u>surtout</u>, d'avoir, en somme, <u>si bien</u> dissimulé. Ce n'est pas chez moi un vice, ni une habitude, que de fumer car je fumais peu. Je me suis si bien gardée de laisser cela devenir une habitude qu'il m'est facile de l'abandonner, et je ne m'en plains pas. Mais pourquoi avoir commencé ?

Je ne sais pourquoi l'acte de fumer est celui que nous tous, enfants, considérons comme l'acte à être le plus dissimulé aux parents, et la plupart d'entre nous croient que les parents défendent cela, non pas pour le bien de notre santé, mais pour rien, comme cela. Et c'est, bien sûr, faux. Cependant les enfants ont toujours l'air absurde, quand ils fument. Mais, me diras-tu, si tu le savais, pourquoi le faisais-tu ? — Je crois que c'est par esprit d'imitation comme tu l'as dit.

Maman, je suis bien ennuyée. Ne crois pas que ce soit parce que tu as découvert que je fumais, — cela vaut mieux — mais plutôt parce que je suis à tes yeux comme aux miens, dissimulée. Et depuis avant-hier, je me trouve l'air faux, et je me fais l'impression d'être pleine de vices.

Tu ne peux pas savoir comme je suis mal à l'aise, et mal avec moi-même. Je suis toujours extrêmement mal à l'aise quand je ne suis pas envers toi comme je devrais l'être.

Tout cela est ma faute, ma très grande faute.

Et bien sûr, cela t'a peinée de savoir que j'ai dissimulé. Et cela aussi de te deviner peinée me peine terriblement.

Je te demande bien sincèrement de me pardonner. Je suis si ennuyée.

1. Souligné deux fois.

Je voudrais aussi que cette lettre fût ce qu'elle doit être, qu'elle te fasse bien comprendre comme je regrette.

Me sera-t-il un peu pardonné parce que j'ai beaucoup péché ?

J'espère que ta santé est bonne, maman, je t'embrasse de tout mon cœur qui a l'air bien mauvais.

Ta fille qui t'aime.
Colette

[1928]

9, rue de Beaujolais
Louvre 68-56

Ma chérie, ne sois pas triste. Si j'ai eu un choc pénible à découvrir que tu fumais en cachette, c'est surtout parce que je sais la force d'une habitude, même anodine. Or, celle du tabac ne l'est pas, surtout sur un être jeune, en voie d'épanouissement. Si je me suis gardée de l'habitude de fumer, ce n'est pas à cause du <u>mal</u> que le tabac, modérément fumé, pouvait me faire, c'est parce que, pendant ma longue vie, j'ai vu à mes côtés des êtres <u>dévastés</u> par le despotisme de l'habitude. J'ai vu mon père, qui tous les ans prenait l'engagement de ne plus fumer (à cause de son foie). Tous les ans, dominé par l'habitude il retombait. J'ai vu mon frère aîné, esclave de la cigarette, et pourtant médecin. J'ai vu ton père, allumant une cigarette à la cigarette qui allait s'éteindre, tout le long du jour. Enervé, <u>essoufflé</u> (cœur), je l'ai entendu prendre des résolutions successives de ne plus fumer... La privation du poison, la privation de son habitude le rejetaient à bout de forces à l'usage du tabac. Enfin j'ai vu, pendant la guerre, un affreux spectacle, pendant que les arrivages orientaux du tabac étaient suspendus, et le tabac français réservé pour l'armée. J'ai vu sur le trottoir de la <u>Civette</u>, place du Théâtre Français, tu sais ? — une file d'hommes effondrés, des mouvements nerveux dans les doigts, une petite sueur sur la figure, qui attendaient la réouverture du bureau de tabac de la <u>Civette</u>. C'est la vue des fumeurs qui m'a toujours détournée du tabac, et j'ai vu aussi des morphinomanes, des cocaïnomanes, ceux-ci pareils, dans leur privation, aux fumeurs privés. Mon chéri, c'est une grande assurance que l'on prend sur soi-même : je n'ai pas pris d'autre habitude, dans la vie, que celles de manger, de boire et de dormir. Ne te méfie pas du danger caractérisé, méfie-toi de l'habitude... C'est elle qui vous rend lâche et menteur. J'ai tant d'ambition pour toi, Chérie ! Non pas une ambition de situation mais une ambition de caractère. Tu me comprends ? Je ne peux plus fleurir que par toi.

En parlant raison pure, songe que le tabac agit — entre autres méfaits — sur le cœur. Or, tu prends en ce moment de la thyroïdine ; en fumant, même assez peu, tu surmènes ton cœur. Un cœur surmené est comme un cheval mené trop vite : il vieillit anormalement. Autre chose : La cigarette qu'on fume après le déjeuner ou le dîner c'est peu de chose. Fumer dans la solitude, boire seul, sont deux péchés qui mènent loin. J'ai tout dit. Chérie, je suis contente que tu m'aies écrit. Bats-toi un peu avec toi-même, c'est la meilleure gymnastique. Elle donne de la peine, et beaucoup de plaisir. Je t'embrasse de tout mon cœur, ma chérie, comme je t'aime.

Colette

[Et en travers de la lettre, Colette a ajouté :]

Chérie, retiens aussi que tous les tabacs blonds d'Orient sont lessivés dans une dissolution faible d'opium.

[Juin 1928]

9, rue de Beaujolais
Louvre 68-56

Chérie !
Me Bezin [1] et la Sve de Crédit Indl. Demandent que tu signes <u>au plus vite</u> ceci, je signerai en dessous. Tu commences ta vie d'administratrice, chérie ! Mais il faut que tu me fasses remettre ce papier dans les 24 heures, par quelqu'un qui viendra de Bouffémont à Paris. Je le donne en hâte au collège, d'où des élèves partiront aujourd'hui à 6 heures. Je t'embrasse tendrement, ma chérie. <u>Signe Colette Renée de Jouvenel</u>, je crois que les deux prénoms sont nécessaires.

Colette

Me Bezin m'explique, que, mineure, tu ne peux acquérir de <u>nouveaux</u> titres de St Gobain, et ta tutrice [2] ne le peut pas non plus. Le droit, cédé, doit produire une somme liquide qui est fixée en Bourse, et qui va à ta tutrice. Ta tutrice soussignée doit, en

1. Le notaire chargé du règlement de la succession d'Édith Ziegler.
2. La Petite Colette a hérité de sa tante Édith. Colette est sa tutrice jusqu'à sa majorité.

pareil cas, — si elle est une brave tutrice — employer au mieux les sommes liquides (peut-être 20.000) c'est-à-dire frais d'éducation, entretien, vêtements, voyages de la fille-pupille, etc. — et non pas acheter des presse-papiers en verre, des chats du Texas, des produits de beauté, et autres matières industrielles !

[1928]

Madame ma tutrice,

J'espère que tu vas bien. Je signe tout de suite le papier et je le remets à une élève qui va demain à Paris. Mme Pichon[1] est partie ce soir à Trêves en Allemagne, chercher son fils qu'elle va ramener ici dimanche. Il fait très beau, je me baigne. C'est bien dommage que Mme ma Tutrice ne puisse pas venir passer quelques jours avec Mlle Sa protégée.

J'ai le tailleur gris. La veste n'est pas tout à fait réussie, mais il est bien quand même.

Je travaille : matin : dactylo, allemand, après-midi, de 1h 1/2 à 5 h, rien, de 5 à 7 même travail et de 6 à 7h 1/2 littérature. Tu vois que je suis surmenée et que ta protégée mène une vie de tortures et de tout ce qu'on voudra.

Le départ est-il toujours le 5 ? Maman, il faudrait dans ce cas que je revienne à Paris vers le 4 car la plupart de mes affaires (affaires d'hiver, cahiers, livres, chaussures, chapeaux) sont restées au collège, — je n'allais pas tout emporter ici — et il me faudrait les mettre dans une malle ou les laisser rue de Condé,

1. Directrice du Collège féminin.

mais en tout cas les sortir du collège, où on va sans doute avoir besoin de ma chambre.

J'ai une chambre qui a vue sur le parc, c'est extrêmement joli le soir, la vue n'est pas très étendue mais c'est très curieux, la façon dont elle s'agrandit, le soir.

Je te quitte, maman, en t'embrassant de tout mon cœur.

Ta protégée frêle et minuscule.

<u>Colette Renée</u> etc...

[1928]

9, rue de Beaujolais
Louvre 68-56

Chérie, j'oubliais de te dire que j'ai interrogé le Crédit Industriel. Tu as déjà <u>21.000</u> F à ton compte, produit des coupons et intérêts. Ce n'est pas mal, n'est-ce pas ? As-tu pensé à ce que je t'avais dit pour teinturier-blanchisseur etc. de la rue de Condé ? Pense aussi, ô très grande personne que tu es maintenant, à dire à ton père que dorénavant il ne se préoccupe pas de tes billets de voyages, déplacements quelconques, à présent que le rendement de ta fortune commence, tu auras toujours assez d'argent à ta disposition... « pour les choses raisonnables ». (1)

Je te rembrasse, ma chérie, si tendrement

Colette

(1) Citation empruntée aux « Parents » œuvres complètes.

186

[1928]

Saint-Tropez
St-Tropez. Le Port

Je t'en prie, chérie, écris à cet homme charmant, qui t'a si bien reçue ! Vite, écris-lui pendant que tu es en vacances ! Tendresses.

Colette

[1928]

Chérie, je reçois cette carte postale pour toi.

Je n'ai pu venir hier, ayant eu mon après-midi encombrée, non de plaisants travaux manuels, mais de rendez-vous avec le notaire, chez qui j'ai eu d'ennuyeux palabres et des signatures à donner, pour règlements de comptes de suite de divorce[1], le notaire de Paris envoie les papiers chez celui de St Tropez, tu comprends.

Demain je ne serai à la Treille Muscate qu'après trois heures, j'ai accepté d'aller à Ste Anne déjeuner chez un peintre de mes amis (qui a une bien belle maison) Dunoyer de Segonzac[2].

Veux-tu venir avec Jacquot baigner et déjeuner lundi ?

Guy m'a dit que tu avais conduit la Delage ! Je t'embrasse comme je t'aime, chérie, ne m'oublie pas auprès de nos amis

Colette

As-tu écrit à Mlle Patat depuis ton arrivée ? Fais-le <u>sans retard !</u>

---

1. Le divorce entre Henry de Jouvenel et Colette date de 1925.
2. Colette fait la connaissance du peintre André Dunoyer de Segonzac en 1926, lorsqu'elle achète sa maison de Saint-Tropez.

[Juillet 1928]

Grande chérie, je reçois cette lettre pour toi. Et je suis totalement sans voiture, même voiture d'amis. Car la Delage a perdu je ne sais quel organe, et Guy part pour Marseille en désespoir de cause pour tâcher de trouver la pièce manquante. Il sera de retour demain soir mercredi, il tâchera de mettre la voiture en état dans la journée de jeudi... Voilà. Ce n'est pas drôle. Mais j'espère que vendredi elle pourra vous reconduire, vous viendrez par la vedette du matin, si M. et Mme Abric [1] n'ont rien projeté comme excursion « avec enfants » pour ce jour-là.

Louise la cuisinière apprécie peu la nécessité de faire le marché à pattes : deux kilomètres.

Je vous embrasse, mes deux filles [2], bien tendrement et je serre amicalement les mains abriciennes

Colette

[Août 1928]

Chérie il est 4 heures et je n'ai pas encore ta dépêche. Je sais qu'elles cheminent « tout doucemaing » dans ce pays et ne t'accuse pas, — pas encore. Voici une lettre pour toi. Ce matin je me suis aperçue que le fait de ne pas pouvoir crier « Chérie ! » à 7 heures et demie m'était très désagréable, figure-toi. Je vais

1. Petite Colette est en séjour chez les Abric près de Sainte-Maxime car la maison de Colette est toujours inhabitable : « Pagaille indescriptible », annonce Colette le 12 juillet dans une lettre à Pierre Moreno.
2. L'autre fille étant Jacqueline Abric, dite aussi « Jacquot ».

188

devenir, je deviens déjà très silencieuse et insociable parce que je pense à mon malheureux roman [1]... Matinée grise, et douce, les Tropéziens n'ont pas eu le temps de crier : « Vé, c'est l'hiver ! » parce que le soleil est revenu à deux heures, mais je pense qu'ils préparaient déjà les peaux de bique, les galoches, et surtout les mauvais petits feux du Midi qui ne chauffent pas. Bain désert : On avait sans doute répandu le bruit que tu étais partie ? Pour être plus près de la vérité, disons que trois gouttes éparses et voltigeantes sont tombées à onze heures, effarant tous les baigneurs, et que la tribu Van der Henst [2] se penche au chevet du Dr. Van der Henst, qui a été piqué au pied par on ne sait qui, — mouche, araignée, scorpion ? — et dont le pied a enflé jusqu'à l'aine. Voilà le secret de sa prétendue insolation. Madame Aude qui sait tout croit au scorpion. Les petits scorpions d'ici piquent bénignement en ce sens qu'on ne sent pas la piqûre, mais leur venin opère ensuite, assez pour causer une forte fièvre, un gonflement des ganglions et parfois un abcès qui révèle le lieu de la piqûre. En revanche, nous sommes privés de vipères sur la côte, il n'y a que de très belles couleuvres, qui parfois tètent les chèvres, et les chèvres se laissent faire très volontiers, car la grosse couleuvre tète très doucement sans faire aucun mal.

Au revoir, chérie, très chérie. Tu as été bien gentille pendant ta villégiature-purgatoire, à laquelle manque encore le confort [3], mais... mais nous avons le

---

1. *La Seconde.*
2. Van der Henst, amis de Colette et de Maurice Goudeket.
3. Colette écrit à Moreno le 15 juillet à propos des travaux qui n'avancent pas à la Treille Muscate : « J'ai fait avancer de trois semaines les travaux. Mais si je les quitte maintenant tout est foutu. Tu le comprends. Je reste. Ma pauvre petite fille est charmante, elle peint les poutres de l'auvent et jargonne l'italien avec les ouvriers italiens... »

FRIGIDAIRE ! Pendant que nous démoulions notre jeu de cubes des malheureux haletaient autour de nous et tu pourras raconter à Germaine[1] qu'on a payé la glace à St Raphaël, jusqu'à 18 francs le kilo. Dis-moi si on t'a trouvé bonne mine, ne m'oublie pas, et aperçois-moi parfois, dans tes songes, telle que je suis : un râteau d'une main, un arrosoir de l'autre, la pie-crotteuse non loin, le cheveu salé, le pied corné, et « ensilhouettée » d'un « allural » torchon-à-frigidaire. Je t'aime tendrement, ô mon beau fruit. Ne t'abîme pas, crains la poudre, fuis la reine des crèmes, et ne te lave que rarement la figure avec un petit coton trempé dans de l'eau-pour-les-cuivres.

Embrasse pour moi ta meilleure amie, je n'ai pas besoin de nommer davantage Mademoiselle Patat

Colette

[1928]

Mondésir[2]
Dimanche 5 août

Chère Maman.

Comment vas-tu ? Je te remercie mille fois pour la lettre, à laquelle je ne réponds que bien trop tard. Mais je n'ai vraiment pas eu — quoique cela semble parfaitement invraisemblable — le temps : les poules, les lapins (les invités aussi), les promenades ont pris en somme tout mon temps. Je n'ai pas touché, depuis que je suis ici, à un porte-plume. Mais demain

1. Après avoir passé quelques jours dans le Midi, Petite Colette rejoint Germaine Patat à Mondésir, dans le Loiret.
2. Propriété de Germaine Patat dans le Loiret.

commence le plus terrible : le régisseur et sa femme partent en vacances, nous voilà donc avec pas mal de travail !

Monsieur Van der Henst va-t-il mieux ? par quoi a-t-il exactement été piqué ? je ne crois pas qu'il y ait des scorpions ici, mais les animaux dangereux qu'on rencontre le plus fréquemment sont : l'ecchymose des prés ; le fashion luxueux, vulgairement appelé chic ; le coq-tèle d'Hébar parfois aidé — dans certains pays — dans son action malfaisante par le Frigidère (animal provenant des contrées de la Géneralmotors (U.S.A.) — etc...

La maison « s'ensilhouette » de cases à lapins, ce qui la rend fort « allurale »

L'animal nommé La menbrutale fait l'objet de remarques désobligeantes s'adressant plus particulièrement aux régions dont il provient : la Mare Celprate[1].

Le plus jeune fils de Mr Willy est revenu d'Angleterre bien changé — à son avantage — il parle bien l'anglais et est moins embarrassé en français qu'il ne l'était avant.

La famille jaquet a sévi à déjeuner.

J'irai chez le dentiste demain lundi car je souffre depuis 3 ou 4 jours de rages de dents fréquentes et intermittentes et insupportables qui me réveillent la nuit etc... : c'est la dent qui a déjà été aurifiée.

Je me baigne quelquefois dans le canal.

Je me suis payé deux magnifiques vestes de salopettes : une blanche et une bleue, pour travailler.

Comment va ton roman ?

1. Dans une lettre de Colette à Renaud, celle-ci écrivait : « Colette est en proie à la crise abominable du calembour, c'est une phase bien décourageante », oubliant qu'elle aussi aimait les jeux de mots.

J'espère que Mr Goudeket va bien, et la Bull et Patti[1] et toute la ménagerie. La Bull de Melle Patat est moins belle que la tienne, moins propre, mal élevée, trop gâtée et trop gavée.

Ainsi que tu me l'as conseillé, je ne me lave que rarement à l'acide cyanhydrique, et me frictionne peu souvent avec mon fameux mélange de soufre, de pâté à lapins et de spatt's biscuits.

La reine des crèmes se pâme.

Maman, figure-toi, que les deux petites perruches de Paul[2] viennent de mourir. Hier on a trouvé le mâle mourant, on l'a soigné autant que cela était possible, mais nous avons été obligés de le tuer parce qu'il continuait à souffrir trop. Et, bien entendu, la femelle depuis ce moment a eu des frissons, a été inquiète, et elle se trouvait presque mourante il y a environ 1 heure, alors j'ai conseillé à Paul de la tuer, car elle ne survivrait sûrement pas au mâle. Ainsi sont mortes les deux petites perruches qui étaient bien portantes, gaies et qui chantaient très bien.

Mademoiselle Patat va très bien et va sans doute t'écrire bientôt.

Il ne fait pas trop chaud, il y a eu un terrible orage la nuit d'avant-hier.

J'espère te revoir bientôt, Maman, et je t'embrasse de tout mon cœur.

Ta fille qui t'aime.
Colette

---

1. Souci la chienne bull et Pati la chienne brabançonne de Colette.
2. Paul, un neveu de Germaine Patat.

9 septembre 1928

La Treille Muscate
Route des Cannebiers
Saint-Tropez Var

Ma chérie,
Je ne sais pas où tu es. Germaine a bien voulu
m'écrire que tu étais contente et en bonne santé, et
que tu faisais un beau voyage. Depuis le 29 juillet tu
m'as écrit une fois ; nous sommes le 9 septembre.
Je t'embrasse tendrement

Colette

[Septembre 1928]

La Treille Muscate
Route des Cannebiers
Saint-Tropez (Var)

Ma chérie,
D'abord et avant toutes choses, tu es une grande
dinde. Quinze ans c'est un âge plein de sottises, décidément. Tu m'as l'air, avec ton « malaise d'écrire »,
d'un type qui se décarcasserait à chercher l'équilibre
sur un pied, sans le trouver. Quelqu'un passe et lui
fait remarquer : « Mais si vous vous teniez sur les
deux pieds ? — c'est une idée ! je n'y avais pas pensé !
comme on est bien sur deux pieds ! »
Pourquoi penses-tu que tu m'écris quand tu
m'écris ? N'y pense pas. Qu'est-ce que ça fait qu'une
lettre soit « stupide » ? Il n'y a pas de lettres stupides
entre toi et moi, entre ton père et toi. Il n'y a pas de

regards tendres qui soient bêtes. Une lettre n'est pas un devoir de style, mon chéri. Une lettre « spirituelle » s'adresse à des étrangers, pas à des proches. Comment ! sous prétexte que tu crains de ne pas briller, tu me laisses un mois sans signe de vie, sans signe affectueux ? C'est morbide, voyons !

« Ce n'est pas de la paresse » — c'est pis, c'est de la contrainte, c'est de la rétraction. Je <u>comprends</u> bien ce que cela peut être, mais justement parce que je le comprends, je ne veux pas l'admettre, je ne veux pas que tu l'admettes. Est-ce qu'une lettre sans orthographe et sans esprit, écrite par une main chère, ne te toucherait pas le cœur ? Je suis sûre que si. Alors !!!

Tu as fait un bien beau voyage, mon chéri. Rien ne lui a manqué, pas même l'accident. Si Mademoiselle Patat avait eu UNE CITROEN ? elle aurait résisté au choc. Mais je vois bien que Germaine a hésité devant la dépense !!! Je suis bien contente que l'accident ait été purement matériel.

Mon chéri, je rentre mardi. Non seulement il faut que je sois là pour la révision des épreuves de mon roman qui à demi pondu, sans plus, passe aux <u>Annales</u>[1] le 1er octobre, mais encore pour m'occuper de mon appartement. La salle de bains est défoncée, parquet et murs ; les ustensiles d'icelle remplissent la salle à manger. Je coucherai à l'hôtel Beaujolais[2]. Il y a litige et chichis entre le propriétaire et Mme Crosbie, on attend l'architecte du proprio pour expertise des travaux et démolitions. Tu vois que je

---

1. *La Seconde* passera en feuilleton à partir du 1er janvier 1929 dans *Les Annales*.
2. Colette sous-loue son appartement à Alba Crosbie qui est en litige avec le propriétaire. Elle est donc contrainte de loger à l'Hôtel Beaujolais.

vais rentrer et travailler dans les meilleures conditions du monde ! Mais j'aime mieux tout que de grogner. Je verrai Mlle Patat et nous nous occuperons de ton appartement à toi, cela me distraira du mien !

Chérie, fais un bon séjour limousin. Ne t'acagnarde pas trop dans la maison si le temps est beau. Mets ton petit corps en bon état de résistance pour ton travail prochain. Je suis si curieuse de te voir à l'œuvre ! A l'atelier, comme dans tes lettres, tâche de t'évader de la contrainte, et puisque tu débuteras, fais des gaffes, mais avec entrain. Je t'embrasse, chérie, autant que je t'aime.

Colette

Castel-Novel

le 19 septembre 1928

Chère Maman,
Je suis une grande dinde, un serin, et un dieu sait quoi chargé de tous les péchés, c'est ma faute, (bis), c'est ma très grande faute : je suis une dinde. Mais le difficile au fond, c'est, lorsqu'on se tortille le petit bout de cervelle pour écrire une lettre presque convenable à sa mère, c'est, ensuite, d'en écrire une naturelle.

Il n'y a pas : quinze ans est, comme tu le dis, l'âge plein de sottises ; le malheur, c'est que je le sais et que je n'y puis rien. A l'avenir, je t'écrirai sans penser que je t'écris — il faut pas que je me trompe et que je pense que je t'écris quand je ne t'écris pas — et si je continue, il va m'arriver l'histoire de Tribouffon le boulorme.

Si j'étais supérieurement généreuse, je trouverais

qu'il est bien malheureux pour toi, d'avoir à quitter le Midi si tôt, quand il doit y faire encore un temps magnifique, mais étant bien plus supérieurement égoïste que généreuse je me réjouis de te trouver à Paris en rentrant — probablement le 25 — Mais quel malheur qu'il faille que tu loges à l'hôtel Beaujolais.

Quant à mon appartement, on n'y a, bien entendu, pas mis le petit doigt, et il n'est pas plus rempli — sauf de poussière — que le jour où Baster en a enlevé la dernière paperasse. Mais je m'attendais à cela ; et ce n'est pas avec une joie folle que j'entrevois la perspective de loger avec Renaud, car je dois confesser que ce n'est pas ainsi que je conçois le Paradis. J'ai reçu ce matin une lettre de grand-mère qui me dit que si elle savait quoi faire elle s'y mettrait tout de suite, je vais parler de cela à Papa ; je lui ai déjà dit que tu offrais de l'aider un tant soit peu dans l'ameublement et il t'en remercie beaucoup — ainsi que moi, mais pas autant que moi, c'est impossible — Seulement, voici : il me semble que l'on tend fort vers ce projet : ne pas meubler du tout l'appartement, me faire loger avec Renaud jusqu'à son départ (Novembre) pour le régiment. Seulement, « l'opposition s'avance ». 1° Renaud aura des permissions, 2° Il n'y a qu'un lit convenable, 3° L'appartement est trop petit vraiment pour 2 et pour toutes les affaires, 4° Ce ne sera agréable ni pour Renaud ni pour moi. Seulement, il y a des choses qu'on ne peut pas dire à papa, les objections lui « déplairaient ». Cela paraît absurde, mais c'est ainsi.

Et puis où logerait la « nurse » ? — à propos de laquelle papa ne me semble pas avoir pris une décision précise et définitive. Il faut que je lui en parle, et qu'il daigne me dire ce qu'il en est. Que veux-tu, j'ai toujours l'impression, dès que j'aborde un sujet semblable, que cela l'ennuie atrocement.

Aujourd'hui, Mr Carco[1], de passage à Brive, est venu nous voir, seul.

Les fils de Mr Willy, en quittant Pompadour (les courses) pour Limoges, ont reçu une averse terrible, et maintenant ils sont malades à St Jean de Braye. L'aîné, a, paraît-il, une plévrite. C'est bien dommage. 2 ou 3 jours après Pompadour j'avais mal à la gorge, j'ai toussé et j'ai eu un rhume, c'est maintenant presque terminé, car on m'a mis hier soir, pour la 1re fois de ma vie, des ventouses.

J'espère, maman, que ta santé est bonne. Le temps est magnifique ici, mais les matins commencent à être frais, et jusqu'à 9 heures il y a un brouillard assez épais que je trouve magnifique. De temps en temps je laboure au tracteur — dûr ! — presque chaque jour, je travaille à la ferme, et j'arrose à 6h toutes les fleurs d'ici avec une magnifique et neuve lance ! Maman, je m'excuse d'avoir été une grande dinde, et j'espère que ce sera bientôt fini. Je t'embrasse de tout mon cœur, tendrement.

Ta fille qui t'aime
Colette

[1928]

Tiens, chérie, vois la petite pouliche qui va courir l'an prochain sous « notre » nom. Elle est ravissante. Ton père te dira pourquoi elle est belle sur ses longues jambes déjà gracieuses. Je suis à la chambre — et même à peu près au lit — avec un gros sale rhume.

1. Francis Carco.

Méfie-toi, déjà enrhumée que tu es, du changement de climat à ton retour. Ne débute pas mal en point. Il faut que je travaille, même souffrante, je suis — pour changer — en retard sur mon roman. J'ai obtenu un mois de remise aux Annales, mais un mois cela ne fait jamais que quinze à vingt jours effectifs. Mlle Patat est venue me voir bien gentiment. Ne te tourmente pas de la question appartement pour ici, elle s'arrangera. Si tu voyais le mien ! Pas de baignoire, pas d'eau, pas de gaz, et même, avant-hier, pas de lumière pendant quelques heures dans l'entrée. Pauline me porte au salon une bassine d'eau chaude. (Aujourd'hui à cause des réparation et effondrement, nous avons le gaz de 12 à 14 heures). C'est délicieux, quand on est malade, cet état de choses. J'oublie de te dire que « notre » pouliche appartient à l'élevage de Mme Etienne, la sœur du sous-préfet d'Arles, M. Caillet. Où je les ai connus ? mais dans la mer aux Salins. Comment ? mais en eng... attrapant un inconnu qui laissait nager son chien bull trop longtemps, ce qui abîme fort le cœur des bulls. Flatté d'être si bien eng... trapé, l'homme s'est présenté, et sa sœur aussi. Mme Etienne a une vie bien enviable : elle élève et fait courir.

Si tu avais une petite photo de toi, tu devrais l'envoyer à Mme Etienne, en signant « avec les respectueux sentiments de Bel-Gazou-deux-pattes » ou quelque chose comme ça.

Chérie, je retourne à mes autoplasmes fidèles, et je t'embrasse de tout mon cœur comme je t'aime.

Colette

Septembre 1928
9, rue de Beaujolais
Louvre 68-56

Chérie, voilà deux charmants petits bracelets d'or, que Madame Berriau[1] rapporte du Maroc, elle m'assure que le Glaoui, pacha de Marrakech, les lui a remis « pour la fille de Colette ». Comme je ne me connais pas d'autre fille, chérie, les voici. Te voilà, à l'un et l'autre bras, marocaine. Mets-les au même bras. Ça se savonne comme le gros cercle sauvage que tu as déjà.

Tu ne fumes plus, mon trésor ? Je t'embrasse tendrement. Et je t'offrirai volontiers une cigarette après déjeuner, si tu ne fumes pas quand tu es seule.

Colette

Remercie gentiment Mme Berriau, 92, Boulevard Malesherbes. Tu sais, c'est cette très jolie femme, qui a une très jolie voix aussi

[Octobre 1928]

9, rue de Beaujolais
Louvre 68-56

Chérie, je viens de récolter ces trois paires de bas. C'est une placière qui me les a apportés, ce sont des bas allemands dont on vante la solidité. Comme ils ne coûtent que 30f. la paire, j'ai pris ceux-ci pour toi,

1. Simone Berriau, actrice lyrique et directrice du théâtre Antoine ; amie de Colette.

il me semble que tu pourras les mettre ? S'ils te plaisent, tu me le diras pour en avoir d'autres, mais porte-les assez pour t'assurer qu'ils sont, ou non, solides.

Je pars... pour un service de presse qui va durer 3 jours. Six cent cinquante (au moins !) volumes à signer et dédicacer, et deux cents photos à signer, que Ferenczi[1] envoie à deux cents libraires français. Plains-moi. Comment va ton rhume ? Je t'embrasse tendrement, ma chérie

Colette

[1928]

9, rue de Beaujolais
Louvre 68-56

Ma chérie très chérie, je t'abandonne lâchement (au coin d'une borne, comme le veut la tradition) pour accepter l'invitation de Mme de Polignac à Jouy-en-Josas. Fais le possible, et même un peu plus, pour sortir de Paris ou tout au moins respirer. Vas-tu à Bouffémont, où l'on doit, si j'en crois l'invitation reçue ce matin, répéter une pièce ? Je t'embrasse de tout mon cœur, et je te confie à toi-même, à une de tes autres familles et à tes amis. Voici ton écurie japonaise. Le cheval debout ressemble étonnamment aux femmes que dessine Marie Laurencin.

Colette

1. Parution du *Voyage égoïste* chez Ferenczi.

Novembre 1928

Ma chérie, je suis la prisonnière de mon travail. C'est le temps pour moi des quatre heures de travail, ou cinq, l'après-midi, autant après le dîner. C'est pourquoi tu n'as que ce mot, au lieu de moi. Tu es, par chance, invitée à St. Jean de Braye, et Mlle Bunlet [1] veut bien — car tu travailles comme un amour — te donner ton samedi. Chérie, j'ai regret que tu ne viennes pas « armisticer » avec moi. Mais je sais que tu as moins bonne mine, et que c'est l'effet de Paris. Non seulement pour ton plaisir, mais encore pour ton hygiène, va à St. Jean de Braye. M. Willy veut bien te prendre demain matin à 9 heures 1/2, sois prête pour jusqu'à dimanche soir. Je compte sur toi, mon chéri, pour emporter de bons chandails, et je veux absolument que tu marches à pied. C'est indispensable au jeu de tes poumons, à ta circulation. Entraîne ton père, vous causerez ensemble et vous respirerez. Je peux compter là-dessus, chérie ? Et ne t'enrhume pas. Il ne faut pas qu'une indisposition, ou qu'un mauvais état général te détournent, en ce moment, d'un collège qui te réussit si bien, tu me comprends ?

Je ne puis mieux faire que de t'envoyer la lettre de Mlle Patat, qui contient un passage propre à toucher ton orgueil... légitime ! Le mien se gonfle à vue d'œil. Ça me console un peu de travailler. Je suis dans mon malheureux bouquin [2], à un point qui me désole. Hier j'ai passé mes huit heures à ma table, — m'arrêtant pour dîner, — la couverture roulée autour des

1. Directrice du Collège féminin, à Paris.
2. *La Seconde*, roman inspiré par Germaine Patat qui en est le modèle.

jambes, dans mon grand costume de « cocher de fiacre » — car tu sais qu'ils avaient, les cochers, un chic
spécial pour rouler la « couverte » autour de leurs
jambes, en forme de parfait saucisson. Oh ! la la (1)...
quand ce sera fini, — nous mangerons toutes les
portugaises des marchands de vin ! Chérie, je t'embrasse de tout mon cœur. N'aie plus une petite mine
de Paris ! Si j'écris encore un livre après celui-ci, tu
me le taperas à la machine ? Prix d'artiste, au moins ?

Colette

(1) Et encore la la !

14 décembre 1928

9, rue de Beaujolais
Louvre 68-56

Dis donc, mon chéri, est-ce que tu vas nous
ennuyer longtemps avec tes indigestions ? Avec tes
fantaisies alimentaires, avec tes farines crues, ton lait
froid pris à jeun ? Avec cette jeune autorité stupide
qui décide sans consulter personne ? Si tu n'as même
pas cet instinct de sagesse animale qui fait rechercher, par le froid, une boisson chaude le matin, à
l'heure où il faut combattre le froid extérieur, tu
pourrais au moins demander un avis ? Plus tard, au
lieu d'une affaire à conclure le matin, tu resteras tête
à tête avec ta cuvette, et ton w.-c., ô poésie, et l'affaire
te passera sous le nez ? Tu seras bien aimable de ne
pas entraver tout le temps ce qui pourrait aller si
bien, — de ne pas transformer une enfant robuste en
adolescente verdâtre pourvue d'une haleine sus-

pecte, — et de te convaincre que l'esprit professionnel ne va pas sans une hygiène professionnelle. Je ne
suis pas aimable ce matin, mais tu n'es pas sans le
mériter. J'espère que tu peux venir dîner ce soir, chérie, et je t'embrasse

Colette

27 décembre [1928]

Madame[1]
Je suis ici depuis samedi, et votre fille depuis vendredi. Elle a déjà de plus jolies couleurs et ne paraît
pas s'ennuyer puisqu'hier soir tous réunis nous lui
avons demandé : Que préfères-tu ? Rester q.q. jours
encore, aller à Castel-Novel quelques jours avec ton
père ou bien rentrer à Paris où les spectacles ne manquent pas cette semaine ? et si gentiment elle a
répondu : « Si on veut bien de moi je préfère rester
ici et être seulement trois jours à Paris au jour de
l'an avec ma grand'mère comme Renaud me l'a
demandé. » Comme cette solution rendait chacun
ravi, la cause est entendue et elle rentrera quand elle
voudra.
Elle est de plus en plus gentille, contente de tout
le monde et chacun content d'elle. C'est une transformation totale et on la sent si contente de faire
plaisir !
Et vous ? que faites-vous ? Peinez-vous autant ?
Je vous souhaite de bien vous reposer, de bien travailler, de nous donner bientôt votre beau livre.
Avez-vous avancé vos projets de maison d'édition ?

1. Lettre de Germaine Patat à Colette.

A bientôt, n'allant pas dans le Midi je serai dans quelques jours à Paris, je vous y attendrai avec ma pensée fidèle et toute l'affection que vous a vouée

Votre
Germaine

De tout mon cœur je vous fais mes meilleurs vœux.

[*Deux cartes postales représentant le château d'Ardenne-Houyet (Belgique), où Colette termine* La Seconde.]

[1928]

Chérie, je suppose que tu es à St. Jean de Braye et que la Noël t'a été joyeuse. Vois un coin de ce pays d'Ardenne belge, où je suis. C'est une merveilleuse région montagneuse, forêts, rivières à truites, sources et cascatelles, et surtout un silence unique. Je travaille tant que je peux. Il a fait froid, mais voici le dégel et la tempête d'ouest. Souci est ivre de joie dans le parc, car il y a pour le moins cent mille lapins, qui vous partent sous les pieds. Au printemps, les ravins à rivière doivent déborder de fleurs.

Cent kilomètres de brouillard pour venir ici, et j'ai mis onze heures à parcourir 280 kilomètres.

C'est un record. Mais cent klm. De brouillard blanc, sur une route accidentée, inconnue et en lacets, que c'est long ! Je t'embrasse, ma chérie très chérie. Dis mille choses tendres à notre amie [1]. Et respire bien.

Colette

1. Germaine Patat.

[*Carte postale représentant le château d'Ardenne-Houyet en Belgique, façade sud.*]

[Décembre 1928]

C'est aussi beau qu'une gare, n'est-ce pas ? Et il est si grand qu'il ne tient pas tout entier sur la carte postale. Et il y a encore un « château annexe » immense à côté ! Quel triste métier que d'être roi, — car c'est une « ancienne » (1875) résidence royale. Mais le parc et les forêts sont si beaux !

1929

[Deuxième quinzaine de janvier]

9, rue de Beaujolais
Louvre 68-56

Chérie, j'ai eu la fièvre toute la nuit, et je l'ai encore. En outre un bon (?) point de bronchite à droite et courbatures de grippe. Je ne puis que rester au lit et prendre mon mal en impatience. Si tu sors en automobile ou autrement, couvre-toi bien, je sens le froid vif même sans sortir d'ici. Arrange ton dimanche avec de plus jeunes et de plus vaillants. Si tu passais me voir à la fin de l'après-midi, ne m'embrasse pas, chérie. Les grippes sont à forme pulmonaire dit-on cette année, et il ne faut pas que tu sois malade, tu avais si mauvaise mine noir verdâtre hier soir !

Je t'embrasse de tout mon cœur, chérie

Colette

La raisonnable Miche Marchand me téléphone et me dit : « Vous n'allez pas permettre à votre fille de venir vous voir ! » Alors... alors si tu passais ici tu te tiendrais à l'autre bout de mes 14 mètres[1].

[*Carte postale.*]

Gibraltar 1.4.1929
Gibraltar. Catalan Bay.

Bonjour chérie, je ne suis pas à Gibraltar, je suis à côté, à Algésiras. Je prends le bateau tout à l'heure, par une de ces petites brises... Mon impression la plus vive, c'est un soulagement intense d'avoir quitté Paris[2]. Je t'embrasse de tout mon cœur.

Colette

[*Carte postale : Tanger, le port et la casbah.*]

Etrange ville, si mêlée, et si disputée. Mais la propriété du pacha est unique. Une centaine d'hectares à pic sur la mer, tout est oranges et fleurs d'orangers, mimosas, glycines, un luxe végétal un peu abandonné, magnifique. La maison est commodément aménagée, six salles de bains. Mais... mais le maître n'y est pas venu depuis un an, l'eau ne marche pas, la lumière non plus. Alors je couche à Tanger, dans un charmant hôtel tout neuf. Mais il n'y a aucun

1. Le « tunnel » : voir note 1 p. 129 et note 1 p. 134.
2. Colette et M. Goudeket sont partis en voyage d'agrément pour le Maroc. Ils font des étapes en Espagne, avant d'être reçus au Maroc, par le Glaoui, pacha de Marrakech, qui met à leur disposition une de ses propriétés près de Tanger. Ils reviendront en bateau jusqu'à Toulon.

espoir qu'un courrier de France m'atteigne, et je fais garder le mien à Paris. Je t'embrasse, ma chérie, très chérie.

Colette

[Mi-avril 1929]

Orient Line
England & Australia
S. S. Orsova

Je reviens[1], chérie. Et cette fois sur un bon bateau anglais où on mange toute la journée. Excellent régime. Je ne veux plus vivre que sur les bateaux. Il est à penser — Inch Allah ! — que je serai à Paris mardi ou mercredi, par Toulon. Ce bateau va en Australie et daigne s'arrêter à Toulon.

Hier matin, sur l'affreux rafiot de Tanger, qui rencontré-je ? Henri de Rotschild [sic], sa fille, son médecin et un ami, qui regagnaient le yacht « Eros », mouillé devant Gibraltar. Si bien qu'à 8 h 1/2, nous nous trouvions, ô surprise ! en robe de dame et en smokings rassemblés sur le yacht pour dîner. Je te raconterai ce yacht. Il a coûté 22 millions, mais ma foi ça les vaut. Si mon écriture flotte un peu — elle aussi — ce n'est pas à cause des drinks, c'est seulement le lent, large et agréable roulis. Ma chérie, je t'embrasse de tout mon cœur, et je compte que tu seras comme j'aime que tu sois : rose, et suave de contour, bien veloutée, bien remplie, comme un charmant animal heureux de vivre

Colette

1. L'arrivée de Colette à Toulon est prévue le 13 avril.

[Avril-mai 1929]

Chérie, ça ne s'arrange pas trop mal pour dimanche : Miche et Léo[1] viennent déjeuner dimanche et se chargent de t'amener (Oakland neuve blanche et nouère !) à Montfort[2]. Tu les guideras. Et c'est avec Miche que tu iras au goûter surprise-party chez Mme Hessèle. (Si je ne suis pas trop sauvage ou fatiguée j'irai un peu.) C'est réellement une surprise-party, Mme Hessèle l'ignore. Tu retrouveras là des jeunes gens et jeunes filles, dont la charmante fille d'Emmy Lynn, qui fait son droit. Ne t'habille pas trop, emporte un manteau pour le temps d'orage, des sandales ou espadrilles pour le tennis entre 6 et 8 heures. Si tu n'en as pas on t'en prêtera. J'insiste pour que tu prennes un vêtement ou un chandail pour après un exercice un peu vif. Le château des Clayes est en bas de vallon et la fraîcheur y descend très vite à la fin de la journée. N'oublie pas, chérie. Sois, dimanche, à 11h 1/2 bien exactement chez Mme Marchand, 96, boulevard de Latour-Maubourg, et monte jusqu'à leur appartement, tout en haut. Je te fais des recommandations comme si tu avais six ans, — c'est que tu les as quelquefois, ma trésore. Ne prends pas froid, ni pluie, non plus à Bouffémont demain, et ne te donne pas ce ridicule, bien parisien, de t'en aller à la campagne sans un manteau quelconque.

Ton bourreau qui t'aime

Colette

1. Miche et Léopold Marchand.
2. En avril Colette et Goudeket louent la maison de Luc-Albert Moreau aux Mesnuls près de Montfort-l'Amaury. L'année suivante ils achèteront la Gerbière.

[Mai 1929]

9, rue de Beaujolais
Louvre 68-56

Chérie, Léo Marchand nous donne une loge pour ce
soir à la Michodière, (c'est la seconde de la pièce de
Molnar [1], qu'il a adaptée et que je n'ai pas pu entendre
à la générale. Il paraît que mon ancien camarade Bou-
cot y est très drôle. Donc passe chez toi pour mettre
une petite robe, mais ne t'habille pas trop car je
m'habillerai peu, je crois. Et dépêche-toi qu'on ne
dîne pas trop tard, nous sommes seules à dîner ou
avec Moreno. Réclame avec instance et prière un bout
de cape pour moi à Mme Léa, c'est un petit bout de
cape qui doit (attaché par des cordons) me permettre
de quitter ma veste sans rester trop « en taille », si j'ose
écrire. Je t'embrasse, ma chérie très chérie

Colette

Juin 1929

9, rue de Beaujolais
Louvre 68-56

Mais, ma parole, chérie, je te ressemble un peu ! J'ai
dix ans. C'est un agrandissement que je viens de faire
faire d'après une photo qui appartient à une camarade d'enfance, et que moi je ne possède pas. Tu ne
trouves pas que je te ressemble ?
Tendresses, chérie.

Colette

1. *La Vie de château* a été jouée à partir du 29 mai 1929.

Je te recommande les petits bandeaux sur le front, et les bas mal tirés, car je ne voulais JAMAIS, — déjà ! — sentir mes jarretelles. Et le petit nœud de la bottine !

[*Carte postale, en couleurs : Perros-Guirec-Plouma-nac'h, le château de Costaérès où Henri Sienkiewicz écrivit* Quo vadis ?]

[Juillet 1929]

Voici un bout de Costaérès[1]. Mais si tu voyais le bois de quatre hectares, envahi par les roses... C'est un endroit merveilleux et une construction affreuse. Nous pêchons tout ce que nous voulons. L'office bouffe des homards d'un kilo, et de la sole. C'est bien amusant, il faudra que je t'amène l'an prochain. La Talbot reviendra me chercher avec Maurice Goudeket qui est à Paris, les freins étaient trop mous. Je pense être en Provence dans une huitaine. Je t'embrasse, ma chérie, de tout mon cœur et j'attends la lettre promise

Colette

---

1. Propriété de Léopold Marchand : Colette y séjourne du 12 au 28 juillet.

[*Carte postale de Ploumanac'h (C.-du-N.) représentant l'oratoire Saint-Guirec et le chapeau de Napoléon.*]

[Juillet 1929]

Chérie, insupportable chérie, monstre à cinq pattes, et pis encore, voici le saint[1] des jeunes filles à marier. Elles lui enfoncent des épingles dans le nez pour avoir un mari ! (Et quand elles en ont un, elles lui enfoncent, je pense, des clous dans le derrière pour le punir ?)

[Juillet 1929]

58 St John's Rd.
Clifton
Bristol

Chère maman,
J'ai été bien contente de recevoir ta longue lettre, j'espère que tu vas bien et que tout va bien.

Tous ces gens si gentils avec qui je suis s'arrangent pour me faire voir et me faire faire les choses les plus agréables. Il n'y a pas une journée qui se passe sans que je fasse quelque chose ou que je sois invitée quelque part.

Je reviens de la campagne où j'ai passé 4 jours avec des amis, j'y ai fait de la natation, du rowing[2], des excursions, j'y ai joué au golf et au boules et au tennis et j'y ai eu un abcès à la racine de la fameuse dent

1. Saint Guirec, patron des jeunes filles à marier.
2. Promenade en canot.

déjà aurifiée. Ça fait rudement mal, j'avais tout le côté droit de la tête qui me faisait mal, j'ai pris 9 aspirines en trois jours, parce que c'était la seule chose qui arrêtât la douleur momentanément. Et je ne pouvais pas arriver à dormir ; je n'avais pas la moindre idée que c'était un abcès. Mais je suis allée chez le dentiste dès mon retour. Il m'a endormie au gaz et a arraché la dent. Ouf ! — Je n'ai jamais eu de gaz avant et ç'a été quelques minutes d'enfer (le dentiste m'avait promis que ce serait magnifique et que je ferais de beaux rêves ! — J'ai toujours eu quelque chose contre les dentistes). Pendant que j'étais à la campagne, ces amis m'ont emmené à une sorte d'exhibition militaire très célèbre en Angleterre qu'on appelle the *Tattoo* [1]. C'était magnifique — la nuit avec 6 ou 8 projecteurs, je te raconterai cela en détail maman ; il n'y a que les anglais pour faire des choses militaires comme celles-là, l'organisation est superbe. Bien entendu, mon mal de dents a gâté tout mon plaisir, mais c'était unique. Les phares de la voiture ne marchaient pas, alors nous ne sommes rentrés qu'à 2 h 1/2 du matin, et le lendemain matin, nous revenons à Bristol.

Après-demain, je pars pour Londres, où je ne passerai que 3 jours, puisque je repars le 15 au soir pour être le 16 à midi à Paris. J'ai déjà une invitation à Londres.

Ce mois aura été de magnifiques vacances [2], maman, et je t'en remercie infiniment.

1. Parade militaire.
2. Colette écrivait à Germaine Patat le 26 juin 1929 : « Hier nous avons dîné toutes les deux, Colette et moi, et nous avons bavardé jusqu'à 11 heures sans sortir. Quel compagnon va trouver cette enfant si intelligente ? Je voudrais qu'elle ne souffrît pas. Elle ne songe pas pour l'instant à souffrir et se réjouit de son voyage en Angleterre. »

J'ai fait aussi des excursions en autocar. J'ai été en tout jusqu'ici 8 fois au cinéma, 2 fois au théâtre et 2 fois au music-hall — 1 fois à l'église, je crois.

Il y a des bains romains presque intacts dans une Ville près de Bristol (Bath) qui sont magnifiques — de véritables piscines, alimentées par une source naturelle, très chaude et d'eau minérale ! et on ne sait pas d'où vient la source. C'est là que j'ai vu 1 Français, le seul, je crois, depuis que je suis ici — un affreux jeune homme soufflé —.

C'est demain dimanche, alors il va pleuvoir — et peut-être irai-je à l'église, mais j'avoue que c'est surtout parce que ça fait plaisir à Miss Rutter.

Je n'ai pas donné signe de vie au professeur Boillot, et je n'ai pas l'intention de le faire. Il est sans doute très gentil, et même trop.

Maman, il est très tard, et si tu étais là, je suis sûre que tu m'enverrais au lit, mais j'ai tout de même le droit d'écrire à ma mère, alors ne m'attrape pas, ou je le dis à ma mère !

Et j'ai bien hâte de te voir, je t'embrasse de tout mon cœur.

Colette

[1929]

Samedi

Tu ne m'écris [1] pas souvent, fille dénaturée ! Tu n'as pas froid ? Tu n'as pas fait de bêtises avec les bains [2] ? Des nouvelles, allons vite, des nouvelles !

---

1. Colette écrit à Germaine Patat : « Son existence anglaise lui plaît beaucoup au point de m'oublier un peu. »
2. Bains romains cités dans la lettre précédente.

Rien à signaler. Je travaille. Il fait un froid hideux. Je t'embrasse tendrement, chérie. J'espère que ce mot va croiser ta lettre

Colette

Juillet 1929

Chérie, j'espère que ce mot te trouvera encore en Angleterre. Une lettre, — extrêmement gentille pour toi et pour moi — de Mademoiselle Patat me fait prévoir que tu seras à Paris le 16 août et quelques jours après à Castel-Novel si rien n'est changé. Elle me dit aussi que Bertrand et sa femme[1] iront aussi à Castel-Novel. Tu n'as certainement pas oublié ce que je t'ai dit, (au moment de la mort de ta grand-mère[2] si j'ai une exacte mémoire). Il sera opportun de te le rappeler, ma chérie, à Castel-Novel. J'aimerais qu'en Limousin tu te sentisses bien chez toi, et que ta belle-sœur reçût de toi une hospitalité aimable, que ton père soit ou non présent. Car si elle n'est pas, par toi-même, aimablement avertie qu'elle reçoit l'hospitalité, il se pourrait qu'elle fût tentée de l'offrir. Cela ne me semblerait pas juste, ni intelligent de ta part, ni agréable. Je suis sûre que tu me comprends, et je n'ai pas besoin d'insister davantage.

Il a plu « des louis d'or » pendant 48 heures, tout éclate d'actions de grâces[3] ! Amuse-toi, chérie. Je t'embrasse autant que je t'aime

Colette

---

1. Marcelle Prat.
2. Marie de Jouvenel.
3. Les *Nouvelles littéraires* du 8 juillet annoncent que Colette pourrait succéder à Courteline à l'académie Goncourt. Cependant elle ne sera élue que le 2 mai 1945 et en deviendra la présidente en 1949.

[Fin juillet 1929]

58, St John Road
Clifton
Bristol
England

Chère Maman,
Je te remercie mille fois de ta lettre.

Comment vas-tu ? Je pense que tu es maintenant à St Tropez[1]. Quelles surprises t'a ménagées Louise ? J'ai peur.

J'ai déjà vu beaucoup d'endroits près de Bristol, la campagne ici est vraiment belle et gaie. J'ai trouvé le moyen de voir un exécrable film et des « talkies » (films entièrement parlants) et c'est bien fatigant. J'ai été au théâtre l'autre soir — aujourd'hui je suis de corvée pour un thé ici, et demain et beaucoup d'autres jours à venir. Les deux Misses Rutter sont toujours tellement gentilles pour moi. J'ai vu hier soir des photos de toi à Castel-Novel en tireuse de cartes, à côté de ma grand-mère (!)

Maman, je — j'ai acheté, euh — un gramophone Columbia portatif parce qu'ils sont tellement meilleur marché ici : 4£ 15s au lieu de 1300 f, et ils m'ont expliqué comment m'arranger à la douane — alors, alors, je l'ai acheté — c'est terrible. Mais il est magnifique, Maman.

Je ne vais pas oser l'écrire à mon père, pas maintenant. Si tu voyais tous les petits gosses ici autour de ce gramophone ! Des gens très gentils que je ne connais pas m'invitent à des thés, au cinéma.

La température est délicieuse ici, nous avons eu

1. Colette est arrivée à Saint-Tropez à la fin du mois de juillet.

un peu de pluie l'autre jour. Je ne sais pas ce que j'ai fait de particulièrement mal, mais je lis « Léviathan » de J. Green[1], c'est affreux. Ça doit être ça l'esprit de mortification : lire ce livre.

Je vais le plus souvent possible à la piscine ici, je la parcours presque dans toute sa longueur : sous l'eau alors on me traite de phoque.

11h du soir — Je viens d'entendre un autre « talkie » : « speakeasy », c'est très bien fait, mais je crois bien que le film sonore est loin d'être au point.

J'espère que Mr Goudeket va bien. Mais Dieu que tu dois avoir chaud dans le Midi !

J'espère que tout va bien, maman, et que tu ne travailles pas trop.

Que devient Souci-la-Folle ?

Pourrais-je avoir la suite de « Sido » dans la Revue Hebdomadaire[2] — je n'ai lu que les 2 premiers numéros ; ou veux-tu que j'attende mon retour ?

Maman, je voudrais déjà être avec toi dans le Midi. Et je t'embrasse de tout mon cœur.

Ta fille Colette

Je ne peux pas avoir honte d'avoir acheté ce gramophone

---

1. Paru en 1928.
2. La première partie de *Sido,* intitulée d'abord « Sido ou les points cardinaux », a paru dans la *Revue hebdomadaire* des 22 et 29 juin 1929.

[Fin juillet 1929]

La Treille Muscate
Route des Cannebiers
Saint-Tropez Var

Vendredi

Ma grande chérie,

J'y suis, — j'y reste, à la Treille muscate. Par une route de quatorze cents kilomètres, et quelle route !... Si jamais tu deviens députée de la Corrèze, je t'en prie, fais arranger les routes. Le Cantal également réclame tes soins. Le Gard aussi. Et quelques autres départements.

J'ai trouvé ta lettre, et je suis contente de savoir que tu es, tout ensemble, gaie, campagnarde, citadine, mondaine, retirée, et bien portante. Que te dire du gramophone ? Que tu es incorrigible, naturellement. Mais tu as cette chance que, dans le même courrier que ta lettre, se trouve une lettre de Bezin, notaire. Il m'informe d'un versement, fait chez lui pour toi par Me de Meaux (qu'il meure violet au pied d'un arbre !) un petit versement de... quatre cent et quelques mille francs, tout simplement. C'est le solde de la succession Ziegler. Il mentionne aussi quelques « valeurs allemandes » qui sont peut-être des chiffons de papier, et réclame ma signature. Mais je la lui donnerai (ça ne se fait pas par correspondance) à la fin de septembre. Et, ce qui te fera plaisir encore, c'est qu'en dehors de cette somme il y a encore cinquante-trois mille francs ! J'en suis ravie, tu sais. Germaine Patat, qui sait tout, m'annonce cette attribution personnelle depuis au moins quatre ans. J'avoue que je n'y croyais plus, — si tant est que j'y aie jamais

218

cru. Mais les hasards s'accomplissent, et Maître de Meaux ouvre, après un règlement qui dure depuis 1920[1], ses petites serres. Tu deviens « un très joli parti », ma chérie. Mais je n'admets pas une minute qu'on t'épouse pour ta dot. J'exige que tu sois assez « aimable », et assez séduisante, et assez travailleuse pour que ta très gentille personne éclipse une dot, moins agréable que toi-même.

Chérie, n'empêche que je suis bien contente pour toi.

J'étais à peu près sûre que tu redeviendrais enfant en Angleterre. C'est un pays où la puérilité se cultive comme un principe social. Excellent, de temps à autre, pour une jeune fille qu'on traite, — et qui se traite — parfois trop en jeune femme. Dis à Miss Rutter, et à sa sœur, toute l'obligation que je leur ai.

Bulletin Treille muscate : Louise m'a fait, cette année, la surprise ravissante d'un jardin comblé de fleurs. Cela me console d'avoir perdu nos vieux mimosas, tués par l'hiver. Ce jardin charmant, parmi la sécheresse terrible de la contrée — il n'a pas plu depuis février — est une rareté. On dit à St. Tropez, depuis juin : « Avez-vous vu le jardin de Mme Colette ? » comme on dirait : « Avez-vous visité l'église du XVe siècle ? » La cour-patio déborde de pétunias et de capucines, et de chèvrefeuilles.

Quant au climat, après la traversée du feu Central (à Tulle j'ai cru mourir de chaleur, à Argentat aussi) il est délicieux de fraîcheur éventée. Pour le soir et l'immobilité, il faut deux, et non un chandail. Je t'assure ! Maurice Goudeket, qui n'a pas quitté le volant et à couvert 1400 klm. en trois jours, dit que la Provence serait un pays incomparable, si on pouvait

---

1. Édith Ziegler est décédée en 1920.

y avoir chaud l'été. Tu reconnais bien là l'exagération de cet être exalté, loquace, furibond et bruyant entre tous ! Il t'envoie ses amitiés. Les ravages des Salins [1] ? Ils se réduisent à assez peu de chose, au vrai. Un grand chalet de bois sur pilotis assure qu'il s'appelle « Hollywood-Beach » (sic) et qu'il est thé-restaurant. A midi, aujourd'hui, nous étions exactement trois : Goudeket, Souci et moi. Jamais, dans le temps où Hollywood-Beach se nommait humblement « Les Salins », je n'ai connu pareille solitude. C'est magnifique.

Nage, chérie, nage, et amuse-toi. Tu trouveras St. Tropez bien paisible, mais un peu d'ascétisme n'est pas mauvais.

Assez écrit, assez ! Je t'embrasse et je t'aime de tout mon cœur, chérie. Et tu sais bien que ce n'est pas seulement une formule de fin de lettre

Colette

[Août 1929]

La Treille Muscate
Route des Cannebiers
Saint-Tropez Var

Ma chérie

J'espère que tu auras bien voyagé [2], que tu auras un peu d'ordre dans ta chambre, que tu sauras te

1. Plage des Salins, près de Saint-Tropez.
2. Colette écrit le 12 septembre à Marguerite Moreno : « Elle aura eu des vacances ruineuses et merveilleuses... un mois de vacances en Angleterre, campagne et Londres. Une quinzaine en Limousin, trois semaines à Saint-Jean-de-Braye, et le reste en Provence. Elle exulte. Songe donc ! elle a voyagé seule tout le temps ! Un phono-valise de 12 kilos la suit comme son ombre... » Petite Colette est à présent à Castel-Novel chez son père.

220

rendre utile et aimable chez ton père, j'espère même que tu sauras, quelque jour, envoyer une dépêche. Voici celle qu'on m'a apportée. Naturellement j'ai couru au télégraphe, — et sans voiture — pour retélégraphier à ton père d'une manière sensée, c'est-à-dire en Corrèze et non dans le Var. Je te renvoie les gants lavables, qui peuvent en effet se laver, mais qui ont l'air d'être un peu froids sur la question voyages, puisqu'ils sont restés ici. Et je t'embrasse bien tendrement, en t'avouant que ton séjour ici ne m'a pas paru long, ma chérie.

Colette

Excuse-moi, j'ai ouvert cette lettre (et j'ai perdu l'enveloppe) sur le chemin, en allant à pied à la poste pour retélégraphier, on m'avait apporté la dépêche avec mon courrier

[Août 1929]

Castel-Novel
Varetz
Corrèze

22/8/29

Chère maman,

Je suis ici depuis quelques jours. Il y fait beau, pas trop lourd. Mon père prépare sa campagne[1] électorale et travaille beaucoup. Mademoiselle Patat est là en ce moment, et c'est tout.

Pour demain elle m'a invitée à partir avec elle pour

---

1. Il sera réélu sénateur de Corrèze le 20 octobre.

St Jean-de-Braye et je suis bien contente. Ce n'est pas triste ici, mais ce n'est pas gai non plus. Je conduis, je conduis tous les jours, je fais tous les trajets d'ici à Brive, et comme progrès il y a que je conduis en ville et que je rentre proprement la voiture dans le garage avec des manœuvres multiples. La ferme a changé de régisseur, et celui-là, « est vraiment très bien », je veux y croire, j'y crois, même. La ferme marche mieux, beaucoup de bétail, de cochons, d'oies, de dindes et je crois, un personnel bien.

· Comment vas-tu, maman ? Comment va tout ?

Papa veut me marier. Mademoiselle Patat, lui et moi en avons parlé très sérieusement hier soir. Les pronostics sont : dans un an je me fiance, et dans deux je me marie. N'est-ce pas que c'est pratique ? Papa va « chercher quelqu'un ». Il m'a posé des questions : Pas d'homme politique ? — Non. Pas de littérateur ? — Non. Quoi ? — quelqu'un de gai, de sain, de pas trop bête, *pas* [1] de mondain et quelqu'un qui fasse quelque chose. « Ça va » a dit papa, « je te donnerai des conseils, mon avis, mais je ne te forcerai pas. » Bravo ! J'ai beaucoup ri, parce que ça a l'air si facile quand on en parle ; ça paraissait aussi bien réglé qu'un emploi du temps au lycée. Qu'est-ce que tu en penses, maman, es-tu d'avis que je me marie aussi jeune ? C'est drôle quand papa parle de ça. Et si en fin de compte je restais vieille fille ! — quelle horreur ! —

Mon petit chat siamois (ma fille cadette) est mort 4 ou 5 jours après mon départ, il ne mangeait plus. L'autre est énorme, magnifique, un peu bête et très égoïste. Il arrivera ici dimanche avec la femme de chambre, Jeanne, qui est si gentille pour lui. Com-

1. Souligné trois fois.

ment va Souci-la-folle ? Cabris est énorme et mange des truffes au chocolat, pas mal de choses aussi, mais ceci n'est pas officiel.

On m'a mis un lit à baldaquin dans ma chambre, et si son toit me tombe sur le nez, il ne sera plus du tout question de mariage.

IL Y A L'ELECTRICITE ! magnifique.

Si tu le veux bien, je viendrai à St Tropez au commencement de Septembre.

Ici, pas de Bertrand ni de Marcelle, ni même de nouvelle d'eux. Mademoiselle Patat me charge de mille choses pour toi, et je t'embrasse de tout mon cœur.

Ta fille
Colette

[Août 1929]

La Treille Muscate
Route des Cannebiers
Saint-Tropez Var

Chérie, j'attendais un mot de toi, ne sachant au juste où t'écrire. Ma fille se déplace si facilement ! Te voilà retrouvée, et dans un endroit charmant[1], où l'été sans doute est sans rigueur. Ta lettre est pleine de bonnes nouvelles, en somme. L'électricité à Castel-Novel, ton séjour en Loiret, un nouveau régisseur et... ton mariage. Je plaisante, mais, pour parler le langage des cours, le mariage te pend au nez. Je ne le souhaite que si tu rencontres le garçon que tu souhaites et auquel tu enjoins d'être gai, actif et... occupé.

1. Saint-Jean-de-Braye, chez Germaine Patat.

Si je te trouve trop jeune ? non, mon chéri. Il y a tant de filles de vingt ans qui sont plus bêtes, plus fragiles physiquement que toi, et qu'on marie. On les jette au mariage comme on jette à l'eau des petits chiens nouveau-nés, mais toi... tu nages pas mal du tout. Ce qui me paraît clocher dans les « pronostics », c'est seulement : « Dans un an je me fiance, dans deux je me marie. » Mon chéri, si tu te fiances, tu te marieras bien plus tôt que cela. C'est mon pronostic à moi.

Le commencement de septembre pour ton arrivée ? Très bien, chérie. Le cinq septembre, j'aurai certainement opéré ma réconciliation officielle avec Bailley, qui pour ces premiers jours de 7bre m'invite à Biot chez lui. C'est une réconciliation arrangée par les Ph. Berthelot [1]. Après ça, je te cueille à St. Raphaël, je pense ? Mais que diras-tu de la calme vie qu'on mène ici ? Tu sais combien je suis sauvage, et combien cette sauvagerie est nécessaire à ma santé, à mes goûts et à mon travail. Tu accompliras ici une sorte de pieuse retraite... Tu n'as pas trop peur ?

St. Tropez est inhabitable, transformé en parc à autos dès l'après-midi, je n'y mets les pieds que le matin, rarement. En revanche le temps est parfait, et quels bains ! Souci va à l'eau comme un épagneul, la Chatte a mis au monde, il y a 6 jours un authentique, un vrai et pur bâtard noir et fauve foncé, qui sera, je crois, une merveille. Nos voisins Van der

1. Philippe Berthelot, diplomate, ami de Colette. Il lui donne, en octobre 1920, Bâ-Tou, une once (espèce de grand chat d'Asie ou d'Afrique), qu'elle entend dresser. Elle décrit la scène dans *La Maison de Claudine* : « Elle éclata en miaulements terribles, en rugissements, elle fit entendre son langage de bataille, et sauta de nouveau. J'usais de son collier pour la rejeter contre le mur, et la frappai au centre du visage... elle opta pour la paix... elle se coucha et lécha son nez chaud. »

Henst ont un tennis qui te plaira. Dis à Mademoiselle Patat que je vais lui écrire, et que je l'embrasse avec beaucoup de plaisir et de tendresse. Toi, tu es mon cher fruit et ma petite fille bien-aimée

Colette

[Août 1929]

9 rue de Beaujolais
Louvre 68-56

Mon Dieu, chérie, il y a donc tant de regain à rentrer, de raisins à vendanger, d'hôtes à recevoir, que tu m'écris si peu !
Tendresses

Colette

[Fin 1929]

Mardi soir

Te voilà donc enrhumée, ô ma méchante petite fille. Je te demande avec instance de te soigner aussi longtemps qu'il le faut. Ne reprends pas trop tôt tes allées et venues. Je déjeune demain matin avec Mlle Patat, et je lui dirai de te consigner hors de chez elle [1] tant que tu ne seras pas entièrement remise. Tu t'es donné trop de soucis ces temps-ci. Quand le moral est fatigué, le corps cède à la première sollicitation du froid. Fais attention, chérie.

1. Petite Colette travaille dans l'atelier de couture de Germaine Patat.

Je tiens à te dire que le docteur Van der Henst est venu me voir hier soir, et tu vas voir dans quel honnête et intelligent dessein. Il est venu me prévenir que les lésions de tes dents avaient pour cause ton état général, un état, — actuel, — de dénutrition. Tu sais que les dents sont maintenant de merveilleux révélateurs. Ce qui échappe au médecin traitant, le chirurgien-dentiste le voit, on assure que dans dix ans, tout sera connu par les dents et par leur état. Julio m'a donné cette consultation réelle et affectueuse que je résume : « Votre fille n'a pas l'alimentation qu'elle doit avoir pour son organisme. La consistance, (manque de dureté et manque de « réaction ») et la vulnérabilité de ses dents est caractéristique. Elle ne mange ni assez de viande rouge (bœuf, mouton) ni assez d'oranges (grappe-fruits et oranges ordinaires). Elle ne peut pas fournir assez de phosphate à ses dents, qui sont en péril. »

C'est un résumé, instructif au plus haut point, tu vois. N'oublie pas non plus que tu as seize ans et demi, âge où se fixe ou se détruit une santé. Tu penses bien qu'il ne s'agit pas en ce moment d'une petite conspiration pour t'empêcher de restreindre ton appétit. D'ailleurs viandes grillées et fruits n'engraissent pas, loin de là. J'ai été surprise de la visite de Julio [1], et je me dépêche de te la raconter. Ceci va me décider à demander au docteur Moreau de te faire une grande perquisition générale. Chérie, il nous faut une analyse d'urines, arrange-toi tout de suite pour me donner 24 heures, exactement, de ton petit produit liquide, que j'ai déjà réclamé en vain ! Il faudra aussi une prise de sang (ce n'est rien, à la veine du bras). Au moment où tu engages ton avenir, chérie,

1. Le docteur Van der Henst, chirurgien-dentiste.

c'est une mesure de prudence et même de loyauté, envers toi-même et ta famille. Julio Van der H. ajoute qu'il a été « alerté » sur ton état général par l'état émotif démesuré que tu as manifesté chez lui, aux premiers contacts avec ses outils. Peut-être perds-tu (ça m'est arrivé) un peu tes phosphates en ce moment, par suite de tension nerveuse. Tout cela est facilement réparable, tu penses bien. Mais on abîme vite une belle santé, et on la répare lentement si on néglige les petits dégâts. Je veux que tu sois belle, en bon équilibre, et que tu travailles aisément, sans fatigue. Quelle grande lettre ! Je vais me coucher. Soigne-toi bien, chérie, je t'embrasse tendrement

Colette

1930

[Lettre accompagnée d'une enveloppe adressée à « Madame Colette de Jouvenel, Hôtel Régina de Passy, 6 rue de la Tour, Paris XVIe », cachet de la poste : Saint-Tropez, 23.4.1930.]

La Treille Muscate
Route des Cannebiers
Saint-Tropez Var

Pas une petite lettre ?
Pas un petit merci pour mon chèque de Pâques ?
C'est peu, chérie. Même si tu travailles, même si tu rôdes.
Tendresses

Colette

Castel-Novel
Varetz
Corrèze

Jeudi 24 avril 1930

chère maman,

J'espère que tu as bien reçu la lettre que je t'avais écrite à Pâques et que tu n'es pas souffrante. Peut-être étais-tu absente de Paris ou très occupée car je ne sais pas de tes nouvelles. Es-tu définitivement remise ? Je voudrais que tu te soignes très bien pour ne pas avoir chaque hiver une de ces angines si fatigantes et pendant lesquelles je n'ai pas le droit de te voir.

Je suis arrivée hier à 5 heures ici, intacte après un Bugattisme[1] prolongé (ceci est une nouvelle et terrible maladie).

Jusqu'à Argenton et un peu après, nous avons eu un temps affreux, pluie constamment et peut-être orage (mais on ne l'entend pas à cause du bruit de la trottinette à vapeur de Renaud).

Il y a ici « une personne » (très gentille) et sa fille[2] — aussi —. La propriété est en progrès, on construit, on augmente le nombre du bétail etc. Il vient de faire un court mais assez mauvais orage ; j'ai eu tort de dire « court » car il a l'air [de] reprendre.

Je suis à la recherche de « Trésor », qui doit certainement être caché dans les environs ou sous la maison « des morts ». Aucun résultat jusqu'ici. Mais avec un régisseur sourcier...

1. Voyage en Bugatti, probablement.
2. Il s'agit sans doute de Mme Louis-Dreyfus qu'Henry de Jouvenel épousera le 4 août et de sa fille Arlette qui épousera Renaud en 1933.

Des gens vont venir prospecter, car il paraît qu'il y a de l'or dans la Vézère — qui viendrait de Haute-Vienne —. On en a déjà trouvé dans la Dordogne. Est-ce que ça n'est pas magnifique ? Toutes les richesses viendraient à la fois ?

Paul[1] a fait son entrée triomphale à la caserne Mardi, très gai, j'espère qu'il s'en arrangera très bien.

Demain, tout le monde doit, je crois, partir pour Carcassonne, et retour peut-être par Albi. Renaud ira sans doute ensuite à Biarritz — ah ! ces millionnaires ! — chez un ami. Je rentrerai à Paris Mardi à 6 h et, si tu ne me le défends pas, je me permettrai d'aller te voir le soir même. Je voyagerai avec la fille de « la personne », jusqu'à Limoges en voiture, et de Limoges à Paris dans le train.

[*De la main de Renaud de Jouvenel :*]

« Je sais même que Colette vous embrasse et moi aussi si vous le permettez,

Renaud, obligé de terminer amène cette lettre, parce que Colette a été expédiée vers la maison, dieu sait où par le Père. »

1. Neveu de Germaine Patat, voir aussi p. 192, note 2 et p. 237, note 1.

24 juin 1930

Geirangue[1]

Tout est de plus beau en plus beau, chérie. Une oasis délicieuse, couleur de jade où nous sommes parvenus en sept heures de corridors de mer étranglés, farouches, indomptables ! Tendresses.

[Carte postale représentant le yacht Éros.*]*

[10 juillet 1930]

Ma chérie, nous changeons de route, une tempête nous a saisis comme nous atteignions le Danemark, telle qu'il a fallu la subir d'abord pendant une trentaine d'heures, et enfin la fuir en revenant sur nos pas, nous sommes dans le canal de Kiel[2] ; il est probable que nous irons sur Copenhague, mais il faut au bateau, et à nous, 24 heures de repos et de réparations diverses. C'était ma première vraie tempête en mer, et c'est une bien terrible et belle chose ! Je te raconterai. Les deux rives vertes du large canal nous paraissent douces, aujourd'hui. Quelle alerte ! Il n'est pas question de chaleur sur un bateau, nous sommes

---

1. Colette et Maurice Goudeket sont partis en croisière.
2. Le canal de Kiel unit la mer Baltique à la mer du Nord en reliant Kiel à l'embouchure de l'Elbe.

tous bardés de lainages, et aucune couverture n'est inutile. Ces sautes de vent de la mer du Nord sont bien redoutables. Dans les eaux allemandes ils n'ont rien senti. Je t'enverrai des nouvelles[1] à chaque escale, mon trésor chéri. Mais quand en aurai-je de toi ? Nous ne serons peut-être à Bergen que dans huit ou dix jours. Je t'embrasse de tout mon cœur.

Colette

[*Carte postale du Danemark datée du 15.7.1930, adres-sée à « Mademoiselle Colette de Jouvenel, 14 rue de Condé ».*]

15. 7. 1930
Kobenhavn. Parti fra Langenlinie[2]

Chérie, nous sommes quelques-uns du bateau, assis devant des cafés au lait, à la terrasse de ce pavil-lon qui est au centre du port. Une belle ville, lisse, qui se meut à l'aise, et où on n'entend pas, dans les rues, le son de la voix humaine malgré le nombre des passants. Tendresses.

Colette

1. Colette a écrit la suite côté face.
2. Copenhague, la Petite Sirène.

Mardi 16 j. 1930[1]

Chérie très chérie, nous sommes dans le port de
Copenhague. Nous le quittons ce soir pour recommencer notre itinéraire bouleversé par le stormy
weather (je me forme). Voilà que « le Patron[2] » veut
aller au Cap Nord, et aux Iles Lofoden. — Cherche
sur la carte — mais il change souvent de projet...
Comme je ne pourrai faire partir aucun courrier
avant Bergen, dans trois jours au moins, ne t'inquiète
jamais de rester sans nouvelles. Mais n'oublie pas, si
cette instabilité de projets nous entraînait, de t'organiser pour qu'en août tu ne souffres pas de mon
retard, — je veux dire que tes vacances ni ton repos
n'en souffrent pas — De plus en plus je nous vois toi
et moi, en septembre à la Treille, en tout cas la
2e quinzaine d'août. Je laisse à ta diplomatie et à ta
gentillesse le soin d'arranger cela.

Un grand port gris, bordé d'usines, encombré de
bateaux, animé. Des rameurs en équipes sportives,
merveilleux qui nous jettent des cris de bienvenue.
Un énorme yacht royal blanc, bien astiqué, d'un
modèle antédiluvien, à roues, est près de l'Eros. Mais
ce matin il pleut. Les jeunes filles sont bien jolies,
des joues veloutées et des cheveux blond d'argent. Il
fait doux. Tout à l'heure en ville j'achèterai des cartes
pour toi et pour mes autres amis, — car tu es mon
ami, n'est-ce-pas, chérie ? je le sais bien. Et c'est bien

1. Mardi 15 ou mercredi 16 ?
2. Henri de Rothschild, qui a invité Colette et Maurice Goudeket
sur son yacht, l'*Éros*.

plus rare entre une mère et une fille, qu'on ne le croit. Embrasse autour de toi et salue ceux que nous connaissons tendrement.

Je t'embrasse de tout mon cœur, amour chéri

Colette

Miche et Léo t'envoient mille amitiés, Maurice Goudeket aussi, je n'ai plus d'encre dans mon stylo

[*Carte postale de Bergen, Norvège, adressée à « Mademoiselle Colette de Jouvenel, 14 rue de Condé, Paris ». Cachet de la poste : 18.7.1930.*]

18 juillet 1930

Midnatsol[1]. Lophavet

Chérie, l'étonnant pays, effrité en des milliers d'îles rocheuses. Voilà le soleil... que nous aurons dans quelques jours, la nuit. Déjà hier soir, à 10h1/2, Léo et moi nous jouions au bésigue sur le pont, sans autre lumière que celle du ciel. Rien ne m'étonne et me trouble autant que ce jour traînant, laiteux. Tendresses, chérie, que je me sens loin.

Colette

1. Soleil de minuit.

[*Carte postale de Norvège, sans timbre, datée par Colette du 19 juillet, adressée à « Mademoiselle Colette de Jouvenel, 14 rue de Condé, Paris ».*]

19 juillet

Norge. Merok i Geiranger

Chérie, après une féerie incroyable de soleil couchant qui a duré trois heures, le soleil hier s'est encore immergé, mais à côté de sa rougeur de couchant qui persistait, à minuit, s'est levée à côté une aube plus pâle et le jour a commencé ! Nous arrivons à Droutghem dans une heure, et nous y faisons escale. Mille tendresses.

20 juillet 1930

« E R O S »
Y. C. F.

C'est toujours la même chose sur ces beaux bateaux, chérie de mon cœur : les deux salons, tendus de toiles à roses trémières et à feuillages, à grands divans fleuris, à fauteuils profonds, sont désertés, et la salle à baie ouverte de l'arrière est seule fréquentée à toute heure ; il est juste de dire qu'ouverte par les grandes portes à glissières, sur la mer, elle est prolongée par le pont arrière, ses tentes de toile et ses chaises longues.

Outre nos amis Marchand, et Goudeket, nous avons à bord : Marthe Régnier, charmante à toute heure, pleine de révoltes, de découragement caché, de sourires qui ne vieillissent pas. Le docteur Hemery, que je connais depuis une vingtaine d'années, — son alter ego Mahot de la Quérantonnais, un célibataire mûr et gai, vieux style, qui dit de lui-même : « Pardon, pardon, ne confondons pas ! C'est mon frère qui est le notaire bien connu. Moi, je suis la-honte-de-la-famille. » Le Dr. Kahn et sa femme. Lui très bien, elle une em... nuyeuse personne grisonnante, qui a l'ambition d'être « à la page ». Elle dit, d'un petit air coquin : « J'ai la dent ! » Une brave femme. Il y a encore Mme Yvonne Bernard, une jeune femme à crinière de lion, parée de sa chevelure sauvage et dorée et d'une paire d'yeux verts, à cils, à sourcils noirs, des merveilles ! Eh bien mon chéri, ça ne lui sert à rien. Car sa triomphante imbécillité criarde noie le tout. Il y a le ménage Wakefield, Américains jeunes, et noirs comme le derrière du diable. Très gentils. Des Américains intelligents, — ça existe. Et puis il y a Rothschild, doux, lourd, atteint de goutte, mangeant trop, très gentil, d'une discrétion de bon hôte incomparable, et timide comme il l'a toujours été.

Si rien ne vient à la traverse, je mettrai cette lettre à la poste à Mölde, où il paraît qu'on va pêcher. D'un télégramme j'ai arrêté tout envoi de courrier, — Dieu sait où le mien pourrait me rejoindre ! Des nuées de mouettes crient autour du bateau, des constellations de méduses l'entourent, bleues, roses, corail, brun pourpré. Léo [1] pêche de tout petits haddocks du haut du pont, longs de vingt-cinq centimètres. A une heure du matin il faisait grand jour. Rien à acheter, ni à rapporter, jusqu'à présent. Des verreries qu'on exporte rue de Rivoli, des bazarderies innommables,

---

1. Léopold Marchand.

du linge de table très banal, et des « broderies du pays » qui n'amusent personne. Mais des jeux de cartes d'une variété surprenante, — ces pays sont ceux des longs hivers sans soleil. A bord, nous avons quotidiennement le lait et la crème Rotschild [*sic*], un lait frais non condensé, une crème fraîche qui sont prodigieux. Rothschild me donnera un mot pour son dépôt (la production est encore restreinte) et avec ça, chérie, on enquiquine le lait capricieux, et pas toujours sain, de St. Tropez.

Chérie, mes amours, j'avais besoin de t'écrire. Les Léo t'envoient, ainsi que Goudeket, mille amitiés. J'espère que tu es heureuse, que ceux que tu aimes vont bien. Serre la main, pour moi, à ton fiancé[1]. Je t'aime, je t'embrasse de tout mon cœur nordique !

Colette

[*Carte postale de Norvège, datée par Colette du 20 juillet, adressée à « Mademoiselle Colette de Jouvenel, 14 rue de Condé, Paris ».*]

21 juillet 1930

Trondhjem

En dépit d'une exposition qui y bat son vide, je n'ai pas grand-chose à te dire de Trondhjem, ma chérie. Une histoire de courrier retenu en douane vient de nous y retenir deux jours. C'est, du yacht, un joli port, et l'eau est tout étoilée de méduses bleues et roses,

---

1. En janvier 1930, Colette écrit à sa belle-sœur, femme de Léo, que sa fille qui a « seize ans et sept mois » est fiancée à un ami d'enfance qui a vingt ans.

et pourpres. Il y fait aussi chaud qu'à S. Tropez, et nous n'avons plus de nuit. Un beau coucher de soleil se mue en beau lever de soleil. Tendresses, chérie.

[*Sur deux cartes postales, datées par Colette du 26 juillet, représentant un fjord et un torrent.*]

26 juillet 1930

Loen. Norfjord.

Encore un fjord ! Je finirai par penser qu'ils sont trop. Celui-ci, Loen, a un avantage, — ou une infériorité — : il n'est pas entaché de tourisme, et les groseilles, les cassis, les énormes groseilles à maquereau poussent « sauvages » ainsi que les framboises. C'est un grand attrait sur lequel nous ne sommes pas blasés, nous autres méridionaux. Chérie, où es-tu ? Aucun moyen de recevoir des nouvelles de toi, ni de qui que ce soit, notre itinéraire est de plus en plus instable. Ce matin, il était question de Sotunterdam !!! Ce soir, c'est cela. Demain, quoi ?

Aujourd'hui, c'était la fête anniversaire du « patron ». Je dois dire

[*Suite sur la seconde carte :*]

... que c'était assez magnifique. Le pont arrière fermé entièrement, plafond et bastingage, par des tentes doubles, bleues et jaunes, et le yacht pavoisé de flammes aux couleurs de tous les pays, et une installation électrique amovible jaune et bleue extraordinaire. Ce bateau illuminé, à l'ancre sur un golfe absolument désert, et ces musiques, et ces voix, et ces chants, entre des aiguilles de rocs et des neiges, — je ne suis pas persuadée que c'était très gai... Je t'embrasse et je t'aime, ma chérie.

Colette

[*Carte postale de Bergen, Norvège, vue générale, datée par Colette du 30 juillet, adressée à « Mademoiselle Colette de Jouvenel, 14 rue de Condé, Paris ».*]

30 juillet 1930

Pas une seule ligne de toi me parvient, chérie. Je ne peux que m'en plaindre sans récriminer : voilà que nous allons à Christiania, je veux dire Oslo, — et à Amsterdam. Arrange-toi seulement pour que j'aie, à Paris, le 10, un mot de toi me disant où tu es et tes projets, s'il y a un changement. Et que je puisse t'envoyer de l'argent. Tendresses, chérie.

Colette

5 août 1930

« E R O S »
Y. C. F.

C'est hier, 4 août, chérie, que l'on m'a remis à Kiel[1] ta lettre du 20 juillet. Tu vois que j'avais raison de ne guère compter sur les courriers de France. Je t'avoue que je voudrais bien rentrer. Mais comment faire ? Je ne le puis par mes propres moyens ; je ne vais pas

1. Port en Allemagne occidentale, sur la Baltique.

aller inventer un drame d'urgence pour me faire déposer dans un port, — outre la question des passeports non visés, des consulats, etc. il n'y a rien de pratique dans l'idée de rentrer par un train. Plus tard, je ne regretterai pas cette croisière, tu penses bien. Mais tu sais combien au fond je suis peu sociable, et combien le frottement quotidien contre mes semblables, inévitable, sur un bateau, peut me devenir difficile à supporter. Je me réfugie dans mes notes et dans mon travail, et M. de Bassompierre[1] dans des bridges sans fin. Mais...

Nous voyions approcher sans tristesse la fin du voyage, à 8 jours près, lorsqu'hier matin, au-dessus de Copenhague, un avion se mit à tourner au-dessus de nous, très bas, avec insistance. Peu d'heures après, une vedette automobile amenait à bord l'âme de ce tournoiement, Philippe de Rothschild, le fils du Patron (ou plutôt du « commodore »). Ce jeune ouragan mène un train de fox-terrier déchaîné, et il assourdit son père de protestations contre la fin du voyage ! Nous voilà consternés. Il veut aller à Hambourg, et quoi encore ? La seule chose qui me soucie, c'est de ne pas savoir si tu as pris une décision, et si ton nouveau travail secrétarial a pris fin. Pauvre chérie, qui travailles encore à la fin de juillet ! Heureusement que St. Jean de Braye est là, — je ne l'ai jamais béni davantage.

L'histoire d'Amérique... je comprends qu'elle te tente. Mais est-il sûr, seulement, que Bertrand parte ? Si oui, on tâcherait de tâcher, quoique le prix des trajets seuls soit déjà, je crois, assez effarant ?

Je te parle là de choses qui t'occupaient il y a 15 jours. Dans ta lettre, tu as l'air d'attendre une

1. Sobriquet de Maurice Goudeket.

prochaine arrivée de ton père... Tout cela est loin déjà derrière nous, et la « règle du jeu » est bien lassante. Le commandant du bord va avoir un transport au cerveau : « on » lui donne l'heure du départ deux heures avant de lever l'ancre, puis un contre-ordre, puis un itinéraire modifié, puis l'ordre de ne plus partir. Puis on mande le T.S.F.iste, et on lui dit : « Faites en sorte d'avoir en ville un avion qui s'en aille à Malmoë, je crois bien que le 2e concierge de Paris a dirigé par erreur un courrier sur Malmoë. » Et c'est comme ça depuis le départ. Hier, Philippe, le fils, trouve moyen d'aller acheter des disques à Kiel, cinq disques. Mais il ne les paie pas, et revient avec l'idée de faire payer les disques (90 Fr !) par son père, en envoyant une des vedettes du yacht les chercher. Là-dessus, tempête, orage brusque. La vedette, dansant sur les vagues, s'occupe de venir nous chercher en ville (Miche[1], Emmy Lynn et moi et Mahot de la Quérantonnais). Au moment où nous quittions le ponton d'embarcadère, toujours dansant, une petite jeune fille ballottée par les vents, ruisselante de pluie, arrive sur le ponton, et tend vers nous un paquet : les disques. Nous les avons payés, car ni Ph. ni son père n'ont reconnu la dette (90.Fr, j'insiste). Et la petite jeune fille ruisselante ne voulait pas accepter d'argent français ! Et elle défendait son paquet comme s'il se fût agi de sa vertu, parmi la pluie et les éclairs ! Tu aurais trouvé la scène bien drôle. Je te raconterai des histoires de famille, que Rothschild nous raconte lui-même, — car il n'est pas fermé à tout humour — et qui sont, pour nous autres préservés du milliard et demi, bien inconcevables. Tout ceci est entre nous, naturellement, chérie.

1. Miche Marchand.

La mer du Nord nous attend au tournant de la côte, la rosse. Encore une nuit pas très agréable en perspective, à partir de 7 h du soir, il en est cinq. Avant que mon mal de mer particulier (vertige, contraction stomacale, inaptitude à vomir) ne s'annonce, je t'écris. Je pense que cette lettre partira d'Amsterdam.

Le plus malin du bord, c'est le T.S.F.iste, un grand garçon qui a un corps magnifique et bien entraîné. Quand les caprices postaux, à l'escale, le laissent souffler, il disparaît, sans rien dire. Nous partons, nous autres dans des autos, pour des excursions de montagne, par exemple. Au détour d'une route à tournants vertigineux[1], sous une cascade, nous entrevoyons un homme nu qui se douche, puis se roule dans l'herbe : c'est le T.S.F. Ailleurs, pendant une autre excursion en montagne, nous nous extasions sur un à-pic, couronné de framboisiers et de groseilliers sauvages : une tête sort de sous les framboisiers, mordant dans un sandwich et broutant les frambouèzes : c'est le T.S.F. Il n'a pas d'argent, il parle six langues, et il n'aime que les voyages. Alors il prépare ses saisons. Cette année il fait du yachting chez Rothschild, l'hiver prochain, comme il aime le ski, il se louera comme professeur de ski dans une station chic de montagnes. Bon type.

Nous devions aller à Malmoë : nous n'y sommes point allés. Nous devions aller à Narvick : nous... (voir plus haut). Comment veux-tu que j'aie seulement demandé que tu m'envoies, qu'on m'envoie des dépêches ? J'ai renoncé presque à toutes communications avec l'univers solide. Heureusement que ta lettre m'a rejointe. Chérie, je t'embrasse de tout mon cœur. Je souhaite que tu voyages pendant que tu es

1. Accompagné d'un croquis des tournants, entre parenthèses.

jeune, fraîche, avide, changeante, c'est le meilleur temps pour voir le dessus de la terre.

Monsieur de Bassompierre agrée, avec un sourire forcé, tes conseils si pleins de sens. Il commence à s'ennuyer ferme, — non pas de la mer, mais des gens. Hier soir à table, il a eu un grave accès de chattisme. C'est-à-dire qu'enseveli dans un morne silence, il en est sorti par un bond qui l'a enlevé de sa chaise. Et comme Marthe Régnier, en face de lui, n'en revenait pas, il s'est excusé : « J'ai vu passer un symbole et j'ai voulu l'attraper... » Pauvre homme... L'âge lui fait parfois perdre la raison...

Chérie à moi, je t'embrasse.
Colette

La Treille Muscate[1]
Route des Cannebiers
Saint-Tropez Var

Baptême de l'air, chérie ! Je ne m'en effare pas, il n'y a pas plus de danger qu'à monter dans une auto. Quelle a été ton impression ? Tu me le diras, — quand nous nous rencontrerons. Je ne sais rien de plus que l'autre jour, j'attends. Travaille tranquille, — si j'ose risquer cette expression. Je suis désolée du temps que tu as. Ici, après un coup de torchon mistralien qui a duré deux jours presque, nous avons de nouveau ce temps inimitable... Pleine lune, argent universel, rosée, air immobile. Il faut tourner ton prochain film ici — ou à Tahiti. N'oublie pas que je joue le rôle de l'Esprit des forêts, esprit

---

1. Colette séjourne à la Treille Muscate de la mi-août au début de septembre.

maléfique, hirsute, et vêtu d'un haillon tahitien emprunté à la collection Rodier de 1921 [*sic*]. J'ai reçu hier soir une dépêche de **Germaine Patat, elle** arrive demain et j'ai été retenir une chambre au nouvel hôtel de la Garonnette, — qui est mieux de loin que de près. Chambres très standard, et balcons terrasses bien inutiles, puisqu'ils communiquent tous. Je pense qu'elle n'aura guère le temps de rester. Peut-être trois jours. Mon chéri, je ne sais où me cacher. Natalie Barney, Romaine Brooks, la Dsse de Clermont-Tonnerre, les Fauchier-Magnan, les Fauchier-Delavigne, d'autres que j'oublie, viennent d'arriver tous à la fois ! Ils sont bien gentils, mais je ne suis pas ici pour être gentille. Découvre-moi une île déserte ! Nous y mettrons l'eau chaude et l'électricité, un poste-valise, et des conserves.

J'aimerais beaucoup voir ta mise en scène[1]. Chérie, je t'embrasse de tout mon cœur, je suis contente d'avoir de tes nouvelles. Maurice Goudeket t'envoie ses amitiés, mais il ne te les enverra pas longtemps, car il s'en va dimanche.

Colette

Mes amitiés à Solange[2], et aussi à Mme Marcelle Chantal.

---

1. « Première tentative de mise en scène. En tournant à Orly un extérieur d'un film. » (Note de Colette de Jouvenel.)
2. Solange Bussi, réalisatrice de films.

Début septembre 1930

9, rue de Beaujolais
Louvre 68-56

Ainsi, tu avais calomnié Paul[1]. Chérie, cet incident
me fait connaître un singulier coin de toi. Tu pouvais,
en trois lignes de lettre ou de télégramme, dissiper
ce malentendu, et tu ne l'as pas fait ? Tu es restée un
mois, trente jours, dans l'ignorance, dans un silence
revêche de vieille fille pincée ? C'est inconcevable. Je
ne suis pas — peut-être pas assez — sévère pour
l'excès, le trop-plein, l'exubérance, les formes diverses de la générosité de caractère. Je le suis pour le
manque, le pas-assez, le rétréci, le réticent. Que tu
pèches par manque, j'en suis suffoquée. Est-ce donc
ton frère qui a raison, quand il dit que tu n'aimes pas
vraiment ce garçon ? Si tu ne l'aimes pas assez, il
n'est pas honnête de l'épouser, ni de lui laisser croire
que tu l'épouseras. « Mon chien, mon étui à cigarettes, mon auto, mon mari. » Tu connais cette phrase-
type de la jeune Américaine ? C'est un chapelet qui
ne pare pas une fille de France. Mais oui, je suis,
— et pour cause — vieux jeu. Tu t'apercevras, un jour
ou l'autre, qu'il n'y a pas de mode en amour.

1. Paul, son fiancé. Colette écrit à Hélène Picard en août 1930 :
« Ma fille est fort belle, et serait au comble de tous ses vœux si elle
n'était, pour la seconde fois, un peu "en froid" avec son fiancé.
Traduis : c'est le tour de Paul de répondre à Colette, mais il est en
manœuvre et ne peut facilement écrire. Alors ma fille, digne et
pincée, attend. Mon Dieu que la bêtise humaine, et la jeune bêtise
surtout, sont grandes ! Elle ne sait rien de ce qu'elle gaspille, ma
belle enfant. » « Je m'inquiète de nos enfants, confie-t-elle à Germaine Patat le 9 septembre, depuis l'arrivée de Colette ici... elle n'a
pas écrit à Paul et Paul ne lui a pas écrit... Je serai contrariée que
Paul, s'il s'en ouvre à vous, pût croire que je détourne Colette... »

Raconte-moi le Castel, plus « novel [1] » que jamais ! Non, les Bugatti n'ont pas de pannes, elles ont seulement des maladies congénitales. Rien à signaler du côté de la Citroën. J'ai fait avec Guy [2] et Souci, un voyage sans trouble. Du 90 si constant qu'il en était monotone, et deux heures d'avance sur mes deux étapes chaque fois. Et Madame ne sait pas tout ! me dit Guy, triomphant, aux portes de Paris : j'avais mon gicleur de ville !

Ce matin, il raconte la même chose à Maurice Goudeket. Mais pourquoi diable, dit Maurice, aviez-vous le petit gicleur ! Peuh... répond Guy modeste, j'ai pensé que... pour Madame et moi tout seuls... c'était assez d'un petit gicleur.

Je suis sûre que Renaud aimera ce trait, d'un caractère héroïquement économe. Il pleut. Un courrier monstrueux et congestionné m'attendait. Je pars pour la Gerbière [3] et Pauline pour la Corrèze ; je ne reviendrai à Paris que le 28 au soir.

Non, Chérie, tu n'as pas été « difficilement supportable », tu ne l'es jamais avec moi. Ce qui m'a été difficilement supportable, c'est cette petite table carrée sous la tonnelle, cette place vide devant moi, ce cabinet de toilette éternellement libre. Vera [4] l'a bien compris, cette fine Vera. Elle est venue tout doucement à déjeuner s'asseoir à ma table, sans craindre, cette fois d'être indiscrète. Ecris-moi, chérie. Je t'aime, et je t'embrasse de tout mon cœur. M. de Bas-

1. Colette fait allusion au remariage d'Henry de Jouvenel avec la veuve de Charles Louis-Dreyfus le 4 août 1930. Dans une lettre à Germaine, elle écrivait : « J'ai eu une lettre de Colette. Elle se déclare complètement perdue dans un château où rien n'est reconnaissable. »
2. Le chauffeur.
3. La Gerbière, près de Montfort-l'Amaury, propriété de Colette et Goudeket.
4. Vera Van der Henst.

sompierre est, Dieu merci, embringué dans des affaires nouvelles[1], qui vont peut-être — touchons du bois — le dépanner un peu. Il ressemble le nez en plus, à Souci grattant « une petite taupe ! ».

Colette

[*Carte postale. Montfort-l'Amaury. Les Poulies (XIe siècle). Chemin de ronde et les tours.*]

[Vers le 20 septembre 1930]

Mais c'est une mante religieuse, chérie ! Très jolie bête, grande jupe 1830, d'un vert d'eau romantique.

Si Paul a gardé quelque affection pour toi qu'il me renvoie mes œufs hebdomadaires, tu n'as pas idée du vide que me laisse leur absence ! N'oublie pas. Ma frêle santé en dépend. Je serai à Paris le...

[*Suite sur l'autre carte. Montfort-l'Amaury. Ruines de l'ancien donjon (Xe siècle) et tour de l'escalier d'Anne de Bretagne (XVe siècle).*]

Le 28 au soir (dimanche) — Ce n'est pas déplaisant, cette solitude montfortoise. Car Maurice Goudeket, branché sur des affaires nouvelles, vient peu, il n'a pas le temps. Je me retrouve campagnarde et forestière, et la forêt embaume. O ma petite fille réticente ! N'aie pas peur de donner, même plus qu'on ne te donne. L'économie en amour est une de celles qu'on regrette. Tendresses

Colette

1. Maurice Goudeket, qui avait fait faillite dans le négoce des perles, cherche à retrouver une activité.

[28 septembre 1930]

La Gerbière
Saint-Nicolas
Montfort-l'Amaury S. et O.

Chérie, je ne sais pas si ma carte t'aura rencontrée encore en Limousin. J'espère qu'elles te suivront (il y en a deux ensemble). N'oublie pas « mes œufs » ! Je rentre ce soir dimanche à Paris. Baggi a donné son mal à Souci (toilettes avec le même peigne !) et j'en suis ennuyée, une petite chienne si nette ! Je t'en prie, n'amène plus ce colis à Paris, — ni à St-Tropez. Je t'embrasse, chérie, comme je t'aime. Toutes mes amitiés à Paul

Colette

Et à M. Willy, naturellement

Mardi 16 novembre,

Ma chérie, je reçois ta lettre ce matin après t'avoir écrit cette nuit. Elle me rassure, mais elle ne me contente pas. Tu mènes, en matière d'automobile et d'argent, un train qui est au-dessus de tes moyens, — tu as prouvé qu'il était aussi au-dessus de ceux de la Renault (je crois que c'est une Renault ?) Tu as la critique vive, quand il s'agit de blâmer ceux qui conduisent mal une voiture. Il faudra appliquer cette critique à toi-même.

Il y a dans ta lettre quelque chose qui m'intrigue : c'est que tu ne puisses pas partir sans avoir payé les 18 bouteilles de champagne du banquet qu'on offrit à ton père. Te retiendrait-on en otage, dans la crainte que le champagne restât impayé ? Si je comprends bien, ce champagne est une politesse que ton père, représenté par toi, manifestait ? C'est comme pour la réparation de l'auto endommagée : te garde-t-on à vue, et le garagiste a-t-il planté des séides sur la route de Brive à Paris ? Il n'est pas admissible qu'on suspecte ainsi — surtout à présent — une émanation directe d'Henry de Jouvenel, — toi.

Oui, chérie, tu mènes un train qui te conduira dans de sales chemins. Où serais-tu déjà, si, me conformant à la loi et à l'usage, je partageais avec toi tes revenus ? Je n'en ai jamais, Dieu merci, employé pour moi la plus minime somme. Mais regarde. Sur ton carnet de chèques, je cueille :

1930 Mai	Souliers, tailleur, factures Jeanne, etc	1 500	
	Tailleur	500	
Juin	Divers, argent de poche, re-tailleur	2 000	
Août	Avant les vacances	3 500	
	Impôts (ceci n'est pas de ta faute)	995	
Novembre	Façons costumes (2) bas, robe soir etc	2 000	
	id. Suppléments	1 000	
	id. novembre Imprimeur, encadreur	1 500	
Décembre	A valoir sur ta facture personnelle de Léon	1 500	
	Un cadeau-chèque, si je me souviens, de ta belle-mère	2 500	
	Appointements de mai à novembre (Patat)	3 500	
		20 495 F	

Je n'ai pas mentionné une somme de 3.000 Fr, que je vois le 2 mai 1930, et à laquelle je me reproche de n'avoir pas marqué d'attributions détaillées. Il y a aussi 2.700 F de dentiste, et 6.800 F chez Mme Leroy, ces deux dernières sommes ne sont pas payées. Qu'est-ce que j'en conclus ? Que je devrais me ranger à l'avis de ton père, quand il dit que tu ne peux pas épouser Paul. Mais si je te déconseillais d'épouser Paul, je ne te donnerais qu'une seule raison : tu es trop lourde. Et je ne t'ai pas vue, jusqu'à présent, capable de te restreindre en quoi que ce soit. (J'oublie Benoît) Manquer d'argent, ce n'est pas grave. Entraîner, par gaspillage, par irréflexion, entraîner vers le surmenage, ou la ruine, un être auquel on a lié sa vie, c'est un drame.

Peut-être aurais-je dû plus tôt te représenter tout cela, et mettre simplement ton carnet sous tes yeux. Je t'envoie un mandat télégraphique de mille francs. Ton père ne t'en voudra pas si tu oublies, en laissant le champagne impayé, de t'intéresser à sa situation politique au Limousin, elle est d'ailleurs excellente. Mais il y a une chose que tu ne dois pas oublier, ni moi non plus. C'est que je suis, — tutrice —, responsable et comptable de ta situation financière. Si tu l'obères, dans la suite, comme tu n'as cessé de le faire, je me vois contrainte, par ma conscience, de faire appel au « chef de la communauté » c'est-à-dire à ton père, et au besoin de remettre mes pouvoirs entre ses mains. Quels qu'en soient les inconvénients pour toi, je n'hésiterais pas à le faire, pour sauvegarder à la fois mon honorabilité et tes biens. C'est très sérieux, chérie. Ce n'est pas une vaine menace, ni même une menace. Ne jette pas tout de suite cette lettre. Relis-la. Penses-y. Pense aussi que ce n'est pas souvent drôle de n'avoir pas de métier. Pense beaucoup à ce que tu veux, à ce que tu peux apporter à Paul comme aide, — ou comme gêne.

Je t'embrasse, ma chérie. Et je t'aime de tout mon cœur.

Colette

[Décembre 1930]

Hôtel Claridge[1]
Paris

Mon chéri, il est temps que tu fasses attention. Tu es embarquée sur un chemin de maquillage[2], sur une progression de maquillage proprement imbécile. A l'exemple de beaucoup d'autres, tu ne contrôles plus exactement ce que tu fais. Tu as dépassé la limite où cela peut être joli, et tu es en ce moment excessivement « voyante », ce qui ne peut pas me plaire. Mon œil ne s'y trompe pas, et mes amis non plus. « Faire voyant », c'est le contraire de « faire chic ». Le beige de la joue, les cils, le tour des yeux, — les notes rouges du chapeau et les « coquines » petites cocardes rouges, — non, tu as la main lourde. Je n'aimerais pas, à pied, sortir avec toi telle que tu t'accommodes. Il faut faire appel à ton jugement, te regarder avec impartialité, constater sur toi le vieillissement et la banalisation que tu t'imposes. En dehors des femmes qui y ont un intérêt commercial et direct, je

1. Colette s'installe à l'Hôtel Claridge en décembre 1930. « "Je trouve que vous avez assez joué dans cette cave" [l'entresol du 9 rue de Beaujolais], me dit mon médecin, mais j'attends l'appartement au-dessus. [...] Il me fallait un appartement haut, aéré, clair [...] tout en haut du Claridge. »
2. Dans une lettre à Germaine Patat, Colette évoque ainsi sa fille : « Je te remets du rouge sur les lèvres et je te camomille les cheveux. Vivement qu'elle se marie pour avoir l'air convenable. J'espère, (sans le croire), qu'elle va trouver un mari de fer. »

ne connais pas, autour de moi, de visages aussi maquillés que le tien. Tu en es arrivée là par cette progression, par cette faiblesse à se juger soi-même, qui n'entraînent que les caractères faibles, et aussi par cette tentation de paraître ce que l'on n'est pas. J'emploie de grands mots pour une question qui te paraît d'importance secondaire. Mais ces fautes de goût et de mesure que tu commets sur ton visage, tu ne te les permettrais pas en matière d'habillement, il me semble ? Il est tout à fait temps que tu fasses un effort de lucidité, mon chéri. Fais-le. Regarde-toi bien. Juge-toi. Je t'embrasse de tout mon cœur

Colette

1931

[*Pneumatique adressé à « Mademoiselle Colette de Jouvenel, 14 rue de Condé », daté du 16.2.1931.*]

16 février 1931

Claridge's Hotel
Avenue des Champs-Elysées
Paris

Chérie, tu commences ta nouvelle carrière[1] par un bien mauvais temps ! Pourvu que tu n'aies pas froid. Mme Emmy Lynn me téléphone aimablement pour me prévenir que, si tu as une ou deux photos très bien, il est encore temps de les envoyer à M. Peignot les Arts graphiques, mais il faudra te hâter. Je t'embrasse, chérie de mon cœur

Colette

---

1. Activité cinématographique avec Solange Bussi dont elle est l'assistante.

[Février 1931]

Chérie, voilà les deux mille francs que tu m'as demandés, et ma bénédiction. Je pars mardi, tu viendras me voir avant ? Ne prends pas froid en sortant du studio[1]... (air connu). Et surtout n'oublie pas de boire (de préférence chaud) à cause de l'air surchauffé du studio... Sinon tu dessécherais tes jeunes reins et tes frais tissus. C'est important, chérie. Je t'embrasse, ô la plus jeune des « assistantes » — et sûrement la plus agréable à voir.

Colette

[*Carte postale de Megève. Près de la tour de Blay. Vue sur la chaîne du Joly (2 527 m) et le Mont-Blanc.*]

Bonjour, chérie. Je reviens. Il y a un mètre cinquante de neige[2] et ce n'est pas fini ! Je n'ai rien vu de si beau.

Tendrement

Colette

[*D'une autre écriture, au-dessous :*]

On vous a regrettée... Amitiés.

La Moune

---

1. Le 5 février, *Paris-Midi* annonce : « Bel-Gazou, la fille de Colette va faire ses débuts au cinéma... » comme assistante dans *La Vagabonde*, réalisé par Solange Bussi.
2. Colette passe la deuxième semaine de février à Megève avec Hélène Jourdan-Morhange, dite la Moune, et Luc-Albert Moreau.

[*Carte postale de Vienne (Autriche) représentant le canal du Danube (qui traverse le centre de la ville) et le bâtiment de l'Urania.*]

Vienne[1] 26 février 1931

Chérie, comme je suis loin de toi ! Et demain je pars pour Bucarest, plus loin encore. L'accueil qu'on me fait est adorable. Ce soir, je parle pour la 1re fois et je flageole sur mes jambes, d'avance. Je t'embrasse, chérie. Prends soin de toi

Colette

[*Sur une carte postale de Roumanie représentant une fermette.*]

27 février 1931

Bucarest[2]

Chérie, qu'est-ce qu'on fait de ta mère ! C'est terrible. A partir de demain soir, je ne couche pas dans un lit jusqu'à vendredi soir, jour espéré, jour de retour. Il faut dire que le succès de Vienne a été très grand. Demain soir départ pour Iassy[3]. Je parle ici à 5 h. aujourd'hui. Tout est gâté par la hâte nécessaire, et la fatigue.

Tendrement

Colette

1. Colette donne des conférences en Autriche et en Roumanie.
2. À Bucarest, Colette est reçue par la reine Marie et le prince Carol de Roumanie.
3. Iassi, en Moldavie.

[Mars 1931]

Bonjour, chérie. Beaucoup de travail[1] ? Bon travail ? Bons camarades ? Ici beau temps trop frais. Je t'assure ! Travail de tortue. La petite Hélène Van der Henst, quatre ans cette année, est toujours terriblement intelligente. Un ouvrier peintre vient travailler chez ses parents. « C'est la première fois que vous venez ici ? lui demande la petite. — Oui. » Elle ajoute, au bout d'un moment d'examen : « Votre figure ne me revient pas. » Et elle emploie toujours des formules et des mots très corrects. Un jour, à Paris, son père rencontrant un homme qu'elle connaissait mais qu'elle savait inconnu de son père, Hélène, désignant à l'inconnu son père, — en grande mondaine : « Le docteur Van der Henst. »

Poulenc[2] m'écrit qu'il voudrait bien un scénario de film de moi. Nous causerons de cela, toi et moi. Mistraou très froid ce matin ! Déjà hier, le bain était moins chaud, aujourd'hui je me trempe et je sors. N'oublie pas de donner mes souvenirs amicaux à Solange[3], chérie. Et si, comme le dit *Comoedia*[4], Etchepare est dans le film que tu assistes, serre-lui la main de ma part. Toi, — toi tu es une chérie et mes amours

Colette

1. En mars, pendant le tournage de *La Vagabonde*, au studio d'Épinay et au Havre.
2. Francis Poulenc.
3. Solange Bussi, la réalisatrice du film. Elle a vingt-deux ans.
4. *Comediae*, revue consacrée au spectacle.

256

[Mars 1931]

Hôtel Claridge
Paris

Ma chérie, me voilà bien fâchée, j'ai dû accepter un déjeuner utile à Jouy-en-Josas demain matin dimanche, au lieu de déjeuner avec toi. C'est Mme de Polignac qui me prend dans sa voiture. Figure-toi que deux fois dans la semaine j'ai reçu deux lettres concernant des conférences en Amérique. Ce ne sera pas pour cette saison, naturellement, mais si on commence à penser à moi là-bas, ça prendra corps, peut-être. Et je déjeune avec un journaliste américain qui a écrit, paraît-il, des choses aimables sur ta sainte mère. N'empêche que c'est dégoûtant de me priver de toi. Si par hasard tu rentrais de bonne heure, je crois que nous devons aller à « Balthazar » le soir avec les Marchand, (tu sais qu'ils ont eu un accident d'auto[1] assez sérieux, je ne crois pas que Miche soit encore en état de sortir demain) dans ce cas je laisserais au contrôle le n⁰ de la loge, si tu nous rejoignais, tu demanderais la loge de Mme Colette. Je sais que cette phrase ne tient pas debout. Mais je t'embrasse de tout mon cœur

Colette

1. Accident d'auto des Marchand (lettre à H. Picard, 18 mars 1931).

257

[*Carte postale de Cahors, datée du 21, adressée à « Mademoiselle Colette de Jouvenel, 14 rue de Condé, Paris ». Vue du pont de Cahors, dans un cadre rond.*]

[21 mars 1931]

Je reviens dans cinq minutes, chérie. Cahors[1] est très beau. Tu le connais peut-être mieux que moi ?
Tendresses.

Colette

[14 avril 1931]

Hôtel Transatlantique
Tunis

TUNIS,

Bonjour ma chérie, je suis un peu fatiguée ! Mais la pluie battante qui a accompagné notre arrivée, le premier jour et la seconde nuit a cédé la place au soleil qui est un vrai soleil tunisien, à un vrai printemps tunisien et fleuri. Et la proche arrivée de Gastounet[2] empoisonne tout. J'ai parlé hier devant une salle comble, vaste et triste, et glacée (je parle de la température !). Dans une heure je pars pour Bizerte[3] en auto, j'en reviendrai ce soir vers onze heures seulement car la route est mauvaise... Puis nous passerons à d'autres exercices. Doumergue me fera perdre deux jours vides, et j'irai à Sousse, à Constantine, à

1. Colette y donne une conférence.
2. Gaston Doumergue, président de la République.
3. Tournée de conférences en Afrique du Nord du 5 au 25 avril.

258

Alger et à Oran. Mais à Oran, ayant parlé et charmé les peuples, je devrai (question « circulaire » et billets spéciaux) revenir à Alger, et perdre encore un jour pour me rembarquer, d'Alger à Port-Vendres. De sorte que je ne serai à Paris que le 24 au plus tôt... Je ne murmure pas, je fais colis passif. En mer, un calme trompeur comme tous les calmes, fut suivi d'un fort joli roulis, tangage et autres vermines, et ta pauvre mère a connu toutes les agonies du mal de mer, cette fois ! Mais les souks tunisiens sont toujours bien beaux, les plus beaux du monde, je crois. Chérie, je pars et je t'embrasse de tout mon cœur.

Colette

[*Constantine : carte postale. Vue générale prise du camp des Oliviers. (Carte éditée spécialement pour les hôtels « Transatlantiques ») envoyée le 14, adressée à « Mademoiselle Colette de Jouvenel, 6 rue Férou, Paris ». Cette carte l'a suivie (cachet du 22.4.1931) à Saint-Jean-de-Braye où elle se trouve, chez Germaine Patat.*]

[14 avril 1931]

Vois quelle belle ville, chérie. L'hôtel Transat est à peu près où je l'ai marqué.
Tendresses.

Colette

[*Carte postale d'Algérie : Corniche oranaise. Roseville.
La route vue vers Santo Cruz. Datée du 23.4.1931 et
adressée à « Mademoiselle Colette de Jouvenel, 6 rue
Férou, Paris, France ».*]

24 avril 1931

La dernière ville, chérie ! A bientôt. Arrivée ce
matin à 9h. par une pluie battante, qui sentait l'affreux Nord. Je repars à 7 h. pour Alger, où j'embar-
querai mercredi.

Tendrement à toi.

Colette

[1931]

Claridge
Champs-Elysées

Chérie, comment vas-tu ? N'oublie pas de m'écrire !
Ce mot est une « lettre d'affaires » ! As-tu toujours
envie d'une Ford ? Les dépositaires de la place St.
Augustin me feront, et te feront, six pour cent de
réduction. Sur le cab. décapotable, ça fait 1980 f. de
moins (il coûte 33.000). Sur le coupé-sport de 26.700
qui est très gentil, ça fait 1.602 f., en moins, etc etc.
Veux-tu me répondre tout de suite ? J'espère que tu as
un joli temps, que tu mènes une oisiveté remuante,
que tu es gourmande, que tu manges bien, que tu es
contente, — et que tu ne m'oublies pas.

Je t'embrasse tendrement chérie de mon cœur

Colette

[Juillet 1931]

Chérie, M. Philippi, de la maison Dunlop, sort d'ici. (Je t'avais dit que je l'attendais, vers 7h.) Comme je lui disais que tu attendais avec impatience ta première voiture, il m'a fait entrevoir que tu pourrais, sur ta Ford, économiser aussi le prix d'un train de pneus, (ou peu s'en faut) car il peut s'arranger avec un dépositaire Ford, pour qu'on te vende ta voiture sans pneus. Il va te téléphoner, retiens son nom, je lui ai donné adresse et n^{os} de téléphone. Fais-lui donc ton plus joli sourire téléphonique. (Tu pourrais faire une plaisante allusion, il me semble, à tes relations avec la puissante maison Dunlop, en famille ?...) Je ferme toutes ces parenthèses, il y a un vent ! Et je t'embrasse comme je t'aime

Colette

P.-S. Il ne faut pas croire que j'ai adopté ce papier à lettres... distingué [1]. C'est Sikorska qui m'en a donné cinq feuilles, il y a je ne sais combien d'années !

1. Orné d'un portrait de Colette à la plume signé Sikorska. Un feuillet semblable a été exposé à la B.N. en 1973 (n° 663) sur lequel Colette a écrit à sa fille : « Qu'en penses-tu chérie ? J'ai évidemment ressemblé à cela. Mais toutes les pointes s'émoussent avec le temps, — même celle du menton. »

Juillet 1931

La Treille Muscate
Route des Cannebiers
Saint-Tropez Var

Te retirer le lit-divan, fille chérie ! il n'en est pas question ! Mais Ste Maxime s'en mêlant, il faut que Maurice Goudeket coure comme un pou sur la côte jusqu'au 17 ou 18. Sois tranquille, mon télégramme, en « temps voulu », ne te manquera pas. Je ne veux pas te coucher, plus tôt, dans la chambre en face de la mienne, elle est torride (tu en sais quelque chose) et la cheminée de la cuisine, probablement fendue, lui insinue des émanations sulfhydriques. Pauline y couche sans grillages, car j'ai comme aide cette année la propre fille de Lamponi, Jeannette et elles occupent les deux petites pièces au garage. Dieu merci, le moment où tu viendras est excellent, nuits plus longues et plus fraîches, et matins merveilleux. Je te tirerai par les pieds quelquefois le matin, vers 6 h 1/2, puisqu'à 6 h 1/2 il ne sera que 5 h 1/2.

Très curieuse architecture du nouvel hôtel[1] Salle à manger ratée, en couloir vitré genre réfectoire. Mais le style paquebot de l'extérieur est bien. Je n'ai pas encore visité l'intérieur. Je sais que le soir où Chiris nous y a invités à dîner, il n'y avait pas une goutte d'eau dans le gigantesque édifice, et on apportait aux gens, dans les chambres, l'eau dans des vieilles bouteilles à eau de Vichy. Un couple, parent de Daniel Dreyfus[2], attendait, ni lavé ni déshabillé,

1. Latitude 31.
2. Ami, banquier de Colette.

entre deux valises ouvertes, dans une chambre. Ayant voulu sonner, l'appareil-sonnette leur demeura dans la main. Ils sortirent pour appeler, et rencontrèrent un anglais qui tenait une serrure dans sa paume. Ladite serrure avait quitté la porte en même temps que la clef. Il n'y a pas d'eau dans la chasse d'eau des w.-c. Enfin tout est normal. Mais quand ça marchera (il manque deux étages, je crois) ce sera un magnifique hôtel, — s'il ne fond pas sous les premières averses d'automne.

Le venimeux attendra, pour s'emprisonner et s'emparadiser, mon, notre retour à Paris. Je voyage sans bagages littéraires, — ni autres, d'ailleurs.

Etrange histoire Dunlop ! j'écrirai. Je n'ai encore jamais pris de pneus chez eux.

Y en a des Jouvenels là-bas !!! J'ai fait un rêve étonnant, tout enjouvenellé, que je te raconterai. Figuretoi que Vera[1] vient d'avoir un zona ! Je crois te l'avoir dit. Mais je pense que le zona, très fréquent cette année, dépend des taches solaires. Personne ne brunit de la même manière que les autres années. Le glorieux descendant des Bassompierre (branche Moïse ben Kohn ben Lévi ben Boas) est couvert de taches nouères, et au lieu de brunir calmement à ma façon, j'ai été d'abord parsemée de graine de radis en petits monticules serrés. Mais grâce à MON HUILE... ! Si tu vas au Cap-Ferrat, je t'en donnerai... pour les personnes.

Chérie, je t'embrasse et je voudrais bien voir ta petite figure ! De quelle couleur va être ma fille cette fois-ci ? Sous quelles superpositions[2] va-t-il falloir

1. Vera Van der Henst.
2. Allusion au maquillage jugé excessif par Colette. Voir aussi lettre et note 2 p. 251.

que je retrouve son charmant visage ? Je t'embrasse,
mon trésor

Colette

Amitiés à Arlette[1], à Renaud, à Bertrand, — oh !
et puis à tout le monde, quoi.

[Fin juillet 1931]

La Treille Muscate

Monstre, tu dois roder ! Roder et studier[2] : ce sont
les seules excuses que je te reconnaisse ! Ecris-moi
trois lignes avant de tomber endormie. Comment est-
elle[3] ? Est-elle bien douée ? d'un naturel facile ?
Ardente à la côte comme ses pareilles ? Heureusement que Germaine m'écrit qu'elle t'a vue et qu'elle
t'a trouvée très gentille : on voit qu'elle en est heureuse et qu'elle t'aime, ne l'oublie pas, chérie.

Un jeune mécanicien qui devait me remettre le
volant en main — par les soins de Maurice Goudeket — me témoigne une si grande indifférence
qu'après une sortie de 15 minutes il n'est pas revenu
le lendemain. J'ai donc pris la Ford toute seule et je
suis allée dire au jeune mécanicien : « Je vous remercie, ça va. » Et je m'évertue à tourner, à entrer au
garage comme le pigeon à son nid, à marcher en
arrière. Le tout avec une extrême prudence, naturellement. Car je ne veux pas que Maurice Goudeket

1. Arlette Dreyfus.
2. Allusion à un tournage de film, Colette écrit à Moreno le
22 juillet 1931 : « Ma fille, à Paris, a commencé un film lundi, elle
est ivre de cinéma, et de roadster Ford... »
3. « Ma première voiture. » (Note de Colette de Jouvenel.)

puisse lever au ciel des bras de cyprès : « Je l'avais
bien dit !... » etc, etc.

Bains, — travail, — travail, — bains — promenade
à pied, — jardinage — travaux ménagers, — démoli
de mes mains le vieux puits, en dehors du patio, hier
soir, en m'aidant d'un vieil arbre déraciné. J'ai tout
de l'ancêtre des cavernes, tu vois. Ô charmant produit d'une mère préhistorique, je t'embrasse tendrement

Colette

[Fin juillet 1931]

Fille chérie et poches-percées,
Ta lettre a croisé le mot qui te la réclamait. Oui, le
temps est indicible. A peine brûlant, pur, ventilé,
léger, les nuits froides et ruisselantes, rien n'est
pesant, mais... le bain est trop froid. Crois-tu ! Hier
Pauline et moi nous l'avons enfin trouvé aimable,
mais aujourd'hui impossible d'y rester plus de dix
minutes, une eau glacée ! C'est à cause des nuits. Je
ne me plains pas, cela me permet de travailler. Voici
un chèque, enfant terrible.

Tu me donneras des nouvelles de la pauvre petite
mère du gros enfant [1] des jeunes Jouvenel. Je ne
m'étonne pas que tu aies retrouvé, pour 3 jours
d'absence, Renaud, accroché à une épave. C'est un
garçon bien gentil et que j'aime beaucoup. Mais il
est le type complet du Frère-qui-empêche-sa-sœur-
de-se-marier. Il cherchera à te détourner de tous les
mariages, — même des bons.

1. Roland de Jouvenel, fils de Bertrand et de Marcelle, né le
9 juillet 1931.

Pour le reste, tu connais ma vie ici. Elle est aussi provinciale qu'à Paris, et aussi régulière. J'ai comblé <u>seule</u> le vieux puits[1] qui est en dehors du patio, tu sais ? Hélas, c'est fini. C'était un bien joli travail. Je me suis installé une table et une lampe dans ma chambre, pour le soir et la nuit. L'abattoir projeté, s'il n'est à bas, tremble sur ses fondations... futures. Ma chérie, je t'embrasse de tout mon cœur. Sois prudente sur ta voiture, — par amour de moi !

Colette

Amitiés à Renaud.

[Été 1931]

La Treille Muscate
Route des Cannebiers
Saint-Tropez Var

« Maldagora ! » ça a l'air d'un juron espagnol. Et ton écriture a voulu que j'écrivisse jusqu'à présent « Maldagna ». Chérie, je sais bien que tu n'as pas le temps de m'écrire, aussi me gardé-je de t'eng... nuyer. Nous ne devons pas nous inquiéter, [ni] toi ni moi, des dates. Car nous ne savons rien de ce qui se passera. Le normal, le prévu, c'est que je reste ici jusqu'au 17 septembre, et dans ce cas, Maurice Goudeket arrive l'avant-veille et m'emmène en voiture. Mais il y a l'imprévu : une affaire commerciale[2] genre

1. Fin juillet 1931, Colette est à la Treille Muscate, elle écrit le 25 juillet 1931 à Moune (Hélène Jourdan-Morhange) et au Toutounet (Luc-Albert Moreau) : « J'ai comblé le vieux puits. Je suis désolée d'avoir fini. »
2. Colette étudie l'idée d'un commerce de produits de beauté.

publicité de luxe, et même genre participation à une affaire, qui me réclamerait à Paris vers le 6 ou 7 septembre. Mais !... comme cette dernière éventualité désagréable serait en même temps une bonne affaire, il est infiniment probable qu'elle ne se présentera pas. Voilà, mon chéri.

Je travaille avec une lenteur et une prudence affreuses. Je ne veux pas m'aventurer dans des bifurcations qu'il me faudrait supprimer et recommencer ensuite[1]. Je suis parmi les monstres, ou du moins ceux qu'on appelle ainsi. Je ne vais pas en ville. Un soir nous dînâmes à Ste Maxime, abominable rendez-vous de toutes les femmes laides, de tous les pyjamas fantaisie, et de tous les dos nus de femmes, bronzés et teints par-dessus le bronzage.

Une tragédie conjugale se mêle à notre vie tranquille : Ben Schröder, mari d'Yvonne, Ben, type et parangon du mari parfait, est venu ici 24 heures pour annoncer à sa femme, comme un fou et avec des yeux de fou, qu'il l'abandonnait et qu'il partait pour « faire sa vie » avec... Non, tu ne devineras pas. Je n'aurais jamais deviné non plus. Avec Simone Berriau. Yvonne est descendue chez les Van der[2] pour hurler, se rouler, piquer une crise de nerfs (authentique ? j'en doute) qui a duré cinq heures. Délire, véronal, etc etc. ça n'a nullement empêché Ben de partir. Mais je crois que Simone est effrayée d'un si terrible amour, et elle m'écrit pour me demander conseil. Ma réponse n'était pas commode, car je ne veux me conduire salement ni envers Ben, ni envers

---

1. Colette adresse à sa fille une carte postale (exposée à la B.N. en 1973, n° 465) : « J'ai beaucoup travaillé, j'ai presque terminé les textes pour Segonzac. A d'autres maintenant quand je serai à Paris. Quel singulier métier que le mien. Avoir fini et n'avoir jamais fini. Je t'aime et t'embrasse, fille chérie. Colette »
2. Van der Henst.

Yvonne, ni envers Simone. C'est bien terrible, un homme irréprochable qui perd son sang-froid. Ne garde pas cette lettre où j'écris des noms propres, n'est-ce pas, chérie. Déchire-la, tout de suite. Je t'embrasse, chérie de mon cœur. Tu n'es pas trop fatiguée ? Dors-tu assez ? Manges-tu bien ? Je t'embrasse encore. Toutes mes amitiés à Solange[1].

Colette

[Août 1931]

La Treille Muscate
Route des Cannebiers
Saint-Tropez Var

Mais je n'en ai pas, de détails, chérie ! C'est Germaine Patat qui m'a raconté la chose. Mirande[2], pour son sketch, aurait dit : « Qu'on me donne la fille de Colette pour assistante ! » Et Mme Duvernois devait te téléphoner ou tu devais lui téléphoner. Débrouille-toi au mieux. Au besoin vois Mirande, tu dois pouvoir trouver son adresse. C'est un garçon grossier, secrètement très fin, très intelligent. S'il était trop aimable avec toi, fais-lui comprendre, dans un langage bref et imagé, qu'il ait à se tenir tranquille. Je te dis cela parce qu'il s'enflamme facilement.

Ici, je suis forcée de faire revenir Goudeket pour 48 h. ou 3 jours, à cause de l'arrivée en bateau de

1. Solange Bussi.
2. Yves Mirande, homme de cinéma, il tournait à ce moment-là deux sketches de Rip : *Un joli succès* et *Le Mille-pattes*, avec Marguerite Moreno.

Chiris, car ils ont en vue une affaire ensemble et avec moi, et le temps presse. Goudeket arrivera demain. Partirai-je en voiture avec lui ? Je n'en sais encore rien. Chérie, je t'embrasse comme je t'aime et je t'aime de tout mon cœur

Colette

G. Patat sera à Paris le 7.

[Début septembre 1931]

La Treille Muscate
Route des Cannebiers
Saint-Tropez Var

Vendredi

Chérie, je vais être forcée de rentrer dans peu de jours. Il me faut essayer, — au moins sur le papier, en projet — cette affaire de « produits de luxe et beauté », — on verra...

Je ne sais pas encore si je prends le train. Pour cette même affaire, Goudeket a été obligé de revenir ici 48 heures après son arrivée à Paris, afin de rencontrer Chiris qui passait, sur son bateau, une semaine à St. Tropez. Mais je serai à Paris à la fin de la semaine prochaine. Et dire que je n'ai pas fini mon livre[1] ! C'est une désolation.

Voici venir les orages de septembre, étrangement fidèles au rendez-vous, à la même date, chaque année ! Orage du matin, toujours entre 9 heures et

---

1. *Prisons et paradis*.

midi. Ils font tort au bain, mais favorisent le brûlage des tas d'herbes arrachées par mes soins.

Je t'embrasse, chérie, de tout mon cœur tendrement

Colette

[Septembre 1931[1]]

La Treille Muscate
Saint-Tropez

A peine venais-je de t'écrire, mon chéri, que je me cassais la jambe (fracture simple du péroné, et fracture en biseau, la meilleure, — je suis si difficile !) [...] J'ai hurlé jusqu'à ce que j'aie à peu près perdu connaissance, et puis on m'a emportée dans une voiture [...] Il y a toujours un côté comique dans les grands cataclysmes : Maurice [Goudeket] qui tournait la voiture pour rentrer des Salins, m'entend crier, me voit me rouler, d'émotion, il met la Ford dans le fossé ! La gentille Moune [Hélène Jourdan-Morhange] m'a soignée jusqu'à oublier de monter déjeuner chez elle, alors Luc [Luc-Albert Moreau] vient la chercher. Il apprend l'accident : d'émotion, il met la Fiat dans le fossé ! Un peu plus, on manquait de fossés pour loger toutes les voitures de nos amis.

1. Lettre de Colette à Colette de Jouvenel, exposée à la Bibliothèque nationale en 1973 (catalogue n° 474).

Hôtel Royal Condé
10, rue de Condé
Paris (VIe)
Téléph. Littré 89-77
Télégr. Condéotel - 6 - Paris
Direction

Maman chérie,
Je t'en supplie, soigne-toi bien, j'ai trouvé ta lettre en rentrant ce soir, et suis, malgré tout un peu affolée, et même très. Es-tu sûre que tu ne veuilles pas de moi, je pourrais peut-être être utile. Sinon je voudrais être sûre que cela n'est pas plus sérieux que tu ne le dis. Comment as-tu pu te casser la jambe à pied[1]? Tu n'as pas eu d'accident de voiture au moins? J'espère que tu ne souffres pas trop. Pourvu que ton repos de St Tropez ne soit pas détruit par cet accident. Tu ne peux pas savoir comme je voudrais être auprès de toi. Je suis sûre que tu es bien soignée puisque Moune et Maurice sont là-bas. Si tu n'es pas trop fatiguée, peux-tu m'écrire un mot pour me dire que tu vas mieux. Et que tu n'as pas trop mal?

Tu ne peux pas t'imaginer à quel point j'ai envie de prendre la voiture et d'aller te rejoindre. Tu ne veux vraiment pas de moi maintenant? Ne viens pas à Paris avant de pouvoir parfaitement supporter le voyage, je t'en prie.

---

1. Colette se fracture le péroné le 5 septembre en tombant dans une tranchée, elle écrit à Moreno le 6 septembre : « Un voisin a creusé, au bord d'une petite route, de petites tranchées étroites et bien profondes, — peut-être par simple malignité ? — logiquement j'aurais dû me rompre la cuisse. Mais quelle douleur ! On m'a emportée, voiture d'ambulance, hôpital, radiographie, et plâtre... »

Maman chérie, je t'embrasse avec toute mon adoration.

Colette

[Vers le 6 septembre 1931]

La Treille Muscate
Route des Cannebiers
Saint-Tropez Var

Lundi

Un petit mot, chérie, pour te dire que je vais bien. Ce qui dépasse de mon pied devient noir comme le derrière du diable, à cause de la torsion des tissus, paraît-il. Je tâche d'être patiente, et j'espère la prochaine radioscopie, — dans huit jours — à travers le plâtre. Tous nos amis et voisins sont charmants et discrets, et je suis bien soignée. Tu n'as aucune inquiétude à avoir. Travaille sans penser à moi, sauf pour dire de temps à temps en toi-même, et avec force : « m... pour Giraud ! » car c'est lui qui a creusé les nouveaux fossés pour rendre le tournant des Salins impraticable aux voitures ! Hier Luc-Albert nous a dit qu'en quatre ou cinq jours, depuis le creusage des fossés, six voitures y sont tombées. Terrible homme que ce jovial Giraud, allégrement occupé à nuire ! Je t'embrasse, ma chérie, de tout mon cœur

Colette

Le Dr Frichemant vient de rogner les bords de mon plâtre, qui me mettaient au supplice, bien inutilement. Je dormirai certainement comme un pape, ma jambe est plus à l'aise.

272

La Treille Muscate
Route des Cannebiers
Saint-Tropez Var

Chérie,

Rien à signaler. Je vais bien. Je désenfle, et je commence à flotter dans ma guêtre de plâtre, on va devoir la rebourrer avec de la gaze et du coton pour empêcher les chocs et les déformations. As-tu vu Mirande ? Quoi de nouveau pour le proche avenir, octobre, novembre, etc ? Peu de choses m'intéressent autant, tu le sais.

Missy[1] m'écrit qu'elle t'a rencontrée, et que tu t'inquiètes de moi, il ne faut pas t'inquiéter, chérie. J'entre dans le moment le plus difficile d'une fracture en voie de réparation. C'est-à-dire le temps où l'on ne souffre pas et où il faut une longue patience. Lundi on m'accordera sans doute une radioscopie. Après quelques jours d'exécrables bourrasques, voici une journée douce et silencieuse. Figure-toi qu'un malheur n'arrivant jamais seul, Vera, avant-hier soir, manque une marche de son escalier, tombe et s'arrache les ligaments du pied gauche. On a été inquiets, mais ce matin elle va mieux. La Moune fait la navette, comme une abeille. Chérie, à bientôt j'espère. Si tu peux m'écrire un mot de ce que tu fais, je serai contente, je t'embrasse de tout mon cœur, ma chérie

Colette

1. La marquise de Belbeuf, amie de Colette.

273

[Le 14 ou 15 septembre 1931]

La Treille Muscate
Route des Cannebiers
Saint-Tropez Var

Ma chérie, tout va de mieux en mieux. On m'a portée à la radio avant-hier à l'hôpital, j'ai un cal osseux déjà dessiné : en neuf jours, on ne peut pas aller plus vite. Comme je souffrais beaucoup du plâtre, le Dr Frichemant a pris hier une initiative hardie, et que je trouve intelligente, il l'a enlevé. Si tu avais vu la scène, tu aurais ri autant que moi. Un épisode de film « Les Supplices de l'Inquisition ». Le manchon de plâtre était d'une solidité inattaquable, les instruments spéciaux ont échoué contre lui. Et le docteur l'a attaqué à l'aide de... un couteau de chasse à manche de bois de cerf et mes trois sécateurs ! Quand le manchon a été fendu, il fallait encore l'ouvrir assez pour qu'on en tirât sans choc une jambe. Pauline d'un côté, Frichemant de l'autre, chacun tirant et suant, pendant que je tenais ma jambe ont réussi à l'entrebâiller assez, après combien d'efforts ! Car il s'agit de plâtre sur gazes, et la gaze empêche qu'on coupe le plâtre comme un œuf de Pâques en sucre.

A présent je suis pleine de fierté, et d'appréhension car ma sécurité dépend de moi, je n'ai plus qu'un étrier amovible (non, je ne sais pas le dessiner) et des velpeau. S'il y a des places dans le train, je m'y fais porter lundi ou mardi, et j'achèverai mon recollage plus commodément à Paris. Tout le monde est charmant avec moi, mais songe que nous n'avons plus ni voitures, ni voiturier passant. Maurice a emmené la Ford, et Julio[1] la Mathis. Moune est inlassable, elle vient deux fois par jour avec sa Fiat. Enfin je rentre, tu vois, incessamment. Segonzac a promis qu'il me reconduirait à St. Raphaël, on me charge comme un gros colis et je ne bouge plus. Et la chatte va accoucher dans le train, bien entendu.

Je t'embrasse, chérie, comme je t'aime. Es-tu bien portante ? Es-tu contente ? Je serai ravie de le savoir avant mon départ

Colette

[1931]

La Treille Muscate
Route des Cannebiers
Saint-Tropez Var

Chérie, Germaine[2] est venue déjeuner ce matin, et nous avons longuement bavardé ! Je retiens surtout qu'elle m'a parlé de toi, toujours affectueusement et lucidement. Tu devais, paraît-il, téléphoner à Mr. G. Duvernois[3], au sujet de Mirande, qui te réclamerait pour un film de lui, à la Paramount. Il n'est pas possible que tu ne sois pas intéressée par une proposition comme celle-là[4]. Et Mirande a une situation en Amérique. Je sais bien, chérie, que tu manques de temps, mais il faut en trouver, ne fût-ce que pour

1. Julio Van der Henst.
2. Germaine Patat.
3. Il s'agit de Georges Duvernoy, 19 rue d'Anjou à Paris, selon une enveloppe ainsi libellée plus tard, par Colette, où l'on constate qu'elle a rectifié l'orthographe du nom en surajoutant un y.
4. Colette écrit à Moreno le 5 septembre : « As-tu rencontré ma fille dans un studio ou ailleurs... ? » (Voir aussi note 2, p. 264).

répondre. Je ne crois pas me tromper. Et pense aussi à la question argent, Mirande t'assurerait le double de ce que tu as.

Chérie, je t'embrasse de tout mon cœur

Colette

Hôtel Claridge
Paris

Où donc es-tu [1], ma petite fille ? Et comment se fait-il que tu me dises, simplement : « Je vais chez des amis ? » As-tu honte d'eux, que tu ne me les nommes pas ? Sont-ils indignes de toi ? Ou bien perds-tu le sens des plus élémentaires limites de la liberté qu'on te laisse ? Ne pas me dire où tu vas quand tu quittes Paris, est-ce honorable ? S'il m'arrivait n'importe quoi... où te préviendrait-on ? J'ai dîné hier soir avec un homme influent de la Goldwyn je ne sais quoi, il faut prendre rendez-vous avec lui. En outre, j'ai une lettre assez intéressante de Bertrand [2], en route pour Hollywood, et qui met beaucoup d'insistance à t'avoir là-bas. Viens me voir. Je t'embrasse, chérie. Ne perds pas de temps.

Colette

1. Colette écrit à Germaine Patat : « Comment vous étiez toutes les deux à Saint-Jean-de-Braye ? Ma fille — cela ne vous étonnera pas — ne me l'avait pas dit. Elle m'avait envoyé, ici avec trois paires de bas que je lui avais demandé d'acheter pour moi, un mot très court... "chez des amis". »
2. « Je m'embarquais à la fin de septembre 1931... » écrit Bertrand de Jouvenel dans *Un voyageur dans le siècle*.

[Automne 1931]

Claridge

Chérie,

Enfin j'ai une lettre de toi[1]. Je te traitais déjà de fille dénaturée : pas un mot depuis le Midi, sauf les télégrammes obligatoires ! FI. Et même pouah.

Ceci réglé, je suis enchantée de la vie que tu mènes, vendanges et foins. Tu fais des provisions de soleil et d'énergie pour l'hiver, je pense. Et Germaine et moi, en déjeunant avant-hier, qui te voyions déjà dans une geôle riante, mais un peu déserte ! Je rengaine ma compassion. Soigne ton domaine qui embellit, et reviens quand ton père le décidera. Germaine m'a promis qu'elle te ferait une visite bientôt.

Ici rien de nouveau, sinon la pluie de billets de théâtre pour des 1re, 2e représentations. Mais je n'oublie pas que la revue de Paris est sérieuse. Le Grand-Guignol peut faire entendre sa voix de sirène, il ne m'aura pas. Mais Halleluiah m'aura sans doute, je ne sais quel soir. Paris, sec et poussiéreux jusqu'à ce matin, se met à être mouillé, sombre et collant. Mais vive la pluie : tes terres, ô ma fille, ont besoin de pluie pour les labours, après la vendange. Si ton père traverse Castel-Novel « en vision d'épouvante », dis-lui que j'ai chargé (mon Dieu, oui, simplement) Daniel Dreyfus de choisir, pour le remploi de tes fonds liquides, des nominatives de tout repos. Je ne m'occupe pas souvent de finances, mais quand je m'en occupe,

1. Il se peut que Petite Colette soit à ce moment-là en Limousin car Colette écrit à Hélène Picard : « Ma fille est chez son père. Elle court seule les routes dans sa voiture, conduit admirablement, couvre cinq cents kilomètres entre le déjeuner et le dîner. Elle est charmante avec moi. »

je fais grouiller les milliardaires. Ne confonds pas : Daniel et non pas Louis-Louis.

Ma conférence, pour Berlin, me gâte les jours et les nuits. Je crois que j'aimerais encore mieux écrire un roman.

Nous avons encore parlé, Germaine et moi, de ton voyage en Amérique. Il s'annonce très bien. Je voudrais que tout, pour toi, s'annonce et se réalise le mieux du monde, chérie.

Je t'embrasse de tout mon cœur. La Chatte est à sa place sur le bureau, Souci dans son petit fauteuil, le Titoup noir Dieu sait où. Rien ne change, sinon moi-même. Et encore !... Tendresses, chérie.

Colette

Hôtel Claridge
Paris

Chérie, nos lettres se sont croisées, j'ai reçu ta petite courte lettre ce matin. Tu sais où habite Mirande ? Au Claridge. Je l'ai vu ce matin. Il m'a dit que si tu le voulais, il te prendrait à la Paramount. Je t'en informe tout de suite. Si tu n'as rien de mieux...

Tendresses, ma chérie, et à bientôt

Colette

Claridge
Champs-Elysées

Chérie, on me téléphone de la part de Joséphine Baker[1] qu'il y aura une loge demain soir mardi pour moi au Casino. Tu penses si je t'invite ! On ne s'habille pas beaucoup, naturellement. Ton manteau nouèr et le petit truc avec de l'astrakan sur la tête, ce sera bien. Je n'invite pas Renaud, faute de place, car j'emmène les Luc-Albert[2]. J'espère que malgré l'adipeux M. de Bassompierre, on tiendra. Je repose ma jambe en travaillant étendue et je t'embrasse tendrement, chérie

Colette

Viens de bonne heure, on remplacera le dîner par un chocolat consistant, ou je ne sais quels sandwiches.

1. Le spectacle de Joséphine Baker « Paris qui remue » (1930-1931) s'est donné à partir du 26 septembre 1930 et a dû reprendre à l'automne suivant.
2. Luc-Albert Moreau.

1932

Chérie, trouve le temps, si tu ne l'as fait déjà, de remercier Luc-Albert. Tu sais qu'il est sensible, et son cadeau est charmant. Déjà il m'a demandé si tu étais contente : j'ai « traduit » qu'il s'étonnait de n'avoir pas reçu de toi-même la nouvelle de ton contentement. Vite, chérie. Trois mots et n'importe lesquels, mais ne remets pas à demain.

15, rue du Cherche Midi.

Pas de nouvelles de Philippe. Je travaille en tâtonnant, mal équilibrée dans ce travail neuf[1]. Et j'ai dû travailler au magasin.

Je t'embrasse tendrement, chérie

Colette

Est-ce vrai, chérie, que tu n'as pas encore écrit à Luc-Albert pour le remercier ? Le généreux garçon, qui est si sensible ! Comment peux-tu ? Vite, voyons !

Colette

---

1. Colette prépare son institut de beauté, 6 rue de Miromesnil.

[Janvier-février 1932]

Claridge
Champs-Elysées

Chérie, écris, écris à Mme Abric ou à Jacquot ! J'ai reçu une lettre de Jacquot. J'y réponds. Ne me laisse pas ce tourment, ton ingratitude, ton indifférence. Ne pense pas, en écrivant à Mme Abric, à ce que tu éprouves pour elle, pense à ce que tu dois. N'écarte pas toujours de toi « le sujet embêtant ».

Tu as laissé un petit paquet de pellicules et photos. Viens les prendre ? J'aurai besoin de toi, un jour, la semaine prochaine, pour amener de St. Germain à Paris Hélène Picard. Germaine Patat n'a pas de voiture, — je ne peux pas lui envoyer la Ford avec Maurice Goudeket, il n'a pas le temps.

Et Germaine Patat, t'es-tu manifestée à elle ?

Conférence de trois heures, aujourd'hui, pour les flaconnages couleurs, boîtes, tubes, etc etc etc Ouf ! Et ce n'est pas décisif, il s'en faut. Baccarat hors de prix, — on explore les meilleurs cartonniers [1], surtout ceux qui sont raisonnables. Je t'embrasse, chérie, comme je t'aime

Colette

---

1. Colette travaille à la présentation de ses produits de beauté. Elle écrit à Marguerite Moreno le 19 février 1932 : « Nous travaillons beaucoup, l'usine nous voit souvent. »

Hôtel Claridge
Paris

Chérie, j'ai vu Mirande ce soir, comme il rentrait.
La Paramount est fermée jusqu'au 15 février. Mais le
15 février tu y entres avec Mirande, il m'en a donné
l'assurance catégorique. Munie de ce renseignement,
tu ferais bien de chercher du travail, — si c'est trouvable ! — qui t'occuperait jusque-là et te mettrait un
peu d'argent en poche. Et puis ce n'est pas une vie
pour toi que de traîner trois mois inoccupée. Je te le
dis tout de suite pour que tu regardes autour de toi.

J'étais invitée à déjeuner à St. Lambert. Ce St.
Lambert remplaçait un déjeuner sur l'herbe, qui eût
pu nous mouiller un peu trop le séant.

Je t'embrasse, chérie. Tu ressembles dans ton grand
manteau, à un cocher russe d'avant les révolutions,
— en plus joli, en moins barbu, et en plus propre !

Je suis ta mère monopode et solipède.

Colette

[Début mars 1932]

Claridge
Champs-Elysées

Chérie, tu seras sans doute contente de savoir que
j'ai vu Mirande. La reprise du travail Paramount est
assurée, Mirande dit qu'il te prendra avec lui. Il a
même ajouté : « Veux-tu que je l'emmène en Amérique[1] ? J'y vais bientôt. » Tout cela est à voir...

1. Colette écrit à Germaine Patat : « Ma fille est sur les dents.
Elle passe des examens pour le dubbing (?) (traduction des films
parlants d'anglais en français — Traduction telle qu'elle ne doit

282

J'ai vu chez Lelong, (en bas, boutique de gauche) de si jolis petits sweaters « jeunes » que je t'ouvre un crédit pour en choisir un. Tu es annoncée, la vendeuse est très gentille. Il y en a un bleu avec manches et col rond blancs en shetland, tellement aimable que j'ai faille (sic) te le prendre, mais... ! n'oublions pas que les parents ne doivent jamais construire pour les enfants, — même pas en shetland !

Je te quitte pour cause de téléphons multiples, — téléphon rime à typhon. Je suis debout depuis... et j'ai travaillé au sous-titrage[1] jusqu'à 2 h. du matin. Je t'embrasse, chérie. Viens chercher un petit billet de Pâques[2] !

Colette

[Avril 1932]

Hôtel Claridge
Paris

Tu n'es pas malade, ma chérie ? Partie pour la campagne ? J'ai depuis 4 jours un zona[3] nerveux qui me fait très mal, (épaule une partie du dos, l'aisselle). Et quand on pense que ça provient d'une intoxication intestinale, on est tout épaté ! Ne perds pas cette carte. Grâce à l'obligeance de Linzeler et de son amie, nous voilà, toi z'et moi, membres d'un Club qui retient, tous les lundis, de 8 à 10 heures du soir, le

---

presque pas changer le mouvement des lèvres...) Car elle vise, de loin, un départ possible pour l'Amérique... »
    1. Sous-titrage du film allemand *Jeunes Filles en uniforme*.
    2. Pâques : 27 mars 1932.
    3. Mi-avril, Colette écrit à Hélène Picard : « Aujourd'hui est le seizième jour de mon zona. Un zona énorme. »

Lido, l'eau renouvelée, etc. On ne dîne pas et on mange après. Ce soir il n'est pas question pour moi d'y aller. Mais il me semble que cela te sera agréable, la belle saison venant. Et on est très peu nombreux. Si tu es encore là viens me voir. Pas de nouvelles de Mirande. Je t'embrasse, ma chérie, de tout mon cœur,

Colette

[*Pneumatique adressé à « Mademoiselle Colette de Jouvenel, 6 rue Férou ».*]

19 avril 1932

Claridge's Hotel
Avenue des Champs-Elysées

Chérie, Pierre Curral[1] m'a téléphoné hier soir après ton départ. Il t'invite à voir passer un film à l'Intran cet après-midi à 5h.1/2 ou 6 heures moins un quart. Si tu y vas demande M. Curral, dis que tu as un rendez-vous. Mais ne sois pas en retard au dîner Abric, tu dois pouvoir faire les deux. Je t'embrasse tendrement, chérie,

Colette

---

1. Journaliste à *L'Intransigeant*.

[1932]

Claridge
Champs-Elysées

Chérie, c'est encore moi. Jean de Limur, au téléphone, me dit qu'il t'a écrit pour prendre rendez-vous
avec toi à partir de lundi — ou bien j'ai mal compris ?
En tout cas je t'envoie ce mot pour te prévenir, car
sa lettre aurait pu ne pas te suivre ou ne pas t'atteindre à temps. Il habite l'Hôtel Royal Monceau, avenue
Hoche, Carnot 78.00.

Journée fatigante de rendez-vous inévitables[1]... Je
t'embrasse, chérie, de tout mon cœur

Colette

[Mai 1932]

Hôtel Claridge
Paris

Chérie, je ne sais plus ce que tu deviens. D'ailleurs
je ne sais même plus ce que je deviens[2]. <u>Il faut</u> ouvrir
le 1er Juin et le magasin a l'air d'un tremblement de
terre aux îles Sandwich. Voici des cartes. Propulse-
les autour de toi. Je n'ai pas pu aller voir Renaud[3].
Ni Claude Farrère, d'ailleurs. On a déjà vendu un
peu — avant la lettre si j'ose écrire ! Je quitte un
spécialiste des « rouges » et j'ai des mains comme

1. Pour l'installation du magasin.
2. C'est juste avant l'ouverture de l'institut de beauté, le 1er juin
1932.
3. Renaud de Jouvenel s'est fracturé le genou.

285

toutes ces dames ont les lèvres. Quelle existence. Je t'embrasse, chérie, tâche que je te voie un peu !

Colette

[Après le 8 juin 1932]

Hôtel Claridge
Paris

Chérie, Valentin Mandelstamm me remet ceci pour toi. C'est tout ce qu'il remet.

Je t'écris vite et peu, avant de partir pour le gala de l'Atlantide[1]. J'avoue que je suis un peu fatiguée. Hier, on a eu une présentation interne du film à l'Intran. Film presque muet, quelle chance ! Le rôle de B. Helm tient en vingt mots. Mais des paysages !... J'ai fait la connaissance de B. Pabst et je lui ai parlé de toi. Il dit qu'il est persuadé qu'on peut arranger quelque chose. Comme il repart, rien ne presse, mais nous n'allons pas le lâcher. Je file, mon trésor. Repose-toi bien, repose ta peau et tes nerfs. Je t'embrasse de tout mon cœur, chérie, tu as vu Vu[2] ?

Colette

1. Il y eut un premier *Atlantide* en 1921 (film muet de Jacques Feyder), puis celui de Pabst en 1932.
2. Colette fait la couverture du journal *Vu* du 8 juin 1932. La légende indique : « Colette, soins de beauté. » Colette est photographiée avec sa fille qu'elle maquille — Natalie Clifford-Barney décrit dans ses *Souvenirs indiscrets* la transformation de la petite : « A peine reconnaissable sous des fards rose-canaille et bleu-de-meurtrissure, mal distribués sur ses jolies joues aux pommettes hautes et sur ses jeunes paupières. Ce maquillage la faisait ressembler à une fille plutôt qu'à la jeune fille un peu farouche qu'elle était. » Il est amusant de rappeler ici les conseils de Colette : voir note 2 p. 251 et 263.

[Juin 1932]

Hôtel Claridge
Paris

Chérie, je n'ai guère le temps, tu vois, de t'écrire.
Au moins, toi, récris-moi. Le magasin marche assez
gentiment, mais nous allons, naturellement, renoncer à notre « exclusivité » dans peu de jours, pour les
magasins et peut-être grands coiffeurs. J'ai déjà des
clientes fidèles, des maniaques du « produit » qui
achètent tout et reviennent le lendemain chercher le
reste.

Comment es-tu ? Réussis-tu à fumer moins, chérie ? Dis-toi bien que tu n'as pas, innée, une volonté
qui te permette d'en user librement avec le tabac.
Etant donné ce que tu as consommé de tabac depuis
ta 14e année, ta seule ressource actuellement est la
volonté passive, c'est-à-dire te fixer un nombre de
cigarettes et ne pas le dépasser. La privation totale...
j'en doute. Tu as trop fumé pour la supporter
d'emblée. Si les fumeurs pouvaient savoir, au début,
la place que le tabac tiendra dans leur vie, ils ne
fumeraient pas. Je t'envoie cette gentille lettre de
Germaine. Ne lui dis pas que je t'ai envoyé sa lettre,
mais remercie-la, de là-bas. N'oublie pas, chérie.

Nous avons chaud en ce moment. Mais il fait frais
au magasin. J'ai quatre soirs pour préparer un
volume d'inédits, volume dans lequel entreront les
textes du Segonzac et du Jouve (Gonin). Je l'appelle
Prisons et Paradis[1]. J'y ajoute des chroniques judi-
ciaires sur Landru et sur Mme Guillotin, et des etc...

Chérie, je m'en vais à mon magasin. Ecris-moi une

1. Le texte paraîtra en novembre 1932.

lettre pleine de campagne. Daniel Dreyfus m'a donné une pièce de chintz anglais glacé très jolie, pour le Pavillon[1]. Je t'embrasse, mon trésor. Soigne ta santé, ta jeunesse, ton sommeil, et, promène-toi sur tes pattes de derrière, sans roues

Colette

[Juin 1932]

Castel-Novel
Tél. : N° 1 Varetz (Corrèze)

Maman chérie,

Alors dès que l'exclusivité va cesser, tu vas enfin te reposer ? Ce « Prisons et Paradis » et cette pièce que tu vas faire, mais c'est tuant tout cela ! Maman, sois « raisonnable » je t'en prie, quand est-ce que tu quittes Paris ? J'ai bien peur que tout ce que tu projettes et ce que tu as en train te garde dans un Paris étouffant plus longtemps que d'habitude. Est-ce que tu ne pourrais pas prendre seulement 15 jours de repos au Pavillon, s'il est prêt ?

Sois tranquille pour moi, la quantité de cigarettes que je fume a bien diminué, et avec tant de facilité que j'en suis moi-même un peu étonnée. Et je fais beaucoup de kilomètres sans l'aide d'aucune roue et je me réveille même, avec une inconscience parfaite vers 5h 1/2 du matin, avant les domestiques, sans savoir qu'il est cette heure-là et je ne comprends pas comment il se fait que personne ne soit levé à 8 heures, car mon réveil a la curieuse habitude de s'arrêter le soir, vers cette heure-là.

Le temps magnifique s'est changé, depuis quelques

1. Propriété de Daniel Dreyfus.

jours, en orages fréquents et pluies. Il s'annonce en ce moment un de ces orages secs avec vent comme la Corrèze sait en avoir. Toute la journée sera perdue et mes jeunes mariés[1] arrivent ce soir.

Je vais te faire envoyer des fraises, elles seront un peu salies par la pluie mais bonnes tout de même. Le verger et le potager en sont pleins et cela sent horriblement bon. Dans 15 jours, les cerises seront mûres, dans 15 jours seulement parce que tous les fruits sont en retard ici cette année.

Maman chérie, la lettre de Germaine dont tu m'as parlé, tu as dû oublier de la mettre dans l'enveloppe, car je ne l'ai pas reçue.

Quand « Prisons et Paradis » (quel magnifique titre) sortira-t-il ? Ce ne sera pas un tirage limité ?

J'ai maquillé hier à Brive la femme qui en avait envie. Entre « avant » et « après », il y avait une rude différence. Elle se mettait du bleu sur les paupières, alors qu'elle a les yeux marron, elle se servait d'horribles produits Antoine (la poudre notamment paraît pleine de grains de sable quand on en mange). Elle est de cette espèce de femmes à qui on peut faire acheter tous les produits de beauté de la terre pourvu qu'il y ait un certain snobisme autour de la marque. Naturellement, elle se servait de « Mousse » pour faire tenir la poudre. Alors j'ai pris un air extrêmement important et compétent et je lui ai fait un long discours sur « ce qu'il faut faire et ce qu'il ne faut pas faire » en me bornant simplement à répéter ce que je t'ai toujours entendue dire.

Elle était enchantée du résultat de son nouveau maquillage et sa reconnaissance m'a donné l'impression que je venais de lui sauver la vie.

---

1. Serait-ce une façon d'appeler son père et sa nouvelle femme, Germaine ?

« Dans son trouble... », je lui ai extirpé une commande que voici :

1 rouge gras fond de teint « capucine » (elle est blonde)

1 tube (moyen) de démaquillage

1 flacon (moyen) d'Eau couleur de rose

et 1 tube (moyen) de « Je nourris »

ah mais ! Ce n'est pas si mal pour un début à Brive.

Je ne sais pas son adresse et son nom est quelque chose comme Mme Payès. Doit-on m'envoyer cela à moi <u>avec la facture</u> pour que je puisse lui arracher l'argent, ou dois-je m'informer de son adresse pour que la « Société Colette », lui envoie cela contre remboursement ?

Il faudrait aussi lui envoyer un catalogue, car je sais qu'elle ne s'en tiendra pas là de ses achats : elle est déchaînée.

Est ce que je peux aussi faire une commande, plus modeste ?

1 gros tube de démaquillage

1 pot de crème froide

1 flacon d'eau couleur d'abricot.

Le démaquillage est très bien contre les coups de soleil. Je suis déjà très nouère.

L'orage est momentanément calmé, il n'a pas éclairci le ciel, il était donc parfaitement inutile et je sens que d'autres orages plus sérieux vont viendre.

Maman chérie, je vais t'ennuyer avec ces commandes, j'aurais dû écrire directement au magasin, mais à qui ? M. Rozens [1] ? M. Goudeket ? ou simplement Société Colette ? Mais tu pourras je pense simplement donner la liste à l'une de ces trois personnes ?

Maman chérie, surtout fais attention à ta santé, ta

1. Edmond Rosens, parfumeur.

résistance. Ne fais pas de surmenage. Vois Moreau[1] de temps en temps. Je t'embrasse, je t'embrasse. Et encore une foués et beaucoup d'autres.

Ta fille
Colette

[Première quinzaine de juillet 1932]

Claridge
Champs-Elysées

Chérie, j'ai été contente d'avoir une longue lettre. Non, le téléphone n'est pas employable entre nous ! Ta pauvre petite voix qui cherche à traverser des blocs de bruits ! Tu es étrangement sculpturale, sur cette photographie. Le « Bacchus aux groseilles » ! Moi aussi, j'ai pris, dimanche, une cuite de fraises, chez Sextia. Les Luc-Albert sont partis pour Honfleur, puis pour St. Tropez en août.

Sais-tu qui j'ai trouvé au magasin m'attendant, à 3 heures. Iza de Comminges et... Renaud ! Je n'en revenais pas. Il était bien, l'œil malicieux, appuyé seulement sur une canne, il attend quelques... meubles pour sa mâchoire. Et il a fait l'idiot sur une jambe, en sortant, pour faire un scandale dans le quartier ! je crois qu'une fois remeublé, il sera très bien. Quelle chance !

Je ne crois pas qu'il y ait de vipères là-bas, chérie. Si tu vois une grosse couleuvre, apporte-lui du lait dans une soucoupe. Et gratte-lui le dessus de la tête. Les parents sont des amours s'ils achètent des maisons en Provence. Songe comme ça nous sera com-

---

1. Le médecin de Colette.

mode ! Mme Saglio me dit que ce n'est pas <u>une</u> maison qu'ils vont acheter, mais deux.

Une journée terrible. Sept maquillages. Demain au moins autant. Hier soir j'ai parlé au Faubourg sur « La beauté et le maquillage » dans une salle (Wagram) où 3.000 personnes entretenaient une chaleur mortelle. Gros succès. Tant mieux pour ma petite boîte. D'ailleurs, je me r'entraîne bien, et je suis moins fatiguée qu'il y a deux mois. « L'ordre et la marche », probables, pour mes vacances, s'annoncent « comme suit » (ah ! ces commerçants !). Peut-être Maurice me conduira-t-il, dans la loyale Ford, passer cinq jours à Costaérès (les Marchand) du 13 au 17, en considérant que j'ai bien gagné mon « pont » du 14 juillet. Puis, entre le 20 et le 25, — date encore incertaine, — je serai obligée d'aller à St. Tropez, pour y installer, chez Souhart, ma petite succursale de St-Tropez, puis j'irai visiter nos dépôts de Juan-les-Pins et aultres lieux **de Provence. Si tu** devais capferrater[1] vers ces époques, ce ne serait pas idiot ! Emmènerais-tu ta voiture ? Si oui, tu viens me prendre à St. Tropez, et tu me mènes vouère mes dépositaires ! Je te paye l'essence, l'huile, la citronnade, l'aïoli, — et la poudre.

Non, non, les fraises ne sont pas arrivées en bon état ! Pas de folles entreprises ! l'homme du chemin de fer, voyant tomber des gouttes sanguinolentes sur son chemin, portait le panier avec horreur, et croyait prêter son honnête main à un transfert d'enfant, genre Lindbergh en plus jeune. Je t'embrasse, chérie, de tout mon cœur. Je t'aurais sûrement accompagnée chez les comédiens ambulants ! Renaud disait qu'avant 15 jours, il serait à Castel-Novel ?

1. Aller dans la propriété des Louis-Dreyfus, au Cap-Ferrat.

1. 1917, Henry de Jouvenel est délégué de la France à la Commission de la Triple-Entente à Rome. Colette l'accompagne et travaille à la rédaction des *Heures Longues*.

2. Colette de Jouvenel est née le 3 juillet 1913. « Je travaillais à la dernière partie de *L'Entrave*, le roman et l'enfant me couraient sus... L'enfant manifesta qu'il arrivait le premier et je vissais le capuchon du stylo. La suite c'est la contemplation d'une personne nouvelle qui est entrée dans la maison sans venir du dehors. »

3. Castel-Novel, en Corrèze, propriété des Jouvenel.

4. « Elle se contenta d'une sobre et pratique layette anglaise, sans valenciennes froncées, sans nids d'abeilles... »

5. « Bel-Gazou, fruit de la terre limousine ! Quatre étés, trois hivers l'ont peinte aux couleurs de ce pays... "Pétits, pétits, pétits, glapit Bel-Gazou. Eh ! les povres pétits" et un moment elle est environnée de poules, becquetée de pintades... »

5

6

6. Bel-Gazou
chez le
photographe,
dans la pose
classique
de l'époque.

7. À Rozven, près
de Saint-Malo.
« Elle parade
pour moi – ah
comme je suis
vite éblouie ! »

7

8. Bel-Gazou sur la balustrade à Castel-Novel. « Elle est sombre et vernissée comme une pomme d'octobre, comme une jarre de terre cuite, coiffée d'une courte et raide chevelure en soie de maïs et dans ses yeux, ni verts, ni gris, ni marron, joue marron vert et gris, le reflet de la châtaigne, du tronc argenté, de la source ombragée. »

9. En Bretagne, sur la terrasse de Rozven. Colette entre sa fille et son beau-fils Bertrand.

10. Quelques habitués des étés à Rozven : de gauche à droite : Germaine Carco, Bertrand de Jouvenel, Germaine Beaumont, Hélène Picard, Colette et sa fille.

11-12. Précieuses photos de Castel-Novel pour l'enfant qui écrit : « J'aime la carte où il y a toi, Gamelle et moi sur les escaliers et encore Papa et moi sur le perron. »

13

14

13. Bel-Gazou en
séjour chez des amis
écrit : « J'espère
que ces voyages
et ce travail ne te
fatiguent pas trop…
Je t'envoie aussi des
photos faites avec
mon appareil…
Ici on se baigne peu,
bien qu'il fasse assez

beau. Je n'oublierai
pas de faire mes
remerciements. »

14. Photo de classe
traditionnelle : Petite
Colette est assise
par terre au premier
rang, en deuxième
position en partant
de la gauche.

15. « Trait pour trait
la figure de Sidi »,
écrit Colette à
Moreno en
comparant la petite
Colette à son père
Henry de Jouvenel,
qu'elle appelait
ainsi pour son allure
de grand seigneur.

16

16 à 22. Le 5 février 1931 *Paris-Midi* annonce que « Bel-Gazou, la fille de Colette, va faire ses débuts au cinéma ». Elle fut l'assistante de Solange Bussi pour *La Vagabonde* (1931), de Marc Allégret pour le *Lac aux Dames* (1934), de Max Ophuls pour *Divine* (1936). Elle est enchantée de ce rôle et se donne à fond dans cette activité,

19

17

20

18

21

comme l'écrit Colette à Marguerite Moreno : « Ma fille, à Paris, a commencé un film lundi, elle est ivre de cinéma et de roadster Ford… » « Ma fille est sur les dents. Elle passe des examens pour le dubbing (traduction des films parlant d'anglais en français telle qu'on ne doit presque pas changer le mouvement des lèvres) car elle vise, de loin, un départ possible pour l'Amérique. »

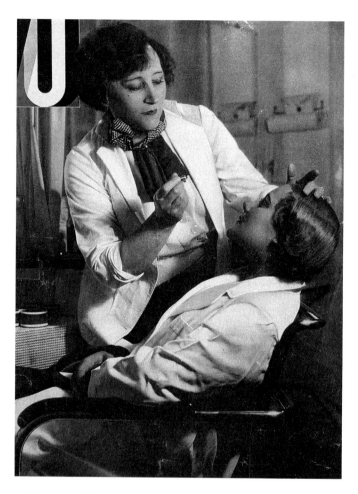

23. Colette, avec sa fille, fait la couverture du journal *Vu* du 8 juin 1932. Elle a ouvert un institut de beauté, 6, rue de Miromesnil à Paris, sur les conseils d'André Maginot.

24   25

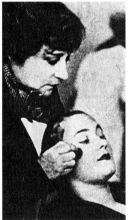

27

24. En mai 1940, à Nice, Colette et sa fille
sur la Grande-Corniche.

26

25-26. Colette, appliquant des fards sur les «jolies
joues aux pommettes hautes et sur les jeunes
paupières» de sa fille, «la faisait ressembler à
une fille plutôt qu'à la jeune fille un peu farouche
qu'elle était», raconte Natalie Clifford Barney.

27. Colette dans son magasin présente à sa fille
les produits qu'elle avait laborieusement sélectionnés
et qu'elle vendait sous sa signature.

28. « Je te remets du rouge à lèvres, je camomille les cheveux. Vivement qu'elle se marie pour avoir l'air convenable », écrit Colette à propos de sa fille.

29. Les châteaux de Curemonte en Corrèze, Saint-Hilaire et Saint-Plas (XIVᵉ-XVᵉ s.), avaient été achetés par Robert de Jouvenel en 1912. Ils étaient en ruine. Seuls les communs restaurés seront habitables pendant la guerre. Petite Colette y accueille sa mère en juin 1940. « Nous sommes dans un tombeau verdoyant où rien ne parvient », écrit-elle à Germaine Beaumont.

28

29

30

à ma fille chérie,
pour qu'elle n'aille jamais
se faire photographier
chez...
(voir au dos)

Colette

Franz Löwy

30. Le 11 août 1935 Petite Colette se marie à Castel-Novel. Elle est resplendissante au bras de son père, toute la commune en costume limousin est en liesse. Hélas, ce sera une histoire brève de trois mois à peine. Colette y assista de loin. Elle lui écrit : « Alors ? Il n'y a plus de petite Jouvenelle ? La journée est finie. »

31-32. « On dit qu'un moment vient toujours de regretter d'avoir eu des enfants très tard. Je vois bien que c'est vrai, moi qui "assiste" de si loin à toi. »

31

32

33. Colette ne quittait
plus son lit-radeau.
Elle avait fait
remplacer le panneau
de bois du bas de
fenêtre par une vitre,
pour voir le jardin à
travers la balustrade.

35

34-35. Colette de
Jouvenel devant la
collection de presse-
papiers et de flacons
en verre que sa mère
aimait tant. Elle avait
tout tenté pour faire
de l'appartement
un musée Colette.
Celui-ci existe à
présent dans l'Yonne,
à Saint-Sauveur-en-
Puisaye, où sont
conservés les meubles
et objets de sa mère.

36. Colette se prêtait
naturellement aux
séances de poses.

36

37. Colette de Jouvenel adorait l'Italie. Ici, sur la plage en Toscane chez son amie Esa de Simone avec son petit teckel noir, « La Flûte ».
À la question :
« Qu'est-ce que cela représente d'avoir une mère si célèbre ? » elle répondit simplement :
« Il faut toute une vie pour s'en remettre. »

Toutes mes tendresses, chérie. Combien veux-tu d'argent ? Peux-tu toucher un chèque ou veux-tu une lettre chargée ? Je pense qu'une lettre chargée te sera plus commode. Mr. de Bassompierre t'envoie ses séniles amitiés.

Colette

[1932]

Castel-Novel
Tél. : N° 1 Varetz (Corrèze)

Maman chérie

Je t'en prie, ne te fatigue pas trop. Quand vas-tu quitter un peu Paris pour te reposer ? Est-ce que la Bretèche sera prête ? J'ai téléphoné ce soir et Pauline m'a dit que tu avais encore travaillé toute la journée.

Déjà, une dame de Brive veut, paraît-il — je ne la connais pas — de tes produits et aussi que je la maquille. Elle pense peut-être que les talents sont héréditaires.

Castel-Novel est en plein délire de fleurs, mais pourquoi a-t-on enlevé le jasmin qui grimpait aux balustres de la terrasse ? Je demande une trêve dans les perfectionnements, bientôt on « ménagera des perspectives » dans les parcs à lapins, et pourquoi pas des « enfilades » de salons ? J'attends qu'on installe des sens uniques à la ferme pour les vaches, et des feux verts et rouges avec sonneries pour la circulation ; car si les poules et les canards se mélangeaient, comment retrouverait-on lesquels sont lesquels ? Songe, maman, qu'il y a des cactus et autres plantes rares et grasses sur le petit monticule au pied de la grande tour ! Ce petit monticule où il y avait une petite maison (raflée) et un cognassier (également défunt). Je réclame un haut-parleur pour annoncer l'heure de la traite des vaches ou de la ponte des poules[1].

Maman chérie, j'empeste divinement l'ail et l'oignon. Quel dommage que tu ne puisses pas en manger. Et pourquoi pas installer dans un coin du magasin un « stand de dégustation » d'ail et d'oignon — pour la beauté ?

J'ai, chaque jour, des nouvelles de Renaud dont la jambe persiste à ne pas vouloir bouger[2]. Mais il mange et torture sa garde, ce qui est un signe certain de santé.

Il y a ici une magnifique petite fille, fille du frère[3] d'Arlette. Elle est un démon parfait, et nourrit l'immense fils bâtard de la bas [*illisible*] de petits cailloux et de morceaux de bois qu'il mange consciencieusement.

Madame Mage, après avoir vu la photographie dans un journal, a décrété que tu n'avais absolument pas changé.

Je t'envoie la photographie que j'ai prise, d'un petit lézard qui m'a fait attendre une heure pour ne sortir qu'à moitié de son trou.

Maman chérie, j'étais bien contente d'entendre ta voix l'autre soir. Je te retéléphonerai demain. Je t'embrasse comme je t'aime, tellement

Colette

---

1. Castel-Novel subit de grandes transformations après le remariage d'Henry et de Germaine. Dans une lettre à Germaine Patat, Colette confie que sa fille est « affolée » par les transformations : « L'étable est changée en cottage normand pour servir de garage, et cent mille petits piquets fendus, plantés, indiquent les noms d'autant de fleurs... »
2. Voir note 3, p. 285.
3. Pierre Louis-Dreyfus, demi-frère d'Arlette.

[Mi-juillet 1932]

Castel-Novel
Tél. : N° 1 Varetz (Corrèze)

Maman chérie,

Le trottant, le désormais intenable Renaud me dit
que tu vas bien. Mais je bénis Costaérès et ses pauvres petits 4 jours. Merci mille et mille fois pour ta
lettre, j'étais si contente !

Je ne sais pas encore si nous capferaterons vers les
25, peut-être 2 voyages aussi près l'un de l'autre fati-
gueraient-ils trop Renaud. Car il vient dans 8 jours.
Mais je compte sur son déchaînement et son envie
féroce de Midi. Et alors je viendrai t'enlever pour la
bétite dournée te suggursales, car j'aurai ma vouétu.
Je refuserai TON essence mais j'accepterai ton aïoli.
Quant à la petite voiture, je crois qu'il est temps pour
elle de rappeler à M. Gazette Dunlop leur offre si
gentille. 25 000 km sont, paraît-il, un bon maximum
pour des pneus comme les miens, leur apparence
semble confirmer cela et les vacances sont le
moment où l'on doit le moins risquer crevaisons ou
éclatements. Si tu ne vois pas d'inconvénient à cela,
j'écrirai au monsieur si gentil de la Gazette Dunlop
pour lui demander s'il me consent toujours les
mêmes conditions. Pourras-tu m'écrire son nom, que
j'ai oublié ?

Depuis trois jours, j'attends un orage qui paraît
tout près d'éclater et qui ne veut pas se décider.
Quand il se libérera de refoulement, je pense que ce
sera un joli feu d'artifice. Mais, en attendant, quel
étouffement ! changer une zone n'est pas un travail
de forçat, et pourtant, ce matin — à l'ombre ! — je

ruisselais, au point que de grosses gouttes tombaient par terre !

Hier, sont venus déjeuner un ménage de Brive [et] leurs cinq enfants. Je suis toujours étonnée de la capacité de cris des enfants, ils peuvent hurler toute une journée sans se casser la voix et même crier plus fort à la fin de la journée qu'au début. Jouer au tennis à 6 heures du soir nous a donné si chaud que nous n'avons pas résisté à la tentation de la douche au tuyau d'arrosage. Et on me croit livrée à la plus parfaite solitude, pendant que je suis d'une effroyable mondanité. Je la hais, d'ailleurs, cette mondanité forcée pour électeurs.

L'orage éclate, la maison tremble un peu, comme toujours. J'ai été forcée d'aller chercher des bougies, on a coupé l'électricité. Rétrospective : Castel-Novel, il y a douze ans.

Je ne t'enverrai donc pas de groseilles, ni de cassis, c'est trop compromettant pour les employés de chemin de fer et je vois trop bien l'homme du lift du Claridge ouvrant le panier pour demander à ce qu'il croit être une tête enfermée dedans : « Quel étage, Madame ou Monsieur ? » Non, je ne supporterai pas que ma mère soit accompagnée à chacune de ses sorties de « regards obliques et de murmures malveillants ».

Le charmant « Travail et les Travailleurs » me charge de faire des papiers sur des gens connus, puisqu'il n'est pas question, ici, de critique cinématographique. Je vais commencer, pour le n° du 15 juillet, par Odette Pannetier[1]. C'est difficile, je la connais assez mal, mais je suppose que le meilleur moyen n'est pas de l'injurier, mais de la plaindre. Il pourrait

1. Journaliste, chroniqueuse de *Candide*. Collabore aussi à *Fantasio*.

y avoir ensuite Paul Reboux, l'abbé Bethlem, Abel Gance.

Je prie Dieu en secret qu'il me rende capable de faire tout cela convenablement.

Maman chérie, je crois qu'il me faut abandonner le projet de venir te voir à Paris, le chauffeur d'Arlette amène ma voiture ici.

Pendant qu'Arlette et Renaud voyageront dans la Nouvelle Ford d'Arlette ! Ils seront là tous, parents compris dans moins de huit jours.

Je ne pense pas qu'il y ait à Brive une succursale du Crédit industriel. Moultes joyes et autres festivités seraient faictes à missive par vous, Madame, chargée, ainsy qu'il vous siéra. S'il y avoit la possibilité pour une cinquantaine de louës, point trop n'alourdiroient-ils ma fort vuyde escarcelle, et le Roy vous en sauroit gré, doulce et si gente Madame ma mère.

Je perce les mystères de la technique photographique un à un et j'en suis à deux pas de vouloir construire un appareil moi-même, ou tout au moins en dessiner le plan. Comme tu le vois, ma mère, la malade est bien bas, et la Faculté désespère de trouver son cerveau, ou ce qui lui en tient lieu.

Profite le plus possible de Costaérès, maman chérie. Ménage-toi car ta tournée du Midi sera plus une fatigue qu'un repos.

Je t'embrasse moins que je t'aime, parce qu'autant n'est pas possible.

Ta fille
Colette

15 juillet 1932

Claridge
Champs-Elysées

Chérie, aujourd'hui part une lettre chargée, où il n'y a que de l'argent sans lettre. Je la fais expédier par le Claridge, pour t'éviter les chèques, mandats, etc.

Et je n'ai pas pu aller à Costaérès. Car Ferenczi s'en est mêlé. Il veut que mon Prisons et Paradis paraisse le 1er août. J'ai donc dû, après les journées fatigantes, travailler, corriger, raccourcir, embellir, classer, — recorriger, etc etc. J'ai fini hier soir, à minuit. Ma distraction, d'ailleurs appréciable, consistait en quatre feux d'artifice visibles du balcon, disséminés dans Paris. Pour me récompenser de mon travail, demain samedi après-midi nous allons, jusqu'à dimanche soir, à Honfleur chez les Moune, tu sais, cette vieille maison un peu triste et jolie, où nous avons été déjeuner, Maurice et moi, l'an dernier. Avoue que j'aurai bien gagné un peu de campagne ? Aussi le 22 nous partons pour St.Tropez, car il urge que nous installions le petit magasin sur le port. Sais-tu seulement qu'il pleut partout dans le Midi ? On verra bien. Je suis ravie de savoir que tu sues à grosses gouttes. C'est justement ce qui te manquait, tu ne consens pas assez à transpirer, dans ta vie habituelle, or c'est le meilleur décongestif et un nettoyant admirable de la peau par les pores. Que tes pores du visage restituent tout leur chocolat ! Chérie, as-tu besoin de mes « Produits » ? Tu n'as pas à te soucier de leur prix, voyons ! Les commandes de province et de l'étranger, timides à cause de la crise, s'échelonnent pourtant, un peu tous les jours, ce matin Biarritz et le Luxembourg. Ce qui est bon, c'est que le Président du Syndicat de la parfumerie de Marseille est venu en personne me demander, pour le 1ᵉʳ octobre, une allocution à Marseille, et m'offre pendant la durée de l'exposition (parfums et produits) un stand de 2 500 f. à l'œil.

Entrevu Bertrand avant-hier, tout seul en taxi. Dîné avec sa mère ici. Oui, oui, écris à Dunlop, sous sa forme la plus aimable : le colonel Pétavy 64 rue de Lisbonne. Fais-lui une petite lettre gentille, en disant que je t'ai délégué mes avantages chez Dunlop. C'est un homme charmant, et ça l'amusera de recevoir une lettre de toi. Pannetier vient de me faire dans Fantasio un papier très doux. Elle dit que tu es un être ravissant. Tu vois !

Fais de la photo, chérie. Je viens d'accepter de faire partie du Comité Artistique de l'Exp. Internationale du Cinéma, qui a lieu en novembre. Peut-être cela te sera-t-il utile ? Je t'embrasse, ma fille chérie, de tout mon cœur. Envoie-moi des portraits de toi.

Colette

Messire de Bassompierre est toujours ton féal.

[1932[1]]

Fatigue, travail — magasin, maquillages (admirables, je dois le dire !), un article pour *Vogue* d'août, un pour *Fémina* d'août, — et le reste, et le quotidien reste... La province s'éveille, Paris aussi, au point de

1. Lettre exposée en 1973 à la Bibliothèque nationale (catalogue nº 582) — sur papier à en-tête de l'institut de beauté, 6 rue de Miromesnil.

vue des demandes de dépôts de « produits » [...]
L'accident d'auto ? Je n'y pense que pour maquiller
adroitement (je fais des gammes !) mes reliquats
d'ecchymoses. Et je songe à un fard violet qui ferait
fureur, bien posé sur les paupières. On l'appellerait
« Traumatisme » [...] Je t'embrasse de tout mon cœur,
sur ta suave joue sans poudre ni fard (j'espère ?).

[15 juillet 1932]

Castel-Novel
Tél. : N° 1 Varetz (Corrèze)

Maman chérie,
Depuis huit jours, il pleut, il pleut ! à ne pouvoir
mettre les pieds dehors que vêtue d'un scaphandre,
ou d'un sarcophage, ou d'un triglabouss. Les prés
sont de l'espèce lac, il fait presque froid et le baro-
mètre continue ses menaces. Où allons-nous !
Que le phylloxéra dévore Ferenczi et vice versa
jusqu'à la disparition des deux. Pas de Costaérès, et
St Tropez, et Marseille. Ménage-toi maman, c'est
trop, tout cela. Merci pour ta lettre et pour l'argent
que le génial Claridge m'a envoyé dans une lettre
chargée sous forme de chèque ! Je dois dire que le
Crédit Lyonnais de Brive l'a galamment accepté.
Qu'est-il arrivé à Odette Pannetier ? Pas une ligne
de malice dans Fantasio. Mais ce doit être une invention à elle de te faire dire que tu aurais pu m'irriter.
Elle est folle ! Elle ne sait donc pas comment je
t'aime ? Mais son article est bien gentil et je fais des
vœux pour que le mien sur elle — il n'est pas
méchant, seulement reprochatoire — ne passe pas,
car je l'ai envoyé à la dernière minute.

Il y a ici un disque de « l'Enfant et les sortilèges [1] » que je joue souvent. Quelle musique délicieuse. Tu devrais le commander (gramophone) car je crois que tu ne l'as pas.

Je m'in vas, de cette allante plume, écrire aussi gentiment que possible au Colonel Petavy pour lui bassement soutirer mon train de pneus.

Merci, maman chérie, je n'ai pas besoin de tes produits, j'en use si peu ici ; peut-être, à l'arrivée des parents serai-je obligée de me civiliser un peu plus. Renaud sera là dans deux jours maintenant, j'ai hâte de voir comment il est, sans doute un peu vieux-général et probablement plein de vie. Et je voudrais bien aussi pouvoir être à St Tropez le 22, je ne sais pas encore si ce sera possible. Je sais seulement que, sans doute possédés par un amour violent pour Genève, les parents y sont retournés.

Bertrand à Paris ? C'est qu'il a dû abandonner les troupes d'Hitler avec lesquelles il était en Bavière d'où il m'a écrit. Il devrait bien envoyer son fils [2] ici, si la pluie cesse un jour.

L'air de « l'Enfant et les sortilèges », a pris possession de moi et je n'en sors plus. Pourquoi ne le redonne-t-on pas à l'Opéra-Comique [3] ?

Depuis que la pluie m'enferme, je suis livrée entre

---

1. Fantaisie lyrique, musique de Ravel, livret de Colette. Une lettre de Colette adressée à sa fille en 1926, exposée à la Bibliothèque nationale en 1973 (catalogue n° 438), rappelle sa création en 1925 et son accueil mitigé : « Le petit opéra-comique qui s'intitulait autrefois *Divertissement pour ma fille* et qui s'appelle *L'Enfant et les sortilèges* se joue deux fois par semaine devant des salles combles mais houleuses. Les partisans de l'ancienne musique ne pardonnent pas à Ravel, le compositeur, ses hardiesses instrumentales et vocales. Les modernistes applaudissent et conspuent les autres, et au moment du duo "miaulé" c'est un vacarme terrible. »

2. Roland de Jouvenel, né en 1931.

3. Ce « divertissement » entrera au répertoire de l'Opéra le 17 mai 1939.

autres maléfices, aux romans sociaux américains dont on dit « c'est une tranche de vie », à Marcel Proust, aux histoires de mers du Sud, à la littérature anglaise et aux romans policiers. On espère que l'accord entre les pays se signera dans l'année.

Que Dieu ait M. de Bassompierre en sa garde, et qu'il guide son front fiévreux de poète-fêté-chez-Aurel au cours de sa longue et brillante carrière.

Maman chérie, je vais profiter de cet arrêt de la pluie pour sortir, frileusement drapée dans de transparents voiles, et porter cette missive au courrier.

Soigne-toi, maman chérie, donne-moi de tes nouvelles et dis-moi combien de temps tu resteras dans le Midi, pour que j'essaie d'y aller te voir.

Je t'embrasse et je t'aime, tellement

Colette

[Fin juillet 1932]

Castel-Novel
Tél : N° 1 Varetz (Corrèze)

Maman chérie,
Comment es-tu ? comment as-tu voyagé ? Comment sont tes dépôts et comment est le Midi ?

Comptes-tu y rester longtemps ?

Renaud est là, ayant conduit ma voiture tout le temps depuis son départ de Paris. Il ne pèse plus que 58 klgs mais il a l'appétit de douze personnes du même poids et les espoirs sont grands.

Si tu as deux petites minutes de répit, écris-moi seulement une ligne pour que j'aie de tes nouvelles.

Renaud et moi sommes en train d'échafauder de savants calculs et de noirs complots pour essayer d'aller dans le Midi, car il semble y avoir peu d'espoir cette année pour la maison du Cap-Ferrat. Il semble que cette maison a été achetée au nom d'Arlette, mais qu'on ne l'autorise pas à y habiter sans parents, seule avec nous. Et nous ne pouvons aller dans cette maison sans Arlette. Si l'on ajoute à cela quelques labyrinthes supplémentaires à la Blanche de Castille, je crois que l'on arrivera à comprendre la situation.

Renaud et moi haletons et attendons une pluie de miracles lents à venir.

Dors-tu assez ? as-tu le temps de faire la sieste ? Quant au bain, je pense bien qu'aucune affaire n'est assez forte pour t'en priver.

Le temps ici est de nouveau indécis, ce vent sent la pluie et aujourd'hui il fait presque froid.

J'ai reçu, maman chérie, ces signes cabalistiques et mystérieux en en-tête desquels on peut lire Crédit Industriel et commercial et Renaud me les a expliqués avec cette science d'homme d'affaires qui lui est née. Cela semble assez joli pour un « temps de crise ».

Valentin Mandelstamm m'écrit très gentiment de Hollywood pour ne rien me dire et je ne saurais dire la profondeur de la joie que cela me cause. Il dit, entre autres « riens » que malgré son regret de n'avoir pu obtenir une entrevue de toi avant son départ de Paris, il en « augure bien de la marche de tes affaires » ah ! le galant gentilhomme.

Que Monsieur de Bassompierre sache combien la Mère Patrie lui est reconnaissante et à quel point elle le décore d'ordres divers et bigarrés.

Soigne-toi maman chérie. Je t'embrasse de tout mon cœur je t'aime de toutes mes forces

Colette

[Début août 1932]

La Treille Muscate
Route des Cannebiers
Saint-Tropez Var

Chérie des chéries, oui, j'ai bien voyagé, — on sait ce que c'est qu'une Ford ! Couché à Avignon, le reste dans la matinée. Beau temps à partir d'Avignon, et, depuis, le temps d'ici. Tu sais, je me suis aperçue, en me reposant, que j'étais fatiguée. Le petit magasin[1] sur le port sera très gentil, il est à la période du ciment mou, mais les frères Souhart pensent ouvrir le 6 août. Le 8 ou le 9, Maurice Goudeket s'en ira tête basse vers Paris, et son divan-salon-lit te tendra les bras pour le moment que tu voudras[2], car je n'ai pas de motifs d'aller maintenant dans les magasins où se vendent nos produits. Si j'étais obligée — c'est une crainte et non une probabilité — d'aller à Paris pour 4 ou 5 jours, je te le dirais. Mais n'y pensons pas ! Ta lettre m'a fait plaisir, chérie. Ce Renaud qui conduit ! Nourris-le bien. Et l'histoire du Cap-Ferrat me passionne[3].

Ici tout est propre, puisque Louise n'y est plus. Ouf !

Vera a un zona ! Depuis hier. Mais comme la virulence du zona est en raison de l'âge de ses victimes, j'espère que le sien ne ressemblera que de loin au mien. Comment es-tu, chérie ? Es-tu redevenue châtaine ? C'est affreux, ces peaux blanches comme la

---

1. Il ouvrira le 6 août.
2. Petite Colette ira en août à la Treille Muscate après le départ de Goudeket.
3. Il s'agit sans doute de l'idylle entre Arlette et Renaud qui se marieront en août 1933. Voir note 1, p. 340.

mienne. J'ai entrevu, pour l'unique voyage que j'ai fait à St. Tropez, une série hideuse de dos entièrement nus, et de seins noués — pas assez noués ! — dans des foulards. Les Luc-Albert-Moune ne seront là que vers le 8 août. Je viens de trouver une solution pour les propriétés d'Arlette : vos parents étant au loin, je m'installe au Cap-Ferrat, et je surveille les trois chenapans, les trois suspects, les trois cecis-et-celas [*sic*]. Personne ne peut trouver mieux, n'est-ce pas, ni redire quoi que ce soit. Et je m'engage même à donner aux jardins un air naturel, — les pélargoniums un peu saouls et les budleyas le panache sur l'oreille.

Chérie, je t'embrasse. J'embrasse aussi Arlette — elle est là ? — et ce sacré venimeux de Renaud. Tout de même qu'il n'exagère pas. Ma chérie, je t'embrasse comme je t'aime

Colette

[Août 1932]

La Treille Muscate
Route des Cannebiers
Saint-Tropez Var

Ma chérie, j'attendais pour t'écrire que nous ayons « inauguré », si j'ose appliquer un si grand mot à un si petit magasin. Bien entendu, jusqu'à hier soir 5 heures, rien n'a marché, ni les ouvriers, ni les expéditions de produits. Télégrammes, téléphones, imprécations. Les produits n'arrivaient pas. Trois jours avant l'ouverture, une information précise parvient à Goudeket. Par suite d'une « erreur » (???) l'expédition avait été faite par petite vitesse. Un

rien. Trois mois. Ou six mois, on ne sait jamais. A Paris, Rosens prend une initiative hardie, il réexpédie des produits, par... colis postal. Rien n'arrive, bien entendu. Maurice Goudeket envoie un dernier anathème télégraphonique, et on met le comptable dans un train, avec une troisième cargaison. Lequel comptable, mû par un dévouement économique qu'on ne lui demandait pas, prend, à 3 h. après midi, un train qui arrive à St Raphaël le lendemain à 1 h. après midi. Voilà mon trésor. Tu vois, le Moyen Age est à nos portes. Rien n'a changé depuis Mérovée. Une seule question se pose : qui faut-il f... à la porte ? ça se décidera à Paris. En attendant la présence de Maurice est nécessaire ici, les frères Souhart-Segond n'ont ni comptable ni vendeuse, et on aurait été un peu noyés sans lui hier. Il va donc rester jusqu'au 15 ou 16 août. Ça ne te gêne pas trop d'attendre ? Quels sont tes projets personnels, chérie ? Et le Cap-Ferrat ?

Hier j'ai été aidée dans la vente par Thérèse Dorny qui a le commerce dans le sang. L'après-midi a été illuminée par la présence, entre autres, de Moussia-la-jolie-Moussia. Et de Kiki de Montparnasse, grasse à souhait dans une robe de Tahiti (ou de bazar de foire) et coiffée de mille vrilles à l'aide d'une « permanente mouillée ». Très gentille d'ailleurs. Quels beaux yeux verts entre des cils chargés d'un kilo de noir collé. Elle est bourguignonne cette brave fille. J'ai eu aussi Colette Guéden, coiffée en Colette-de-l'an-dernier, avec la mèche arrondie sur l'oreille. J'ai eu l'obligatoire anglaise centenaire, momifiée et qui demande avec une voix de petite fille d'outre-tombe : « Quel rose vous conseillez moi ? » Quel rose ! la rose en couronne mortuaire, et encore. Enfin c'était très gentil, et par une chaleur... tropézienne.

L'hôtel en forme de cuirassé et de mosquée, qui domine le paysage, n'est pas encore ouvert, ni fini, et <u>tout</u> ce qui est habitable est retenu pour toute la saison septembre compris. Je ne l'ai pas vu encore. On en dit beaucoup de bien. Les Luc-Albert-Moune sont arrivés hier soir, et arrivés au magasin avant de passer chez eux, ce qui est gentil. Je ne sais pas ce que font les autres stations du littoral mais à St Tropez trois amies des Van der Henst, peu fortunées, ont erré, pleurant de fatigue, et implorant <u>une</u> chambre pour trois. Elles ont fini par trouver deux petites soupentes communicantes, où on leur fait payer 30 francs <u>par jour</u> le droit de coucher à trois dans deux lits, d'aller chercher en bas de l'eau à une pompe, et d'aller au cabinet dans une cour. De plus, comme elles voulaient, en arrivant, se coucher et dormir, elles ont vu que les draps des lits étaient sales : « Mais les draps ne sont pas propres ? — Oh ! si, répond la logeuse, ce sont les nôtres. » Elle y couchait avec son mari depuis une quinzaine. Quand je te dis que le Moyen Age nous guette ! Les trois mêmes amies, ont trouvé, outre ce paradis, un moyen d'alléger les frais de leur séjour, Jane Due, qui ne fait pas les siens, paraît-il, leur a offert une consommation tous les soirs pour faire de la figuration intelligente, et si elles veulent dîner, ça ne leur coûtera que 15 frs. Giraud va bien. Il médite pour l'an prochain au Cap St Pierre (sur notre chemin de côte, à 1500 m.) un hôtel système bungalow avec confort complet et rudimentaire, c'est-à-dire avec compteurs électriques pour la consommation de l'eau chaude et froide. C'est un être étonnant. S'il réalise ses projets, j'y trouverai mon compte en chausse-trapes, fossés divers et autres guets-apens pour m'y casser [1] quelques membres... Chérie je t'em-

---

1. Colette s'était cassé la jambe dans un fossé creusé par Giraud.

brasse... vite des nouvelles de tout le monde, de Renaud et surtout de toi. Je t'embrasse comme je t'aime, mon trésor, et je vais me reposer un peu, ces jours-ci

Colette

[Fin août 1932]
Lundi

Chérie, je t'ai réexpédié une lettre d'Amérique. Tu es gentille d'avoir jalonné ta route de télégrammes. On vient de me téléphoner celui de Paris. Il affermit en moi l'impression que tu es peut-être partie un peu vite. Mais comment t'empêcher, te dissuader de partir ? J'ai lu dans ton œil l'intention première de prendre la route dès samedi soir ! Tiens-moi au courant, et raconte-moi, sinon l'opération, au moins son résultat. Rien de changé ici, je pars toujours le 9, et je serai à Paris le 17, à vingt-quatre heures près.

N'as-tu pas trouvé et traversé la pluie, et l'orage ? M. Philippe avec qui j'avais rendez-vous à 9 heures 1/2, le matin de ton départ, avait depuis Marseille enduré un tel temps qu'il s'était arrêté deux fois. Nous avons eu ici la longue pluie lourde et bienfaisante qui ouvre à deux battants le mois de septembre, mais aujourd'hui il fait beau. Je regrette pour toi ces dix jours de Midi. Ce matin comme nous nous séchions Moune et moi, seules (Luc-Albert travaillait au loin, et les Van der surpris, pour changer, par l'arrivée de cinq personnes à déjeuner, couraient après la nourriture, le pain, les glaçons, les fruits etc), Bernard Segond est arrivé, entièrement nu sauf un ruban comète bleu ciel, ou quelque chose d'approchant et fort bien construit, sur un minuscule bateau à moteur qui ne fait aucun bruit. Il voulait nous mener baigner au large, parmi les requins et les dinosaures, mais nous avions faim et il était tard. Mais le petit bateau silencieux, et qui se conduit avec une aiguille à tricoter, m'a plu. Chérie, belle fille, oui je te regrette. Avec moi tu es bonne et gentille. Et nous parlons sans embarras des sujets embarassants. Ce n'est pas rien.

Je t'embrasse, mon trésor. Ecris-moi

Colette

[Fin août 1932]

Rue Blomet

Maman chérie,

voici Renaud sorti de son opération[1] une fois de plus, et parfaitement gai prêt à imaginer un autre accident. Je l'ai trouvé furieux de mon arrivée, mais le lendemain — jour de l'opération — il n'était plus question de fureur.

Paris est d'une température délicieuse mais c'est tout de même Paris et tu sais mon désespoir de t'avoir quittée. Et quand je pense que tu vas perdre pendant cette tournée Biarritz, Genève etc. tout le repos que tu auras pu prendre à St Tropez. Quant au Cap-Ferrat, il n'en est plus question pour diverses raisons d'organisation parentiques et Renaud jure à l'aide d'un vocabulaire choisi.

Je me suis installée tant bien que mal dans son

1. Renaud s'est recassé le genou. « On m'a enlevé ma fille, nous vivions en si bon accord... Jouvenel, obligé de s'absenter, demande à la petite de venir prendre la garde auprès de ce frère étrangement friable. » (Lettre de Colette à Marguerite Moreno.)

appartement, scientifiquement appelé taudis et je m'en accommode. Renaud sera transportable dans une huitaine de jours et nous partirons pour Castel-Novel et les réjouissances mondaines.

Je vais de ce pas gracieux au Claridge te chercher les toilettes que tu m'a demandées.

Renaud, à cette minute me paraît plongé sinon dans le désespoir, du moins dans la mauvaise humeur et cela certainement à la suite du récit que je lui ai fait d'un téléphonage aux parents. Ce fatal téléphonage qui nous apprend l'impossibilité d'aller dans le Midi.

J'ai été rue de Miromesnil et les vendeuses se sont précipitées sur moi car, les pauvres, elles n'ont pas vu un visage humain — ou presque — depuis trois mois.

C'est aujourd'hui dimanche et cela ne pourrait échapper à personne, car cela entre partout et peut-être que le très durable silence de Renaud vient de là.

C'était trop beau d'être avec toi, dans un tel paradis, pour durer. Je ne t'ai pas ennuyée ? Je te remercie de tout et je t'embrasse comme je t'aime, maman chérie, infiniment.

Ta fille
Colette

P.-S. Renaud t'embrasse de tout son cœur.

[Début septembre 1932]

Chérie, j'ai eu ta lettre qui a croisé mon télégramme, naturellement. Mais tu n'es guère explicite sur l'accident de Renaud : « Opéré une fois de plus et prêt pour d'autres accidents... » Cela ne me dit pas comment il a été de nouveau cassé.

Goudeket vient me chercher samedi matin. Huit jours de business sur route et nous rentrons à Paris. Il faut que j'infuse un sang nouveau à la rue de Miromesnil, tu penses. Je t'enverrai des cartes postales, de Tarbes, par exemple, ce riant séjour où j'ai failli mourir de froid en tournée, autrefois.

A part un petit orage de 5 h. du matin qui fait un bruit de tonneaux vides, c'est le charmant septembre léger. Si tu retournes à C. N.[1] tu es sûre que le détaillant de Brive n'a pas besoin d'une séance de « démonstration » ? Et Emilie me ferait des nouilles !

Toi, m'ennuyer, chérie ? J'espère bien que nous menons, ensemble, une vie sans contrainte. Je t'embrasse, mon trésor, comme je t'aime, c'est-à-dire « le mieux », fais mes amitiés à Renaud.

Colette

[Septembre 1932]

Castel-Novel
Tél. : N° 1 Varetz (Corrèze)

Maman chérie,
Tu rentres et tu es fatiguée et comme c'est ennuyeux. Essaie de souffler un peu avant de t'attaquer à des fatigues nouvelles.

L'accident de Renaud avait été très simple : il a fait poum, comme l'a dit si justement Arlette, dans un escalier. Le voici recousu, mais il lui faut attendre encore un mois avant de pouvoir se lever, et il n'est pas bien en ce moment, des nerfs très ébranlés, pas d'appétit et une maigreur terrible. Je crois que nous

---

1. Castel-Novel.

allons rentrer à Paris dans le courant de la semaine prochaine pour ses soins, car il n'y a ici, ni docteur capable de faire un bon pansement, ni masseur.

Castel-Novel est désormais mondain et insignifiant, du type joli-joli, sans défaut ni qualité saillantes. Et le temps, beau jusqu'à maintenant, penche naturellement vers l'orage.

Je voudrais m'attaquer, dès la rentrée à trouver du travail, tout cela traînaille et cela ne peut plus durer. J'irai ennuyer les gens et il faudra bien qu'il en sorte quelque chose.

Maman chérie, porte-toi bien. Je te tiendrai au courant des déplacements et serai bien contente de te retrouver à Paris. Arlette me charge pour toi de ferveurs respectueuses et enivrées et Renaud t'embrasse avec pareils adorements.

Je t'embrasse, maman chérie, avec amour hault et fort et fois nombreuses.

Colette

[Fin septembre 1932]

Claridge
Champs-Elysées

Chérie, tu devines que je n'ai pas le temps de t'écrire depuis mon retour. J'ai passé le premier après-midi au labo. Il y a une seconde poudre-fard qui va te plaire aussi. Je pars jeudi soir pour Marseille. Quelle bousculade. On travaille de son mieux, mais il faut se préparer à une saison dure encore. J'ai écrit à Léo[1] que les espoirs qu'il a mis en ton

1. Léopold Marchand.

cœur demeuraient vifs et impatients. Toutes mes tendresses, ma chérie, et mes amitiés à Arlette et à
Renaud

Colette

[Septembre 1932]

69 Boulevard Suchet
Auteuil 41-38

Chérie, quand tu auras cette lettre, je serai déjà à
Marseille. Ecris-moi à l'hôtel Beauvau. Je t'embrasse
vite, et je t'écrirai de là-bas. Je t'embrasse comme je
t'aime ma grande chérie. Ne m'oublie pas !

Colette

[Octobre 1932]

Hôtel Beauvau
Marseille

Ma petite fille chérie, te rends-tu compte qu'il y a
beaucoup de temps que tu ne m'as [pas] écrit ? J'ai
des journées très fatigantes, ici. Mais, comme dit la
sagesse des nations, (S.D.N.) il faut ce qu'il faut. Les
coiffeurs sont une corporation de névropathes, et
comment en serait-il autrement ? Il fait beau.
J'espère que mon St.Tropez personnel n'a pas trop
souffert, je n'ai pas le temps d'y aller voir, — au reste
je l'apprendrai bien assez tôt. C'est Pauline qui m'a
appris la mort de la pauvre Emilie. Trouverai-je une
lettre de toi, ou toi, à Paris ? Vu Léo Marchand, il

313

promet toujours de t'occuper, même transitoirement, tu peux toujours, ou je me trompe fort, compter sur un travail paramountaire. Je t'embrasse, ma chérie. Mais tu me fais attendre une lettre bien longtemps ? Es-tu donc si prise par travail ou plaisir ? J'aime pour toi l'un et l'autre, — si tu ne me négliges pas trop. Amitiés à Renaud, à Arlette si elle est là. J'ai eu Germaine Patat et Bertrand à dîner.

Colette

[24 octobre 1932]

Baur au Lac
Zurich

Encore une[1]. Chérie, je n'ai plus que St. Gall à faire. Et j'ai eu beaucoup de succès hier soir à l'Université. Que veulent ces gens suisses et sérieux ? Des conférences frivoles. C'est la première qu'on leur ait servie. Ils sont enchantés.

Mais St. Gall est à 70 k. Mais les trains m'y mènent trop tôt et n'en reviennent plus. Alors j'ai trouvé un enthousiaste qui me conduira en auto et m'en ramènera à minuit ou 2 h. J'aime encore mieux ça que valises-train-hôtel-conférence-hôtel-valise-train-plus-train, car la ligne St. Gall n'est pas la ligne Zurich-Paris.

Ayant à peine vu la ravissante ville — qu'elle est jolie ! — sous ciel gris, tout disparaît sous une pluie suisse, qui tombe roide depuis bientôt 24 h. Terrible. En robe du soir et petits souliers... Et c'est une pluie

---

1. Colette fait une tournée de conférences du 21 au 25 octobre : Genève, Zurich, Saint-Gall.

314

qui annonce la neige, disent les techniciens. Qui donc, (sans être invitée, bien entendu) entrait sur mes talons chez le consul, à Genève, où je « prenais le thhé » ? Mais Claire[1], voyons. Et qui donc prenait le train en même temps que moi, mais vers Paris ? Mais Claire voyons. A la caisse, en même temps que ma modeste obole, à l'hôtel, le caissier lui extirpait un petit solde de compte de douze mille balles.

Quand tu auras vu, et goûté, si j'ose écrire, quelques poêles suisses anciens, tu cracheras sur les chauffages centraux. (Non, mon enfant. On ne crache pas sur un radiateur. Aucune jeune fille <u>bien</u> n'a jamais expectoré sur un radiateur. Peut-être les reines d'Espagne sous Charles Quint. Et encore !...) Hier soir, après la conf., à un souper dînatoire dans une maison vieux-suisse j'avais en face de moi non seulement l'ambassadeur, mais une merveille de poêle ancien, gros comme un garage, datant de 1600 et quelques, en faïence émaillée à dessins renaissance, d'un vert aussi beau que le vert chinois ancien. Que c'est beau à l'œil et doux à l'âme ! Un autre, dans la même maison, Louis XV, bleu sur blanc, presque aussi beau.

Au revoir, à bientôt, chérie. Travailles-tu déjà un peu chez Léo ? Tu me diras tout ça. Surtout, à cause de tes fameux deux kilos, ne te prive pas de manger, sottement. Ton genre de beauté, crois-moi, c'est plutôt le fruit que la « fleur penchée ». Je t'embrasse tendrement, chérie

Colette

---

1. Claire Boas.

[*Carte postale. Tours. La basilique Saint-Martin et la tour Charlemagne dans le fond.*]

[21-22 novembre 1932]

Francis Poulenc, une maison ancienne à flanc de coteau, qui a gardé ses boiseries, et où il fait un vin... que tu apprécierais, un vin blanc sec et spirituel. Je t'embrasse, mon trésor.

Colette

[Novembre 1932]

Claridge
Champs-Elysées

Chérie, je pars demain soir pour Dijon[1] et cinq villes de l'Est. J'opère[2] au Printemps depuis hier et encore demain. Si tu passes m'y voir de 3 à 6, c'est bien. Si tu viens au Claridge, c'est mieux, mais n'y viens pas avant 8 h. et reste dîner. Parce qu'entre 6 h 1/2 et 8 h. je me couche et je n'existe pas. Demain soir je quitte Paris à 8 h. 45. Grand succès à Tours pour conférenceetproduits [*sic*].

Je t'embrasse tendrement, ma chérie-chérie

Colette

1. Autre tournée de conférences, du 25 novembre au 22 décembre 1932 : Dijon, Metz, Nancy, Strasbourg, Luxembourg et Belgique.
2. Présentation des produits de beauté « Colette » aux Magasins du Printemps.

[Décembre 1932]

Palace Hôtel
Bruxelles

Chérie, je te donnerai des nouvelles, demain, de la soirée qui aura lieu ce soir. L'effort fait par les agents de la vente ici, est énorme. Des photos de publicité à faire pâlir Art et Médecine, et un catalogue un peu là. Il fait froid ici, donc couvre-toi bien à Paris. C'est la logique des mères. Je t'embrasse tendrement, chérie

Colette

[Carte postale. Luxembourg. Lycée de jeunes filles. Avec indication de Colette : « C'est là que j'ai parlé aux foules. »]

[Décembre 1932]

Chérie, j'arrive. J'ai un genou foulé. Un choc dans le train y a suffi, parce que le genou était prédisposé à l'épanchement de synovie, par la fatigue. Baume Bengué (« le baume analgésique... ») et enveloppements très serrés, dans un large Velpeau qui date... de toi, chérie. C'est celui qui brida le ventre que tu venais de déserter. (Je reconnais que tu t'es fait prier !) Mais j'ai reçu hier un panier qui panse tous mes maux : les figues dans leurs feuilles et des mandarines

[Suite sur une seconde carte : Luxembourg, rue et porte des Bons Malades.]

dures comme fer ! As-tu goûté, as-tu flairé ces figues, je veux dire as-tu flairé l'odeur des feuilles sèches ? Quelle charmante odeur !

Si j'étais « que de toi » je prendrais ma voiture, à Pentecôte, et j'irais à Echternach en Luxembourg, voir et photographier « la procession dansée ». Le pays est incomparable, patriarcal, forestier, fleuri, accidenté, arrosé, l'hôtel du Bel-Air très gentil m'assure-t-on, et la vie pas chère du tout. Rien n'est plus beau, je t'assure, que ce Luxembourg et la région belge de Liège-Verviers. Ma mère[1] me le disait bien. Tendresses très tendres, chérie. Quand reviens-tu ?

Colette

[1932]

La Sauveté[2] ! j'avais oublié ce joli nom ! J'ai donc enfin une lettre de toi, chérie ma fille. Avant tout, sache qu'il fait un froid affreux, et que je vais le fuir en Luxembourg, où je ne manquerai pas de trouver une brume tiède, et des fleurs d'oranger. Le peu de jours que je passe à Paris est bien terne. Car je me repose, — mais en travaillant.

Affreuse paperasserie. Petits papiers de publicité — ingénieuse. Téléphons, — rime à typhons, et presque synonyme ! Demain je baptise la fille de Maryse Choisy[3]. Voui. Et que faire ? Refuser ? Humilier ou désobliger inutilement ? Le parrain est André de Fou-

---

1. Sido a été élevée en Belgique.
2. Propriété des Louis-Dreyfus à Saint-Jean-Cap-Ferrat. Petite Colette y passe la fin de l'année en compagnie de son père, de sa belle-mère et d'Arlette qui épousera Renaud l'année suivante.
3. Romancière, philosophe et reporter ; personnalité marquante de l'entre-deux-guerres.

quières. Tout commentaire affaiblirait la fraîcheur de cette cérémonie chrétienne[1]. Tu te souviens qu'un jour, essoufflée car tu courais, tu m'as demandé à St. Germain (ou Bouffémont, je veux dire au Bd. St. Germain Pichon) : « Maman, est-ce que je peux me faire juive ? — Bien sûr, si tu as un motif sérieux. — C'est parce que toutes mes camarades le sont. Alors ça serait plus commode[2]. » Comme tu étais déjà raisonnable, ma fille ! Mais on va faire crever cette petite Choisylle, à la baptiser par ce temps-là.

Le marché de Nice ! On ne voudrait, on ne devrait acheter que par minimum d'un étalage, tant ces blocs sont beaux. Oui, mais qu'en ferait-on après ? Eh bien, on passerait de l'autre côté, et on se mettrait marchande. Ecoute-moi, marmaille. Il y a au marché, enfin dans cette rue de fleurs, un marchand qui s'appelait Marchio. Il vendait, oui, en cette saison à peu près, des <u>petites figues</u> et des <u>raisins séchés dans les feuilles</u>. Rien ne valait ces fruits séchés et pleins de saveur et de sucre ! Marchio, 9, rue St. François de Paule. Envoie-m'en un peu, ou rapporte-m'en. Ils se garderont. Je pars mercredi, je reviens le 23[3] que je

---

1. Le ton est ironique, Colette oublie qu'elle-même avait voulu baptiser sa fille, comme le rapporte l'abbé Mugnier dans son journal le 21 juin 1922 : « Elle [Colette] m'a invité, elle et son mari, à baptiser leur fille qui doit avoir neuf ans... » Le 31 mars 1927, Colette lui dit : « C'est Jouvenel qui n'a pas voulu qu'elle soit baptisée préférant qu'elle choisisse sa religion devenue grande... »

2. Colette fait de cette remarque sa chronique du *Figaro* du 5 octobre 1925. Elle rapporte que sa fille a noté dans son « carnet de poche » : « Demander à maman si je peux me faire israélite [...] Pourquoi veux-tu te faire israëlite ? — Oh ! Ce n'est pas que j'y tienne, mais tu comprends, au lycée, elles sont presque toutes israélites, alors je pense que c'est un peu comme un uniforme. » La version de Colette de Jouvenel est qu'elle aurait demandé à devenir juive parce que ses petites camarades qui l'étaient avaient une vraie famille. Voir note 2, p. 74.

3. Tournée du 25 novembre au 22 décembre en Belgique et au Luxembourg.

crois. C'est la Chatte qui passe et repasse et brouille l'encre fraîche. Il est une h. moins 1/4 du matin. M. de Bassompierre est couché depuis fort longtemps, vu qu'il a la fièvre. Et moi depuis bien plus longtemps : cinq heures de l'après-midi ! Mais tu sais en quoi ça consiste. Enfin, il est doux d'avoir les jambes étendues et une boule. L'autre boule ronfle. Es-tu couchée, au moins ? Avec tes sacrés cheveux qui ne sont pas de moi — ni de ton père — et ta belle joue couverte d'une crème de beauté ? Chérie, je t'embrasse. Ne m'envoie rien de chez Vogade, je le vitupère. Mais décris-moi la fleur jaune. C'est un narcisse, enfin une jonquille jaune ? Si vous déjeunez à Nice des fois, il y a — il y avait — sur le Cours Saleya (en continuant le marché aux fleurs et aux légumes) un petit restaurant Adolphe, modeste, gentil, toujours plein d'artistes, de Savoir[1], de Lysès[2], et où on mangeait pas mal, avec du vin de Belley. Y a-t-il toujours aussi Caressa, cher mais des grillades au feu épatantes ? Près de la place Masséna. Je t'embrasse, mon trésor. Embrasse Arlette pour moi. C'est une si charmante fille. Je ne voudrais jamais qu'on lui fît de la peine. Non, pas vu les parents en voyage. Ce sera pour une autre fois. A bientôt, mon chéri. Ecris-moi.

Colette

Est-ce que tu as vu, sur le marché aux légumes, les marchandes d'herbes odoriférantes ? Elles vendent des branches de romarin, de la menthe verte, du laurier, de l'hysope, du fenouil. J'aimerais mieux, en ce moment, Nice que le Luxembourg.

Amitiés à Renaud.

1. Alfred Savoir.
2. Charlotte Lysès.

320

[*Sur un papier dentelle avec une petite photo dans le cadre et un second feuillet bleu à l'en-tête du Claridge.*]

[Fin 1932]

J'ai reçu ce soir ta carte, chérie. Non, je ne suis pas encore guérie, et je viens de prendre une tournée de ventouses. Mais contemple ce que devient, découpé en ovale, ce bout de paysage provençal ! Si l'habit ne fait pas le moine, le cadre fait la moitié du tableau. A tout hasard, et à cause des courriers surchargés de cartes et de souhaits, je t'envoie ceci à Castel-Novel, où je voudrais que tu aies cette « douceur limousine » qui y règne parfois l'hiver. Ici, c'est au-dessous de tout, — et parfois de zéro.

Il me semble que j'ai franchi ce nœud difficile de mon travail, qui m'étranglait depuis des jours et des jours...

Les gens sont très gentils. « Le Claridge » m'envoie des chocolats et des œillets, la gouvernante d'étage, une grosse femme genre nurse et pas mariée, m'apporte des petites fleurs et ne veut rien en échange. Le concierge murmure à l'oreille de Pauline : « Ça m'est égal qu'"Elle" ne me donne pas de pourboire, pourvu qu'elle me signe un livre ! » Tu vois je me suis encore fabriqué une nouvelle province. C'est indélébile. Et j'ai une fille si parisienne !

Tu sais que j'ai péché gravement contre ma bronchite et la raison en allant passer deux heures et demie de réveillon chez les Carco, où il y avait non seulement un splendide souper avec des arbres de Noël en plumes d'autruche blanches, mais encore Derain, Villebœuf et un nommé Vaneck qui ont, sans trêve, improvisé des scènes <u>incomparables</u>. J'aurais voulu que tu fusses là. La seule chose qui m'ait fait mal, c'est le fou rire. Et M. de Bassompierre, avec ce sérieux qui le quitte rarement, a revêtu des costumes successifs, également improvisés, et des rôles qui ne l'étaient pas moins, à la grande stupeur de Germaine Carco[1]. (A la suite de cette orgie il a, encore une fois, cesser de fumer.) Mais si tu l'avais vu déguisé en « Manon » moyennant le couvre-lit de dentelles de Germaine, un velours noir au cou et mon petit bonnet en chenille épinglé de dentelle...

J'ai cru que j'allais restituer à notre mère la Terre, dinde aux marrons, foie gras et champagne. Dans la « scène de l'audience aux assises, affaire de viol d'une jeune fille de 83 ans » Villebœuf en accusé/satyre paysan, Vaneck imitant Torrès comme personne ne l'imite, et Maurice Goudeket en président du tribunal, ils ont tous été... au-dessus d'eux-mêmes.

Trop de « dames » et de « messieurs » inconnus, on était cinquante. Je suis rentrée très vite, dès qu'on a quitté les tables du souper. Depuis, je vis devant mon encoignure à travail. Il faut expier !

Chérie, prends bonne mine, Ecris-moi un peu. Je t'aime et t'embrasse de tout mon cœur. Renaud va-t-il à Castel-Novel ? Donne-lui mes amitiés. Bonne année, chérie de mon cœur

Colette

1. Première femme de Carco.

1933

Claridge
Champs-Elysées

Chérie, il faut que je te prévienne que tu devrais
en ce moment avoir le courage de ne pas sortir[1]. Tu

1. Henry de Jouvenel a été nommé ambassadeur et envoyé
extraordinaire au Quirinal pour une mission de six mois (janvier-
juin 1933). Le Quirinal est le nom d'une colline au nord-ouest de
Rome où a été construit, au XVIe siècle, un palais du même nom,
devenu successivement la résidence des papes, puis des rois et
enfin des présidents d'Italie. Colette écrit à Hélène Picard le
29.1.1933 : « Ma fille n'a pas voulu aller à Rome. Elle prétend avec
raison que sa vie ne doit pas être celle d'une "jeune fille de l'ambas-
sade" qui passe, en robe du soir, les tasses de café et les verres de
fine dans "les salons". Je n'ai rien à dire à cela. » Apparemment,
l'entente entre la nouvelle Mme de Jouvenel et sa belle-fille n'est
pas cordiale car Colette écrit à Germaine Patat le 21.12.1932 [?] :
« On a signifié à la petite, ce matin, par intermédiaire naturellement, qu'elle avait à déguerpir dans les 24 h. Elle a eu le bon sens
de répondre "non" et d'en référer à son père. » Dans une autre lettre
datée du 6 février [?] : « Ma fille est encore rue Férou mais avec
une grosse attaque de furonculose... elle croit avoir trouvé un gîte
convenable... rue Saint-Didier... » Dans une autre lettre encore à
Germaine, Colette relate un coup de téléphone de Rome : « Ma fille
est partie ? — Non, pas encore. — Comment, elle est encore là !
— Oui, souffrante, appartement pas encore prêt. » Commentaire
de Colette : « ... Le sort de la petite a l'air de s'arranger, elle a huit
jours pour se retourner... ça devrait dégoûter d'être ambassadrice. »

323

peux, dans l'humidité et le froid, par les vêtements serrés, aggraver ton état. Les vêtements de ville que tu portes en ce moment peuvent retenir des causes de contagion, même pour toi plus tard. En outre, sache bien que ce que tu portes est extrêmement <u>contagieux</u>, et que tu peux le donner. Le docteur te l'a-t-il dit ? Questionne-le à ce sujet. Il ne faut pas que tu risques de donner une dermatose comme celle-là à Renaud, à Arlette, — ou à moi. Pauvre chérie, c'est une emm... sans nom, cette histoire furonculeuse. Cela se transmet par <u>l'eau</u> ou les contacts humides. Evite de te laver les mains ou les dents en dehors de chez toi. Car tu serais désolée, je le sais bien, de me coller une dermite qui m'entraverait terriblement — mon zona m'a suffi !

Si ton médecin te disait que je me trompe, tu penses si je serais contente ! Mais à ton point de vue unique, il est certain que tu retardes la guérison par les frottements des vêtements et les sorties, chérie.

J'ai failli chercher ta future maison ce matin, mais il pleuvait trop. As-tu reçu les 24 oranges ? Je vais demain à 2 h. à Gennevilliers.

Je t'embrasse, pauvre trésor écorché, de tout mon cœur.

Colette

[Fin janvier 1933]

Central Hôtel
Nantes

Comment vas-tu, chérie ? ça m'ennuie, cette furonculose. Tu t'es « empoisonné le sang », l'expression populaire est tellement exacte. Le diable brûle le derrière à ceux qui te font des soucis. Il faut voir ce Dr. Mauté, absolument. Et bannir pour un temps les salaisons. Légumes, légumes...

Ma tournée[1] va bien, et moi à peu près bien. Il pleut enfin ! Douce pluie d'ouest, bonne aux bronches. Mais ces salles ! Encore une salle de cinéma à La Rochelle. Des coulisses indicibles. On y accède par un ruisseau, puis par une échelle. Et pour chauffer un peu les coulisses, ils avaient allumé un feu d'enfer dans un rabicoin où subsistait une cheminée, mais si petit que les murs ont failli flamber. J'en vois ! Mais La Rochelle est une ville que tu verras, j'espère bien. Rien de plus beau. Ces arcades basses, ces kilomètres d'arcades bordant tous les îlots de maisons, ces jardins publics où l'on n'a planté que des essences qui demeurent vertes l'hiver, la plage, bordée de pins tordus et de tamaris, les tours du port, tout est beau. Et j'ai acheté 26 frs. de billes.

Je te quitte pour aller maquiller ces dames, chérie. Ah ! conseil pratique. Le meuble qui manque à ta future salle de bains, tu veux le fournir. Fais attention que si ton gîte te déplaisait, les appareils fixés au mur restent acquis à l'immeuble, à moins que tu ne paies tous les frais de remise en état. Et les frais de remise en état sont toujours équivalents au prix d'achat. C'est donc à peu près 400 frs. que tu risques, si tu te presses trop, d'abandonner à l'appartement.

La simple prudence te conseille, jusqu'à ce que tu sois sûre que l'endroit te plaît ou te déplaît, d'adjoindre à la salle de b. un bon petit bidet à quatre pattes, avec sa cuvette en porcelaine ou en émail. Ne travaille pas pour tes successeurs. Si ce coin te plaît, tu

1. Colette est en tournée de conférences du 25 au 29 janvier : Bordeaux, Pau, La Rochelle, Nantes, Rennes, Blois...

fais rajouter le bidet en même temps que des petits travaux supplémentaires, des portemanteaux, des trucs et des machins. N'est-ce pas ?

J'ai de bien beaux camélias dans ma chambre ! C'est leur pays, ici. Et des gros œillets également nantais, apoplectiques. Je t'embrasse tendrement, ma chérie. Soigne-toi bien. Il pleut que c'est une bénédiction !

Colette.

[12 février 1933]

Grand Hôtel et Tivollier
Toulouse

Chérie ma fille,

A peine suis-je arrivée, baignée et endormie, que le téléphone m'appelle. Une voix obstinée répétait : « Mais je suis la cousine de Cécile Rappoport ! » Et j'ai fini par savoir que la cousine croyait parler à Claire Boas. Tu vois que ça promet. Peut-être Claire fait-elle aussi une conférence à Toulouse ?

En te quittant j'ai passé chez Hédiard, et comme je parlais de toi à la jeune Mme Mollet-Hédiard, elle m'a dit que, infestée elle-même de furonculose et anthrax, on l'avait enfin guérie en une fois, en promenant sur les parties lésées une électricité à rayon mauve, de laquelle elle a oublié le nom scientifique. Et jamais plus elle n'a eu de récidive. Car non seulement cette lumière guérit les atteintes, mais elle immunise les endroits qui n'ont pas encore manifesté. Quand je rentrerai, je lui demanderai des détails.

Il pleut. Soigne-toi bien, mon pauvre trésor

anthraxé. Je n'ai pas encore aperçu un seul linteau — c'est toujours ça. Il te faudrait un séjour après ta guérison, sur une de ces plages froides, sableuses, balayées de vent, comme Berck, le Touquet, Blankenberghe en Belgique, — enfin mon cauchemar, mais un cauchemar sain. Tu endosserais une âme d'airain, un imperméable, et pendant sept jours tu arpenterais une de ces interminables digues qui longent une mer couleur d'huître, dans laquelle il pleut tellement qu'on la croit dessalée.

Je t'embrasse, mon chéri. Et j'ai bien mal à mon genou synovique[1]. Aussi resté-je couchée jusqu'à 4 heures. Sexer[2] a la diarrhée. Il me l'a annoncé en ces propres (?) termes. Amitiés à Renaud.

Colette

[22 février 1933]

Claridge
Champs-Elysées

Chérie, j'arrive. Je trouve ta lettre. Il fait à Valence un froid <u>monstrueux</u> attisé par un mistral qui fait 70 à l'heure. C'est abominable. Je me baigne et me couche. Mais je suis contente que tu sois là-bas, et que tu t'y sentes bien.

Sais-tu qui j'ai trouvé à Valence, et qui est chef de cabinet du Préfet ? Georges Husson, le cousin de Jacquot Abric ! Il s'est mis à ma disposition le plus aimablement du monde, et il m'a accompagné à la gare

---

1. Colette est rentrée de tournée avec un épanchement de synovie dans le genou droit. « Surmenage », écrit-elle à Hélène Picard.
2. Organisateur des « Grandes Conférences françaises ».

ce matin. Gentil, et simple, ce qui est difficile à un garçon très jeune.

Pense surtout que tu as besoin d'air, de sommeil et de vie régulière, chérie. Pense que tu as des accidents lymphatiques, en somme, et qu'il ne faut pas continuer. Pense que les vacances de Pâques doivent achever de guérir ton mauvais état général. Combine, ou combinons ensemble quelque chose. Qu'est devenue la menace de furoncle en tes yeux ? Mais naturellement, j'aimerais que tu me rapportes un petit confit ! On le mangera entre quatre ou six yeux. Je t'embrasse, chérie, de tout mon cœur, et je cours à mon lit

Colette

Un train bondé pour revenir, impossible de déplier des jambes fatiguées... Mon nom est courbature !

[Mars 1933]

Claridge
Champs-Elysées

Chérie, je viens de donner ton adresse, et ton téléphone, à Philippe de Rothschild, qui s'est mis à faire du cinéma et qu'une nuée de parasites, déjà, entoure. Et je donne aussi ton pedigree, si j'ose écrire. J'ai bien fait ? Ça donnera ou ça ne donnera rien. Je travaille comme une idiote. C'est d'un ennui mortel. Marty[1] sort d'ici, je lui ai donné ton adresse et ton

1. Marty Gellhorn, journaliste américaine, amie de Bertrand de Jouvenel.

328

téléphone. Je t'embrasse, fille chérie. Tu es si jolie quand tu n'es pas trop maquillée. Ces jours-ci c'est beaucoup mieux. Tu t'es vue dans Marianne[1], dans les bras de Monzie[2] ?

Colette

[14 avril 1933]

Claridge
Champs-Elysées

Vendredi (saint)

Naturellement j'ai croisé ta lettre en route, chérie. Si tu vas bien, tout va bien. Ici il fait trop beau, soleil brûlant et vent glacial, un temps que je n'aime pas. Non, chérie, je ne présenterai pas « l'addition ». Je ne t'interdis pas d'acheter une boîte de sardines, ou la tarte aux anchois, ou même un rascasson, sur tes fonds. Mais je ne donnerai pas d'instructions à Lamponi, du moins de celles qui pourraient t'appauvrir, ne l'espère pas. Profite ! comme disent les gens distingués.

Je t'envie bassement d'être là-bas. Mais je ne vais

1. L'hebdomadaire Marianne du mercredi 29 mars 1933 montre une photo légendée ainsi : « Monsieur Anatole de Monzie, après avoir décoré le peintre Kisling, soupe avec lui. » Sur cette photo on reconnaît bien Colette de Jouvenel qui était très liée avec le peintre au point que la rumeur publique avait annoncé leur mariage. Colette écrit à Germaine Patat : « Avez-vous vu qu'un journal annonçait le mariage de ma fille avec Kisling ? Elle m'a répondu : — Penses-tu ! nous n'en n'avons envie ni l'un ni l'autre. Elle est pleine d'excitation, elle dit qu'elle a une situation à Pathé-Natan. » Kisling a fait un portrait de Colette de Jouvenel, en 1933, qui se trouve au Musée Cantini à Marseille.
2. Anatole de Monzie, meilleur ami d'Henry de Jouvenel. Il était à ce moment-là ministre de la Culture.

même pas coucher au Pavillon. Je mène la morose vie qu'exige la dernière quinzaine de travail. Ce n'est pas sur ce petit roman que je compte pour m'établir une renommée, mais je ne me pardonnerais de n'être pas le sévère juge de ses petites proportions, je ne veux pas qu'il lui pousse tout d'un coup un grand bras, ni une bouche monstrueuse, ni même un cœur disproportionné, tu comprends. La série de « chattes » de G. Krull[1] est épatante, tu verras. As-tu des nouvelles de Rome ? Attention au bain. Le bain froid n'est inoffensif que si le soleil est ardent, pour la réaction qui le suit. Donne-moi des nouvelles de nos voisins, et fais-leur mes amitiés tendres. Je t'embrasse, chérie.

Colette

Demande à Lamponi si elle a besoin que je lui envoie des sous !

[*Sur une lettre de Philippe de Rothschild adressée du Pyla-sur-Mer à « Madame Colette, Claridge, Paris ».*]

[Le 21 avril 1933]

Mon chéri-ma-fille, vois ce que je reçois de Philippe de Rothschild. Mais dans la journée d'hier, en outre, il m'a téléphoné d'Arcachon (Le-Pyla) au sujet d'un scénario à tirer d'un beau roman de Vicky Baum[2], et

---

1. Germaine Krull, photographe, est l'auteur de la série de photos pour le « petit roman » *La Chatte* paru en neuf épisodes, d'avril à juin, dans l'hebdomadaire *Marianne*, puis en un volume chez Grasset, le 7 juin.
2. Le *Lac aux dames*, produit par Philippe de Rothschild, est un film de Marc Allégret. Yves Allégret et Colette de Jouvenel seront assistants de mise en scène.

en m'invitant à venir agiter ça sur place. Je le ferai peut-être, et j'irai trois ou quatre jours. Mais il faut d'abord que je finisse La Chatte. Je <u>dois</u> avoir fini cette semaine, et je recommence et déchire et recommence et déchire avec une rage triste, et je me paie de jolies séances de travail qui durent — comme la nuit dernière — jusqu'à 3h.20 du matin. Enfin tout est normal.

Je suis bien contente que tu aies eu cette petite saison fleurie et tropézienne ! Oui, Belières est un bon camarade. On verra ce que ça peut donner pour toi. Sois prudente sur la route, chérie. Je t'embrasse de tout mon cœur

Colette

P.-S. : Certainement je penserai à Colette de Jouvenel, si l'occasion s'en présente, mais pour le moment, mes projets « cinéma » n'ont encore rien de précis.

[Mai 1933]

Chérie, tu es bien gentille d'avoir pensé à moi ! Ce muguet est frais comme toi, — comme toi quand tu ne veilles pas trop, que tu ne fumes pas trop. Ces bas n'étaient pas un bien beau cadeau. Mais je ne peux plus me voir avec certaines teintes de bas. Ils dureront ce qu'ils dureront. Mais fais-moi donc penser à t'essayer ce chapeau bleu de chez Lanvin. Il est du bleu, il me semble, qui est dans ton tailleur de tweed. Mais je ne crois pas qu'il s'entende avec le ton de la blouse en jersey. En tout cas, il est trop jeune et trop aimable pour moi. Pensons aussi à l'étoffe de chez Brennan ou Bruman. Et je te rembrasse tendrement

Colette

[Mai 1933]

Chérie, viendras-tu ? Voici ta carte[1]. Ils n'ont pas
mis en bas : « on assassinera ». Mais ils n'ont pas osé
annoncer la visite du Président, qui aura lieu à <u>1h30</u>.
Je serai donc là avant 1h30 !!!

Fais ce que tu voudras, mais munis-toi de ta carte !
Tendresses, chérie

Colette

[Mai-juin 1933]

Claridge
Champs-Elysées

Vendredi

Chérie, hier soir, au cours d'un insipide banquet
— mais qui t'aurait bien amusée : 80 convives sortant
du royaume des ombres, et d'un monde aboli, timides provinciales âgées, mais accoutrées en vieilles
bacchantes, vieux hommes parlant de la vie en termes choisis, comme des explorateurs, conférenciers
ignorés parlant des conférences qu'ils font à Londres
par séries de quinze conférences et de quinze villes !!!
et disant : « La conférence doit être documentaire ou
ne pas être ! » — jeunes filles « poètes » de province
en robes de vieilles dévotes, mais résolues à ne pas
paraître ce qu'elles sont et déclarant, mortes de peur
et de honte : « Je comprends et j'admets tous les

1. Carte d'entrée pour la vente des écrivains combattants. « Le
président de la République, Paul Doumer, avait été assassiné le
6 mai 1932, en venant honorer de sa présence la vente des écrivains
combattants de l'année précédente. » (Note de Colette de Jouvenel.)

332

vices ! » — enfin un banquet effarant qui se terminait par un concours de « douze vers épigrammatiques » dont le gagnant gagnait... le prix du dîner. Donc, au cours de ce dîner j'appris par un nommé Pignatel qui l'avait lui-même appris à déjeuner, — que ton père devait incessamment revenir[1]. Que la nouvelle soit exacte ou non, je te la donne, je ne pense pas qu'elle doive contrarier en rien tes projets, d'ailleurs, ni ta petite convalescence actuelle. Es-tu assez couverte ? comme disent les mères. Tu as une bonne boule dans ton lit ? Veux-tu des produits de beauté ? Y a-t-il des gants de laine à Brive ?

Je t'embrasse, chérie. Ecris-moi un peu. Le fisc a mis opposition chez mes éditeurs, crois-tu ! Je ne vais pas rester sous ce couvercle, tu penses ! Donne à manger aux oiseaux dehors. Tendresses, chérie

Colette

J'oublie de te dire que je ne pouvais pas échapper à ce banquet des ombres car on m'y remettait en cérémonie un livre de Mme Fillon[2], intitulé Colette. Cette nouvelle biographie pourrait bien être un chef-d'œuvre d'impersonnalité.

[1933]

Chérie,
Tu es priée de prendre contact avec M. André Wisner (partie financière[3] du Lac-aux-Dames) le plus tôt

1. De Rome, en juin 1933.
2. Amélie Fillon a publié une biographie de Colette.
3. Le tournage se déroulera en Autriche, en août 1933. Petite Colette sera 2e assistante.

possible : 146 Champs-Elysées, Balzac 55-43. Quoi de nouveau à part ça ? Je t'embrasse, chérie

Colette

[1933]

Chérie, ci-joint des papiers que tu as laissés. <u>Et une lettre d'un petit type de ciné</u>. Tendrement,

Colette

[22 juillet 1933]

Hôtel Claridge
Paris

Chérie, je pars demain matin pour St-Tropez. Je t'embrasse bien tendrement. Amitiés à Renaud

Colette

[Juillet 1933]

Jeudi

Chérie-ma-fille,
Tout est, ici, comme je m'attendais à ce que tout fût. Le jardin n'est pas soigné. Louise a <u>52</u> oiseaux dans une cage ; — un chien policier de 3 mois, sept chattes. Un mur humide a rongé des fils électriques. La pompe est indisposée, la douche fuit. La chatte

334

fait l'amour avec trois matous qui se battent, et Souci est en chasse. A part ça le pays est beau, il sèche de soif car il n'a pas plu, le mistral est déchaîné depuis hier soir, et Maurice Goudeket est déjà reparti. Tu sais tout de ma vie ! J'ajoute que j'ai installé un petit travailloir dans ma chambre, pour essayer de travailler entre 4 et 6 heures du matin[1].

A ton tour, chérie ! Si tu travailles, je me contenterai de trois lignes, qui me diront seulement si tu es contente et pas trop fatiguée. Je t'aime de tout mon cœur, chérie. Donne mes amitiés à Renaud, de bons conseils à Arlette, — et mets-lui sur sa table de chevet un bon livre de succulentes recettes de cuisine.

Colette

[Été 1933]

Chérie, j'ai ta lettre. Et je te plains bien de travailler par cette chaleur ! Ce que tu me dis du mariage[2] de nos amis m'intéresse beaucoup.

Voici une lettre pour Mme Terrier ou la personne qui la remplace si elle est en vacances. Mais, dis-moi, qui s'occupe des passeports de la troupe ? Un de « ces messieurs » ne s'occupe-t-il pas de cela d'une manière, si j'ose écrire, globale ? Quand une troupe de théâtre passe la frontière, il me semble bien que la régie de la troupe règle ces questions ? Demande-le. Et fournis deux (ou quatre) photos, pour abréger. Je ne pense pas que ma tutelle ait à intervenir pour un passeport.

1. Colette doit travailler aux dialogues du *Lac aux dames*.
2. Renaud de Jouvenel épouse Arlette Louis-Dreyfus le 2 août 1933.

J'écris à Goudeket de m'envoyer tout de suite ton chéquier, que j'ai oublié. Enchantée de te savoir en bons termes avec les Pellerin. Cela peut être très utile. Pellerin m'a écrit qu'il tenait à te soigner particulièrement. <u>Dis-moi à quel nom je dois libeller le chèque</u>. Je leur verserai trois mille, c'est raisonnable. Qu'ils m'écrivent au besoin, donne-leur mon adresse.

Comme tu vas maigrir ! Je ne dis pas cela avec l'accent de la joie.

Les Van der Henst sont à Nice pour trois jours. Silence, mais mistraou depuis le lever du jour, et impossible de nager.

Chérie, je t'embrasse de tout mon cœur. Jette-moi trois lignes quand tu le pourras. Le roadster[1] de Segonzac, grâce à sa manière de conduire, est déjà dans un état !...

Tendresses, chérie

Colette

Ne ferme pas la lettre pour Mme Terrier, que son secrétariat puisse la lire séance tenante.

[*Puis, sur une feuille jointe :*]

Chérie, Germaine Reuver m'écrit qu'elle a accepté le rôle de Mme Mayreder. Si elle va en Autriche, au moins tu auras à qui parler. De l'esprit, de la dent. Je crois que c'est son mariage qui l'a empêchée d'être une grande actrice comique, elle a quitté la scène pendant des années. Je te dis tout ça parce que, à Paris ou loin de Paris, on ne fait pas fi d'une camarade très agréable. Fais-lui mes amitiés. Je te rembrasse, chérie

Colette

1. Roadster : torpédo à deux places couvertes par une capote et deux autres places à l'air libre dans le spider.

[Fin juillet 1933]

Ecris, chérie, écris ! Même un bout de lettre, voyons ! As-tu rencontré ton père ? Eu des nouvelles de lui ? D'Arlette ? Allégret, venu en avion, m'a dit la date de votre départ collectif[1], mais je l'ai oubliée. J'étais si fatiguée ! Je reprends à peine conscience de tout, et de cette fatigue elle-même.

Beau temps, chaleur, bain pur et très salé. St. Tropez encore peu rempli. Jeanne Duc veut faire du cinéma ! « A condition qu'on me laisse à ma nature » dit-elle. Que les gens sont heureux d'avoir tant d'illusions sur eux-mêmes.

Mes voisins sont toujours gentils. Il savent mettre, à être présents et aimables, une charmante discrétion. Entrevu Segonzac[2], Dorny, sa nièce[3], une fois aux Salins. Tout le reste n'est, autour de moi, que fleurs traditionnelles, lézards verts, et un oiseau qui suit, en disant : « Puick-prrr. » Mille hôtels nouveaux, paraît-il. Faut-il que je sois sonnée ! je ne me suis pas encore levée avant 6 heures !

Ma chérie, je ne suis pas ravie de te savoir à Paris à la fin de juillet. Ce lac autrichien va-t-il te dédommager ! Aumont[4] et la petite Simon[5] ont des nouvelles de là-bas : air pur et mordant, et on y a facilement froid. Chandails, please. C'est un climat qui sera très bon pour toi si tu veux bien ne pas t'y vêtir comme ici.

Je t'embrasse, chérie. Ne pars pas sans m'avoir écrit ! Je t'embrasse encore, chérie

Colette

1. L'équipe du film part pour l'Autriche le 18 août.
2. André Dunoyer de Segonzac.
3. Thérèse Dorny, future épouse de Segonzac.
4. Jean-Pierre Aumont.
5. Simone Simon.

[1933]

Ma terrible enfant chérie, je t'envoie ci-joint trois mille. Fais attention... Si tu ne travailles pas tout de suite après ce film-là je ne sais pas comment tu t'en tireras... Tes revenus sont singulièrement rétrécis par la crise, et ce n'est malheureusement pas une année où je pourrais venir à ton secours, chérie. Je t'embrasse tendrement, mon trésor

Colette

[1933]

Chérie, Gréville m'écrit au sujet de « Chéri[1] ». Je lui écris en lui disant Bussi[2], et je lui donne ton adresse et ton numéro de téléphone. Il habite 53, rue Boissière (près de chez toi :) Vois un peu ça. Tu pourrais aussi l'orienter (il y pense) vers le Blé en herbe[3]... Je lui dis que je ne me mêle pas de découpage mais que je veux faire le dialogue pour au moins toucher un rab et ne pas voir des peigne-choses écrire le dialogue. Dis-lui, si tu le penses, que le dial. de Lac aux Dames est bien. Enfin vois un peu avant ton départ. Et trouve le temps de m'écrire, chérie !

Je t'embrasse comme je t'aime, fille chérie.

Colette

1. Paru en juillet 1920.
2. Solange Bussi, réalisatrice du film *La Vagabonde* (1932).
3. Paru en 1923.

[Juillet-août 1933]

Vendredi soir.

Chérie, quoi de nouveau ? J'ouvre cette lettre sans regarder l'adresse, elle est pour toi. Excuses !

Eventuellement, connais-tu quelqu'un capable de découper intelligemment pour 5000 frs ? Je ne veux pas me surmener, et je <u>sens</u> ma fatigue. Je donnerais les 5000 sur mes honoraires Lac-aux-Dames. Mais quelqu'un d'adroit. Et ensuite je travaillerais sur ce découpage et le remanierais.

Je t'embrasse, mon trésor. Demain samedi, je déjeune chez Daniel Dreyfus[1]. De là je ne reviens pas à Paris, je couche au Pavillon, et je suis sûre d'être couchée à 9h1/2. Dimanche nous déjeunons aux Mesnuls[2], si tu y viens personne n'en sera fâché. Je te rembrasse, chérie. Aujourd'hui j'ai exercé mon beau métier de cantatrice, — à l'œil, hélas

Colette

Le Pavillon, c'est : 12 route de St Germain à la Bretèche, à côté du bureau de poste. On passe par Vaucresson et c'est à peu près tout droit après.

1. Son ami banquier, propriétaire du Pavillon.
2. Chez Luc-Albert Moreau.

[Août 1933]

La Treille Muscate
Route des Cannebiers
Saint-Tropez Var

Chérie

J'ai reçu un télégramme : « Opération sans bruit ni douleur. Arlette et Renaud. » Tout de même !! Jusqu'au dernier moment je craignais n'importe quoi. Au fond, ton père doit être très content. Mais je crois qu'une jaunisse permettra à la mère éplorée d'économiser le fard marron[1].

Si le jeune couple est parti comme tu me l'annonçais, je ne sais où envoyer mes félicitations...

Pauvre chérie en cascades, tu n'auras pas eu le temps de voir Gréville ?

Etais-tu témoine ?

J'attends ton chéquier.

Il fait une grande, vigoureuse et péremptoire chaleur, mais les nuits sont divinement froides. Le dernier rejeton des Bassompierre dépérit dans Paris comme dirait Poiret. Je t'embrasse, Chérie. Ecris-moi !

Colette

J'ai encore travaillé avant-hier et hier dans les dialogues du film...

---

1. Renaud et Arlette se sont mariés contre la volonté de la troisième femme d'Henry de Jouvenel, mère d'Arlette.

1934

Lundi soir

Mais, chérie, c'est parce que je croyais que tu allais rentrer, que je n'écrivais pas. Si ton amie vient d'arriver, j'espère que vous passerez là-bas encore quelques jours agréables... et secs. Ici, la journée a été enfin belle, mais froide. Je sors peu, et seulement le matin. Oui, oui, je vais bien, — seulement quelques traces de bronchite, et qui vont s'affaiblissant. Aujourd'hui j'ai vu quelques instants Germaine Patat, qui a eu un éblouissant séjour de neige à Gstaad. Pour moi, s'il est question d'un peu de neige, ce peu de neige recouvrira un endroit qui s'appelle Chaisières ou Chezières. Les Van der Henst s'en occupent, je ne sais pas même où c'est. Par faveur spéciale, je suis allée avec Maurice Goudeket, dans la voiture des V. der Henst, déjeuner chez Sextia[1] le

_____

1. Photographe, amie d'Hélène Jourdan-Morhange. Elle résidait aux environs des Mesnuls.

1er janvier. C'était tranquille et bon enfant, — mais quelle nourriture des dieux ! Tout ce qu'elle touche devient succulent. Il y avait les Luc Albert, le chien-veau, la Choune-Chounette (une merveille de beauté !) Pilule, Souci, et trente mésanges. N'était-ce pas une jolie assemblée ?

Hier soir dimanche, Georges[1] Kessel nous pria à dîner. Joseph devait venir, mais il s'était saoulé telle-ment qu'on l'avait enfermé dans deux chambres d'hôtel, où il a tout transformé en allumettes, y com-pris les armoires à glace. Je ne vois presque jamais Kessel, mais sa soulographie me fait horreur. Quel dommage.

Mr. de Bassompierre, fort sensible à ton souvenir, est parti aujourd'hui pour Londres. (C'est une coïn-cidence et non pas une conséquence !) Il a eu, lui aussi, ses étrennes : le 31 décembre à 5 heures du soir, il apprenait qu'un débiteur, qui l'avait payé à sa grande surprise, était parti pour... Dieu sait où, et que les traites avec lesquelles on avait payé Maurice étaient fausses. Il y en a pour 80.000 francs. Ohé ! ohé ! comme on disait en 1910.

J'ai enfin entendu à l'orchestre (hier) et conduit par l'auteur, le Boléro de Ravel.

C'est magnifique, cette convocation successive de tous les instruments.

Ecris-moi encore, chérie, si tu restes là-bas.

J'oubliais ! Samedi matin à 5 heures, je pars avec les Van der Henst dans leur voiture pour St. Tropez ! Ils y passent une semaine, et je crois que cela effacera tout à fait ma bronchite. Pourvu que le temps soit digne... de nous ! A Cannes, il paraît qu'on se baigne. Est-ce vrai ?

1. Frère de Joseph.

Je t'embrasse de tout mon cœur, chérie, comme je t'aime. Ecris-moi de temps en temps ?

Colette

[Mars-avril 1934]

La Treille Muscate
Route des Cannebiers
Saint-Tropez — Var

Où es-tu, ma charmante fille ? Ici tout est déjà bien beau, même avec un peu de pluie dessus. Herbe longue et tendre, fleurs de printemps que je ne vois jamais l'été, et les premières roses. Et les premiers petits oignons jaunes, avec du pain et du beurre ! Mais comme je l'avais prévu la pièce d'en bas est inhabitable. Je me suis réfugiée dans ma chambre, — tu connais le système. La chatte est folle ! et la chienne un peu bête. Quand elle revient ici, elle croit qu'elle est encore au temps de sa paralysie, et ponctuellement elle tombe dans l'escalier, et ponctuellement elle affirme avec des yeux de victime : « Vous savez bien que je ne peux pas sauter sur un fauteuil, puisque je suis paralysée du train de derrière ! » C'est très curieux.

L'ayant rassurée sur notre sort, je retourne à des soins urgents : nettoyage des armoires, et surtout vidage complet du fourneau à chauffage. Lamponi s'étonne de voir que ça chauffe mal, et <u>pourtant</u> elle ferme la clef de tirage du tuyau « pour empêcher que toute la chaleur, elle s'en aille par la cheminée ! »

Et bien d'autres. Sais-tu qui nous avons rencontré à Lyon, arrivés à la même heure, dans le même hôtel ? Arlette et Renaud, qui s'en allaient à Villefran-

343

che. Très gentils. Mais nous ne pensions tous qu'au bain et au lit, on s'est vus cinq minutes.

Chérie, tu sais tout. Je t'embrasse de tout mon cœur. Si tu m'écris tu me feras beaucoup de plaisir. Tu auras du chintz pour tes deux petits fauteuils, et quelques petits rabs !

Colette

[Mars-avril 1934]

La Treille Muscate
Route des Cannebiers
Saint-Tropez — Var

Vite Chérie des nouvelles ! Saint-Tropez est presque vide, c'est te dire qu'il est bien beau. Mais je suis fatiguée, et à la limite de l'insociabilité.

Je t'envoie ton compte en banque. Il n'y a pas de quoi faire de grandes folies, tu vois. Tendresses, chérie, écris-moi !

Colette

[1934]

Chérie, tu n'abondes pas en nouvelles ! J'attends un mot de toi tous les jours. Veux-tu, un matin ou un après-midi, aller au Claridge, demander Jeanne la femme de chambre, te faire ouvrir mon appartement. Dans la petite pièce <u>où nous mangeons</u>, dans la penderie, trouve, « devant ton nez », dit Pauline, le costume tailleur noir, veste et jupe, en lainage de chez Lelong[1]. Tu n'auras qu'à le mettre sur le divan

1. Lucien Lelong, couturier.

344

de la même pièce, ou à l'accrocher au loquet de la porte sur son pendoir. Trouve aussi, si tu le peux, dans la même penderie, une ou deux blouses convenables, de la Maison de Blanc, l'une blanche a une cravate à nouer blanche semée de petits pavés noirs. L'autre, plus féminine, blanche avec des pans de fichu à grands festons au bord, qui se nouent à la taille. Merci, chérie.

Nous sommes dans les orages. Celui d'hier a duré <u>douze heures</u>. La foudre est tombée sur notre petit voisin Marchand, elle a troué le toit, effondré la cheminée et mis le feu. J'ai bien cru qu'elle tombait sur nous.

Julio est allé pêcher, toujours sans gréement ni moteur, avant-hier ! Saute de vent soudaine, forte brise qui se lève en quelques secondes. Impossible de rentrer. Résultat : Véra a dû courir partout pour le faire rechercher par des bateaux à moteur. Je ne crois pas qu'il recommence. Ça met le petit poisson trop cher. Les gens sont fous. Chérie, j'attends une lettre de toi avec impatience. Je t'embrasse, mon trésor, de tout mon cœur. Tous mes amis d'ici, qui sont tes amis et te regrettent, se rappellent à toi

Colette

[Mars-avril 1934]

Chérie, je ne sais pas au juste où tu es. Je suis restée une semaine de plus ici[1] parce que j'ai attrapé — naturellement — un empoisonnement intestinal. Mais il va beaucoup mieux et je rentre. Probable-

1. À Saint-Tropez.

ment dans la voiture de Vera, avec Moune. Vera met sa mère et sa fille dans le train avec Pauline. Une vague de chaleur magnifique a passé sur nous, mais une série de petits orages est en train de la troubler. Ton camarade Wormser[1] erre sur le port, sans doute espérant te voir débarquer d'une tartane ? C'est Moune qui l'a vu. Il est sur un bateau avec les Boris, je crois. A part ça, rien de nouveau, sinon que St. Tropez, désert, autochtone, languissant, redevient une merveille.

Et maintenant, au boulot ! Nach[2] Paris ! Nous partirons d'ici dans cinq ou six jours et nous mettrons trois jours à rentrer, — par ordre de M. de Bassompierre qui ne veut pas qu'on dépasse le 32 de moyenne. Chérie de mon cœur, je t'embrasse. La colossale chinoise, Nadine Hwong, est ici chez Natalie Barney. Si ça t'amuse de la connaître, je leur demanderai quand elles rentrent. Je te rembrasse, chérie, hélas, voilà qu'il pleut !

Colette

[1934]

La Treille Muscate
Route des Cannebiers
Saint-Tropez — Var

Cher Monsieur Hammel,

J'envoie ma fille au Claridge avec ce mot; pour chercher diverses choses dans mon appartement. Voulez-vous lui faire ouvrir portes, et armoires au besoin ?

1. Olivier Wormser.
2. Prochaine étape.

Merci, et à bientôt. Je vous serre bien amicalement
la main

Colette

[Mai 1934]

Chérie, voici qui te concerne. Pas de blagues avec
chèques sans provision, surtout ! Tu n'es majeure que
dans deux mois —

Je songe que, si tu ne te paies pas une demi-voiture
ou une voiture entière pendant que tu as un peu
d'argent, un moment viendra trop vite où tu n'auras
plus d'argent et pas encore de voiture...

As-tu écrit à ton père ?

Je t'embrasse, ma chérie très chérie

Colette

[Juillet 1934]

Chérie, nous partons. Hélas, quel temps ! C'est
désolant. Peut-être seras-tu partie ? Nous serons à
Paris dimanche ou lundi, — je crois.

Tu sais ce qui se passait pour le tailleur noir ?
Jeanne la f. de ch., voyant un costume sur le divan,
disait : « Quel désordre ! » et elle le raccrochait soigneusement. Ça aurait pu durer longtemps. Tous les
lys roses sont sortis de terre par magie, et fleurissent.
Il y en a plus de deux cents !

Je t'embrasse, ma chérie, de tout mon cœur. Je
t'enverrai un mot çà z'et là. Amitiés à Renaud et
Arlette.

Colette

1935

[Début janvier 1935]

Jeudi soir

Ma chérie, j'attendais une lettre de toi, je la reçois
ce soir. Je lis assez entre tes lignes pour voir que tu
as hâte d'avoir vu ton père. Si l'agence King me procure la place que j'ai demandée pour le 5 au soir, je
serai le 6 à Paris. Et je t'y donnerai toute l'aide que
je pourrai. Je persiste à croire que ton appréhension
est démesurée.

Non, chérie, je n'ai pas beau temps. La première
journée a été un enchantement printanier. Depuis 48
heures, c'est la bourrasque d'est. La maison n'a
jamais connu de chauffage d'hiver[1], et malgré le
calorifère « Idéal Classic » qui se comporte très bien,
qui ne donne aucune peine, les murs sont froids. Ils
commencent à se sécher, à s'échauffer, et j'en suis
contente, mais j'ai dû boucler la pièce du nord
dénommée « salon », émigrer au 1er étage et m'y
organiser travail et repos, — la salle de douches est
heureusement assez chauffée, surtout quand on ne

---

1. Colette est à Saint-Tropez.

traîne pas à sa toilette (une pierre dans ton jardin, ô ma fille !). En haut, les cheminées sont mon grand secours. Mon silencieux compagnon Goudeket travaille dans la chambre en face où je l'ai installé, et grâce à Guy qui est arrivé lentement sur le verglas, nous avons pu ce matin, sous une pluie battante, aller « en ville » et revenir. C'est tout. Mais je ne me plains pas, car mon travail en retard bénéficie de ce temps diluvien. Louise assure que le mistral, ce « grand voleur » attend, embusqué, et s'élancera demain au petit jour sur nous.

C'est étrange, ici, ces jours si courts, ces aubes tardives. L'oisiveté y serait intolérable.

Segonzac est au Mâquis[1], tout seul, avec sa lampe à pétrole dès quatre heures. Nous avons dîné-réveillonné, de 10 h. à minuit, avec lui, dans « l'Escale » déserte. Mais que le port est beau, sans touristes ! Et ces petits magasins, qui abandonnent leurs spécialités parisiennes d'été, qui retournent au jouet de carton, à la pomme ridée, au hareng saur et au raisin séché, qu'ils sont sympathiques !

Chérie, je t'embrasse de tout mon cœur. Que cette année te voie paisible, active, en bonne santé et en bonne humeur.

Je le souhaite de toute ma tendresse.

Colette

Maurice Goudeket t'envoie mille souhaits, et son amitié.

---

1. Le Maquis, propriété d'André Dunoyer de Segonzac, domaine de la Colline-Sainte-Anne qu'il partageait au départ avec Villebœuf et Luc-Albert Moreau.

[Fin janvier 1935]

Chérie, Comme je pense beaucoup à ton inaction actuelle, je tends mes atomes crochus vers tout ce qui pourrait te servir.

1° Une dame fortunée, — et qui aspire sans doute à l'être moins, — forme une firme de ciné. Un jeune homme, cousin de Moune, s'occupe de tout, il s'appelle Raymond Marcel. Toute la journée, il est 97, rue de Rome, et Moune lui a parlé de toi. A toi de lui rendre visite. Cette nouvelle société tournera toujours bien deux films...

2° Dîné hier avec les Kessel Jef et Katia, qui partent pour Hollywood[1], où Katia restera pendant que Jef, après avoir fait un scénario — ou peut-être deux — ira quelques semaines au Mexique. Faut-il, pour toi, prendre un risque, passer l'eau presque sans frais grâce à Cangardel, user de l'amitié que me porte Charles Boyer, de celle de Kessel, de la présence de Katia, qui me rassurerait tout de même, et chercher là-bas quelque chose ? Nous en avons beaucoup parlé hier soir, et rien qu'à cette idée Katia poussait de grands cris de joie. Mais leur départ est proche. Réponds quelque chose, chérie.

Je vais au Grand-Guignol ce soir. Ivresses ! je t'embrasse tendrement, chérie

Colette

1. Les Kessel partent le 10 février 1935.

[Début février 1935]

Chérie,

A partir de lundi prochain, va voir, au Journal, Mme Françoise Rouchaud (la sœur de Pierre Brisson). Elle est, au Journal, une charmante Eminence grise. Le Journal va donner, à la jeunesse internationale, une page hebdomadaire, à partir du 10 février. Je fais partie d'un petit Conseil organisateur qui a déjà tenu deux séances.

Spontanément, Jacqueline (Guimier) de Champeaux, lorsqu'on a parlé des photos nécessaires, a dit : « La fille de Colette fait de très belles photos » et j'ai trouvé ça très gentil. Photos payées bien entendu. Françoise va prendre l'air de jeudi à lundi. Si tu veux la voir demain, tu peux. Mais tu peux aussi attendre à lundi (de 5 à 8 heures). N'y manque pas.

Les Kessel ne partent que le 10 février.

Veux-tu voir un bout de femme de ma connaissance (Renée Hamon, la Bretonne aux daphnés) qui vient de faire seule le tour du monde, et qui bêche Titaÿna ? Elle a navigué en goélettes indigènes, sans Blancs, fait toute la Calédonie pour 400 francs, visité des atolls privés où il n'y a que des oiseaux mais tant d'oiseaux qu'on ne sait où poser le pied sans écraser œufs, éclosion, couvées. Maigre et pâlotte avant, elle rentre avec une mine magnifique, ayant lavé les ponts et couché n'importe où. Naturellement elle veut repartir, et tourner des bandes cinématographiques. Elle ne manque actuellement que d'argent, mais je parie bien qu'elle trouvera. Je te dis ça parce que je sais que tu es dans un moment indécis, anxieux et affamé d'« ailleurs ». La petite Hamon a 38 ans, ne les paraît fichtre pas, est mariée, séparée. Un peu « moi j'ai fait ça » mais sans cela elle ne l'aurait pas fait. Pour rouler autour du monde, il faut un peu pas mal de confiance en soi. Si ça t'intéresse... En Calédonie, elle cherchait une bicyclette pour « faire » la Calédonie, quand elle a rencontré des gens qui, épatés, lui ont offert de partager leur Hotchkiss, elle a bien entendu accepté. Tu la trouveras ou chez moi en t'y prenant à temps, ou 6 bis rue des Marronniers, à Passy. A tout de suite, chérie. Je « remercie » à la cadence de 80 lettres par jour. O mon bras droit ankylosé ! Tendresses, chérie

Colette

[Février 1935]
Hôtel Claridge
Paris

Lundi matin

Ma chérie, j'ai été contente d'avoir les deux dépêches. La seconde surtout. Elle est arrivée dix minutes après que j'ai posé, à Julio Vander, la question : « Combien y a-t-il de kilomètres entre Châteauroux et Brive ? » Nous étions à ce moment-là attablés devant un couscous que Simone Berriau[1] avait fait venir des cuisines de Si-Kaddour ben Ghabrit, et je me disais que tu aurais aimé cette excellente cuisine marocaine, préparée longuement, cuite longtemps, énorme et qui passe comme un songe.

Rien de nouveau autour de moi, j'attends dans la journée le docteur Moreau et son charmant sourire.

1. Simone Berriau est l'héroïne du film *Divine* de Max Ophuls avec des dialogues de Colette.

C'est à toi de me raconter des paysages, des bêtes, — même des gens ! On m'écrit d'Allemagne qu'on voudrait tirer un sketch filmé (15 à 20 minutes) d'une nouvelle de moi, « le Cambrioleur », je ne sais pas de quelle firme il s'agit, c'est ma traductrice qui m'écrit.

Amuse-toi, chérie. Et même marche à pied. Et pour la voiture, je te dirai seulement, comme disait St. Pierre à Dieu avant de commencer une partie d'écarté : « Seigneur, pas de miracles, n'est-ce pas ? »

Je t'embrasse, ma charmante et secrète fille. Loin de moi de te reprocher d'être secrète ! Je n'ai jamais eu l'idée qu'un enfant devait fuir de tous côtés comme une passoire ! Je t'embrasse et je t'aime

Colette

[Début 1935]

Immeuble Marignan[1]
33, Champs-Elysées
Elysées 00-34

Dimanche

Alors chérie, tu es contente ? Ta lettre m'a fait plaisir. Je n'ai eu que rarement l'occasion de goûter cette arrivée dans une sorte d'été de neige, ce doping, cette allégresse, cet air qui touche le fond des poumons

---

1. Colette s'installe dans l'Immeuble Marignan en février 1935. « Quand sonna pour le Claridge l'heure d'une désagrégation qui secoua tous ses services et refroidit ses fourneaux [...] je sautai par-dessus l'avenue des Champs-Élysées où le côté impair me reçut dans un huitième étage tout crème à la vanille et épingle à cheveux », in *Trois... Six... Neuf...*

avec un goût de menthe glacée. Profites-en sans trop d'imprudence.

Ici, il fait un petit beau temps d'employé modeste. Aussi irai-je déjeuner aux Mesnuls, où iront Luc-Moune, qui en ont besoin eux aussi. La vieille et fidèle servante qui assure la vie du père Morhange (il a 80 ans) a une congestion pulmonaire. Alors Moune donne ses leçons le matin, part avec son escargot-voiture, fait le marché en route, cuisine chez son père, soigne Albertine, revient donner des leçons, dirige un cours à Auteuil, et retourne le soir chez son père. C'est un brave monde que Moune. Pendant ce temps-là, elle soigne une sinusite personnelle. On voudrait être riche...

Chérie, je me lève. Non sans t'embrasser, tendrement, tendrement. J'attends ta seconde lettre. Ton beau-père[1] te bénit, du fond de sa longue barbe blanche. Je soigne mon genou synoviaque[2] avec le remède « pour chevaux et bétail » qui sent si bon.

Colette

[Février 1935]

Chérie, Mirande te réclame. Mieux, il t'annonce. Son adresse : 95, avenue Victor Hugo. Téléph. Passy 22.55. Il est déjà cramoisi parce que tu te permets de n'être pas à Paris, — où il fait aujourd'hui un temps charmant, et exceptionnel. Ne m'en veuille pas de t'écrire si peu et si mal aujourd'hui, c'est un des jours

1. Pour la première fois elle mentionne « ton beau-père », discrète allusion à son futur mariage avec Goudeket.
2. Colette avait déjà eu un épanchement de synovie en décembre 1932.

de « papier » ! Je t'embrasse tendrement, chérie. Ton beau-père s'est commandé une robe de chambre de vieil anglais frivole. C'est-à-dire une robe de chambre de jeune homme français sérieux. La pièce du théâtre des Arts [1] hier, m'a mise bien bas. Tâche de t'arranger avec Mirande ! Le travail devient si rare. Tendresses, chérie, et amitiés de Maurice. Je t'invite à un petit dîner banquet chez Guimier, qui l'offre en mon honneur, quelque chose comme le 9 mars. J'ai réussi, désespérée, à faire reculer la séance académique jusqu'au 4 avril !

Colette

Beau-papa bénit ta jeune tête inclinée.

[1935]

La Treille Muscate
Route des Cannebiers
Saint-Tropez Var

Chérie, nos lettres se sont, naturellement, croisées. Je te retire ma malédiction, pour qu'elle puisse me resservir une autre fois.

Même de loin, je n'avais pas bonne impression de ce film [2] auquel tu travailles. Après, que choisiras-tu ? Mirande, ou le lointain voyage [3] ? Tes lointains voyages, je les trouve toujours charmants, et salutaires,

---

1. *Terre inhumaine* de François de Curel est représentée au théâtre des Arts le 17 février 1935 (critique de Colette dans *La Jumelle noire*).
2. *Divine*. Petite Colette est assistante.
3. Il avait été question d'Amérique, mais ce sera la Guinée.

quand ils sont encore dans le vague. A mesure qu'ils se rapprochent, ils noircissent à mes yeux.

Ici, c'est enfin le beau temps, et beau n'est pas assez dire. Il nous étourdit de roses, de fleurs sauvages, de soleil et d'une brise encore fraîche. Hier, nous sommes allés explorer Nice, désert, sympathique. La route de la Corniche, par cette saison, mérite qu'on la dise « unique » et tous les jardins sont des roses et des roses. Il faut se remettre en route mardi, ou mercredi.

Chérie, prends ton film en patience. J'embrasse tendrement, et ton beau-père te salue avec la gravité qu'il a contractée en naissant. Amitiés aux Renaud.

Colette

[1935]

Chérie, naturellement Mirande annonce qu'il passe sa journée au studio et que le déjeuner n'a pas lieu. J'en profite pour travailler et pour donner quelques soins à Maurice 1er, dit l'Explosif. Il est affreux à voir et à entendre ce matin. Je me mettrai à l'autre bout de la table. Tendresses, chérie, je vais provoquer un autre rendez-vous avec Mirande.

Colette

Pense à Dausse [1]

---

1. Le docteur Dausse épousera la Petite Colette le 11 août suivant.

Immeuble Marignan
33, Champs-Elysées
Elysées 00-34

Chérie, je ne voudrais pas t'influencer, comme on
dit — Mais j'espère que tu réfléchiras à ce voyage[1]. Il
ne faut pas mettre entre le bonheur et toi, de propos
délibéré, trop d'espace, trop de mer, trop de terre —
Je crois qu'il ne faut pas que le hasard, qui t'a mise en
face d'un homme comme celui-là[2], se laisse déjouer
par des hasards plus petits, qui peuvent être plus ou
moins bienveillants. Il y a un moment dans la vie où
il faut pencher d'un seul côté, et non pas osciller. Je
t'écris à l'instant où je dois t'écrire, c'est-à-dire tout de
suite après votre départ, pendant que je suis encore
chaude de votre présence. Toute chaleur est illumina-
tion. Il me semble que tu ne devrais pas partir. Si tu
aimes cet homme qui t'aime, ton voyage ne sera
qu'anxiété. Mets toutes les chances avec vous deux.
Ce n'est pas l'heure de courir plusieurs risques. Donne
tous tes soins, maintenant, à ce que tu aimes le mieux.
Je t'embrasse, chérie, de tout mon cœur

Colette

[1935]

Chérie, tiens-moi au courant, même brièvement,
des apprêts de ton voyage[3]. Le fait que je favorise ce

1. En Guinée française.
2. Le docteur Dausse.
3. Petite Colette part pour la Guinée française (Conakry) *via* le

grand projet ne veut pas dire que je n'en ai pas d'inquiétude — Comprends tout ce que je ne dis pas, et témoigne-moi que tu le comprends — Dis-moi comment tu prépares et arranges les moyens matériels de l'entreprendre —

Le printemps est un bouquet de tout ce qui porte fleurs en cette saison. Un peu frais — Le jardin est stupide et joli — La maison est propre. Le dernier fruit de la Treille est un matou de six mois, rayé, que Lamponi appelle simplement Grignoulet — Tu vois que tout est dans l'ordre — Sache aussi que « par économie » Lamponi range dans le frigidaire beurre, viande, lait et œufs, <u>sans courant</u> électrique [1]. (Tout, dans ce pays, dépasse toujours ce qu'on en a espéré.) Alors tu imagines, privées de tout accès d'air, le ménage que font ensemble ces denrées, qui cessent vite d'être alimentaires. Gaspilleuse comme ma fille, j'ai rétabli le courant. Ah ! ces femmes de Paris !

Je t'embrasse, chérie de mon cœur. Ecris-moi

Colette

Maroc et la Côte-d'Ivoire « avec les plus gros planteurs de Guinée qui sont ses amis », selon une lettre de Colette à Germaine Patat.

1. Dans cet inventaire, il est amusant de noter que Colette écrit à Hélène Picard : « À propos, nous nous sommes mariés Maurice et moi. »

[1935]

Cie Gle
de Navigation à vapeur
(CYP. Fabre)
à bord du Banzora
Marseille

Maman chérie,
Tout va bien et c'est beau. Ta fille est un vieux
marin à qui la houle ne fait pas peur.

Comment peut bien s'appeler un oiseau (petit) qui
a le ventre jaune, les ailes grises, le bec très pointu et
des petites pattes hautes et très minces ? Il est tombé
sur le pont aujourd'hui, en pleine mer et nous quittera, paraît-il dès l'approche de la Terre. Il y a aussi un
chat à bord. Et j'ai vu un requin et les îles Baléares.

Il fait plus frais ce soir qu'hier soir en quittant Marseille.

Il y a peut-être 40 personnes tristes, coloniales et
fonctionnaires sur ce bateau.

Demain matin à 6 heures Alger que je vais essayer
en quelques heures d'escale, de voir le mieux possible.

Cette vie de labeur est épuisante, et à 9 heures du
soir, je tombe de sommeil.

Je t'embrasse, ma mère chérie, et je t'aime en
employant des mots bêtes plus que je ne puis jamais
te le montrer.

Ta fille
Colette

Amitiés à beau-papa[1]. (ahah)

1. Colette a épousé Goudeket en avril 1935. À partir de cette
époque, elle l'impose comme beau-père officiel à sa fille.

[15 mai 1935]

Hôtel - Restaurant
Dakar, le 15 mai
Atlantic
Dakar
R. C. Dakar N° 8

Maman chérie,

Voici la dernière et la plus longue (de 8 h du matin à 6 h du soir) escale avant Conakry. La vraie chaleur commence et l'emploi du casque colonial, des lunettes et de la quinine. T'ai-je dit que lors de l'escale à Casablanca (ville du Midi avec quelques personnes déguisées en Arabes) nous avons pris une voiture et sommes allés à Rabat, que tu connais je crois.

Dakar, c'est les nègres avec des robes d'un si joli bleu et les mangues. En dehors de rues un peu trop civilisées, il n'y a guère à voir que le marché. Les mangues, les toutes petites tomates et beaucoup d'autres fruits que je ne connais pas et dont personne d'ailleurs ne sait me dire le nom. Et les cacahuètes sont bien meilleures ici qu'en France. Et ce qu'il y a d'atroce, ce sont les Français qui vivent ici — des brutes ou des abrutis.

Trouverai-je de tes nouvelles en arrivant à Luisan ? N'as-tu pas perdu l'adresse ?

Bananeraie de Kin San
à Lin-San par Kindia
Guinée-Française.

La vie à bord est agréable et calme, presque monotone. Cure de repos et de suralimentation. Mes amis sont gentils pour moi. Bientôt, on verra la Croix du Sud. Les nuits sont déjà merveilleuses et l'eau est phosphorescente autour du bateau.

Auras-tu cette lettre avant de t'embarquer sur le Normandie [1]. Je ne sais pas combien de temps il faut à une lettre de New York à Conakry, mais cela ne doit guère être plus long que de Paris. (J'exagère peut-être un peu.) N'oublie pas, ma mère chérie de me donner de tes nouvelles, de me dire si tu n'es pas trop fatiguée. Le courrier part de Paris tous les samedis à Air France jusqu'à 17 h.

Je t'embrasse et je t'aime bien plus encore qu'il n'y a de distance entre nous

Ta fille
Colette

[*La lettre suivante est accompagnée d'une enveloppe adressée à « Mademoiselle Colette de Jouvenel, Bananeraies de Kin-San à Lin-San par Kindia, Guinée-Française ». Cachet de la poste : 14.6.1935. Accompagnée d'une coupure de journal intitulée : « Avec un gâteau à la crème Mme Colette inspectait sa cabine tendue de bleu. "J'avais pourtant dit que je ne voulais pas de hublots, dit-elle, ils me flanquent le cafard. Qu'on enlève les hublots !" Comme un journaliste américain voulait à toutes fins obtenir d'elle une belle phrase, Colette lui répondit : "Eh bien, voici : je suis certainement le seul passager qui embarque avec un gâteau à la crème et aux oignons et une bouteille d'Arbois blanc. Ce sont là les cadeaux de mon futur gendre." On apprit ainsi que Mlle Colette de Jouvenel allait épouser le docteur Dausse dans un avenir pro-*

1. Colette est invitée comme reporter du *Journal* pour le voyage inaugural Le Havre-New York sur le *Normandie* (du 29 mai au 13 juin). Colette avait épousé Goudeket pour pouvoir voyager avec lui car les couples illégitimes n'étaient pas admis.

chain. Pour le moment la fiancée se promène quelque part dans le Cameroun. »]

[20 juin 1935]

Immeuble Marignan
33 Champs-Elysées
Elysées 00-34

Chérie, j'ai ta lettre de Dakar et je suis bien contente. Elle est venue vite, nous sommes le 20. Mais j'ai manqué le courrier d'Air-France avant-hier et la poste a refusé la dépêche, me disant qu' « ils ne connaissaient pas ça », c'est-à-dire Kin-San et Lisan. Ce qui arrive sans les P.T.T. est toujours plus beau que ce qu'on imagine. Hier Mesnuls, — avec ton fiancé. Il a fait « chien perdu » et nous avons été ravis de l'avoir là-bas. Il a concouru pour le titre de week-end-man, et montré qu'il savait : servir à table, donner des conseils pour la cuisine, et des recettes, soigner le feu, dire le nom des plantes inconnues, soigner les plaies avec du cactus mâché, tondre l'herbe dans le pré, que sais-je encore ? Il a montré aussi un bien joli coup de fourchette, des muscles excellents, et il a eu un succès complet.

Rien de nouveau. Oui je suis fatiguée, mais la Normandie m'offrira-t-elle une cure de repos ? Je ne le crois pas. La température de cette semaine a été meurtrière pour végétation, bêtes et gens, un froid qu'on n'a pas eu depuis 960 ans. Ce matin elle s'adoucit un peu. Mais tu n'aurais sans doute pas perdu une si rare occasion de bronchite. Je prends des consolations où je peux, et je me dis qu'il est très bon que tu sois si loin, sur un bateau... Camille Dausse manifeste un grand intérêt pour les Canaries. Crains-tu pas que le fait d'être « l'homme aux cinq belles-mères » ne lui tourne un peu la tête ? Chérie, je m'ennuie de ta petite figure. Je t'embrasse et je t'aime de tout mon cœur

Colette

[Juillet 1935]

Immeuble Marignan
33, Champs-Elysées
Elysées 00-34

Chérie, rapporte-moi ma valise. Je vais partir peut-être jeudi. Sinon, vendredi. J'en ai assez. N'oublie pas !
Tendresses, chérie.

Colette

[20 juillet 1935]

La Treille Muscate
St Tropez, Var

Cher ami [1]
Où est-elle ?
Où êtes-vous ?
Où en êtes-vous ?
Un mot, bon dieu, de vous ou d'elle —
Il fait une chaleur grandiose — Je me remets pourtant au travail. Ce n'est pas une résurrection, c'est une rechute. Le truc iliaque va... heu... un peu mieux

1. Camille Dausse.

— Plutôt un peu mieux. Rien reçu de Jouvenel. Le plus pratique serait que vous dictassiez une lettre à Mlle Billard[1].

Pour Colette : avant-hier, de grands cris : « Un serpent[2] ! Un serpent dans la cuisine ! Sur la table de la cuisine ! » Parfaitement, une belle couleuvre un peu rousse, très jolie. Je lui ai offert du lait sur mon doigt, elle l'a seulement goûté et a soutenu que je voulais l'empoisonner. L'étrange est que sur quatre personnes elle n'a plus fait attention qu'à moi. D'ailleurs elle s'est vexée, et s'est mise à me menacer. J'en ai profité pour lui dire de me suivre, elle me suivait bien jusqu'au seuil, mais elle rentrait obstinément dans la cuisine. J'ai dû prendre le balai et tâcher de la pousser dehors, et toujours elle rentrait. Enfin elle s'est mise dans les asters près de la porte, on l'a encore vue hier, peut-être prendra-t-elle l'habitude de nous. Elle s'appelle Malvina —

Maurice Goudeket va au marché, je lui donne cette lettre en hâte. Ecris-moi, Chérie ! Songe que tu vas, comme disait ma mère, « t'en aller avec un monsieur[3] » ! Je vous embrasse tous deux. Amitiés de Maurice,

Colette

1. Secrétaire d'Henry de Jouvenel.
2. L'histoire de la couleuvre est reprise dans *Journal à rebours*.
3. Colette se rappelle un dialogue entre sa mère et son père :
« ... L'aînée est déjà partie avec ce monsieur...
— Comment partie ?
— Oui, enfin mariée. Mariée ou pas mariée elle est tout de même partie avec un monsieur qu'elle connaît à peine. » Elle regardait mon père avec une suspicion tendre « car enfin, toi, qu'est-ce que tu es pour moi ? Tu n'es même pas mon parent... »

[Fin juillet - début août 1935]

Si j'étais que de toi, je me ferais habiller de blanc à Brive, une belle petite robe blanche bien gaie sans traîne. Si j'étais que de ton père, je mènerais ma fille à pied à la mairie de Varetz, en coupant par le pré ; — mais y a-t-il encore un pré ??? Et je la remonterais en voiture.

Tu auras sans doute une très jolie journée de mariage, chérie. Non sans vanité, je me dirai qu'elle est jolie parce que je l'ai bien voulu — Toi, tu n'en seras pas tout à fait contente parce que j'y manque-rai. Pendant que je t'écris, je me dis qu'il vaut mieux que j'y manque — Les nerfs vieillissent, même les miens — Et je serais capable de verser — à cause de ta charmante figure, d'un cadre et d'un apparat champêtres, des souvenirs heureux, malheureux, amoureux que j'ai laissés dans <u>ton</u> pays (tu es née rue Cortambert, mais tu dates de Castel-Novel) — je serai capable de ne pas maîtriser les marques les plus évidentes de l'émotion. Tout est donc très bien, même si je suis ce jour-là un peu jalouse de ton père —

Je pars à l'aube, comme d'habitude. J'attendrai votre... [*incomplet*]

[1ᵉʳ août 1935]

La Treille Muscate
Mercredi

Chérie, où es-tu ? Je sens puissamment que je devrais être près de toi. Ne fût-ce que pour te donner

365

mon avis sur toutes choses et gens, dans des termes que ne renierait aucune mère : « A ta place, j'aurais mis le haut de cette robe en bas... Crains que cette étoffe ne te fasse pas d'usage... Où as-tu vu qu'une jeune mariée fasse ceci, ne fasse pas cela ?... En Limousin, n'oublie pas que la chaleur, (le froid), au mois d'août... Il faut songer qu'une robe de mariée doit supporter la teinture » etc, etc, etc...

Ton père m'a écrit une lettre extrêmement jolie et simple, qui m'a fait grand plaisir. J'ai répondu de mon mieux, en quelques lignes, et tout est bien.

Vite, fais-moi savoir le jour de votre mariage, chérie. Je vous embrasse tous deux.

Colette

Latitude 43[1] vient de rouvrir ses portes. Mais jusqu'à présent les huissiers viennent toucher chaque fois que les malheureux gérants ont versé une orangeade et encaissé cent sous. On assure que ça va s'arranger promptement — Iza de Comminges est venue déjeuner ce matin.

[9 août 1935]

Que je suis contente d'avoir ta lettre, chérie ! J'en oublie de te vitupérer. En broderie anglaise, — et des gardénias... Mon Dieu que je suis bête et émue. Si ton père ne m'envoie pas une photo de la mariée, — je le r'épouse. Une pareille menace le mènerait n'importe où.

Latitude : tout ce que vous voudrez, mes enfants.

1. Hôtel à Saint-Tropez : « À l'époque un essai de modernisme acceptable. » (Note de Colette de Jouvenel.)

Mais le malheureux est saisi tous les jours. Avant-hier on lui avait coupé le téléphone. Je le sais par Katia, — qui le sait par G. Kessel, — qui est à Latitude avec une pool (1).

Il a raconté qu'ayant demandé un whisky, il a vu arriver une sorte de syndic, qui a tiré de ses poches les clefs de la Tour de Londres, a ouvert un placard — cric, crac, — atteint une bouteille, versé un liquide — glou-glou-glou — refermé le placard — cric, croc, — et exigé le paiement entre ses mains syndicales. Ne croirait-on pas un film en costumes ? Nous verrons bien. Ça s'arrangera toujours.

La Batterie, ah ! oui, la Batterie... Peut-être qu'avec un sweepstake, — ou la Loterie, — ou une Loteria spagnole... Ta lettre est un amour. Je t'aime, je t'embrasse, je vous embrasse tous deux. Maurice est votre ami.

Colette

(1) orthographe imposée par la pudeur maternelle.

[11 août 1935]

Dimanche soir

Alors ? Il n'y a plus de petite Jouvenelle ? La journée est finie. J'espère qu'elle n'aura pas été trop fatigante pour toi, chérie. Tous nos télégrammes sont-ils arrivés à temps ? J'attends la photographie, fais qu'elle ne tarde pas. Inutilement j'ai essayé de me figurer ton mariage ; mais trop de choses ont changé là-bas. Bon déjeuner ? Bonne atmosphère affectueuse, et beau temps ? Il faut me raconter tout et tout.

Les conditions hôtelières à St. Tropez sont, selon qu'on les considère de près ou de loin, tragiques ou comiques ? L'Arbois, par son service et sa nourriture, s'est déjà fait une réputation, — déplorable. Mais le plus étonnant, c'est Latitude 43. Il a été rouvert (?) par l'entrepreneur du bâtiment, à qui on doit quatre millions. Il a embauché sa femme, sa belle-sœur, sa secrétaire et ses enfants en bas âge. Personne ne sait où sont les serviettes (de table) aux dernières nouvelles on en a trouvé une [*sic*] pour un Anglais.

Berl[1], de Marianne, arrive ce matin, avec un ami, il ne trouve aucun employé ni domestique, mais trois enfants dans les huit ans, dont l'un lui demande : « Vous voulez les clefs ? — Quelles clefs ? dit Berl. — Ben, je sais pas, moi, les clefs. » Berl a fini par rencontrer la secrétaire qui lui dit égarée : « Je fais tout, ici. Mais tout de même je n'y arrive pas. La vaisselle de 123 déjeuners n'est pas encore lavée depuis hier, comment qu'on va faire ? Votre ami m'invite à sortir ce soir avec lui. Mais je ne pourrai pas, il faut que je sorte avec les chauffeurs (?) si je ne veux pas qu'ils rentrent saouls comme la nuit dernière, d'ailleurs j'étais saoule aussi, alors ! Avec ça tout est plein, je n'ai pas de chambres pour vous. J'en aurai une dans deux heures, et je vous promets qu'on changera les draps. » Etc. etc... Qu'est-ce que tu dis de ça ? Ils n'ont pas non plus trouvé les couteaux de table. Berl quitte après-demain ce temple de l'incohérence, mais avant de partir il me racontera sa nuit et sa seconde journée. Mais soyons sérieux. Il est invraisemblable et vrai que tout ce qui est <u>ouvert</u> est plein. C'est à cause du 15 août. D'autre part, vous ne pouvez pourtant pas habiter Latitude dans des conditions comme

1. Emmanuel Berl.

368

celles-là. Ce n'est comique que de loin. Dois-je tâter la Résidence du Val d'Esquières ? A « L'Arbois » les chambres sont neuves et bien, il n'est pas question de pension, naturellement, vous mangerez çà et là, ici, ailleurs, partout. Pour Latitude la question actuellement ne se pose pas. Georges Kessel et sa pool eux-mêmes ont émigré à l'île de Porquerolles.

Chérie, je te dis bonsoir et bonne nuit. Dors bien, mange bien, réjouis-toi de tout ce qui est bon. Ne sois en ce moment qu'une charmante bête heureuse et amoureuse. Je t'aime, je t'embrasse. Embrasse ton mari pour moi, je suis sûre qu'il le mérite.

Colette

[1935]

Chronique de Latitude 43.

Tous les domestiques sont partis.

L'eau a été coupée ce matin.

L'électricité l'a relayée ensuite.

Seuls demeurent les 3 enfants de huit ans, qui sont ivres de joie et crient comme des pétrels.

La secrétaire est venue faire le lit de Berl. « Ce n'est tout de même pas un métier pour une ancienne secrétaire de lord Robert Cecil » a-t-elle dit.

Berl a demandé — l'insensé ! — du café au lait à 8 h. ce matin. A 10h 1/2, on lui a apporté un thé sans lait.

Il s'en va demain matin. C'est un délicat et un chichiteux.

Rien de nouveau, comme tu vois. Mais n'est-ce pas, — encore un ! — un film ? Gabin dans le rôle de la secrétaire, et Gravey dans celui des 3 enfants de huit ans.

Tendresses et tendresses, chérie, pour vous deux

Colette

P.-S. — L'entrepreneur-à-qui-on-doit-4-millions montre un peu de surprise : « Moi qui avais pris la direction pour revaloriser l'hôtel... »

Dernière heure. — On dit que Volterra veut l'hôtel, et qu'il se livre à des manœuvres ténébreuses pour l'avoir, et qu'il cherche des crosses.

[1935]

Ma vieille et charmante amie, lady Westmacott m'écrit qu'elle t'envoie « un petit cadeau de noces ». Je n'ai aucune idée de ce que c'est, mais sois assez gentille pour l'en remercier quand tu l'auras reçu. Elle habite « Lady Westmacott Hôtel Vendôme Paris ».

Chérie, ton coup de téléphone ne m'a pas trouvée hier soir. Emmanuel Berl étant venu à l'heure de dîner, il avait fallu l'emmener aux Palmiers, pour ne le point nourrir uniquement de tomates et d'ail. Quant à dîner sur le port... plutôt crever. Je continue de te chercher un gîte. Les Radcliffe Hall et d'autres passants me donnent à penser que c'est, cette année, le Golf Hôtel de Beauvallon qui est le mieux tenu. Du moins, la plage est magnifique, et assez longue pour qu'on puisse s'y baigner loin des baigneurs. Ou bien la Résidence. Quand tu seras près de partir, décide, et je me déplacerai dans le sens indiqué. Figure-toi que ce matin, en faisant une petite divagation autour de la Treille, je trouve (derrière la petite ferme Marchand) une maisonnette fermée, qui n'a pas été habitée l'an passé ni cette année. Une maisonnette dans le genre (en mieux) de ce qu'ont les Luc[1]. Mais celle d'à-côté a été arrangée, et louée autrefois par des amis de Julio. Sous deux platanes, elle a son abri en plein air, deux pièces et une <u>salle de bains</u> m'assure-t-on. Le tout est envahi de végétation. Son petit chemin personnel mène droit à la route de côte, elle est à 50 mètres de la mer. Elle a un puits de bonne eau ! Pour cette année, n'y pensons pas si les vacances de Camille[2] sont si courtes. Mais qu'en diriez-vous l'été prochain ? Il y a quatre ans, nous y sommes allés « prendre le thé » chez un couple de peintres américains qui l'habitaient sans le sou, sans meubles, sans rien, et qui s'y trouvaient fort heureux. Je crois que c'est cela qu'on appelle « La petite Afrique » mais je n'en suis pas sûre. La propriétaire habite St. Tropez. Le propriétaire de la Batterie a demandé à Daniel[3] 250.000f. Daniel est parti avec dignité. Mais il m'écrit que la Batterie le hante... Tendresses, mes enfants

Colette

1. Luc-Albert Moreau et sa femme.
2. Camille Dausse.
3. Daniel Dreyfus.

[1935]

Immeuble Marignan
33, Champs-Elysées
Elysées 00-34

Mardi matin

Je reçois ta lettre, chérie. Je la trouvais bien longue à venir. Aucune nouvelle (il est neuf heures) de M. Dausse. Mais j'ai besoin de t'écrire. S'il me téléphone ou s'il vient, je te récrirai. Mais je n'admettrai aucune entrevue longue avec lui. Il doit, maintenant, le savoir, car il n'est pas sans pénétration.

Je songe à la proposition, très affectueuse, que te fait ton père, pour la rue Férou. Il faut aussi que tu songes à ce qu'elle contient de sécurité <u>officielle</u> pour toi. Ne peux-tu arranger avec lui, avec Mme de Jouvenel, une acceptation qui serait surtout de principe, et qui donnerait réponse honorable à tout ce qui va venir de paperasserie ; — en même temps, pour M. Dausse, la réponse : « J'habite chez mon père » met un barrage à toutes tentatives d'entrevues, de re-conquêtes comme du dis, — une intimidation polie. Ne pouvant t'avoir chez moi, un « domicile paternel » te constituerait une petite forteresse légale, tu me comprends ? Mieux que moi, en causant avec ton père, tu peux voir ce qu'il y a d'opportun dans sa proposition. Non, n'y pense pas sans cesse. C'est fini. Tu dois déjà t'en apercevoir ? Mais je ne vois pas d'inconvénient à ce que tu te dises, pendant quelque temps : « J'aurais vraiment pu m'éviter et lui éviter cela. » Ne crois pas que je répande ma pitié sur M. Dausse[1]. A peine

1. Le mariage est un échec, quelques semaines après Petite Colette quitte son mari. Colette écrit le 8 octobre à Hélène Picard :

372

suis-je arrivée ici que Goudeket — on n'osait rien me dire à moi — recueillait sans les chercher les échos les plus fâcheux, ceux qui concernent justement l'élémentaire délicatesse d'un homme. Si celui-là est encore un médecin inconnu, il est vraiment trop notoire par d'autres traits, quand ce ne serait qu'une assez terrible érotomanie, à laquelle on m'assure que tous gibiers sont bons.

Tu peux parfaitement communiquer ce que je te dis à ton père si tu en as l'occasion. Puisqu'il juge, comme moi, qu'une sottise comme la tienne doit se payer, mais non pas demeurer sans aide, tout ira bien, et promptement. Je crois que tu ne dois pas conserver longtemps ma lettre, mes lettres. Ne te mets pas dans le cas de les égarer, libres qu'elle sont et contenant en toutes lettres le nom d'un homme qui n'est plus ton allié. Quand tu seras ici, tu auras déjà avec toi une décision mûrie auprès de ton père pour les jours prochains, mais dis-toi bien que ta conduite ici, tes relations en dehors des relations de métier, ne doivent pas laisser prise à la médisance. Penses-y, durant au moins que ta situation ne sera pas encore celle d'une divorcée. Je ne bouge pas. Tu me trouveras toujours, dans l'attitude — un peu déformante — du gratte-papier-bleu. Tu sais bien que je te suis fidèle. Je t'embrasse, chérie, de tout mon cœur. Pendant que tu es là-bas, ressemble le plus possible au petit meneur de bœufs que tu t'amusais à être autrefois.

Colette

« Tu as des perruches !! Je crève de jalousie... Je suis couchée, une attaque de grippe... Ma fille s'est mariée le 11 août dernier... Elle divorce. Motif sans réplique : horreur physique. »

[1935]

Immeuble Marignan
33, Champs-Elysées
Elysées 00-34

2e lettre
mardi matin

Chérie, je te récris sans rouvrir ma 1re lettre, parce que je réfléchis, et parce que je viens de causer avec Goudeket, qui tu le sais, est honnête et clair. Il pense, comme moi, qu'il est important pour toi, très important, que tu acceptes avec reconnaissance le domicile momentané que t'offre ton père. Ta sécurité, aussi bien que la « tenue » que te commandent comme on dit les « circonstances » sont là. Rien ne t'oblige à ne pas chercher, ailleurs, un petit gîte aimable et personnel. Mais élire domicile chez ton père, c'est te mettre à l'abri de <u>tout</u>. Certaines rancunes peuvent, sous l'empire de la déception et de la colère, se traduire de manière imprévue et anonyme, — on ne sait jamais, et tu constates toi-même à quel point un être est un inconnu. Pensez-y beaucoup, parles-en beaucoup avec ton père, s'il n'a pas de répugnance pour ce sujet.

Je te rembrasse, ma chérie

Colette

[1935]

Immeuble Marignan
33, Champs-Elysées
Elysées 00-34

Mercredi

Chérie,
Rien de neuf. Il est vrai que Pauline m'a dit ce matin : « Madame sait que son téléphone était resté fermé hier ? »

Mais Goudeket rentre et me dit : « Je viens de voir passer le docteur Dausse, au volant d'une superbe Ford noire et blanche. Il ne m'a pas vu, mais je lui ai trouvé l'air assez conquérant. » L'air ne veut rien dire, mais la Ford signifie clairement une trentaine de mille balles... à son actif.

C'est tout, chérie. S'il y a du nouveau je t'écrirai tout de suite. Ecris-moi un mot, pour me dire que ta solitude et ta vie familiale te plaisent toutes deux ?

Mille tendresses, chérie-Colette-de-Jouvenel, — j'ai bien du mal à ne pas t'appeler ainsi sur l'enveloppe.

Colette

[1935]

Immeuble Marignan
33, Champs-Elysées
Elysées 00-34

Jeudi matin

Chérie,
Rien. Aucune manifestation. Pourtant le téléphone est ouvert. Pas de nouvelles bonnes nouvelles... Mais

je veux absolument que tu me dises si tu en as reçu, toi. Et aussi si tu te reposes. Si tu n'as plus une petite figure tirée, trois plis dans le front. Enfin tout ce qui me soucie.

Tendresses, tendresses, chérie

Colette

[6 octobre 1935]

Chérie, pauvre chérie, que vas-tu faire[1] ? Oublie-toi un peu si tu peux, reste auprès de la plus grande douleur, celle de Mme de Jouvenel, si cette grande douleur a besoin de toi, si tu sens que tu lui es d'un secours quelconque, bien que pour elle il n'y ait guère de secours. Tiens-toi forte, mon chéri. Tu as besoin de tes forces. Sois en ce dur moment telle que je veux que tu sois. Je t'embrasse de tout mon cœur, je t'attends à n'importe quelles heures, mais ne te dérobe à rien de ce que vont te demander les jours qui viennent. Garde bien tes forces, mon chéri.

Colette

1. Le 5 octobre 1935, Henry de Jouvenel meurt sur un banc des Champs-Élysées, terrassé par une embolie. Colette écrit à Germaine Patat : « Il est dommage que cet homme disparaisse au moment où il était devenu pour ses enfants, très bon, secourable, affectueux... La petite m'a téléphoné ce matin... Elle me dit qu'elle ne peut quitter une malheureuse femme qui va se laisser aller à tous les éclats d'une douleur débridée. Ma fille a raison mais je pense, puisqu'elle va divorcer, à l'aide puissante qu'il eût donnée à cette enfant, qui prend et c'est dommage, sa mauvaise aventure, trop au sérieux, la pauvre... »

[Mi-octobre 1935]

Immeuble Marignan
33, Champs-Elysées
Elysées 00-34

C'est vrai, mon imbécile chérie, je n'admets pas le cafard. Je n'admets pas qu'on l'avoue. Et j'ai horreur de voir qu'un être intact, dont les forces n'ont encore subi aucun dommage, soit une chiffe. Tu entends souvent ne relever que de ton jugement propre. Mais que ce jugement s'exerce aussi sur toi-même, c'est le moins qu'on puisse te demander. Ce qui me rend sévère pour ce que tu as fait, c'est qu'aucun motif passionné ne t'appelait, ne te retenait la nuit dehors. Tu étais dehors probablement pour rien, pas même pour le plaisir. C'est ça, justement, qui m'indigne. Tu n'es, Dieu sait, pas méchante. Il y a dans la méchanceté une clairvoyance, et le méchant sait quelquefois se mettre à la place des autres, quand ce ne serait que pour leur nuire mieux.

J'ai trouvé le temps long en attendant ta lettre. Tu ne pensais donc pas que je l'attendais ? Que tu aurais pu, dû, me l'écrire, la même, le lendemain ?

Il m'arrive de faire bon marché de l'opinion d'autrui. Mais le jugement d'autrui porté sur ma fille, j'avoue que je m'en soucie. Je déteste d'imaginer cette femme veuve, souffrant à sa manière, à ses manières, ne dormant pas, entendant une clef précautionneuse, des portes qu'on manie doucement : « C'est sa fille. Elle loge chez moi. Elle se cache. Elle "fait la bombe". Il y a dix jours qu'il est mort ou quinze. » N'en parlons plus. Pensons-y le moins possible. Viens me voir lundi, ou mardi. Comment va ton divorce ? Viens, c'est l'essentiel. Je t'embrasse, chérie

Colette

377

[Novembre 1935]

Chérie, j'ai deux fauteuils pour Le Songe d'une Nuit d'Eté[1], ils viennent d'arriver.
Tendresses

Colette

[Novembre 1935]

Immeuble Marignan
33, Champs-Elysées
Elysées 00-34

Chérie, viens demain vendredi, ou déjeuner ou après déjeuner. Chevalier a malheureusement un banquet offert par l'Intran, mais il fera le possible pour venir après, et je lui ai parlé de toi. Il a répondu (au téléph.) que pour me donner un avis utile il aurait besoin de te voir. Donc viens. A déjeuner, j'ai bizarrement Guimier et sa fille la Csse de Champeaux, Marsillac, les Phil. de Rothschild, et Dieu merci les Léo Marchand. On mange dans tout ce qu'il y a de dépareillé, tant pis pour eusse. Je travaille à m'en jeter la tête aux murs. Miss Barney me demande de t'inviter à déjeuner (dames seules) le samedi 16. Les maris et autres variétés ne sont admis qu'à venir

1. Dans *La Jumelle noire*, du 10 novembre 1935, sous le titre « *Noir et Blanc* », Colette s'exclame : « Je sais que Puck existe... » Elle fait la critique élogieuse du film de Reinhardt, seule production cinématographique de ce grand réalisateur dont elle dit : « Il y a à peine deux ans Reinhardt projetait de monter *Le Songe* au théâtre Pigalle et me demandait l'adaptation française du texte. Seuls les concours financiers nous ont manqué. »

prendre le café et encore ; — (je ne te dis pas ça pour que tu amènes Barbe... Bleue). Mais cette atmosphère Natalie est si paisible et si agréable que je te transmets avec joie son invitation.

Vu hier soir à l'Intran, sur petit écran, le Songe d'une nuit d'été de Reinhardt, sur coup de téléphone à 6 h. 1/2 pour 9 heures, sans quoi je t'aurais prévenue. La féerie ravissante. La comédie trop longue pour des publics français. Un Puck de douze ans qui réduit en purée tous les Jackie Coogan du monde. Je t'embrasse, chérie, et tu ne viens guère

Colette

[Fin 1935]

Claridge
Champs-Elysées

Chérie, je recueille pour toi des renseignements précieux [1], par Miche Marchand. Germaine Feydeau a habité longtemps la « Villa Brémontier » au coin de la rue Brémontier et de l'avenue Wagram. Très bonne pension studio. Prix avantageux. On peut avoir le déjeuner (bon) du matin et un des deux repas, au choix, dîner ou déjeuner. La maison est propre, fréquentée par des femmes seules qui ne veulent pas du grand hôtel ni de la boîte à femmes. Va voir.

2º Les Studios Malesherbes, cité Legendre, près de la place Malesherbes. Tendresses, chérie. On n'a pas éteint le calo ?

Colette

1. Petite Colette cherche un domicile.

Chérie, je ne pourrai pas dîner CHEZ TOI comme nous l'avions projeté demain vendredi, il faudra que je fasse sans doute ou le Vieux-Colombier ou je ne sais quels Deux-Anes. J'aimerais mieux passer une heure ou deux sur ton toit et voir accourir les nuages. Mais la semaine prochaine, — nous arrangerons ça. Tu n'as pas vu Bourdon-Geniet ? Je t'embrasse, ma tout entière chérie.

Colette

1936

[Avril 1936]

La Treille Muscate

Chérie, si tu viens, ne crois pas qu'il ne faille apporter, ici, que de l'organza et du tulle ciré. Il fait <u>très</u> frais depuis notre arrivée (pas encore 24 heures). Mais tout est bien joli, et entièrement neuf. Nouveaux rayons. Plus de fleurs que de feuilles. Je n'ai pas encore été « en ville ». J'aime mieux arcander ici. Petit arcandage, de vieux arcandier fatigué ! Je t'embrasse, chérie, tendrement tendrement. Ton beau-père, d'une main tremblante et ridée, esquisse sur ton front le signe de la bénédiction

Colette

381

[Été 1936]

La Treille Muscate
Route des Cannebiers
Saint-Tropez Var

Dimanche matin
O ma fille !

Il fait beau. Je suis fatiguée. Hors de ces deux évidences éclatantes ; il y en a d'autres, heureusement. Des fleurs, des bêtes, de l'ail, du poisson. St.Tropez a déjà commencé une saison brillante, puisque le port est barricadé d'autos, que Sube affiche « complet » comme un autobus, et on m'a dit que Latitude, à peine rouvert, ne dispose plus d'une seule chambre. C'est vrai ou pas vrai, pour Latitude. La Résidence ignore cette cohue, tous volets fermés, et l'Arbois, où nous nous sommes arrêtés pour boire, est d'un vide sinistre. Beaucoup de campeurs à pied et à bicyclette ; les gens en ont assez des hôtels.

Voilà l'état de la côte, chérie. Dès l'arrivée je me suis mise à un papier de trois cents lignes sur les papillons[1], pour un ouvrage en couleurs chez Plon.

Jef-et-famille[2] sont chez Blétry comme l'an dernier. Il y a la mère de Katia, un neveu de cinq ans, le petit Pat, Georges se fait opérer de l'appendicite à Paris, et cette mère-poule de Jef court, cette semaine, tenir la main de son bien-aimé. Le reste du temps, parmi les mouches, les cris des enfants, il travaille pour la nichée. Qu'il est touchant, quand il est ainsi sage et sombre, et résigné.

Dis-moi tes projets, chérie, s'ils se précisent. Que

1. *Splendeur des papillons* paraîtra le 25 novembre 1936.
2. Kessel.

devient Michelson ? Mme de Comminges est à Antibes, je crois, pour une quinzaine.

Léon Chiris nous a présenté sa jeune femme, qui
est vraiment une belle fille. C'est tout ce que je sais
d'ici, car je refuse d'aller « au port », où tous les cafés
font flaque d'huile et s'étalent. Chérie, je t'embrasse
avec tendresse. Ton beau-père te fait de la main un
petit signe cavalier. J'attends ta lettre

Colette

Les Luc arrivent vers le 22 et Vera plus tard, elle
finit ses modèles et assemblages de couleurs. Le roi
d'Angleterre ne viendra pas déjeuner cette semaine
à la Treille.

1937

[Janvier 1937]

Hôtel Negresco
37, Promenade des Anglais
Nice
Télégrammes Negrescotel-Nice

Chérie, il pleut naturellement à verse. Cette première journée [1] tout entière a été plus noire qu'un crépuscule de décembre à Paris. Il y a eu trois mois splendides. Le déchaînement des mimosas, la précocité des roses en témoignent. Le malheur est que ces trois mois prennent fin, avec précision et déluges, justement aujourd'hui. « Ces choses-là n'arrivent qu'à moi », comme dit tout un chacun. Je vais attendre un peu. Aucune trace de carnaval, sinon quelques arabesques et projets décoratifs ruisselants. Je vou-

---

1. Colette se repose du 17 au 24 à Nice.

drais bien savoir si ton entrevue avec Rechenbach présentait un intérêt ? Ecris-le-moi, chérie. Je t'embrasse et je laisse une traînée humide sur les parquets. Sous ma fenêtre la Promenade est un torrent. Comme je nage encore pas trop mal pour mon âge, je compte assister ce soir au Festival Ravel.

Ta mer
Colette

[Janvier 1937]

Chérie, je t'ai d'abord traitée de tous les noms, parce que tu m'as laissée sans nouvelles. Mais j'ai su par Luc que tu n'avais pas bonne mine. Pour les premiers jours, je voudrais bien que tu ne fisses aucun sport. Tes voies respiratoires guériraient beaucoup plus vite. Manger, promener, une bonne chaise longue en plein soleil. Que ne suis-je rentrée plus tôt, ou toi partie plus tard ; j'ai une couverture pour toi. Une couverture qu'il ne faut pas laisser dans une voiture, un taxi, un restaurant, un traîneau. Je ne t'écris qu'un mot, ayant travaillé tout le long du jour parce que c'est vendredi, radio et Journal.

Verrai-je Vera avant son départ ? Je pense qu'oui. Vous vous rejoindrez là-bas, et palabrerez. Mais je ne sais si elle verra Moreux. Que tu es donc sévère pour cet hebdomadaire ! Et sévère juste dans les termes qu'emploie La flèche. Fi ! Fi ma fille ! Mais comment vas-tu faire sans ces 1700 frs ? C'est affreux. A Nice, ç'a été magnifique : l'idiotie, l'inertie, le soleil. Fait le tour du Cap-Ferrat en taxi avec Julio. Le cap est tout entier un bouquet, bien plus vert, bien plus fleuri, bien plus frais qu'en été. Je t'embrasse tendrement, chérie. Ton beau-père confesse[1] dieu sait qui dieu sait où... Aie bonne mine !

Colette

[*Enveloppe adressée à « Madame Colette de Jouvenel, 5 rue de Lille. E.V. ».*]

[Fin mars 1937]

Chérie, voici la couverture. Peut-être qu'un molleton ne lui ferait pas de mal. Si tu veux j'en ferai mettre un.

Il y a des cheveux, pour St. Tropez. Lamponi veut venir à l'exposition, et j'avais oublié de te le dire. En outre, j'ai décidé en partant — et j'aurais bien voulu assister à l'opération, mais les puisatiers étaient « en vendanges » que l'on vide le puits, qui ne donne plus d'eau. Si ce n'est pas vases infectes (l'odeur était terrible) et ensablage des points d'arrivée de l'eau, ce n'est pas grave. Si c'est grave... on verra bien. Le moteur est enlevé.

Tout cela ne va pas rendre ton séjour là-bas très commode, ni sûr. J'ajoute que le bouilleur (réservoir) d'eau chaude, dans la cuisine, est percé, et Menta le dépose. Le changer, ce serait vite fait, mais la maison-mère n'aura pas avant un mois, qu'ils disent, un réservoir qui a la tubulure <u>à droite</u>. S'ils ne pouvaient pas se le procurer, je devrais faire faire, à mon fourneau de cuisine, un tête-à-quèue fort coûteux. Attends ! nous ne sommes pas au bout. Fracchia doit refaire avant novembre toute la terrasse triangulaire

---

1. Goudeket et les frères Kessel avaient lancé un hebdomadaire intitulé *Confessions*.

du bâtiment de garage, qui par pluie inonde le rez-de-chaussée. Pendant quoi Lamponi et sa fille coucheront dans la maison forcément. Les plafonds et murs du garage sont en forme de passoire, et Fracchia, responsable, doit refaire une partie à ses frais. Hier, je n'ai pas pensé à tout cela. Tu devrais, sagement, différer ta venue à St. Tropez. Il vaut beaucoup mieux que tu y ailles pourvue d'argent. Et pourquoi installer des meubles dans la mauvaise saison ? Pour tes rapports avec Giraud, rien ne les établira mieux qu'un chèque. Au printemps, qui commence en janvier là-bas, parfois, occupe-toi du Pin Parasol[1]. Il est beaucoup plus sensé de n'aller point à St. Tropez, surtout sans voiture personnelle. En cette saison, Lou Provençau, proche de la Résidence, loge pour des prix fort modiques, pour ne citer que celui-là. Le fond de ma pensée est que le séjour à Castel-Novel est pour toi plus logique, et plus opportun, infiniment.

Tendresses, chérie.

Colette

Au revoir, chérie. Bon voyage. Passe une bonne semaine insouciante là-bas. Et si l'étranger survient, défends ta pantoufle, avec les grognements rituels ! Je t'embrasse, chérie, de tout mon cœur.

Ta mère-canti
Colette

---

1. Villa que louait la Petite Colette.

[1937]

Eh bien, eh bien, on ne m'écrit guère ?
Tendresses, chérie,

Colette

[*Lettre accompagnée d'une enveloppe adressée à
« Madame Colette de Jouvenel, 5 rue de Lille (VIIᵉ)
Paris ». Cachet de la poste : 24.8.1937.*]

[1937]

La Treille Muscate
Route des Cannebiers
Saint-Tropez Var

Non, chérie, tu n'as pas battu ton record. Il y a
deux ou trois ans j'ai attendu <u>neuf</u> semaines une lettre de toi. Dieu merci tu n'améliores pas tes performances. Une parole de Bertrand m'est restée pré-
cieuse : « Tu sais que ta fille va toucher beaucoup
d'argent [1] ? » J'ai touché du bois, en l'espèce un pin
maritime de la « forêt ». Décoratrice, en vérité ? Ce
n'est pas que le goût te manque. Mais je tremble un
peu quand l'idée de commerce s'en mêle. Mme Klotz
n'est-elle pas la veuve de Lucien Klotz, l'ancien
ministre ? Je les ai pas mal connus. Elle est la sœur
d'au moins une antiquaire. Pour du monde dessalé,
c'est du monde désallé. Nous parlerons des droits de
« chéri ».

1. Il s'agit peut-être de la vente de Castel-Novel et de son mobilier.

388

En Septembre, je serai là, et sans doute tôt. Boulot. Radio[1]. Remplacement de la critique dramatique — enfin ! par chroniques. Cette crit. dram. devenait un cauchemar microbien, que de soirées gâchées...

Rozven[2] ? Je me demande quelle gueule peut avoir Rozven avec sa paroi du nord remplacée par une glace sans tain, genre glace Citroën aux Ch. El. Ici tout va, sauf que la sécheresse est grande. En ce moment il y a un grand incendie de forêts, région Plan-de-la-Tour. Ton beau-père souffre mort et passion d'une dent couronnée, qui se réveille sous sa couronne et chante. On ne peut guère le soulager avant Paris. Souci engraisse (moi aussi), la Chatte ne paraît pas plus de dix-huit ans. Alors, pas de fille chérie cet été ? Tu es si vilaine que... je te regrette beaucoup. Tendresse, chérie. A bientôt. Le 6 septembre il se peut bien que je sois à Paris. Tous les bons voisins t'envoient leurs amitiés

Colette

1. Colette évoque Sido, sa mère, sur le Poste Parisien.
2. La propriété a été vendue en 1927 à Mme Poussin.

1938

Février 1938

Tu es si loin, ma fille, que je t'écris sur du papier pour avion. Ne crois pas, ô incorrigible, que j'aurais enduré froidement ton silence si j'avais ignoré le lieu où tu étais. Je le savais depuis plus de huit jours. Chalet des Alpes, Gstaad. J'attendais simplement que tu aies fini de m'oublier.

Ce qui me soucie le plus, dans ta lettre, ce sont les trois lignes où tu m'indiques si légèrement que ta santé locale laissait à désirer. Mais tu ne précises rien. Je sais que Lausanne abonde en spécialistes... spéciaux. Mais je compte quand tu seras ici, sur un compte rendu détaillé de tes misères. Tu m'entends, brute chérie ?

De projets, je n'en ai guère. En dehors des mauvaises pièces et des papiers laborieux, je travaille, pendant toutes mes heures libres, à une longue nouvelle promise à « Marie-Claire ». Ouvrage pour dames [1], ouvrage de dames...

Ici, rien. Il fait beau. Le soleil envahit si bien l'ap-

1. « Ouvrage de dames » sera repris dans *Paysages et Portraits* publié en 1958.

partement[1] que c'est un plaisir. Je voudrais St. Tropez à Pâques. Et Toi ? Pin Parasol, Pol Parasin, Sin Rapapol ? tu n'avais pas bien bonne mine, quand je t'ai vue à la galerie. Mais crois-tu qu'un entresol soit bon, pour une galerie qui viserait la vente ? Fais-moi savoir quand tu reviens. Et ce chien, qui ne facilite pas tes déplacements... Pauvre beau chien.

Ton beau-père a eu la grippe, pas trop. Nous rentrons d'une promenade pour convalescent, dans la campagne, où j'ai trouvé la première violette. Jef Kessel devait aller au Mont-Genève (avec Sonia) y est-il ? Chérie, écris-moi que tu vas bien et que tu ne fais pas de ski. Un traitement, dis-tu ? Quel traitement ? Je t'embrasse et je t'aime. Maurice est sorti, mais je garantis ses sentiments d'amitié.

Colette

[1938]

Immeuble Marignan
33, Champs-Elysées
Elysées 00-34

Chérie, je voudrais que tu songes au sort de Zambo[2] par rapport au tien. Ce n'est pas une bonne amitié que tu lui portes, si tu ne vois pas clairement que tu peux souffrir de lui et lui de toi. Le studio avec un chien n'est pas commode, même pas pour lui. Un secrétariat politique avec lui est <u>impossible</u>. On ne fait pas de secrétariat avec un chien sur les

1. Colette s'est enfin installée, le 5 janvier 1938, dans « l'étage ensoleillé » qu'elle convoitait depuis longtemps, 9 rue de Beaujolais ; elle avait habité l'entresol pendant quatre ans.
2. Chien de Petite Colette.

talons. Aucun homme, politique ou avocat, ne t'accepterait.

Le voyage long, et vers pays chaud, ne l'est guère moins. Bateau et chaleur feront de lui une loque pitoyable, et tu n'as ni le droit, ni les moyens, de renoncer à des projets intéressants à cause du chien. A ton âge et à notre époque, une jeune femme dans ta situation, et dans ton absence de situation, voit beaucoup de voies entravées par le chien, que tu ne pourras ni changer en prisonnier solitaire, ni emmener avec toi. Penses-y dès maintenant. Il est urgent que tu te préoccupes de lui, et de toi. Crois-moi, mon chéri. C'est une question sérieuse. Je t'embrasse, chérie

Colette

[1938]

La Treille Muscate
Route des Cannebiers
Saint-Tropez Var

Chérie, voici des lettres.

Quand on croit que tout est fini avec Giraud, ce n'est qu'un petit commencement. Il a rencontré Maurice et lui a dit qu'il était bien ennuyé ; qu'il voulait voir Madame Colette ; que pendant qu'il donnait sa promesse à ces messieurs-dames pour le Pin Parasol, son associé (?) la donnait à une autre personne. Que dans ces conditions il aime mieux, pour ne pas se fâcher avec son associé, faire un grand sacrifice sur le Clos St. Pierre et donner à ces messieurs-dames le Clos St. Pierre. Qu'en penses-tu ? N'écris pas à Giraud avant que j'aie causé avec lui. Vous ne seriez pas si malheureux, en somme, dans le Clos, avec cette belle eau, et ce ravissant étage à terrasse. Aujourd'hui mistral mais singulier, avec température de supersirocco, la journée a été presque insoutenable de chaleur. Heureusement que je n'ai pas travaillé !

Je t'embrasse, chérie. Donne-moi des nouvelles de tout et de toi.

Colette

[1938]

La Treille Muscate
Route des Cannebiers
Saint-Tropez Var

2e lettre

Chérie, ne te tourmente pas pour le Clos, et ne plonge pas dans le désespoir tes coassociés, Giraud est venu ce matin, grand et généreux : vous gardez le Pin Parasol, moyennant que vous ajouterez 250 f. par an pour le garage.

Un métier à tapisserie rend de bien grands services, l'été, dans une maison comme la vôtre. Mais ceci est de mauvais jeu. Le jeu ne doit pas comprendre les outils professionnels. N'est-ce pas ?

Incendies de forêts, dans l'Estérel et plus loin que la Garde-Freinet. Hier on n'a vu le soleil qu'à travers un nuage de fumée, lumière rouge sombre de fin du monde, magnifique.

Tendresses, chérie

Colette

[1938]

Explose comme un petit volcan quand on la[1]

Ta maison est très jolie, ma fille chérie. J'ai été sensible à certain bleu très pâle, au jaune clair. Une grande table très utile, et le gentil lit de fer où j'aime bien que couchent... les autres. Fleurs, et vue charmante. Quand viens-tu ? Et quand m'écris-tu ?

Mille tendresses, chérie, dis-moi bien comment tu te sens.

Colette

[1938]

Immeuble Marignan
33, Champs-Elysées
Elysées 00-34

Chérie, j'ai oublié de te prévenir qu'il était arrivé un accident à Bouzi, un chat qui fut ou qui est le tien. Depuis le temps que cette lettre est écrite, (signée Jeanne[2]) je ne sais pas ce qui s'est passé... Sans doute le sais-tu ?

Rien de nouveau.

Tendres tendresses.

Colette

1. Le début manque, à moins que Colette ait écrit sur un brouillon de manuscrit laissé de côté ?
2. Gardienne de la rue de Beaujolais.

[Pâques 1938]

Immeuble Marignan
33, Champs-Elysées
Elysées 00-34

Chérie, un petit chèque en forme d'œuf , — et nous
partons à 6 heures du matin demain mercredi.
Aucune nouvelle du Blé en herbe ?
Ecris-moi. Ne prends pas froid par ce temps hor-
rible.
Bonnes Pâques, chérie. Ne m'oublie pas.

Colette

[Avril 1938]

Chérie
Hélas, un froid affreux. Le mistral nous enfume si
j'allume le feu. Et le chauffage central n'est pas de taille
à lutter contre un mistral vraiment glacé ! Si ça dure,
on rentre. Glycines, roses, tulipes, soucis, anémones,
— il y a de tout, sauf de la chaleur. Et le Blé en herbe ?
Tendresses, chérie

Colette

[Avril 1938]

La Treille Muscate
Route des Cannebiers
Saint-Tropez Var

Chérie, après avoir failli périr de froid nous avons
le plus beau temps du monde, et le plus égal. Le

trajet, l'arrivée valaient une expédition polaire. Près de Marseille, moins sept, dimanche, et tout est gelé. La Bourgogne est noire de sécheresse.

Vu ta maison, qui est fort propre. Rien de nouveau au sujet de l'électricité, je verrai Giraud demain. J'ai une écriture étrange parce que j'ai repiqué 470 boutures, et je suis un peu paralysée passagèrement.

Chez nos voisins Leibovici est installé un villégiateur que tu connais pour avoir porté, — peu — son nom : le docteur Dausse. Ça m'empêche d'aller chez Leibovici, voilà tout. Dausse est barbu, carré, un peu blanchissant, il se promène sur la petite route et du plus loin qu'il me voit il me salue respectueusement. Il ne me gêne pas. Toi non plus, je pense ?

Tu ne vas pas, j'espère, t'amuser à _refaire_ des peintures chez Giraud ? Le seuil désordonné et envahi de petites fleurs sauvages est bien joli.

La fille de Lamponi, Jeannette, est tisserande et habite la ville. Pauvre Lamponi. Je n'ajouterai certes pas une page de plus à cette lettre qui comme moi, tombe de sommeil ! Je t'embrasse, chérie, avec un complet abrutissement, mais je suis aise d'avoir passé aujourd'hui dix heures dehors. Ton beau-père te salue, en dosant comme il sait le faire la gravité extrême et je ne sais quel enfantillage invétéré.

Colette

[Juin 1938]

9, rue de Beaujolais
Gut. 81-36

Je sais que tu es de retour, ou de passage à Paris. Car de la fenêtre de la cuisine je t'ai vue passer, —

voiture rouge découverte, foulard sur la tête, chien — et tourner dans le sens du Crédit industriel. Mais tu n'es pas entrée ici. Tu penses bien, mon pauvre chéri, que je n'ai pas consenti à rester depuis le 13 avril telle que tu m'as laissée, c'est-à-dire sans nouvelles, sans réponse à ma lettre, sans carte postale, sans dépêche, sans rien. J'ai eu de tes nouvelles par Lamponi, par Giraud, par Geneviève Leibovici. Mais non par tes amis d'ici, qui n'en avaient pas, et comme Me Bezin te cherchait pour te remettre quatre cent et quelques mille francs (tu ne lui avais pas répondu non plus) j'ai donné l'Aïoli[1] comme point de repère.

Olivier[2] a prononcé les mots « neurasthénie, maladie de la volonté... » C'est une monnaie qui n'a pas cours chez moi, comme tu sais. Mais il m'a parlé ce matin de crise d'appendicite. Je craindrais plutôt pour toi un malaise lié aux organes féminins, et tu voudras bien me renseigner sur ceci, par un mot. Mais <u>ne viens pas me voir</u> en ce moment. Le délaissement que tu m'as infligé m'est amer. A défaut de fille, j'ai toujours eu des amis empressés. Dans peu de jours nous comptons partir pour St. Tropez, et là-bas nous reprendrons l'habitude de nous voir. Tu n'en es pas, avec moi, à quinze jours près. Je n'ai aucune envie de te faire une scène, tu penses bien. Mais je me laisserais peut-être aller à des vivacités d'expression, qui te feraient et me feraient de la peine. La vie facile de là-bas, le repos dont j'ai à cette époque de l'année grand besoin, seront utiles. Jusque-là, restons comme nous sommes, j'ai besoin de finir honorablement ma saison. Je t'embrasse, ma chérie, de tout mon cœur

Colette

1. Bistrot de Saint-Tropez.
2. Olivier Wormser.

[*Enveloppe jointe adressée à « Madame Colette de Jouvenel, Maison de santé du Roule, 50 avenue du Roule,
Neuilly-sur-Seine, Seine ». Pneumatique. Cachet de la
poste : « Paris r des Petits-Champs, 30.6.1938 ».*]

[30 juin 1938]

9, rue de Beaujolais
Gut. 61-36

Fille chérie, coupée[1], cousue, pauvre fille qui gri-
maçais ce matin comme un pauvre rat, mais qui as
fait un joli sourire à z'yeux fermés rien que pour moi,
je ne peux pas revenir cet après-midi parce que c'est
vendredi (et aussi parce que tu m'as f... un grand mal
de tête) mais je viendrai demain samedi.

La mort de la mère Strathmore m'oblige à modifier
tout de suite mon papier pour le Journal. A demain,
chérie ? Que tu étais petite, ce matin ! Germaine
Patat prend de tes nouvelles, et Val. Fauchier-
Magnan, et Moune et tout le monde !

Colette

Ton appendice est affreux. Il ressemble à une cour-
tillière, la bête qui coupe les racines des laitues.
Crois-moi il ne vaut pas un regret. Dis au cher Mondor que je l'embrasse.

---

1. Colette de Jouvenel a été opérée de l'appendicite par le professeur Mondor.

[Fin juin 1938]

Chérie,

Regarde ce que je reçois [1] d'un pays illisible ! C'était l'entresol du Palais-Royal. Je nous trouve charmantes toutes les quatre. Pas une minute pour t'aller voir. Ce matin tout était au « drame judiciaire » avec le quotidien [2] que je quitte. A cette heure — quatre heures — il y a de l'apaisement.

Je te déconseille la course à pied dans l'allée centrale, pour aujourd'hui encore. Mille tendresses, chérie, et amitiés de Maurice

Colette

[*Enveloppe adressée à « Madame Colette de Jouvenel, 5 rue de Lille. E.V. ».*]

[1938]

33, Champs-Elysées
Elysées 00-34

Chérie, mes accus sont à plat (étrange accident chez une personne si ronde) je me couche pour pouvoir me lever, — ô logique. J'ai donc le triste courage de ne pas t'embrasser, et je vais t'attendre là-bas [3]. Sois prudente, chérie. J'aurais bien dû me douter, à la gueule de ton appendice, qu'il recelait quelque

1. Une coupure de presse où l'on voit en photo Colette et sa fille, un bébé chat et la chienne Souci.
2. *Le Journal.* Colette y collabore d'octobre 1933 à juin 1938, date à laquelle elle passe à *Paris-Soir.*
3. Colette part pour son dernier séjour à la Treille Muscate.

chose de méchant. Je t'embrasse tendrement, fille chérie. Maurice regrette de ne t'avoir pas vue, mais je reconnais que depuis hier, chargé qu'il est de donner une consistance à mes engagements avec Paris-Soir, il n'a pas un instant à lui. Tendresses encore, chérie. Mais... ECRIS-MOI !

Colette.

[*Enveloppe jointe adressée à « Madame Colette de Jouvenel, 5 rue de Lille, Paris ».*]

[17 juillet 1938]

La Treille Muscate
Route des Cannebiers
Saint-Tropez Var

Il y a onze jours que je t'ai quittée, ma fille. Et de nouveau, pas un mot de toi. Ceux qui te rencontrent me donnent de tes nouvelles, par chance. Le crochet a-t-il des charmes si impérieux ?
Je t'embrasse, chérie

Colette

[Été 1938]
9, rue de Beaujolais
Gut. 61.36

Fille chérie, et qui as tant tardé à me donner des nouvelles, j'ai ce soir ton télégramme. Il était temps car en dînant au Louis XIV, j'ai trouvé Renaud et Olivier, qui savaient, eux, ce que tu étais devenue.

Ceci n'est qu'un mot pas très long (mérites-tu mieux ?) **qui te dira** que rien ne m'arrive, sinon, ce soir, de me reposer. Le lit, le feu, et un livre frivole sur « le secret de la Grande Pyramide », qui a l'air bien joli. Je cherche toujours « le joint », pour y insinuer mon gros corps et partir pour Auray[1]. Je n'y suis pas encore parvenue.

« Lettre suit » ? mais si elle ne suit que de loin ? enfin, je l'attends. Manges-tu les fruits de mon jardin ? Olivier m'a dit que tu revenais par Dijon. Je te défends de m'envoyer du pain d'épice, je n'aime pas celui de Dijon. Ni du cassis, il est affreusement sucré. Ayant prévu et conjuré, tous les malheurs, je t'embrasse, chérie, sur tes belles joues, et je t'attends. Ton beau-père te salue avec amitié. Connais-tu quelqu'un qui prendrait — Paris ou campagne, — la plus ravissante chatte rayée, fine, intelligente, qui n'a pas de maîtres et habite le bled du Palais-Royal ?

Colette

---

1. Renée Hamon, dite le « petit corsaire », a une maison à côté d'Auray. Colette lui écrit : « J'ai une terrible envie de Bretagne. » Elle s'y rendra en février 1939, à l'Hôtel de La Tour d'Auvergne.

[12 novembre 1938]

Palais Jamaï
Fès [1]

Jeudi matin

Bonjour ma fille. Dieu que c'est long cinq heures
de car, et de mauvais car ! L'avion bien. Mer de nuages roses, au soleil levant, c'est un spectacle auquel
le novice (ta mère) ne résiste pas. Un bled rouge
contre la mer bleue, c'est beau aussi. Et dans le bled
rouge, un réservoir d'eau verte, vert hurlant, une
émeraude rectangulaire. Et c'est beau aussi, beau et
fastidieux. La mer en dessous, vue de très haut, sans
rives, et la marche des grands nuages blancs sur ce
bleu de la mer : on avance sur le ciel renversé. Pour
le reste, il vaut mieux dormir, ou bien on se dit : Dieu
que c'est lent, un avion qui marche à 300 kilomètres !
Il n'est pas sûr que nous restions dans ce ravissant
Jamaï. Car, imagine-toi que du bd Suchet tu aies à
porter un mot rue Cortambert. Tu prends un taxi, tu
fais le tour de Paris, et tu arrives rue Cortambert par
un seul et unique petit passage pratiqué à la hauteur
de la Muette. C'est à peu près ça en plus long. Il
faudra que tu voies cette ville où les voitures
n'entrent pas, et qui porte à l'extérieur de ses remparts une bague de cité moderne, de taxis, de pharmacies étincelantes, de magasins variés. L'écorce est
toute neuve, le dedans est magnifiquement pourri.
Mille choses à faire, déjà neuf heures (du matin)
je t'embrasse, chérie. Si je change d'hôtel je te télé-

1. Colette est envoyée par *Paris-Soir* pour rendre compte du procès Oum-El-Hassen, une Marocaine accusée d'avoir assassiné des
prostituées.

graphierai. Ton beau-père avait bien mal dans ses oreilles en grande altitude ! Il ira chez Rouy ! Et chez Rouy ira aussi ta mère la poule fezzane (ha ha ha).

Colette

La famille de petits faucons-crécerelles est toujours dans le peuplier !!!

[1938]

Ma fille chérie, Lazareff commence à te réclamer. Vois-le vite à <u>Paris-Soir</u> l'après-midi. Je travaille affreusement. Où es-tu ? Je n'ai pas l'adresse de Renaud. Germaine Patat a un jeune fourreur, Weill, qui fait mer-veilles (comme dirait M. de Bassompierre) et qui n'est pas encore cher. Agneau rasé noir ou marron 2500, trois-quarts, tu pourrais « profiter sur » ? Donne-moi des nouvelles, viens. Je t'embrasse, brasse, brasse

Colette

1939

[Février 1939]

Le Parc[1]
Méré S.-et-O.
Téléphone 10

    Chérie,

J'envoie le papier du Parquet à Langeron[2], ne sachant mieux faire. Il fait bien beau à Méré. Grand tintamarre sur Paris, hier. Nous logeons ici depuis vendredi dernier comme tu sais.

Ma jambe, — mes jambes — que je traîne de caisses fermées en caisses ouvertes (meubles de St. Nom et de St. Tropez, saints patrons qui veillèrent sur mes villégiatures) souffrent beaucoup, mais je les trouve un peu moins faibles. Il y a ici une foule d'oiseaux, parmi lesquels des rossignols de muraille à queue rouge, vêtus comme des princes, et des pinsons arrogants. Deux pinsons se battaient hier à mes pieds et

    1. Maison de Colette à Méré qu'elle vient d'acheter. Son instinct l'a-t-elle poussée à prévoir un refuge pour faire face à la guerre qui menace ?
    2. Préfet de police.

barraient une allée. J'ai dû attendre la fin des hostilités, — les leurs.

Maurice part le matin à 8 h. 1/2, revient le soir à 8 h. 1/2. Moi, j'ai lâché, je n'en pouvais plus. Figure-toi que c'est grâce à Henri Ferenczi que nous avons assez d'essence pour ce va-et-vient.

S'il y avait des treillages sur cette maisonnette, elle serait plus discrètement laide. Et le gaz de la ville est bien précieux. Chérie, je te récrirai. Ecris-moi. Je t'embrasse tendrement et tendrement. Et Maurice est ton beaupérami.

Colette

Luc-et-Moune sont dans l'île de Bréhat. Tel que je te cause.

[*Enveloppe datée du 12.5.1939 d'Alizay, adressée à « Madame Colette de Jouvenel, 5 rue de Lille, Paris ».*]

12 mai 1939
Château d'Alizay
Eure

Bonjour, ma fille. Ce château n'est pas un château. Le parc est un jardinet. Ceci posé, nous ne sommes pas mal. Quant au principal propriétaire, je suis tombée à peu près dans ses bras en l'appelant Marcel, car je ne connais que lui. Tu aurais pu le connaître encore plus que moi, car sa mère (charmante, 82 ans) était, comme son fils très liée avec ta grand'mère[1] et avec les Perier qui habitaient Auteuil. C'est un jeune

1. Mamita, grand-mère paternelle.

405

homme de 56 ans, très classique et très gentil. Il voyait beaucoup aussi Renée Vivien. Il s'appelle Marcel Debout.

Un froid incroyable. Une table simple et bonne, le cidre excellent. Si un peu de chaleur empanachait le tout, nous serions bien contents. Cet air mordant est à coup sûr tonique.

C'est tout pour aujourd'hui, chérie. Je t'embrasse tendrement et tendrement, Maurice est ton ami

Colette

[Mai 1939]

Ma mère chérie,
Je t'écris environnée du vacarme du mistral. Il dure déjà depuis 2 jours, remplacé de temps en temps par la pluie. Mais rien de tout cela n'est suffisant pour empêcher le jardin de fleurir de tous les côtés à la fois. Tu sais que la terrasse est couverte de glycine et que le mur du côté de la cuisine est déjà plein de roses. Pourquoi n'es-tu pas là ?

La famille Vera, au sein de laquelle nous avons déjeuné l'autre jour, t'embrasse. Je leur ai apporté hier quelques fleurs du jardin parce qu'ils n'ont pas d'arums, ni de ces tulipes pointues, ni de ces fleurs qui ressemblent un peu à des glaïeuls sauvages et dont personne n'a pu me dire le nom.

Je me suis re-baignée mais il ne fait décidément pas encore assez chaud pour que ce soit agréable.

Peut-être t'ai-je dit qu'une troupe de Pathé-Natan tourne un film aux Salins ? Ils ont fabriqué à 2 km des Salins une fausse île déserte, sur la côte, où ils ont planté des bambous, des cactus et des palmiers en plâtre. Et l'on peut y voir cette chose curieuse : un régime de bananes accroché à un sapin. Sans oublier les « couteaux de fortune » en fausses dents de requin, les fausses barbes hirsutes des acteurs et j'en passe. C'est un film de M. Mirande. Et j'ai eu aujourd'hui la surprise de m'entendre dire « vous savez que j'ai fait tout mon possible pour vous faire entrer à la Paramount, mais que cela a été impossible parce qu'on ne voulait à aucun prix d'assistante-femme. Mais maintenant que je vole de mes propres ailes, si cela vous intéresse toujours, on arrangera quelque chose » ! et ! j'ai été, d'autre part, présentée avec chaudes recommandations à un M. Gargour, directeur de la production Pathé-Natan-re ! Et je suis chargée pour toi des amitiés de Mirande et de Léon Bélières qui est extrêmement gentil. Il n'y a d'ailleurs dans cette troupe qu'un seul personnage parfaitement insupportable, c'est Raimu[1]. Il est difficile d'imaginer un être aussi constamment désagréable et méchant.

Tu vois, ma mère chérie, que ces vacances n'auront peut-être pas été inutiles du point de vue du travail.

Point de nouvelles de Rome, même venant d'Arlette. Je ne sais que penser de ce silence, je crois qu'il n'y a d'ailleurs rien à en penser.

Cette brave Lamponi ne m'autorise guère qu'au ratissage. Elle est plus que jamais l'altruisme personnifié. Elle m'a laissé entendre que tu lui devais de l'argent mais elle se refuse à t'en réclamer.

Ma mère chérie, je voudrais tellement que tu me dises si je n'abuse pas de ta magnifique hospitalité. Tout cela est tellement beau que les jours passent sans qu'on s'en aperçoive. Nous sommes invitées à

---

1. Tournage du film *Noix de coco* ?

déjeuner lundi à Marseille et mardi à Sanary chez Mme Kisling, nous coucherons à Marseille ou à Toulon de façon à ne pas faire de kilomètres inutiles, puis nous reviendrons ici faire les bagages et nous préparer pour le retour à Paris. Ce retour que je déplorerais s'il ne devait pas faire que je te revoie.

Prends bien soin de toi, maman chérie, et donne-moi de tes nouvelles. Merci encore. Je t'embrasse infiniment tendrement.

Ta fille
Colette

[Juin 1939]

33, Champs-Elysées
Elysées 00-34

Chérie, je reçois cette lettre de Giraud. Je t'en prie, réponds-lui. Réponds-lui m... mais réponds-lui. Ou bien demande-lui d'attendre. J'ai à payer 9000 f. d'hypothèque en arrivant à St. Tropez[1], alors je ne peux pas t'aider.

Tendresses, chérie

Colette

[1939]

Débrouille-toi, chérie !
Tout ce que tu feras sera très bien fait.
Embrasse Carrère pour moi, et donne-lui les amitiés de Maurice

---

1. Vente de la Treille Muscate à Charles Vanel en juin 1939. Colette doit aller à Saint-Tropez pour les dernières formalités.

1940

[*Carte postale. Villefranche-sur-Mer. Le port. (Avec indication de Colette : « Déjeuné ici ».)*]

29.2.1940

Fille en-allée, que fais-tu ? Où es-tu ? Il fait très beau. Maurice part le 7 et nous revenons le 14. Trouver des places pour le retour est chose impossible. Maurice a dû s'adresser à la Direction des W.L.

La naturelle de l'Oubangui dit des choses impérissables, je tâcherai de me les rappeler.

Tendresses et encore tendresse, chérie.

Colette (Ruhl[1])

---

1. Colette est fatiguée, elle parle aux Américains, sur les ondes de Paris-Mondial et doit se rendre à la poste rue de Grenelle, toutes les nuits à 4 h 10. Elle part se reposer, à l'Hôtel Ruhl à Nice, du 20 février au 14 mars 1940. En signant ainsi, elle indique où elle se trouve.

[21 mai 1940]

9, rue de Beaujolais

Eh bien, chérie, quoi de neuf ? J'aimerais bien une lettre de toi, la poste se comporte-t-elle de manière à me rassurer ? Quelles nouvelles, — s'il y a nouvelles — de Caplane[1] ? Je crains bien que tu n'en aies pas. Ici nous continuons notre petite vie. J'ai promis à Maurice que je ne donnerais (si ça faisait vilain sur Paris) ma clientèle qu'à toi. Pour l'instant Méré suffit comme en-cas. Tremblay pose le mince tapis, et le « voiturier d'Orgerus » — quel beau titre pour un drame restauration ! — m'a fidèlement apporté tous les meubles de la Bretèche. Tous ? ce n'est pas assez dire. J'ai vu descendre de la « tapissière » une lampe noire artistique, et un grand portrait en couleurs, encadré d'or, qui représente probablement la séné-chale Dreyfus, dame d'atours sous Louis XIII. Je res-tituerai le tout.

As-tu beaucoup à faire ? As-tu beaucoup d'alertes ? J'espère que non. J'ai interrompu ma lettre pour Véra, qui arrive de Deauville bien embêtée. Sa fille y est. Mais les deux directrices de l'institution où Nouche[2] travaille et loge ont pris peur, et vont s'en-fuir vers la Bretagne (où il n'y a plus place pour une équille) sans consentir à emmener les élèves. Julio ne veut absolument pas avoir Nouche à Paris, il contraint donc Véra à chercher un gîte ailleurs.

1. Henri de Caplane.
2. Fille de Julio et Vera Van der Henst.

Connaîtrais-tu en Limousin quelque chose où abriter mère et fille, ou fille seulement ? J'ai promis de te le demander. C'est tout ce que je te demande... pour l'instant, et encore c'est une exigence de second plan. Le premier plan, gros premier plan, c'est : écris-moi, brutta bestia ! Tu n'es pas malade ? Tu n'es pas triste ? Je t'embrasse, chérie chérissime. Amitiés de Maurice.

Je suis allée parler aux américains, Radio-Mondial, à 4 h 10 du matin vendredi dernier. Une aube froide sans un nuage, verte et rose et Paris désert.

[*Enveloppe adressée à « Madame C. de Jouvenel, Castel-Novel par Varetz, Corrèze ».*]

[21 mai 1940]

9, rue de Beaujolais
Gut. 61.37 [*barré et corrigé de la main de Colette :* 36]

Chérie, je t'ai écrit à Curemonte. Alors je te récris à cause de ta lettre à Maurice. Je t'ai promis de te donner ma clientèle à Curemonte, je te le repromets. Jusque-là, fous-moi gentiment la paix (mot séditieux !). Rien qu'avec le dentiste j'ai de quoi m'occuper pendant plusieurs jours, histoire de racine fendue dans la longueur. Le reste de mon temps appartient à X... (rayons). A Curemonte je tiendrai le livre de compte du phalanstère. Maurice prendra la houlette et mènera les chiens pâturer, puisqu'aussi bien il n'y a pas de chèvres et que les chiens mangent de l'herbe. Certains affolements seront toujours comiques. La Normandie s'évacue en Bretagne. Où ira la Bretagne, alors ? Et certains amis, les mêmes

« amis » qu'en 1914, sont pareils à eux-mêmes, colique comprise.

Ne pas épouser Henri ? Attention ! Je me fais maigrir, je me mets un ravissant nez postiche, je fais le traitement de lady Mendl, je divorce et au bout d'un temps minimum (onze mois à peine) je le conduis à l'hôtel, sinon à l'autel. Rien que pour voir la figure de ce garçon bien élevé. Ce sont là plaisanteries des camps ! Chérie, je t'embrasse. Cher intendant, va ! Castel-Novel sera donc toujours régi par des personnes qui n'y entravent que pouic ? Je te laisse écumer de colère et je t'adore.

Colette

[*Enveloppe adressée à « Madame Colette de Jouvenel, Castel-Novel par Varetz, Corrèze ».*]

[30 mai 1940]

9, rue de Beaujolais
Gut. 61-36

Comment vas-tu, chérie ? Nouvelles d'Henri ? Comment trouves-tu Léopold III[1] le Foireux ? J'ai connu autrefois une Mendoza affreuse, fille bien née dont Otéro avait fait une bonne à tout faire, et qui languissait dans un milieu aussi... industriel. Un jour elle éclata : « Qué jé rencontre oune crapoule, mais une crapoule avec quelqué chose dédans ! » Un méchant homme eût mieux valu que ces enfants blondasses d'un homme timide et bon qui était Albert Ier.

1. Le roi des Belges qui capitula en 1940.

412

Demain sans doute j'irai quelque jours à Méré. Car dès que nous le laissons seul on y parque un détachement marocain, 15 chevaux et leur fumier, plus une infirmerie où on inspectait les Marocains galeux [*sic*].

Tâche de m'écrire. Y a-t-il beaucoup de réfugiés là-bas ? Geneviève Leibovici est sans nouvelles. Mais elle croit que Raymond est prisonnier. Elle tient le coup très bien, mais sa sinusite ne guérit pas, et ne pouvant aller chercher Annette à St. Tropez, elle y a envoyé sa sœur.

Je suis fatiguée, ma petite fille. Ecris-moi un mot. Tu te souviens de ces gentilles mère et fille Beaurain, qui campaient l'été ? Elles ont atteint avec le petit garçon aussi, la Baule, quittant St. Pol sous le bombardement. Il ne leur reste rien. En tant d'autres... Luc-Albert a pris un coup de cafard (hum !) étonnant. Il part pour l'île de Bréhat entraînant Moune qui n'en a nulle envie. On est toujours un peu gêné quand on voit apparaître, dans un être, un autre être. N'en parle pas aux gens qui le connaissent. Erna Redtenbacher est depuis presque une semaine dans un camp de concentration, et son amie Christiane ne sait même pas où elle peut être. Pourtant sa situation et son dossier d'Autrichienne sont parfaitement clairs. La pauvre Christiane... et la pauvre Erna.

Jeanne Gautier et Annie ont pris le train ce matin. Leur voyage durera 48 jours, et par un itinéraire fantastique, une sorte de tour du monde.

Chérie, je t'embrasse. Mais écris-moi !

Colette

[Enveloppe adressée à « Madame Colette de Jouvenel,
Castel-Novel par Varetz, Corrèze ».]

[Mai 1940]

Chérie, crois que j'estime à son prix ton attachement
aux devoirs filiaux. Quitter graines, bêche, râteau,
moto-pompe et boxeresse pour m'écrire, c'est beau.

Oui, je souffre. Oui, j'attends après-demain samedi,
Chatelin. Et après lui j'attends les rayons X. Sans quoi
je serai promptement l'Impotence elle-même. Nous
avons eu chaud aussi, mais pas longtemps.

La radio française est en pleine réorganisation. La
preuve, c'est que la semaine dernière, arrivant à
Paris-Mondial à 11 h 1/2 du soir dans un immeuble
lointain, neuf et vide, nous y découvrîmes un indi-
gène, qui ne savait rien. Peu à peu nous apprîmes
que je n'avais été ni annoncée, ni attendue, que personne ne m'avait traduite en anglais, mais qu'en
revanche une dame espagnole demandait s'il fallait
me lire dans sa langue. Sais-tu comment ça a fini ?
On m'a mise entre un micro et quelques plâtras, et
on m'a priée de lire en français. Après quoi j'ai été
informée qu'on m'avait changée d'Amérique, et que
je venais de communiquer avec l'Amérique du Sud.
Je n'en suis pas à une Amérique près et nous sommes
rentrés sereins, par une nuit glaciale. Ce soir, on ne
me change que d'heure, 10 h. 30. Et je m'établis sur
ma récente conquête South-America.

Rien de nouveau. On gratte le papier. J'élabore
avec une lenteur désolée, mon « numéro spécial » de
Marie-Claire[1]. Maurice est enrhumé. J'ai éteint le

1. « Colette vous parle » est un numéro spécial de *Marie-Claire*,
paru le 24 mai 1940, qui aborde tous les sujets...

calorifère. (Ne vois, entre les deux faits, aucune relation de cause à effet.) La sole et les autres pleuronectes ont les deux yeux sur la même face. Mais le 2e est mis n'importe comment, parce que la jeune sole est d'abord un poisson rond, ou mieux cylindrique. Un beau (?) jour, elle tombe au fond sur le côté, et elle devient plate à force d'être couchée sur le même flanc. L'œil du dessous, collé au fond, en a vite assez, et il <u>monte</u> à travers la tête de la sole, à travers vaisseaux et cartilages, et il finit par émerger à côté de l'autre, au petit bonheur. Voilà pourquoi un œil est toujours de travers, asymétrique, et plus petit. Mais n'est-ce pas une belle histoire ? Chérie je t'embrasse. Sois de bonne humeur, de bonne couleur, n'aime en ce moment que lavettes, balais et casseroles, et... Caplane. Ton beau-père te salue entre deux éternuements. Il est la fidèle imitation des grandes Eaux. Tendresses, chérie

Colette

Monzie[1] m'a promis que les soldats[2] de Méré s'en iraient cette semaine. Mais tant qu'ils ne sont pas partis je ne crois à rien.

---

1. Anatole de Monzie.
2. La maison de Méré est occupée par un détachement de soldats marocains.

[*Enveloppe adressée à « Madame C. de Jouvenel, Cure-monte, Canton de Meyssac, Corrèze ».*]

[2 juin 1940]

Le Parc
Méré S.-et-O.
Téléphone 10

Tu vois où je suis, ma fille chérie, ça s'arrange, et je m'y repose. Maurice peut venir en week-end et revenir, coucher tous les soirs. Méré et Montfort sont très tranquilles, mouvements de troupes à part. Trou-pes noires, et marocaines. Il vaut mieux, je t'assure, que je sois ici, — pour le moment. Caplane n'est pas de cet avis, il me l'a écrit en termes fort courtois, et sans me donner d'adresse, même militaire.

J'imagine très bien que la solitude à Curemonte soit préférable à maint phalanstère. Mais déjà je m'inquiète de te savoir si peu pourvue en combusti-ble. Ici, tout marche au gaz. Tu n'as pas de butane ?

J'ai furieusement mal à ma jambe. Aussi renoncé-je à tous rayons X. Je vais voir ce que peuvent pour moi oxygène, repos et soleil. Chérie, ne t'inquiète pas, de moi, plus que de raison. J'ai ici une petite réserve d'essence, et une plus considérable d'optimisme entêté.

Salue les autorités municipales. Je t'embrasse et t'embrasse et ton beau-père t'envoie mille amitiés

Colette

416

[*Enveloppe adressée à « Madame C. de Jouvenel, Cure-monte, Canton de Meyssac, Corrèze ». Cachet de la poste : « Paris, 6.VI.1940 ».*]

[6 juin 1940]

Le Parc
Méré S-et-O.
Téléphone 10

Chérie, M. Langeron a poussé la gentillesse jusqu'à me faire téléphoner par sa secrétaire particulière. Il faut que tu écrives <u>sur l'heure</u> à : M. le greffier en chef du Tribunal de Police, Paris. Tu déclares faire opposition à la sanction qui te frappe, et que tu fais état de force majeure qui t'a empêchée de te rendre à la convocation. (Explique la force majeure.) Après quoi tu recevras une seconde convocation, à laquelle il sera <u>urgent</u> de te rendre. Si tu ne t'y rendais pas, il faudrait faire établir, par un médecin par exemple, un certificat d'empêchement excessivement majeur, et le joindre à ta lettre, qui cette fois serait adressée à M. le Président du Tribunal de Police, Paris.

C'est réellement tout ce que je peux. Grand tinta-marre avant-hier. Nous n'étions pas très loin ? Il fait très beau, mais sec. Je suppose que Curemonte est pourvu d'un souterrain-abri comme on savait les construire au Moyen Age ? La pauvre Geneviève Leibo qui est toujours sans nouvelles... Chérie, je t'embrasse bien tendrement. Ecris-moi.

Colette

[*Enveloppe sans adresse, « Mme Colette de Jouvenel* ».]

[Juillet 1940]

Au revoir[1], ma petite fille chérie. Tu m'as été bien douce, et je t'en remercie. Ta jeunesse et celle de tes compagnons, c'est ce qui pouvait m'être le meilleur. Je sais bien que je vais regretter tout ce qui est ici, mais sans doute je ne regretterai qu'à cause de toi.

Ce papier que je joins à ma lettre, et qui vaut déjà si peu, échange-le en ce que tu voudras, en jicky[2], en lait pour les chats, en pain pour les chiens pauvres. Je t'embrasse, chérie, de tout mon cœur. Je t'écrirai de partout où je serai

Colette

[Juillet 1940]

Maman chérie,
Mille fois merci — pourquoi ce compte ? — Dix mille fois merci pour le joli chèque. Surtout merci de m'avoir laissée faire de toi une mère confidente et confidente des désastres.

Il faut bien que tu saches qu'aucune légèreté et

---

1. Colette vient de quitter Curemonte, où elle s'était rendue sur l'insistance de sa fille, avec Maurice Goudeket. Ils étaient partis de Méré le 13 juin, mais elle ne supporta pas l'isolement de Curemonte. « J'ai l'habitude de passer mes guerres à Paris, écrit-elle dans *Journal à rebours*... Ai-je donc, aujourd'hui le cœur si tendre qu'au souvenir de Paris résigné, du petit appartement où s'épaissit la poussière je me sente la gorge nouée ? »
2. Parfum de Guerlain.

qu'aucun courage ne valent ceux que j'emporte après t'avoir vue. Me voici un peu moins en forme de bras tombés, de ruminant rumineur, d'idiote enfin.

Viendras-tu à Curemonte quand je te dirai qu'il est joli, prêt et printanier ?

Je t'embrasse
plus que jamais

Fille

Lyon, août 1940

Carlton vendredi

Chérie ma fille,

Je ne te fais pas le récit de notre panne, Mme Veyssié[1] te l'a déjà fait avec un accent excellent. Mais songe au mystère qui plane ! La nourrice a été remplie et vérifiée devant moi rue de Grenelle par le marchand de Ferenczi, et les bidons, surveillés par moi à St. Céré, étaient irréprochables avant leur remplissage qui eut lieu à la pompe. Or, il y avait <u>cinq à 6 litres</u> d'eau, que nous avons laissés couler sur la route. Les frères de Mme Veyssié ont été d'une gentillesse, d'une « distinction » — tu sais dans quel sens je l'entends — qui nous ont touchés. Par chance, le reste du voyage ne comporta aucun incident. L'arrêt à Clermont-F. nous permit de constater que la douche chaleur (32°) y régnait. Nous entrevîmes, à une terrasse de café, Mme et Melle Goudeket, flottant au-dessus de toutes les réalités et qui excellent à juger d'un mot ce temps et ses événements : « Au

1. Marie Veyssié, proche voisine de Petite Colette à Curemonte. (L'orthographe exacte est Vayssié.)

fond, Clermont-Ferrand est ce qu'on peut appeler un petit trou ! » Ayant dit, elles reprirent leur allure d'aimables bourgeoises venues pour la cure et s'en furent boire leur verre à la source (détail inexact, mais plus vrai que la vérité).

Lyon est pareil à lui-même, sauf quelques officiers aviateurs allemands dans les restaurants et dans leurs belles voitures. On nous a donné ce matin deux très petites coquilles de beurre. Mais on sert, au dessert, de la crème fraîche dans le gros pot de grès...

Retrouvé ici Giron (de Marie-Claire). Impossible faire journaux à Lyon, ni Marseille. C'est à Paris qu'ils iront tous. Arrivé avec trois litres d'essence ici, je ne désespère pas, car c'est Bollaert qui est préfet, et Herriot toujours maire. Charles Faroux est ici aussi, pour plusieurs jours, et quelques Marieclaireux.

Un bain chaud, oui, c'est agréable. Mais je ne mens pas en te disant que je l'échangerais bien contre mon arrosoir de Curemonte, — et tout le rituel d'une matinée de Curemonte. Nous avons bien peu causé ensemble, chérie. C'est sans doute parce que ce que nous aurions pu nous dire n'était pas mûr. Tu n'avais pas, et Dieu merci, à verser cette larme qui fronce ta petite figure et entraîne des paroles de chagrin. Et je n'ose pas toujours te provoquer à me parler, je trouve que ce n'est pas convenable. Dis à Curemonte's band (1) tout ce qui est dans mon cœur pour tout un chacun. N'oublie pas mon très cher Caplane, ni Petit-cheff-cheff-cheff, ni la blanche et noire que j'appelle l'hirondelle des ruines, ni le costaud Françoise que je n'ai pas assez vue. Pour toi, tu sais bien que tu me trouveras sous chaque feuille de cornichon et dans le maïs-aux-chats, et sous l'althaéa. Je vous embrasse tous, et toi plus que tous. Maurice est votre dévoué Maurice.

Colette

Pauline pendant la panne : un des frères Veyssié explique à Maurice : « Si ça recommençait en cours de route, vous n'auriez qu'à etc., etc., — ça va, interrompt Pauline, moi j'ai compris, je dirai à Monsieur ce qu'il faut faire. »

(1) je crois que c'est impropre et que j'ai l'air de parler d'un orchestre ; mais Maurice est sorti

[*Enveloppe datée du 7 et postée de Lyon gare, à* « *Madame de Jouvenel, Curemonte, Corrèze* ».]

[6 août 1940]

Lyon, mardi

Comment vont les chats ?

Chérie, nous comptons prendre la route vendredi ou samedi matin, après toutes cérémonies accomplies : un laissez-passer toutes les deux heures, une cuillerée à soupe d'ordre de mission, trois comprimés de bons d'essence, etc. Il se peut que nous n'arrivions pas le même jour à Paris, car à partir de Chalon on marche par convois de 50 voitures. C'est une fête. On ne se sent pas seul.

Paris exilé se réfugie chez Morateur Vision d'épouvante : Marcelle Auclair est en train d'y déjeuner. Elle est blonde (!!!) en petite robe d'été et blouse à mille ruches, et elle dit : « Je m'arrête à peine, il faut bien (sic) que j'aille voir un peu Jean Prouvost. » Rencontré aussi, ici, Marguerite Deval, si gentille, et Charles Faroux, et les Bernheim tableaux. Nous pensons rencontrer moins de Parisiens à Paris.

Pas le moindre taxi à Lyon. Mais pour aller faire les démarches à la Préfecture, nous sommes montés dans une victoria ombragée par une tente à franges, attelée d'un gros vieux cheval et d'un gros vieux cocher. Maurice a happé le tout devant l'hôtel, au moment où le cocher disait au portier : « Je viens pour vous dire que je ne viens pas. Votre client veut faire des promenades dans Lyon entre 5 et 7 heures. Ma jument craint la chaleur et elle n'est pas là pour faire des promenades. » Sur quoi il nous a menés dans le temple de la paperasserie routière parce qu'il y avait une bonne marge d'ombre le long des murs, — pour la jument. Mille tendresses et davantage, chérie. Embrasse tous tes compagnons, partage avec eux les amitiés de Maurice. J'ai acheté un couteau de poche en passant à Thiers. En quittant la boutique je heurte une passante : c'était Lola Prusac. Elle allait à St. Tropez et mettait pied à terre pour boire. Rien à louer à St. Tropez. Tu pourrais peut-être sous-louer ?

Colette

[*Enveloppe datée : « Lyon, 8 août 1940 ».*]

Jeudi

Carlton

Chérie, nous allons tenter de « passer » demain matin de très bonne heure. Mais je doute que nous le puissions. Un soudain renforcement de toutes les sévérités sévit, dit-on, depuis deux jours, trois jours. Mais « on » dit aussi que si l'on attend ce sera pire. Si nous ne passons pas, je pense qu'on nous laissera rebrousser chemin ? Si nous revenons sur Lyon, je t'écrirai. Si tu ne reçois rien, c'est que nous aurons passé. Après...

Mille tendresses, chérie. Je t'embrasse et t'embrasse. Amitié à tous, au Petit-Cheffcheffcheff, à l'Hirondelle, à Françoise, à Caplane. Il me semble qu'il y a un mois que je t'ai quittée.

Colette

[*Enveloppe adressée à « Madame de Jouvenel, Curemonte, Corrèze ». Cachet de la poste : 9.8.1940.*]

L Gd Nl Hôtel, rue Grolée, s'appelle ainsi parce qu'il est un des plus vieux de Lyon. J'y descendais autrefois dans une immense chambre ouvrant sur le Rhône, et j'y réfugiais ma joyeuse humeur (!) de ce temps-là, à porter le diable en terre.

Vendredi 9 août
Grand Nouvel Hôtel
Lyon

Chérie

C'est manqué. Entre 3 heures du matin et 3h. de l'après-midi, nous avons tenté d'aller à Paris, — et échoué. Munis d'un ordre de mission dûment préfectoral et tout, nous avons atteint le barrage. Ça n'a pas été long. « Vous vous appelez, dit à Maurice l'officier noir et suant, Maurice Goudeket ? Juif français ? Arrière. Retournez d'où vous venez. — Mais, commencé-je... Arrière. France du Sud. Tournez immédiatement. » C'est tout. Rien à faire, actuellement, pour sortir de là. Au retour, nous constatâmes que nos chambres étaient occupées par quelques-uns des militaires allemands qui viennent d'arriver en nombre. Autos, ordonnances, uniformes flambant neufs, et caisses de champagne qu'ils apportent. Au Gd Nouvel Hôtel, Maurice m'a trouvé une chambre. Une petite au Carlton pour Pauline. Il ne désespère pas d'en trouver une pour lui dans un 3e hôtel. Le pauvre garçon fait bonne figure, mais comment sortir de là ? Il a pris, pendant que je t'écris, une excellente résolution : il est parti par un tramway pour « Lyon-Plage » à 3 klm., où il y a piscine, verdures et même du thé.

Ta lettre vient d'arriver, par chance. Oh ! oui, écris-moi. Fais-moi frais en me parlant de votre jeune phalanstère. Peut-être irai-je à Paris avec Pauline (le barrage actuel est exclusivement racial) pour rapporter un peu d'argent, des vêtements, des sandales, des vêtements pour Maurice. Ce ne sera pas un voyage gai. Je t'embrasse, je vous embrasse, chérie, et je suis avec vous tous. Elle est charmante, cette photo ! Et le fier artisan décolleté sur fond de poutres, n'a pas cessé de me plaire. Je vous envoie tout de même les amitiés de Maurice qui est dans l'eau, — c'est le mot.

Colette

[Carte postale. Photo de Colette (Harcourt).]

15 août 40 à l'ombre dans le jardin. Fille chérie, tu n'écris pas. Il doit faire bon là-bas. Toute la nuit dernière il a fait 29, et pas un souffle. Les petites fermières des environs de Nantes voudraient bien te voir. La Grand Noë par Vertoux. Si tu voyais les arbres du jardin... Quand passes-tu par Paris ? Tendresses, chérie, et les amitiés de Maurice et de Pauline.

Colette

[*Enveloppe adressée à « Madame de Jouvenel, Cure-monte, Corrèze ». Expéditeur : « Colette, Grand Nouvel Hôtel, Lyon ».*]

19 août 1940
Grand Nouvel Hôtel
Lyon

Fille chérie, sacré mille tonnerres, vous ne m'écrivez pas assez.

Oui, je sais : « Tu sais qu'il ne se passe rien. » « Tu sais que je n'ai pas un instant à moi. »

L'un est aussi vrai que l'autre.

Où est le petit-cheff-cheff-cheff ?

Où, l'hirondelle des ruines ?

Où, le pastour fleuri d'une poutre derrière l'oreille ?

Où, les petichats et leur mère ?

Où, les belles-de-jour semées sous ma régence ?

Où, Solange-la-Diserte ?

Où, le beurre ?

Et les cobées à griffes ?

J'ai besoin d'un état de choses, de lieux et de gens.

Ici, les journaux sont d'un vide éclatant. Mais on parle d'une bombe jetée sur Limoges ???

Maurice tâche de placer quelque chose à « Marianne ». Les journaux qui étaient nôtres, des mains patientes, ici, tâchent de les remettre debout, et tout de suite ils s'écroulent. Le gendre des Galeries Lafayette est bloqué ici, avec son administrateur, parce qu'ils sont juifs. Eux aussi ont échoué au barrage de Chalon. J'ai mal à la gorge depuis deux jours. Une jeune rédactrice de « Lyon répub. », vexée de ne me point voir, s'est fait deux colonnes de copie avec « Comment je n'ai pas vu Colette ». Il n'y a plus d'enfants. Les Jos-Bernheim, tu sais, les grands marchands de tableaux, sont aussi « barrés ». En outre, on leur a dérobé plusieurs millions de tableaux. Véra m'écrit, cherche à m'attirer là-bas. Elle a fait aérer le Pin Parasol. Mais il n'y a pas une goutte de pétrole dans le pays, et elle me conseille gentiment d'« en apporter ». Certes ! Dans une passoire ! Je n'y manquerais pas, si j'allais dans le Midi.

J'ai vu mon vieil ami Herriot[1], pendant presque une heure. Grâce à sa conversation, charmante et toute vouée à l'actualité, je suis documentée sur Honoré d'Urfé, Prévost-Paradol, Marie de Médicis, Arthur Rimbaud, Schumann, Verlaine et les châteaux de la Loire. En sortant, j'étais toute réconfortée, et je frappais le pavé de ma canne comme un suisse d'église.

Chérie, écris-moi. On affirme que Bertrand de Jouvenel est une puissance du jour[2]. Aucune lettre ne passe de zone à zone. Celle-ci te porte beaucoup de tendresses, les amitiés de Maurice et les miennes à toute la colonie.

Colette

---

1. Édouard Herriot, président du Conseil et maire de Lyon, était intervenu pour obtenir la Légion d'honneur à Colette en 1938.
2. « Le Général Duché, commandant de la région militaire de Brive, vint me chercher et m'envoya à Vichy, me disant que le Commandant Navarre avait besoin de mes services [...] Je m'embarquais avec enthousiasme vers je ne savais quoi, embarquement qui allait me coûter cher en réputation, mais je ne regrette pas de l'avoir entrepris », écrit Bertrand de Jouvenel dans *Un voyageur dans le siècle*, p. 368. Il s'agit du SR (Service de Renseignements militaires) dont naturellement il ne pouvait faire état. Voir note 1, p. 446.

[*Enveloppe adressée à « Madame de Jouvenel, Cure-monte, Corrèze ». Expéditeur : « Colette, Le Grand Nouvel Hôtel, Lyon ».*]

[24 août 1940]

Quel plaisir d'avoir ta lettre, chérie. Ce long moment sans lettres est dur. Et ce barrage qui ne s'ouvre pas ! Ceux qui vont et reviennent — nous en connaissons ici — appartiennent à une catégorie spéciale, par exemple, ici, ils ont maison de commerce à Paris et siège social à Lyon, ou le contraire. Pourtant l'un de ces favorisés, ayant fait va-et-vient autorisé trois fois, s'est vu sans motif barrer la route à Chalon, barrer à Moulins, et comment excédé il tentait une petite route locale « barrée » aussi il a perdu patience et dit : « C'est intolérable, je veux parler au commandant ! Où est-il ? — De l'autre côté du pont — Bon j'y vais. » Et comme ledit pont, était couvert de rapatriards piétons, cyclistes, autos, il a passé dans le flot. Mais je crois qu'il peut renoncer à revenir. Hier, Marie Marquet passait à Lyon, avec son compagnon Caudron. Elle rentrait, par ordre à la Comédie. Mais elle doit voir Abetz[1] à Paris. Nous lui avons donné pour Abetz une fiche de Maurice ; elle assure que c'est une bonne chance à courir, et que l'autorisation <u>doit</u> venir de Paris pour rentrer à Paris. Si rien ne va, j'irai à Paris avec Pauline, et là je tâcherai d'agir pour Maurice mais c'est un <u>très </u>mauvais moment pour tout. Giron (red. en ch. de Marie-Claire, très gentil) est parti pour Clermont avant-hier, il téléphone qu'une fournée Match-Marie-C. va inces-

---

1. Otto Abetz, ambassadeur d'Allemagne à Paris.

samment quitter Clermont pour Lyon. Mais il est fort peu certain que Maurice trouve là du travail.

Ton idée de venir à Lyon avec Henri m'enchante... sentimentalement. Actuellement, Lyon subit une telle pléthore qu'on en est effrayé. Tiens, hier soir Mme Paul Morand, Lévy-Despas, la baronne de Lagrange malade, deux infirmières Croix-Rouge f. du monde, encore deux autres, battaient Lyon pour trouver seulement un lit de fer dans un corridor (on en voit dans tous les hôtels). Tout le jour des autos caparaçonnées de matelas s'arrêtent devant <u>tous</u> les hôtels, implorant : « Une chambre ? nous sommes cinq mais ça ne fait rien. » L'hôtel a fait afficher « complet », comme un autobus. Couchée deux jours avec une sorte de grippe. Aujourd'hui mieux. L'histoire de la proximité des Daniel me fait pousser de grands ah ! tu penses. Et la solitude d'Irène parmi les occupants est un détail bien extraordinaire... Je les croyais tous à Biarritz. Le savon ? j'en ai encore un morceau, sur deux que m'a vendus ma coiffeuse. Le savon est un drame véritable. Ce matin comme je parlais au chat, inconnu, d'une parfumerie, un pauvre monsieur a demandé : « Avez-vous un savon, même tout petit ? » La parfumerie a hoché la tête, le monsieur a pris la sienne à deux mains, a gémi : « Mon Dieu ! » et il est parti. Ayant fait avec la coiffeuse un trafic de dédicaces, j'ai encore quatre ou cinq savonnettes distinguées. Mais comment vas-tu faire ? Il faut, je t'assure, renoncer autant que possible au « linge » c'est-à-dire porter, au lieu de chemisiers, des pull-overs en mailles quelconques, qu'on lave moins souvent. Ma coiffeuse, mise à sac et à sec, est en pourparlers avec un type de Gap (!) qui cherche un produit pour agglomérer du savon en poudre. Nul doute que s'il le trouve on puisse se laver vers la Noël 1941.

Tu penses bien que je m'inquiète pour toi, de voir fuir le temps. Comment prolonger votre séjour là-bas ? Comment chauffer Curemonte ? Et puis l'isolement se fait rudement sentir dès que l'automne assombrit tout, l'isolement, le besoin d'activité pour Henri. La guerre commence... Pauline me charge de te dire que ton pull-over gris n'aura pas de manches faute d'assez de laine. Je sais que tu supporteras cet ukase avec une splendide impassibilité. Pauline affirme — son mode ne saurait varier — que Mme Veyssié a des réserves inavouées de tout, y compris le savon (en poudre ou en pain) et le sucre.

Je te récrirai bientôt, chérie. Mot de Pauline sur la solitude d'Irène à S. Nom : « Il (Daniel) ne risque que d'en trouver un de plus quand il rentrera. » Ces juges sont bien terribles. Tendresses, chérie, encore et encore tendresses. Amitiés à Henry[1] et à tous de Maurice aussi. La meute m'inquiète un peu. Toc conseille Lorette.

L'idée de Renaud est excellente. Sans blague.

Colette

[*Enveloppe adressée à « Madame de Jouvenel, Curemonte, Corrèze ». Expéditeur : « Le Grand Nouvel Hôtel, Lyon ». Cachet de la poste : 25.8.1940.*]

Dimanche 25

C'est ma lettre d'hier que je continue chérie. Tu penses bien que je suis soucieuse de toi, de vous. Je tourne et retourne avec Maurice, autour de toi. Le

___
1. Henri de Caplane.

seul endroit où il pourrait y avoir chances de croûtes est toujours Paris. Mais c'est là aussi qu'un chômage est sans doute, sera, formidable. En ce moment Paris est privé de gaz, mais non d'électricité. Il n'a ni huile, ni savon, il a du beurre et de la nourriture. Il a aussi nos vêtements, nos remparts contre le froid, — car je ne pense pas que tu aies une garde-robe complète à Curemonte, et Henri n'y a rien. Ici il est déjà très problématique de se nipper. Un pardessus d'homme, un manteau de femme, raretés ; sur la place voisine on met en montre un pull d'homme, sans manches, en cachemire... sans mention de prix. La nourriture est accessible. Nous mangeons à la Brasserie Grolée pour 16 f. sans vin, au Filet de sole pour 20 f. Pauline déjeune au Coq pour 13 f. avec vin et dîne froid dans sa chambre avec ce qu'elle achète. De temps à autre nous allons chez Morateur parce que Morateur est un personnage amical et influent qui peut nous rendre des services locaux. Donc la vie, à Lyon, n'est pas d'un prix inabordable.

Rentrer à Paris, (je parle pour vous deux) et n'en pouvoir re-sortir ? Si tu rentres à Paris, ce serait donc pour en sortir ? N'en pas sortir, provisoirement, peut être aussi une solution. Jean Fontenoy, nous dit-on, prend la direction — si l'on peut dire — d'un superbe hebdomadaire, avec couleurs et tout (et tout signifie l'autorisation allemande) il faut s'attendre à ce qu'une activité journalistique se développe à Paris, entraînant, je l'espère, la collaboration de gens assez propres ? Ici, Jean Prouvost me fait proposer (il est à Vichy), un contrat, très diminué, naturellement, et il est muet jusqu'à présent au sujet de Maurice. Mais ! Si nous logeons à l'hôtel, nous mangeons, et au-delà, le contrat : Si nous cherchons (il n'y en a pas) un petit meublé, c'est toutes les petites horreurs graves : pas assez de linge de maison, pas assez de lumière, Pauline faisant la queue pour le café et chassant le quart de beurre, le ménage bâclé, etc. et une tristesse de décor qu'on excuse à l'hôtel. Je te dis ce qui nous concerne parce que cela pourrait te concerner, tu comprends. Maurice réfléchit sur ton cas et formule : « Qu'elle ne quitte pas le voisinage immédiat de Renaud, en ce moment du moins. » L'immobilisation de la livre anglaise nous prive, exactement, de la moitié de notre avoir. Il faut se faire à cette idée, surtout à ce fait. Depuis notre arrivée à Lyon nous avons vainement essayé de vendre nos livres ; une information parue il y a trois jours, nous ôte ce souci, amplement remplacé.

Pour ne pas perdre la notion du comique, il est bien curieux de voir s'exercer des influences ou des pouvoirs insoupçonnés. Par nos compagnons de Marie-Claire, Giron et Olga Keverkoff, nous connûmes une jeune femme, ancienne secrétaire de Jean Renoir. Gentille, débrouillarde, en appareil modeste, une Simca-cinq — mais la meilleure chambre de l'hôtel. Elle nous entendait déplorer que l'essai d'évasion raté nous eût évaporé quarante litres d'essence environ :

« Vous voulez de l'essence ? — Ah ! soupire Maurice, je voudrais seulement ravoir mes quarante litres... — Bon. — Résignez-vous seulement à ne pas les payer. — !!! »

Un des deux jours où je restais couchée, Maurice fut conduit (on ne lui a même pas bandé les yeux) dans une sorte de halle immense où tout, citernes, seaux d'écurie, arrosoirs, baquets, est plein d'essence. La jeune femme fit servir Maurice dans un gros bidon, prit pour elle-même soixante litres parce qu'elle partait pour Cannes et peut-être pour d'autres « rivages de rêve » — et voilà. Dans cet endroit étrange Maurice m'a raconté que de temps en temps on renverse un baquet plein, ou bien on donne dix litres au lieu de cinq, et que ça n'a aucune importance. La non moins étrange jeune femme semble disposer aussi de matières alimentaires. Si elle n'était sur les routes, qu'est-ce que j'essaierais d'avoir comme savon !

Chérie, à tout de suite. Ne cessons pas de nous écrire, je t'en prie. Tendresses, chérie, amitiés de Maurice à tous, ne m'oublie pas auprès de Françoise et d'Hélène bien affectueusement

Colette

Marie-Hélène ; mais je ne trouve pas que « Marie » lui aille comme sur mesure. Elle reste pour moi l'hirondelle des ruines. « Aronde » comme on disait chez les seigneurs de Plas et de St. Hilaire.

[*Enveloppe adressée à « Mme Colette de Jouvenel, Curemonte, Corrèze ». Expéditeur : « Colette, le Grand Nouvel Hôtel ». Cachet de la poste : Lyon, 27.8.1940.*]

Mercredi

Je n'ai ouvert cette lettre, chérie, que parce que l'adresse portait nos deux noms. Rien de nouveau. On ne parle que par « Passerons-nous ? Ne passerons-nous pas ? ». Pas de savon ; l'état de la crise est aigu. On vend une <u>lessive</u> standard, faut-il t'en envoyer ? Les deux savons distingués finis, j'ai comme ressource un affreux petit savon médicamenteux, — merdicamenteux — au salicylate (!) qui empoisonne. Maurice (il loge à l'étage en dessous)

432

en a un autre, également fécalomenteux, qui se prétend à l'extrait de pin.

Il se peut que, garnison désespérée, nous tentions une nouvelle sortie la semaine prochaine... Si tu revois Catherine Dreyfus, dis-lui qu'elle m'écrive, ici, par quel maléfice ou miracle sa jeune belle-mère s'est détachée du lot. Ça m'intéresse, sans me passionner.

Je reçois d'assez fréquentes nouvelles de la Piade [1]. Julio, qui ne pourra plus exercer en France, prend ça du bon côté, et apprête ses quartiers d'hiver, cheminée dans la pièce du bas, eau de la ville, perfectionnement du chauffage, peintures neuves, etc. Mais ils ont 200 gr. d'huile par mois pour six, pas de savon, pas ou peu de beurre, et les pommes de terre vont se vendre au gramme. Ils préparent aussi, comme les Leibo, poulaillers et clapiers. Véra m'écrit, finement : « Impossible de savoir ce que cache la jovialité de Julio. Ou bien c'est le vide, ou bien c'est un remarquable camouflage. » Son frère Michel Emer et Henriette sa femme sont avec eux. Et le fait qu'Henriette (née Aghion) est égyptienne juive par toute sa famille ne complique pas peu leur situation. Les Carco sont à Nice, je l'ai appris indirectement. Sacha Guitry est à Dax, et cocu comme père et mère, sa jeune épouse fait en sorte que nul n'en ignore. Deux dédicaces, hier, m'ont rapporté ensemble une demi-livre de beurre. Si je pouvais seulement troquer le manuscrit de La Chatte contre cinquante kilos de savon ! Je commence à entrevoir que mon métier peut me servir à quelque chose. Si j'arrivais à « rentrer », je pense avec anxiété que, si la question des correspondances ne s'amende pas, je ne recevrais pas tes lettres, ni toi les miennes... Tendresses.

Colette

1. Maison des Van der Henst.

[Août 1940]

Et Cantegrel[1] — j'ai été jusqu'à recevoir à goûter toute sa famille, dimanche dernier ! ô interêt, ô bassesses ! — dit qu'il a également un moyen de faire passer ces lettres.

Nous rentrons les pommes de terre. Il y a d'admirables montagnes de bois. Mais, puanteur et em...ment la fosse sceptique (sic) — qui n'avait pas été finie — est pleine. Nous allons donc revoir les travaux.

Je termine vite cette lettre maman chérie, je voudrais pouvoir en recevoir encore beaucoup de Lyon et pouvoir y écrire encore longtemps avec la certitude que mes lettres t'y trouveront encore. S'il se peut, réfléchis encore pour Paris, pense à Marseille, d'où Pozner revient, et où il dit qu'on trouve tout le monde et que la vie s'y organise (dans la pagaille, naturellement) en dehors de toutes les règles nazies. Exemple : toutes les fenêtres, de toutes les rues, grandes ouvertes laissent entendre l'émission anglaise que tout le monde prend à la même heure, alors que c'est interdit. Le moyen d'empêcher toute une ville, et surtout Marseille, de faire ce qu'elle veut. Et il y a Nice.

Et moi qui avais justement trouvé le moyen de t'envoyer quelques savons de toilette. Si tu m'écris que tu restes encore quelques jours, j'envoie. Ce ne sera pas grand'chose, mais tout de même trois <u>gros</u> Palmolive.

Je t'embrasse et je t'aime bien plus et bien plus tendrement qu'on ne peut écrire.

Ta fille
Colette

1. Le début de la lettre manque.

434

Prends bien soin de toi.

Hommages et tendresses de tout le monde.

Amitiés à Maurice.

et

Heil Pauline.

[*Enveloppe adressée à « Madame de Jouvenel, Cure-monte, Corrèze ». Expéditeur : « Colette, le Grand Nou-vel Hôtel, Lyon ». Cachet de la poste : 3.9.1940.*]

[Lundi 2 septembre 1940]

Grand Nouvel Hôtel
Lyon

Pour les livres, je vais m'informer, chérie. Mais une si grande lettre mérite bien que j'y réponde tout de suite. Te donner un conseil qui concerne toi et Henri... On assure, ici aussi, qu'entrer dans Paris, (pour qui n'est pas juif), est la facilité même. Mais qu'il ne saurait être question actuellement d'en sortir après. Alors ? Ceux qui vont et viennent me disent que la vie n'y est pas chère (les prix sont ceux de mai) et qu'on y peut être fort tranquilles. Quelques-uns (les plus bêtes) s'exclament : « Mais vous ne pourrez pas y tenir ! Vous ne pourrez pas sortir le soir ! » Pourquoi sortir le soir ? Je ne sortais déjà pas en temps de paix. Si c'était habiter Paris que tu voulais, il n'y a rien de plus facile pour toi. Et pour Henri. A Paris, le travail qu'on trouve c'est celui que vous offrent les journaux rédigés à Paris. Titaÿna, pour trois fois rien, touche 40.000 f par mois. Un à un, des rédacteurs de l'équipe Prouvost quittent l'équipe clermontoise, et rentrent à Paris. Nous parlions de tout cela hier soir avec Philippe Fenwick qui vient d'arriver avec sa petite amie, et qui dit, lui aussi, que la vie à Clermont est impossible tant l'ennui, la foule et le désert, et la mauvaise nourriture se font puissants à vous bannir. Et tout hors de prix. Personne ne croit à la réussite des trois journaux, plus le « Chasseur », à Lyon, et il semble que Prouvost lui-même en doute. Il a arraché à Confidences, à prix d'or, une Mme Béritz (?) qui fait loi, et tout le monde a envie de f... le camp à cause d'elle.

Crois bien que ce n'est pas moi qui ai intitulé le papier « Candide » nouvelle. Ni qui ai supprimé des blancs. Ni qui ai mis expéditifs pour explétifs. Ni... etc., etc. Bravo pour le souterrain. J'attends le chapitre suivant : « La découverte du trésor. » La musaraigne, si elle est rousse, n'est point musaraigne, mais campagnol. Le campagnol seul est blond roux et pourvu de beaux yeux noirs. Il semble aimer assez le soleil. Souvent je songe à votre charmante colonie, que ne doit pas déparer mon vieil ami Jean-Georges. Ce sont des pensées qui conviennent mal à une chambre d'hôtel, fût-elle tendue d'un papier décoloré qui imite (?) une pergola en poutrelles écossaises, et sans fleurs. Ma souris (il y en a au moins une par chambre) mange beaucoup. Toute petite, elle se fait ronde et ne peut plus passer par son trou La bougresse ! Je lève les yeux et je vois que depuis que j'ai commencé à t'écrire elle a emporté trois des cinq morceaux de pain que je venais de lui donner. [*Dans la marge :*] Elle vient d'emporter le quatrième. Elle est forcée de passer par le balcon, et charrie ses morceaux de pain sur de longues distances. Ma présence ne la gêne vraiment pas beaucoup.

Rester l'hiver à Curemonte ? Mais mon chéri comment auras-tu assez chaud ? Fais attention aux jointures des portes, et à l'intervalle entre le bas des portes et le dallage. Trouve des bourrelets. Sans quoi tu chauffes en pure perte. Et l'eau ? Mais oui, écris des nouvelles ! Quand on écrit sans être traqué par l'obligation de livrer à tel jour fixé la copie, il y a, dans la contrainte de s'exprimer par l'écriture, un assouplissement, une humiliation consentie qui sont parmi les meilleures gymnastiques.

Notre nouvel espoir de partir gît dans l'assistance que nous donne le consul de Suède, charmant type français, pourvu d'une très gentille famille. On nous a adressés à lui il y a trois jours, et il ne demande qu'à s'évertuer. Car la « question raciale » est terrible.

Noix pilées et sucre : très bien : Et encore mieux si tu peux y joindre des noisettes, qui donnent un goût délicieux. Piler très fin, très fin. Mais auparavant mettre noix et noisettes écalées une nuit dans l'eau pour que les petites peaux se détachent facilement. (Les petites peaux donnent de l'amertume.) Ne piler que quand les noix et noisettes sont sèches. Un peu de miel quand on en a empêche la pâte de sécher et de se fendiller. Ce que le « docteur Mono » appelait « l'aliment Mono » n'était pas autre chose, et il assurait que son produit guérissait de l'anémie aussi bien que de la pelade, des engelures non moins que de la syphilis.

Sans doute je pourrai bientôt te donner d'autres tuyaux sur les journaux prouvostiens ; voici Kermaingant qui arrive de Clermont pour retenir pour J.P. des chambres dans cet hôtel, dans quelques jours. J'ai encore échangé ce matin une dédicace contre un cube de savon de Marseille de 400 gr. joie ! Pleurs de joie ! Madame Goudeket mère, à Clermont avec sa fille, vient de traverser du haut de ses 74 ans victorieux, une effroyable crise d'hémorrhagies [sic] intestinales, qui eût eu raison de n'importe qui, sauf d'elle. Elle va mieux, mais je note ici qu'on lui a administré de l'<u>alunozal</u> et de l'<u>eau pure</u>. Si, autour de toi, quelqu'un se trouvait souffrant, retiens cela. L'alunozal (en comprimés) se trouve « dans toutes les pharmacies », à défaut de produits plus spéciaux, et en les attendant.

Tu sais, chérie, que les Anglais ont f... le feu à la Tamise lors de la première grande offensive allemande ? ils ont fait ça avec du pétrole, au moment où les Allemands s'avançaient dans de grandes barges, la nuit, sur le fleuve. Il faut pourtant que je cesse de t'écrire ! A ton tour. Je vais m'occuper dès demain de tes livres. Chez le père Fournier, il n'y aura qu'un peu de Balzac dépareillé. Mille tendresses, ma chérie, plus tendres que jamais. Dis à tes amis que je suis leur vieille amie. Maurice est affectueusement à vous toutes et tous.

Colette

[*Enveloppe adressée à « Madame de Jouvenel, Cure-monte, Corrèze ». Cachet de la poste : Lyon, 4.9.1940.*]

[4 septembre 1940]

Mercredi

Chérie, je te donne tout de suite les bonnes et mauvaises réponses de libraires, dépouillés et qui ne reçoivent de Paris, naturellement, rien. Trois Nelson[1] partent, contenant la Cousine Bette, le cousin Pons (je n'aime guère celui-ci) et le lys dans la Vallée

1. Les éditions Nelson imprimaient en Écosse une collection de petits volumes des meilleurs auteurs français et étrangers sous une couverture de toile crème.

(dur pour un débutant !). Impossible d'avoir les autres, neufs ou d'occasion. Seule une édition complète, Houssiaux[1] XIXᵉ siècle (celle que j'ai (?) à Paris) serait trouvable, mais... 1800 frs au moins. Remettons ça à plus tard. Masson, très gentil, t'enverra au fur et à mesure de ses trouvailles, les Stendhal, le Morgan, le Conrad peut-être, le Boyer qui sait ? Mais aucun espoir pour le Marg. Mitchell et le Dickens. Tu recevras, espère-t-il, le Molière demandé. Si tu en veux d'autres, écris-moi. Il fait chaud, mais je ne m'en plains pas. Ce soir, je fais la connaissance du Dr. Locard, tu sais, un grand médecin criminaliste. Si tu voyais combien tout ce qui est hôtel, pensions, chambres, meublés, non meublés, quatre-murs-et-un-toit, déborde... Des gens couchent dans les couloirs dans des petits lits de fer pour enfants. J'ai contraint la direction à donner un abri, pour deux heures, de minuit à 2 h. du matin, à une jeune fille qui voyageait depuis 3 jours avec un angora bleu magnifique et résigné dans un trop petit panier. On l'a mise dans une chambre où arrivaient des voyageurs à 2 h du matin, et à deux heures on l'en a bannie. Elle part pour Cannes aujourd'hui, et j'ai reçu des dahlias monstrueux de la part du chat ! J'ai tout de la profiteuse décidément. Hervé Mille, de Paris-Soir, a traversé Lyon sans trouver un lit, et à 3 h. du matin il s'est allé coucher avec... Maurice ! Maurice n'a pas dormi, mais Hervé dormait encore à 9 heures. Et c'est lui qui a poussé Maurice à coups de pied inconscients hors du lit. Ceci est pour te donner une idée de Lyon actuellement. Claude Blanchard (bon reporter de Paris-Soir) a depuis hier soir une minuscule cham-

---

1. Célèbre éditeur de Balzac.

bre de courrier et il danse de joie. Ecris-moi ! Tendresses, chérie

Colette

J'oublie de te dire, chérie, que ta conserve de noix ne doit se faire qu'une fois les noix (et noisettes sèches), c'est-à-dire dans pas mal de temps, quand elles auront perdu l'eau qui est dans les noix fraîches. Il faut qu'elles soient dans leur bois et que les petites cloisons intérieures soient tout à fait sèches. Faute de quoi ton produit rancirait très vite et ce serait dommage. Donc, patience. Il convient aussi de piler le sucre à part, pour qu'il soit très fin et intimement mélangeable. Et puis — oh ! les mères ! — il faut mettre ta confiture dans des tout petits pots remplis à ras de bord et, simplement un papier végétal posé dessus, collé au produit lui-même sans intervalle d'air. Des pots quasiment individuels, sitôt consommés qu'ouverts.

Paris-Soir, Marie-Claire et le nouvel hebdomadaire « Sept Jours » rappliquent ici. Aujourd'hui même ses envoyés ont loué imprimerie et locaux. Maurice et moi nous gardons une attitude extrêmement réservée. Je te tiendrai au courant.

La souris a dû accoucher. Non seulement elle n'est pas venue manger depuis ce matin, mais elle a déposé sur le balcon des fragments de nid-de-souris, qui est une substance impalpable, presque comme du duvet de peuplier, elles fabriquent ça avec leurs dents au moyen de papier et d'étoffe. J'ai pu étudier le nid-de-souris quand luc-Albert a emménagé dans la minuscule maison. Il y avait derrière la chaudière du nid-de-souris pour cinquante souris et plus. Alors ce soir je rajoute de la pelure de poire, à cause de la soif des accouchées, et une minuscule flaque d'eau.

Ta mère est gâteuse, ma fille. C'est de son âge, — bientôt. Tendresses, tendresses.

Colette

[Septembre 1940]

Lundi

Chérie, je crois que Masson pourra t'envoyer presque tout, sauf <u>Lucien Leuwen</u>. Ne t'inquiète pas, pour le moment, du règlement. On verra ça à Paris, où nous allons essayer de « remonter ». Le matin de notre départ[1], je t'enverrai un mot. Mais l'absence de moyens de communiquer me rend fébrile. Peut-être échouerons-nous encore. Alors nous essaierons par le train. Il faut sortir de cette souricière, fût-ce pour entrer dans une autre. Il pleut. Je me couche pour l'après-midi, puisque ne dormant pas je travaillais ce matin à 6 h 1/4. Pour des raisons d'équilibre financier, je tâche de mener à bien (?) un 3e numéro pour Candide de « Dans les ruines ». Tu vois comme elle est bassement utilitaire,

ta mère

qui t'embrasse, chérie, et t'embrasse. Je voudrais recevoir un mot de toi avant mon départ ! Maurice est affectueusement à vous tous, et j'embrasse le Tout-Curemonte

Colette

---

1. Colette dîne à Lyon chez le consul de Suède, le 5 septembre, qui lui fournit les papiers nécessaires pour regagner Paris.

[13 septembre 1940[1]]

Maman chérie,

Pardon de répondre si tard à tes lettres et pardon de ne remercier que maintenant des livres et des lessives. Chaque chose m'a fait, nous a fait un bien grand plaisir.

Je viens d'aller passer 48 heures à Castel-Novel cela était utile, indispensable même. Renaud m'a apporté, avec la grande gentillesse dont il est souvent capable, une aide, un dépannage financier immédiat et l'assurance qu'aux grands froids je trouverai à Castel-Novel un excellent asile, et du travail, puisqu'il y a là-bas, mille choses dont il faut s'occuper.

Il n'y a rien de spécial à signaler ici, où la vie continue, délicieuse, incertaine, bonne et bizarre.

Rien, sinon que nous recommençons à avoir la possibilité d'aller à Brive de temps en temps grâce à la bonne fée Augard. J'y retourne d'ailleurs cet après-midi, voir le colonel Duché[2], dans l'espoir de trouver chez lui des nouvelles, peut-être une autorisation de circuler.

Henri va aller à Paris, où il a des amis hommes d'affaires qui lui procureront peut-être la possibilité de trouver en zone libre un travail suffisant pour passer l'hiver.

Jean-George vient de perdre sa mère, le pauvre garçon va devoir retourner à Paris, où elle est morte ; cependant, il n'y met pas de précipitation particulière sur notre conseil, puisqu'il ne peut plus rien et qu'il ne trouvera plus là-bas que de tristes choses à

1. Cette lettre arrivera le 7 octobre, voir p. 447.
2. Grand ami d'Henry de Jouvenel. Chef d'état-major de la région militaire de Brive.

règler. Et puis, il attend (lui aussi) des réponses de gens à la porte desquelles il a frappé, Paris-soir, Marie-Claire. Y a-t-il un mot que tu puisses dire pour lui ? Mais il y en a tant dans son cas !

Je ne cacherai pas que ton retour à Paris m'effraie. Les nouvelles que Françoise reçoit de sa mère de là-bas sont assez affreuses. Hors des restaurants, rien à manger. Les <u>draps</u> réquisitionnés, les bicyclettes aussi, celles qui ne sont pas indispensables aux gens pour qu'ils aillent travailler. Il semble aussi que le sort des semblables de Maurice soit sans indulgence : deux cousins de Mme de Tinan ont disparu, à Paris, depuis qu'un officier allemand est venu les chercher pour leur « demander un renseignement ». L'argent et les livres de tous les israélites raflés. Si tu rentres tout de même, c'est sans doute par ce moyen que nous pourrons correspondre, tant qu'il fonctionnera. Tu peux envoyer les lettres à Madame Madeleine de Tinan. S. S. A., 31, rue Galilée. Paris. Elle les fait passer par la Croix-Rouge et Châteauroux, cela ne met souvent que trois jours.

J'ai hâte d'avoir des nouvelles de toi. La vie de Paris, on voit à peu près ce que c'est.

Je t'embrasse, maman chérie, de tout mon cœur et plus tendrement que jamais. Je voudrais surtout que tu n'aies pas à redouter le froid cet hiver, ni aucune sorte d'inconfort.

Non, je ne vais pas me marier, non je ne veux pas me marier, que cela ne soit pas pour toi un sujet de soucis, mais un sujet d'allégresse, car je me marierais comme on entre au couvent sans la foi, ou comme on va faire un pensum. Je n'en ai, pour l'instant, pas la moindre envie ; sûrement, l'envie m'en reprendra bien un jour, et ce jour-là, il sera bien assez temps. Me marier, si ce n'est que pour me décharger sur quelqu'un des soucis matériels, ce serait d'une tristesse affligeante, et de plus, un fort mauvais calcul, car, dans le cas qui nous intéresse, j'aurais à me charger à peu près doublement desdits soucis matériels. Voici donc, pour une fois, une erreur d'évitée.

Je te re-embrasse, maman chérie, il n'y a pas de lettre assez longue qui puisse te dire comme je t'aime.

Ta fille
Colette

[*Enveloppe adressée à « Madame de Jouvenel, Curemonte, Corrèze ». Cachet de la poste : Bourg-en-Bresse, 26.9.1940.*]

Mardi 17

Chérie !

J'y suis, j'y reste[1]. Appartement intact. Vie tranquille. Chasse aux comestibles, petits trucs, etc, etc... J'écris vite ce mot. Quelqu'un de très gentil s'en charge pour le mettre à la plus prochaine poste. Sache que nous allons bien. Ne pas recevoir un mot de toi, que c'est dur, ô chérie. Soigne-toi bien. Rentreras-tu bientôt ? Je voudrais l'espérer. Tous je vous embrasse. Je t'aime. Si je peux te récrire... Aujourd'hui je ne le peux pas davantage, mon messager n'a qu'une minute. Le jardin est admirable et désert. Miche et Léo sont revenus depuis un mois. Les Luc sont aux Mesnuls. Ils ne manquent de rien. Mais nous ne pouvons pas les joindre, puisqu'on ne circule pas en voiture. Germaine Patat est de retour depuis

1. Colette, Maurice Goudeket et Pauline sont rentrés à Paris le 11 septembre 1940.

444

un mois. Le téléphone, y compris le régional, fonctionne avec vitesse et régularité. Tendresse, chérie, et amitiés à tous de Maurice

Colette

[Octobre 1940]

Lundi 7

Bonne surprise, fille chérie, que cette lettre de toi ! Puisse celle-ci t'arriver. Je la commence aujourd'hui, avant même de téléphoner chez les Tinan. Après quoi Pauline ira voir ton appartement, et chercher ce qu'il te faut. Une ligne de ta lettre m'a comme on dit enlevé un poids : tu passeras l'hiver, tout ou partie, à Castel-Novel. Cela signifie pour moi qu'une partie des dangers de solitude, de froid et de restrictions est écartée.

La vie ici ? Tant que certaines conditions — par exemple pour Maurice — ne sont pas venues la rétrécir, je ne lui trouvais rien de particulièrement déplaisant, car tu sais comment je vis. A dater de maintenant, c'est l'incertitude aggravée de l'inquiétude. Pour la pauvre Miche[1], entre autres, de nouvelles ordonnances et obligations réveillent une épouvante, qui secoue tout son système nerveux. Léo travaille, anonymement, à des scénarios de cinéma. Moune est venue à Paris quelques jours, pour la déclaration de sa petite voiture, et j'ai eu hier l'agréable visite de Germaine Beaumont. Tu te souviens que dans sa lettre elle disait qu'un soldat, sous un bombardement, lui avait mis dans la main une tourterelle, « comme

_____

1. Miche Marchand, qui était juive, se suicidera en juillet 1942.

un quart de beurre » ? Elle a toujours la tourterelle, qui dort avec elle sur son oreiller. Yvonne de Bray a ajouté, à la ménagerie de la péniche, un écureuil tout jeune. De qui te parlerais-je, sinon des bêtes ? Pour t'amuser, sache encore ceci : le building Marignan est naturellement occupé. Entre autres par les occupants qui s'occupent du cinéma, des artistes, etc. Claire, la femme de ménage qui y aidait Pauline fait toujours le ménage de quelques étages. Car les empires croulent, mais une femme de ménage reste. Or, sais-tu comment s'appelle l'occupant de mon ancien domicile ? Il s'appelle Colette. Claire a failli en tomber de son haut (elle ne se serait pas fait grand mal). Le Colette actuel — je n'ose écrire provisoire — promène avec lui La chatte et La fin de Chéri. Ainsi Bertrand baladait les portraits d'« ancêtres ». Et, mieux que tout, sais-tu ce que je suppose ? Que, si Mr. Colette a des origines lorraines, il est mon parent. Car une partie de mes Colette paternels était originaire de Fénétrange. Claire, qui s'est prise pour mon homonyme d'une affection en quelque sorte dynastique, s'arrangera pour le savoir.

Bertrand, qui comptait ici de nombreux nouveaux amis, est en froid avec eux. On dit qu'il voyage beaucoup entre Vichy et Paris [1]. On dit, — que ne dit-on pas ? — que Capgras, naguère puissant, ne l'est plus. Hier, comme je sortais pour un tour de Jardin, les bras immenses de Cocteau m'ont prise au lasso ; il rentrait de la veille, courait Paris et les théâtres pour la croûte. A part les enfants du quartier, le Palais-Royal est

1. Il était entré dans les services secrets : « C'était quelque chose à faire. Quelque chose de hasardeux et d'utile à la France. Je ne me dissimulais pas qu'en prenant contact avec les Allemands, sans qualité officielle, je passerais auprès des gens de Vichy pour celui qui veut faire sa cour personnelle au vainqueur, ce qui est un rôle odieux », in *Un voyageur dans le siècle*. Voir aussi note 2, p. 426.

calme et charmant. L'obscurité du soir et des nuits dépasse en black-out tout ce qu'on a vu. Ne crains pas le froid pour moi, chérie, tu sais bien qu'en septembre <u>39</u> j'ai acheté du charbon pour deux hivers.

Probablement tu trouverais Paris, comme je le trouve, très beau sans voitures. Il est vaste, lisible, extrêmement attachant. Il est vrai que je ne fréquente pas les quartiers animés, et que je ne prends le métro que contrainte et forcée. Ah ! quand te verrai-je...

Je finirai cette lettre lorsque j'aurai vu Françoise ou Madeleine.

Une heure après que j'ai interrompu cette lettre, m'arrivait par de bonnes mains ta lettre du <u>13</u> sept. celle qui a passé par Lyon. Il me semble que la famille de Françoise t'a fait un tableau bien noir de la situation alimentaire. Jusqu'ici rien n'a ressemblé à cette pénurie. Ma petite province rectangulaire, il est vrai, est une sorte de foyer d'entr'aide. Tu sais combien les gens y sont gentils. Et les bistrots aussi.

Ce que tu me dis de Renaud, je l'espérais, — et d'ailleurs comment faire autrement ? Ici, Jean Fayard ayant envie d'éditer, je lui donne un volume (La lune de pluie et Gîte de Hasard) et peut-être, si ma chance le veut, un volume de souvenirs où il y aura Ruines. Pauline va aujourd'hui chez toi.

St. Jean de Braye est occupé. Ainsi l'ont trouvé Paul (les deux neveux de Germaine), qui revenait de l'armée à pied. Georges est prisonnier. Il est allé chez le fermier Gaston (tu vois mieux que moi lieux et gens, sans doute) et y a retrouvé une grande quantité de poules blanches. Et comme il avait très faim il lui a demandé à manger. Après beaucoup d'hésitation, il lui a donné six œufs, avec ces mots : « Voilà, Mr. Paul. six œufs à 1f.10, ça nous fait donc six francs soixante. » Je pense qu'il faut parfois beaucoup d'empire sur soi... Tu ne m'as jamais dit s'il y avait encore des membres de la famille Daniel dans ton voisinage ? Je pense qu'ils n'y sont plus. Pour Jean-George, dis-lui, — avec mon amitié — que Marie-Claire paraît peut-être à Marseille et autres villes libres, mais que nous n'en savons rien ici. Rien ne subsiste, ici, des journaux réunis sous une même direction, Pauvre Jean-George. Pourquoi aller à Paris ?

Chérie, je viens de téléphoner à Françoise, j'aime bien cette bonne voix. Elle viendra demain, et emportera cette lettre ; elle veut aussi prendre le paquet. Je t'embrasse, ma chérie. Jamais la « séparation » n'a été aussi évocatrice d'obstacles matériels.

« Baïsso-té, mountagno, lévo-té, valloun ! » C'est une chanson provençale. Embrasse pour moi Marie-Hélène. J'adore quand tu écris, de la fosse à... qu'elle est « sceptique », comme s'il s'agissait d'une fosse qui ne se laisse pas mettre dedans. En fait, c'est bien cela. Je finis, cyniquement, sur ces mots dont il faut espérer qu'ils portent chance...

N'aie pas froid

Colette

Maurice est ton ami et celui de toute la colonie.

Rapport de Pauline

Appartement très propre, aéré, nettoyé. Concierges, attentifs, soigneux. Lit fait, pour montrer que tu rentres tous les soirs. Tapis battus. Pauline a rapporté ce que tu demandes, plus ceci et cela. Il y a un peu de vin dans la cuisine, trois morceaux de savon, Pauline a mis le tout dans le placard. Bois et charbon sont là. Rien de mité, sauf un manteau marron pendu dans la salle de bains. Il a été battu sévèrement. Pauline a volé (temporairement) un réveil sans vitre, et deux boîtes d'allumettes. Les draps blancs sont ici. Un envoi du blanchisseur est dans l'armoire.

Une boîte à bijoux (?) est ici. On joint le sac noir aux colis vêtements. Françoise vient demain. Si une jeune Tinane revient à Paris, donne-lui un mot de remerciement pour ta concierge qui le mérite. J'envoie les chaussures neuves semelles crêpe.

Colette

[1940]

Curemonte
17 octobre

Maman chérie,

Je bénis cette organisation et ces filles qui me permettent d'avoir de tes nouvelles. C'est une joie incomparable que l'arrivée d'une lettre de toi. Me voilà rassurée, j'avais oublié cette provision de charbon. **Merci à toi et à** Pauline pour la visite rue de Lille, j'ai été bien contente de savoir l'appartement inoccupé et aussi que rien n'y manque et que tout y est en bon état. L'idée, même à distance, de la crasse et de l'abandon chez soi, m'est particulièrement pénible. J'écris à la gentille et soigneuse Françoise d'habiter chez moi quand elle en aura envie.

La vie est toujours à peu près la même ici, facilitée parce que j'ai obtenu d'un obligeant colonel de Tulle, une autorisation de circuler et de quelque fée — la même toujours — du gazogène d'avant guerre. Mais ce qu'il y a d'intéressant peut-être, c'est le projet que Jean-George et moi tentons de mettre debout : une revue[1]. Une revue d'où la politique et l'actualité seraient soigneusement tenues à l'écart. Si cela se

1. « J'ai de temps en temps des nouvelles de ma fille. Avec quelques enfants de son âge, elle veut fonder une revue. Laissez seul

peut réaliser, il est évident que c'est le moment ou jamais de tenter l'entreprise : Plus de revues d'art, toutes les revues des Deux-Mondes, de Paris et d'ailleurs ayant plongé leurs collaborateurs et leurs lecteurs dans les ressassements politiques, 7 jours prend soin de l'actualité, « Journal de la Femme » et confidences conservent leurs horreurs. Plus de n. r. f. — je parle pour la zone libre — et les librairies n'ont plus un seul livre.

On trouverait bien — une fois l'essentiel problème de financement résolu — les collaborateurs qui donneront des contes, nouvelles, poèmes, articles etc. de choix. C'est assez vaste, architecture, science, littérature, Art, Poésie et même, rédigés convenablement, les indispensables conseils pour faire de l'huile avec des feuilles d'arbre et des robes avec des pétales de fleurs. Nous songeons, naturellement à Nice où il y a les imprimeurs et l'indispensable « mouvement de gens ». Déjà, nous avons une réponse négative, mais encourageante de Maurice Sarraut. Avons écrit à Wildenstein, à Robert de l'Union Latine, et à Maurever de l'Eclaireur de Nice. En même temps à des gens comme Giono, Marcel Aymé, A. de Richaud, Roger Lanves, Ducreux du Rideau Guis de Marseille par le théâtre et quelques autres. Ah si ça pouvait marcher, voilà du travail — qui pourrait être du bon travail — pour l'hiver. Et si on pouvait avoir quelque chose de toi, comme des profiteurs que nous (je) serions ! Le titre du machin est « Qualité ». Je me demandais si tu n'aurais pas aimé faire quelque chose où serait traitée, la « Qualité » de certains objets, animaux, plantes, gestes de gens, voix de

---

cinq minutes n'importe quel Jouvenel, il fonde une revue. Heureusement qu'elle n'a pas d'argent. Elle est toujours à Curemonte. » (Lettre à Hélène Jourdan-Morhange du 21-11-1940.)

gens, façon d'être et de penser d'êtres que tu aurais connus. Connais-tu pas des gens encore en zone libre qui seraient susceptibles de s'intéresser honnêtement à notre affaire ? Il y a, bien sûr, la question du papier, mais elle doit pouvoir se résoudre pour une revue mensuelle d'une centaine de pages. La zone libre est capable de fournir un nombre suffisant de lecteurs, surtout si nous faisons vite, car nous serions les seuls. Si nous pouvons atteindre Schoeller d'Hachette peut-être serait-ce encore le meilleur moyen, puisque là, papier, argent et diffusion marcheraient sans que nous en ayons particulièrement le souci. Henri Gui est de nouveau ici pour quelques jours, et qui va à Vichy, tâchera de nous le trouver. Lui, ou d'autres verrons bien. Donne-nous, cela est plus précieux pour nous, ton avis et tes conseils. Jean-George gémit parce qu'il ne trouve pas de livres de toi ici, et je gémis avec lui. C'est bien ma faute, et pour un scandale, c'en est un. J'écris vite et mal (naturellement) car il faut que ceci soit à Châteauroux le 19. Henri va tenter d'aller là où beaucoup de garçons courageux aimeraient aller, et ce n'est pas une chose commode mais quoi conseiller, ou déconseiller ? Porte-toi bien maman chérie donne de tes nouvelles chaque fois que c'est possible. Je t'embrasse, je t'aime le plus tendrement du monde. Tout le monde me charge de respects d'hommages et d'affectueuses choses pour toi. Amitiés à Maurice. Souvenirs à Pauline et remerciements.

Ta fille

P.-S. Pardon d'écrire dans les marges, mais je veux éviter de charger les messagères de lettres trop épaisses. Pour les remerciements à ma concierge, ils étaient partis dans un précédent courrier.

Hélas, puisque Cocteau est à Paris, on ne peut lui

demander de poème, ni de conte, ni aucune chose qu'il fait si bien.

2e P.-S. Ne crois-tu pas qu'il est préférable de ne pas trop parler de « Qualité » car même en zone occupée, on pourrait trouver l'idée pas trop mauvaise et nous faire passer la chose sous le nez ?

Je t'aime
Colette

[1940]

Mercredi

Chérie, je suis si contente d'avoir une lettre de toi que je commence tout de suite ma réponse ! j'aime que tu aies des projets, j'aime que tu sois contente d'eux. Ta lettre me touche doublement, elle pourrait avoir été écrite par un Henry de Jouvenel de vingt ans, celui qui, espérant encore qu'il serait, peut-être, un homme de lettres, ne s'était encore laissé séduire par aucune perspective politique.

Je n'ai pu me procurer ici ni « sept jours » ni aucun journal de l'autre zone. Schoeller est ici. Je le joindrai si tu en as besoin, et si maquette et programme peuvent passer. A la fin de cette lettre peut-être t'indiquerai-je un petit trou dans la haie[1]. Le titre est bien, un peu « chapelle », c'est tout ce que je trouve à lui reprocher. Et je ne refuse pas du tout de faire un papier sur la « qualité ». A part cela, je n'en parlerai pas ici, tu as raison. Je viens de téléphoner à Fran-

1. Allusion au courrier clandestin qui passe de la zone occupée vers la zone libre, ou l'inverse.

452

çoise, elle déjeunera ici samedi. Mais pourquoi renoncer à Cocteau ? Cela pourrait s'arranger. Oui, on se jette sur les livres. A Curemonte, j'annonçais déjà l'engouement, qui succède aux guerres pour la « littérature ». Réclame-toi de moi auprès de Maurevert si Maurevert vous est indispensable ou seulement nécessaire. Mon vieil ami Garibaldi est-il toujours propriétaire de l'Eclaireur ? S'il n'est pas trop âgé — il n'avait aucune envie de vieillir — c'est un homme obligeant et même aimable. Nice... C'est une ville, une vraie ville, et pas bien chère quand on est décidé — ou contraint — à ne pas dépenser beaucoup. Je reprendrai cette lettre avant samedi, chérie, et je vais demander à Maurice s'il a des idées. C'est lui qui m'a dit que Schoeller était ici. Tendrement à tout de suite.

Dimanche

Françoise est venue déjeuner hier. Elle était gracieusement parée de quatre boîtes de sardines et de dix cigarettes Wild Woodbine. Quel luxe et quelle gentillesse ! Mais elle portait aussi la nouvelle des comptes bloqués. Que va faire Renaud ? Que vas-tu faire ? Renaud doit pouvoir s'en tirer, mais toi ? Ici, Maurice est chômeur pour raisons que tu connais ; le Petit Parisien nous donne un faible appoint, mais je suis en train de me dém... êler avec Fayard, c'est-à-dire que les Ferenczi, immobilisés en zone libre, devront me permettre de donner à Fayard un volume (la lune en pluie[1] et Gîte de hasard) et un autre volume, plus tard, de souvenirs. Le moindre geste soulève des montagnes. Je reçois ta carte à l'instant,

---

1. Publié en novembre chez Fayard.

je t'en enverrai de pareilles. Françoise se démène comme un diable au sujet des comptes bloqués, mais que peut-elle obtenir ? Rien jusqu'ici. Quand seras-tu à Castel-Novel ? Je ne te quitte que parce qu'il me faut écrire ma « Guimauve intégrale » hebdomadaire. Il fait <u>très</u> froid. Et là-bas ? Tendresses mille fois tendres, chérie. Je viens d'être malade huit jours, mais c'est fini. Entérite très douloureuse, bien soignée par Châtelin. Comment trouves-tu Fièvre [1] ? J'ai pensé que cela t'amuserait, mais je pleure en songeant aux fautes typographiques. Moune est venue des Mesnuls pour 48 heures. Son année de campagne lui a fait une mine paysanne toute fraîche. Les Marchand toujours gentils, mais gelés chez eux. Dîné il y a dix jours avec Mondor très frais aussi. Si tu ne peux m'écrire commodément, renseigne-moi par les cartes. Je t'embrasse de tout mon cœur, chérie. Maurice est ton beau-père très affectueux, et Pauline ton tyran tout aimable

Colette

Et ces vêtements, les tiens, qui ne peuvent pas partir !

Pour le trou dans la haie, il faut attendre. Le perforateur va bientôt venir.

Quelqu'un de très gentil, qui n'est pas Françoise, veut bien se charger de ce mot.

---

1. Paru dans *Candide* le 16 octobre 1940, et repris dans *Journal à rebours* en avril 1941.

[1er novembre 1940]

Curemonte
Toussaint
Il pleut.

C'est avant-hier, maman chérie, que je t'ai fait envoyer une lettre par les petites castelroussines, je m'y plaignais de ne pas avoir de nouvelles de toi, et ce matin, ta lettre de Vichy est arrivée. Dans le même courrier était un mot de l'obligeant expéditeur, que je remercie en même temps que je lui fais parvenir cette lettre.

Le gel a pris fin, mais ses dégâts demeurent. Tout ce que je ne peux plus appeler splendeur, ou florai-son, est aussitôt baptisé terreau. C'est l'idée du petit-enfant-optimiste.

Pour la revue, aucun encouragement ne peut être comparé à ce que ta lettre apporte. Je sais bien que le titre n'est pas excellent, mais on voudrait lui redon-ner un sens. Il nous permet de n'évoquer rien de particulièrement « avant guerre » ou « après guerre » et nous évite de retomber dans les « Cahiers des rui-nes de la colline, des Enfants de ci ou ça » — Oui, schoeller, c'est un peu comme la clef, — puisse-t-elle ne pas être rouillée ! — nous sommes d'Hachette les petits chiens et nous attendons notre sucre avec une frénésie comparable à celle de Souci. Pour Nice, il est peut-être bon de ne pas pouvoir se presser ; le nez de « Qualité » si elle se réveillait « Qualita » ou quel-que chose de semblable un matin ! Pierre Kéfer m'écrit qu'il se fait une revue « un peu comme ça » à Marseille, il ne donne pas de noms, mais ça sent Ballard et les Cahiers du Sud à plein nez. Ah, pouvoir aller vite ! Et bien !

Depuis ma dernière lettre, sont arrivées les promesses (ô stupeur, les gens sont presque tous enthousiastes !) de collaboration de Joë Bousquet, d'André de Richaud et d'un Gilson qui a des papiers tout prêts sur d'étonnants artisans. Cela nous fait déjà un beau sommaire : Mame Colette (?), Giono, Aragon, A. de Richaud, et tous les autres que j'ai déjà cités. Pour Cocteau, faudrait-il que je lui écrivisse ? où ? Et si tu lui parles, ma lettre arrivera après comme une platitude. S'il n'a pas de nouvelle ou conte — à sa manière — tout prêt, je verrais assez bien de ces choses brèves et éblouissantes comme dans les « Essais de Critique Indirecte » ou alors, s'il couvait une idée sur par ex : le nouveau théâtre, le nouveau cinéma, la nouvelle poésie, est-ce qu'on sait ? Et des dessins peut-être ?

« Fièvre » je l'ai aimé particulièrement, et pas pour les raisons personnelles qu'on pourrait me soupçonner d'avoir, parce qu'il y a tout dedans, à quoi je donnerai les noms bêtes de poésie et de criante vérité. J'en passe, naturellement, et comme d'habitude, les meilleures.

Les comptes bloqués, c'est mieux encore qu'embêtant. Je vais demander à Renaud s'il peut être utile que j'aille pour lui là-bas. Cela me déciderait, alors que si c'est pour moi seulement que j'entreprends le voyage, ça a moins d'intérêt, surtout pour les sommes que je sais trouver à mon compte et dont la presque totalité (en réalité, la plus que totalité) est due. Mais j'attendrai, de toute manière, l'avènement de Trou-dans-la-Haie Ier, s'il doit régner un jour.

La pluie et la montée de l'odeur de vaches se tiennent, mais le feu de bois est bon, il y a maintenant les longues heures du courrier (ma machine à éc. devait donc servir), les courtes heures de la promenade. Je fais planter : 1 kaki, 6 cassissiers, 6 groseilliers, 6 framboisiers, 2 cerisiers, un pêcher précoce, 1 abricotier, 8 noisetiers (4 verts, 4 rouges), 2 brugnons, 1 althœa, 2 acacias rouges, 4 figuiers, et je crois que j'en oublie. Ah oui, 3 conifères dont j'ai oublié les noms et ce ne sont pas des épicéas. Je t'envoie un de mes projets de couverture (format 12 1/2 × 17 à peu près) dis-moi ce que tu en penses. Je suis contente de savoir que Chohelin est à Paris et se soigne. Bravo pour Fayard. Ah que je suis contente d'avoir de tes nouvelles. Ce n'est pas maintenant que je laisserais passer un courrier sans me jeter dessus pour t'écrire. Je t'embrasse, maman chérie, chaque fois plus tendrement. Mille amitiés à Maurice.

Ta fille.

P.-S. Ne peux-tu dire à Françoise, si tu la vois, qu'elle tâche de secouer la mère de Marie-Hélène, cette dernière se fait un sang noir parce que sa mère fait mille folies et n'use pas des possibilités qu'elle a d'écrire à sa fille. Il faudrait obtenir qu'elle écrive vite.

<u>P.-S</u>. C'est magnifique, les millions.

1941

Fille chérie, bonne année ! Veux-tu diriger cette carte sur Françoise de Tinan car je n'ai pas son adresse ? Cette dilapidatrice blonde qui me couvre de lilas blancs ! Je gèle, ici, en dépit de tout. Et je n'ai plus que trente bûches. Donc, il faut que nous déménagions. Déménageons donc. Lundi, on me retire le tapis de dessous les pieds. Tu n'es pas enrhumée, chérie ? Tendrement à toi

Colette

[1941]

Pas de nouvelles : bonnes nouvelles. Chérie, ta mère va mieux. Mais je ne veux plus de grippe aussi longue.

Rien de nouveau, un froid affreux. Le contraste entre la végétation et la température est tel qu'il engendre une atmosphère de mauvais rêve. Aujourd'hui dimanche nous sommes allés déjeuner aux Mesnuls, j'avais le vieux manteau fourré, les deux chandails superposés, une tenue de janvier. Rossignols de mai et de juin ! Il pleut mensongèrement, car le vent vient toujours du nord. Pas vu de pièces, vu seulement, dans le petit intervalle ménagé entre un bonnet de fourrure et un passe-montagne, une élaboration pénible des Frères Marx, où sur vingt gags il y en a un de passable. Je ne pense pas que cette lettre te parvienne là-bas puisque tu rentres mardi. Aussi je la fais bifurquer sur Passy. Toutes mes tendresses, chérie. Ton beau-père n'est point à mes côtés, mais je peux t'assurer de ses parfaits sentiments. Il y a du feu dans la cheminée, et la chatte rentre ses pattes sous son ventre.

Colette

La prochaine fois, je vais à Castel-Novel !

[Février 1941]

Jeudi 13

Chérie, j'ai trouvé un trou dans la haie... A Dieu vat, comme on dit en Provence. Rien de nouveau. (J'écris à la hâte.) Je prends de la vitamine D. Au nom du ciel, écris-moi des cartes familiales ! Je te jure que c'est mieux que rien, ici. Je gratte sur un roman, sans la moindre idée de ce qu'il sera. Nous vivons une petite vie, en chassant gaîment (?) le bois à brûler, le bœuf dur, le poisson mou, le beurre capricieux, l'huile experte à cacher ses traces, le haricot au blanc pelage. A part ça... Chérie, ce n'est pas une vraie lettre, tu vois. Mais la même obligeance pourra peut-être se renouveler, alors je tiendrai ma lettre prête.

Que de tendresses je t'envoie... Maurice est de tout
cœur ton vieil ami

Colette

Moune, venue à Paris pour trois jours, y est restée
bloquée par les neiges 10 jours, pendant que Luc aux
Mesnuls, s'isolait sous 3 mètres de neige, la neige
touchant le bord du toit !

2 mars [1941]

9, rue de Beaujolais, Paris

Que j'étais contente d'avoir cette lettre, chérie ! Tu
as vu beaucoup de notables, ma foi. Et tu as emporté
d'une ville gouvernementale, un souvenir, je pense,
qui ne s'éteindra pas. J'applaudis à tout ce qui
concerne ta revue. En ce qui regarde mon apport, tu
ferais bien, jusqu'à ce que j'en sois au premier tirage,
aux premières commandites, — touchons du bois —
de mentionner que je participe, pour un texte inédit,
au numéro initial. Que préférerais-tu ? Un genre
« chronique » bien parisienne ? Des pages inédites de
mon roman, qui est sans titre ? Provisoirement tu
l'appellerais Julie de Carneilhan. De combien de
pages disposerais-tu pour moi ? Pas trop de pages.
Pas trop de place pour une doyenne dans ces fraî-
cheurs.

Rien de très nouveau ici. Pour la première fois
depuis des mois, depuis avant Curemonte, je viens
de faire à pied le trajet de Ch. Ely.-Clemenceau à mon
logis. Ce n'est pas grand'chose, c'est un espoir... Peut-
être la vitamine D., que je prends, était plus nécessaire que la B. Il fait un premier jour de printemps,

chaud, vent marin, qui miaule sous les portes. Oui, Van Melle est un amour. Il l'a toujours été pour moi. Grâce à lui, je pense que cette lettre te parviendra.

L'incertitude où je suis du sort de la maison Ferenczi — feu Ferenczi — est assez pénible. Serai-je transmise, moi, mon traité actuel, mes onze volumes parus, aux autorités occupantes comme un mobilier de bibliothèque ? Ou bien Hachette s'interposera-t-il en tant qu'acquéreur, faisant valoir un contrat de cession ancien, entre Hachette et Ferenczi ? Je ne sais. J'attends. D'ailleurs je n'ai pas à intervenir. Les trajectoires passent par-dessus ma tête.

Nice ? Et que ferais-je à Nice ? J'aime bien mieux Paris. Au nom de quelle folie irais-je dépenser, à Nice, sans y gagner assez, mes hékonomies ? Ici, j'ai le P.P.[1] dont des raz de marée balaient, hebdomadairement, la rédaction fixe (?) et l'Officiel de la Couture, voui, un papier (leader) par mois. Et le mois prochain, le XXe siècle. Vois-tu, la littérature de modes et d'élégance est la seule qui garde sa sérénité. Maurice cherche la subsistance dans le commerce des livres anciens. Depuis deux mois il l'y trouve. Mais il n'y aura jamais assez de belles éditions anciennes pour l'engouement actuel. Renaud n'a pas de livres anciens à Castel-Novel ? Demande-le-lui. (Annonce constamment valable. Du XVIIe siècle aux romantiques inclus.) Je suis bien près d'être la reine du monde, à cause du nouvel édit qui réglemente la chaussure. Les sandales lui échappent. Et j'entretiens habilement les miennes. Tu n'as rencontré aucun membre de la famille Daniel de la Bretèche ? Chérie, je voudrais que cette lettre fût pleine d'événements joyeux. Elle ne t'apporte ni joie ni événe-

---

1. *Le Petit Parisien.*

ments. Au fond, c'est mieux comme ça. Oui, oui, nous mangeons. Il y a des jours maigres et des somptuosités inattendues : un poulet arrive de la campagne ! Un petit colis d'œufs id. ! D'autres fois, Pauline comparaît, péremptoire et dénuée : « J'ai rien pour faire manger. » Rassure-toi, ce n'est jamais tout à fait vrai. Je t'embrasse, fille mes amours. Ecris-moi. Maurice est ton ami dévoué.

Colette

[Avril 1941]

9, rue de Beaujolais
Gut. 61-36

Chérie, je me dépêche, puisqu'une occasion s'offre, de t'écrire. Il y a 59 bis rue Olivier Métra, une petite Colette-Henriette-Roberte âgée de quatre mois. Sa mère, Claudine X., et elle est au chômage. Elle ne peut plus allaiter assez sa fille, qui est celle de Renaud. Sans nouvelles de lui depuis le 10 juin, elle ne sait plus que faire. J'aimerais bien que cela ne finisse par un sale drame banal. Je n'ai pas vu la jeune mère. Elle m'a seulement écrit pour me demander si je savais où est Renaud. Elle dit que sans la nécessité terrible elle ne l'aurait pas ennuyé. Comme elle dit te connaître, tu vois peut-être mieux que moi là-dedans ? Mais, vue d'où je suis, cette histoire prend un aspect un peu trop dynastique.

Est-ce que tu es au courant de la déconfiture totale d'Hachette, et du passage de la maison H. dans... d'autres mains ? Est-ce que cela ne déconfit pas en même temps tes espoirs concernant la revue ?

Me reposer à Nice... Etrange idée. Où ? Comment ? Au nom de quoi, de qui, à qui demander le passage ? Je suis bien mieux à Paris. Mon charbon de l'an dernier va finir avec le froid. Le ravitaillement se complique. Vous voulez 1/2 litre de lait ? Alors vous n'aurez pas <u>du tout</u> de viande. Inversement. Comment te faire parvenir le Journal à rebours ? Je voudrais bien les derniers tuyaux sur Qualité, chérie. Ceux qu'on m'a donnés ici semblent empêcher — ou retarder — sa publication. Selon ce que Françoise me dira, j'adresserai ceci à Castelmonte ou à Curel. C'est une très petite vie que nous menons. Mais elle n'est ni oisive ni abêtie. Mon roman avance et occupe tout ce que j'ai de temps en dehors du P.P., de l'Officiel de la couture, du XXe siècle et d'un recueil d'inédits que Calmann-Lévy voudrait donner en demi-luxe. Mais je trouve la rive gauche stupide parce que tu n'y es pas. Je t'embrasse tendrement, encore plus tendrement, chérie. Maurice « gratte » dans la vente-et-achat de livres. Et sans le lui dire je trouve que c'est assez réconfortant, le voisinage d'un type qui dans sa situation de... banni trouve de quoi être d'aplomb, actif sans bruit et ruiné sans mauvaise humeur. Je t'embrasse encore, chérie. Les Leibo sont très gentils. Raymond m'a conduite avant-hier chez un radiographe pour ma jambe.

Colette

[1941]

Chérie

L'occasion passe à ma portée, je la saisis. As-tu eu ma précédente lettre, celle où je te parlais d'une jeune

« fille-mère » ? Dis-le-moi par carte familiale [1]. J'ai la grippe depuis quatre jours ; mais il ne s'agit que de hautes températures, 39.6, 39.7. (Voir « Fièvre », ça m'apprendra à mentir !) Comme je n'ai ni bronchite ni rhume, je m'en moque. Françoise et Sonia sont venues gentiment me voir. Je n'ai le temps que de t'écrire quelques lignes, « La personne » les attend. Je t'aime, je t'embrasse, je voudrais recevoir mille lettres de toi. Maurice est ton vieil ami

Colette

[*Carte interzone* [2] *adressée à « Madame de Jouvenel, Curemonte, Corrèze ». Expéditeur : « Madame Colette, 9 rue de Beaujolais, Paris 1ᵉʳ. » Cachet de la poste : Paris 9.4.1941.*]

Sommes en bonne santé. Un peu fatiguée. Je travaille à un roman et Maurice bricole à l'école de la Patience. Renaud va-t-il aller en Corrèze ? Suis ennuyée de Claudine X. [3] qu'on expulse avec son enfant parce qu'elle doit des termes. Que faire ? Affectueuses pensées. Baisers [4].

Colette

Envoie carte interzone à maman pour y dire quoi faire. A n'y est pour rien cette femme. [*sic*]

---

1. Carte interzone.
2. Les cartes interzones sont préimprimées. Il faut biffer les indications inutiles, ne rien écrire en dehors des lignes et compléter les blancs. À partir du mois de mai elles deviendront moins contraignantes, permettant une rédaction plus personnelle.
3. Voir lettre d'avril 1941.
4. Ce n'est pas le style de Colette. Formule imprimée.

[*Et au dos :*]

En ce qui concerne ceci : Merde. Si ta mère veut se laisser emmerder, libre à elle. C'est bien son tour. Mais la chose m'indiffère et ne me concerne pas. Je te l'ai montré en te citant les noms différents de l'enfant selon la personne à laquelle on s'adressait. La preuve de l'habileté de ces gens, c'est qu'ils aient réussi à s'imposer à ta mère. C'est un comble qui dépasse le possible.

[*Carte interzone adressée à « Madame de Jouvenel, Curemonte, Corrèze ». Expéditeur : « Madame Colette, 9 rue de Beaujolais, Paris 1ᵉʳ. » Cachet de la poste : Paris, 21.4.1941.*]

Sommes en bonne santé. La famille va bien. Besoin de provision. Je pense n'aller nulle part. Reçu ce matin ton envoi si utile et si agréable, merci mille fois chérie. Affectueuses pensées. Baisers.

Colette

[*Carte interzone adressée à « Madame de Jouvenel, Curemonte, Corrèze ». Expéditeur : « Madame Colette, 9 rue de Beaujolais, Paris 1ᵉʳ. » Cachet de la poste : Paris, 14.5.1941.*]

Chérie, j'étrenne pour toi les nouvelles cartes. Nous sommes en bonne santé, sauf cette jambe naturellement, et je travaille au roman le jour et la nuit. Tu es si gentille de m'envoyer des victuailles ! Ces œufs frais sont ravissants ! Ecris-moi vite, parle-moi de toi. Maurice est ton vieil ami. Je t'embrasse et t'aime

Colette

[*Carte interzone adressée à « Madame de Jouvenel, Curemonte, Corrèze ». Expéditeur : « Madame Colette, 9 rue de Beaujolais, Paris 1ᵉʳ. » Cachet : Paris, 3.6.1941.*]

3 juin — Chérie, je viens de recevoir ton envoi, qui est si magnifique que je crains vraiment que tu ne te prives, ce qui me ferait beaucoup de peine. Je viens de finir le roman[1]. Il paraîtra d'abord dans Gringoire et je ne pourrai pas le lire[2]. Ecris-moi des cartes ! Nous allons bien sauf ma jambe gauche. Tendresses très tendres. Amitiés.

Colette

[*Deux cartes interzones adressées à « Madame de Jouvenel, Curemonte, Corrèze ». Expéditeur : « Madame Colette, 9 rue de Beaujolais, Paris 1ᵉʳ. » Cachet de la poste : 6.6.1941.*]

Chérie, l'apis[3] est une chose introuvable et vitale ici, songe que n'avons qu'un quart de lait écrémé pour trois. Je t'envoie des livres, et des cartons vides qui sont peut-être rares. Suis allée à Pont-aux-Dames

1. *Julie de Carneilhan.*
2. Ce journal paraît seulement en zone libre.
3. Le bœuf. Allusion au taureau sacré de l'Antiquité.

en auto ! Ce mode de transport m'a éblouie, et donné une grande envie de campagne. Quand la contenterai-je avec toi ? Mille tendresses

Colette

Chérie, Françoise et Sonia sont venues m'apporter ton message, merci. Que c'est joli à lire et à manger ! J'envoie livre. Le roman est fini et parti d'hier, ne sais quand passera dans Gringoire. Méré est à vendre. Envoie-moi des clients. Les Luc viennent quelquefois à Paris ; mais ils sont bien gênés dans ravitaillement. Tendresses, et amitiés

Colette

[*Carte interzone adressée à « Madame de Jouvenel, Curemonte, Corrèze ». Expéditeur : « Madame Colette, 9 rue de Beaujolais, Paris 1er. » Cachet de la poste : Paris, 16.6.1941.*]

Dimanche 15. Chérie, le colis vient d'arriver, en bon état et si agréable ! Merci. Espère bientôt nouvelles, as-tu reçu les miennes ? T'expliquerai pour Méré[1]. Mais quand ? Si tu rencontres Nestlé dis-lui que je l'attends. Ici trouvons légumes — et à quel prix ! — mais le reste n'abonde pas. (Vois comme j'ai appris à employer des termes modérés !) Tendresses par milliers

Colette

---

1. La villa le Parc, achetée en février 1939, sera vendue en août 1941.

[*Deux cartes interzones adressées à « Madame de Jou-venel, Curemonte, Corrèze ». Expéditeur : « Madame Colette, 9 rue de Beaujolais, Paris 1er. » Cachet de la poste : Paris, 24.6.1941.*]

Chérie, auras-tu reçu mes messages ? Quels jours de cruelle chaleur. Pas d'incidents, peu de nourriture. Pourtant ta mère ne maigrit guère. Elle travaille par nécessité et habitude, comme l'âne de la noria. Quelles nouvelles de la Revue ? Ecris-moi des cartes. Sonia est-elle chez toi ? Le roman passe dans *Gringoire*. Je tremble pour la typographie ! Tendresses, chérie

Colette

[Juin 1941]

9, rue de Beaujolais
Gut. 61-36

Mercredi

Chérie, je confie ce mot à des mains amicales, mais il est trop tard pour que je puisse t'écrire une grande lettre. J'essaierai de nouveau.

Ici, la vie alimentaire est parfois difficile. Puis arrive une bonne surprise, comme celle qui nous vint récemment de toi. Ce grand pâté en boîte, et les autres boîtes, et les œufs-palimpsestes ! Je te supplie de ne pas te priver, chérie. En sortant d'un restaurant (Le Cabaret) où je déjeunais « pour affaires » avec Trébor, (il voudrait deux sketches) je rencontre Sonia et Reichenbach qui m'ont dit que tu étais bien jolie et en bonne santé. Je les ai trouvés charmants !

Julie de Carneilhan [1] est finie. Surveille *Gringoire* puisque je ne sais pas quand il passera en feuilleton. Ou plutôt bannis Gringoire pour éviter le morcellement, les fautes de typographie et toutes les horreurs. Je t'envoie le moyen de me répondre : Mr. Charlot, bar-tabac [2] Notre Dame Limite, Saint-Antoine, Marseille. Carco vient de m'écrire, de Lyon ? ? Je le croyais à Nice. Comment sont pour toi les restrictions ? Oh ! oui, le bœuf Apis et la vache Io sont chers à mon cœur ! Penses-tu déjà à l'hiver prochain ? Comment te chaufferas-tu ? Comment nous chaufferons-nous ?

J'ai, moi aussi, bien du regret que ta revue n'ait pu paraître. Tu t'es donné beaucoup de peine. Attendons. Je suis forcée de borner ici ce mot. Oui, quand te verrai-je ? « Quand je serai bien vieille un soir à la chandelle... » Ton père aimait beaucoup ces vers. Chérie, mille tendresses, et davantage. Et les amitiés de Maurice. Et les saluts de Pauline.

Colette

[Cachet de la poste : Paris, 28.6.1941.]

Vendredi. — Chérie, on n'a jamais vu un si jolis colis ! Tout est bon, tout est rare, tout est à merveille ! Mille fois merci. Mais quel regret de ne pas te voir toute dorée et bien portante. Ici pas question de hâle.

---

1. *Julie de Carneilhan* paraît en feuilleton dans *Gringoire* du 13 juin au 22 août.
2. Elle écrit en marge : « Sous double enveloppe naturellement. »

J'envoie une carte à l'aimable Mme Veyssié. Donne-moi le plus de nouvelles possible. Tendresses, ma chérie

Colette

[*Carte interzone adressée à « Madame de Jouvenel, Curemonte, Corrèze ». Expéditeur : « Madame Colette, 9 rue de Beaujolais, Paris 1er. » Cachet de la poste : Paris, 14.7.1941.*]

Vendredi 11. — Heureuse d'avoir un mot de toi, chérie. Nous souffrons d'une longue et rude chaleur. Partout on me dit que le papier de Françoise est introuvable. Je t'écris sans attendre arrivée du paquet, et te récrirai quand il sera venu. Maurice s'habille un peu comme à Curemonte, sandales etc...
  Mille tendresses chérie

Colette

[*Carte interzone adressée à « Madame de Jouvenel, Curemonte, Corrèze ». Expéditeur : « Madame Colette, 9 rue de Beaujolais, Paris 1er. » Cachet de la poste : Paris, 26.7.1941.*]

25 juillet — Chérie, je m'ennuie de toi. Et tu ne m'écris pas assez pour mon goût. Fait-il très chaud là-bas ? Du moins je sais combien les nuits sont fraîches. Ici, aujourd'hui, c'est la chape de plomb, sans souffle et sans soleil, et sans orage. Je ne vais pas mal, sauf ma patte barométrique. As-tu des hôtes ? As-tu besoin d'un envoi de livres qui ne soient pas en

vente là-bas ? Mais je crois que les livres passent facilement. Je te signale que je n'ai pas reçu le colis que tu m'annonçais. Comment vas-tu ? Amitiés à Marie-Hélène. Toutes mes tendresses

                                                    Colette

[*Carte interzone adressée à « Madame de Jouvenel, Curemonte, Corrèze ». Expéditeur : « Madame Colette, 9 rue de Beaujolais, Paris 1ᵉʳ. » Cachet de la poste : Paris, 26.9.1941.*]

Lundi 25. — J'aurais voulu, chérie, que ton silence eût un motif moins pénible. Quelles sont les chances de guérison, quelles seront les conditions d'existence de cette pauvre enfant ? J'ai l'habitude de dire qu'on n'échappe pas à son physique. Y a-t-il un aspect plus fatal que celui de Marie-Hélène ?

Nos vacances ? Quelles vacances ? Qui m'a donné droit à des vacances ? Je n'en demande pas. Je suis d'avis qu'en effet ta sécurité matérielle est plus assurée là-bas. Ton frère est-il rentré du Midi ? Vu Bertrand hier. Sa femme est à St. Pardoux[1]. Ne te tourmente pas pour les colis. Je suis bien contente que Françoise soit auprès de toi. Embrasse-la pour moi. Pour toi toute ma tendresse

                                                    Colette

_____

1. Saint-Pardoux-La-Croisille. Bertrand de Jouvenel a loué le château de Pebeyre, très petit et isolé, entouré de taillis « favorables aux maquis ». Ce sera un de ses « deux pivots » avec Paris « avec de brefs passages à Vichy où se trouve le siège du SR ». *Un voyageur dans le siècle*, p. 370.

[*Carte interzone adressée à « Madame de Jouvenel,
Curemonte, Corrèze ». Expéditeur : « Madame Colette,
9 rue de Beaujolais, Paris 1er. » Cachet de la poste :
Paris, 28.8.1941.*]

Jeudi 28. — Chérie, je viens de recevoir colis et
messages pleins d'espoirs, et six œufs en omelette sur
douze. On les brouillera pour le dîner. Je voudrais
que tout ce que tu projettes se réalise le mieux du
monde. Je voudrais aussi que tu ne te prives d'aucun
produit pour nous. Les boîtes nous ravissent, mille
fois merci. Françoise t'a porté un petit sweater. Travailler pour une revue (de théâtre) est une ingrate
besogne. Yvonne de B. et Violette sont brouillées « à
mort ». Je ne vois guère là-dedans que le côté comique. Mais que va devenir la pauvre enfant opérée ?
Dis-lui que je pense à elle. Toi je t'embrasse de toutes
mes forces

Colette

[*Carte interzone adressée à « Madame de Jouvenel,
Curemonte, Corrèze ». Expéditeur : « Madame Colette,
9 rue de Beaujolais, Paris 1er. » Cachet de la poste :
Paris, 6.9.1941.*]

6 septembre — Chérie, une seule défiance m'est
inspirée par la personne de laquelle tu parles. Je
crains un manque de persistance dans l'effort (héritage paternel) et non un manque d'aptitudes. Si elle
pouvait trouver un travail parisien, toute la joie serait
pour moi. Et je tombe d'accord pour penser qu'en
effet la difficulté lui donnerait la compétence. Entre
nous la conversation n'est pas commode. Ta présence

ici finira par être nécessaire. Ma carte qui te remerciait du colis semble n'être pas arrivée ? Françoise et Sonia sont-elles avec toi ? Tendresses et baisers, chérie. J'espère te voir. Amitiés de Maurice

Colette

[*Carte interzone adressée à « Madame de Jouvenel, Curemonte, Corrèze » a été réexpédiée à Hôtel Aïoli, Saint-Tropez, Var. Expéditeur : « Madame Colette, 9 rue de Beaujolais, Paris 1er. » Cachet de la poste : Paris, 25.9.1941.*]

Jeudi 25 — Chérie, je voudrais avoir de tes nouvelles. Ici, rien à signaler. La revue du théâtre Michel[1] n'ira ni loin ni fort, la principale interprète est de nature instable. La mienne nature est de ne pas s'attarder aux récriminations sur un fait passé. Il fait très beau et chaud. Quels sont ton présent et tes projets ? Comment va Marie-Hélène ? Que pourra-t-elle faire à sa sortie du sanatorium ? D'après les délais que tu m'as indiqués, elle en sortirait en plein hiver, ce qui m'effraie pour elle. As-tu vu Françoise, et Sonia ? Comment sont tes récoltes ? Ecris-moi tout cela. Je t'embrasse si tendrement. Maurice t'envoie ses amitiés

Colette

---

1. Revue en deux actes et quatorze tableaux signée Colette et Raymond Souplex — deux sketches destinés à Yvonne de Bray et une chanson pour Parysis — qualifiée de « mésaventure » par Colette dans une lettre à Marguerite Moreno.

[*Carte interzone adressée à « Madame de Jouvenel, L'Aïoli, Saint-Tropez, Var », réexpédiée à « Curemonte, Corrèze ». Expéditeur : « Madame Colette, 9 rue de Beaujolais, Paris 1er. » Cachet de la poste : Paris, 16.10.1941.*]

Jeudi 16 — Chérie, je ne sais si cette carte te trouvera encore là-bas. Ici, le froid prématuré me fait craindre pour toi, bien des inconvénients. Et la lutte pour trouver « quelque chose » est le plus grave de tous. Le raisin et le haricot vert sont à l'honneur, dans les menus parisiens aussi ; mais déjà le raisin est fini. Une de tes amies m'a donné de tes nouvelles par téléphone. Je cherche du combustible et n'en ai pas encore trouvé. Tout ça n'empêche pas que je t'embrasse avec beaucoup de tendresse. Amitiés enrhumées de Maurice

Colette

[*Carte interzone adressée à « Madame de Jouvenel, Curemonte, Corrèze ». Expéditeur : « Madame Colette, 9 rue de Beaujolais, Paris 1er. » Cachet de la poste : Paris, 27.10.1941.*]

27 octobre — Chérie, ta carte arrive ce matin. Tu te trompes, je t'ai écrit deux cartes à l'Aïoli. L'espoir de la « situation » serait comique si diverses circonstances ne la rendaient pas très gaie à mes yeux. A qui la postulante imagine-t-elle que je pourrais la demander ? De qui, et de quelles personnalités pense-t-elle qu'il y aurait chances de l'obtenir ? J'avais pensé que St. Tropez était peut-être un lieu où passer sans grand froid le plus dur de l'hiver. Mais

sans doute les restrictions alimentaires rendent ce projet impossible ou difficile. Vera m'écrit qu'elle est à Brignoles pour quelques jours, tu ne l'auras peut-être pas vue. Ici, on pense avant tout à la question chauffage. Tendresses par milliers. Je te récris très vite

Colette

[*Carte interzone adressée à « Madame de Jouvenel, Curemonte, Corrèze ». Expéditeur : « Madame Colette, 9 rue de Beaujolais, Paris 1er. » Cachet de la poste : Paris, 4.11.1941.*]

Lundi 3 — Chérie, as-tu du combustible là-bas ? Ici, tu n'as pas idée de la place — place toute verbale — qu'il tient. J'ai allumé mon insuffisant reliquat, comment vivre dans le froid ? On verra bien. Ecris-moi des cartes, bien qu'avec ce papier glacé on croie écrire sur un parquet savonné. Je me cloître la majeure partie du jour, que ferais-je d'autre, et je tiens la gageure d'écrire sans sujet, et sans vue sur l'univers extérieur. Je te supplie de garder pour toi tous comestibles dignes de ce nom. Je ne veux que des nouvelles. Chérie, mille tendresses et davantage, et autant d'amitiés de Maurice

Colette

[*Carte interzone adressée à « Madame de Jouvenel, Curemonte, Corrèze » et réexpédiée à « Castel-Novel, Corrèze ». Expéditeur : « Madame Colette, 9 rue de Beaujolais, Paris 1ᵉʳ. » Cachet de la poste : Paris, 29.11.1941.*]

28 — C'est trop longtemps sans nouvelles de toi, chérie. Vite une carte. Rien de très nouveau ici. J'ai vu Sonia et je pense qu'elle me re-visitera la semaine prochaine. Je suis en train de faire le service de presse de Julie de Carneilhan, qui sera aux vitrines lundi. Tout va d'un train modeste. Mais je suis inquiète de toi, quoique tes deux amies t'aient vue belle et en bonne santé. Maurice t'envoie ses amitiés. Je t'embrasse et te gronde, le tout tendrement

Colette

[*Carte interzone adressée à « Madame de Jouvenel, Castel-Novel par Varetz, Corrèze ». Expéditeur : « Madame Colette, 9 rue de Beaujolais, Paris 1ᵉʳ. » Cachet de la poste : Paris, 27.12.1941.*]

Samedi — Chérie, la parente de Pauline a dû te porter la nouvelle[1]. Depuis (17 jours) rien. Des espoirs, qui ne tiennent guère. Je frappe à des portes ; mais « les fêtes » éloignent beaucoup de gens. Aucune possibilité de recevoir ni de donner une nou-

1. Maurice Goudeket a été arrêté par les Allemands le 12 décembre 1941. Colette écrit à ses amis Lecerf le 27 décembre 1941 : « La fin de l'année me voit bien seule. Les dernières ordonnances raciales ont déplacé un cher compagnon, depuis 17 jours... Il me semble que jusqu'ici je ne savais pas, ce que c'est que d'attendre... »

velle postale, ni d'envoyer nourriture ou vêtement.
C'est par hasard que je sais où le transfert a été fait.
J'attends. C'est un mot où tiennent beaucoup de choses. Je ne pense pas, d'ailleurs Sonia te le dira, que
le moment soit opportun pour venir ici, chérie. Tendresses. Pauline me soigne très bien.

Colette

1942

[*Carte interzone adressée à « Madame de Jouvenel, Castel-Novel par Varetz, Corrèze ». Expéditeur : « Madame Colette, 9 rue de Beaujolais, Paris 1ᵉʳ. » Cachet de la poste : Paris, 31.1.1942.*]

Vendredi. — Chérie, cet appartement est bien vide. Tu l'avais, même en y passant peu d'heures, bien peuplé[1]. Rien de nouveau que des encouragements à attendre. Aucune nouvelle directe, aucun moyen de communiquer. Une lettre est arrivée pour toi. Dois-je la garder ou la détruire ? Elle est timbrée du Cher. J'espère que tu n'as pas froid. J'aimais surtout nos bavardages du soir. Me les rendras-tu en février ? Le clivia est magnifique, ses fleurs s'ouvrent sans trop de hâte, il durera longtemps. Je t'embrasse, chérie, si tendrement. Une carte bientôt ?

Colette

1. « Ma fille a passé trois semaines ici, elle est repartie. » (Lettre à Hélène Picard du 19 février 1942.)

[*Carte interzone adressée à « Madame de Jouvenel, Hôtel d'Espagne à Valençay, Indre », rayée de la main de Colette, avec correction : « Corrèze, Castel-Novel, Varetz ». Expéditeur : « Madame Colette, 9 rue de Beaujolais, Paris 1er. » Cachet de la poste : Paris, 7.2.1942.*]

Samedi. — Vert, cintré, filiforme, la plus parfaite imitation du haricot vert a retrouvé son domicile depuis hier soir. Il n'est pas joli, joli, mais il est là[1]. Chérie, ta lettre m'a fait tant de plaisir. Mais je n'ai pas aimé du tout le premier soir après ton départ, ni ce fauteuil vide au pied de mon lit. Donne-moi des nouvelles, même de vieilles nouvelles. Je t'embrasse, chérie, de tout mon cœur, et Mr. de Bassompierre te fait un salut un peu vague, mais affectueux

Colette

[*Carte interzone adressée à « Madame de Jouvenel, 49 av. Georges Clemenceau, à Cannes, Alpes-Maritimes ». Expéditeur : « Madame Colette, 9 rue de Beaujolais, Paris 1er. » Cachet de la poste : Paris, 12.3.1942.*]

Mardi 10 — Chérie, Maurice est fort étonné, il t'a écrit une excellente carte, sans perdre de temps. Une de mes cartes semble s'être égarée ou attardée, celle où je te disais que les bons effets de la cure sont en quelque sorte revendiqués par cinq, six actions curatives, l'une genre « abbé Soury », l'autre de notre amie si gentille, une encore d'un produit pharmaceu-

---

1. Maurice Goudeket a été libéré le 6 février.

tique d'origine espagnole, — que sais-je ? L'essentiel est qu'il soit sur pied. Je t'envie le soleil de Cannes et le voisinage de l'eau salée ! Tendresses, et amitiés à Renaud

Colette

[19 ou 20 mars 1942]

9, rue de Beaujolais
Gut. 61-36

Chérie, tu as donc eu la jaunisse. Pourquoi as-tu un foie ? Françoise me dit que tu es à Castel-Novel et j'en suis contente. Est-ce que comme autrefois on ordonne de boire du lait à la fin d'une jaunisse ? Si j'avais été près de toi, je t'aurais chanté la chanson du Pati :

« Jaune, jaune, jaune,
Excessivement jaune »...

Mais le moment n'est pas aux laissez-passer, pas précisément. Nous avons vendu la Simca. A quoi bon une Simca sans essence, et qui se fût trouvée d'un jour à l'autre sans pneus ?

Maurice achète et vend des livres, dans la mesure de son possible, l'engouement et la spéculation des livres prend de folles proportions. Je bénis son égalité d'humeur, et cette discrétion qu'il oppose à ce que nous nommerons les coups de la destinée, à moins que nous appelions ça emmerdements. Depuis trois semaines j'ai commis, en fait de littérature, des papiers pour *l'Officiel de la Couture*, pour le XXᵉ siècle et Images de France. Et pour *Qualité* [1] ?

1. *Qualité* sera censurée par Vichy et ne pourra paraître.

Rien. Je voudrais tant faire quelque chose de bien pour Qualité ! En ce moment la haie n'est pas du tout perforée, et j'ai raté l'issue que m'offrait Françoise ces jours-ci, parce qu'il fallait remettre le message le soir même, et *Images de Frances* [*sic*] attendait sa copie.

Ici rien de saillant chez nous. Les Fauchier-Magnan apprenant la mort d'un neveu tué en mai dernier, un fils de la sœur de Mme F.M. Sa mère espérait, dur comme fer, qu'il était vivant. Il n'aura jamais su que deux petits jumeaux lui étaient nés, il y a trois mois. Deux jumeaux qui ne se ressemblent pas.

Chérie, continuons à patienter. Soigne-toi beaucoup. Les suites d'une jaunisse sont plus longues qu'on ne croit. Où est Renaud ? Je t'embrasse et t'aime. Maurice est ton ami.

Colette

[*Deux cartes interzones adressées à* « *Madame de Jouvenel, Castel-Novel par Varetz, Corrèze* ». *Expéditeur :* « *Madame Colette, 9 rue de Beaujolais, Paris 1er.* » *Cachet de la poste : 3.4.1942.*]

Vendredi saint. — Es-tu là, mon errante ? Tâche de me donner vite des nouvelles qui infirment ou confirment ce que sous-entendait ta dernière carte. Ici rien de bien nouveau, que le printemps. Je fais radiographier ma jambe en vue d'un nouveau traitement. Maurice va bien. Le ravitaillement moins bien. J'aurais tout de même bien aimé entrevoir le printemps de St. Trop, qui est si souvent mouillé. Tu pars au moment où Geneviève arrive, elle le déplore. Je t'embrasse tendrement, chérie. Tu es bien portante, au moins ? Maurice est ton ami

Colette

15 avril. — Non, chérie, je ne fais pas de bicyclette, je subis un traitement trop fatigant de rayons et piqûres. Plus tard je verrai à reprendre une vie « sportive ». Je suis contente si tu vois de beaux pays. Si tu abordes l'Allier, tu y rencontreras peut-être Georges Wague [1], qui part demain, pour 15 jours, envoyé par la Sté des Auteurs. Aucune nouvelle de Me Petit, je vais donc lui retéléphoner. La 1re fois, il m'a dit qu'il ne se rappelait pas très bien <u>où étaient les plats</u> ! Oui, j'ai écrit ici et là à tes trousses. Mais seras-tu rejointe ? Chérie, je t'embrasse si tendrement. Maurice va très bien et se rappelle affectueusement à toi

Colette

[*Deux cartes interzones adressées à* « *Madame de Jouvenel, Curemonte, Corrèze* ». *Expéditeur :* « *Madame Colette, 9 rue de Beaujolais, Paris 1er.* » *Cachet de la poste : Paris, 4.5.1942 et 6.5.1942.*]

4 mai — Chérie, je voudrais bien des nouvelles. C'est long, ce silence. Et que te dire de nous, sinon que nous ne bougeons pas. Nous avons lu dans les journaux qu'un administrateur corrézien était promu à la régie d'un domaine assez important. J'espère que tout le monde en est enchanté ; mais j'aimerais savoir ce que tu en penses. Es-tu allée à

---

1. Mime avec lequel Colette a travaillé la pantomime et partagé six années de music-hall.

Vissy ? Comment s'annoncent les récoltes à Curemonte ? Ecris-moi, chérie. J'ai encore cinq séances
de rayons X à subir. Quelle fatigue ! Je suis si fatiguée
que je suis très douce. Tu devrais en profiter. Mille
tendresses, chérie. Maurice est ton ami.

Colette

6 mai — Cultivateur chéri, je reçois ta carte du 30 ;
la mienne est partie hier. Une tonne et demie ! De
pareils chiffres me donnent le vertige. Des caisses...
à peu près introuvables. Tu as raison pour C.N. à
aucun prix ne fais cavalier seul. Bertrand, rencontré
ici, assure que ce sera vendu. Moi aussi, je voudrais
voir le jardin, — et surtout la jardinière. Explique-
moi où sont les champs que tu as loués, pour que je
les voie en pensée. Je t'embrasse, chérie. Je suis
contente de te savoir chez toi et très occupée. Maurice t'envoie ses amitiés. Pauline aussi.

Colette

[*Carte interzone adressée à* « Madame de Jouvenel,
Curemonte, Corrèze ». *Expéditeur :* « Madame Colette,
9 rue de Beaujolais, Paris 1er. » *Cachet de la poste :
Paris, 28.5.1942.*]

27 mai — Chérie, Sonia me téléphone qu'elle te
verra sans doute bientôt. Je l'envie. Ecris-moi, ta dernière carte date, — il me semble, — de longtemps.
Le traitement (fini) de rayons X et intraveineuses n'a
pas l'air d'amener un changement notable. Comment
vont tes cultures et plantations ? Tu sais bien qu'elles
m'intéressent beaucoup. Et quoi de nouveau à
C.-N. ? Dis-moi beaucoup de choses en une carte...

ou deux. Maurice va très bien. Chérie, je t'embrasse
comme je t'aime. Amitiés de Maurice

Colette

[*Deux cartes interzones adressées à « Madame de Jouvenel, Curemonte, Corrèze ». Expéditeur : « Madame
Colette, 9 rue de Beaujolais, Paris 1er. » Cachet de la
poste : Paris, 5.6.1942.*]

[*Première carte*]

5 juin — Chérie, j'étais bien contente de ces deux
cartes pleines de chèvres, de jardins, de nouveaux
champs, et de futures pommes de terre ! Tout cela
fait terriblement envie, et surtout ma cultivatrice
bien-aimée. Te souviens-tu que quand elle avait six
ans, je l'appelais « l'Eros à la brouette » ? Ici rien de
nouveau, — sauf quelques détails. Mon traitement,
interrompu, me permet de reprendre forces et optimisme — mais z'oui ! — ma hanche-et-jambe me fait
toujours mal, mais le Dr. Pergola (tel que je te cause)
me dit que l'effet se manifeste

[*Seconde carte*]

en trois mois. On verra bien. Je travaille doucette-
ment à une nouvelle. Maurice est un modèle de sérénité. Je dirais même de fermeté, si je ne craignais de
porter un jugement hâtif sur un type que je ne
connais, en somme que depuis 19 ans. As-tu des projets ? Je serais contente que C.-N. soit sauf d'ennuis.
Encore une carte, chérie, s'il te plaît. Et une autre
après. Moreno est à Rome !!! Elle tourne « Carmen » ; Jean Marais en Don José. Si tu l'avais vu teint
en brun ténébreux ! Je t'embrasse tant et tendrement. Amitiés de Maurice. Ecris !

Colette

484

[*Deux cartes interzones adressées à « Madame de Jou-venel, Curemonte, Corrèze ». Expéditeur : « Madame Colette, 9 rue de Beaujolais, Paris 1ᵉʳ. » Cachet de la poste : Paris, 20 et 27.6.1942.*]

20 juin. — Chérie, je te fais envoyer dix, sur les 17. Sera-ce suffisant ? Le coût de la vie est tel, ici... Je voudrais faire davantage. L'entreprise[1] dont tu me parles me paraît saine ! Mais combien astreignante pour toi ! N'y a-t-il pas trop de cheptel vif ? Et la question du personnel employé ? Ne seras-tu pas obligée d'habiter en bas ? Enfin vois. D'un œil lucide.

Le parrain[2] a eu une petite crise de chimérisme. Tant mieux si elle est guérie. Les Luc sont dans leur villa depuis 15 jours. Germaine Beaumont a un prix de l'Académie. Maurice va bien. J'ai vu un rebou-teux ! Tendresses par milliers, écris-moi. Argent part

Colette

27 juin — Chérie, je sais que l'argent a été « viré » sur Brive lundi dernier. Ce mot bref pour te dire que le dernier des Bassompierre a transporté sa tente ailleurs[3]. J'espère qu'il pensera à te donner des nou-velles. Ici rien de nouveau. Je me consacre à la garde des livres anciens, et je m'assois pendant les heures chaudes sur les presse-papiers de cristal. Si tu vois

---

1. Louer une ferme et son cheptel.
2. Anatole de Monzie écrit à Colette le 1ᵉʳ juin à propos de *Julie de Carneilhan* (qu'elle qualifie elle-même de « sacré venimeux dégueulasse de roman ») : « Est-il vrai Colette, que vous ayez bar-bouillé de scandale la figure de cet homme dont Bel-Gazou est la fille ? [...] » Colette lui répond aussitôt : « Non, Espivant n'est pas Jouvenel [...] », démentant ainsi la rumeur.
3. Goudeket, par crainte d'une nouvelle arrestation, a quitté Paris pour la Provence.

Sonia, dis-lui que j'ai rencontré un ami à elle, qui s'appelle Philippe Guérin, d'Orsay (les parfums, pas le quai !). Chérie je ne t'écris que des riens. Mais je t'embrasse si tendrement !

Colette

[*Deux cartes interzones adressées à « Madame de Jouvenel, Curemonte, Corrèze ». Expéditeur : « Madame Colette, 9 rue de Beaujolais, Paris 1er. » Cachet de la poste : Paris, 5 et 19.7.1942.*]

5 juillet — Chérie, hier est arrivé un merveilleux colis en parfait état, merci mille fois ! les nouvelles de la ferme sont terriblement intéressantes, ne te fatigues-tu pas trop ? Je me vois très bien finir vieille gardeuse de chèvres. As-tu reçu des nouvelles de M. de Bassompierre de Lapiade[1] ? Ah ! ces noms à particule, ça tient une place ! Hier Gaby Morlay m'a gentiment envoyé chercher pour déjeuner à Louveciennes chez elle. Si j'avais une propriété comme celle-là, ça me fendrait le cœur de la quitter tout le temps pour aller tourner des films. Que de grands bois et que de roses ! Chérie, écris-moi. Ne t'éreinte pas. Je t'embrasse et je t'aime

Colette

19 juillet — Chérie, Bassompierre t'a écrit. Les nouvelles de la famille Van der Henst sont bonnes. Ici, il fait presque froid. Si ton projet fermier ratait, ne me renvoie sous aucun prétexte les 10.000 haricots, je ne le veux pas. Il y a si longtemps que je ne

1. Goudeket a gagné la zone libre, et s'est rendu chez le docteur Van der Henst, à la Piade, sa maison de Saint-Tropez.

t'ai donné aucune légumineuse ! Garde-les pour une autre éventualité. As-tu assez de bras pour ton agriculture ? Les Raymond Geneviève sont en vacances dans leur propriété. La « Treille Muscate » n'est plus qu'un vague potager. La brouette électrique est arrivée de sa province. Etrange outil qui semble agencé de trois boîtes à sardines et de 2 mètres de fil de fer ! Mais ça roule, ça a 3 vitesses ! J'attends que soient accomplies les formalités de plaque et d'immatriculation pour l'essayer. Je te tiendrai au courant. Tendresses par milliers, chérie.

Colette

[*Deux cartes interzones adressées à « Madame de Jouvenel, Curemonte, Corrèze ». Expéditeur : « Madame Colette, 9 rue de Beaujolais, Paris 1ᵉʳ. » Cachet de la poste : Paris, 17.7.1942.*]

17 juillet — Chérie, je reçois tes deux cartes. Tu fais l'apprentissage d'une diplomate rurale qui comporte trois phases, 1ᵉ attirer le locataire, 2ᵉ profiter de lui s'il y a lieu, 3ᵉ le dégoûter. C'était déjà la même chose avec mon père. On lui faisait acheter un bien. Puis, on le lui rendait impossible (mauvaises années, maladies des bêtes, incurie du tenancier etc) et on rachetait ou relouait à bas prix. Tiens ferme, et peut-être tiendras-tu la ferme. Bassompierre travaille la terre et pêche. Le ravitaillement très mauvais rend la pêche indispensable. Ici, je gratte comme je peux. J'ai fait une nouvelle, Le Képi, que prend « Candide ». Guette-la au passage, je ne sais quand. Je viens de pondre 150 lignes sur Balzac ; figure-toi, pour un gros bouquin national qui s'appellera,

assure Sacha Guitry, « De Jeanne d'Arc à Pétain ».
Nous avons un juillet

[*Seconde carte*]
... frais ; la brouette électrique vient d'arriver, cédée
par Mme de Gramont, mais elle n'est pas encore ici.
Ne crains pas les « folles randonnées » pour moi, les
restrictions électriques sont là. Vive Pastille, qui m'a
bien l'air d'un vrai chat. Geneviève-et-famille sont
aux Orangers, depuis une semaine. Vu Moune venue
pour 48 h. à Paris. Elle n'est pas sur un lit de roses.
Peut-être sa santé l'obligera-t-elle à s'éloigner de la
région parisienne. Vu Germaine Patat mauvaise
santé, ganglions, rayons X. Une carte de toi lui ferait
grand plaisir. Le petit Paul, à St. Jean, ne pourra
sûrement pas y rester. Chérie, tiens-moi au courant
de toi et de la ferme. Ma jambe ? Je la subis, et je ne
crois pas une minute qu'elle peut guérir. Ne suis-je
pas la fille d'un homme qui était gai sur une seule
jambe ? Mille tendresses, chérie, et encore mille

                                                    Colette

[*Deux cartes interzones adressées à « Madame de Jou-*
venel, Castel-Novel par Varetz, Corrèze ». Expéditeur :
« Madame Colette, 9 rue de Beaujolais, Paris 1ᵉʳ. »
Cachet de la poste : Paris, 20 et 22.7.1942.]

Vendredi 20 — Chérie, nous avons tous pris nos
parts respectives du précieux colis. M. de Bassompierre s'est changé en tonneau des Danaïdes pendant
sa villégiature et rien ne peut combler son appétit.
Merci pour tout, chérie ! Un mot de toi va m'arriver
(en retard) demain par Mme S. Sonia est venue me

voir, encore très éprouvée de sa grippe, il faut absolument qu'elle reprenne du poids. Françoise était ravie du régime de Castel-Novel. Il faudra que j'en essaie ! J'attends des nouvelles de toi, même quand je viens d'en recevoir. Les endives, introuvables ici, nous ont réjouis. Ecris-moi ! Mille tendres tendresses.

Colette

Samedi 21. — Chérie, j'ai eu de tes nouvelles (datant du 12) par Melle S. Je ne te récris que pour le plaisir de t'écrire. Non, nous ne comptons pas voyager actuellement. Maurice reprend un kilo par jour, — du moins il l'affirme. Je ne savais pas que les Bassompierre témoignassent d'une origine aussi méridionale. Et pourquoi ne reviendrais-tu pas faire un petit séjour ? J'inaugure la reprise de mon travail par une « dictée », je crois, pour les écoliers de France, et un papier publicitaire pour Hermès. Tendresses, chérie. Amitiés de Maurice.

Colette

[1942[1]]

« Nous avons toujours une petite vie de Paris. De temps en temps j'ai mal à une jambe, d'autres fois j'ai moins mal [...] Paris, surdépeuplé, est très beau [...] Figure-toi que cette année est celle des althéas. Dans mes jardins de vieille dame, le Palais-Royal et les Tuileries, mille althéas, élevés « sur tige » comme des rosiers. Tu pourrais, si tu as des althéas, essayer

1. Lettre adressée à Colette de Jouvenel exposée à la Bibliothèque nationale en 1973 (catalogue n° 615).

de ce traitement ? En boule, et à hauteur de la main, ils sont couverts de fleurs, et quelles variétés ! Rouge vineux, violet, mauve pâle, rose très pâle, blanc pur. »

[Deux cartes interzones adressées à « Madame de Jou-venel, Curemonte, Corrèze ». Expéditeur : « Madame Colette, 9 rue de Beaujolais, Paris 1ᵉʳ. » Cachet de la poste : Paris, 30.7.1942.]

1ʳᵉ carte — 30 juillet — Chérie, je suis contente quand je vois ton écriture. Mais je crains pour tes terres cette sécheresse qui rétracte tout. Non, non, ne tiens pas secret ce qui peut t'ennuyer. C'est si difficile et si bien, ce que tu entreprends[1]. Evidemment tu ne peux rien quitter, même pour St. Tropez. Si Maurice peut t'y être utile, pour n'importe quoi, écris-lui. Je ne pense pas y aller. Ici, je sers à quelque chose. Henri m'a téléphoné. Sonia aussi ; son départ est retardé. Son mariage me plairait beaucoup. T'ai-je dit que la mère de Maurice est morte ? Sa famille semble respirer à pleins poumons. Entre nous, je ne crois pas qu'elle puisse laisser de regrets. Mais quelle championne ! l'avant-veille de sa fin elle

30 juillet — 2ᵉ carte — expulsait avec véhémence le premier médecin, la première infirmière qui soient entrés chez elle depuis 76 ans. Squelettique depuis longtemps, elle ne cessait ni jour ni nuit de manger,

1. « Ma fille m'écrit que dans la Corrèze règne une sécheresse atroce. Elle vient de louer une petite ferme avec son cheptel. Mais en ce moment même une petite ferme est une grande aventure et je crains beaucoup pour elle et ses petits moyens. » (Lettre de Colette aux Petites Fermières.)

sa fille courait pour elle après n'importe quelle nourriture. L'espèce humaine est bien étrange.

J'ai fini mon papier de publicité pour d'Orsay[1], et aussi celui sur Balzac pour Sacha Guitry. Aussi vais-je me coucher à dix heures, et dîner avec Mondor demain. Bassompierre travaille la terre. Les Rubenst père et fils vont sans doute quitter St. Jean de B. pour des destinées incertaines. Quel couple de cultivateurs-régisseurs cela te ferait ! Je t'embrasse, chérie, de tout mon cœur. Une petite carte bientôt ? Tendresses

Colette

[Deux cartes interzones adressées à « Madame de Jouvenel, Curemonte, Corrèze ». Expéditeur : « Madame Colette, 9 rue de Beaujolais, Paris 1er. » Cachet de la poste : Paris, 8.8.1942.]

1re carte — 7 août — Quoi de nouveau, chérie ? La sécheresse a-t-elle enfin cédé ? J'entends parler de ses effets partout désastreux. A Paris nous avons eu une période froide. Sais-tu ce que j'ai vu dans la rue, suivant sa maîtresse comme un chien ? Une poule, une grosse poule jaune. Pour traverser le bd Malesherbes, elle est venue se faire prendre par la peau du cou, si j'ose écrire, et se faire porter dans le parc Monceau. Melle Gélis-Didot, chez qui j'allais dîner (en vélo-taxi) me dit que la poule est très connue dans son quartier.

Comment vont tes bêtes et tes récoltes, ô ma fermière ? Bassompierre essaie en vain de me faire aller

1. « Le chevalier d'Orsay vu par Colette », paru dans *L'Illustration* du 19 septembre.

dans le midi. Ecris-moi. Je t'aime et t'embrasse de tout mon cœur

Colette

7 août — 2ᵉ carte — J'ai reçu à ton sujet une charmante lettre de ces deux petites cultivatrices[1] de la Loire Inf.re desquelles je t'ai souvent parlé. Elles regrettent que tu sois si loin d'elles. « Nous l'aurions vivement dépannée de tout » m'écrivent-elles. Elles demandent si tu fais du topinambour « qui est si utile » ; et elles ajoutent « Avec le cheval Thérèse lui aurait fait tous ses labours ». Je n'ai rien vu de pur comme cette paire de filles, que je ne vois qu'une fois par an. Elles se désolent aussi de la sécheresse, et elles aussi ont une truie qui a ses petits. Chérie, je te raconte des petites choses, pour me rapprocher. Je t'embrasse encore, amitiés à Françoise

Colette

[*Deux cartes interzones adressées à « Madame de Jouvenel, Curemonte, Corrèze ». Expéditeur : « Madame Colette, 9 rue de Beaujolais, Paris 1ᵉʳ. » Cachet de la poste : Paris, 26 et 28.9.1942.*]

26 Sept. — Chérie, on m'a téléphoné de ta part, merci. Il pleut noirement. Je suis — 27 sept. — On m'a interrompue et je ne sais plus ce que j'étais hier soir. C'est Misia Sert qui m'a envoyé chercher pour

1. Lesdites « Petites Fermières » : Yvonne Brochard et Marie-Thérèse Sourisse, deux jeunes institutrices reconverties dans la culture ; elles eurent pour Colette beaucoup d'attentions pendant l'Occupation.

dîner avec elle. J'aurais voulu que tu visses ce rez-de-chaussée, si aimable et sans intimité, et des tableaux très beaux, et les arbustes de pierreries qu'elle construit presque sans les voir, ses yeux sont très malades. Aujourd'hui Mme Fournier m'a fait assister à « Sortilèges exotiques » et autres hippocampes. Misia, experte en beaucoup de matières, dit qu'elle peut s'occuper du Roussel[1], à moins que tu ne me dises qu'il ne faut pas. Je t'embrasse tendrement, chérie. Donne des nouvelles !

Colette

25 7bre. Où es-tu ? Je ne serai (comme Mme Alvarez) tranquille que quand je te saurai rentrée. Mme Griset envoie un reçu. Le gardé-je ? Le remets-je à quelqu'un ? Je reviens de vernir une exposition du Consulat aux Gal. Laf. Entre autres un berceau extraordinaire, en forme de cygne étiré vers le fantastique. As-tu laissé à Françoise ou à quiconque des instructions particulières concernant la coiffeuse ? Cizancourt[2] m'a informée, dès avant-hier soir, des bons résultats de sa sollicitude. J'attends que tu les confirmes. La salle de bains sent déjà moins bon, c'est dommage. Tu as laissé un stylo vert. Et une mère saumâtre, qui t'embrasse sur ta tempe de chat de gouttière, — dont elle est responsable (l'iceluy chat est clairsemé sur la tempe).

Colette

1. Un tableau de Ker Xavier Roussel (1867-1944), peintre post-impressionniste.
2. M. de Cizancourt, ami très proche d'Henry de Jouvenel.

[*Deux cartes interzones adressées à « Madame de Jou-venel, Curemonte, Corrèze ». Expéditeur : « Madame Colette, 9 rue de Beaujolais, Paris 1ᵉʳ. » Cachet de la poste : Paris, 6 et 10.10.1942.*]

6 octobre — Chérie, je viens de recevoir des nou-velles de toi par le truchement d'un colis. Vivent les pois chiches et tout ce qui est manducatoire ! Je vou-drais te fournir une réplique victorieuse, mais tu sais quelles sont les ressources de Paris. Bassompierre est toujours dans le Midi. Mais il commence à s'im-patienter. Il s'impatiente avec calme, mais c'est le calme des gens têtus. As-tu écrit un « mot d'amour » à notre Cizancourt ? Je ne l'ai vu qu'une fois depuis ton départ. Si quelque incommodité te forçait à pen-ser à une partie de l'argenterie, on m'a dit que la chose est très faisable. L'événement bancaire que tu m'avais annoncé est arrivé. Mais j'élève une protes-tation régulière et ferme. Tendresses pour toi, ami-tiés à tous.

Colette

10 octobre — Quel vinaigre ! Mes compliments à la « mère ». En as-tu beaucoup comme ça chérie ? Le contenu de l'envoi était un enchantement ; fari-neux et autres. Je dîne lundi avec Germaine pour qu'elle me raconte la ferme et tout. Elle dit que la ferme est une affaire excellente. Bassompierre vou-drait lier commerce avec les productrices. Mais je pense qu'il faut d'abord que celles-ci se nourrissent. Lacan[1] est venu me demander chez le coiffeur, où

1. Jacques Lacan est locataire de Petite Colette, 5 rue de Lille, depuis le début de l'année 1941. Il y restera jusqu'à sa mort en 1981.

Pauline l'avait envoyé, parce qu'il n'avait pas l'adresse de Denyse de B.[1] Moi non plus. Je lui ai offert quelques bigoudis indéfrisables à la place, qu'il n'a pas acceptés. Consommés très chauds, ils sont pourtant assez bons. Mon Dieu, que ta mère est sotte ! C'est qu'elle s'adonne à tant de travaux ennuyeux. Mille tendresses, chérie. Ecris-moi

Colette

[*Trois cartes interzones adressées à « Madame de Jouvenel, Curemonte, Corrèze ». Expéditeur : « Madame Colette, 9 rue de Beaujolais, Paris 1er. » Cachet de la poste : Paris, 14 et 20.10.1942.*]

13 octobre — Et quelle opinion avais-tu donc d'une mémoire de chat, et surtout de chatte ? Si tu t'étais absentée plus longtemps, Pastille t'aurait reconnue. Tu sais certainement maintenant que le colis de la productrice a atteint son but en bon état. Hier soir Germaine P. est venue manger la soupe avec moi et m'a tout raconté par le menu, tout qui concerne toi et la ferme et les amis et les projets. C'est ma meilleure façon actuelle de voyager. J'ai le reçu Griset. Pauline t'enverra... ce qu'on peut. C'est curieux de voir combien entre la proposition et l'envoi les produits rétrécissent ! Bravura m'a téléphoné. Chérie, je t'embrasse si tendrement

Colette

20 octobre — Chérie, j'enverrai sacs si j'en trouve, eussent-ils contenu, sous une autre ère, du combus-

---

1. Denyse de Bravura, dessinatrice de grand talent.

tible. Les parents sont les parents, c'est-à-dire une race. De même pour les enfants. Et je veux bien que l'ascendant n'ait qu'un mérite, qui est d'avoir engendré ou conçu. Mais j'ai ce travers de ne pas vouloir qu'on me le dise. C'est assez que les hasards me mettent à même de le penser, — s'il y a lieu. Le succédané du café, il est comme les autres à-la-manière-de, on vous promet quatre, et quand on a beaucoup de chance on reçoit deux, ou un. C'est pourquoi cette partie de colis sera si petite. L'idée d'habiter en bas, qui te sollicite, je l'avais eue, tu te souviens ? Les Victoires de la Place ont été assurées sans (à suivre)

20 octobre (2) lutte. Mon ami des Galeries ne saurait répondre, autrement que par un sourire désabusé, à la suggestion des culottes en laine (!!!) Mais Germaine m'a juré qu'elle t'aurait une robe de chambre de son propre fonds. La mère Boas se balade en tous lieux, le poitrail vierge d'insigne autre que la légion d'honneur. Pauline me dit et redit que l'écharpe cerise et autres babioles ont été pieusement expédiées dans la valise. D'ailleurs je ne vois ici aucune trace de brosses, etc. qui y eussent été laissées. Le petit Roussel attend tonton[1]. Les Bérès sont à St. Tropez pour 8 jours. J'ai envoyé Denyse[2], la semaine dernière, à Saulidaure pour un portrait. S'il lui est payé, il ne le sera pas moins de trente-cinq francs, je pense. Mille tendresses, chérie de mon mauvais cœur

Colette

---

1. Gaston Baheux, patron du Liberty's.
2. Denyse de Bravura.

[*Carte interzone adressée à « Madame de Jouvenel, Curemonte, Corrèze ». Expéditeur : « Madame Colette, 9 rue de Beaujolais, Paris 1er. » Cachet de la poste : 18.10.1942.*]

18 octobre. — Chérie, les Bérès, avant de partir pour le Midi d'où ils ne reviendront que dans une dizaine de jours, m'ont dit qu'un de leurs clients t'avait acheté deux meubles. Germaine P. va s'aboucher avec Denyse pour un autre meuble. Les 2 petites bergères 2nd Empire-Louis-Philippe, vont, je le crois, s'en aller aussi. Je suis en pourparlers pour le Roussel avec Tonton. Donc tout ça ne va pas mal. Tu pourrais envoyer une carte aimable aux Bérès aux soins de la Piade, (je ne sais pas où ils logent à S.Tropez) ; ils seront contents. Si tu as des relations avec un producteur de châtaignes, je les recevrai la bouche ouverte. Je t'embrasse, chérie, avec mille tendresses. Les amis d'ici t'embrassent aussi.

Colette

[*Carte interzone adressée à « Madame de Jouvenel, Curemonte, Corrèze ». Expéditeur : « Madame Colette, 9 rue de Beaujolais, Paris 1er. » Cachet de la poste : 22.10.1942.*]

21 octobre. — Chérie, le Roussel est vendu — par mes soins, ajouté-je avec orgueil. Je vais donc te faire envoyer les dix mille haricots qu'on vient de me remettre. Brave Tonton, il aime la peinture, même quand elle n'est pas de Van Caulaert.

Il fait frisquet et beau. Les gens de St Tropez se

plaignent encore de la chaleur du milieu du jour ! Ta mère est fatiguée. Elle ne fera rien d'utile de quelques jours, je m'en porte garant.

Raconte-moi des choses de la ferme. Répands mes amitiés sur nos amis. Dis-moi si la jeune voyageuse de Marseille est hors d'ennuis. Je t'embrasse, chérie, très tendrement.

[*Deux cartes interzones adressées à « Madame de Jouvenel, Curemonte, Corrèze ». Expéditeur : « Madame Colette, 9 rue de Beaujolais, Paris 1ᵉʳ. » Cachet de la poste : Paris, 2 et 7.11.1942.*]

1ᵉʳ nov. — Merci, chérie, de penser aux châtaignes. J'ignorais tout à fait l'usage de les faire tremper dans l'eau ! Mais dans mon enfance, combien de châtaigniers ai-je gaulés, combien ai-je reçu de châtaignes tout enrobées et piquantes sur ma tête, aux longs cheveux ! — Tout de même, ce Tonton ! Il pêche, dans le désordre de toiles que tu connais, de quoi se faire une première pièce — sa chambre — admirable. Un Bonnard étonnant (une longue chatte) de 1895, le petit Roussel au-dessous, un ivoire (vierge) très grand sur la cheminée, deux ou trois secrétaires-bonheurs-du-jour çà et là, quelques pièces magnifiques d'argenterie ancienne. Et ça y est. Un type à surprises. Je regrette de ne pouvoir te citer quelques traits récents de sa conversation. Une jeune chatte est en danger à partir de six mois, malheureusement. Tendresses.

6 nov. — Quel joli envoi, chérie. Et rien que des choses que j'aime. Farineuses et oléagineuses m'enchantent, et j'ai mangé en une fois les plus petites aubergines cornues qui étaient excellentes. Tu as

498

donc des salades malgré la sécheresse, et de très bonnes salades au tendre cœur. Mais je ne veux pas que tu te dépouilles pour moi. J'ai versé à ton compte de Paris le produit des deux sièges, via Bérès, 19 trucs. Je dîne avec Caplane et Françoise lundi, — que n'es-tu là ! On t'a mis un peu de fèves dans les emballages vides. J'insiste pour en avoir d'autres, mais je n'ai pas encore de résultat. Je t'embrasse, chérie, et t'embrasse encore. Bassompierre ronge son frein. Effet de l'inanition sans doute

Colette

[*Deux cartes interzones adressées à « Madame de Jouvenel, Curemonte, Corrèze ». Expéditeur : « Madame Colette, 9 rue de Beaujolais, Paris 1er. » Cachet de la poste : Paris, 23 et 26.11.1942.*]

22 nov. — Chérie, Germaine P. est venue hier soir, m'a mise au courant de tes plus récents projets, et du motif alsaçois qui retardait leur exécution. Deux hommes expérimentés se tireront mieux d'une exploitation agricole. Nos amis sont là-dessus imbattables. As-tu aperçu de nouveaux hôtes à Brive ? Bassompierre a quitté la côte. Il est dans le Tarn [1], sous son nom de jeune fille. Ecris un mot à André Lecerf, le Griffoulet, Lisle-sur-Tarn, Tarn. Ou bien va le voir ; — mais ceci est moins facile, sans doute. Surtout écris à ta harpie de mère qui t'embrasse tendrement

Colette

1. Colette écrit à Yvonne Lecerf, le 16 novembre 1942 : « Reçu carte du voyageur, quel soulagement ! » et le 19 : « Pourvu que l'arrivant, si chaleureusement accueilli, ne vous donne pas trop de soucis supplémentaires. » Il s'agit évidemment de Goudeket bien arrivé chez les Lecerf à Lisle-sur-Tarn.

26 novembre et froid noir. — Chérie, as-tu reçu 1° et d'une part un colis avec du vert dedans, 2° les articles de nettoyage ? Pauline voudrait être rassurée sur leur sort. Vu Bravura très gentille. Mais Lacan me semble très coriace. Versé, (par elle) à la banque 17.500 ; d'une part, cinq de l'autre. Je pense que 5 c'est le gros fauteuil Dunlop. Bassompierre, dans le Tarn, refait connaissance avec crème et graisses. Grassouillet, il est affreux. Je le ferai maigrir dans les supplices... mais quand ? Ecris-moi, chérie. Dis-moi surtout si ta situation fermière est réglée. Je t'embrasse mille fois tendrement

Colette

[*Carte interzone adressée à « Madame de Jouvenel, Curemonte, Corrèze ». Expéditeur : « Madame Colette, 9 rue de Beaujolais, Paris 1ᵉʳ. » Cachet de la poste : Paris, 8.12.1942.*]

8 décembre — M. de Bassompierre a regagné son domicile ce matin, après quelques méandres. Ne le cherche plus dans le Tarn. Il vaut mieux d'ailleurs, pour lui, n'avoir que la réputation d'un bon et obstiné Parisien. J'ai eu grippe, et toux et tout, je vais mieux. J'irai encore mieux si tu m'écris souvent. Que devient pratiquement C.- N. ? Je t'embrasse, chérie, mille fois tendrement. Amitiés du pérégrin [1], et les miennes à tes amis

Colette

1. Goudeket est rentré à Paris à cette date.

[*Trois cartes interzones adressées à « Madame de Jou-venel, Curemonte, Corrèze ». Expéditeur : « Madame Colette, 9 rue de Beaujolais, Paris 1er. » Cachet de la poste : Paris, 24 et 29.12.1942.*]

24 décembre — Chérie, je suis sans nouvelles récentes de toi, sauf une communication téléphoni-que d'un M. F... qui m'a, je l'avoue, bien agitée. Qu'y a-t-il de vrai ? De nouveau ? De réparé ? Un mot, je t'en prie. Noël n'a jamais été plus gris et plus silen-cieux. Je te souhaite de bonnes « fêtes », mon chéri. Bassompierre aussi. J'ai cherché Françoise au télé-phone, mais personne ne répond. Sans doute elle est dans ton pays. Je t'embrasse, chérie, avec beaucoup de tendresse

Colette

avais vous reçu un coli ou yavais du vert [1] [*sic*]

24 Xbre — 2e carte.

Figure-toi que j'avais compris « cent » mille !!! Et je ne vivais plus. Ta carte arrive. De joie, j'envoie mon absolution à l'andouille. Les papiers sont-ils facile-ment remplaçables ? Dis-moi tout ça. Tendresses, chérie

Colette

[1942]

28 décembre. — Bonne année, chérie, de tout mon cœur. Germaine est-elle chez toi ? Bonne année à

1. En travers, au crayon, de l'écriture de Pauline.

tout Curemonte. Si je comprends bien ta dernière carte, ton plus récent projet t'éloignerait de la Corrèze, et tu voudrais un hiver plus chaud dans la région d'Arlette, c'est sur cette région que je suis incertaine. Si je ne me trompe pas, je crois que Mirande a les tuyaux les plus précis, et des facilités personnelles, dont il te ferait bénéficier. J'attends de toi des renseignements. Il fait vraiment froid. Ta mère cacochyme se roule en boule sous ses schalls [1]. Mais arrives-tu à te chauffer ? Ecris-moi beaucoup de cartes ! Tendresses très tendres, chérie, et amitiés de Maurice

Colette

1943

[*Carte interzone adressée à « Madame de Jouvenel, Curemonte, Corrèze ». Expéditeur : « Madame Colette, 9 rue de Beaujolais, Paris 1er. » Cachet de la poste : Paris, 5.1.1943.*]

5 janvier — Re-bonne année, chérie ! Je voulais te mettre sans délai en rapport avec Mirande qui est très ollé ollé ; j'apprends qu'il est à Mauvanne (Hyères) avec Simone[1] ! Vu Germaine P. qui m'a raconté un peu Curemonte. Tes plus récents projets doivent rencontrer actuellement quelques difficultés, — à moins que par M. Vissy lui-même... ? Ecris-moi. Du cold-cream ? Folie et mirages. Mais tous les corps gras sont bons, un surtout à employer nuit et jour : une couenne de lard ; l'huile de noix aussi. Le beurre si tu en trouves, le lait si ton pays en produit un peu. J'emploie au compte-pore un reliquat de soi-disant lanoline. Bassompierre te salue, je t'aime et t'embrasse mille fois, chérie

Colette

1. Berriau.

[*Carte interzone adressée à « Madame de Jouvenel, Curemonte, Corrèze ». Expéditeur : « Madame Colette, 9 rue de Beaujolais, Paris 1ᵉʳ. » Cachet de la poste : Paris, 11.1.1943.*]

Dim. 10 janvier. — Chérie, vu Caplane hier. Il me rassure sur tes projets de voyage et me dit qu'il fait chaud dans tes appartements personnels. Il me dit aussi que tu penses venir à Paris. Ce voyage-là me fait beaucoup moins peur ! Temps très mauvais, verglas, grésil, Françoise souffrante. Je m'enferme, qu'irais-je chercher dehors ? Puis-je acquérir un sac de noix ? Tu vois que je suis pauvre en nouvelles. Mais je t'embrasse et te chéris. Bassompierre offre à tes baisers son front impassible. Pauline t'embrasse

Colette

[*Carte interzone adressée à « Madame de Jouvenel, Curemonte, Corrèze ». Expéditeur : « Madame Colette, 9 rue de Beaujolais, Paris 1ᵉʳ. » Cachet de la poste : Paris, 17.2.1943.*]

4 février — Une visite d'Odette F.[1], c'est bien. Une carte de toi, ce serait mieux encore. Les noix comme on les apprécie, maintenant. Où est le temps où je ne voulais que des noix fraîches ? Merci, chérie. Rien de nouveau ici. Je travaille à un petit boulot[2] à livrer le 15 mars — qui m'ennuie bien. As-tu là-bas ce faux

---

1. Odette Fabius.
2. Préface du catalogue de l'exposition Dignimont à la galerie Charpentier ou *Flore et Pomone* (voir carte suivante).

printemps qui illumine tout ? J'aime tant, hors de Paris, ces cornes vertes. Mais je ne suis pas hors de Paris. Ça viendra. Ecris-moi ? Maurice va très bien. C'est toi qui m'as envoyé des fleurs pour mon damné 28-70[1] ? Je t'embrasse, chérie, de tout mon cœur

Colette

[*Carte interzone adressée à « Madame de Jouvenel, Curemonte, Corrèze ». Expéditeur : « Madame Colette, 9 rue de Beaujolais, Paris 1er. » Cachet de la poste : Paris, 17.2.1943.*]

16 février — Mais il n'y a donc pas moyen de recevoir des cartes de toi ? Chérie, Sonia m'a téléphoné ce matin qu'elle est l'auteur d'une petite fille[2] de six jours, qui pesait à sa naissance six livres et deux cents grammes, déjà chevelue. Elle la nourrit entièrement de son lait, qui est en abondance.

Que te dirai-je ? Un texte pour une édition de luxe[3] me tient étroitement, parce qu'il doit être fini le 15 mars. Ce n'est pas qu'il soit long, mais je travaille lentement. Maurice va bien. On se fait des cheveux et on le cache aussi bien qu'on peut. Ecris-moi ! Mille tendresses et encore mille

Colette

1. Colette est née le 28 janvier 1873 ; elle fait référence ici à ses soixante-dix ans.
2. Claude Roche sera la filleule de Colette de Jouvenel, voir lettre du 7 août 1952.
3. *Flore et Pomone*, édition de la galerie Charpentier, illustrée de quarante aquarelles de Laprade (juin 1943).

[*Enveloppe adressée à « Madame de Jouvenel, Curemonte, Corrèze ». Cachet de la poste : 9.3.1943. Sur un
demi-format de papier bleu, sans autre indication.*]

Mais pourquoi ne m'écris-tu jamais ?

                                              Colette

[*Carte interzone adressée à « Madame de Jouvenel, Curemonte, Corrèze ». Expéditeur : « Madame Colette, 9 rue
de Beaujolais, Paris 1ᵉʳ. » Pas de cachet de la poste.*]

[Pâques 1943]

Chérie, le merveilleux colis est arrivé aujourd'hui
mercredi quand ma carte venait de partir. Les œufs
décorés sont encore plus jolis que les autres. Mais je
ne veux pas que tu te prives pour nous ! Tu me don-
nes bien envie de voir ton jardin, et plus envie encore
de voir le cher visage que j'embrasse de toute ma
tendresse

                                              Colette

[*Enveloppe adressée à « Madame de Jouvenel, Curemonte, Corrèze ». Cachet de la poste : Paris, 26.4.1943.*]

Dimanche

Te voilà donc, ma fille ? Du moins te voilà en lettre,
et en lettre bien gentille. L'enfant m'inquiète un peu,
le petit arbuste rose. Est-ce pour une durée précise
que tu le prends chez toi ? Probablement non. Et
comment te reprocher un mouvement généreux ?

506

Tout ce que tu me promets chez toi m'attire. Mais tu sais bien ce qui me retient ici entre la jambe et le travail. Ce Bassompierre qui ne peut ni ne doit voyager, s'il lui arrivait quelque chose en mon absence... Je ne me pardonnerais pas d'avoir laissé brûler la soupe au moment où elle est presque cuite. Un âne ! Juste les moyennes de vitesse qu'il me faut. Son nom me fait penser à Marie-Blanche de Polignac qui cherchait il y a peu de temps un nom de basset, commençant par un Q. Elle a fini par l'appeler Cu-Cu. « Mais, lui ai-je dit, ça ne commence pas par un Q. » Consternée, elle l'a appelé Qu-Qu, puis Quolibet.

Voici une lettre de Duvernois, qui t'a cherchée au Lancaster.

L'énumération des boîtes volées dans la caisse a tiré de moi des cris de rage. Ils ont succédé à ceux que m'a arrachés ta pleurite. Pleurite ! Fais attention. Le point qu'a lésé une pleurite reste sensible. Il veut avoir chaud. Pour avoir mal soigné le mien autrefois, je le retrouve fidèle, sous mon pouce, à droite quand j'y touche.

Ayant fini un travail pour un éditeur belge[1], je constate avec amertume, qu'il est trop court (que n'est-ce l'éditeur !) et je m'y remets. Mais j'ai été payée, et je regrette bien d'avoir sordidement accepté ton chèque de deux mille. Chérie ne te fatigue pas en ce moment, même en soins ménagers.

« Je range le jardin, je bêche la maison,
Et du cancrelat bleu je fauche la toison. »

Tu vois comme ta pauvre mère est malade ? Mille tendresses, chérie. Maurice t'envoie ses amitiés

Colette

---

1. *Nudité* sera publié par les éditions de la Mappemonde, à Bruxelles, en novembre 1943.

[Juin 1943]

Ma mère chérie,

Je ne manquerai pas de commencer cette lettre par l'énumération des raisons qui m'ont empêchée d'écrire depuis mon départ de Paris.

La première est la vile et vieille paresse.

La seconde l'idée que je serais de nouveau à Paris vers le 20 Juin

La troisième, et la plus sérieuse est l'absence totale de domestique. J'ai été saisie d'une sorte de délire ménager, rien que je n'aie encaustiqué, recloué, recousu, relavé, refrotté. C'est un malaise déprimant parce que chaque matin commande une nouvelle crise, chaque lundi une nouvelle lessive, chaque mardi le tic du repassage et entre-temps, dans les accalmies, la chasse au ravitaillement. Oui, c'est devenu une chasse. On a si bien requisitionné ici que les paysans achètent des œufs — ils ne me disent pas où — pour les donner. Et je ne vais guère chercher le lait qu'à 2 km ! Point de lait dans le village puisqu'il faut le donner aux cochons. Les gens des villes qui sont venus ici pour faire engraisser leurs enfants ne trouvent ni lait ni œufs et ils viennent acheter des légumes chez moi !

Tu vois qu'il se pourrait bien qu'entre autres maladies, la pleurnicherie des paysans m'ait gagnée. Pas tout à fait, sans doute parce que je gagne moins d'argent qu'eux. J'aurais aimé aller dans le Midi, y entendre les gens pleurer pour quelque chose (I'll give you a reason to cry me disait Miss Draper) et n'y pas faire le ménage, mais comment laisser Tokay, la chatte et Baptiste son fils ? On ne serait pas assez gentil avec eux à Castel-Novel. J'attends qu'une bonne âme, ayant besoin de repos (?) et de solitude veuille bien séjourner ici et y soigner dévotement les bêtes pour pouvoir aller me baigner un peu, même si c'est une fantaisie inconvenante.

C'est parce que je veux toujours t'écrire longuement que je ne t'écris pas. Mais si tu m'y autorises, j'adopterai quelques fois les lettres courtes pour ne plus te laisser si longtemps sans nouvelles.

Deux colis de légumes, dont un avec petites ponde-terres [*sic*] nouvelles sont partis il y a quelques jours. La sécheresse et la chaleur sont tout à fait folles, ce qui nous procure un jeu supplémentaire, celui de la corvée d'eau, à la fontaine du bout du village.

Je ne sais pas pourquoi : la chatte a fait son enfant angora. Avec cette chaleur ! Il devait être donné, et ne sera pas donné. Parce que les gens soignent mal leurs animaux, parce qu'il est beau, parce que la chatte serait triste, parce qu'il est particulièrement civilisé et gentil, et parce que parce que. Il n'a jamais été sale, et à 1 mois demandait à sortir. Je ne mens pas pour l'embellir, c'est vrai. Et il aime beaucoup repasser et faire le ménage, en outre il s'intéresse beaucoup aux jeux de cartes ; il dort sur moi pendant que sa mère vadrouille et il se lave beaucoup les mains. J'ai, grâce à lui, traversé mon solide plafond de papier mâché, un jour que sa mère avait inventé de le monter au grenier. Les gens d'en dessous ont eu une peur affreuse, et moi quelques bleus et des balafres. Ça n'est pas après ça qu'on va donner un petit chat.

J'ai fait aujourd'hui, ma mère chérie, du café de haricots verts. C'est une invention qui est destinée à avoir des conséquences innombrables, sinon à m'empoisonner. C'est parce que j'ai un appareil à dessécher les légumes : Deux tiroirs de haricots verts ont été plus grillés que desséchés et je leur ai trouvé bon goût. Le café que j'en ai fait vaut moins le café d'orge. Pour un peu, je refuserais ton autre breuvage — mais c'est réellement assez bon. Bravura a fait un séjour ici, avant d'aller retrouver sa mère dans les plâtres d'une maison qu'elles installent, en ce moment ! et dans le Midi. Je lui ai conseillé de faire des illustrations[1] pour « Le Blé en Herbe », je pense qu'elle pourra t'en soumettre des projets au début d'Août. Je crois que c'est une chose qu'elle fera très bien et peut-être que le moment n'est pas si mauvais pour en refaire une édition de luxe illustrée, si les dessins Te plaisent.

J'ai passé trois jours à Castel-Novel, pour cause de ravitaillement et susceptibilité paternelle réunis j'ai pu en effet trouver dans Varetz 2 kg. de farine à des prix raisonnables et rapporter un poulet.

Renaud est semblable à lui-même, c'est-à-dire jamais pareil et je le vois assez décidé à garder ses œufs, miel et autres denrées entièrement superflues. Ah pour une bonne famille juive, côté frères !

Odette Fabius se repose du côté de Fresnes, quelques autres amis aussi, l'été est si chaud.

La Sicile est bien petite, ou elle est bien grande, je ne sais pas, mais je la trouve loin. C'est pour septembre, qu'on dit.

Que dit ta jambe, et que font les radiesthésistes ? Maurice va bien ?

Vive Lacan qui m'a enfin envoyé de l'argent, que je viendrai dépenser à Paris fin juillet-début Août, en chiffons à meubles et produits retachants.

Ma lapine a fait 14 enfants. Je devrais avoir honte d'être seule à ne pas en faire. Je ne peux pourtant pas faire un petit catholique qui passera sa vie à la messe et catéchisme. Ni même un enfant à qui je

---

1. Denyse de Bravura, dessinatrice exceptionnelle et très grande amie de Petite Colette, n'a, malheureusement, jamais réalisé ce projet.

dirais « Rien de tout ça n'est vrai, mais fais semblant pour faire plaisir à papa ». Je t'embrasse, maman chérie, de tout mon cœur

Fille

P.-S. Dis-moi si les colis, et notamment les tomates sont bien arrivés.

[*Enveloppe adressée à « Madame de Jouvenel, Curemonte, Corrèze ». Cachet de la poste : Paris, 6.7.1943.*]

Et pas un mot depuis ton départ ! Qu'y a-t-il donc ? Je t'embrasse

Colette

[*Joint à la lettre suivante un dessin représentant une chambre en désordre (coupure d'un journal) avec la légende suivante : « Le policeman (arrivant dans la maison cambriolée) : "On voit bien que le voleur est passé par ici." La dame : "Non, monsieur l'agent. Il n'est pas venu ici. C'est la chambre de ma fille. Elle s'est habillée pour aller à un bal." » Et cette annotation de la main de Colette : « Chérie, je n'ai pas résisté au plaisir facile de m'écrier : "Comme c'est ressemblant !" Tendresses. Colette. »*]

[15 juillet 1943]

Jeudi

Sans Germaine Patat, j'aurais eu de quoi être inquiète et indignée, mauvaise chérie, muette, brute, bougre de ceci et de cela. Mais elle m'a assuré que tu allais <u>très</u> bien, que tu n'avais pas de serviteuses, et que vous faisiez, ton amie et toi, « tout » dans la maison.

Manges-tu assez ? Ne te dépouilles-tu pas en m'envoyant ce colis qui vient d'arriver, de très jolis légumes, — même carottes non fourchues (tu as donc de l'eau ? personne n'en a) et de l'ail charmant et une petite « bouteille » en brins de lavande et tout et tout.

Ce n'est pas encore assez : je veux, j'exige une lettre.

Notre vie est toujours petite, et fort modeste quant à ses prétentions, — pour les prix nous n'en parlerons pas.

Figure-toi que je fais de l'acuponcture[1] chinoise pour mes jambes. C'est la première fois que depuis des années j'enregistre un progrès, un moindre mal... Après trois jours les douleurs sont revenues, mais je m'obstine. Dans la région du Tarn, les nombreuses sources ont tari pour la 1re fois depuis l'époque romaine. La chaleur y est telle qu'on arrête tout travail pendant cinq heures au milieu du jour. Le pays est mort. C'est terrible. Comment est la source que tu avais découverte en bas ? manges-tu assez ? Donne des nouvelles aussi des bêtes. Et démolis un château sur deux[2]. Avec 50 % de château en ruine c'est bien assez, et tu planteras des arbres, fruitiers et autres. Je t'embrasse, chérie. Viendras-tu à Paris ? Mille amitiés de Maurice

Colette

---

1. Colette écrit à Moreno : « J'ai débuté chez Soulié de Morant [qui introduisit l'acuponcture en France] par une grosse déception, lui aussi... Songe que la sciatique de Cocteau, il l'a guérie totalement... »
2. Petite Colette est toujours à Curemonte d'où l'allusion aux deux châteaux.

Château de Curemonte, Corrèze
le 25 juillet

Maman chérie

Merci mille fois de ta lettre, qui a dû croiser la mienne. L'arrivée de l'enfant, vers le 1ᵉʳ août, va me forcer à retarder de quelques jours mon voyage à Paris, j'espère bien que ce retard sera utilisé par mes amis pour me trouver un gîte.

On se roule ici, comme partout ailleurs, dans les nouvelles. Moi j'attends la formation de la Légion des Volontaires Italiens contre le nazisme, combattant comme il se doit, sous l'uniforme anglais, ou américain. Combattant si j'ose dire. J'ai un jardin extra-lucide : deux de mes rosiers ont crevé : « Gloria di Roma » et « Conqueror ». Quelle fontaine annonçant les fins de guerre en dit autant ?

Renaud est-il allé te voir et te porter le foie gras dont il comptait te faire présent ? Je l'ai vu avant son départ pour Paris et nous étions arrivés à un pacte de ravitaillement, je souhaite donc que tu ne lui aies pas reproché de me négliger.

Baptiste l'archichat sera un personnage charmant, un bon type sans griffes qui aura la petite voix de sa mère et l'énorme appétit de sa mère. Il y a une domestique comme un petit point à l'horizon pour la fin du mois d'Août, je la dois au mauvais ravitaillement de Brive. Je commence à me demander à quoi elle servira, la maison n'a jamais été aussi propre et lorsqu'il s'agit de mettre des pièces aux derrières des shorts et des pantalons, je suis une fée. S'il n'y avait pas la vaisselle. Les nouvelles sont excellentes décidément puisque l'acuponcture fait du bien à ta jambe. Et on vient de m'apporter des œufs ! Tu auras donc un colis, qui partira demain, avec des piments et autres choses inutiles mais qui sont peut-être agréables aux Parisiens.

Si les Parisiens avaient dans le fond de leurs armoires de quoi me faire des chemises capables de supporter le régime de Curemonte, c.-à-d. des chemises pas jolies, pas en soie mais faciles à laver à salir à relaver, ce serait merveille, car je suis en loques. Et je me demande aussi si, parmi les draps que Pauline a sauvés de la rue de Lille, il n'y aurait pas une paire de <u>grands</u> draps solides. Il n'y a ici que 2 paires pour mon lit, lesquelles, à force de se succéder, demandent à grandes et déchirantes déchirures, qu'on leur succède.

J'ai trouvé, à Castel-Novel, de quoi recouvrir quelques-uns des fauteuils Charles X que tu as si bien connus. Un vieil Espagnol assez semblable à un phoque qui aurait le nez violet s'y emploie en ce moment dans la galerie, et j'entends qu'il dit à ces sièges, et en espagnol, des choses très pénibles. Cela vient aussi du peu de vin rouge qu'il y a dans ce village. Il faut dire qu'il ne croit pas à la démission de Mussolini [1], sans doute parce que c'est trop beau.

Germaine Patat m'a écrit — je t'avais déjà écrit — pour me supplier de t'écrire... rien que pour lui faire plaisir. Encore une intervention céleste. Mais c'était gentil à elle. Je suppose.

Il a plu, enfin ! Et il pleut encore, orage sur orage. Encore quelques-uns et je n'aurai plus en effet que 50 % de ruines, mais dans le sens horizontal.

A très bientôt maman chérie je t'embrasse avec toute ma tendresse

Colette

1. Mis en minorité par le Grand Conseil fasciste.

Si Pauline ne me renvoie pas mes caisses, je « remets » Mussolin Benoît.

[*Enveloppe jointe adressée à « Madame de Jouvenel, Curemonte, Corrèze ». Cachet de la poste : Paris, 2.8.1943.*]

Chérie ma fille, l'entérite aiguë m'a tenue seize jours. Régime : bouillon de légumes et bismuth. Pas plus de bismuth dans Paris que de légumes. Mes amis, ici et là, m'en ont trouvé. Je vais mieux depuis deux jours. Nous subissons une vague de chaleur. « Et tu n'es pas déjà si vague », lui eût dit Verlaine. Avant-hier et hier, à 10 h. du soir, 37 et 38 degrés. Les journées ont été indicibles, 43 degrés et au-dessus. Un peu mieux aujourd'hui. Oui, ton colis est arrivé, et un seul œuf cassé (pas perdu). Ce qu'il contient ne m'est pas du tout permis encore, mais la maison utilise tout. Pauline assure qu'elle a envoyé scrupuleusement toute enveloppe. L'enfant, c'est le petit Arbrerose de qui tu m'avais parlé ? Tu ne vas pas trouver Paris bien favorable au séjour, j'ai peur. On m'assure qu'il est plein de bruit que font en fermant leurs portes, tous les réfectoires, personnellement je n'en sais rien. Pauline s'avance, portant un verre plein de liquide blanc et crémeux... Du lait ? Point. Le bismuth de 4 heures, auquel je dis sourdement M... A bientôt, chérie. Bassompierre est ton ami, et je t'embrasse mille fois

Colette

[Août 1943]

Mardi soir

Chérie, j'espère que tu as bien voyagé. Il fait froid et noir. Je veux seulement te dire que j'ai reçu une lettre de Melle Boyaval, secrétaire et « amie » du père d'Odette F. Il est parti, lui aussi, d'une manière incroyablement soudaine et rapide. Mais c'est pour l'étranger. Il reste une fillette de 12 ans, je pense que c'est la fille d'Odette ? Cette solitude pour une enfant de 12 ans... Et qui subviendra à ses besoins ?

Madame Jeanne a dit que la moitié du chocolat en plaques t'était offerte par elle. Et à moi elle m'a donné un canard !!! C'est si touchant, cette apparition du sentiment affectueux chez des êtres qui ne le laissent pas prévoir. Si tu penses que les cartes postales circulent, tu lui en enverras une avec quelque grand merci. A Mme J. Guichard [1] 9, rue de Beaujolais.

Dis-moi si tout va bien. Je te trouve très agréable quand tu es un peu ronde. Je t'embrasse, chérie, de tout mon cœur, et Bassompierre te salue. Ecris !

Colette

1. Gardienne du 9 rue de Beaujolais.

516

[1943]

Château d'Oublaisse
Luçay-le-Mâle
Indre

Maman chérie,

Me voici en vacances, de vraies et charmantes vacances. Je les dois un peu à Lacan qui, sachant que j'allais à Paris pour en finir avec lui, est parti pour Cagnes. C'est curieux comme les gens sont appelés d'urgence ailleurs quand on compte sur eux — et quand on compte qu'ils seront sagement là pour se laisser mettre dehors.

Ces vacances me font doublement regretter que tu ne prennes pas un peu de repos, le vrai qu'on goûte dans une maison bien organisée. Il est vrai que je sors de la vaisselle et que je suis donc particulièrement sensible à cela. Sylvia de Talleyrand qui a eu la gentillesse de m'inviter avec Simy est une femme si douce et si charmante qu'elle rend tout plaisant autour d'elle. Ses trois enfants sont de vrais enfants sans déformation, les garçons sont à lignes de pêche et à canifs et la fille à recettes mystérieuses. Cette demeure — qu'elle a louée doit dater de 1880, mais l'intérieur est confortable et charmant. Je n'ose rien dire de la table, une des meilleures que j'ai connues. Il ne manque même pas à ce séjour la petite voiture d'osier et le petit cheval pour les promenades.

Je me contente donc d'être sans cesse ravie. C'est ce moment qu'Henri a choisi pour débarquer à Curemonte pour huit jours et je l'y laisse puisqu'il y a deux filles là-bas pour prendre soin de lui — et des bêtes. A présent Baptiste, pendant que sa mère court, suit dans le village, jusqu'à la Poste. Il attend, sagement assis à la porte, et raccompagne jusqu'à la maison.

On me dit qu'il a plu à Paris et en Normandie, lieux bienheureux ! La sécheresse partout ailleurs est extravagante mais les orages d'il y a 3 semaines ont fait surgir à Curemonte une incroyable quantité de cèpes et d'oronges, ce qui me fait penser que l'été finira tôt.

Pour le reste, je vois que la France est divisée, c'est-à-dire qu'il y a ceux qui disent que ce sera avant l'hiver (la fin de la guerre) et ceux qui disent qu'il y aura un autre hiver. Je suis de ces derniers avec l'envie que les autres aient raison. Mais j'oublie ceux du « 10 jours avant Noël » ceux du « mois de Novembre » et quelques autres. Il faut retenir la date du 5 septembre. Une omnisciente laveuse-de-vaisselle-dans-un-hôpital me donne — par l'intermédiaire d'une dame polonaise — cette date, comme elle avait donné celle du 25 juillet (chute de Benoît[1]) en précisant qu'elle serait capitale pour l'Italie. Ça c'est une laveuse de vaisselle.

Mes amitiés à Maurice, maman chérie, et pour toi toute ma tendresse.

Colette

Je suis ici jusqu'à la fin du mois, et c'est donc au début de septembre que j'irai à Paris.

---

1. Benito Mussolini.

[*Enveloppe adressée à « Madame de Jouvenel, château d'Oublaisse, Luçay-le-Mâle, Indre », rayée et renvoyée à : « Château de Curemonte, Curemonte, Corrèze ». Cachet de la poste : Paris, 23.8.1943.*]

Chérie, je suis contente de savoir l'essentiel ; tu es bien et tu te reposes. Ce changement dans tes projets (nous t'attendions d'une heure à l'autre) me donnait à penser qu'un ennui quelconque les avait modifiés. Si bien qu'ayant ouvert parmi mon courrier une lettre qui était pour toi — je m'en excuse — je m'en étais vilainement réjouie après coup, pensant que cette lettre annonçait ton arrivée imminente. Quand tu viendras, l'été sera apaisé. Il l'est déjà. Quinze degrés, un vent vif de septembre. C'est tout de suite l'automne. Mais toutes les sources, partout rentrent sous terre. La fameuse source bleue, chez Moreno, n'est plus, au fond d'une profonde cavité, qu'un peu d'eau dans laquelle suffoque une quantité énorme de poissons. Paysan avisé, Pierre Moreno a acheté et capte une autre source, encore magnifique. Dans le Tarn où était Maurice, des sources qui n'ont jamais faibli depuis les Romains sont mortes. C'est terrible.

Et moi aussi je suis sortie attelée d'un shetland, avant-hier ! Cheval et voiture, le tout tenant dans une niche à chien, sont ceux de Mme Georges Menier, qui a voulu me donner le moyen d'atteindre sa très jolie maison directoire rue de Monsieur et d'y prendre — tu as deviné — une tasse de chocolat. C'est une femme encore charmante, et qui ne se teint pas, ne se maquille pas, qui se tricote de grands châles. Sur quatre fils, deux sont très malades : Jean IV, et un autre hémiplégique. Elle court de celui-ci à celui-là, et je l'ai trouvée bien plus touchante que lorsqu'elle était la belle Mme Menier, une blonde tout en or. Le puissant coursier des Shetland m'a vaillamment traînée, et de temps en temps il pousse — cheval entier — des clameurs qui font peur aux sirènes. La sortie de la remise est un spectacle enchanteur. Un vieux cocher va ouvrir, dans la cour, les deux battants d'une grande remise, d'où sort... un rat noir, attelé à une brouette.

Ton colis vient d'arriver, merci, chérie. Les courges vertes et blanches ressemblent à des serpents. On a coupé le maïs trop tard, je ne te le dis que pour que tu le saches. Je vais me coller un de ces plats d'aubergines frites ! J'en rêve. Une voisine du Palais m'a cédé une de ses bouteilles d'huile faite avec de la moelle de bœuf pure, qui est une grande merveille. Si elle pouvait m'en avoir d'autre ! Gelis-Didot a failli mourir de chaleur... en Bretagne.

Pour le « reste », nous attendons. Plains surtout Maurice, que j'injurie quand il n'y a rien à la radio. En moi revit et s'agite l'âme noire de ma grand-mère paternelle, celle qui traitait le facteur de « bonapartiste » quand il ne lui apportait pas de lettre de son fils.

Ma jambe ? Eh bien, j'ai mal à la jambe, et puis ?

La malheureuse petite Hamon[1] a échoué ici dans une clinique, où l'on vient de lui sectionner des nerfs, je ne sais combien. La forme de cancer qu'elle a est la plus douloureuse, depuis plus d'un mois on l'arrosait de morphine. Le sectionnement va peut-être la soulager. Je ne l'ai pas vue, mais Marthe Lamy me dit qu'il vaut mieux que j'attende. Quel destin misé-

---

1. Renée Hamon, surnommée par Colette le « petit corsaire », habitait la Trinité-sur-Mer. Elle partit à la conquête de Tahiti et des îles Marquises qui lui inspirèrent deux livres : *Aux îles de lumière*, préfacé par Colette, puis *Amants de l'aventure*. Elle meurt en octobre 1943 à quarante-quatre ans d'un cancer.

rable, et immérité. Son livre, Amants de l'aventure, n'est pas mal du tout. Chérie je t'embrasse de tout mon cœur. Maurice est ton ami. Les amis d'ici t'embrassent et Pauline aussi. Ecris !

Colette

[*En marge et en travers :*] On a réussi à lui faire croire qu'elle a pris l'éléphantiasis en Océanie

[*Enveloppe adressée à « Madame de Jouvenel, château d'Oublaisse, Luçay-le-Mâle, Indre », rayée et renvoyée à : « Château de Curemonte, Curemonte, Corrèze ». Cachet de la poste : Paris, 9.9.1943.*]

7 7bre

Chérie, je pense que ce soir tu écoutes les nouvelles. Tu n'as pas été assez folle pour t'inquiéter de ce qu'on a appelé le « bombardement de Paris ». Mais j'aimerais assez que si les événements et leurs probabilités donnent lieu à quelques troubles, — ne fût-ce que dans l'horaire des trains et la confusion des voyageurs, tu retardes encore le moment de venir fourrer ici ton joli nez — le premier joli nez de la famille — Depuis un mois je n'arrive pas à rendre mon intestin honorable, figure-toi. L'intoxication est tenace, malgré le Dr. Marthe[1].

Ecris, bougresse ! Nous menons la vie la plus sage du monde. Les autres personnes aussi. Chérie, je t'embrasse si tendrement. Bassompierre dit l'Energumène t'envoie mille amitiés

Colette

1. Marthe Lamy.

[*Enveloppe adressée à « Madame de Jouvenel, Cure-monte, Corrèze ». Cachet de la poste : Paris, 30.9.1943.*]

Chérie,

Je n'aime pas ce temps pour un départ de toi.

Sur tes talons, arrive Mr. Léon, et un grand bout d'étoffe dont je t'envoie un petit bout, avec la largeur [et] le prix. Cela pourrait être plus laid, cela pourrait être plus cher. Et si tu l'employais à l'envers pour qu'il soit plus mat ? Ne perds pas trop de temps pour répondre, Mr. Léon dit qu'il y en a encore quelques mètres. Mais il n'y en a pas d'autre.

Dis-moi comment tu as voyagé ? La saison chez toi a été très sèche et solaire, et pourtant tu n'avais pas tes couleurs d'été, es-tu restée trop enfermée ?

Comment va ton rhume ? Je suis couverte de points d'interrogation. Je t'embrasse, chérie, plus tendrement qu'il n'y paraît, je serre la main de Joce-lyne[1] ou Josseline. Qu'ont dit la chatte et Baptiste ?

Colette

M. de Bassompierre a poussé la bonne grâce jusqu'à aller chercher Chaussée-d'Antin une couleur de laine qui me manquait. Il avait l'air, en rapportant cette denrée, d'un chat à qui on a mis des boucles d'oreilles. Il te salue bien affectueusement

[*Echantillon joint d'un satin couleur vieux-rose, il est indiqué au dos, de la main de Colette :*] 130 de large, 375 F le mètre

1. Jocelyne Alatini.

[Octobre 1943]

13 octobre

Maman chérie,

Que fait le zoaire[1] ? Le Trichomonas a-t-il fui ?
Quel dommage de ne pas pouvoir le traiter comme
certains fantômes familiers de la duchesse d'A. et que
n'as-tu, à cette dernière, proposé un troc ? — Mauvais œil contre parasite.

J'ai tardé, encore, à te répondre, mais je suis rentrée à point pour tout ce qui ne laisse pas une
seconde de répit : coings, invités, enfant de 3 mois,
conserves des tardifs haricots verts, ravitaillement de
cet hiver pour Jocelyne A. donc denrées à aller chercher à bicyclette à 17 km. J'en passe à dessein, voilà
comment vit ta fille-qui-ne-fait-rien. C'est la susnom-
mée que je charge de cette lettre, et qui te déposera
le chandail — qui m'a été si précieux, merci maman
chérie — Je ne sais si son père jouira longtemps en
paix (?) de sa tapisserie. Le voilà assuré de quitter
avec sa femme, des lieux d'une douceur relative. Pour
certains êtres, tout aura été complet.

Je ne me vois pas bien crachant sur du si beau
satin, j'aime mieux m'y étendre, même avec une gri-
mace et c'est 3 ^{m} 80 qu'il en faut, puisque le lit à 1 ^{m}
25 de large. Le Bazar a été gentil et diligent, tout est
arrivé, et j'espère bien que tu as ton seau à charbon.
Voudras-tu accorder cinq minutes à Jocelyne, à propos du satin ? Peut-être est-il plus sage qu'elle me le
rapporte fin octobre, j'ai un peu peur des expéditions
par le train.

1. Soignée en août pour une entérite aiguë, Colette découvre
qu'elle est infectée par un protozoaire. Elle écrit à Moreno : « Il
porte un nom de vaudeville : el señor Trichomonas. »

Nous voici, nous autres Corréziens, en état de siège. Privés de viande pour 40 jours, tous les gens non domiciliés en Corrèze auraient dû la quitter en 48 h. et personne ne peut arriver en Corrèze s'il n'y est domicilié, ou alors il faut être muni d'une autorisation spéciale. Nous devons cela au maquis. A propos du cambriolage du Pin[1], j'ai eu aujourd'hui la visite de cinq gendarmes en tenue de campagne, fusil et revolver. Il fallait bien cela pour me faire signer une déposition, et le « maintenu de ma plainte contre inconnu ».

Ces jours-ci on te portera des châtaignes. J'en réexpédierai plus tard, et des noix aussi.

Je t'écris, avec « dans mon derrière » Le monstre. Plus tard, dans 6 mois, me suivra un ocelot dans les rues de Curemonte, et, peut-être, dans les rues de Paris. Mais moi, et quelques rares invités nous saurons que ça n'est qu'un chat : Baptiste[2]. Pourtant personne ne voudra le croire, à cinq mois, il est à peu près de la taille d'un gros matou châtré. Il est ci-inclus, dans l'althéa des chats, en train de bâiller avec la figure d'un tigre, et la photographie date d'un mois et demi. Tu pourras voir qu'il possède les-plus-grosses-pattes-connues-jusqu'à-ce-jour.

Il y a cent autres choses que j'ai à te raconter, mais

---

1. S'agit-il du Pin Parasol, villa dans le Midi ?
2. « Chat tenu par Jocelyne pour un Dieu. Par moi pour un tigre si innocent qu'il se prenait pour un chat. Aussi large que long, aussi doux de caractère que puissant de constitution. Suivant en promenade avec une application de chien très obéissant. Si confiant et content de vivre qu'il ronronnait à sa pâtée avant de la manger. Si propre qu'avant l'âge d'un mois il accomplissait ce qu'il y a de plus vexant dans les cendres tièdes du feu ; qu'à un mois exactement il miaula devant la porte d'un jardin où il n'avait jamais mis les pattes. Parcourut là 40 cms, gratta, pondit un petit pipi, recouvrit, puis re-miaula pour rentrer. Montra enfin tant de rondeur et de bonté, que les paysans en firent un civet, à mon désespoir incurable. » (Note de Colette de Jouvenel.)

voici l'heure où ma cervelle fond, où mes yeux pleu-
rent et diminuent jusqu'à ne plus être, j'ai chassé —
à coups d'argent — le bois toute la matinée à bicyclette sur les collines avoisinantes, et aussi sur les
pas-avoisinantes du tout. Les petites forêts de Corrèze ne suffiront jamais à ma consommation de cet
hiver, il s'est déjà mangé 3 stères depuis mon retour.
Il est vrai qu'ils se nomment cordes ici et que la
mesure est toujours plus petite, parce qu'on n'aime
pas seulement vendre, mais aussi tricher.

Ecris-moi comment tu vas maman chérie, je
m'inquiète de la bête qui t'ennuie et te fatigue tant.
Et je te retrouve un maternel, ancien et excellent
conseil-slogan : « La tripe d'abord ! »

Je t'embrasse et je t'aime de tout mon cœur. Le
prochain courrier t'apportera le chèque-satin.

Fille

J'ai tellement envie de te voir !

*[Enveloppe jointe adressée à « Madame de Jouvenel,
Curemonte, Corrèze ». Cachet de la poste : Paris,
17.10.1943.]*

Samedi

Chérie, j'attendais cette lettre de toi, qui m'arrive
aujourd'hui. Je dois dire que la photo du chat grand
ouvert est une merveille. Il est, comme la plupart des
chats, le plus beau de tous les chats. Il bâille de travers, et les gens qui font « parler les bêtes » ne man-
queraient pas de dire qu'il est en train de crier : « Descends voir une minute, enfant de salaud, que je te

botte le train ! ». On voit aussi un tas de fleurs sur l'althaea. Je n'ai pas été mieux longtemps, mais je suis tout de même un peu mieux. C'est plutôt l'état général qui est meilleur, que l'état local. Comme le nombre des poisons prescrits m'a donné des troubles cérébraux et de la parole (j'ai tout de suite compris que ça venait d'eux et non de moi) je les ai tous f... en l'air, et j'en suis revenue au vieil alun, à doses fortes, d'où le mieux. J'ai téléphoné lundi au père Léon, j'espère qu'il aura encore le satin. Interdiction de m'envoyer des fonds : je viens de toucher une « allocation de sociétaire définitive » aux auteurs, 14.000 balles qui tombent et Duo[1] marche encore. Tu vois que je ne m'éreinte pas. Tu m'échangeras satin contre châtaignes, quand tu pourras. Envoie Jocelyne quand tu voudras. Es-tu bien portante ? De bonne humeur ? Ecris-moi les « cent autres choses ». Oui, il vaudra mieux que Jocelyne se charge de l'étoffe, les pillages sont si nombreux — Je t'embrasse, chérie, de tout mon cœur tendrement. Maurice — toujours énergumène ! — t'envoie son amitié, — et Pauline, donc !

Colette

L'amie de Geraldy a dû quitter précipitamment Beauvallon. Vera est absente et sans guère d'adresse : son mari et sa fille sont restés.

---

1. *Duo*, adapté du roman paru en 1938, sera joué au théâtre des Ambassadeurs du 12 juin 1943 à janvier 1944.

[*Enveloppe adressée à « Madame de Jouvenel, Cure-monte, Corrèze ». Cachet de la poste : Paris, 23.10.1943.*]

[*Ajouté dans l'angle gauche :*] Mr Léon a enfin retrouvé le coupon chez le marchand ; tu l'auras donc.

Chérie, si tu m'envoyais le cliché de Baptiste béant, je le ferais agrandir ici, et nous aurions ainsi une réplique formidable de la « Marseillaise » de Rude. Je te jure que ça en vaut la peine.

Ail ! châtaignes ! pull-over ! Tout ça m'arrive par des chemins divers. Je suis fâchée de ce que tu me dis de la pauvre famille dont le chef tapisse. Autour de nous il y a aussi tant de dispersions, d'enfants qui restent seuls, de gens très vieux qui sont comme si on les avait perdus dans un bois — Des femmes bien se révèlent moches, mais des femmes qui n'avaient l'air de rien sont soudain sans pareilles pour esca-moter des enfants, les nourrir, assurer leur sort pour un long temps, c'est admirable. Tiens-moi au courant de cet enfant de trois mois, chérie.

Je vais enfin mieux. J'y ai mis le temps.

Coup de téléphone du père Léon : comme tu n'avais pas manifesté assez vite, il a peur que le satin ne se soit dirigé vers d'autres buts, mais il ne le saura que demain et me téléphonera. Je garde ma lettre jusque-là.

Mme Fournier m'a entraînée jusqu'à Giraudoux. Ce bain dans les villes maudites m'a laissé toute ma raison, une raison raisonneuse et grognassière. Y a-t-il une plus mauvaise actrice qu'Edwige Feuillère pour ce genre de pièce ? Oui, justement, il y en a une, et à côté d'elle : Lise Delamare, superbe fille de ferme. Comme elle est belle, Bébébérard l'a ensevelie sous des kilomètres de lainages, tête comprise. Et il y a un ange blanc de craie... D'ailleurs le décor et ses costumes composent un tableau charmant. Gaby Silvia en Dalila !!! Un petit requin au flanc sec, premier rôle pour représentation dans un ouvroir. Est-ce le théâtre ou moi qui sommes devenus impossibles ?

Je sais enfin pourquoi on ne pêche pas chez Moreno un seul des grands poissons de la source ! c'est parce qu'ils mangent toutes les larves de moustiques. Quand on les appâte à la ligne, ils chassent l'appât et négligent les larves, aussi ne faut-il pas commencer à les pêcher. Pierre Moreno fait-il rien sans raison ? Il faudra que je te raconte une histoire de chat méridionale. La prochaine fois, je t'embrasse, chérie, de tout mon cœur. Amitiés de Maurice

Colette

[*En marge et en travers* :] Jean de Polignac[1] vient de mourir. Que va-t-elle devenir, elle qui ne l'a jamais quitté ?

[Octobre 1943]

Vendredi 29

Chérie,
Une dame m'apporte ton mot du 25, tout frais. Chic ! Geneviève absente. Lui dirai ton souhait pour Raymond[2]. La dame très gentille espère te remettre ceci, je ne la fais pas attendre. Je vais bien si tu veux,

1. Frère de Charles de Polignac.
2. Raymond Leibovici.

— sauf mal à la jambe à cause du traitement interrompu. Et ne fût-il pas interrompu... ce serait kif-kif.
C'est tout pour aujourd'hui, chérie, avec mille tendresses très tendres. Mais comment logeras-tu ?
L'absence de logements touche à son paroxysme ! Je
vois

Colette

[1943]

24 décembre

   Fille chérie,
   Bons année et noël ! Voici qu'est arrivée une gigue
de mouton du tonnerre de Dieu : quel dommage de
ne pas la manger ensemble ! Je présume qu'elle sera
parfaite. Et je ne vais pas passer de longs jours à
présumer. Merci, chérie. Et pour les noix aussi. Je
suis si contente que tu puisses te chauffer. Toute la
maison à poêles ! (car j'aurai toujours les plaisanteries distinguées). Ici rien ne va très mal, et la preuve
c'est que le protozoaire, au seul nom de l'institut
Pasteur, s'est trotté, ses trois petites aigrettes en
bataille et son grand œil de biche effarouché. Bien
entendu, les aigrettes ne sont pas des aigrettes, et
l'œil n'est pas un œil, mais une sorte de cocarde révo-
lutionnaire. Loin de lui, je me repose.
   Encore un chien ! Et, bien pis, une chienne ! Et en
outre tu veux faire vacciner ta localité ! O ma pauvre
fille, que de chimères ! Et de chie-maire ! (Décidément, je ne suis pas montrable, aujourd'hui...) Tokay
est comme tout le monde : il connaît une bonne
amie. Pour détacher la Shah de son galvaudeux blanc
et gris qui n'avait qu'une oreille et la marier à

l'angora bleu Aïni (en arabe, œil) que je lui avais acheté au poids de l'or, il a fallu un an, et l'internement dans la cave pourvue de nourriture et d'eau fraîche, sans compter le lait. L'obscurité est généralement un bon moyen. Taie sur les yeux, la chatte ? Elle a pris froid. Tousse-t-elle ? Il se peut que non. Il lui faut de la chaleur, et peut-être des pointes de feu. Elle doit, si elle guérit, coucher au chaud. La plupart des chats sont passibles de la congestion pulmonaire, et surtout les chattes. Depuis plus de huit jours je dois téléphoner très tôt à Denyse pour qu'elle vienne prendre les dessins [1], mais je les donnerai aussi bien à Jocelyne, ou te les enverrai. J'aimerais, oui, j'aimerais beaucoup te voir régner sur tant de pattes et de museaux, y compris ceux et celles du petit enfant. Le printemps ? ah ! si routes et roues étaient libres...

Je ne crois pas qu'il soit prudent de te faire envoyer « des choses » pour le 1er janvier. Mais je pense que tu ne seras pas très longtemps sans revenir ? Alors nous pourrons exploiter ensemble notre brave et bonne marchénoire, et tu repartirais chargée ? A propos, as-tu besoin de très belle laine fine à tricoter ? C'est la « qualité layette » en bleu et rose, et tu aimerais mieux des « chinés » plus costauds ? Pourtant, pour mettre sur la peau, par grand froid ? Si je peux avoir un chiné quelconque, je le prends pour nous deux. Et je questionne le Dr. Marthe pour sérum. Tu es dans la période lune de miel du cordon-bleu. Chut ! Silence ! Confiance ! Méfiance ! Enfin tout.

Les personnes ont trouvé un nouveau moyen d'attraper la crève. Elles veulent réveillonner. Mais, pour cause de métro, elles couchent dehors, les unes chez les autres, et rentrent le lendemain matin. Je te

---

1. Dessins de Denyse de Bravura, pour illustrer *Le Blé en herbe*.

donnerai les résultats. Beaucoup d'otites. Fais attention à tes petites oreilles. Où as-tu pris tes jolies petites oreilles ? Je cherche... Chérie, je t'embrasse. Sois bien portante, sois contente. Maurice t'envoie vœux et amitiés

Colette

1944

*[Enveloppe adressée à « Madame de Jouvenel, Cure-
monte, Corrèze ». Sans timbre. Lettre sur deux feuillets
de papier, l'un vert, l'autre bleu, formats différents.]*

[25 janvier 1944]

Chérie,

La crise d'élégance qui m'a poussée à me faire laver
les cheveux m'a privée de la vue de ton messager.
Espérons qu'une autre fois... Merci, chérie, cette
huile est un si beau cadeau ! Pauline l'ayant transva-
sée, j'ai commencé par boire au goulot deux grandes
gorgées. Le demeurant sera employé, au compte-
gouttes. Elle est délicieuse au goût et au nez. Ne m'en
as-tu pas trop donné ?

J'écris cette lettre dimanche soir, avec l'idée que
Jocelyne ne touchera barre ici que quelques instants,
avant un train, sur lequel avant-hier elle était sans
certitudes. Ce sera une lettre inachevée, voilà tout.

Mais quelle Muse, donc, a un si beau castel dans
le Gard [1] ? Tu vois bien que nous sommes bien arrié-

---

1. Montfrin bâti par Mansart, propriété des Servan-Schreiber.

rés. Oui, j'aimerais bien voir ta nursery-chattil-pépi-
nière. Qui sait ? pas moi. La vie est bien étrange ici
et souvent bien inquiétante. Seul l'entraînement que
nous avons permet de la supporter. Mais nous ne
saurions bouger.

Je viens de finir cette nouvelle « La dame du photographe[1] » sur laquelle je pourris depuis trois mois
en la cachant à tout le monde et surtout à Maurice.
Il vient de la lire et ne fait point de réserves sur sa
« grande beauté ». Si je m'attendais

[2e feuillet]
à ça... Peut-être passera-t-elle dans « Candide ». Tu
penses bien que je la considère de mon œil le plus
trafiquant.

Le frère de Bassompierre est de nouveau chassé
de son domicile. La situation de Bassompierre est, à
divers points de vue, meilleure. Oui, le printemps
s'avance, en avance. L'île d'Yeu est couverte de per-
venches, me dit une carte postale. Jocelyne m'a dit
qu'elle n'avait pas trouvé ici des nouvelles que tu
semblais craindre pour elle, quelle chance. Ce mot
de chance, on voudrait pouvoir le proférer sans tremblement, quand il s'agit de certaines familles. Je
t'envoie — sans affirmer que c'est demain ou plus
tard que part Jocelyne — trois tubes d'antidiphtéri-
que que m'a remis Marthe Lamy, c'est tout ce qu'elle
a pu se faire remettre.

Santés : ta mère pas mal du tout sauf jambe, Maurice semblable à lui-même.

Je t'envoie de la laine, — comment trouves-tu ce
chopin ? — et trois culottes, bonnes à protéger, à
peine, la paume de la main, et pourtant on voudrait

1. Un des quatre textes qui composent l'édition de *Gigi* paru chez
Ferenczi en 1945.

les voir couvrir des régions plus vastes. Jocelyne assure qu'elles te seront néanmoins utiles, et qu'une tricoteuse, pour la laine, sera trouvable. Je t'envoie aussi un pull-over que tu reconnaîtras (il n'y en a pas de neufs) et que tu pourras, sans doute, rétrécir par les coutures des côtés ? Mais petite malheureuse (comme disent à toutes leurs filles toutes les mères) comment peux-tu donner à manger à 24 noisilleuses ?

Je laisse ma lettre comme ça. Si Jocelyne passe ici demain, on la lui donne bâchée. Mais la laine et le reste, pourvu qu'elle vienne les prendre ? Chérie, je t'embrasse, avec bien plus de tendresse qu'il n'y paraît. Ton beau-père se fait pour toi aussi beau et aussi père qu'il le peut. Moâo à Baptiste.

Colette

[*Ecrit en travers sur premier feuillet :*] Vu « Le Soulier de satin ». Bien attrapée : c'est très beau. Sauf la partie comique, qui est à vomir, tout debout bien entendu. Pierre Moreno arrêté sur immonde dénonciation anonyme comme receleur d'une « citerne » d'essence. Perquisition. Il est relâché. Marguerite en est encore toute pantoise, tu penses.

[*Enveloppe adressée à « Madame de Jouvenel, Curemonte, Corrèze ». Cachet de la poste : Paris, 24.3.1944.*]

Jeudi

Chérie,
J'avais justement très envie de recevoir une lettre de toi. Aussi réponds-je tout de suite. Oui, envoie-moi prose et vers qui soient de toi. La prose est un cheval farouche, mais tu as tant de dons. En fait de

dons actuels, j'ai une trachéite, mais après deux ou trois nuits de fièvre, elle va tourner en queue de poisson. (Et quand on pense que des pauvres d'esprit assurent que j'ai le don des images !) Notre ami Bassompierre fait une petite cure d'air. Peut-être lui faudra-t-il chercher une altitude un peu plus marquée ? En tout cas les soins qu'il prend ne méritent pas d'être claironnés, cela lui donnerait la folie des grandeurs. Je te renvoie le pli que tu m'as confié, et que l'absence de toute guirlande rend en effet émouvante.

Ici, faux beau temps, sécheresse, et zéro presque chaque nuit. Les Vander recommencent à partir pour le Guatemala. Ma foi, j'irais bien aussi, mais ce genre de voyages demande des compagnons de choix, — du moins de mon choix. Et 25 ans de moins et une planète pas trop déglinguée.

Brunoff m'apporte un numéro de Vogue de 1939, consacré aux fêtes et bals du mois de juin. Tu n'as pas idée de l'effet que ça fait, en si peu d'années. Un Kapurthala en Louis XIV de réglisse, un Lévy Rueff en Talleyrand... Mme de Tinan (— laquelle ? Une blonde à visage rectangulaire). Beaucoup de Philippe de Rothschild chauve, de Lopez et de Patino et de Nora Auric. La « Société », quoi. Et qui encore, décolletée jusqu'au truc, parée de ses quatre-vingts ans de mille joyaux et triomphant miraculeusement de tout ridicule ? Mais Lady Mendl, bien entendu.

Le numéro me fut apporté pour que je me fasse une opinion sur les tapisseries de Bérard. Quelques « semis » irréguliers sont charmants, et tu en ferais des sièges très jolis pour Curemonte.

Chez Moreno, rien de changé. Elle est toujours seule [1].

---

1. Pierre Moreno, qui faisait partie du maquis de Bergerac, a été arrêté pour la seconde fois.

Bonne chance à tout ce que tu fais, chérie, et à toi. Ecris-moi.

Je t'embrasse et t'embrasse

Colette

[*Enveloppe jointe adressée à « Madame de Jouvenel, Curemonte, Corrèze ». Cachet de la poste : Paris, 6.4.1944.*]

Mercredi

Ma fille !

Ecrivez-moi un peu, que diable ! Ta région, de loin me paraît bien tumultueuse pour le peu de goût que j'ai du tumulte. Une Dordogne interdite, un Lot où les tenants de la célèbre dynastie des Moreno sont brimés, quoi encore ? Ta Corrèze est-elle possible ? Dis-le-moi, et vite !

Ta sainte mère va mieux. On l'a bourrée de petits obus-suppositoires à la créosote, des derniers auto-plasmes, et d'un rubiazol qui fait faire pipi rouge. Très joli.

Le désespoir de Moreno me fait peine. Aucun changement dans le sort de son neveu, et point de nouvelles. Elle ne cesse de m'écrire. Raconte-moi ton jardin, et tes travaux. N'oublie pas d'attacher une ficelle au sommet de ta ruine la plus proche. Après quoi tu confies l'autre bout de la ficelle à un jeune chien joueur. Il tire, et... le but est atteint. Fais seulement attention que le chien ne le soit pas aussi.

Les Van der Henst attendent toujours leur problé-matique et guatémaltèque départ. S'ils n'étaient que deux, mari (?) et femme (?) tout serait plus facile, je veux dire que tous ici seraient contents de les voir souvent. Mais leur jeune catastrophe[1] se fait moins aisément accepter. Je t'avoue que je lui ai à peu près consigné ma porte. Dans une trentaine d'années, elle sera beaucoup mieux — et moi, donc ! Ecris-moi.

Je t'embrasse, chérie. Tu n'es pas malade ? Tu n'es pas maigre ? Rappelle-moi à Simy, qui n'a fait que passer, montrer son fin museau, et plaire. Maurice envoie ses amitiés

Colette

[*Enveloppe adressée à « Madame de Jouvenel, Curemonte, Corrèze ». Cachet de la poste : Paris, 22.4.1944.*]

Chérie, si journaux et on-dit ne te donnent pas de tuyaux sur nos nuits, que ce mot à la fois te rassure et t'enlève toute intention de venir, jusqu'à nouvel ordre, à Paris. Je ne le veux pas.

N'ajoute pas à mes inquiétudes. Cette incroyable nuit, la dernière, nous laisse indemnes, mais légèrement abrutis.

Vendredi

Un voyageur (?) a mis dix-huit heures pour revenir de Tours. Geneviève a choisi ce moment pour aller à St-Tropez, mais comment reviendra-t-elle ? Une seule gare : le P.L.M. On annonce sa destruction la nuit prochaine, je te tiendrai au courant. Quelles folles lumières la nuit passée. La crise a duré 2 heures, mais le reste de la nuit a été jalonné de bombes à retardement. Sois bien sage, chérie ! Je t'embrasse de tout mon cœur

Colette

1. Nouche, leur fille.

[1944]

Lundi

Tu n'as pas l'air tellement enchantée de Curemonte, chérie. J'aimerais te savoir plus contente.
Mais l'état de cordon-bleu ne suffit pas à ton bonheur, et comme je te comprends. Seuls les animaux
et les enfants nous donnent une idée de la perfection.
J'ai cité à Pauline, de mon mieux, ta malédiction
limousine, elle en pleurait de rire : « Ah ! c'est bien
comme ça qu'_ils_ sont ! »

Rien de bien nouveau pour moi. Souffrances la
plupart du temps très vives. J'attends. Le mois prochain on me donnera de l'iode. Très bonnes analyses.
Un soupçon d'urée. Rien. Dans Paris une floraison
d'attaques nocturnes et diurnes. Tu ne sortiras plus
passées neuf heures du soir ! Un temps affreux. Je
me prépare à déloger Maurice de sa chambre, d'ailleurs c'est lui qui insiste. Nos amis Polignac[1] sont
rentrés. Ils ont visité cent propriétés à vendre. Celles
qui sont aménagées avec « tt. Conf. » sont hors de
prix, et très petites. Les grandes sont hors de prix à
cause de la terre. La famille Simone Berriau est rentrée. Trois cures en deux mois ont mis Simone sur le
flanc ; on n'arrive à rien sans persévérance. Entrevu
Monica qui a bonne mine. Chérie, récris-moi, si tu
as le temps. Prospecte pour moi fleurs, enfants et
animaux. Maurice est ton ami. Pauline t'embrasse.
Et je te serre dans mon cœur

Colette

---

1. Les Charles de Polignac.

[*Enveloppe adressée à « Madame de Jouvenel, Cure-monte, Corrèze ». Cachet de la poste : Paris, 11.5.1944.*]

Lundi soir.

C'est beaucoup de temps sans lettre de toi, chérie. Ce bout de papier n'est que pour te rassurer, te dire que nous allons bien, que nous mangeons assez mal, que je te blâme pourtant de m'avoir fait apporter des choses si précieuses. Un soir un peu maigre, nous avons tordu le cou à une boîte qui contenait un merveilleux morceau de cochon, et nous l'avons mangé chaud avec pommes de terre. Un mets des dieux, chérie ! Mais pas de gaspillage ! Je cache les autres. Car la vie et la ville sont idiotes. Plus d'eau chaude électrique. Une heure de gaz. Défense de. Interdiction de. Le métro se résorbe, mais les barrages prolifèrent. Pas de lumière de 7 h 30 matin à 8 h 30 du soir, etc., etc. Et par là-dessus un froid ! Tourbillons glacés de poussière, vent du nord-est.

Mais j'ai entendu aujourd'hui, contées par un étranger qui vit sa vie entière sur les bords de l'Amazone, des histoires de bêtes à tomber assis. Je te les garde. Le conteur a vu, entre autres, un boa de seize mètres, qui mesurait au milieu du corps 90 centimètres de diamètre. Il était mort, tué par des indigènes. Le conteur étranger possède là-bas environ 500 bêtes « qu'on appelle sauvages ». Un jour, je t'écris l'histoire du toucan.

Ecris-moi, chérie. La vogue ces jours-ci est aux petites alertes miniatures, de trois minutes à une demi-heure. Maurice va bien. Je t'aime et je t'embrasse de tout mon cœur. Le neveu de Moreno est toujours sous de frais ombrages.

Colette

[*Enveloppe adressée à « Madame de Jouvenel, Cure-monte, Corrèze ». Cachet de la poste : Paris, 11.5.1944.*]

Samedi

Chérie,

De nouveau tu es une ci et une ça. Tantôt tu m'envoies des produits coûteux, (et excellents. Tu as le sens de l'assaisonnement) et tantôt tu gardes un silence que je supporte de moins en moins. Ceci n'est donc qu'un rappel à l'ordre. Tranquillise-moi, bou-gresse. Ici rien de nouveau. Journée normale, quatre alertes — mais il n'est que deux heures après midi. Maurice, concentré, travaille à un contrat pour moi avec la Suisse. S'il réussit, je t'envoie de quoi acheter un important fragment de cochon. Foi de sainte mère ! Je travaille pour un « luxe ». Denise Tual[1] porte deux jumeaux dans son sein qui naîtront dans un mois, on vient de la, de les radiographier. Dis donc, pour une femme stérile !... Elle est occupée depuis 2 jours, à acheter une re-layette, un re-ber-ceau, de la re-laine, des re-draps, etc. — et à démé-nager. C'est Gallimard, je crois, qui hérite de leur appartement, mais je ne sais pas quel Gallimard. Un célibataire. Ecris-moi ! Je t'embrasse, chérie. Es-tu bien portante ? Amitiés de Maurice

Colette

---

1. Femme du producteur Roland Tual, qui habitait également 9 rue de Beaujolais.

[*Enveloppe adressée à « Madame de Jouvenel, Cure-monte, Corrèze ». Timbre de la poste : Paris, 19.6.1944.*]

Chérie, puisse ta lettre dire vrai, et que l'échange postal reprenne ! Mais elle est écrite le 6 juin, et nous sommes le 19. C'est long. Mais tu es — le 6 — bien portante et agitée, j'espère que tu l'es encore, et que ma lettre partira. J'ai interrompu, presque, mes lettres, ne sachant où elles échoueraient. Depuis tant de jours, nous vivons. Tantôt de peu, tantôt de mieux. Des alertes multiples sur Paris calme. Le tarissement progressif de Tout. Peu de lumière, et seulement la nuit. Tu sais tout cela. Des inquiétudes, récentes, au sujet de la santé de Bassompierre... Le tout compose une vie assez étrange, dont nous nous tirons à notre honneur, puisque nous gardons notre sang-froid, et une bonne humeur qui est notre plus grande qualité. Il n'a pas cessé de faire froid et sec.

Encore une petite fille chez toi, chérie ? Beaucoup de solutions ne doivent pas t'être faciles, et sûrement tu fais de ton mieux, et sûrement ton mieux est très bien. Il n'y a plus aucun moyen de transport, sauf un métro en veilleuse. Mais quoi ? Nous arriverons bien au bout, n'est-ce pas ? Le cousin de Marguerite est parti pour une altitude plus saine, et Michel Simon est venu bavarder deux heures avec moi. Entre ces deux nouvelles d'importance différente, il y a de la place pour beaucoup d'événements, inter-la-les-y-toi-même. Comme c'est incomblable, cette distance de 500 kilomètres entre nous ! As-tu Bravura ? Désolée de ne rien savoir de toi, je lui ai écrit, mais sans réponse. Tenons-nous sages autant que nous le pouvons... Chérie, je t'aime de tout mon cœur, et je t'embrasse. Mon compagnon est ton ami

Colette

[*Enveloppe adressée à « Madame de Jouvenel, Cure-monte, Corrèze ». Cachet de la poste : Paris, 3.7.1944.*]

Lundi 3 juillet

C'est une bonne surprise qu'un mot de toi ce matin, chérie. C'est une petite lettre datée du 25 juin, elle n'a mis qu'une semaine à venir. Nous aussi, nous voyons ces « diamants », baladeurs, et même combattants. Le grand ciel rectangulaire du Palais-Royal encadre des spectacles extraordinaires. Et je ne parle pas de l'orage qui, la nuit dernière, a tout illuminé, noyé, grêlé, haché. A part cela... On attend. Et c'est devenu le plus difficile. Nous avons deux demi-heures environ de gaz par 24 heures, et la lumière à 10 heures du soir. On n'a plus besoin de se creuser la cervelle pour les menus. « Interdiction de circuler à bicyclette » me dis-tu. Je crois que c'est, avec la privation d'eau, le plus dur.

De la Porte Maillot, Maurice a rapporté un bout de bœuf et un morceau de beurre (à quels tarifs !) aussi fier qu'un chien qui a trouvé une pantoufle. Je l'encourage et je lui dis : « Cherche ! cherche ! »

Michel Simon est venu ici me raconter des histoi-res de bêtes bien curieuses. Il part — croit-il — pour son pays natal la Suisse, et il m'a apporté un petit lapin. Non, non, pas vivant ! Prêt à mettre au four. On cuit par totalisations. Un quart d'heure, plus dix minutes, plus vingt minutes. Et le petit-déjeuner-du-matin se sert tiède dans un thermos.

Chérie, écris-moi encore. Tout est bouché, mais parfois l'obstacle crève, on a vu des personnes rece-voir six lettres à la fois ! Je t'embrasse non sans anxiété et avec mille tendresses. Maurice, et Pauline sont tes amis

Colette

[*Enveloppe adressée à « Madame de Jouvenel, Cure-monte, Corrèze ». Cachet de la poste : Paris, 13.7.1944.*]

Chérie, je voudrais bien recevoir un mot de toi ! Tendresses encore tendresses. J'en suis à ma troisième piqûre profonde (prof Leriche) belle petite aiguille de 15 centimètres. On ne sait pas encore si l'effet sera appréciable. Novocaïne que je supporte très bien jusqu'à présent.

Je t'embrasse, Maurice va bien. Toujours frénétique comme tu le connais. Notre voisine, Denise Tual est depuis 24 heures à la clinique d'accouchement. Les deux jumeaux[1] tiennent tant de place qu'elle ne peut plus respirer ! Ecris à travers tout

Colette
13 juillet

[*Enveloppe adressée à « Madame de Jouvenel, Cure-monte, Corrèze ». Cachet de la poste : Paris, 11.9.1944.*]

Dimanche 9 sept.

Et cette lettre-ci, t'arrivera-t-elle, fille chérie ? Eussent-elles passé librement, que je ne me souciais pas de te faire savoir comment nous vivions, et dans quel tumulte cela s'est terminé. Pour toi, j'ai cessé de trembler avant que nous fussions rassurés sur nous-mêmes, ai-je eu tort ? Je tâchais de ne te voir qu'entourée d'un mâquis victorieux (« Tout va très bien, Madame la Mâquise ») et centre d'une admiration qui ne t'opposait aucune Résistance.

---

1. Christian et Jacques, nés le 21 juillet 1944.

Maintenant le temps va me sembler long, et je n'ai aucun goût à t'écrire les cent pages qui ne suffiraient pas.

Sonia[1] me téléphone, il y a 4 jours : « Je rentre, je suis follement heureuse, nous nous marions dans 15 jours », le lendemain, je lis l'arrestation de Roche. Personne ne me répond à Jas. 25.71.

Simone Berriau, trois fois arrêtée en trois jours, relâchée trois fois. Elle me téléphone : « M... ! Je projette de m'établir au Maroc ! Vignes, oranges, mer, — et des esclaves ! » Ma foi, pour un peu je dirais comme elle.

Tu vois bien que j'ai rien d'intime à te dire. L'absence de lumière et de « Culinant[2] » me coupe la respiration. Maurice a réussi à se faire, pendant une mitraillade, bloquer 2 nuits et 3 jours dans les Tuileries. Comme refuge une petite tranchée jardinière, en face, les Allemands qui tiraient dès que remuait une feuille, comme nourriture trois petites tomates vertes quand il est rentré (trêve obtenue par la Suède) à neuf h. du matin, il avait maigri de n... kilos, et je l'ai accueilli par une bordée d'injures, tous nos amis l'avaient cherché dans les « morts non reconnus ». Bien pis, pendant 2 nuits il avait été attaqué par les limaces !!! je t'embrasse, ô chérie. Essaie de m'écrire ?

Colette

---

1. Sonia Batcheff, épouse d'Émile Roche.
2. Le Cullinan — et non Culinant — est le plus gros diamant blanc du monde ; il scintille sur le sceptre de la reine d'Angleterre. Dans une lettre précédente, Colette parle de « diamants », allusion aux fusées éclairantes traversant le ciel de Paris (voir p. 542).

[Septembre 1944]

Dimanche 17

Cette lettre, chérie, devrait être longue, et ne le sera pas. Notre Caplane si j'ose écrire, a eu la bonne idée de me téléphoner qu'il allait de ton côté, et je voulais lui confier un volume... Regarde ce qui reste, pas même une plaquette... Je suis comme les gens qu'on n'a pas rencontrés depuis dix ans et ne trouvent rien à dire. J'aimerais mieux écouter. Caplane dit que tu dois être au moins colonelle.

Je n'aime pas beaucoup ce moment, que je voudrais plus beau. Les vieillards sont difficiles. Et l'absence de lumière est dure. Mais des visages comme celui de Geneviève, par exemple, me consolent. Elle resplendit d'avoir recouvré Leibo et la sécurité. Maurice pourrait, entre autres joies et compensations, goûter celle de s'asseoir, publiquement, à une terrasse de café. Il en use peu. Il m'a donné son bras et ma canne jusqu'au Café de la Paix, jusqu'à un judfruit de la plus grande toxicité. Du moins j'y ai pris un charmant bain de militaires alliés, et j'étais très contente : c'étaient les premières heures[1].

Auras-tu reçu la lettre que je t'ai écrite — bouteille à la mer, — il y a 8 jours environ ? Celles de Moreno m'arrivent parfois, et j'espère toujours voir ton écriture. Comme à une dînette d'enfants, on nous sert des brides américaines. J'en voudrais davantage, le corned-beef a de grands attraits. Tu vois que je n'ai rien à te dire ? C'est que je suis oreille, et non bouche. J'attends. Et je perds la parole, même l'écriture, devant le nombre d'arrestations de salauds. En

1. Après la Libération.

dehors de ceux-là, on me dit que Roche, libéré, n'a pas voulu de sa liberté, il veut être jugé. Ce n'est pas une attitude déplaisante. Mais je suis sans nouvelle de Sonia, et je ne pense pas que cette fille fragile prenne la chose aussi tranquillement.

La bougie est à 50 francs pièce. Une autre sorte est à 30 francs, mais celle-là fond en 3/4 d'heure. J'ai refusé stoïquement un kilo de veau pour 380 francs, et j'accepte du beurre à 750 francs. (NB : le marché noir est supprimé.)

Chérie, je suis bien bas pour t'écrire une lettre si veule. Ça va passer, — avec le temps. Je voudrais bien une lettre. Je t'embrasse. Je viens d'écrire une nouvelle de 50 pages qui s'appelle le Conte de l'Enfant malade[1]. Et je suis soucieuse de savoir si elle te plaira. Je t'embrasse de tout mon cœur, sois bien portante et belle !

Colette

[*Enveloppe adressée à « Madame de Jouvenel, Comité social et sanitaire, 9 rue de l'Hôtel-de-Ville à Brive, Corrèze ». Cachet de la poste : Paris, 31.10.1944.*]

Mardi

Auras-tu ce mot, chérie ? Heureusement pas mal de gens me parlent de toi, me chantant tes vertus, ton travail, ton activité[2], ses résultats. Vive ma fille ! Une inconnue me crie dans le téléphone que tu fais

1. Intégrée à *Gigi*.
2. « Et ma fille qui est maire !!! de Curemonte... », comme l'annonce Colette dans une lettre à Germaine Beaumont, en octobre 1944.

des merveilles. Mr. Willy traverse Paris et me téléphone que « on ne peut pas imaginer » ce que tu fais.
Comptait-il, l'impertinent, m'étonner ?

J'ai bien peur que ma dernière lettre ne t'ait pas
atteinte. Je ne suis pas encore guérie d'une grippe
qui commençait il y a un mois. A cause des ventouses
quotidiennes, mon torse ressemblait à un champ où
se posent par essaims des parachutes. Ne crois pas
que je sois vraiment malade ! Mais je ne suis pas
vraiment guérie. Température le soir. Je voudrais des
châtaignes. C'est la nourriture de laquelle j'ai le plus
envie. Paris est détestable. J'ai oublié de te dire
qu'avant d'être grippée on m'a conduite à un spectacle de music-hall militaire américain, où j'ai rencontré Jocelyne en uniforme ! Uniforme d'emprunt
m'a-t-elle dit. Mais que c'était joli, cette foule, ces
projecteurs, ces jongleurs, ces chanteurs, ces dan-
seurs, pour quelqu'un qui depuis plus de quatre ans...

Je n'ai pas froid — pas encore. Je brûle mon reste,
(ne lis pas : mes restes, je n'ai rien de la veuve du
mahratta !) j'ai écrit il y a 3 jours au général Duché.
Si tu peux m'appuyer auprès de lui... Chérie, à je ne
sais quel jour. Je t'embrasse mille fois tendrement.
Ton ami Bassompierre est toujours un brave compagnon

                                        Colette

1945

[*Enveloppe adressée à « Madame de Jouvenel, Comité social et sanitaire, 9 rue de l'Hôtel-de-Ville à Brive-la-Gaillarde, Corrèze ». Cachet de la poste : Paris, 1.1.1945. Sur un papier dentelle agrémenté d'un bouquet de fleurs dans le coin gauche.*]

Dimanche

Fille chérie, cette fois tu m'as devancée, et j'ai ta lettre depuis hier soir. Celle-ci, qui vient d'un pays où l'on ferre les chevaux avec des myosotis, te porte mes tendres souhaits. Je voudrais voir les tiens se réaliser, et que tu voies (visses ?) accourir travail et honoraires.

Aragon a eu la bonne idée de venir nous voir. En très bonne forme. Il attend ton papier et des photos. Et il voudrait un livre de moi. Peuchère, que je lui ai dit, où voulez-vous que je le prenne ? Mais il nous a raconté de belles histoires.

Maurice te salue de tous ses vœux. Comme il a repris un de ses rhumes étranges, dès qu'il sortira je l'envoie à Soulié de Morant. Actuellement il a, en robe de chambre et couverture, cet aspect que lui donne si facilement la grippe : une gueule d'avoir été enfanté par une Chinoise et un Espagnol philippin.

Simy[1] et Monica m'ont très gentiment téléphoné que tu allais bien.

Un fou est venu avant-hier, puis hier. Un fou suisse. La première fois, il brandissait une oie non plumée, qui, plumée, s'est révélée, la pauvre, si petite et si décharnée... On en fera un petit ragoût aux navets. Mais ta dinde jeune et tendre, voilà un envoi bien précieux, chérie ! Elle était blanche comme une ancienne jeune fille, — car nous nous sommes jetés dessus à déjeuner, déjà ! Elle dormait sur sa litière d'aulx et d'échalotes, tous joyaux introuvables ici. J'aurais bien voulu la manger avec toi et Simy.

Il pleut une sorte de neige. Comment était Baptiste ? Fait-il froid ? Reviens-tu ? Je t'aime et t'embrasse, chérie

Colette

[*Enveloppe adressée à « Madame de Jouvenel, Comité social et sanitaire, 9 rue de l'Hôtel-de-Ville à Brive-la-Gaillarde, Corrèze ». Cachet de la poste : Paris, 17.1.1945.*]

Mardi

Chérie, je t'envoie, sans enveloppe, cette lettre d'Annie ouverte par la censure, encore bien joli que ce foreign-paper ne se soit pas séparé d'elle. Simy espère toujours partir demain...

Je ne suis pas sortie depuis des jours et des jours.

1. Simy Wertheim.

Un froid si cruel... Il me fait peur pour toi. Ici, tant de milliers de gens et d'enfants sans feu — c'est d'une barbarie qui passe la vraisemblance. Je n'ai rien trouvé comme combustible. Mais j'ai l'espoir tenace.

J'ai crocheté un bonnet pour Maurice, pour qu'il conserve ses oreilles. Le bonnet lui donne assez l'air d'un forçat entre deux âges. J'aimerais oui, j'aimerais bien, que tu m'écrivisses ! A cause de mon internement, je suis pauvre en nouvelles. Marthe Lamy est toujours en convalescence près de Paris. Une fouine entrait toutes les nuits dans le sana, pour y manger et pour y jouer. Mais depuis qu'autour de la maison une épaisse neige couvre tout, la fouine ne vient plus. Elle sait que ses pas, marqués sur la neige, révéleraient le lieu de son logis et le chemin qu'elle suit pour entrer dans la maison.

Chérie, je t'aime et t'embrasse de tout mon cœur. Ecris !

Colette

[Février 1945]

Lundi 5

Ma chérie fille, je joins à ce mot un télégramme retélégraphié. Quand l'auras-tu ?

J'ai eu la chance d'avoir ta lettre. Remercie la main qui l'a dirigée. C'est, je pense, celle de ta brave petite compagne. Elle est une sorte de charmant fétiche. Dis-lui que je suis pleine de pensées tendres et reconnaissantes pour elle.

Emplis-toi jusqu'à la gorge d'images, de sons, d'opinions même prématurées. « Tout fait ventre pourvu qu'il entre », dit un slogan très vieux, que les sauvages de France appelaient proverbes.

Que suis-je venue chercher ici ? A part l'oxygène, je me le demande. Et pourquoi me le demander ? Je suis sans doute venue pour pouvoir te raconter Mauvanne[1]. Mauvanne battant son plein est en dehors de la vraisemblance. Celui qui travaille ici, c'est surtout Maurice. Luttant avec trop de peine contre la paresse de Mirande, il a emporté la pièce[2] dans son petit repaire, ou il est en train d'écrire, tout seul, un IIe acte à 17 personnages. Ecrire un IIe acte sur Mauvanne, quel rêve ! Rêve hélas impossible. A quand l'île de Ré ? Je te voudrais un peu de repos maintenant, chérie. On dit qu'un moment vient toujours de regretter d'avoir eu des enfants très tard. Je vois bien que c'est vrai, moi qui « assiste » de si loin à toi. Je t'embrasse tendrement, chérie, et si peu qu'il y paraisse, je suis profondément tienne

Colette

Le général Bouscat qui a passé 2 jours ici avec sa femme (venus dans leur avion) venait d'Allemagne. S'il avait su !

1. Mauvanne, dans le Var, chez Simone Berriau.
2. Une comédie en trois actes, *Pas un mot à la reine mère*, qui sera créée le 1er mars 1946 au théâtre Antoine. (Voir lettre du 8 février 1946.)

[*Enveloppe à en-tête « Domaine de Mauvanne, Salins d'Hyères, Var », adressée à « Madame de Jouvenel, Villa Racine, 76 rue de Sèvres, Paris ». Cachet de la poste : Paris, 25.6.1945.*]

Domaine de Mauvanne
Salins d'Hyères, Var

Lundi soir

Chérie,

Une longue série de catastrophes et de miracles : je ne saurais mieux décrire mon voyage, notre voyage. Je te raconterai. Et le pourrai-je ? Une nuit consacrée à rouler (Simone au volant relayant le chauffeur de 3h. du matin à 5h.1/2, étonnante, le chauffeur fourbu de réparations). Nous trouvâmes Mirande et Maurice défaits, pâles, insomnieux, et dans le fond de l'inquiétude. Enfin je te raconterai.

Ici tout s'arrange, naturellement. Tu imagines très bien l'activité de l'hôtesse, qui est debout à 7 heures <u>sans bruit</u>, s'en va, vêtue d'un mouchoir de satin blanc, aux trousses de la cuisinière, du chauffeur, du téléphone, fait sortir des œufs d'un chapeau à haute forme, — un tempérament de prestidigitateur, d'homme d'Etat, de Grand Argentier, et de quelques autres emplois suprêmes. Et une humeur ravissante par là-dessus. Je me tais et j'admire. Et je me repose, car je ne peux absolument pas marcher.

La propriété est grièvement abîmée par les Allemands. Ils ont brûlé un bâtiment, fait sauter une colline, la maison principale, très épaisse, a résisté. Mais elle est peinte en coliques vertes. On a déjà travaillé aux vignes, d'une manière exemplaire. Mais derrière la maison, il y a plus de décombres, de gra-

552

vats et de poutres qu'il n'y en avait à Curemonte dans les tours. Dans la forêt de pins très abîmée, Maurice se promène, et a déjà rencontré un écureuil en tenue d'été, qui s'est pris la tête à deux mains en le voyant, et une couleuvre <u>verte</u> de la taille d'un petit boa. J'aurais bien voulu la voir. Quel temps à Paris ? Je ne t'écris qu'aujourd'hui, pas de courriers avant demain : fêtes. Ecris-moi un bout de carte, peut-être retarderons nous de 3 ou 4 jours notre départ dans le but de profiter d'un moyen de transport moins chanceux. Mirande est un compagnon bien agréable, doux, mélancolique et bon.

Dis-moi si rien ne modifie ta manière de vivre, et si tu t'es coupé les cheveux. Je t'embrasse tendrement, ô chérie. Amitiés de tout Mauvanne

Colette

[*Enveloppe adressée à « Madame de Jouvenel, Curemonte, Corrèze ». Cachet de la poste : Paris, 30.10.1945.*]

J'étais très fâchée de ton silence[1], pourtant traditionnel, chérie. Ta lettre arrive ce matin, mardi 30. Mais elle ne parle pas des travaux que tu avais, me semble-t-il, à Paris ? Monica est à Rome. Qui a fait passer dans Fraternité cet entrefilet blâmant la mauvaise tenue d'un hôpital parisien ? Il a amené des larmes dans les yeux de Mondor. C'est de son service qu'il

---

1. Petite Colette est débordante d'activité, ce qui peut expliquer ce silence. Colette écrit aux « Petites Fermières », le 9 juin 1945 : « Elle voudrait se documenter en Allemagne. Ses articles dans *Fraternité* et *La Femme française* sont très remarqués. » Le 13 juillet, elle précise : « Ma fille est partie ce matin à 7 heures pour l'Allemagne en uniforme, s'il vous plaît, avec une amie militaire, elle était folle de joie. »

s'agit. Fais ce qu'il faut pour qu'il n'associe ni ton nom ni ta personne à une chose pareille. Pauline se marie le 10 donne-lui, je ne sais pas, moi, une paire de gants fourrés, un métrage de tissus que tu trouverais chez Patat. L'idée Rubensteur me paraît excellente. J'espère qu'ils aiment les chats ? Sûrement, j'aimerai ce jardin et sa maison. Mais je me demande si tu pourras les garder. Passons l'hiver sans y penser. Je me remets pour un mois au travail sur L'Etoile Vesper que j'espérais fini. Il est trop mince pour l'éditeur suisse et pas assez bien pour moi. Si je te disais que j'envisage ça comme une fête, tu ne me croirais pas. Cette lettre te touchera-t-elle ? Je l'envoie tout de suite, et t'embrasse, chérie, de tout mon cœur de mère dénaturée. Maurice est toujours ton ami

Colette

[*Enveloppe adressée à « Madame de Jouvenel, Rédaction de Fraternité, 79 avenue des Champs-Elysées, E.V. ». Cachet de la poste : Paris, 21.11.1945. Au dos est inscrit de la main de Colette : « Rob. Mallet, c'est pour L'Essor. »*]

Chérie, que publies-tu de « Travaux » ? Je vais essayer de mener campagne au Goncourt pour Navel. Le Goncourt est tellement empoisonné de peigne-choses, j'essaie. Il y a un pré-déjeuner le 5, et le prix le 10. Aide-moi en publiant quelque chose de lui. Persistes-tu dans le secrétariat général ? Je serais bien fâchée pour toi. Bague, anonymat et haricots, c'est trop, — ce n'est pas assez. Comme toujours, tu es libre. Mais quel dommage ! tendresses par milliers. Robert Mallet veut aussi aider Navel. A-t-il pu te joindre ?

Colette

[*Enveloppe adressée à « Madame de Jouvenel, Cure-monte, Corrèze ». Cachet de la poste : Paris, 2.1.1946. Inscription de la main de Colette au dos de l'enve-loppe : « J'envoie le livre au docteur. » Deux lettres : l'une sur papier à lettres décoré de deux mains, l'autre sur papier bleu.*]

2 janvier

Oui, oui, chérie, elle est arrivée ! Il n' y a pas d'heure pour les oies ! Et cette truffe ! Pas une seule à Paris. Celle-ci sera cuite ce soir, au simple blanc sec. Elle répand sa divine odeur, composée du par-fum de très vieux lieux d'aisance d'hôtel de province et de phosphore. Merci, chérie. Je regrette seulement que tu ne sois pas assise, le jour d'oie, à la table ronde.

Tiède, dis-tu ? Il fait tiède ? Ici c'était ce matin six <u>sous</u> zéro. Je ne sors pas. Cette lettre ira sans doute te rejoindre « par la bande ». Mais je serai contente si tu es au soleil. Je t'embrasse sur ta jolie petite oreille (au fait, de quel droit as-tu une jolie petite oreille ?)

Colette

[*2e lettre :*]

Chérie ma fille, bonne année. Et merci pour le télégramme servi tout chaud. Et pardon d'avoir ouvert une lettre — ci-jointe — qui t'était correctement adressée, mais tu sais comme j'ouvre distraitement mon courrier. Ton arbre de Noël fut-il beau et bon ? Ici rien n'a troublé gravement notre petite vie d'hiver, sauf que nous avons commencé l'année chez nos voisins les Vaudable. Souper nombreux, mais nous étions à la bonne table avec Bérard, Cocteau, etc et parmi les ornements féminins, une belle jeune génisse blonde de l'Odéon, vêtue d'une jupe de damas blanc. Pour corsage, deux coupes coniques sur armature de carton, si étroitement apposées que tu n'y aurais pas glissé un grain de millet, et retenues par deux petites ficelles. Comme elle se sentait très regardée je lui ai dit : « Ne vous fâchez pas, nous attendons tous que vous toussiez. » Elle a secoué sa blonde chevelure éparse, et elle a dit très gentiment : « O ! madame, il ne faut pas souhaiter ça, vous seriez tellement déçus ! » Quand seras-tu dans le Midi ? J'oubliais : Jouvet m'ayant envoyé voiture et avant-scène, nous avons vu la pièce qu'on appelle « la pièce de Moreno[1] » ah ! que je n'aime pas cette pièce ! Moreno y triomphe. Si elle était capable de varier son mouvement de débit, elle serait incomparable. Le décor du deux est enchanteur. Quels rouges ! Et un certain porte-parapluie 1900 bleu turquoise... Chérie, je t'embrasse plus tendrement que nous le croyons toutes deux. Les souhaits affectueux de Maurice. Et de Pauline. Veux-tu dire à Simy que je suis sa vieille amie ? Rappelle-moi au souvenir des

---

1. *La Folle de Chaillot*, au théâtre de l'Athénée.

Curemontois autour de toi, particulièrement à madame Vayssié

Colette

[*Enveloppe adressée à « Madame de Jouvenel, Mas d'Aiguières[1], Mouans-Sarthoux, Alpes-Maritimes ». Cachet de la poste : Paris, 19.1.1946.*]

Puisses-tu n'avoir pas le même temps que nous, chérie fille ! Je ne compte plus les jours d'internement. Il fait froid. Moins sept dans la « cour ». Moins dix hors Paris. Es-tu au soleil ? Je ne pourrai jamais assez chanter le dos de cette oie, si fine, si tendre de chair. Vraiment une merveille. Merci, chérie.

Je travaille aux dialogues de Gigi-film, sans grande lucidité, c'est un métier, et qui n'est guère le mien. Laroche et Jacqueline Audry sont très gentils, et me ménagent de leur mieux. Peux-tu me donner l'adresse de Josselyne ou Jocelyne ? Un mot très gentil, d'elle, me donne ses vœux et de bonnes nouvelles — prodige ! — de sa santé. Je voudrais lui répondre, mais elle ne me dit pas où elle est, et Monica n'est pas rentrée de Londres. Un inconnu s'est chargé verbalement de me dire qu'elle a été très souffrante pour une histoire de dent de sagesse. Chérie, écris-moi. Je t'embrasse avec beaucoup de tendresse. Dis à Denyse mon amitié. Maurice te salue, avec l'exubérance qui lui est coutumière, et Pauline aussi

Colette

1. Chez Denyse de Bravura.

[*Enveloppe adressée à « Madame de Jouvenel, Mas d'Aiguevives* [sic]*, Mouans-Sartoux, Alpes-Maritimes ». Cachet de la poste : 8.2.1946.*]

Jeudi

Je ne t'écris pas énormément, chérie, parce que l'ingrate besogne d'écrire les dialogues de « Gigi » prend tout de même du temps, quand on travaille lentement comme moi. J'espère n'en n'avoir plus que pour une semaine, mais quelles sont les modifications qu'on me demandera alors ?

Je n'accepte pas du tout l'idée que ton livre sera inférieur à ce que tu souhaites. Tu verras que non. Plutôt, nous verrons que non. Tout est travail d'athlètes, et moins souvent d'esthètes, quand on tient une plume. Envions bassement ceux qui se servent d'un crayon, d'un pinceau et des belles pelotes de glaise. Oh ! non, la jambe ne va pas mieux. Je compte me divertir du récit que me fera Mme Fournier. Elle a dû voir avant-hier un magicien qui se nomme — qu'il dit ! — Parlange. Cinq minutes de consultation, et le miracle. Ses décisions se forment avec l'aide d'un chien de berger vivant et d'un portrait de sa femme morte.

J'ai eu plus d'une chatte attrapeuse au vol ! Une nommée Prrou, surtout. Boules de papier et petits morceaux de viande, elle recevait tout dans ses petites mains de chat. Kiki-la-Doucette cueillait des crottes de chocolat, d'une seule main, dans leur sac d'origine, les regardait de près dans le creux de sa main et les laissait retomber d'un air déçu.

Tout est arrivé de Curemonte, pour notre joie et réconfort, merci beaucoup, chérie. Et aussi une charmante lettre du Dr Mézard qui écrit ensemble comme une fée et comme un brave homme.

Maurice me dit que Fraternité est un journal impossible. Je ne le saurai donc que par ouï-dire si tu n'y rentres pas.

C'est Monica qui m'a dit que Jocelyne en effet va moins bien.

Hier déjeuner Goncourt, encore. Toujours au sujet des chapitres supprimés. Bavardages. Et un joli bouquet pour ta sainte mère. Ce sont des mœurs nouvelles ! Maurice fait répéter tous les jours, au th. Antoine *Pas un mot à la reine mère*[1] ! Il apprend ce que c'est que des acteurs. La meilleure interprète est une petite fille de neuf ans. Je te récris si tu ne rentres pas ! Une pareille menace va te faire prendre le premier train. Tendresses par mille et mille, chérie, et amitiés de Maurice et Pauline

Colette

[*Enveloppe adressée à « Madame de Jouvenel, Curemonte, Corrèze ». Cachet de la poste : Paris, 7.6.1946.*]

Jeudi soir

Chérie, ce n'est pas un mot digne et gourmé que je t'écris ce soir. Car je n'ai pas encore perdu l'espoir que tu vas m'écrire sans retard. Je voudrais que tu m'envoies tout de suite le nom et l'adresse de ta dentiste. La pauvre et déplorable Renée ma belle-sœur en a un besoin <u>urgent</u>[2] et il me semble que ta dentiste est sur la rive gauche. Merci, chérie.

---

1. Comédie d'Yves Mirande et de Maurice Goudeket.
2. Colette ajoute dans la marge : « Peut-être pourrais-tu même me le télégraphier ? »

Dis-moi ce que Curemonte t'inspire en fait de transactions immobilières.

Rien de nouveau ici ; mais ceci n'est pas une lettre. Je te récris bientôt. Hier, Bébé Bérard, et Kochno ont donné au Véfour une réception 6 à 8 heures d'une incroyable splendeur. J'ai regardé de tous mes yeux une magnificence — noms, personnes, toilettes, paradis, couronnes de fleurs, ambassadeurs et drices, etc, — et quelle variété excellente de petits machins de gueule et champagne ! Je t'aurais bien entraînée dans cette perdition. Tendresses, chérie. Ecris-moi. J'embrasse aussi Simy. La gangsteresse espère que tu as eu tes cigarettes à temps

Colette

[*Carte postale. Uriage. La fontaine de Sappay. 17.7.1946.*]

La voilà, la jolie bonne source[1]. On lui a mis un bas-relief ! Tu vois son fin fil blanc. Mais elle en a un bien plus gros, en tout temps pareil à lui-même. Où es-tu, chérie ? Comment marche ton reportage ? J'ai promis de prolonger ma cure jusqu'au 26. Il le faut, paraît-il. Le beau temps est revenu. On gelait depuis 3 jours. Je suis d'une sagesse qu'on récompense par six piqûres quotidiennes, plus un bain. Moune[2] se soigne de son côté, nez, gorge, etc, et on lui pique la région cervicale... Maurice est la meilleure des nurses, et la fleur des ascensionnistes. Nous t'embrassons tous, chérie.

1. Colette fait une cure à Uriage (Isère).
2. Hélène Jourdan-Morhange.

[*Enveloppe adressée à* « *Madame de Jouvenel, Mas d'Ai-*
guevives [*sic*]*, Mouans-Sartoux, Alpes-Maritimes* ».
Cachet de la poste illisible.]

[Juillet 1946]

Hôtel Bellevue
Uriage Isère

Non, non, chérie, je ne te reproche rien. Je ne te
reproche jamais rien quand tu as un travail. Je sais
trop de quel poids pèse une besogne, même quand
elle est réputée facile. Et par chance aucun écho de
l'accident d'Anthéor n'est venu jusqu'à moi, avant ta
lettre, qui ne m'a retrouvée qu'ici.

Que ce pays est beau, et quel calme ! Je m'y soigne
consciencieusement, et le Dr. Roman est quelqu'un
de mieux que très bien. Piqûres d'eau, progressives,
aujourd'hui radiographie à Grenoble. On ne me
cache pas, ici, qu'il ne faut pas m'attendre à la guérison, mais on espère une atténuation notable, et
stable, de la douleur, ce qui suffit à me montrer la
vie en plus clair. Car, vraiment, depuis quelques
mois, mes jours et mes nuits... Mes nuits d'Uriage
depuis le commencement des piqûres sont affreuses,
mais on s'y attendait. L'avant-dernière s'est signalée
par une crise de grelottement incoercible, à faire
trembler mon lit : réaction des eaux dit le docteur.

Le menu du rest. Mounet est possible et tout le
reste est charmant. De ma fenêtre au rez-de-chaussée
je ne vois ni une maison ni une âme, rien que le très
beau parc et le glorieux horizon vert et bleu. Des
sources, ici aussi, bondissent partout. L'odeur du
matin (mon bain est à 7h.1/2) dépasse en tilleuls fleuris, en foins coupés, mes meilleurs souvenirs. A cette

heure-là, tout est argent, vols d'hirondelles et rossignols attardés. Une petite théorie discrète de boiteux
et de femmes torses se rend sans bruit à la source,
qui est à cinquante mètres, tout juste, de notre petit
hôtel vieillot et bien ciré. Personne ne parle haut.
Personne ne fait de bruit. C'est inespéré. Et Maurice
a déjà très bien appris à aller remplir une carafe à
une source, toute proche, qui est un miracle de
pureté et de fraîcheur, sans aucune propriété médi-
cinale.

Je t'embrasse, ma chérie. Ecris-moi si tu peux.
Fais-leur un beau papier. Donne mes amitiés à
Denyse. Mille et mille tendresses, et toutes les ami-
tiés de Maurice

Colette

[*Enveloppe adressée à « Madame de Jouvenel, Hurle-
vent, Rothéneuf, Ille-et-Vilaine ». Cachet de la poste :
Isère.*]

Uriage 1946

Jeudi

Chérie, ta lettre vient d'arriver, j'y réponds vite
pour que celle-ci te trouve dans un voisinage dont le
nom m'émeut encore[1]. Nous quittons Uriage après-
demain, en essayant d'atteindre la région que tu quittes : pour quelques jours nous serons Domaine des
Aspres, les Quatre-chemins, par Grasse, (chez les Ch.
de Polignac). La cure me laisse fourbue. Je n'ai presque pas cessé de souffrir d'une manière sauvage sous

1. Rothéneuf, près de Rozven.

l'œil attentif du Dr. Roman. Nuit et jour, nuits et jours comme jamais je n'avais souffert. Ne me plains pas trop, ces souffrances étaient escomptées par le brave piqueur... Défense de marcher, défense d'aller au soleil. Sauf les quelques prudents kilomètres en voiture autour d'Uriage, je n'ai rien parcouru, je n'ai rien vu, rien goûté, et les quinze pas, de ma porte à celle de l'établissement me coûtaient beaucoup de peine. Hier matin, le Dr. a coupé abruptement ma cure de trente jours, parce que j'ai manifesté par mille maux, des phénomènes de saturation. Au lit. Repos complet, départ samedi matin. Puis repos, complet toujours, pendant <u>deux</u> mois. Ah ! mon chéri-fille, retarde le plus possible le temps où tu auras mon âge ! Ne te casse aucune jambe, garde intact ton joli nez, vomis toute ressemblance avec ta mère, qui voudrait, selon toute apparence, s'égaler à Ste Litwinne de Schiedam !

Je me réjouis de ton grand papier sur les parfums. Si on le coupe, garde-moi un in-extenso. Ce nuage d'abeilles, ces lavandes épandues. Elles ne piquent pas, n'est-ce pas ? Elles sont trop occupées ? Tu me diras tout. Tu me diras Rozven et Mr. Cabanis[1]. Y a-t-il l'eau à Rozven ? Le ruisseau coule-t-il toujours ? Veux-tu que je vende ma chemise et qu'on achète Rozven ? Qui a construit autour ?

Moune a fait ici ses 21 jours de cure bien sage, elle est repartie avant-hier soir. J'ai préféré qu'elle n'assiste pas à mes phénomènes de saturation, tels que pâmoisons, douleurs dans tous les muscles à la fois. Le Dr. est très content de moi. Sanguinaire comme tous les thérapeutes.

Il fait très beau. J'assiste, de ma place, au beau

---

1. Nouveau propriétaire de Rozven.

temps. Pendant que tout le monde déjeune et dîne, je m'assieds devant la porte, et j'ai une excellente heure de solitude, devant le très beau paysage. Maurice a été au-dessus de tout éloge. Je lui ai fait des vacances tristes. Il y a moins de mérite et de difficulté, pour un homme, à se jeter au feu pour une femme, qu'à porter un châle, offrir un bras, et se trouver à toute heure à portée d'un appel. Du moins il s'est réjoui des longues promenades à pied qu'il a faites dans des bois qui sentent la framboise, et pourvus de lézards, de papillons, d'oiseaux en quantité et de mille sources. Il y a vingt heures qu'on m'a coupé le traitement... Il me semble que déjà je souffre moins, et qu'un peu d'optimisme me rejoint. Car il est rude, ce traitement, sans trop en avoir l'air.

Je t'occupe beaucoup de moi, pauvre chérie. Mais je suis si contente de te savoir près de Rozven. Quand tu as eu douze mois, la guerre a éclaté. Faut-il voir là un rapport de cause à effet ? Nous avions, dans la maison — toutes communications déjà coupées et ton père n'ayant pu revenir — cent francs, encore nous furent-ils prêtés par Musidora, de qui ils étaient toute la fortune. Je t'ai laissée là, sur les bras de Miss Draper, qui faisait son plus dur visage. Tu avais l'air d'un très beau garçon de douze mois, parfaitement impassible, en haut de ton escalier de bois.

Chérie, je t'embrasse. Si j'avais fini ma cure plus tôt, j'aurais peut-être (en voiture) pu voir avec toi la mer des lavandes. Mais ne penses-tu pas que la Bretagne est un pays qui mérite qu'on bataille un peu pour elle, — ou pour lui, mais je suis fatiguée. Mille tendresses, et les amitiés de Maurice.

Colette

[*Enveloppe adressée à « Madame de Jouvenel, Cure-monte, Corrèze ». Cachet de la poste : Paris, 24.9.1946.*]

Lundi

J'étais impatiente de recevoir une lettre, chérie. Tu vois par celle-ci, que j'étais impatiente aussi de t'écrire. Te voilà reprise d'amour pour Curemonte. Je n'y vois pas à redire, il fait si beau, depuis peu, au Palais-Royal. Pour les champignons... Tu sais de quelle sorte ils sont ici au pied des arbres.

Bertrand a traversé la ville. Pour le seul soir qu'il y passait, il voulait venir faire la veillée chez nous avec Marty[1]. Comme je venais justement de subir un massage dont je restais pantoise, je n'ai vu ni Bertrand ni Marty. Comme je souffrais de plus en plus du bras droit (chute à Uriage il y a 2 mois) Maurice m'a amené un masseur sportif. Un petit bout d'homme quasi centenaire, qui a des doigts en fer. J'ai hurlé la 1re fois, car il a rencontré tout de suite un hématome interne ou intérieur, et un paquet de muscles lésés. J'ai moins mal, mais encore bien assez mal. Et pourquoi t'a-t-on enlevé le petit Annamite ? As-tu pu garder sa mère ? Tu n'as pas l'air ? Comment trouves-tu la frontière franco-belge ? Les « histoires d'appartements » fourmillent. J'aime bien celle de la dynastie des Moreno et de leurs châtellenies — faut-il écrire les Moreni ? La tante[2] de Pierre tourne et joue sans repos. C'est magique. La source[3], j'espère était bleue ? Je l'ai vue tellement bleue. Chérie, je vais reposer mon bras. Le salut aux bêtes, toutes les ten-

1. Marty Gellhorn.
2. Marguerite Moreno.
3. La Source Bleue (à Touzac), propriété de Marguerite Moreno.

dresses à toi. Moune a un petit chat qui sait manger les artichauts cuits feuille à feuille, les dents fermées sur le bord comestible et une petite secousse. Amitiés de Maurice

Colette

[*En marge, de travers :*] La femme de Renaud, c'est Sylvia Bataille ou une autre[1] ? Je crois que je date terriblement...

[*Enveloppe adressée à « Madame de Jouvenel, Cure-monte, Corrèze ». Cachet de la poste : Paris, 23.10.1946.*]

Mercredi

Mais, chérie, je t'ai écrit ! Dès que j'ai eu ta dernière lettre ! Avec la plus grande vélocité ! Je ne pense pas que ma lettre contînt quoi que ce soit d'urgent, mais j'avais envie de t'écrire, et de consigner mille choses sans importance qui ne souffraient pas de retard. Ne t'inquiète pas de moi, qui ne vois pas grand changement et attends le Dr. Roman. Beaucoup de douleurs très vives et capricieuses, mais état général pas mauvais et je retrouve l'envie de manger, — c'est manquer d'à propos au moment où on nous annonce la famine. Maurice et sa « verrue plantaire » vont bien.

Tu brocantes[2] ! Tu satisfais à l'envie qu'eurent sourdement combien de Jouvenel ? Que vas-tu tirer de là ? On verra bien. Simy est donc à Paris ? Qu'elle

---

1. Renaud se remarie, en décembre 1946, avec Gilberte Rodrigue (dont il divorcera en 1960).
2. Colette de Jouvenel va prochainement ouvrir un magasin d'antiquités, 22 rue de Verneuil.

vienne au moins me raconter tout ça ! Mon offensive antiparentale ne donne pas partout de bons résultats : Marthe Lamy, autre fille jugulée, tremble dans sa culotte quand elle se croit obligée seulement d'aller « rendre visite à Maman ».

Pour aujourd'hui, cy fini ma lettre, chérie. Tu ne me parles pas encore de date de retour. Je t'embrasse de tout mon cœur. Ecris-moi encore. Maurice t'est tout ami

Colette

[*Enveloppe adressée à « Madame de Jouvenel, Curemonte, Corrèze ». Cachet de la poste: Paris, 31.10.1946.*]

Mercredi soir

Tends ta petite oreille (très jolie petite oreille) chérie. Marthe Lamy me téléphone pour toi.

6 rue Le Chatelier, (rue tranquille, immeuble distingué entre Pereire et pl. des Ternes) une Miss Iles habite et va partir pour le Maroc. Appart. Composé d'un studio, d'une salle de bains et d'une chambre je crois. Ecris, de ma part (je ne la connais). Reprise de tapis ? d'appareils hydrothérapiques ? cela est vague. Mais, confort. En te dépêchant d'écrire, on y arriverait peut-être ? Marthe dit que le loyer n'est pas cher. Mille tendresses, chérie

Colette

Elle croit aussi que ce n'est pas <u>meublé</u>.

1947

[*Enveloppe adressée à « Madame de Jouvenel, Curemonte, Corrèze ». Cachet de la poste : Paris, 18.3.1947.*]

Chérie,
Je crois toujours que tu vas arriver, et je me retiens
d'écrire. C'est stupide de ma part. Et inusité. Rhu-
matisme aigu dans l'épaule sur laquelle je suis tombée à Uriage, la droite naturellement. Gentille visite
de Simy. J'ai le plus urgent besoin d'un tableau.
Apporte-m'en beaucoup à choisir. Sois bien portante
et ronde. Je t'embrasse mille fois tendrement, chérie.
Maurice est ton ami

Colette

[*Enveloppe adressée à « Madame de Jouvenel, Curemonte, Corrèze ». Cachet de la poste : Paris, 29.3.1947.*]

Fille chérie, c'est bien agréable à lire, une lettre de
toi en forme de bouquet. Comme je comprends que
tu préfères les caractères explosifs du printemps à
tout ce qui est ici. Pourtant la vague printanière
atteint ici les lilas, les sureaux, et les marronniers du

568

jardin hissent leurs petites flammes. Certains marronniers des Champs-Elysées sont tout à fait aussi ridicules que le choriste de « Carmen » qui deux mesures avant les autres chanta de sa petite voix blanche de choriste :

« la cloche a sonné ; nous, des ouvrières,

nous venons ici guetter le re... » et s'arrêta figé d'épouvante.

Opéra-comique : hier première repr. d'un ballet (vieux) de Debussy, dont Luc-Albert a fait le décor et les costumes en cinq jours. Première rumeur, avanthier : effondrement. Deuxième, hier : grand succès.

Chronique beaujolaise : visite de Pierre Moreno, parfait seigneur du village. Il va se marier, avec la douce et silencieuse femme qui est sa maîtresse depuis longtemps, et il aura un enfant au mois d'août. Il m'a affirmé que Marguerite n'épousait pas son filleul[1].

Chronique genevoise : Pas une chambre d'hôtel libre à Genève.

Beaux-arts : Mme Castaing s'est fait présenter à moi par Ferenczi. Grands cheveux noirs en liberté, chapeau de jouvencelle. Je te garde les deux revues de luxe où elle fait passer les photos de ses ameublements. Pis : je lui ai promis ta visite toute amicale. Et je m'en va dîner, chérie. Tâche de manger beaucoup, et Simy aussi. Me récris-tu ? Oui, tu me récris. Je ne te donne aucun conseil touchant tes propriétés. Je te donnerai un petit toeuf de Pâques. Si tu préfères je te l'envoie ? Je vous embrasse toutes deux, chérie. Maurice vous salue avec amitié, Pauline et Lucien aussi.

Colette

1. Jeune légionnaire que M. Moreno avait rencontré en 1945 et dont elle s'était éprise, alors qu'elle avait soixante-six ans.

Chérie, ma fille je te récris. J'avais vu, dans l'avant-dernier « Quadrige » le papier signé Champigny, et flairé un petit mystère triste : S'il s'agit de secourir matériellement, il faut passer d'abord, crois-je, par le préfet du Lot. Le connais-tu ? La Sté des Gens de Lettres ne doit pas prendre l'initiative. Sache par qui et par où elle a atteint Quadrige. Alors je pourrais ici tenter quelque chose. A-t-elle pu te montrer les photos qui accompagnent, dans la revue, son article ? Il n'est pas très bon. Mais il n'est pas mauvais non plus. Je crois que Ramie [1] (Mme de Brand) est chez Monzie [2] en ce moment à Revery [3]. Si tu pouvais la joindre, ne fût-ce que par lettre ? Elle doit connaître Champigny. Et c'est elle à qui échoit la jouissance viagère de Revery. Je pense que Champigny ne fait pas partie des Gens de Lettres ? C'est Gérard Bauer [4] qui vient d'être élu président. Qui est le maire de sa commune, à elle ? Attention aux maires. Ils peuvent tout favoriser, — ou tout empêcher — Naturellement je ne peux pas retrouver ce numéro de *Quadrige*.

Et maintenant : à la croûte ! à la croûte ! Tu sais qu'en peinture je suis végétarienne.

Mille et mille tendresses, chérie

Colette

---

1. Amie et héritière d'Anatole de Monzie.
2. Anatole de Monzie est mort le 11 janvier 1947. C'était le meilleur ami d'Henry de Jouvenel.
3. Propriété de Monzie à Saint-Jean-Lespinasse (Lot).
4. Journaliste au *Figaro*.

[*Carte postale. Genève, palais des Nations et chaîne du Mont-Blanc.*]

[Entre le 25 avril et le 22 juin 1947]

Bonjour chérie. Temps et voiture merveilleux. Les derniers 50 km dans le soleil, la neige et les forêts de sapins. Ici très bon hôtel mais un excès de douleurs vraiment bien ennuyeux. J'ai passé une heure avec le Dr Menkès[1]. Je t'écris bientôt, chérie.

Colette

[*Enveloppe adressée à « Madame de Jouvenel, Villa Racine[2], 76 rue de Sèvres, Paris, France ». Cachet de la poste : 3.5.1947.*]

Hôtel Richmond

Alors, chérie ? Rien de toi encore ? Tu n'es pas malade ? Tu vends à tour de bras. Je ne t'ai encore écrit qu'une carte, mais j'ai quelques petites excuses. Pas encore d'adoucissement à mon mal, il y faut le temps, paraît-il. Mais j'aurais mauvaise grâce à me plaindre, il fait de nouveau beau, le lac est vert-bleu, un énorme paulownia en fleur se réjouit du vert et du bleu, l'hôtel (orienté comme Beaujolais) est parfait et Maurice... sublime. Qu'on me fasse brouter la

1. Colette est venue à Genève pour suivre le traitement du docteur Menkès.
2. Petite Colette habite à présent la Pension Racine, ouverte à Paris par la propriétaire de L'Aïoli de Saint-Tropez, Mme Mitou Vielhomme.

carotte râpée, le céleri cru en purée, les petits pois crus, tout cela est de peu d'importance, un petit déjeuner me console. Le traitement consiste en « rayons », et en piqûres à la base du cou, pénibles d'ailleurs, et des gouttes amères. Aujourd'hui je suis toute seule et à la chambre jusqu'à 6 heures, Maurice est parti pour Lausanne ce matin, pour y converser avec deux ou trois éditeurs. Que les abords de la ville et du lac sont beaux, chérie ! Fleurs, fleurs, marronniers, cytises, boules-de-neige, glycines effrénées. Et des fontaines partout. Sur mon petit balcon, des passereaux qui reculent les bornes de l'insolence. Enfin le confort, tu vois. Je n'ai pas pu sortir un seul soir, mais Maurice se promène avec délices dans une ville éclairée comme New York. Le reste du temps il est attelé à une édition des Lettres de la Palatine, pour un éditeur (français) dont je viens à l'instant d'oublier le nom.

Maintenant je veux une lettre. Et des nouvelles de toute toi. Je t'embrasse, chérie, comme je t'aime. Donne mes amitiés à Simy, à Denyse, aux mésanges, enfin à toutes les personnes très gentilles que tu rencontreras. Maurice est à Lausanne, mais je ne pense pas qu'il en soit moins ton vieil ami

Colette

[*Enveloppe jointe adressée à « Madame de Jouvenel, Villa Racine, 76 rue de Sèvres, Paris, France ». Cachet de la poste : Genève, 29.5.1947.*]

Dimanche

Enfin ta lettre, chérie, pour mon dimanche. Je suis contente, sauf de savoir que rien, dans Paris, ne se vend, — ni en Limousin. Ici, tu vois qu'un « riche étranger » se trouve même pour acheter un papier à lettres comme celui-ci. (Tu as reconnu le « riche étranger » ? je lui avais demandé du foreign paper.) Mais comment va s'aménager la fin de votre année, mes pauvres enfants.

J'attendrai, pour m'étaler sur mon état et mon traitement, que tout cela prenne figure. C'est trop moche et trop incertain encore. Mon gros kéroub noir est le plus tendre des médecins, et l'un des plus surmenés. Et son traitement me laisse à plat. A 9h.1/2 je suis couchée, endormie et gâchant ma nuit. Une heure d'électricités diverses, ça n'a l'air de rien pour mes 74 printemps, mais nom de d'là, c'est quelque chose.

Tu connais le grand et trop célèbre Murillo, l'Ascension[1] de la Vierge ? Une charmante petite femme, et mille paires d'ailes tout autour ? Ainsi sont : ta mère, environnée de passereaux qui se soutiennent en l'air et battent des ailes. Ils sont bien emm... dants, mais je les bénis, avec beaucoup d'injures, de me faire si familièrement compagnie. Ils viennent sur mon lit, et j'en avais un sur mon gros orteil. Non — seulement la Vierge, mais la-vieille-dame-qui-vole-le-pain-sur-les tables : c'est moi.

Je vais te récrire vite. Embrasse pour moi Simy et Jocelyne. Pourquoi n'habitons-nous pas, tous, un de ces chalets authentiquement suisses, en beau bois noir, à volets rouges ou vert pâle ? Ils sont enchâssés dans une fourrure de glycine, de cytise, d'épine rouge, de saxifrages, de hêtres pourpres, de frênes blancs, et on découvre qu'auprès d'eux ce sont les paysages de Provence qui sont anémiques. Trahissons, ma fille, trahissons successivement tous les

1. Colette écrit au-dessus : « somption ? »

horizons ! Visitez, visitez ! comme dit Beaumarchais, il en restera toujours quelque chose. Quand ce ne serait qu'un regret ! Tendresses, chérie. Amitiés de Maurice-le-saint. Tu es bien gentille de chercher à me rassurer sur « Vesper[1] ». J'ai fait le service de presse hier sur mon lit

Colette

[*Enveloppe adressée à « Madame de Jouvenel, Villa Racine, 76 rue de Sèvres, Paris, France ». Cachet de la poste : Helvetia, 8.6.1947.*]

Hôtel Richmond
Famille Armleder
Tél 2 71 20

Genève
Dimanche

Tu es sans pain, chérie ? Quel étrange Paris. Je ne t'écris qu'un mot pour qu'il parte, on nous dit que le courrier part par avion automatiquement. Figure-toi que depuis quatre jours j'ai moins mal... Je n'en reviens pas. Peut-être dans une quinzaine pourrai-je penser au retour, à condition de poursuivre un traitement à Paris. Une lettre de Germaine Patat. Je sais déjà que tu auras deux costumes de toile. De quoi geler ma fille ! Je t'embrasse vite, à cause de l'avion.

« Mary Marquet, antiquités » dit un journal malintentionné. Tendresses, amitiés de Maurice.

Colette

1. *L'Étoile Vesper* paraît aux éditions du Milieu du Monde, fin mars.

[1947]

Hôtel Richmond
Genève

Mercredi

Chérie, c'est naturellement Mme Fournier qui m'envoie cette image anglaise, éminemment anglaise[1]. Depuis six jours je me sens mieux. Si peu que j'y croie, c'est bien agréable. Menkès me permet de songer au retour vers le 20 ou le 22... Quel Paris trouverons-nous ? Hier, en m'éveillant d'une courte sieste, j'avais au creux de mes genoux, dans un pli de couverture... deux passereaux couchés, serrés l'un contre l'autre. Pendant que j'écris, ils sont sept à s'engueuler dans la flaque de soleil au milieu de la chambre.

Un chat angora blanc m'a écrit et envoyé des chocolats et des fleurs. Il appartient à une metteur en scène qui habite Genève et s'appelle Rothmund ou à peu près. Lui se nomme Béni. Il m'a aussi envoyé sa photographie. C'est ainsi que débutent les grandes aventures d'amour.

Que de mésanges, — et bleues ! — dans l'admirable parc d'un petit restaurant du bord du Lac !

Chérie, comment va finir cette déplorable histoire de logement pour toi ? J'y pense beaucoup et en vain. Que fais-tu de ton été ? Va vite essayer tes beaux petits costumes. Je m'en vais à mes radis creux, à mes courgettes crues, à mes tomates sans vinaigre. Heureusement que la viande (bœuf) est très bonne.

1. Coupure de presse représentant un agent de la circulation interrompant le flot des voitures pour laisser passer une mère cane et ses petits.

J'aimerais bien pour mon dessert une petite lettre de ma fille.

Tendresses et tendresses, chérie. Amitiés de Maurice, qui se délecte tous les jours de sa Plage

Colette

[*Enveloppe adressée à « Madame de Jouvenel, Les Roches, Sainte-Marie-sur-Mer, Loire-Inférieure ». Cachet de la poste : Paris, 29.8.1947.*]

Vendredi

Chérie ma fille, si rien ne m'en empêche, Maurice m'emmènera le 4 septembre tout doux, tout doux, jusqu'à Limas, près de Villefranche-en-Beaujolais, Rhône. Aux soins de Mme Jean Guillermet.

Mais je ne pense pas que nous y restions plus de dix jours. Puisqu'il faut changer d'air, changeons. Je viens d'achever mon petit travail ingrat pour un groupe lyonnais [1] qui « fait » dans le luxe. Tu penses bien que j'ai travaillé dans le tremblement et la lenteur.

Es-tu toujours bien dans cette eau, ces poissons, ces crustacés ? Gélis-Didot a réussi à nous envoyer de Perros un homard irréprochable. Ces choses-là n'arrivent qu'une fois, mais il était bien bon. Elles ont pêché par hasard 30 ravissants maquereaux. (Si un maquereau n'est pas ravissant, qu'il ne s'en mêle pas.)

J'adore que tu voies des pays et que tu me les racontes. Le désert, vendéen ou autre, c'est toujours

---

1. Les tissus Rodier éditent une brochure intitulée « Commerce et qualité ».

beau. Je ne sais pas pourquoi. Balzac prétend que le désert c'est Dieu sans les hommes.

Mme Fournier, c'est Ploumanac'h. Gélis-Didot c'est Perros-Guirec. Des passants comme toi et tes amis n'y risquent pas un mauvais accueil. Chérie, je t'embrasse et t'embrasse. Une petite dame en noir est allée dans mon pays natal, a passé dans la-rue-de-par-derrière-ma-maison, a sauté pour attraper des grappes de glycine pendantes, les a apportées à Pauline pour moi. Cette petite dame en noir c'est la mère de Sartre. Gentil n'est-ce-pas ? Amitiés de Maurice et Pauline

Colette

[*Enveloppe adressée à « Madame de Jouvenel, Les Roches, Sainte-Marie-sur-Mer, Loire-Inférieure ». Cachet de la poste : Villefranche, 9.10.1947.*]

Mardi

Pauvre ma fille sans beurre ! Et sans eau ! Et que d'autres sans ! Ici on vendange partout. Ce sera un vin sans pareil. Mais qui le boira ? Je crois que nous rentrons lundi. Car pour nous faire plaisir, on met des invités dans tous les lits. Mais que de gentillesse foncière chez nos hôtes. Très beau temps. Tu as eu une coqueluche sans sévérité. Mais ça compte quand même. La piéride du chou est un fléau, raca sur la jolie piéride ! On dit que Port Manech est un Eden. Cette lettre te suivra-t-elle ? Moi aussi je prie pour Curemonte... Fais des concessions...

Fille chérie, je t'embrasse avec beaucoup de tendresse. Maurice est parti organiser une fête locale dans un cloître. Tu ne me crois pas ? C'est pourtant rigoureusement vrai. Même qu'il a mis un veston bleu. Il rentrera passé minuit, plein de beaujolais glorieux que les gens cachent chez eux.

Colette

Il y a ici une de ces chattes siamoises...

1948

[Enveloppe adressée à « Madame de Jouvenel, La Maison du Bez, La Salle-les-Alpes, Hautes-Alpes ». Cachet de la poste : Paris, 31.3.1948.]

Mardi,

Mais oui, chérie, ma fille, je vais mieux. Pas depuis bien longtemps. Les quintes nocturnes s'espacent. Et la preuve, c'est que le dimanche de Pâques, Maurice m'a menée à onze kilomètres d'ici, au chalet étrange et rudimentaire de Marthe Lamy et Paulette Gauthier-Villars[1]. Tu iras certainement. Rudimentaire, certes ! N'empêche qu'il y a l'eau dans la maison (!) Un petit bac carré et la douche, une bouteille de butagaz, les w.-c. avec la chasse d'eau. Elles y ont couché trois nuits, dans deux sacs de couchage. Nous avons cassé la croûte et je les ai laissées râteau et sécateur en main. La vue est très belle, et l'air très vif. Ces deux savantes s'amusent comme si elles avaient douze ans — ne les ont-elles pas ? Mais comme seul un sentier à chèvres conduit, actuelle-

1. L'amie de Marthe Lamy, nièce de Willy, également médecin.

ment, au Chalet, je me suis fait bien mal à une ou deux jambes.

Chérie, je suis contente que tu aies beau temps et bon air. Pour moi ; ne te tourmente pas, il est trop tôt pour s'inquiéter d'un gîte. J'espère que tu reculeras devant les conditions de Madame de Mondreyer. C'est folie que d'y penser. Il pleut froidement depuis ce matin. Mais j'aime tant la pluie, et j'ai vu, dimanche, combien le dessous des bois et des prés est déjà abîmé par la sécheresse. Manges-tu bien ? Dors encore un bon coup avant de rentrer. Donne mes amitiés autour de toi. (Josette est venue prendre le café avec nous ce matin.) Je t'embrasse, fille chérie, de tout mon cœur. Maurice et Pauline sont tes amis, celle-ci plus familièrement que celui-là

Colette

[*Enveloppe adressée à « Madame de Jouvenel, Villa Racine, 76 rue de Sèvres, Paris ». Cachet de la poste : Toulon-Gare, 14.7.1948.*]

Mauvanne, Les Salins d'Hyères
Var

Mardi

Chérie, ma fille, je ne t'ai pas encore écrit parce que j'étais si fatiguée. Hier et avant-hier j'étais même couchée pour-de-vrai, et dans des draps trop fins pour mon goût. On dit que « dans ce Nord » vous avez de grands frimas ? Pourvu que tu ne t'enrhumes pas.

Tout le monde très gentil pour moi. J'ai Maurice, j'ai Pauline. Je joue au Lexicon après le dîner. Une bonne table simple, qui te plairait.

Simone[1] sort de ma chambre à l'instant et court au marché, car il déjà 8 h 1/2. Le jour de son arrivée, — après le voyage en voiture et une opération douloureuse avec anesthésie complète — elle s'occupait, arrivée depuis vingt minutes, à laver à la lance l'extérieur des fenêtres que le mistral avait poudrées. Une énergie si complètement féminine et si bien répartie mérite la considération.

On attend : les deux fils du pacha, Hélène Bossis, peut-être Sartre. Mony Dalmès est venue en même temps que nous. Bien gentille, pas plus de bruit qu'une souris. Une maison très calme en somme. Le temps léger. Les salines à distance agréable. Le premier matin, on m'a apporté mon plateau petit déjeuner, café au lait... et une cigale. Dans ma main elle bêlait plus haut qu'une chèvre. Je l'ai bien admirée, grattée sur son front, et relâchée.

Daragnès venu déjeuner et dîner hier. Le préfet du Var aussi. Le maire de la Londe avant-hier. Avanthier soir après dîner, Simone et ses hôtes sauf moi sont allés à la Londe décerner un prix de beauté aux jeunes filles de la région. Premier prix une merveille d'Arlésienne, m'ont-ils dit. Tu vois que ma vie est un tissus serré d'événements.

Maurice va au pays et mettra ma lettre à la poste. C'est pourquoi je te quitte un peu brusquement. Si tu m'écris vite, tu seras une chérie. Si tu ne m'écris pas vite... ça n'y changera rien. Je t'embrasse sur ta douce joue. Maurice est ton ami. Donne mes amitiés autour de toi

Colette

1. Berriau.

[*Carte postale. Giens (Var). Vue sur l'île Ribaud.*]

[Deuxième quinzaine de juillet 1948]

Samedi

Où peux-tu être ? Pas un mot de toi. C'est bien peu, c'est trop peu. As-tu pu avoir ta bicyclette ? Et cette mort de Moreno[1] qui me trouble. La dernière lettre que j'ai reçue, sept jours avant sa fin, elle n'a pas même pu la signer.

A partir de mardi, nous serons Domaine des Aspres, Grasse, A.M. pour deux semaines. Après, Paris. L'arthrite n'aime pas le climat méditerranéen. Que se passe-t-il chez Lelong ? J'ai reçu une circulaire. Tendresses, fille chérie et muette. Amitiés de Maurice. Il fait beau. Les cigales scient. Je t'embrasse

Colette

[*Carte postale. Grasse. Le Micocoulier séculaire, la place et la porte Neuve (dernier vestige des fortifications de la ville).*]

[Août 1948]

Mais, chérie, qu'est-ce qu'il y a ? Dans 4 jours il y aura un mois que je suis partie, et je n'ai pas reçu une ligne de toi ! Rassure-moi, au moins ! Domaine

1. Marguerite Moreno est morte le 14 juillet 1948. Colette s'écrie : « Cinquante-quatre ans d'amitié !... une amitié de laquelle rien n'a eu raison. »

des Aspres, Grasse, A.M Tendresses, mais pas contente !

Colette

[*Enveloppe adressée à « Madame de Jouvenel, Villa Racine, 76 rue de Sèvres, Paris ». Cachet de la poste : Grasse, Alpes-Maritimes, 3.8.1948.*]

Lundi

Chérie, j'ai ta lettre, je suis contente. Je vois surtout, dans ce Solex, la possibilité pour toi de prendre l'air et même la clé des champs. Ne t'inquiète pas de moi, il ne s'agit que de souffrir et tu sais que je m'en tire assez bien. Les Aspres [1] me sont nettement meilleurs que Hyères et son sel. Question, aussi, de personnes... Celles des Aspres me sont nettement... (voir plus haut.) Je couche au rez-de-chaussée, autant dire dans le jardin, et l'odeur nocturne gonfle les poumons et le cœur. Pierre de Monaco est bien sage, son basset est la frivolité même ; de temps à autre un boisrouvray ou voguë traverse l'atmosphère, la chatte rayée va accoucher, Charles a capturé une lucane femelle, et hier soir on m'a portée dîner au Logis du Loup. Mon chéri, si tu avais pu voir à partir de dix heures l'arrivée des contingents américains... Les femmes surtout, terribles à voir. Et à entendre. Et Clark Gable. Mais l'auberge et le dîner remarquables. Qui t'eût donné à penser que ta mère se ferait traîner jusque-là ?

Il fait chaud, mais assez frais. Quelle histoire

---

1. Domaine des Aspres, à Grasse, chez Charles et Pata de Polignac.

Lelong[1] tu me contes ! Je l'ignorais totalement. Pourvu que Nicole[2] s'en tire sans dommage moral et financier, ni physique ! Je croyais que les Vaudable[3] avaient cédé tout Véfour ? Je serai contente si tu y trouves de quoi travailler. Ton récit du Tour de France a failli me donner une révolution de lait. Chérie, je t'embrasse. Mon pardon et ma bénédiction sur ta tête, et aussi les amitiés des Aspres, y compris Pauline, et Maurice

Colette

[*Enveloppe adressée à « Madame de Jouvenel, Magasin d'antiquités, 22 rue de Verneuil, E.V. ». Cachet de la poste : Paris, 3.9.1948.*]

Vendredi

Très contente d'avoir ta lettre, chérie ! et je vois que l'île, le trajet, le confort n'ont pas tellement changé depuis 1895. Je vois qu'Auray est une frontière et que les camélias tiennent le coup. Autrefois, l'été, il y avait des plantes grasses et des figuiers, et des raisins précoces.

En même temps que ta lettre, vois ce que je reçois : des photos de Belle-Isle, datées. Et par le même courrier. Tu y vois aussi ce que Sarah avait fait des restes d'un fortin édifié par Vauban. Ça coûtait 400 francs. J'ai failli en acheter un.

Le vent est glacé. Je me suis réchauffée en écrivant

1. Lucien Lelong, qui était veuf, s'était remarié avec Sandra Dancovici (qui épousera, après la mort de Colette, Maurice Goudeket).
2. Nicole Lelong, sa fille, sera dépossédée de son héritage par sa belle-mère.
3. Famille propriétaire de Maxim's et du Véfour.

un petit papier funéraire qui sera lu (pas par moi !) sur la tombe des Goncourt dimanche. Rien de nouveau, arthritiquement parlant. J'espère que tu as emporté sur la Côte Sauvage autre chose que de l'organdi à petits <u>volants</u>. Je t'embrasse chérie de tout mon vieux cœur qui t'aime. Maurice est ton ami très dévoué et Pauline t'envoie ses despotiques souvenirs

Colette

[*Enveloppe adressée à « Madame de Jouvenel, Villa Racine, 76 rue de Sèvres, E.V. ». Cachet de la poste, Paris, 30.10.1948.*]

Chérie,

Michèle Lambert (couture, 19 rue N.D. des Victoires) a un petit poêle de blanchisseuse qu'elle te prêtera si tu n'as pas mieux. En outre elle aura toujours quelque chose à te solder gentiment. Un poêle de blanchisseuse c'est petit, à facettes pour poser les fers et ça chauffe comme l'enfer. Je suis tourmentée parce que tu as froid. Sais-tu si G. Beaumont est à Montfort ? Comme elle n'a pas de téléphone à Paris... Je voudrais liquider ce mobilier[1]. Viens bientôt. J'ai un Goncourt mercredi.

Tendresses, chérie

Colette

---

1. Lorsqu'elle a vendu le Parc, à Méré, Colette a entreposé son mobilier chez son amie et voisine Germaine Beaumont, dite Rosine, à laquelle elle écrit : « C'est donc toi, ma Rosine, qui vas sauver la vie à mon restant de mobilier ? Que je te remercie ! N'en seras-tu pas trop encombrée ? Si n'importe quel objet peut être d'un usage quotidien, emploie-le sans réserve. Nous n'en sommes pas encore au jour où une confortable limousine de déménagement t'en débarrassera. » C'est ainsi que M. Lécard, filleul de Germaine Beaumont, se trouvera en possession de meubles de Colette.

[1948]

Chérie, tu n'es pas malade, que je te vois si peu ?

Vu léo Marchand. Il voudrait que tu passes chez lui, pour lui donner ton avis sur nombre de meubles et de bibelots qu'il a l'intention de vendre. 96 Bd de Latour-Maubourg. Inv. 29.63. (Il se lève à 6 heures du matin, si ce détail peut t'être utile...)

J'ai du travail en retard et ça m'en... nuie. Tendresses et tendresses et envie de te voir,

Colette

[Enveloppe adressée à « Madame de Jouvenel, Antiquités, 22 rue de Verneuil, E.V. ».]

[1948]

Chérie ma fille, si tu le peux, joins-toi z'à nous <u>vendredi</u>, tu es invitée à dîner chez Pata-Charles[1], où il y aura seulement nous, toi et le fils de Nelly[2] qui n'a pas de parents. Tu penses si c'est en veston. Je te ferais prendre et rapatrier naturellement. Et tu aurais encore le temps de réveillonner ailleurs s'il y a lieu. Tendresses, chérie

Colette

1. Les Charles de Polignac.
2. Patrice de Voguë, fils de leur fille Nelly.

1949

[*Carte postale « sur la Riviera ». Enveloppe adressée à « Madame de Jouvenel, Les Roches, Sainte-Marie-sur-Mer, Loire-Inférieure ». Cachet de la poste : Grasse, Alpes-Maritimes, 21.7.1949.*]

Mercredi

Ta lettre nous atteint ce matin, chérie, et nous contente. Je t'écrirai mieux demain ou après-demain. En avion le voyage n'est plus rien. Mais j'ai apporté ma fatigue avec moi. Pauline arrive demain en voiture — ils coucheront en route. Tu n'as pas le temps chaud-frais d'ici, mais une grosse mer fâchée est sans doute encore meilleure pour toi ? la nouvelle propriété, entre les mains de Pata, deviendra sûrement ce qu'elle en espère.

C'est déjà prodigieux comme résultat : les Charles ne l'occupent que depuis le 12. Chérie, je t'embrasse. Nous sommes si contents, Maurice et moi, de te donner une petite aide ! Tout dépendait du moment. Mille, mille tendresses, et amitiés

Colette

Chérie, le plaisir que tu as manifesté hier m'a été bien agréable. Que j'aimerais, plus souvent, t'aider[1] ! mais...

J'aurais voulu que mon « grand âge » fût plus facile.

J'ai beaucoup pensé à tes porcelaines. C'est toujours avec un appétit satisfait que je te vois mordre à quelque chose de nouveau, je devrais même dire de neuf. Que vas-tu tirer de ces soucoupes ? Vois comme je t'y suis inutile. Dommage que tu n'aies pas assisté à la visite que me fit Sterlé[2] tout truffé de bijoux, dont quelques-uns assez réussis. C'est ma foi touchant qu'un joaillier s'en vienne chez moi sans autre espoir que son honorable orgueil professionnel. Il t'aurait amusée. Je ne sais pas pourquoi je t'écris. Je ne souffre pas davantage (ni tellement moins) mais je t'ai trouvée si gentille. Voilà un bien petit adjectif pour un sentiment qui ne peut s'empêcher d'être grand. Tu es une chérie !

Colette

1. Colette de Jouvenel aménage un nouveau magasin d'antiquités, à Paris, 21 rue Bonaparte.
2. Pierre Sterlé (1905-1978). Comme l'annonce Colette dans *Le Fanal bleu* : « Un mien joaillier s'amuse à verser ici le contenu de la mallette doublée de velours, dans laquelle il transporte ses dernières œuvres... À le fréquenter, j'avance dans un luxe qui ne fut jamais le mien. » Elle y succomba cependant au moins une fois car elle écrit dans son livre d'or ces lignes qu'il reprendra dans sa plaquette publicitaire parue en 1952 : « Ce qui est bleu est éternel... Dieu me garde, au seuil de ce livre bleu, d'oublier le saphir, dans son propre temple, chez Pierre Sterlé, qui unit à mon unique et beau saphir, une si ingénieuse entrave d'or. »

[*Carte postale. Cap d'Antibes. La chaîne de l'Esterel vue de la chapelle. Enveloppe adressée à « Madame de Jouvenel, 76 rue de Sèvres. Paris ». Cachet de la poste : Grasse, Alpes-Maritimes, 30.7.1949.*]

Samedi

Chérie, je crois que tu es de retour ? Un mot de toi, même une carte, me ferait bien plaisir. Sur l'eau ici, il y a deux nénuphars blancs et deux roses. De quel rose un nymphéa n'est-il pas capable !

Nelly n'est pas du tout abîmée. Il fait un doux temps, — quelques heures chaudes entre 7 et 10h. du matin, comme à St Tropez. Comment tournent tes affaires ? Donne mes amitiés à Simy. Garde celles de Maurice et toutes mes tendresses. Amitiés de Pauline.

Colette

[1949]

Chérie, tu n'es pas souffrante, que je ne te vois pas venir ces jours-ci ? Tendresses, chérie,

Colette

[*Enveloppe adressée à « Madame de Jouvenel, Villa Racine, 76 rue de Sèvres, Paris ». Cachet de la poste : Cannes, Alpes-Maritimes, 19.8.1949.*]

Vendredi 19

Fille chérie, vous n'écrivez pas à votre mère. Faut-il en déduire qu'un transfert, de magasin à magasin[1], vous réclame tout entière ? Le 25, nous prenons l'avion et rentrons à Paris. Tu n'es pas souffrante, au moins. Il n'y a pas, dans ce Midi charmant, le moindre répit pour moi, et c'est bien dommage. Je quitterai ces trois hectares sans les connaître. De temps à autre, on me met dans la voiture et on me roule. La foule qu'on m'a montrée avant-hier soir défie les descriptions. Heureusement que je ne pouvais pas quitter la voiture. Le temps a été très beau. Cette nuit, l'odeur de la pluie a traversé l'air. C'était pour nous annoncer qu'un très gros orage avait « ravagé », comme ils disent, Toulon. Pas de figues et pas d'olives cette année, paraît-il. Mais André Brûlé[2] et sa femme nous ont visités hier, et j'étais justement seule à garder la maison.

Aurai-je un mot de toi avant mon départ ? J'aimerais bien. Moune et Geneviève[3] ont aussi, le temps d'un déjeuner, traversé le mas. Bien allantes, bien gentilles, toutes seules dans une Jeep mal fichue mais bien allante aussi. Elles venaient de St. Tropez et y retournaient.

Je n'écris à personne. Je ne travaille à rien. André Brûlé se figure qu'on va répéter « Chéri » 9 rue de Beaujolais. Je ne lui ôte pas ses illusions. Parfois je

---

1. Le précédent était 22 rue de Verneuil.
2. André et Madeleine Brûlé, directeurs du théâtre de la Madeleine.
3. Leibovici.

traverse Mouans-Sartoux, et la fontaine municipale coule toujours. Un site que je [ne] verrai pas, c'est Mauvanne, fief des Berriau. Maurice nage, marche, roule avec une sombre énergie et un ténébreux contentement. Les Boisrouvray (tu sais, 200 millions de bijoux volés à Neuilly) sont proches et parents de nos hôtes. Ils ont loué un petit hôtel « Pax » dans un village, et y ont trouvé le parfait bonheur pour lui — un grand rouquin, — pour elle — un ouistiti fragile de Bolivie, — pour la petite fille et son cocker. Je crois qu'ils vont le garder à l'année, avec leur bateau à Antibes. La môme Moineau tient tout le port avec son bateau « le Gosse » énorme. Je lui ai envoyé nos hommes à déjeuner, — table ouverte, naturellement, — avec un livre dédicacé. Comme son bateau lui plaît bien, elle en a acheté huit pareils, chacun motorisé de 5000 chevaux. Nos deux hommes se sont bien divertis, car la môme Moineau est restée une petite Française très ménagère, pas du tout Viviane Romance.

Chérie, à bientôt. Mes hôtes se rappellent amicalement à toi, Maurice est ton ami, Pauline et moi nous t'embrassons

Colette

[1949]

9 septembre

Chérie, nous sommes revenus. Mais entre tes trois domiciles, je ne sais où te prendre. Très bon retour en avion en moins de 3 heures. Quand te verrai-je ?
Tendresses

Colette

Julien prend ses vacances jusqu'au 10. C'est te dire que je ne sors pas de chez moi.

1950

[*Enveloppe adressée à « Madame de Jouvenel, 76 rue de Sèvres, Paris ». Cachet de la poste : Monte-Carlo, 22.5.1950.*]

Hôtel de Paris
Monte-Carlo

Samedi après-midi

Chérie, que c'est court et facile, un voyage en avion ! Je n'aurais rien à t'en dire, si Nice, à l'aérogare, ne m'avait offert des fleurs comme à un champion pédestre, — sans pieds ni jambes.

Confort d'hôtel très complet. Je souffre beaucoup, mais je suis de très bonne humeur parce que j'ai coupé les fils. Un exemplaire directeur d'hôtel a remis à Maurice la clé d'une grille secrète par le jardin, ma chambre et le salon pètent de fleurs, et le mois de mai est beaucoup plus touchant que l'été. Nous attendons Pauline et Julien. Tout le monde est très gentil. Mais je ne peux pas entrer seule dans la baignoire. Tu ne voudrais tout de même pas que je me fisse aider par un homme !

Ici, rez-de-chaussée puis marge de jardin et

d'arbres, puis à-pic sur mer. Que ne puis-je partager ces biens avec toi ! Chérie, je t'embrasse, Maurice est ton ami, et naturellement il fait beau

Colette

[*Enveloppe adressée à* « *Madame de Jouvenel, Villa Racine, 76 rue de Sèvres, Paris* ». *Cachet de la poste : Monte-Carlo, 3.6.1950.*]

Hôtel de Paris
Monte-Carlo

Vendredi

N'as-tu pas reçu ma lettre, fille chérie, je pense que si, je pense aussi que c'est long 15 jours sans un mot de toi. Tu n'es pas malade ? Cette laide écriture-ci prouve simplement que je n'ai pas ma table de Paris.

Mirifique hôtel. Le prince Rainier m'envoie fleurs et <u>excellents</u> bonbons. Son père Pierre arrive tout à l'heure à Nice, puis ici.

Léo[1] travaille comme un ange. Ta mère est la paresse même, mais il va falloir qu'elle sorte de ce merveilleux nonchaloir.

Traitement, rien encore de sûr. Gibson tâtonne avec beaucoup de loyauté, et un fort accent. Maurice est toujours prodigieux et l'ubiquité n'est pour lui qu'un jeu. Mais écris, bon dieu, écris !

Je t'embrasse, chérie, mais tu n'es qu'une ci et une ça

Colette

1. Léopold Marchand travaille à l'adaptation théâtrale de *La Seconde*.

[*Enveloppe adressée à « Madame de Jouvenel, Villa Racine, 76 rue de Sèvres, Paris ». Cachet de la poste : Monte-Carlo, 15.6.1950.*]

Hôtel de Paris
Monte-Carlo

Contente d'avoir ta lettre, chérie ! Ceci n'est qu'un mot pour que tu saches que je pense à toi, que je suis bien sage, que Léo est reparti pour Paris, que le temps ici est léger et que la brise se lève ponctuellement vers 9 heures du matin. Que dire du traitement, je devrai d'ailleurs le poursuivre à Paris, d'après ordonnance Gibson. Je connais, de vue, l'étonnante île de Carrel, posée sur l'eau, avec ce qui l'orne et la compose, comme un motif décoratif de Berain. Le professeur Moreau a toujours, à Port-Blanc, sa bien-aimée propriété d'été, je crois.

Sais-tu qui j'ai vu hier, Iza de Comminges. Elle habite un lieu qu'une voiture peut atteindre, mais l'architecture de sa maison (?) défie, pour moi, toute exploration. L'objet le moins curieux n'est pas Iza. L'allure, l'agilité, la minceur sont d'une jouvencelle. Tout le reste gaîment centenaire. N'empêche que maison (?) et site t'amuseraient bien, le temps d'une période de vacances. Iza en cheveux d'argent, à peine poudrée, pantalon long de toile bleue, chemisier, en somme très bien installée au sein de ses 75 ans et de sa Thébaïde. Mange-t-elle assez, elle n'a ni servante, ni même une heure de femme de ménage. Elle n'a pas été à Nice depuis un an et demi. Maurice a vu (pas moi) la pièce où elle a agencé une grande et agréable bibliothèque. Pas un mot concernant Renaud.

Si rien ne change, nous regagnerons Paris le 4 ou

le 5 juillet. Après... Allah est plus savant. Chérie, nous
t'embrassons

Colette

[*Enveloppe adressée à « Madame de Jouvenel, 76 rue
de Sèvres (Villa Racine), Paris ». Cachet de la poste :
Monte-Carlo, 27.7.1950.*]

Hôtel de Paris
Monte-Carlo

Mardi matin

Chérie-avare-de-lettres, je voudrais bien un mot de
toi. Je crois que je souffre un peu moins. J'emporterai
d'ici une ordonnance pour un régime de piqûres d'au
moins six mois. Ici l'hôtel se vide, on n'en respire que
mieux et le temps reste léger. Les petits melons de
Cavaillon jonchent les tables. Léo Marchand me dit
que Paris est plutôt frais, je te le souhaite. Que
deviennent les projets de décoration ? Je me suis
mise à la pièce. J'égare rituellement mes feuillets.
Maurice assure que chez moi c'est microbien. Les
lauriers-roses poussent leurs touffes jusque dans nos
fenêtres ouvertes. Peut-être le courrier du matin (je
m'éveille avant lui) m'apportera-t-il une lettre de toi.
Maurice est ton ami. Moi aussi.

Colette

[*Enveloppe adressée à « Madame de Jouvenel, Villa Racine, 76 rue de Sèvres, E.V. ». Cachet de la poste : Paris, 8.8.1950.*]

Mardi

Chérie ma fille, dans quelques instants Maurice m'emmène au Trianon-Versailles pour une quinzaine au moins. Il fera la navette. Toi aussi, si tu le peux, à l'heure où l'on déjeune. Léopold Marchand immine et le travail coopératif[1] me fera du bien. (N'importe quoi me fera du bien, auprès de ce que je souffre. C'est stupide.) Il viendra à Versailles.

Quel beau vol de joyaux dans le Midi. Ça va faire du tort au Bal des Petits Lits blancs. Cette dame Winston était, il y a deux ans, quasiment fiancée avec Pierre de Monaco. Dieu a protégé ce charmant prince.

Je crois que le Trianon est peu fréquenté, ce n'est pas pour m'en plaindre. J'emporte ma chaise roulante, elle tient dans les ascenseurs. Il n'est que midi 1/2, peut-être seras-tu là pour déjeuner.

A tout faire... Ma pauvre Jane... Non, ce n'est pas ça que je voulais dire... Ma pauvre Jane...

C'est un fragment du IIIᵉ acte de La Seconde. Mais je n'aime toujours pas ce titre.

Je t'embrasse, chérie, j'espère te voir bientôt !

Colette

---

1. L'adaptation de *La Seconde* avec Léopold Marchand.

1951

[*Enveloppe adressée à « Madame de Jouvenel, Maga-sin d'antiquités, 21 rue Bonaparte, E.V. ». Cachet de la poste : Paris, 2.2.1951.*]

Académie Goncourt

Chérie, je reçois ceci, Maurice dit que si je te l'envoie, tu comprendras très bien qu'il faut instruire ces personnes de l'erreur qu'elles commettent en t'appelant non seulement Goudeket mais Colette.
Tendresses, Chérie

Colette

[*Enveloppe adressée à « Madame de Jouvenel, 11 rue des Beaux-Arts, E.V. ». Cachet de la poste : Paris, 7.4.1951.*]

Ce n'est pas bien gros, chérie, mais j'étais vexée de ne t'avoir rien donné à Pâques.

Quel brave type, n'est-ce pas que cette Hilda[1].
Tendresses, chérie

Colette

[*Enveloppe adressée à « Madame de Jouvenel, 11 rue
des Beaux-Arts, Paris ». Cachet de la poste : Monte-
Carlo, 11.5.1951.*]

Hôtel de Paris
Monte-Carlo

Tu as été bien gentille, fille chérie, de m'apporter
ton charmant visage jusqu'au seuil de mon avion. Le
voyage, extrêmement facile, aboutit, à Nice, à une
coalition de photographes, j'espère qu'il n'en restera
pas de trace dans les journaux. Une crise d'arthrite
bien rude succède à ce voyage tranquille. Je la supporte mais je suis couchée. J'espère que Pauline arrivera dans quelques heures.

Donne-moi de tes nouvelles, chérie. Je t'embrasse
et Maurice est ton ami

Colette

1. Gélis-Didot.

[*Enveloppe adressée à « Madame de Jouvenel, 11 rue des Beaux-Arts, Paris ». Cachet de la poste : Monte-Carlo, 23.5.1951.*]

Hôtel de Paris
Monte-Carlo

Perdue dans Amiens à 1 heure du matin ! Qu'eût dit une mère de l'ancien régime ? Il est vrai qu'une mère de l'ancien régime donnait — de mauvaise grâce — sa fille en mariage à Mr. Willy.

J'attends un médecin russe, que tient à m'envoyer Pierre de Monaco. Dieu que tu aimerais la maison d'iceluy Pierre, où nous déjeunâmes hier ! Je n'ai pas pu voir son premier étage, parce que je ne passais pas par l'escalier. N'est-ce pas un détail enchanteur ? Trois chiens dont un en bas âge, (les dix autres sont répartis dans la Principauté) des oiseaux dans le jardin.

Je te raconterai le médecin russe cette semaine. Vava[1] m'écrit que sa tante est en danger de ne pouvoir plus guère vivre.

Tendresses, chérie. Amitiés de Maurice. Quand partirais-tu pour Perros-Guirec ?

Colette

---

1. Hilda Gélis-Didot.

[*Enveloppe adressée à « Madame de Jouvenel, Ferme de Stereden Vor, Pointe du Château, Trestriguel en Perros-Guirec, Côtes-du-Nord ». Cachet de la poste : Monte-Carlo, 4.6.1951.*]

Hôtel de Paris
Monte-Carlo

Dimanche

Chérie ma fille,
Ne me donne que le minimum de nouvelles ! J'imagine très bien qu'une installation aussi agréable ne te laisse que peu de temps. Sois contente, repose-toi.
Rien de nouveau ici : Maurice de Rothschild, André Luguet, une table excellente. Je me repose, mais sacré bon dieu, je souffre. Ça changera peut-être. Ne t'inquiète pas. Je suis aussi bien que je puis être. Et pour toi qui y a-t-il de plus marin que la mer bretonne ?
T'embrasse tendrement, chérie. Pas d'imprudence avec la mer (comme disent les mères). Et les amitiés de Maurice

Colette

[*Enveloppe adressée à « Madame de Jouvenel, Ferme de Stereden Vor, Pointe du Château de Trestriguel en Perros-Guirec, Côtes-du-Nord ». Cachet de la poste : Monte-Carlo, 8.6.1951.*]

Hôtel de Paris
Monte-Carlo

Vendredi

Depuis bientôt quarante-huit heures [*début de lettre rayé*]

J'attendais impatiemment ta lettre, fille chérie, mais je ne l'espérais pas si pleine, à ras bords, de merveilles. Cette Hilda, comment la remercier ? Qui la récompensera ? Chérie, que je suis contente pour toi ! Ne t'occupe pas de mon sort monégasque, il est aussi bon qu'il peut l'être, mes deux bourreaux bienfaisants sont à leur poste. On a découvert que je ne buvais pas assez, et on m'arrose d'eau d'Evian : panacée ! Savoure bien cette Bretagne affectueuse et inespérée. Ne t'inquiète pas de moi. Nous reviendrons à la fin du mois. Oh ! oui, raconte-moi l'Ile des Oiseaux, quand nous serons l'une et l'autre rentrées. Il ne fait pas un temps éclatant, mais la douceur est dans l'air. Et quel discernement météorologique notre ami Jean peut-il appliquer au climat méridional ?

Tous nous t'embrassons, chérie

Colette

[*Enveloppe adressée à « Madame de Jouvenel, Ferme de Stereden Vor, Pointe du Château de Trestriguel en Perros-Guirec, Côtes-du-Nord ». Cachet de la poste : Monte-Carlo, 13.6.1951. Au dos : « Académie Goncourt ». Sur une carte de visite : « Les éditions Corréa recevront le vendredi 15 juin de 17 à 20 heures, 18, rue de Condé, 6ᵉ Odéon 45-99 — R.S.V.P. »*]

Fille chérie non moins que bretonne, tu sais bien qu'un moment vient toujours dans un hôtel où on ne trouve pas une seule feuille de papier. Ce jour tombe aujourd'hui. Mais je ne veux pas que tu t'inquiètes. Pense à moi sans trouble. Je te récris tout de suite et je t'aime sans délai. Amitiés de Maurice et de Pauline. Heureusement que les éditions Correa ont le goût des réceptions

Colette

[*Enveloppe adressée à « Madame de Jouvenel, Ferme de Stereden Vor, Pointe du Château, Perros-Guirec, Côtes-du-Nord ». Cachet de la poste : Monte-Carlo, 22.6.1951.*]

Samedi matin

Fille chérie, j'ai été ravie de ta lettre. Quelles bonnes vacances, pour toi qui en manquais ! Mais je n'ai de nouvelles ni de Vava ni de Mme Fournier[1], en dépit de mon insistance. Ce silence ne m'annonce rien de bon.

---

1. Tante d'Hilda Gélis-Didot.

Ta mère ? Elle souffre beaucoup, la sotte. Tu lui raconteras pêches et promenades. Maurice dit que nous rentrons le 7 ou le 8. Après ?? On verra bien. Le beau temps règne ici, aussi, et c'est un sacré beau pays que la chaleur n'opprime pas encore. La région de Grasse... quelle végétation, que de forêts !

Aujourd'hui je me laisse, nous laissons séduire par un déjeuner avec Hussein Pacha et la princesse d'Arenberg. Je ne te le dis que pour t'éblouir et parce que ces aimables personnes font transporter à distance _tout_ le matériel du repas. Mais je reviendrai vite après l'iceluy repas. Maurice affirme, d'un air connaisseur, que le vélosolex est moins bien que le Vespa ou Vesta. Tendresses chérie, et amitiés de Pauline

Colette

[_Lettre écrite au dos d'une formule de télégramme, avec une enveloppe de l'Hôtel de Paris — Monte-Carlo, adressée à « Madame de Jouvenel, 11 rue des Beaux-Arts, Paris ». Cachet de la poste : Monte-Carlo, 28.6.1951. Coupure de presse jointe : « Riviera gazette — Les vacances de Mme Colette et de son mari l'écrivain Maurice Goudeket. »_]

Où seras-tu le 7 juillet, fille chérie ?

Vois comme nous sommes jolis dans les jardins de l'Hôtel. C'est bien vrai qu'on nous y laisse — relativement — en repos. Je ne me plains pas des prévenances de son Exc. Hussein Ihlamy Pacha, qui s'est aperçu que ton beau-père est un homme charmant. Je ne m'élève en rien contre cette opinion. Je m'efforcerai de te l'envoyer en tant que client (le pacha) quand il sera à Paris.

Tout un chacun me parle du temps qu'il fait à Paris. Ici, très beau. Mais ici, quand un petit nuage passe sur le soleil, les personnes se couvrent de cendres et font des neuvaines.

Mes nièces les docteurs[1] sont allées à Bordeaux « pour une heure » (sic) elles voulaient voir les Goya et respirer une pincée de mer en passant à Arcachon. Le Prince Rainier est venu nous voir gentiment à l'hôtel. Dieu merci il reste encore bien jeune, et il a eu le temps d'apprendre à être simple et sympathique. Nous irons à sa petite maison pour voir « dit-il » les deux chimpanzés samedi ou dimanche. Tu vois, je ne te donne que les nouvelles les plus importantes de la Principauté.

Tendresses, chérie. Sois bien portante, amitiés de Maurice et de Pauline.

Colette

---

1. Paulette Gauthier-Villars et Marthe Lamy.

1952

[*Enveloppe adressée à « Madame de Jouvenel, 11 rue des Beaux-Arts, Paris ». Cachet de la poste : Monte-Carlo, 15.1.1952.*]

Hôtel de Paris
Monte-Carlo

Bonjour ma chérie. Tu es bien ? Tu n'as pas froid ? Ce soleil qui sort de la mer, j'aimerais tant que tu te réjouisses de son indolence.

Maurice est allé hier soir à un « gala » de ballets, dans la loge princière de Pierre de Monaco. Il en est revenu très content d'avoir constaté que rien n'avait beaucoup changé depuis George Sand, et que Pierre remplissait son mandat avec autant de plaisir que de majesté. Uniformes, dames du palais, révérences bien réglées au prince, — tu vois que le cérémonial valait le déplacement, — mais le déplacement n'existe pas, pas encore, pour moi.

Demain, nous déjeunons chez Somerset Maugham. A côté d'ici, naturellement.

Demain soir nous dînons (dans l'hôtel), avec les mahranées de Baroda. Tu vois que je ne m'aventure pas loin. Le temps, le paysage sont admirables. Hier

soir on nous a servi des fraises cueillies à Antibes...
Chérie, que j'aimerais partager tout cela avec toi.
Mille tendresses.

Colette

[*Dans la marge, en travers :*] On me dit que Paris a
deux degrés en dessous de zéro la nuit ?

[*Enveloppe adressée à « Madame de Jouvenel, 11 rue
des Beaux-Arts, Paris ». Cachet de la poste : Monte-
Carlo, 23.1.1952.*]

Hôtel de Paris
Monte-Carlo

Mercredi

Pourvu que tu n'aies pas trop froid ! Ces températures de moins 28 et moins encore pires qu'on signale
en Suisse et partout ! Ici ce n'est rien. Non qu'il fasse
chaud. Mais le soleil veille à tout. Et je me défends.
Et puis je n'ai pas encore essayé de travailler.

Le Pacha est au Caire. Tout Pacha qu'il est, il doit
avoir un sacré boulot.

Une dame inconnue mais longuement alitée voudrait un chat, gris et « garçon ». Seul le hasard, croi-
sant ta route, le rencontrerait...

Quelques lignes, s'il te plaît, chérie. Je m'intéresse
par-dessus tout à ta température en ce moment. Les
amitiés de Maurice, et beaucoup de tendresses sont
sur cette seconde page. Je te récris tout de suite

Colette

Pauline t'embrasse

[1952]

Hôtel de Paris
Monte-Carlo

Quel froid, chérie ! Ce vent qui ne s'apaise pas. Le plus gros arbre du jardin a requis tous les jardiniers pour perdre ses racines qui tenaient fort à lui, et la mer est toujours blanche. Maurice me maintient ici tant qu'il le peut, et d'ailleurs il a fort à y faire, aux prises avec des gens de cinéma et de théâtre. Il me semble, que sauf le nom, c'est moi la plus inutile...

Tendresses, chérie, de ta

Colette

[*Enveloppe de l'Hôtel de Paris, Monte-Carlo, adressée à « Madame de Jouvenel, 11 rue des Beaux-Arts, Paris ». Cachet de la poste : Monte-Carlo, 26.1.1952.*]

Une petite lettre, chérie ? Ce froid m'inquiète pour toi. Ici aussi il fait froid, sauf au soleil, mais il n'y a pas eu de soleil pendant presque trois jours. Aujourd'hui il est revenu, mais quel vent pinçant. J'ai voulu essayer d'un peu de travail théâtral. Ne parlons pas du résultat, pas encore.

Aujourd'hui on m'a portée déjeuner chez Pierre de Monaco. La jolie demeure, ma foi ! Un peu intentionnelle, mais charmante, et encore je n'ai pas tout vu, à cause des marches. Et le jardin, assez étroit, n'a pas moins de grâces.

Je t'embrasse et t'embrasse, chérie. Maurice est de tout cœur ton ami. Pauline t'embrasse aussi, tu penses. Un petit mot de lettre ?

Ta
Colette

[2 février 1952]

Hôtel de Paris Monte-Carlo

Samedi

C'est le 3ᵉ jour de grève, fille chérie. Juste comme il y a un an. Grève totale du personnel. Sans Pauline, je serais embarrassée, ne pouvant me rendre au restaurant. Maurice qui a dû se rendre 4 jours à Paris pour des histoires d'impôts et autres, est revenu ce matin à dix heures, alors il me roule jusqu'au restaurant qui débite viande froide et salade. Comme c'est étrange, un endroit où il y a « tout » quand il est privé de tout.

Lettre de madame de Comminges. C'est en effet son ancien mari[2] qui est mort, elle dit qu'une possibilité découlerait (quelle horreur !) de cette mort, possibilité pour elle de voir ses misérables rentes s'augmenter de 25000 francs par an. Depuis des années elle redoute quotidiennement la venue de l'huissier. Renaud ne peut-il rien à cela ? Elle, et Charlotte Lysès à St-Jean-Cap-Ferrat, mènent une vie quasi de misère. Et pourquoi ajoutais-je « quasi » ? Pillet-Will était un homme très riche.

---

1. Gérard Bauer, essayiste et critique, écrivait une lettre quotidienne sous le pseudonyme de Guermantes dans *Le Figaro*. Il s'agit dans cette chronique de Michèle Morgan venant saluer Colette.
2. Le comte Pillet-Will, riche banquier sombré dans la folie.

Je ne travaille pas à cette pièce, je résiste, très fort, à cette pièce. Je n'en veux pas. Assez de travail. Tu ne m'en tiens pas rancune ?

Chérie, encore un petit mot de toi, cela me fera tant de plaisir. Affreux jusqu'à présent, le temps est une merveille de temps depuis l'aube d'aujourd'hui. Maurice me dit que son temps de Paris (et le tien) l'ont bien dégoûté. Aujourd'hui c'est la Chandeleur. Mange une crêpe à ma santé. Je t'embrasse mille fois, chérie.

Colette

[*Enveloppe adressée à* « *Madame de Jouvenel, 11 rue des Beaux-Arts, Paris* ». *Cachet de la poste : Monte-Carlo, 21.2.1952.*]

Hôtel de Paris
Monte-Carlo

Nos lettres se sont croisées, je pense, fille chérie. La tienne que j'ai ce matin, je la trouve charmante. Un autre magasin à installer, que cela me plaît pour toi !

Je voudrais te contenter par les nouvelles de ma santé... Ces rhumatismes résistent à tout, c'est-à-dire au meilleur climat. Si tu pouvais recevoir ces premiers éclats, venus du ciel, renvoyés par la mer, reçus par mon lit, par mes murs, par le jardin, il me semble que tu saurais en tirer parti tellement mieux que moi...

Depuis peu, nous avons repris Maurice et moi le travail théâtral en commun, sur un manuscrit accablé d'erreurs. On verra bien. Ou on verra mal. Arrivée, sous peu, d'une aide : Léopold Marchand et sa docile épouse. Ils ont trouvé... ce qu'il fallait trouver pour passer quelque temps ici...

Je saurai bien, dans quelques heures, te retrouver, postalement, chérie. Mme Fauchier-Magnan m'envoie deux mètres d'un tissu blanc, qui semble de soie végétale et qui se targue de guérir les rhumatismes ! On va toujours essayer. Mille tendresses, chérie, amitiés de Maurice, amitiés de Pauline

Colette

[*Enveloppe de l'Hôtel de Paris, Monte-Carlo, adressée à « Madame de Jouvenel, 11 rue des Beaux-Arts, Paris ». Cachet de la poste : Monte-Carlo, 5.3.1952.*]

Mercredi

Chérie ma fille, je n'ai sûrement pas perdu la lettre de Renaud, je vais la retrouver. Je ne pense pas que d'un séjour de quatre jours à Paris Maurice puisse distraire le temps et le plaisir de te voir. Il est appelé par des gens de théâtre américains... Un genre d'affaires bien incommode paraît-il. Parti lundi/mardi, il revient vendredi. Un peu plus, un peu moins il eût dû prendre l'avion catastrophé. Pierre de Monaco veut bien, ce matin, égayer mon déjeuner solitaire...

Ces jardins publics français quelle indignité. Chérie, ceci n'est qu'un mot. Que j'aimerais la réussite, même partielle, de tes projets.

L'accident d'aviation a troublé tout le voisinage. Je te récris tout de suite. Quelques lignes de toi me rendront toujours contente. Les Léop. Marchand sont dans une villa du Cap-d'Ail, où ils se proclament si heureux. La petite femme est toujours la plus commode du monde, lui est incroyablement amaigri, et sa femme me dit combien il a été dangereusement malade. Chérie, je te rembrasse, et Pauline t'envoie ses amitiés.

Colette

[*Enveloppe de l'Hôtel de Paris, Monte-Carlo, adressée à « Madame de Jouvenel, 11 rue des Beaux-Arts, Paris ». Cachet de la poste : Monte-Carlo.*]

[Avril 1952]

C'est long, chérie, tous ces jours sans toi et avec rhumatismes, et sans aucune lettre. Je ne croyais pas que j'aurais jamais, même centenaire, des attaques de rhumatismes. Je les trouve étranges, et assez choquantes, et vois combien ils donnent à souffrir à mon écriture qui sut toujours travailler. L'un de mes frères que tu n'as pas connu avait une ronde écriture indépendante et le don de la musique : vois combien je déchois sur ma fin.

Il fait beau, mais froid. Je souffre moins, surtout le matin. A midi le froid se lève. A cette heure-là il y a longtemps que Maurice court sur les routes ou joue au tennis. Il est bon qu'un homme de 70 ans [1] bientôt ait du goût, et de l'adresse, pour le tennis, qui ne manque pas de traîtrises. Maurice s'en tire à son honneur. Chacun ici nous fait fête : c'est un suffrage que je suis loin de repousser, chérie, tu ne m'en blâmes pas ? Je te dirai à Paris, tout ce que je pense de la vie d'hôtel, de son éclat et de sa banalité, toutes deux éclatantes [*sic*]. Ton indulgence m'est par

---

1. Colette vieillit Maurice Goudeket qui n'a que 63 ans. (S'il avait 70 ans elle serait morte depuis cinq ans !)

avance acquise. Que va-t-il advenir de toi et de moi ?
Devons-nous en être inquiètes ? Je n'arrive pas à penser que jamais tu me causerais une peine, ô toi, ma très chère. Je te quitte seulement parce que je souffre

Ta
Colette

Vendredi Saint. Ils m'ont donné de l'admirable morue. Et toi ?

[1952]

Chérie, nous allons rentrer. Nous serons sans doute mardi soir à Paris, le boulot... et il pleut. Que dirai-je davantage ? Tu ne m'écris pas. Cela aussi est rituel. Je t'embrasse, chérie. **A la semaine prochaine.**

Colette

[*Enveloppe adressée à « Madame de Jouvenel, 11 rue des Beaux-Arts, Paris ». Cachet de la poste : Monte-Carlo, 20.3.1952.*]

Hôtel de Paris
Monte-Carlo

Jeudi

Ce coup-là, chérie, c'est la fin de ces vacances qui prennent leur racine... au Caire[1]. Ilhamy Hussein

---

1. Colette et son mari étaient les invités du Pacha d'Égypte à l'Hôtel de Paris, comme ils le seront à Deauville, par la suite.

Pacha s'en va : que ferions-nous d'autre ? Nous serons à Paris mardi soir. Si tu as un moment <u>mercredi</u> quelle que soit l'heure...

Il ne fait toujours pas assez chaud. Ma paresse passe toute comparaison.

Seul Maurice a travaillé dans ce lieu, que je croyais me rappeler, et qui ne ressemble à aucun. Le Pacha non plus ne ressemble à aucun. Je te le raconterai comme je pourrai. A bientôt, chérie de mon cœur. Que ne suis-je plus jeune, pour t'aimer davantage et plus aisément !

Tendresses, chérie. Amitiés de Maurice, et quelques bonnes étreintes de Pauline

Colette

[Carte postale. Deauville[1]*. Plage fleurie. Adressée à « Madame Colette de Jouvenel, 21 rue Bonaparte, Paris ».]*

[24 juillet 1952]

Très froid, chérie. Je t'écrirai mieux que cette carte. Arthrite très active. Tout le monde très gentil, Léo et sa femme particulièrement ; il a maigri de 32 livres ! Je borne là les nouvelles du premier jour et j'embrasse ta charmante figure. Ne te fatigue pas trop.

Colette

1. Colette séjourne à Deauville invitée par Ilhamy Hussein Pacha, du 24 juillet au 2 septembre.

[Cette lettre était dans l'agenda de Colette, pliée, avec la photo de presse représentant Anna de Noailles et, au dos, de la main de Colette : « Ctesse Anna de Noailles née Brancovan (vente des écrivains combattants, la dernière à laquelle elle ait pu assister). »]

[Août 1952]

Dar Kissia [1]
Boucle d'Anfa
Casablanca
Tél 300.24

7 août

Ma mère chérie,

Des quelques lettres que j'attends de France c'est toujours la tienne que j'attends avec le plus d'impatience — et comme je suis bien récompensée !

Moi je mène une confortable et bourgeoise vie, qui n'a que le tort de me faire engraisser. Suis-je au Maroc ? Si je ne demandais quelque fois à aller voir autour de Casa, des villages arabes et une Médinah, je pourrais croire que je suis dans quelque Cannes. C'est la nouveauté, la force, le développement et le grouillement de Casablanca qui m'affolent un peu — J'entends parler de terrains à 35.000 fr le mètre et je vois qu'hélas ça n'empêche personne de bâtir. Au bord de la mer les piscines du type Eden-Roc alternent avec les restaurants. C'est un bon repos, puisque l'air est délicieux, qu'il y a une voiture pour vous mener au bain, une autre pour vous en ramener — mais je serai contente aussi d'en voir plus, d'en

1. Propriété d'Émile Roche, au Maroc, dont le nom signifie la « maison du chaton ».

apprendre un peu plus long — même s'il faut avoir beaucoup plus chaud. Cela on me le promet avec Meknès et Fez pour commencer ; puis un plus grand tour avec Marrakech, Agadir, Mogador et je ne sais plus quoi. Tant mieux.

J'ai une filleule[1] stupéfiante : impossible de croire qu'elle n'a que 9 ans 1/2. Dieu merci, cette grande personne a un cœur charmant.

Ton pauvre pacha ne doit pas être très content, moi j'entends beaucoup parler du Glaoui, un de ses petits-fils vient jouer avec l'enfant. Il est beau et lisse comme doit être un bel enfant arabe. Mais les plus pouilleux des enfants arabes sont parfois si beaux ! Je te raconterai tout ce que j'aurai entendu d'amusant sur le Glaoui, et même sur Mme Berriau...

Quand je n'ai pas de lettre de toi, j'ai toujours un Paris-Presse ou quelque journal qui publie une photographie de toi. Tu savais déjà que tu avais une fille privilégiée — Mais tu vois à quel point.

Mille choses affectueuses à ton compagnon, et aussi à ta suite. Ma mère chérie tu sais combien je t'aime, et je t'embrasse comme il convient à tant d'amour.

Colette

---

1. Claude Roche, fille d'Émile Roche et de Sonia Batcheff. Voir lettre du 16.2.1943, p. 505.

[*Enveloppe adressée à « Madame Colette de Jouvenel, c/o Mr. Jacques Kayaloff, 1175 Park Avenue, New York, U.S.A. ». Cachet de la poste : Paris, 27.10.1952.*]

9, rue de Beaujolais
Lundi matin

Mon dieu, quelle joie ! Je ne croyais même pas, tout en me languissant de toi et sans lettre, je ne croyais pas que je serais si contente. Et ta lettre est heureuse, agitée, mon chéri que tu es gentille d'être contente ! Cette lettre-ci ne te dira rien, sinon que je suis heureuse de la tienne. Qu'as-tu besoin de savoir que j'ai cent ans, que je souffre et beaucoup, mais que j'y suis entraînée et très honorablement, et que j'ai commencé un petit travail avec Maurice, à la pièce américaine (c'est ma façon de voyager !) qu'il fait seulement 8 degrés ce matin, et autres choses urgentes ! Tu m'instruis de ce qui est principal : tu es active, et tu vois des gens de théâtre et des écureuils. Pour le reste, Maurice t'écrit aujourd'hui même. Il n'est encore que neuf heures (du matin). Je ne sais toujours pas le nom du roi du sucre. Peut-être n'est-il qu'une nuée, un cristal, peut-être est-ce lui, ce blanc un peu vert qui fond sur le gazon, ou bien le chat noir qui s'étire sous ma fenêtre. En toute conjecture, qu'il soit béni !

Tout le monde est bien gentil avec ta mère, qui a pas mal enduré les sévices photographiques ces temps-ci. « Vous ne m'apportez pas une lettre de ma fille ? » que je leur disais.

Y eut-il jamais mère si peu maternelle ? Je suis ton vieux gratte-papier, qui fut trop souvent obsédé de

soucis matériels. Au vrai, mon chéri, je suis ton vieil
amoureux

Colette

Mes sinistres complices, Maurice et Pauline, t'embrassent

[*À cette lettre est ajoutée une lettre de Maurice Goudeket, 9 rue de Beaujolais, Gut. 61-37.*]

[27 octobre 1952]

Quelle joie de savoir que tu fais un si beau voyage
pour nous — que des motifs divers amarrent désormais au Palais-Royal, et viens nous raconter le
monde, de temps en temps, au bord de notre table
ronde.

Oui, tu peux faire quelque chose pour nous à New
York, et de très important. Nous nous sommes
toqués, ta maman et moi, d'une pièce américaine
« The four poster » que nous sommes en train
d'adapter pour la scène française. Va la voir, avec des
yeux plein la tête, rapporte-nous tout ce que tu pourras au sujet de l'interprétation, la mise en scène, les
réactions du public : prends des notes au besoin.

Tu dois t'apercevoir que la notoriété de ta maman
ne fait que grandir aux U.S.A. « Gigi » est « on the
road » à Pittsburgh pour le moment. Le film
« Colette »[1] doit sortir bientôt, le premier volume de
la nouvelle édition chez Farrar Straus doit être en
train de paraître. Quant à « Chéri », la pièce doit
d'abord se donner à Londres où ils n'ont pas encore
trouvé la Léa idéale. Je ne vois rien que tu puisses

1. Film de Yannick Bellon (1951).

faire sinon, si cela ne t'est pas trop pénible, te prêter à des interviews, si l'occasion se présente.

Glenway Wescott est un garçon charmant. Dis-lui que ta maman a été ravie de la lettre qu'il lui a adressée il y a quelque temps.

Ta maman — sauf inévitables souffrances, est — touch wood — remarquablement bien en ce moment, très présente, très gaie et pleine de projets. Elle t'attend avec impatience.

Je t'embrasse affectueusement

Maurice

1953

[*Enveloppe adressée à « Madame de Jouvenel, 11 rue des Beaux-Arts, Paris ». Cachet de la poste : Monte-Carlo, 9.2.1953.*]

Hôtel de Paris
Monte-Carlo

Tu as été bien gentille et secourable, ma chérie, de me rejoindre si loin ! Pauline doit arriver un peu avant midi. Il fait encore plus froid qu'à Orly. Pierre de Monaco a dû mettre au lit sa personne sérénissime. Tu vois que la chronique est maigre. Le voyage d'avion est moins que rien, on vous comble de thé chaud, de plum-pudding et de bonbons.

Chérie, je compte que tu sauras toujours deviner ce que je suis la plus maladroite à dire : ma gauche tendresse pour toi. Maurice est ton ami

Colette

[Sur une carte de visite de Colette, avec son enveloppe adressée à « Madame de Jouvenel, 11 rue des Beaux-Arts, E.V. ». Cachet de la poste : Paris, 12.2.1953.]

Chérie ma fille, je n'ai su, ni pu, te dire le plaisir un peu mouillé que j'ai eu à lire et à relire, le tendre « papier » des « Lettres françaises » — le seul que je garde. Nous ne sommes pas bien adroites toujours à exprimer ce que nous ressentons de si poignant.

A toi chérie,

Colette

[Enveloppe adressée à « Madame de Jouvenel, 11 rue des Beaux-Arts, Paris ». Cachet de la poste : Monte-Carlo, 23.2.1953.]

Hôtel de Paris
Monte-Carlo

Samedi matin

Chérie ma fille, que cette dépêche m'est bleue ! Je suis bête pour t'écrire. Pourtant nous avons trouvé quelques feuilles de papier. Pas d'encre bleu-noir, ni de papier. « Vous trouverez ça plutôt à Nice. » L'épaisseur des courriers n'a pas diminué. Beaucoup de fleurs. Et ma foi beaucoup d'arthrite... Je ne suis pas encore sortie sauf au jardin en bordure, figure-toi. Cela va venir, en même temps que l'appétit, ne t'inquiète pas. C'est beau, ces matinées de sept à 8 h 1/2 du matin, cette mer que frangent des jardiniers. Jean Cocteau est tout gai, Doudou n'a rien à dire, François Weissweiler est bien facile à vivre, m'envoie des bonbons, sourit à toute la nature. Jean entr'ouvre notre porte, donne des nouvelles : « Ils dorment » dit-il.

Chérie, c'est peu que ce mot. Mais je pense à toi, je t'embrasse, un mot bref nous fera plaisir à Maurice et à

Colette

[Février-mars 1953]

Hôtel de Paris
Monte-Carlo

Jeudi

Un très beau temps, ma fille chérie. Assez froid et je ne peux pas du tout marcher. Mais cette clarté du ciel, rose dès le matin, a quelque chose de si immérité et de si « promis » qu'on s'en contente. Aujourd'hui notre aimable paire de Polignac est venue, de Grasse, déjeuner avec nous. Ne sais-tu rien de plus de la mort d'Iza de Comminges ?

La petite Jacqueline Marchand m'écrit une lettre toute pleine de la gratitude que lui inspire l'amitié que tu lui montres. Je vais ne pas tarder à te récrire un mot, chérie. Maurice est ton ami, et Pauline n'oublie pas de t'embrasser vigoureusement. Je te serre dans mes bras, ma charmante fille. Une minuscule chienne chinoise était hier au bar, et je lui dis bonjour, à elle et à sa totale absence de nez. Sa propriétaire m'informe qu'on a présenté à la merveille un jeune chien. « Quoi, m'étonné-je, en cette saison ? » « Oh, dit la dame, il ne s'agissait que d'une présentation. »

Chérie au revoir

Colette

[*Enveloppe adressée à « Madame de Jouvenel, 11 rue des Beaux-Arts, Paris ». Cachet de la poste : Monte-Carlo, 11.3.1953.*]

Hôtel de Paris
Monte-Carlo

Que je suis heureuse, j'ai ta lettre de Londres.

Non, je ne souffre pas moins. Qu'est-ce que ça fait. Maurice pense qu'il vaut mieux, vu le beau temps, que nous restions jusqu'à Pâques. Que va faire Simmy ? Cette douloureuse fin change-t-elle quelque chose à tes conventions avec Simmy ? Tout le monde n'est que trop gentil pour moi. Avant-hier déjeuner avec les Charles (on m'a portée) chez Pierre de Polignac. Tu te serais bien divertie dans sa maison. Si tu as quelque nouvelle de Renaud donne-la-moi. Mais je puis vivre sans.

Je voudrais sans mentir te dire que je vais mieux, mais je ne le pourrais en respectant la vérité. Notre groupe t'embrasse. Pour moi je ne trouve à te dire, comme à la première ligne, que : « je suis heureuse, j'ai ta lettre »

Colette

[1953]

Hôtel de Paris
Monte-Carlo
Adresse télégraphique : Parisotel
Tél : 018-11

Où es-tu que tu ne m'écris pas, chérie ? Dans 8 jours nous serons rentrés. Il ne fait pas assez chaud.

Tout le monde est si gentil pour moi. Que de fleurs et de bonbons. Que de Chanel ! Je ne t'écris que ce bout de lettre, non pour te « punir », grands dieux, mais parce que je finis aujourd'hui un petit travail de longueur dont l'éditeur attend le manuscrit à Paris. Trois fois rien.

On répète à l'Athénée la pièce, adaptée surtout par Maurice. Une pièce[1] à deux personnages jouée par Fresnay, François Perier et Marie Daems. Dis-moi, tu n'as pas maigri, au moins ? Je l'ai rêvé. Tendresses et encore tendresses.

Colette

[*Enveloppe adressée à « Madame de Jouvenel, 11 rue des Beaux-Arts, Paris ». Cachet de la poste : Deauville, Casino, 23.7.1953.*]

Royal Hotel Deauville

Fille chérie, ne t'inquiète pas. Je sais bien ce que c'est qu'une fille occupée, même quand elle ne voudrait me montrer que le côté facile de sa vie pas commode. Maurice m'avait organisé un petit voyage que la pluie n'a pas assombri. L'odeur de la mer, que j'avais oubliée, passe pour venir nous toucher, pardessus de longues prairies qui la bordent. Je ne crois pas que cet hôtel soit sans rivaux, il faut pourtant que nous fabriquions, la bonne volonté aidant, des vacances excellentes. Aussi ai-je envoyé Pauline acheter une houppe à poudre et un thermos.

---

1. *Le Ciel de lit* de Jan de Hartog (mis en scène par Pierre Fresnay).

Madame Rodocanachi est ici avec trois enfants de la plus grande beauté. Chérie, c'est une toute petite lettre. Je t'embrasse et Maurice est ton ami. Tu m'écris ?

Ta
Colette

Le 3 août 1954 Colette s'éteignait dans « sa dernière demeure ». Le 7 avaient lieu ses funérailles nationales, dans la cour d'honneur du Palais-Royal.

« J'aime à penser qu'un sortilège conserve au Palais-Royal, tout ce qui périclite et dure, ce qui s'effrite et ne bouge pas. »

COLETTE ET HENRY DE JOUVENEL

Descendance

Gabrielle-Sidonie COLETTE (1873-1954)

  Premier mariage (1893) avec Henri Gauthier-Villars, dit Willy : pas d'enfant.
  Deuxième mariage (1912) avec Henry de Jouvenel : un enfant, Colette de Jouvenel.
  Troisième mariage (1935) avec Maurice Goudeket : pas d'enfant.

Henry de JOUVENEL (1876-1935)

  Premier mariage (1902) avec Claire Boas : un enfant, Bertrand de Jouvenel.
  Liaison avec Isabelle de Comminges : un enfant, Renaud de Jouvenel.
  Deuxième mariage (1912) avec Colette : un enfant, Colette de Jouvenel.
  Troisième mariage (1930) avec Germaine Hément : pas d'enfant.

  Bertrand de Jouvenel (1903-1987)

    Premier mariage avec Marcelle Prat : un enfant, Roland (1931-1946).
    Second mariage avec Hélène Duseigneur : trois enfants : Anne (1943) ; Hugues (1946) ; Henri (1949-1992).

  Renaud de Jouvenel (1907-1982)

    Premier mariage avec Arlette Louis-Dreyfus : un enfant, Foulques (1942).
    Second mariage avec Gilberte Rodrigue : pas d'enfant.

  Colette de Jouvenel (1913-1981)

    Mariage avec Camille-Adrien Dausse : pas d'enfant.

Colette de Jouvenel étant décédée sans postérité, son héritage a été recueilli par ses deux demi-frères, Bertrand et Renaud, puis par leurs enfants, Anne, Hugues et Foulques.

GLOSSAIRE

ABRIC, Georges (1865-1935) : rédacteur en chef du *Matin* jusqu'à sa mort, le 16 janvier. Il fut le témoin d'Henry de Jouvenel à deux reprises, lors de son duel contre Charlet puis lors de son mariage avec Colette. La Petite Colette séjourne à plusieurs reprises chez et avec les Abric.

ABRIC, Jacqueline, dite Jacquot : amie de classe de Petite Colette, à Saint-Germain-en-Laye. Identifiée par une lettre de Colette à Germaine Patat de mars 1924 : « Pauline aime mieux partir que de garder Colette et une ou deux autres (particulièrement les petites [...]. Jacqueline Abric, beaucoup mieux, tout à fait gentille. »). Voir aussi la lettre de Colette du 22.2.1933.

Agay : station balnéaire près de Saint-Raphaël, dans le Var.

ALATINI, Jocelyne : amie de Colette de Jouvenel. Elle meurt d'une leucémie en 1948.

ALLÉGRET, Marc (1900-1973) : cinéaste, metteur en scène, notamment du *Lac aux dames* (1934), dialogues de Colette. Il prit Petite Colette comme assistante.

Arlette : *voir* DREYFUS.

Aspres, domaine des : propriété de Charles et de Pata de Polignac, à Cannes. Colette y séjourne à plusieurs reprises.

AUMONT, Jean-Pierre (1911-2001) : comédien. Il joua dans le *Lac aux dames*.

Aunty Manette : *voir* COLLET.

BAILBY, Léon : directeur de *L'Intransigeant* à partir de 1905. Par la suite directeur du journal *Le Jour*.

BASSOMPIERRE, M. de : surnom donné par Colette à Goudeket, peut-être en référence au célèbre maréchal d'Henri IV, connu comme grand séducteur.

BATAILLE, Sylvia : comédienne, femme de l'écrivain Georges Bataille (1897-1962), puis du psychanalyste Jacques Lacan.

BATCHEFF, Sonia, dite Chef-chef-chef : femme d'Émile Roche, président du Conseil économique et social.

Beaux-arts, 11 rue des : une des adresses parisiennes de Colette de Jouvenel.

BEAUGARÇON, M. : un des surnoms de Goudeket, donné par Colette.

BEAUMONT, Germaine (1890-1985) : fille d'Annie de Pène et de Gustave Téry, secrétaire de Colette, journaliste, romancière, membre du jury Femina.

BELLAIGUE, Paul (ou Camille ?) : collaborateur épisodique des « Lettres de l'ouvreuse », chroniques musicales publiées par Willy.

BEN, Bernard Schröder : chirurgien dentiste, second mari de Simone Berriau.

BERÈS, Pierre : exécuteur testamentaire potentiel de Colette.

Bergerie, la : près de Beauvallon ; propriété d'Armand Citroën, neveu d'André. Colette y séjourne en 1925.

BERL, Emmanuel (1892-1976) : écrivain et philosophe, auteur de *Mort de la pensée bourgeoise* (1929), *Mort de la morale bourgeoise* (1930), *La France irréelle*, *À contretemps*, etc.

BERRIAU, Simone (1896-1984) : amie de Colette, actrice lyrique, directrice du théâtre Antoine. Comédienne, tient le rôle principal dans *Divine* de Max Ophuls.

Bertrand : *voir* JOUVENEL.

BEZIN, maître : notaire de Colette.

BILLARD, Mlle : secrétaire d'Henry de Jouvenel.

BOAS, Claire : première femme d'Henry de Jouvenel, mère de Bertrand. *Voir* JOUVENEL.

Bonaparte, 49 rue : adresse du magasin d'antiquités (1949-1953) de Colette de Jouvenel et de Simy Wertheim.

Bouffémont (Seine-et-Oise) : pensionnat de luxe où Colette

de Jouvenel va le dimanche pendant son internat au Collège féminin de Paris, 13 rue du Four, dépendant de la même direction.

Bouzi : un chat.

BRAVURA, Denyse de (1917-1993) : fille de Léon Alexandre de Bravura et de Germaine Néomi Le Sidaner. Dessinatrice de grand talent, morte dans l'oubli total à Tourrette-sur-Loup. Amie de Colette de Jouvenel.

BRAY, Yvonne de (1899-1954) : comédienne. Elle joue dans *Gigi* (film de J. Audry ; 1948), dans *Chéri* (film de Pierre Billon ; 1950) et l'interprète aussi à la radio avec Jean Marais.

BUNAU-VARILLA, Maurice (1856-1944) : pseudonyme de Maurice Jules Varillat, propriétaire et « patron » du journal *Le Matin* de 1856 à 1944. Il reçoit chez lui la Petite Colette en vacances à Agay (Var) et aussi dans sa propriété d'Orsay, près de Paris.

BUSSI, Solange : réalisatrice de *La Vagabonde* (1932), engage Petite Colette comme script.

CABANIS : un des propriétaires de « Rozven« en Bretagne.

CAPLANE, Henri de : ami de Colette de Jouvenel dans les années 1940-1942.

CARCO, Francis (1886-1958) : pseudonyme d'Alexandre Carcopino-Tusoli, écrivain (*Jésus la Caille*), poète, ami de Colette, à laquelle il consacrera un livre, *Colette, mon ami* (1955). Il épousera d'abord Germaine Fraysse, puis Éliane en 1933.

CARRÈRE, Maurice : restaurateur à Montfort-l'Amaury, grand ami de Colette de Jouvenel.

Castel-Novel, château de : à Varetz, en Corrèze, propriété d'Henry de Jouvenel devenue château-hôtel.

CÉPÈDE, Casimir (1882-1955) : biologiste.

CHAUVIÈRE, Claude (1897-1939) : auteur de plusieurs ouvrages de fiction et de témoignage. Elle écrit un « Colette », Firmin Didot, 1931.

Chef-chef-chef : *voir* BATCHEFF.

CHOISY, Maryse (1903-1979) : personnalité marquante de l'entre-deux-guerres, licenciée de philosophie, elle soutient sa thèse sur « Les systèmes de philosophie védanta et samkya », apprend le sanscrit, le yoga, l'hindouisme ;

rencontre Freud. Elle épouse le journaliste Maxime Clouzet dont elle a une fille qui porte le prénom de sa marraine, l'illustre Colette.

Claire : *voir* JOUVENEL.

CLIFFORD-BARNEY, Natalie (1876-1972) : femme de lettres américaine, célèbre pour son « salon », 20 rue Jacob, à Paris, où se retrouvaient les « Amazones ».

COLETTE, pseudonyme de Sidonie-Gabrielle Colette (28 janvier 1873 - 3 août 1954) : épouse le 15 mai 1893 Henry Gauthier-Villars (1859-1931), dit Willy, dont elle divorce en 1910 ; le 19 décembre 1912 Henry de Jouvenel (1876-1935) dont elle divorce en 1925 ; le 3 avril 1935, Maurice Goudeket (1889-1977).

COLLET, Louise dite Aunty Manette, ou « tante Manette » : amie de Robert de Jouvenel et de Colette. La Petite Colette passe de nombreuses vacances chez elle à Royan, à Moret-sur-Loing et à Fontainebleau.

COMMINGES, Isabelle de (1880-1953), dite « Iza » ou « la Panthère » : mère de Renaud, né en 1907, fils naturel d'Henry de Jouvenel. Elle avait épousé le comte Pillet-Will.

Costaérès, château de : dans l'île du même nom, près de Ploumanac'h dans les Côtes-du-Nord. Propriété de Léopold Marchand.

Curemonte, château de : propriété de Robert de Jouvenel en Corrèze, dont Renaud hérite et qu'il offre à sa sœur Colette en 1940. Elle y passe toute la guerre et le revend en 1949.

DARAGNÈS, Jean-Gabriel (1886-1950) : peintre, graveur et maître imprimeur. Il illustre *Mes Cahiers* (n° 2) de Colette et publie *Rêveries du nouvel an*, en 1963.

Dar Kissia : nom de la propriété d'Émile Roche dans le quartier Anfa près de Casablanca. *Dar* signifie « maison » en arabe, *kissia* « chaton » en russe, diminutif donné à leur fille Claude.

DAUSSE, Denis-Adrien-Camille : médecin, mari de Colette de Jouvenel. Le mariage a lieu le 11 août 1935. Le divorce en octobre suivant.

DEBRAND, Reine-Marie, dite Ramie : sœur de lait de la femme d'Anatole de Monzie. Entrée comme gouvernante du couple à l'époque de leur mariage, elle deviendra la légataire universelle de Monzie.

Denyse : *voir* BRAVURA.

DORNY, Thérèse (1891-1976) : comédienne, épouse d'André Dunoyer de Segonzac.

DRAPER, Miss, « Nursie dear » : élève la Petite Colette de 1914 jusqu'à l'âge de huit ans.

DREYFUS, Arlette Louis - : (1911-2001) : fille de la troisième épouse d'Henry de Jouvenel. Elle épouse Renaud de Jouvenel en 1933 et divorce en 1940.

DREYFUS, Daniel : banquier et ami de Colette. Associé dans l'affaire de produits de beauté « Colette ». Propriétaire du Pavillon, à Saint-Nom-La-Bretèche.

DUNOYER DE SEGONZAC, André (1884-1974) : graveur et peintre. Un des premiers découvreurs de Saint-Tropez où se trouvait sa maison « le Maquis ». Il y rencontre Colette en 1926 lorsqu'elle achète la villa « Tamaris-les-Pins » renommée « la Treille Muscate » et devient son ami. Il illustre l'édition de *La Treille Muscate* tirée à 165 exemplaires, parue en 1932, comportant trente-six eaux-fortes, et le cahier n° 4 de *Mes cahiers*.

DUVERNOIS, Henri-Simon Schwabacher (1875-1937) dit : romancier, journaliste, auteur dramatique, il a collaboré aux « Contes des mille et un matins » au *Matin* avec Colette.

Édith : *voir* ZIEGLER.

Femmes françaises : hebdomadaire, *Journal de l'union des femmes françaises*, créé en 1941.

FILLON, Amélie : auteur d'ouvrages sur les peintres, directrice de la collection « Aujourd'hui » aux Éditions de la Caravelle dans laquelle paru son *Colette* (1933).

Françoise : *voir* TINAN.

Fraternité : journal de la Résistance — « Politique, social, littéraire, artistique continue les publications clandestines du Mouvement national contre le racisme créé sous l'occupation allemande en 1941 ». Colette de Jouvenel en fut corédactrice en chef en 1945.

GAUTHIER-VILLARS, Henry (1859-1931), dit Willy : journaliste, critique musical, théâtral et chroniqueur de la vie parisienne, auteur de romans légers très populaires. Il hérita de son père Jean-Albert la maison d'édition Gauthier-Villars, 55 quai des Grands-Augustins, son frère Albert de l'imprimerie. Ce dernier eut une fille, Paulette, agrégée de médecine en 1939, qui travailla avec Mondor et fut l'amie de Colette. Premier mari de Colette (1993-1910), il l'introduisit dans le milieu parisien et lui fit rédiger ses souvenirs d'écolière qu'il agrémenta de piquants détails ; c'est la série des *Claudine* qui connaît un succès formidable. Sacha Guitry écrit à l'époque : « Je ne vois guère que Dieu et aussi Alfred Dreyfus, un peu, qui soient aussi connus que lui. » Il venait voir son fils Jacques, en nourrice à Châtillon-Coligny. C'est ainsi qu'il rencontra Colette.

GÉLIS-DIDOT, Hilda, dite « Vava » : descendante des imprimeurs Didot, artiste lyrique, mécène de la musique, amie d'Honegger et de M. Dupré, morte en 1952, nièce de Mme Fournier.

GELLHORN, Martha (1909-1998), dite « Marty » : écrivain, journaliste américaine, correspondante de guerre (guerre d'Espagne en 1937, guerre russo-finlandaise en 1939), amie de Bertrand de Jouvenel. Elle épouse Ernest Hemingway en 1940. Auteur de nouvelles et de récits de voyages.

Gerbière, la : propriété de Colette et de Goudeket à Montfort-l'Amaury, achetée en 1930 et revendue à Mlle Chanel en 1931.

Germaine : *voir* PATAT.

GIRAUD : entrepreneur à Saint-Tropez.

GIRON : rédacteur en chef du journal *Marie-Claire*.

GOUDEKET, Maurice (1889-1977) : troisième et dernier mari de Colette (1935-1954) de père hollandais et de mère française, courtier en perles. Ils se rencontrent par l'intermédiaire de Marguerite Moreno en 1924. Ils se marient pour pouvoir faire ensemble la traversée inaugurale du *Normandie* : Le Havre-New York. Il collabore à *Paris-Soir, Gringoire, Candide, Marianne, Marie-Claire*, invente le « furet » (appareil pour déboucher les W.-C.), participe à la création de l'Institut de beauté Colette, travaille à l'édition des œuvres complètes en créant la société Le Fleuron. Colette l'appelle son « meilleur ami »

GUICHARD, Jeanne : gardienne du 9 rue de Beaujolais.

HAMON, Renée (1897-1943) : surnommée par Colette le
« petit corsaire ». Elle mène une vie aventureuse et solitaire orientée vers le grand large, les îles Marquises...
Tourne le film *Gauguin, le solitaire du Pacifique* (1939),
écrit ses souvenirs de voyage.
Hélène : *voir* JOURDAN-MORHANGE.
Henri : *voir* CAPLANE.
HERRIOT, Édouard (1872-1957) : maire de Lyon, président
du Conseil, quatre fois ministre. Il intervint pour obtenir
à Colette la cravate de la Légion d'honneur, en 1928.
Hilda : *voir* GÉLIS-DIDOT.

Iza : *voir* COMMINGES.

Jacqueline : *voir* ABRIC.
Jacquot : *voir* ABRIC.
Jeanne : *voir* GUICHARD.
Jicky : parfum de Guerlain.
JOURDAN-MORHANGE, Hélène (1888-1961), dite « Moune » :
violoniste, écrivain, critique musical, épouse de Luc-
Albert Moreau. Grande amie de Colette. Son surnom,
« Moune », lui a été donné par Ravel à qui elle avait
consacré un livre.
JOUVENEL, Bertrand de (1903-1987) : fils d'Henry de Jouvenel et de Claire Boas. Colette fait son éducation sentimentale en 1921. Il est le modèle de Phil dans *Le Blé en
herbe*. Il épouse Marcelle Prat dont il a un fils Roland
(1931-1946), puis Hélène Duseigneur dont il a trois
enfants : Anne (1943), Hugues (1946) et Henri (1949-
1992). Il fait une brillante carrière de journaliste et publie
plus de trente livres d'économie et de philosophie politique.
JOUVENEL, Claire de, née Boas (1879-1967) : première
femme d'Henry de Jouvenel et mère de Bertrand. Fondatrice de l'*Association centrale de travail et d'assistance,*
de *La Bienvenue française* et de la *Journée Pasteur.* Pendant la guerre 1914-1918 elle ménage à Édouard Benès
et Milan Stephanik les entretiens qui aboutissent à la
création de la Tchécoslovaquie. Elle publie, sous le pseu-

donyme d'Ariel, *Vingt Contes pour les petits et les grands*, préfacé par A. France, puis *Quelques Règles du jeu de la vie*, préfacé par Paul Valéry.

JOUVENEL, Colette de (1913-1981) : fille unique de Colette et d'Henry de Jouvenel, plus connue sous le surnom de « Bel-Gazou ». Elle épouse le docteur Dausse le 11 août 1935 ; s'en sépare le 5 octobre suivant. Elle sera journaliste, décoratrice, antiquaire.

JOUVENEL, Henry de (1876-1935) : rédacteur en chef du journal *Le Matin* (1905-1922), sénateur, ministre, délégué à la Société des Nations, ambassadeur de France à Rome, en Syrie, et au Liban. Il est envoyé pour négocier le Pacte à quatre en 1933. Il meurt dans la rue en sortant du Salon de l'automobile, dans la nuit du 5 au 6 octobre 1935, terrassé par une embolie. De son premier mariage en 1902 avec Claire Boas, il a un fils, Bertrand. D'Isabelle de Comminges il a un second fils, Renaud. Il épouse Colette en 1912 dont il a une fille, Colette. Il se remarie avec Sarah-Germaine Hément, veuve de Charles Louis-Dreyfus, en 1930.

JOUVENEL, Marcelle de, née Prat (1896-1971) : première épouse de Bertrand de Jouvenel, mère de Roland. Journaliste et romancière. Après la mort de son fils, elle reçoit de lui des messages de l'au-delà dont elle témoigne dans plusieurs livres, préfacés par Gabriel Marcel.

JOUVENEL, Marie de, née Dollé (1857-1929) : arrière-petite-nièce de Casimir-Perier, épouse Raoul de Jouvenel en 1874, divorce en 1901. Mère d'Henry et de Robert de Jouvenel et d'Edith Damase leur demi-sœur, fille d'Armand Chevandier de Valdrôme.

JOUVENEL, Renaud de (1907-1982) : fils naturel d'Henry de Jouvenel et d'Isabelle de Comminges. Il épouse Arlette Louis-Dreyfus, fille de la troisième épouse de son père et en secondes noces Gilberte Rodrigue. Auteur de récits et de poèmes. S'est qualifié lui-même de « sous-marin du PCF ».

JOUVENEL, Robert de (1882-1924) : frère d'Henry. Brillant journaliste, rédacteur en chef de *L'Œuvre*. Il écrivit deux ouvrages marquants, *La République des camarades* et *Le Journalisme en vingt leçons*. Il meurt brutalement, le 2 juillet 1924, peu avant son mariage avec Zou.

JOUVENEL, Roland de (1931-1946) : fils de Marcelle et de Bertrand de Jouvenel. Il meurt à quinze ans des suites d'une rougeole.

Julio : *voir* VAN DER HENST.

KESSEL, Georges : frère de Joseph.

KESSEL, Joseph (1898-1979), dit Jef : écrivain, académicien, auteur de romans d'aventures, *L'Équipage*, *Le Lion*, etc.

KISLING, Moïse (1891-1953) : peintre né à Cracovie, venu à Paris en 1910 où il fait partie du groupe Picasso, Gris, Derain, Soutine, Modigliani. Il fut très lié avec Petite Colette dont il fit un portrait qui se trouve au Musée Cantini à Marseille.

KRULL, Germaine (1897-1985) : photographe de grand talent. On lui doit de très belles photos de Colette et de la « Chatte dernière ».

LACAN, Jacques (1901-1981) : célèbre psychanalyste, locataire de Colette de Jouvenel, 5 rue de Lille.

LAMPONI : gardienne de la Treille Muscate à Saint-Tropez.

LAMY, Marthe (1893-1979) : dernier médecin de Colette, amie de Paulette Gauthier-Villars.

LECERF, André : graphologue. Colette écrit dans *L'Étoile Vesper* : « Étudie actuellement les écritures d'anormaux sexuels, pédérastes passifs, onanistes morbides... Nul n'échappe à son physique auquel participe étroitement l'écriture. » Sa femme, Yvonne, et lui ont offert à Maurice Goudeket un refuge pendant la guerre.

Léo : *voir* MARCHAND.

Mamita : *voir* JOUVENEL.

Manette : *voir* COLLET.

Manigot (« escargot » en provençal) : nom de la maison des Luc-Albert Moreau aux Mesnuls.

Marie-Hélène : « l'hirondelle des ruines », selon Colette, amie non identifiée de Colette de Jouvenel, période Curemonte.

Mesnuls, les : maison de Luc-Albert Moreau, louée par Colette.

Marcelle : *voir* JOUVENEL.

MARCHAND, Léopold (1891-1952) : auteur dramatique,

coauteur de l'adaptation théâtrale de *Chéri*, de *La Seconde*, et de *La Vagabonde*, ami de Colette, habitué des étés à Rozven. Sa femme Misz, dite « Miche », se suicide en 1942. Il se remarie avec Jacqueline Breteil.

Marraine : peut-être Germaine Patat.

Marty : *voir* GELLHORN.

Mas, le : résidence de Charles de Polignac, près de Grasse. Colette y séjourne plusieurs étés.

Mauvannes : propriété de Simone Berriau près des Salins d'Hyères. Colette y séjourne en 1945 et 1948.

MENKÈS : médecin genevois ; il soigne Colette en 1947.

Méré : propriété dite le Parc, proche des Mesnuls, achetée par Colette en février 1939, revendue en octobre 1941.

Miche : *voir* MARCHAND.

MIRANDE, Henry : dessinateur humoriste et peintre né en 1877. Il collabore au *Rire* et à *Fantasio* et illustre la première édition de *Claudine à l'école*, de Colette, publiée par Ollendorf.

MIRANDE, Yves (1876-1957) : auteur à succès tant pour le théâtre qu'au cinéma. Il cosigne une comédie avec Maurice Goudeket, *Pas un mot à la reine mère*, créée le 1er mars 1941 au théâtre Antoine.

Missy : *voir* MORNY.

MOLNAR, Ferenc (1878-1952) : auteur dramatique hongrois, auteur de *Liliom*, créée chez les Pitoëff, traduite par Iza de Comminges. Colette en fit la critique dans *Le Matin* du 10 juin 1923.

MONACO, Pierre de : cousin de Charles de Polignac et père du prince Rainier III.

Mondésir : propriété de Germaine Patat à Saint-Jean-de-Braye. Petite Colette y séjourne régulièrement.

MONDOR, Henri (1885-1962) : chirurgien et académicien. Opère la Petite Colette de l'appendicite.

MONZIE, Anatole de (1876-1947) : avocat, parlementaire, député du Lot, diplomate, écrivain, sous-secrétaire d'État de la Marine marchande, dix-sept fois ministre. Le meilleur ami d'Henry de Jouvenel, parrain de ses enfants.

MOREAU, Luc-Albert (1882-1948), dit « le Toutounet » : peintre-lithographe, illustrateur de *La Naissance du jour* et de *En pays connu*. Il épouse, en 1946, Hélène Jourdan-Morhange, dite « Moune ». Voisins et amis de Colette aux Mesnuls près de Montfort-l'Amaury, également à Saint-Tropez.

MORENO, Marguerite Monceau, dite (1871-1948) : elle prend pour pseudonyme le nom espagnol de sa mère. Artiste dramatique et comédienne. Interprète inoubliable de *La Folle de Chaillot*. Épouse de Marcel Schwob, puis de Jean d'Aragon. Elle aura un fils de Catulle-Mendès, mort dans sa deuxième année. Amie de Colette pendant plus de cinquante ans.

MORNY, Mathilde de (1863-1944), dite Missy : petite-fille de la reine Hortense, fille du duc de Morny et de la princesse Sophie Troubetzkoï, épouse du marquis Jacques de Belbeuf. Ceci ne l'empêche pas d'avoir des aventures féminines. Elle rencontre et s'affiche avec Colette, notamment en 1906 sur la scène du Moulin-Rouge où elle joue sous l'anagramme d'Yssim, *La Romanichelle*, puis *Rêve d'Égypte*. Le scandale provoqué par la scène du baiser mettra fin au spectacle. Colette vit chez elle jusqu'en 1911 après s'être séparée de Willy et avant de rencontrer Henry de Jouvenel.

Moune : *voir* JOURDAN-MORHANGE.

Musée Colette : situé à Saint-Sauveur-en-Puisaye (Yonne) et constitué de meubles, objets et documents provenant de l'appartement de Colette au Palais-Royal et conservés par sa fille dans le dessein d'en faire un musée. Elle ne put malheureusement pas réaliser ce projet car l'appartement était devenu la propriété de la nouvelle Mme Goudeket. C'est en 1995 seulement que l'on put réaliser un musée Colette dans le château communal de son village natal. Un centre de recherche s'y trouve également où il est possible de consulter le fonds donné par la famille de Jouvenel (*www.centre-colette.com* ; centre-colette@cg89.fr).

Nelly : *voir* VOGÜE.

NOAILLES, Anna de (1876-1933) : poète. Colette lui succède à l'Académie royale de langue et de littérature française de Belgique.

Nouche : fille de Julio et de Vera Van der Henst.

Oublaisse, château d' : à Lucay-le-Mâle (Indre), loué par Sylvia de Talleyrand. Colette de Jouvenel y séjourne en 1943.

Parc, le : nom de la maison de Colette entre 1939 et 1941 à Méré.

Pata : Jeanne de Polignac, femme de Charles.

PATAT, Germaine (1889-1960) : Delphine dite Germaine. Amie de Germaine Beaumont, devient dès 1918 amie et confidente de Colette à laquelle elle succède dans le cœur d'Henry. Elle possède deux maisons de couture à Paris : « Pati-Pata » et « Germaine Patat » 11 rue du Faubourg Saint-Honoré. Colette lui confie souvent sa fille. Elle est le modèle de *La Seconde*. Les nombreuses lettres que Colette lui adressa furent vendues par « M. Willy », son exécuteur testamentaire, au libraire Anacréon. Achetées par le colonel Sicklès puis par la SMAF (Société des manuscrits des assureurs français). Aujourd'hui elles sont à la Bibliothèque nationale.

Pati : la chienne brabançonne.

Paul : ami d'enfance et « fiancé » de Colette de Jouvenel en 1930. Neveu de Germaine Patat.

Pauline : fidèle servante de Colette.

Pavillon, le : chez Daniel Dreyfus, 12 route de Saint-Germain à Saint-Nom-la-Bretèche.

Pension Racine : pension de famille, 76 rue de Sèvres, à Paris, tenue par Mitou Vieilhomme, patronne de l'Aïoli à Saint-Tropez. Colette de Jouvenel y habitera après la Seconde Guerre, de 1945 à 1950.

Petite Colette : *voir* JOUVENEL.

Piade, la : villa des Van der Henst, voisine de la Treille Muscate à Saint-Tropez.

PICARD, Hélène (1873-1945) : poétesse, secrétaire de Colette au *Matin* à partir de 1920.

PICHON, Mme : directrice du collège de Bouffémont, près de Montmorency, Val-d'Oise.

Pin Parasol : villa dans le Midi, où Colette de Jouvenel recevait ses amis en 1938-1940.

Polaire : pseudonyme de Émilie Marie Bouchard-Zouzé (1879 [1883 ?]-1939) : elle incarne Claudine aux Bouffes-

Parisiens en 1902. Son tour de taille de 44 centimètres était célèbre.

POLIGNAC, Charles et Pata de : grands amis de Colette.

Qualité : nom d'une revue mensuelle créée par Colette de Jouvenel en 1940, destinée à paraître en zone libre. La censure de Vichy en empêcha la parution.

Ramie : *voir* DEBRAND.

REINARDT, Max : grand créateur de l'expressionnisme au théâtre. Sa seule production cinématographique fut *Le Songe d'une nuit d'été*, dont Colette rendit compte dans un article de *La Jumelle noire*.

Renaud : *voir* JOUVENEL.

Revery : une des propriétés d'Anatole de Monzie.

ROCHE, Émile (1893-1990) : économiste, président du Conseil économique et social. Il épouse Sonia Batcheff, grande amie de Colette de Jouvenel, marraine de leur fille Claude.

ROUGNON, Céline (1879-1957), dite « Zou » : veuve de Léon Souchard. Fiancée de Robert de Jouvenel. Leur mariage prévu en 1924 n'aura pas lieu car Robert décède quelques jours avant.

Rozven : propriété de Colette à Saint-Coulomb près de Saint-Malo achetée par Missy en 1910. Colette y passera tous ses étés jusqu'en 1924 et la revend en 1927 à Mme Poussin. Par la suite, c'est le docteur Cabanis qui l'acheta.

RUBINS, Willy, dit « M. Willy » : comptable et ami de Germaine Patat. Il emmenait souvent Colette de Jouvenel à Mondésir.

SAGLIO, Charles (1873-1950) : propriétaire de *La Vie parisienne*, où seront publiés *La Vagabonde*, *L'Entrave* et *Chéri*.

Sauveté, la : propriété de Charles Louis-Dreyfus, située à Saint-Jean-Cap-Ferrat.

Saint-Germain-en-Laye : lycée de jeunes filles. Colette de Jouvenel y entre le 4 octobre 1922.

SCHOELLER, René : directeur commercial du *Matin*, puis secrétaire général de la *Presse*, puis directeur des Messageries Hachette ; père de Guy (1915-2002) qui est à l'origine du « Livre de Poche » chez Hachette et qui créa la collection « Bouquins » chez Laffont.

SEGOND, Bernard : agent maritime à Saint-Tropez.

SEXER, A. : organisateur des « Grandes Conférences Françaises » dont le siège était 14 rue Denfert, à Toulouse.

SEXTIA, Aude : auteur des photographies de Ravel parues dans *Ravel et nous* d'Hélène Jourdan-Morhange. Elle résidait aux environs des Mesnuls.

Sido (1835-1912), surnom de Sidonie Landoy : grand-mère maternelle de Petite Colette. Elle épousa en 1857 Jules Robineau-Duclos (1814-1865) dont elle eut deux enfants : Juliette (1860-1908) qui épousa le docteur Charles Roché, et Achille (1863-1913) qui épousa Jeanne de La Fare. Veuve, elle se remaria en 1865 avec Jules Colette (1829-1905) dont elle eut deux enfants : Léopold (1866-1940), et Sidonie-Gabrielle (1873-1954) *alias* Colette.

SIKORSKA, Andrée : auteur des gravures qui illustrent *Le Voyage égoïste*, paru en 1930.

SIMON, Simone (1911-2005) : comédienne, héroïne du *Lac aux dames* avec J.-P. Aumont, film de Marc Allégret tourné en 1934.

Simy : *voir* WERTHEIM.

Solange : *voir* BUSSI.

Sonia : *voir* BATCHEFF.

SOUCHARD, Mme : une des « Petites Fermières » qui fournissait des vivres à Colette pendant la Seconde Guerre.

Souci : la chienne bull.

SOULIÉ DE MORANT : médecin et sinologue, introduisit l'acuponcture en France. Il soigne Colette en 1943 et aussi Jean Cocteau.

Tante Claire : Claire Boas de Jouvenel, mère de Bertrand. *Voir* JOUVENEL.

Tante Jeanne : *voir* TOUSSAINT DU WAST.

TÉRY, Gustave (1871-1928) : fondateur du journal *L'Œuvre* (1903-1944), dont Robert de Jouvenel fut rédacteur en chef.

TINAN, Françoise de : amie de Colette de Jouvenel.

Tonton (1897-1967), surnom de Gaston Baheux : talentueux animateur de cabaret, patron du Liberty's, place

Blanche à Paris, où se produisaient de nombreux artistes, Mistinguett, Joséphine Baker, Maurice Chevalier, Carco, Cocteau, Marguerite Moreno.

TOUSSAINT DU WAST, Marie Louise Jeanne (1875-1929), dite tante Jeanne : cousine de Louise Collet.

TROGON : médecin de Colette.

Treille Muscate, la : villa de Colette à Saint-Tropez, achetée en 1926, revendue en juin 1939 à Charles Vanel.

TUAL, Denise (1906-2000) : femme du producteur de cinéma Roland Tual, épouse et veuve de Pierre Batcheff, comédien (*Un chien andalou*) et frère de Sonia Batcheff. Voisine de Colette, elle habitait au dernier étage, 9 rue de Beaujolais.

Uriage : en juillet 1946, Colette fait une cure pour soigner ses rhumatismes, en compagnie de Moune.

VAN DER HENST, Julio : dentiste. Lui et sa femme Vera (danseuse aux Ballets russes) étaient amis du couple Colette-Goudeket.

Vava : nom du perroquet d'Hilda Gélis-Didot à laquelle Colette donne ce sobriquet.

VAYSSIÉ, Marie et Firmin : les plus proches voisins de Petite Colette à Curemonte. (Colette l'écrit avec un « e » par mégarde.)

Vera : *voir* VAN DER HENST.

Verneuil, 22 rue de : magasin d'antiquités de Colette de Jouvenel en 1948.

VIOLLIS, Andrée (pseudonyme de Françoise-Caroline Claudius Jacquet de La Verryère, Mme Gustave Téry, puis Mme Henri d'Ardenne de Tizac) : écrivain.

VOGUË, Nelly de : fille de Charles et Pata de Polignac.

WAGUE, Georges (1874-1965) : le « mime de la Belle Époque ». Il enseigna à Colette le mimodrame et se produisit sur scène avec elle durant six ans.

WERTHEIM, Simy : amie et associée de Colette de Jouvenel, rue Bonaparte.

Willy : *voir* GAUTHIER-VILLARS.

Willy : *voir* RUBINS.

ZIEGLER DE LOÏS, Édith (1899-1920) : épouse de René, fille de Marie de Jouvenel et d'Armand Chevandier de Valdrôme. Demi-sœur d'Henry et de Robert de Jouvenel. Elle laisse un héritage à sa nièce Colette de Jouvenel.

ZOU, *voir* ROUGNON.

REMERCIEMENTS

Il m'est impossible de terminer ce livre sans évoquer le souvenir d'Esa de Simone, l'amie incomparable de Colette de Jouvenel, et le non moins fidèle Jean-Claude Saladin qui veille au Palais-Royal, à l'Arcade Colette. Ils n'ont cessé de m'encourager et de me soutenir dans ce projet. C'est à eux que je dédie ce recueil.

Je tiens à remercier tout particulièrement Teresa Cremisi. Grâce à elle cette correspondance est publiée dans sa simplicité naturelle, sans ajouts, sans coupures, formant ainsi un témoignage d'autant plus émouvant et précieux que les originaux m'ont été volés lorsque ce travail se terminait.

Tous mes remerciements vont aussi à : Michèle Le Pavec, conservateur à la Bibliothèque nationale, souvent mise à contribution ; Hélène de Saint-Hippolyte pour la copie des lettres de Colette à Yvonne et André Lecerf ; Liliane Romano, fervente admiratrice de Colette à laquelle je dois d'avoir rencontré M. et Mme Collet qui m'ont tout appris sur tante Manette et tante Jeanne ; Herbert Lottman, pour ses notes ; Michel Rémy-Bieth qui m'a très généreusement communiqué une dizaine de lettres pour cet ouvrage. Je remercie également mesdames Françoise Burgaud, Jeanne Contou, Claude Roche, pour les photos, maître Louis Guitard, André Roque ; enfin le musée Colette pour des lettres de Colette de Jouvenel, faisant partie de la donation Jouvenel ; le Musée Richard Anacréon, pour la copie de la dernière lettre de Colette à sa fille ; la S.M.A.F. (Société des manuscrits des assureurs français) pour l'accès aux lettres de Colette à Germaine Patat qui sont de la plus grande importance car elles concernent l'éducation de la Petite Colette ; le Musée de la Presse. Tous m'ont aimablement reçue, et m'ont permis de consulter leurs documents. Je remercie également les nombreux auteurs de biographies et d'ouvrages sur Colette dont les études m'ont aidée à situer ces lettres dans le temps. Tous mes remerciements vont aussi à ceux qui m'ont soutenue pendant ce travail.

Lettres communiquées par le Musée Colette : pages 212, 229, 271, 288, 295, 300, 302, 309, 311, 359, 406, 418, 442, 449, 455, 508, 513, 517, 523 ; Michel Rémy-Bieth : pages 52, 78, 174, 347, 357, 363, 365 ; Jean-Claude Saladin : pages 32, 96.

DU MÊME AUTEUR

Aux Éditions Gallimard

LA RETRAITE SENTIMENTALE, *roman*, 1972 (« Folio » n° 135).

LA FEMME CACHÉE, *nouvelles*, 1974 (« Folio » n° 612).

DIALOGUES DE BÊTES, *nouvelles*, 1975, *Préface de Francis Jammes* (« Folio » n° 701) et (« Folioplus classiques » (« Folio » n° 36).

JULIE DE CARNEILHAN, *roman*, 1982 (« Folio » n° 1344).

LETTRES À SA FILLE (1916-1953), *correspondance*, 2003. *Édition d'Anne de Jouvenel* (« Folio » n° 4309).

Dans la collection La Pléade

ŒUVRES, 1984.

Au Mercure de France

LA RETRAITE SENTIMENTALE, *roman*, 1907.

DOUZE DIALOGUES DE BÊTES, *roman*, 1930.

COLLECTION FOLIO

Composition IGS
Impression Bussière
à Saint-Amand-Montrond, le 3 janvier 2006
Dépôt légal : janvier 2006
Numéro d'imprimeur : 054874/1
ISBN 2-07-032031-6./Imprimé en France.